御製

佛光恩照　三千大千　隨緣徧滿
恒沙法界　普度衆生　悉證菩提
身心安泰　年時豐稔　風雨調順
日月升恒　乾坤清寧　百昌蕃熾
上下樂利　中外協和　庶物咸亨
萬善圓成　情與無情　同登正覺

大清雍正十三年四月初八日

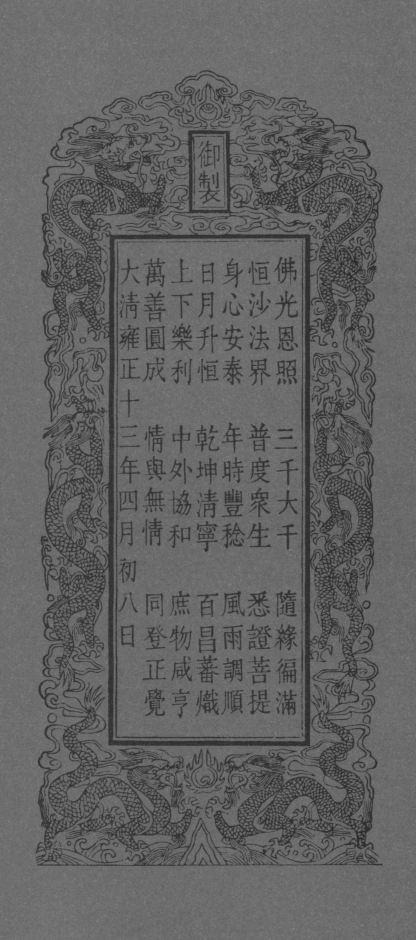

第一六六册　此土著述（五六）

賢首五教儀

清浙水慈雲沙門灌頂續法集録

清刻龍藏佛說法變相圖

引

天台賢首隨宜示法說天台賢首法者不自知也後人起念便隔作兩截重天台失天台重賢首失賢首矣執相泥名分河立幟此末法大弊通人宜無所揀擇軒輊於其間也賢首宗闕五教儀百亭法師為補綴成之以毒攻毒以楔出楔且憑楮墨施平等莫向眢端安是非殆不獨為賢首宗之功臣矣東南義虎畧見一斑為兩宗左右袒者即勿寓目焉可也

康熙庚申立秋日順天府府丞錢唐戴京曾題

賢首五教儀序

華嚴稱根本法輪不唯爲開漸之本亦且爲攝末之本竺乾震旦咸最尊尚諸佛歷祖遞代師承自龍樹依之判二種般若天親依之闡六相圓融杜順依之而演三觀雲華依之而開十玄至賢首大師則依此而立宗判教離台家之四以爲五復得清涼憲章啟十門而會性相二教圭峯祖述叙五義而揀空性兩宗此皆神明天縱博贍旁通故能各騁辯才弘敷妙趣或造論或釋經法界宗旨燦然明備而一大時教已罄無遺蘊矣厥後繼圭峯而起者雖代有哲人然而兼綜條貫洵蔑以加莫能更讚一詞乃昧者不察讀一不讀一廢目而任耳伐異以黨同或譏其伏斷皆無或指爲教觀兩失在台衡從上諸師或慮兩家末裔濫以賢首之旨混入己宗故弗惜嘵嘵而貶駁過當何意曾玄輩遂拾牙瀋逞狂矇妄肆詆訶橫起攻擊不至飲水分河不止噫疇復知固有大謬不然者哉先師實輪大師博極諸宗尤於華嚴宿有緣契精研深入心領神會嘗痛賢首末墜之緒僅爾如綫誓願振興絕業以繼往開來闡法後力弘此宗五教十玄蓋無時無處不高提圓唱也著五教解誚論論賢首宗未知圓義解二篇大旨謂賢首大師之離四以爲五非悖天台實備天台之所未備清涼紹隆之即天台以清涼大師爲大元勲亦匪爲過中間斷兩家之殊途若鏡懸會兩家之同歸若璧合且分銖不爽纖累無偏則又若衡平向使嵔嵔者見此應無從置喙矣先師謂天台當以清涼大

師爲大元勳立亦謂先師實天台元勳不徒稱清涼嫡裔也立侍師有年徒以脱白也晚塵封智錮致望海驚心入山空手而慈雲百兄法師抱頴悟絶倫之姿親承提命往還咨決遂得髓於言下然深藏若良賈年來杜門却掃單與淨滿晨夕娱遊禪觀之餘則檢是宗教部及諸祖著述研磨對會博觀約取先則支分條列而派析之後則徹委窮源而滙聚之録成一書首分時次叙儀次立教又次判宗終以明觀時則有先後通别儀有本末顯密教有始終頓圓宗有小大性相觀則有方便有因緣有對法有觀門有六相有十玄言簡義詳理融旨顯信解行證了然眉列讀此而猶謂之有教無觀得乎猶謂之伏斷修證俱無指示得乎今而後法界宗旨將不終屈抑也巳然則是書也法師固不負爲先師嫡子溯而上之將爲圭峯爲清涼爲賢首以至龍樹諸大師之大元勳抑併無歉於天台彼悻悻尋賢首隙者盍無容置喙而平心以觀可矣乃命名曰賢首五教儀法師自謂竊比於高麗師禀玄義而錄出四教儀云爾夫誰曰不然兹將授梓屬立弁端立甚喜華嚴根本法輪儼揭天日也遂合掌讚歎不顧鄙陋而爲之辭如此

梅塢興福教院法弟眞立和南撰

序

孔子不可無思孟老子不可無莊周釋尊不可無慶喜爲道之須傳也南嶽不可無智者戒賢不可無玄奘達摩不可無慧可爲教之須人也又智者不可無章安玄奘不可無慈

恩慧可不可無僧璨爲其授受有源而不竭奕葉相承而無盡也迨於賢首大師何獨不然以言乎師則有杜順雲華開其先以言乎資則有清凉圭峯紹其後其立教也有始有終有頓有圓斷則斷其厚薄證則正其淺深位則品其高下行則定其遠近顯法相若然燭之朗明揀機益比析薪之分剖其判宗也有小有大有性有相相則妄相爲相空則眞空亦空頓則無所不絶似影離於天日圓則無所不融如像含於海空其分時也有先有後有别有通非先無以知其爲開漸之頓非後無以知其爲攝末之本非别無以見說法之次第非通無以見教理之圓融其叙儀也有本有末有顯有密非本無以了一乘之頓實非末無以識三乘之權漸非顯無以決擇其一定非密無以測度其不定其明觀也有方便有因緣有對法有觀門有六相有十玄非方便無以辯修證非因緣無以明德用非對法無以解無盡非觀門無以入法界非六相無以顯圓通非十玄無以彰無礙何者凡夫見色爲實色見空爲斷空故開眞空絶相門使之觀色非實色舉體是眞空觀空非斷空舉體是幻色如是於理則見矣於事猶未也復開理事無礙門使觀不可分之理皆圓攝於一塵本分限之事亦通遍於法界如是以理望事則可矣以事望事猶未也又開周遍含容門使觀全事之理隨事而一一可見全理之事隨理而一一可融然後一多無礙大小相含則隱顯施爲神用不測矣教觀既周時儀已備則判釋諸佛說法儀式至矣盡

矣無復加矣以此自修無法不通以此教他無機不被是以三帝歸崇兩朝悅服李長者論讚於前崔學士傳美於後至於海內海外莫不揚其化天上天下靡不仰其徽質諸千古以上之聖賢而無訛俟諸百世以下之俊傑而不惑遂令法門隆盛代有哲人長水流布於東吳蒼山崛起於西蜀雲棲敷演於南海交光發明於北嶺猗歟休哉奈何今義學家不得其門而入見其教部廣大意旨幽深即如賢首大師著述凡有一百餘卷清凉國師現流傳者約有四百餘卷圭峯大師疏註總有九十餘卷浮狂者詆爲葛藤愚鈍者視爲砂石誰復能探其微窺其奧哉幸我乳峯得水大師自弘法以來朝夕提撕時爲演唱特未布諸方策普令一切見聞耳續法雖忝輪下性極頴蒙晝夜叅隨日漸薰熟竊謂此皆賢家所傳心法若不傳於後葉在已則有恡法之愆在他安得正眼之益爰將先師常所樂說者録之復尋諸大部中所切要者集之十餘年間考閱再三窮思至四始成六卷名之曰五教儀庶得華嚴宗旨彌播於塵寰法界心印重光於昔日燈燈相續化化無窮矣謹述顛末冀見此衷至於知我罪我所不暇計焉

時

康熙十四年歲次乙卯秋仲望日

古杭慈雲灌頂行者續法題

賢首時儀教觀圖

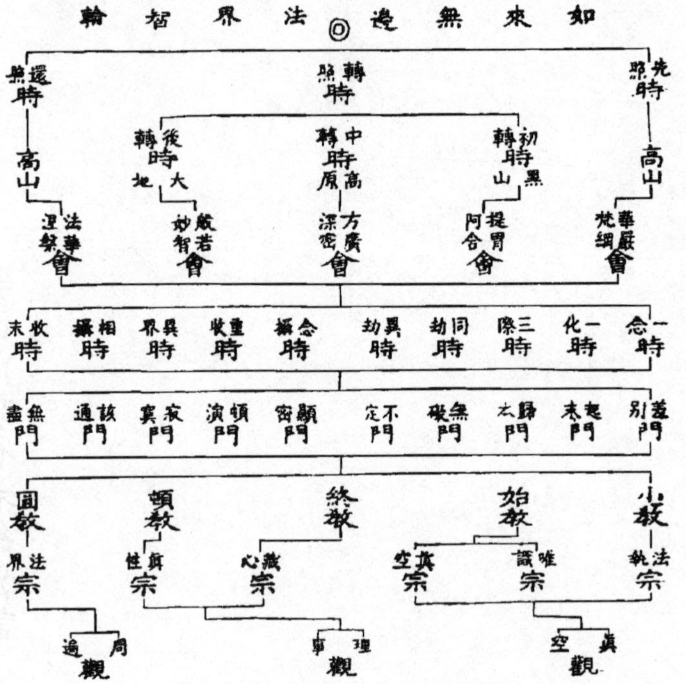

法界觀境普融無盡圖

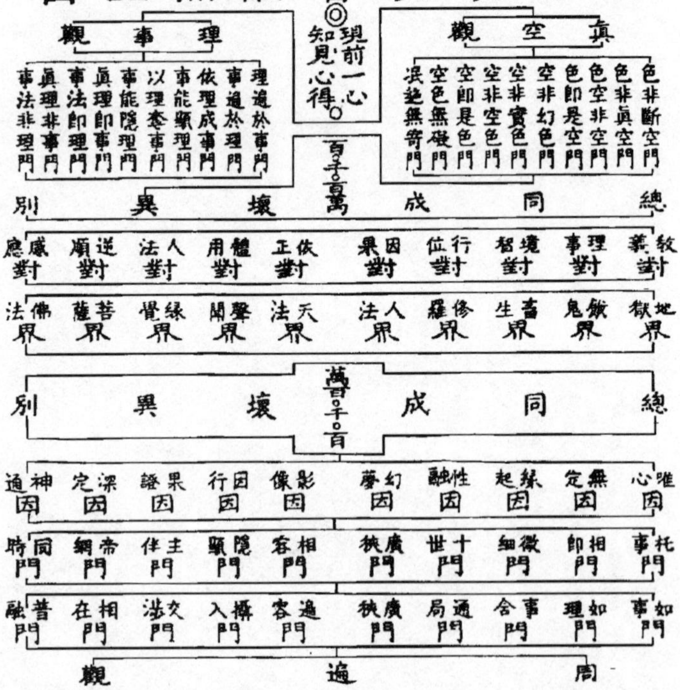

賢首大師判釋如來一代時教不出右圖三觀初祖杜順集成五教二祖雲華草創儀等四祖清涼添足宗等五祖圭峰加揀今圖標三祖賢首一師者蓋教觀由三祖而圓備宗儀由三祖而建興述作功德推

尊獨在故不舉餘祖耳後之學法者務知
開宗立敎之主餘祖自該顯矣
雲山灌頂行者續法識

賢首五教儀卷第一之一

清浙水慈雲沙門灌頂續法集録

○總釋此儀分三初總標章門

賢首大師判釋如來一代時教不出三時十儀五教六宗三觀○次別釋法義五初三時二先總標言三時者有別有通○二別釋二先別三時三初畧標別三時者一日出先照時二日昇轉照時三日沒還照時華嚴云或日初分時入或日中分時入或日後分時入法華謂初善中善後善是也○二詳釋三一先照時二初通明時教二先引華嚴證釋二一能依時二先牒舉第一日出先照時者○次證明△華嚴經云譬如日出先照須彌山等諸大高山如來應正等覺亦復如是成就無邊法界智輪常放無礙智慧光明先照菩薩摩訶薩等諸大山王

○二所說教三初標起△若約所說教相者○二引證三初教因二初觀見因具二一舉能見主△經云爾時世尊於菩提樹下初成正覺時○二明所見機二一具八相△普見一切衆生皆成正覺乃至普見一切衆生皆般涅槃○二具萬德△普見一切衆生貪瞋癡慢諸煩惱中有如來身智常無染汙德相備足○二須假緣悟△無一衆生而不具有如來智慧但以妄想執着而不證得我欲教以聖道令其永離妄想於自身中得見如來廣大智慧如我無異○二正說△即於三七日中遂爲此等衆生於菩提場稱於大方廣法界敷演萬行因華以嚴本性令成萬德佛果○三教益二先述往因△其有往劫與我同種善根曾得我於劫海之中以四攝法而攝受者○二敘今益二先別舉他經證△始見我身聞我所說即皆信受入如來慧

○後復引本經證△乃至逝多林内我入師子頻申三昧大衆皆證無盡法界○三結顯△此一時中爲圓頓大根衆生轉無上根本法輪名爲直顯教令彼同教一乘人等轉同成别所謂初善或日初分時入也○次引法華證釋△故法華方便偈云我始坐道場時即自思惟若但讚佛乘衆生没在苦不能信是法破法不信故信解偈云爾時長者處師子座眷屬圍繞諸人侍衛出内財産注記券疏窮子見父馳走而去即勅使者追捉將來窮子驚喚迷悶躃地○二别指經部△其所説經即華嚴梵網等也

○二轉照時二先總二初引華嚴等證二先能依時二初標牒

第二日昇轉照時者中有二義先總後别○次證明△先總明者華嚴經云但以山地有高下故照有先後如來智輪亦復如是隨諸衆生根欲不同智慧光明種種有異楞伽亦云日出光等照下中上衆生如來照世間爲分部諸法○次所説教三初標起△若約所説教相者○二引證三先明根機狹劣△經云除先修習學小乘者着相憍慢不信法者及溺貪愛水着於五欲者深入諸邪見生死險道者如是等衆生諸根悉暗鈍着樂癡所盲云何而可度○次以大小擬宜△我於三七日思惟如是事若我遇衆生盡教以佛道彼即没苦海毁謗不信故疾入於惡道若以小乘化乃至於一人我則墮慳貪此事爲不可進退難爲遂○後倣諸佛化儀△尋念過去佛所行方便力始知過去佛皆以三乘引然後令悟入究竟一佛乘故我所得道亦應説三乘作是思惟時十方佛皆現梵音慰喻我善哉釋迦文第一之導師得是無上法

隨一切諸佛而用方便力我聞慰喻音隨順諸佛意始往波羅奈轉四諦法輪讃示涅槃法度陳如五人漸漸諸處乃至千萬亦爲求緣覺者說十二因緣亦爲求大乘者說六波羅蜜中間爲說方廣般若諸甚深法淘汰如上聲聞緣覺引進權乘諸小菩薩○（三結顯）△此一時中爲下中上三類衆生轉依本起末法輪名爲方便教令彼三類人等轉三成一所謂中善或日中分時入也○（次引法華經證）△故法華方便偈云復作如是念我出濁惡世如諸佛所說我亦隨順行以方便力故爲五比丘說爲諸衆生類分別說三乘雖復說三乘但爲教菩薩○（後別二初標列）

後別明者於日中分照有三轉謂初轉時中轉時後轉時也○（二廣釋三先初轉時）

初轉時者華嚴云次照黑山如來智輪次照聲聞緣覺謂佛初於鹿苑爲鈍根下類衆生轉小乘法輪」說一切諸法皆因緣生以破外道自然性等又說緣生無我翻彼外道實有我執」此一轉時唯就境明實有依他然猶未說大乘法空眞如妙理由是名之爲隱實教令彼凡夫外道轉凡成聖也」故法華云長者知子愚癡狹劣卽以方便更遣餘人眇目矬陋無威德者汝可語之云當相顧除諸糞穢倍與汝價窮子聞之歡喜隨來爲除糞穢淨諸房舍」其所說經卽提胃阿含等也○（次中轉時）

中轉時者華嚴云次照高原如來智輪次照決定善根衆生隨其心器示廣大智」謂佛次於中時爲中根一類衆生轉三乘法輪」說一切諸法皆唯識現以破小乘心外有法從因

緣生又說緣生假有翻彼小乘實有法執此一轉時始約心說盡空遍計然猶未說一乘眞空法性妙理由是名之爲引攝教令彼二乘人等轉小成大也故法華云長者有智漸令入出經二十年執作家事其所說經即方廣深密等也○（三後轉時）

後轉時者華嚴云然後普照一切大地如來智輪然後普照一切衆生乃至邪定亦皆普及爲作未來利益因緣令成熟故謂佛又於後時爲利根上類衆生傳一乘法輪說一切諸法本如來藏妙眞如性以破權乘不了心境俱空無性又說緣生即空翻彼權乘二無我執此一轉時直據性顯中歸圓成然猶未說一乘佛性生佛平等究竟眞常實相妙理由是名之爲融通教令彼三乘人等轉權成實也故法華云爾時長者自知不久示其金銀眞珠玻瓈諸物出入皆使令知其所說經即般若妙智等也○（三還照時二先通明時教二初引華嚴等證釋）（二一能依時）

第三日沒還照時者此乃義取出現經意說云如日沒時還照高山如來智輪最後還照菩薩摩訶薩等諸大山王十定品云譬如日天子周行照曜晝夜不住日出名晝日沒名夜菩薩亦復如是法界品云譬如日輪無有晝夜但出時名晝沒時名夜菩薩智輪亦復如是無有分別但隨心現教化衆生○（二所說教）

（三一標起）△若約所說教相者○（二引證）△經云過四十餘年漸漸見其根熟即中下機成上上品如是之人我今亦令得聞是經入於佛慧遂於靈鷲山中告大衆云世尊法久後要當

說眞實汝等應當一心信解無有餘乘唯一佛乘開示悟入佛之知見普皆與授阿耨多羅三藐三菩提記顯示三五乘性衆生法身平等入一乘道」乃至臨欲滅度之時在於拘尸那城娑羅雙樹間作大師子吼顯常住法決定說言一切衆生皆有佛性凡是有心定當作佛究竟涅槃常樂我淨皆令安住祕密藏中即與華嚴海會師子頻申大衆頓證無有別異○三結顯△此一時中爲上上根衆生轉攝末歸本法輪名爲開會教令彼偏教五乘人等轉偏成圓所謂後善或日後分時入也○次引法華經證釋△故法華方便偈云我見佛子等志求佛道者我即作是念如來所以出爲說佛慧故今正是其時正直捨方便但說無上道教化諸菩薩無聲聞弟子」信解偈云父知子心漸已曠大即聚親族說是我子凡我所有舍宅人民悉以付之恣其所用子念昔貧今於父所大獲珍寶甚大歡喜○後別指經部△其所說經即法華涅槃等也○三通妨三一名義出入二初畧明三時問準上判釋則三時名義非憑一經論耶答取衆經論理究竟故○二廣辨還照二先問難△問經中無有還照之語今者何爲而開判耶○次答二別釋二初別以二義明其判釋三初總標△答開有二義○二別釋三一取經意△一取經意蓋日初出先照高山日若垂沒亦應還照諸山王故如彼天台亦開平地爲三以成五食時禺中正午三也加幽谷高山以對五味五也取幽谷爲二而合四晉華嚴云譬如日出先照諸大山王次照一切大山次照金剛寶山然後普照一切大地四也而云爲二合四者如妙玄云猶如日出先照高山次照幽谷後照平地故合四照成三照也故疏鈔云我佛本爲

一事出現於世四十餘年未顯眞實今分一代時敎豈妨判有前後分析權實空有取捨偏圓漸頓方知佛法微妙深玄譬猶不泛大海豈識邊涯不諳木石安知眞寶故智論釋法施云依隨經論廣作義理爲立名字皆名法施○（二約敎理）△二約敎理華嚴依本起末故有潛流而無後照法華涅槃攝末歸本故有會流而無先照今雙取之本末無礙先後圓足」非本無以垂末故華嚴中影顯法華涅槃日出潛流義云譬如日出先照須彌山等諸大高山又如大海其水潛流四天下地及八十億諸小洲中」非末無以歸本故涅槃法華中影顯華嚴日沒會流義云如閻浮提日入之時衆生不見以黑山障故而是日性實無沒入衆生不見生沒入想聲聞弟子亦復如是爲諸煩惱山所障故不見我身以不見故便於如來生滅度想而我實不畢竟永滅又如日天子能除諸暗此經亦復如是能破一切不善之暗譬如四河出阿耨達池若有天人諸佛說言是河不入大海當還本源無有是處菩提之心亦復如是有佛性者若聞不聞若修不修悉皆應得阿耨菩提又如一切川流江河諸水之中海爲第一此經亦復如是於諸經中最爲深大」若不爾者則日唯有出無沒入故普照地後諸大高山不得還照益故過中照已應如昬暮世間皆暗瞑故何以經云今復轉最妙無上大法輪亦還令汝得聞是經入於佛慧」又百川中無海潛流從何本源出故穿鑿求者終不能得益故江河乾時後應無水入中流故何以經云於一佛

乘分別說三譬如從牛出乳從乳出酪○三結示△故知不可偏執一文一義而自疑難也○次通以六句揀其具闕二先總標△但經論中或有名無義或有義無名或名義俱全或名義皆闕今於前三句中復開六句而料揀之一少分名二全分名三少分義四全分義五少分名義六全分名義○次別釋六一分名△少分名者如華嚴十定品云日出名晝日沒名夜」涅槃初卷云聖慧日明從今永滅無上法船於斯沉沒」後分云慧日滅沒大涅槃山一切衆生喪眞慈父」四分律云喻如日沒時世界皆暗瞑△全分名者如本起經云菩薩處胎時晨朝爲色界諸天說法日中欲界日晡鬼神」華嚴十定品云或日初分或日中分或日後分」般若云初日分以身布施中日分後日分亦以恒沙等身布施△少分義者如華嚴五十世界初成喻云譬如三千世界初始成時先色天次欲天次人處及餘衆生如來出現先化菩薩次化二乘後及餘諸衆生」五十一法界出生喻云譬如法界常出一切聲聞獨覺菩薩解脫而法界無增減如來智慧恒出一切世出世間種種智慧而如來智無增減皆明先頓後漸義也」四十七云或時爲說差別三乘或時爲說圓滿一乘普皆濟度令出生死此明先漸後頓義也」五十四輪依起喻云譬如樹林依地輪地依水輪水依風輪風依空輪空無所依一切佛法依慈悲慈悲復依方便方便依四大智智依無礙慧慧無所依」五十一四寶出生喻云譬如大海有四寶珠具無量德能生海内一切珍寶如來大智慧海於

中有四大智寶珠具足無量福智功德由此能生一切衆生聲聞獨覺學無學位及諸菩薩智慧之寶此皆依本起末義也」五十二文字攝入喻云譬如書字普入一切事一切語一切算數一切世間出世間處而無所住如來音聲普入一切處一切衆生一切法一切業一切報中而無所住一切衆生種種語言皆悉不離如來法輪何以故言音實相即法輪故」諸河入海喻云一切智慧無量無邊不可思議佛子此閻浮提有二千五百河流入大海西拘耶尼有五千河流入大海東弗婆提有七千五百河流入大海北鬱單越有一萬河流入大海佛子此四天下如是二萬五千河相續不絕流入大海此皆攝末歸本義也」法華藥草喻品末云因緣開示是我方便

今爲汝等說最實事是先權後實也」化城喻中東方諸梵請云唯願度脫開涅槃道東南諸梵請云唯願轉法輪顯示諸法相南方諸梵請云願轉無上法輪上方諸梵請云願示大涅槃道是先半後滿也」智勝威音之說先三後一也」鑿井髻珠之譬先小後大也」乃至王膳顯實也良醫開權也」涅槃三云譬如阿耨達池出四大河如來亦爾出一切命起末也」八云譬如衆流皆歸於海一切契經皆歸大乘大涅槃經歸本也」五云譬如長者唯有一子以愛念故晝夜殷勤教其半字而不教誨毘伽羅論何以故以其幼稚力未堪故子既長大堪任讀學時彼長者敎半字已次爲演說毘伽羅論如來亦爾以諸聲聞無有慧力是故如來爲說半字九部經典而不爲說

毘伽羅論方等大乘若諸聲聞有堪任力我亦爾時爲諸弟子說於半字九部經已次爲演說毘伽羅論大乘經典所謂如來常存不變先半後滿也」七云譬如女人生育一子嬰孩得病是女愁惱求覓醫師醫師既來合三種藥酥乳石蜜與之令服因告女人且莫與乳須藥消已爾乃與之是時女人即以苦物用塗其乳藥至消已母人以水淨洗其乳喚其子言來與汝乳是兒聞已漸漸還飲如來亦爾爲度一切教諸衆生修無我法爲修空故說言諸法悉無有我如是修空永斷我心入涅槃已我於爾時說如來藏是故比丘不應生怖應自分別如來祕藏不得不有先權後實也○四全義

△全分義者華嚴五十一龍王降雨喻云譬如阿那婆達多龍王興大密雲徧閻浮提普霔甘雨百穀苗稼皆得生長江河泉池一切盈滿如來亦爾興大悲雲遍十方界普雨無上甘露法雨令一切衆生皆生歡喜增長善法滿足諸乘又如摩那斯龍王將欲降雨先起大雲彌覆虛空凝停七日待諸衆生作務究竟過七日已降微細雨普潤大地如來亦爾將降法雨先興法雲成熟衆生爲欲令其心無驚怖待其熟已然後普降甘露法雨演說甚深微妙善法漸令滿足一切智智無上法味」婆達降雨華嚴也摩那興雲轉照三教漸成熟也後降法雨法華涅槃也」又海寶飲縮喻云譬如大海有四熾然光明大寶布在其底性極猛熱常能飲縮百川所注無量大水一日藏大寶光明照觸海水悉變爲乳二離潤大寶光明照觸其乳悉

變爲酪三火燄光大寶光明照觸其酪悉變爲酥四盡無餘大寶光明照觸其酥變成醍醐如火熾然悉盡無餘佛子若大海中無此四寶從四天下乃至有頂其中所有悉被漂溺如來大智慧海有四種大智慧寶具足無量威德光明此智寶光觸諸菩薩乃至令得如來大智佛子諸菩薩修集一切助道法時起無量散善波浪一切世間天人阿修羅所不能壞如來以滅一切散善波浪大智慧寶光明觸彼菩薩令捨一切散善波浪持心一境住於三昧又以除一切法愛大智慧寶光明觸彼菩薩令捨離三昧味着起廣大神通又以慧光普照大智慧寶光明觸彼菩薩令捨所起廣大神通住大明功用行又以與如來平等無邊無功用大智慧寶光明觸彼菩薩令捨所起大明功用行乃至得如來平等地息一切功用令無有餘佛子若無如來此四智寶大光照觸乃至有一菩薩得如來地無有是處大智慧海華嚴也有四智寶根本輪中具後二時經教法也飲縮百川大水乾枯百界中性修貪愛水也日藏照觸海水變爲乳者阿含教滅凡外戒善人天善禪及餘三途一切愛水而轉成我空也離潤照乳變爲酪者深密教滅一切二乘偏眞三昧法愛而入法空起諸神通化生嚴土也火燄照酪悉爲酥者妙智教滅一切三乘着相修行執着二空種種法愛而成俱空起大明行入於實相般若也無餘照酥成醍醐者法華涅槃教滅一切權乘有修有證有佛有生種種法愛而得圓滿菩提歸無所得生佛平等唯一

乘性入於第一義諦法界空也」法華火宅喻中若我但以智慧神力捨於方便爲諸衆生讚如來知見力無所畏者衆生不能以是得度如彼長者雖復身手有力而不用之華嚴敎也但以智慧方便於三界火宅拔濟衆生爲說三乘聲聞辟支佛佛乘如來以是方便誘進衆生如彼長者爲說羊車鹿車牛車諸子即時爭出火宅轉照中三教也如來若見無量衆生以佛敎門出三界苦便作是念是諸衆生皆是我子等與大乘不令有人獨得滅度皆以如來滅度而滅度之如彼長者見諸子等安隱得出火宅自惟財富無量等以大車而賜諸子即法華也」信解品窮子喻涌出品初後入佛慧方便品始坐道場但讚佛乘無二無三」趣波羅奈於一佛乘分別說三

見求佛者爲說佛慧無有餘乘唯一佛乘皆是三照義也」又受記品繫珠喻中以無價寶珠繫其衣裏華嚴敎也遊行求索得少便足轉照中敎也指示其珠貿易如意法華敎也」化城喻中十六王子請大聞大覆說大經一一所化六百萬億那由它恒河沙等衆生即說華嚴佛慧也於今有住聲聞地者應以是法漸入佛道所以者何如來智慧難信難解阿含方廣般若敎也如來自知涅槃時到衆又清淨便集諸菩薩及聲聞衆爲說是經世間無有二乘而得滅度唯一佛乘得滅度耳法華涅槃敎也」譬喻品中佛告舍利弗言我昔教汝志願佛道先照也汝今悉忘而便自謂已得滅度轉照也還令汝念本行道故說大乘經還照也」涅槃八中一藥流味喻云譬

如雪山有一味藥名曰樂味其味極甜過去世中有轉輪王造作木桶以接其藥是藥熟時從地流出集木桶中其味眞正王既沒已其後是藥或醋或醎或甜或苦或辛或淡如是一味隨其流處有種種異是藥眞味停留在山猶如滿月凡夫薄福雖以掘鑿加功苦至而不能得復有聖王出現於世以福因緣即得是藥眞正之味」輪王造桶接藥華嚴會也王沒之後隨流成異方便教也聖王復出即得眞味法華涅槃會也」九云譬如大船從海此岸至於彼岸復從彼岸還至此岸如來正覺乘大涅槃大乘寶船周旋往反濟度衆生在在處處有應度者悉令得見如來之身」從海此岸先照也彼岸轉照也還至此岸還照也」又云如菴羅樹及閻浮樹一年三變有時生華光色敷榮有時生葉滋茂蓊鬱有時凋落狀似枯死如來亦爾於三界中示三種身有時初生有時長大有時涅槃而如來身實非無常」初時生華頓也中時長葉漸也後時凋枯圓也十四中五味喻云譬如從牛出乳從乳出酪從酪出生酥從生酥出熟酥從熟酥出醍醐佛亦如是從佛出於十二部經從十二部經出修多羅從修多羅出方等經從方等經出般若波羅蜜從般若波羅蜜出大涅槃猶如醍醐」從牛出乳最初華嚴也酪生熟酥轉照中阿含法相無相也涅槃醍醐還照法華涅槃也○五分名義△少分名義者華嚴五十云譬如日出於閻浮提無量衆生皆得饒益所謂破暗作明變濕令燥生長草木成就穀稼廓徹虛空開敷蓮華行者見道居

者辨業何以故日輪普放無量光故如來智日以無量事普益衆生所謂滅惡生善破愚爲智大慈救護大悲度脱令其增長根力覺分令生深信捨離濁心令得見聞不壞因果令得天眼見没生處令心無礙不壞善根令智修明開敷覺華令其發心成就本行何以故如來廣大智慧日身放無量光普照耀故此唯先照名義也」五十九云菩薩正法日出現於世間戒品圓滿輪神足速疾行照以智慧光長諸根力藥滅除煩惱暗消竭愛慾海乃至五十中先照山王次照黑山高原後照大地法喻皆明先照轉照名義也」六十云譬如空中日運行無暫已如來亦如是神變恒相續此唯轉照名義也」五十二云如日舒光照法界器壞水漏影隨滅最勝智日亦如是衆生無信見涅槃此唯還照名義也」涅槃十九云佛日將没大涅槃山大王佛若去世王之重惡更無治者亦唯還照一也

賢首五教儀卷第一之一

音釋

須彌 唐言妙高山王也　菩薩摩訶薩 菩薩此云覺有情摩訶薩此云大道心衆生　菩提 此云覺道　般涅槃 此云入滅度　汙 音烏染也　逝多 此云戰勝匿王太子名　券 音勸契約也　躃 音碧兩足倶廢不能行者　楞伽 此云不可往山名　波羅奈 此云江繞城亦云鹿苑仙苑　波羅蜜 此云到彼岸　般若 華言智慧　淘汰 音陶太淘去其沙泥令水清汰也　比丘 翻乞士　眇 音藐一目小也　矬 坐平聲身短也　阿含 此云無比法　玻瓈 水玉也　阿耨多羅三藐三菩提 華言無上正等正覺　拘尸那 此云角城城具三角故亦云仙城城住仙人故　娑羅 此云堅固冬夏不改故亦云高遠高出餘樹故　禺 音魚日在

巳曰禺中析音息分剖也諳音暗練歷也又識悉曉記憶也阿耨達亦云阿那婆達多此云無熱惱池名也晡音逋申時也闍浮提此云勝金此樹果汁流下河中紫石成金最爲勝故拘耶尼此云牛貨以牛爲貨故弗婆提此云勝勝南洲故又翻爲初日初出處故鬱單越此云勝處或翻勝生於四洲中有情處貨皆勝餘三洲故膳餚饌也

賢首五教儀卷第一之二

清浙水慈雲沙門灌頂續法集錄

○六全名義

全分名義者華嚴五十云譬如日月隨時出現大山幽谷普照無私如來智慧普照一切無有分別隨諸衆生根欲不同智慧光明種種有異」出現普照者月沒日出先照大山也日沒月出還照大山也隨時普照轉照幽谷也根欲不同五會所被機也光明有異三時能被教也」又云譬如日出生盲衆生雖未曾見然爲日光之所饒益何以故因此得知晝夜時節受用調適離衆患故如來智日亦復如是毀戒毀見生盲衆生無信眼故不見諸佛智慧日輪雖不見佛亦爲智日之所饒益何以故以佛威力令彼衆生所有諸苦皆消滅故」晝夜時節者初日分中日分後日分也受用三時飲食也以佛威力者因此如來智慧日輪始得聞知初中後照時分所被一切聲教而亦令彼離苦得樂也」七十三云譬如日輪出時名晝沒時名夜菩薩智輪亦復如是敎化衆生言其止住前劫後劫」華嚴直顯敎中開發衆生宿世善根未種者令種即名過去前劫如日初出名之爲晝也轉時行布教中已種者令增長即名現在中劫如日昇中名爲餉午也法華開會教中已增長者令成熟念念令無量衆生於阿耨菩提得不退轉即名當來後劫如日入沒名之爲夜也則前後劫是約現在三世明矣」四十六云一切諸佛於一時中知一切時具淨善根入於正位無所住着而能示現若晝若夜初中後時

乃至盡於未來際劫恒爲衆生轉妙法輪不斷不退無有休息示現晝夜初中後者別明如來一代教中三種時也盡未來者總結無盡化中三種時也」涅槃二云譬如日初出光明甚暉燄既能還自照亦滅一切暗如來神通光能除我苦惱處在大衆中譬如須彌山今聞入涅槃佛日墜於地法水悉枯涸我等定當死如來般涅槃衆生極苦惱」初出先照也日墜還照也轉照自攝」二十四云世尊若因佛性發阿耨多羅三藐三菩提何故如來廣爲衆生說十二部經世尊如優陀延山日從中出至於正南日若念言我不至西還東方者無有是處佛性亦爾若不聞不戒不施不修不智不得阿耨菩提者無有是處佛讚善哉善男子世有二人一善問難二善能答

善問難者汝身是也善能答者謂如來也善男子因是善問即得轉於無上法輪」若因佛性發菩提者華嚴也如日東出說十二部者方廣等也如日正南不聞不修悉皆應得菩提轉無上輪者涅槃也如日西沒九云譬如日出有三時異謂春夏冬冬日則短春日處中夏日極長如來亦爾於此三千大千世界爲短壽者及諸聲聞示現短壽譬如冬日爲諸菩薩示現中壽若至一劫若減一劫譬如春日唯佛覩佛其壽無量譬如夏日善男子如來所說方等大乘微密之教示現世間雨大法雨若有人能受持是典開示分別利益衆生當知是輩眞是菩薩譬如盛夏天降甘雨若有聲聞緣覺之人聞佛如來微密之教譬如冬日多遇冷患菩薩之人若聞如是微

密教誨如來常住性無變易譬如春日萌芽開敷而如來性實無長短爲世間故示現如是即是諸佛眞實法性」此則以一年分爲三時也短壽如冬、變化土中化身壽也如今釋迦八十唱滅即是化身緣促同促壽量之義劫壽如春受用土中應身壽也如彼彌陀阿僧祇劫即是應身緣長同長壽量之義無量如夏法性土中法身壽也猶如虛空無始無終即是法身常住不變無量壽義壽量既爾說教亦然方等大乘即遮那在法界土說大方廣華嚴教也如盛夏日當初照義如來密教即釋迦在變化土說阿含等權乘教也如寒冬、日當中照義如是常住微密教誨即如來在不毀淨土中說法華涅槃一乘教也如春陽日當後照義」五云如婆羅門所有語論終不欲令刹利毘舍首陀等聞何以故以此論中有過惡故如來正法則不如是初中後善是故不得名爲祕藏」初善說頓也中善開漸也後善顯實也機理並契故不覆藏」三十一云我於爾時告善星言我所說法初中後善其語巧妙字義眞正所說無雜具足成就清淨梵行」華嚴皆是稱性善巧之說故云巧妙即名善語初善也阿含諦緣之法眞實不虛故云眞正即名眞語方廣以逐機性隨計破着應不失時故云無雜即名時語般若權實雙明諸法如義故云具足即名義語中善也法華等賜一乘大白牛車涅槃純談佛性醍醐甘露法味故云梵行即名法語後善也」乃至法華序品三善皆此三時之義餘可例思△準知今家判釋統該一大藏矣

問既經論散說何不合爲一二開爲五六而必欲立三時耶答有五所以一釋尊說法用三時故如因果三說涅槃三敎法華三入光明三輪深密三爲楞伽三照」二衆經論中常明三故如梵網光明三請法華涅槃三善金剛三分華嚴三定智論三覔成論三年」三諸佛化生多三會故如毘婆尸尸棄聲德彌勒佛」等四世出世間恒重三故世如三世三際三分三周出世如三時三生三祇三益」五折衷諸說三爲中故」若盡理言之亦可合爲一二開爲九十」今則總相會通」分爲十重」一總名爲一音時以如來一代時敎不離一音故如流支等」二或分爲二此更有三初一本敎時二末敎時如敎章二一頓敎時二漸敎時如護延諸德三一平道時二屈曲時如印敏

等師上三說中皆前屬華嚴後屬鹿苑終於雙林一切經敎」三或分爲三此亦有二初一根本時二起末時三歸本時如吉藏法師次一圓說時二漸說時三頓說時如光統律師」四或分爲四此亦有二初一頓敎時亦名別敎一乘時華嚴也二小敎時亦名別敎小乘時阿含也三權敎時亦名同敎三乘時深密妙智也四實敎時亦名同敎一乘時法華涅槃也則不違光宅雲師次一圓滿敎時華嚴也二有相敎時阿含也三無相敎時般若也四常住敎時涅槃也如虎邱岌」公五或分爲五此復有四一初華嚴二阿含三般若四深密五法華涅槃則不違相宗二初華嚴二阿含三深密四妙智五法華涅槃則不違性宗三初稱性敎二有相敎三無相敎四同歸敎

五常住教如宋朝岌師四初華嚴二阿含三方等四般若五法華涅槃如智者大師」六或分為六此亦有二一初圓頓教時二人天教時三有相教時四無相教時五同歸教時六常住教時如隱士劉公次一圓頓教時二有相教時三無相教時四抑揚教時五同歸教時六常住教時如道場慧觀等」七或分為七此亦有二一初華嚴二梵網三阿含四方廣五般若六法華七涅槃則不違海東曉師二初華嚴二阿含三大集四深密五妙智六法華七涅槃則不違波頗三藏」八或分為八一圓頓教時二人天教時三有相教時四無相教時五抑揚教時六同歸教時七常住教時八不定教時如南北諸師」九或分為九一華嚴二提胃三阿含四方廣五般若六深密七妙智八法華九涅槃則不違眞諦唐三藏」等十或分為十一華嚴二梵網三提胃四阿含五大集六淨名七深密八妙智九法華十涅槃則不違大衍護身耆闍師等」然十重中一則太簡十則太繁繁則膠於名相簡則昧其源流」是以今家遍收開合判立三時則與教理自不違也○三時儀同異

問釋尊時儀與一切諸佛為同耶為異耶答約教有同異就理則無異」教異者衆生機有千差如來化儀萬別故依華嚴根本輪中或以音聲為教或以香飯為教或以光明而作佛事或以佛身而作佛事或現異相或復揚眉或動睛或不瞬或憶念微笑或謦欬嚬呻就聲名教中或唯說三乘或唯說一乘或先大後小或先小後大或先一後三或先三後

一或先大中小後大或先一次三後一或顯密同時或頓漸齊演故華嚴云今見一切佛土所有衆事種種不同所謂說法調伏教儀法住各有差別教同者此土以聲名句文而爲教體十方諸佛土中亦有以音聲語言文字而作佛事此土如來先圓頓次權漸後圓頓十方諸佛亦有以先一次三後一故法華云如三世諸佛說法之儀式我今亦如是說無分別法又云舍利弗當知諸佛法如是以萬億方便隨宜而說法理無異者諸佛出世唯欲衆生盡皆悟入一法界心故我世尊初成正覺即說華嚴其奈機有利鈍利者得入鈍者如盲故不獲已從一施三復說阿含深密妙智漸漸調伏至純熟已然後會三歸一說法華涅槃根最鈍者具歷五會於阿含成小果益深密但得始益妙智得終頓益直至法華涅槃方得圓益又有根稍利者不必具歷五會或但經四番三番二番便得悟入一眞法界故法性論云中下鈍根菩薩三處入法界初則般若次則法華後則涅槃無量義經云次說摩訶般若華嚴海空宣說菩薩歷劫修行即是因般若入法界也法華云始見我身入如來慧今聞是經入於佛慧即是因法華入法界也像法決疑經云或見如來入涅槃或見如來住世一劫若無量劫或見報身蓮華藏世界海爲千百億釋迦牟尼佛說心地法門或見法身同於虛空無相無礙遍同法界即是因涅槃入法界也時會雖殊入理則一法華云十方三世一切諸佛皆以無量無數方便種種因緣譬喻言辭而爲衆生

演說諸法是法皆爲一佛乘故是諸衆生從佛聞法究竟皆得一切種智」至於餘佛土中或見色聞香而入法界或覺觸知味而入法界如五十三知識解脫境界三十二菩薩不二法門二十五無學眞實圓通發覺雖不同歸元實無異」也若會融之不唯理無優劣敎亦無別如有國土唯說一乘初時說大猶今先照也中時說大猶今轉照也後時說大猶今還照也或有國土唯說三乘宿必下種巳聞大法猶今說頓也現在應以是法漸入猶今開權也當必熟脫還聞大法猶今顯實也或先大後小或先一後三一大華嚴也三小阿含等也後必說一大猶今法華談也或先小後大或先三後一三小阿含等也一大法華等也宿必說一大猶今華嚴談也或顯密同時但從其顯揀去其密或頓漸齊演但取其定捨其不定則亦有三時次第相」也聲敎既爾餘敎亦然如衆香國但以衆香令諸天人得入律行菩薩各各坐香樹下聞斯妙香即獲一切德藏三昧得是三昧者菩薩所有功德皆悉具足猶今說華嚴也若聲聞人未入正位食此飯者得入正位然後乃消巳入正位食此飯者得心解脫然後乃消猶今說阿含也若未發大乘意食此飯者至發意乃消猶今說深密也巳發意食此飯者得無生忍然後乃消猶今說妙智也巳得無生忍食此飯者至一生補處然後乃消猶今說法華涅槃也香味如是餘法例知」則十方無量百千萬億國土中諸佛世尊說法儀式無不同也故華嚴云佛刹與佛身衆會及說法但隨

衆生心如是見有殊非一切如來大仙之過咎上且會通諸佛別三時相如此通相如下

○後通三時三初總標

通三時者開有十重一唯約一念時二盡該一化時三遍周三際時四攝同類劫時五收異類劫時六以念攝劫時七劫念重收時八異類界劫時九彼此攝入時十以本收末時

○次別釋十初唯一念時

第一唯約一念時者謂於一刹那中即遍法界無盡之處頓說無量諸法門海華嚴云如來於一語言中演說無邊契經海淨名云佛以一音演說法衆生各各隨所解楞伽云如日月輪一時遍照一切色像諸佛如來淨諸衆生自心過習亦復如是頓爲示現不可思議諸佛如來智慧境界法華云如來說法常以一味令諸世間普得具足如大雲起普遍世界一時等澍其澤普洽○二盡一化時三初總明

第二盡該一化時者謂從我佛初成道時乃至如來般涅槃夜於此一代時化之中普遍重重法界之處常說種種無盡經法○二別釋五初華嚴會時通至後△如華嚴教別但在初先照時分通則至後華嚴前八會中永無聲聞至第九會方有聲聞爾時五百在祇園中已證聖果驗知舍利弗等先已聞小乘教方預入法界會則華嚴說通於阿含後矣楞伽頌云眞如空實際涅槃及法界種種意生身我說皆異名若不了無我依教不依義於諸經律論而起淨分別無量義云次說般若歷劫修行華嚴海空法華云我今亦令得聞是經入於佛慧像法決疑云今日坐中無央數衆各見不

同或見如來入涅槃或見如來住世一劫若滅一劫若無量劫或見如來丈六之身或見小身或見大身或見報身蓮華藏世界海爲千百億釋迦牟尼佛說心地法門或見法身同於虛空無有分別無相無礙遍同法界或見此處山林土沙或見七寶或見此處乃是三世諸佛所行之處或見此處即是不可思議諸佛境界眞實之法」法性論云鈍根菩薩三處入法界初則般若次則法華後則涅槃故知華嚴之說直爾通至涅槃後池○二阿含會時通初後△若阿含教別論在初轉時通論亦至前後」如華嚴中明小乘戒善四諦因緣即四諦品明諦十藏品明戒六地明因緣則阿含說通於前也」四分遊行等說十二年後方制廣戒」楞伽明聲聞乘差別相涅槃明迦留陀夷入聚落被害作結戒緣起」增一明身子五分法身不滅」阿含說如來涅槃有患脊痛等」相遺敎經云初度陳如後度須跋」釋論云從初鹿苑至涅槃夜所說戒定慧結爲修妬路等藏是知阿含亦通後也○三方廣會時通初後△若方廣深密等敎別論在中轉時通論亦至初後」初者華嚴中明十地十如八識四智等」楞伽頌云甚深大方廣知諸刹自在我爲佛子說非爲諸聲聞」普曜經云第二七日提胃波利等五百賈人施佛麨蜜佛與授記當得作佛號曰密成」密跡力士經說佛初成道七日思惟已即於鹿園中以衆寶莊嚴法座廣集三乘衆梵王請佛爲轉法輪廣益三乘衆得大小果等」六年內即說鴦崛勝鬘等經」後者方廣抑揚般若亦云二乘智慧猶如螢火菩

薩一日學智如日之照豈非抑揚」法華云我此九部法隨順衆生說入大乘爲本以故說是經」方等陀羅尼經云先於王城授聲聞記今於舍衛國復授聲聞記昔於波羅奈巳授聲聞記身子云世尊不虛所言眞實故能第二第三授我等記」光明經中分別三身三乘十地十度乃至人天因果法相」涅槃云護大乘者受持九部」受決經中佛授園監闍王記等」楞伽頌云象脇與大雲涅槃央掘摩及此楞伽經我皆制斷肉又云眞如空實際涅槃及法界種種意成身我說是心量」則方廣談直通初後也（四般若會時通初後）△若般若妙智等敎別論在後轉時通論亦至初後」何者如大智度論云從得道夜乃至涅槃常說般若」華嚴須彌頂上偈讚品云法性本淸淨如空無有相一切無能說智者如是觀凡夫見諸法但隨於相轉不了法無相以是不見佛忉利會爾夜摩兜率雲集菩薩偈讚義然」大品經云佛在鹿野轉四諦法輪無量菩薩得無生法忍住初地二地乃至十地又云不見一法出法性外者法性即是法界」智論云三藏中明法空爲大空摩訶衍中明十方空爲大空楞伽云此空無生無自性無二相悉入一切修多羅中佛所說經皆有是義」法華云本聲聞人在虛空中說聲聞行今皆修行大乘空義究竟涅槃常寂滅相終歸於空」金光明云無量餘經巳廣說空是故此中畧而解說衆生根鈍尠於智慧不能廣知無量空義故此尊經畧而說之」釋論云須菩提何故更問菩薩畢定不畢定答云須菩提於法華中聞諸

菩薩受記作佛今於般若中更問畢定不畢定爲未入者故又會宗品舉十大經雲經大雲經法華經般若最大大明品云諸餘善法入般若中涅槃說佛性亦名般若」故知般若前至華嚴後至涅槃也○五法華涅槃通至前二初法華△若法華涅槃等教別論在後還照時分通則至前華嚴問明品覺首等菩薩問文殊言云何佛境界知文殊答云非識所能識亦非心境界其性本清淨開示諸羣生圓覺彌勒問云於諸輪迴有幾種性修佛菩提幾等差別迴入塵勞當說幾種教化方便度諸衆生惟願不捨救世大悲令諸修行一切菩薩及未世衆生慧目肅清照曜心鏡圓悟如來無上知見」方等陀羅尼云昔於波羅奈授聲聞記今於王舍城復授聲聞記楞伽云大慧白言如來何故授阿羅漢阿耨多羅三藐三菩提記如來答言我爲無餘涅槃界故密勸令彼修菩薩行」授嚴聞記楞嚴中如來責云如何世間三有衆生及出世間聲聞緣覺以所知心測度如來無上菩提用世語言入佛知見阿難白言惟願如來示我在會諸蒙暗者捐捨小乘畢獲如來無餘涅槃令有學者從何攝伏疇昔攀緣得陀羅尼入佛知見須菩提言蒙如來發性覺真空空性圓明得阿羅漢頓入如來寶明空海同佛知見法華云始見我身聞我所說即皆信受入如來慧於一佛乘分別說三今見佛子求佛道者常爲汝等讚一乘道又云雖示種種道其實爲佛乘又身子云我昔從佛聞如是法見諸菩薩受記作佛我等不預斯事甚自感傷失於如來無

量知見而今從佛聞所未聞未曾有法斷諸疑悔身意泰然快得安隱此則法華通至於前〇次涅槃△釋論云從初發心常觀涅槃行道提胃說泥洹道」阿含明涅槃相及二空等」央掘勝鬘明佛性常住」楞伽云若如來是作則是無常若是無常一切作法應是如來我及諸佛皆不忍可謂以現智證常法故證智是常如來亦常大慧諸佛如來所證法性法住法位如來出世若不出世常住不易在於一切二乘外道所得法中非是空無然非凡愚之所能知頌云緣於本住法我及諸如來於三千經中廣說涅槃法」金剛云若復有人得聞是經信心清淨則生實相當知是人成就第一希有功德世尊是實相者即是非相是故如來說名實相」法華壽量品云成佛已來甚大久遠壽命無量阿僧祇劫常住不滅安樂行品云觀一切法猶如虛空不動不退常住一相涅槃三云我坐道場菩提樹下初成正覺爾時無量阿僧祇恒河沙等諸佛世界有諸菩薩亦曾問我是甚深義然其所問句義功德亦皆如是如是問者則能利益無量衆生四云善男子大涅槃者即是諸佛如來法界涅槃義者即是諸佛之法性也五云解脫者名曰虛寂又虛寂者墮於法界如法界性即眞解脫二十八云佛既成道已梵天勸請唯願如來當爲衆生廣開甘露說無上法佛言梵王一切衆生常爲煩惱之所障覆不能受我正法之言梵王復言世尊一切衆生凡有三種所謂利根中根鈍根利根能受唯願爲說佛言梵王我今當爲一切衆生開

甘露門即於波羅奈國轉正法輪宣說中道一切衆生不破諸結非不能破非破非不破故名中道不度衆生非不能度是名中道非一切成亦非不成是名中道二十二云菩薩摩訶薩修大涅槃知見法界解了實相空無所有無有和合覺知之相得無漏相無所作相如幻化相熱時燄相乾闥婆城空虛之相又涅槃明空與大品中說第一義空無異明常與淨名中說離五非常得五常身無異此則涅槃通至於前故知法華涅槃之說直爾通至華嚴前也○三通妨△問若爾何有三時五會前後答若就佛意種熟脫三時時不廢故一代時中大小並陳三一不定約機意各隨巳見自有三時五會差別又就如來說教實大小頓演時無前後但所被機宜悟解不同自有頓受或從漸入若漸入者則見如來三時五會說法次第若頓受者則見如來一代時中教法融通故有通別二時相也

賢首五教儀卷第一之二

音釋

毘伽羅此云文字本 摩那斯此云大身 阿修羅此云無端正女端男醜故亦云非天有天福無天德故 辟支此云緣覺亦云獨覺 那由宅此云萬億姟數也 貿音茂市賣也又以時物遷貨曰貿以有易無曰易 掘音橛穿地也 菴羅此云柰其果似桃而非桃可以療疾 蓊草木盛貌音翁 修多羅亦云修妬路此翻契經 優陀延亦云優陀夷華言出現山名日從此山出現故 釋迦此云能仁姓也 彌陀此云無量壽命光明普無量故 阿僧祇翻無數 遮那此云徧一切處 婆羅門此云淨行 剎利此云田主王種也 毘舍此云商估 首陀此云農者 毘婆尸翻勝觀又徧見 尸棄翻火 彌勒此云慈氏 流支此云

覺希兆印度人岌音及高貌人名也波頗此云智光中印度人謦欬輕曰謦重曰欬嚬呻張口貌卽欠呿也須菩提此云空生亦云善吉舍利弗此云身子亦云鶖子珠子迦留陀夷此云黑光光色黑故陳如此云火器姓也須跋華言賢善聰明多才智故提胃會玄云翻胡茷波利會玄云翻金挺鴦崛亦云央掘摩羅唐言指鬘殺人取指冠首爲鬘故陀羅尼此云總持亦云遮持舍衛此云聞物或名豐德或曰好道忉利華言三十三居須彌頂也夜摩此翻時分時時唱快樂故兜率華言知足於五欲知上足故摩訶衍此翻大乘尠音鮮少也泥洹即涅槃梵音小轉耳華言圓寂亦云寂滅乾闥婆此云香陰新云尋香帝釋之樂神也

賢首五敎儀卷第二

清浙水慈雲沙門灌頂續法集錄

○二遍三際時

第三遍周三際時者謂盡前後際各無邊劫恒常周遍演說諸經初無暫息」華嚴云不可說不可說佛刹微塵等劫說異句身味身音聲充滿法界一切衆生無不聞者盡一切未來際劫常轉法輪如來音聲無異無斷不可窮盡餘如不思議」品梵網云三世諸佛已說今說當說我今亦如是說四分律云諸世尊大德爲我說是事如過去諸佛及以未來者現在諸世尊能勝一切憂皆共尊敬戒此是諸佛法法華云如諸佛所說我亦隨順行即趣波羅奈爲五比丘說又云善哉釋迦文得是無上法隨諸一切佛而用方便力我等亦皆得最妙第一法爲諸衆生類分別說三乘是故以方便分別說諸果」彌陀云無量壽佛威神無極十方世界無量無邊不可思議諸佛如來莫不稱歎」楞伽云我念去來世所有無量佛菩薩共圍繞演說楞伽經世尊亦應爾住彼寶嚴山菩薩衆圍繞演說清淨法」維摩云此經廣說過去未來現在諸佛不可思議阿耨菩提所以者何諸佛菩提皆從此生諸佛賢聖所共稱歎背生死苦示涅槃樂十方三世諸佛所說」般若云一切諸佛及諸佛阿耨菩提法皆從此經出」楞嚴云此是微塵佛一路涅槃門若我說是般怛羅咒經恒沙劫終不能盡又持地菩薩云聞諸如來宣妙蓮華佛知見地我先證明而爲上首」涅槃云如來演說一偈之義經無量劫義亦不盡所

謂若戒若定若慧施等○四攝同類時

第四攝同類劫時者謂彼三際無邊劫中一一劫內各攝無量同類劫海如長劫唯攝長劫短劫唯攝短劫然時與劫各有多相如華嚴明時有八類謂長短染淨廣狹多少劫有十二類謂長短一無數有量無量有盡無盡一念不可說一切非於中復有十類謂成壞劫染汙劫染淨劫淨染劫清淨劫無邊莊嚴劫無量大莊嚴劫莊嚴滅劫莊嚴成劫普清淨劫於彼無量同類劫中恒說一切權實教」門華嚴云一一地獄中經於無量劫根本獄長劫唯攝根本獄長劫眷屬獄短劫唯攝眷屬獄短劫也爲度衆生故而能忍是苦不惜於身命常護諸佛法無我心調柔能得如來道梵網云吾今來此娑婆世界此大多時唯攝彼天多時彼洲少時亦唯攝此洲少時餘例知」八千返說心地法楞伽云住一切剎兜率陀宮狹攝狹劫色究竟天廣攝廣劫成如來」身楞嚴云應以菩薩聲聞身得度者即現菩薩聲聞身而爲說法此證淨攝淨也應以人非人等身得度者即皆現之而爲說法此證染攝染也」法華云我說然燈佛等與成又復言其入於涅槃滅壞也如是皆以方便分別頌云是諸罪衆生以惡業因緣過阿僧祇劫有盡攝有盡劫不聞三寶名諸有修功德柔和質直者則皆見我身常在無盡攝無盡劫此說法我此土安隱天人常充滿寶樹多華果散佛及大衆莊嚴成劫相攝衆生見劫盡大火所燒時憂怖諸苦惱如是悉充滿莊嚴滅劫相攝涅槃云往昔衆生壽百歲時有量劫攝有量恒沙衆生受地獄報我見是已即發大願受地獄身我於爾時在地獄中經無量歲無量劫攝無量爲諸罪人廣開分別十二

部經諸人聞已壞惡果報令地獄空○五收異類時

第五收異類劫時者謂彼無邊一一劫中各攝無量異類劫海如長劫攝短劫短劫攝長劫等於彼一切異類劫內恒說諸法華嚴云長劫與短劫平等短劫與長劫平等一劫與無數劫平等無數劫與一劫平等有量劫與無量劫平等無量劫與有量劫平等有盡劫與無盡劫平等無盡劫與有盡劫平等不可說劫與一念平等一念與不可說劫平等一切劫入非劫非劫入一切劫淨名云即演七日以爲一劫即促一劫以爲七日多少時相攝楞伽云或有現變化或有先時化染淨劫相攝於彼說諸乘皆是如來地法華云是諸菩薩種種讚法而讚於佛如是時間經五十小劫佛神力故令諸大衆謂如半日又云六十小劫身心不動聽佛所說謂如食頃長短劫相攝又云以方便力故現有滅不滅莊嚴滅劫與莊嚴成劫相攝也○六念攝劫時

第六以念攝劫時者謂於一念之中即攝前後無量無邊同異類劫一念既爾餘一切念一一念中皆各普攝盡前後際一切劫海如是時劫說無盡教華嚴云於一念中盡知前際後際及現在一切世界成壞劫故發菩提心頌云一念普觀無量劫同異類也無去無來亦無住如是了知三世事超諸方便成十力楞伽云譬如心意一念也於無量百千由旬無量同異劫也之外憶先所見種種諸物念念相續一切念也疾詣於彼各攝無邊同異劫也非是其身及山河石壁所能爲礙意生身者亦復如是如幻三昧力

通自在諸相莊嚴憶本成就衆生願故猶如意去生於一切諸聖衆中淨名云諸有衆生類同異劫也形聲及威儀無畏力菩薩一時一念也能盡現或現劫盡燒天地皆洞然壞劫或作日月天梵王世界主成劫或時作地水或時作風火法華云我以如來知見力故觀彼久遠猶若今日亦一念間攝多同異劫也○七復重收時

第七劫念重收時者謂一念中所攝劫內復有諸念而彼諸念復攝諸劫一念旣爾餘一切念劫內諸念攝劫亦然是則念念旣不盡劫劫亦無窮如因陀羅網重重無盡於彼諸劫說諸經海華嚴云於一念頃能知東方阿僧祇世界念攝劫也所有衆生種種差別解劫攝念也念念如是盡阿僧祇劫多念相收也南西北方四維上下亦復如是重收例東知之菩薩摩訶薩入可數劫即不可數劫劫內諸念各攝多劫也入一切劫即一念一念攝多劫念也頌云不可說諸劫即是須臾頃亦明重收莫見修與短究竟刹那法圓覺云心中了知生住滅念分劑頭數如是周遍四威儀中分別念數念攝劫無不了知漸次增進乃至得知百千世界一滴之雨劫攝念猶如目覩所受用物又云如是初靜從於一身至一世界覺亦如是念攝劫善男子若覺遍滿一世界者一世界中有一衆生起一念者皆悉能知百千世界亦復如是劫攝念楞伽云諸菩薩以本願方便願一切衆生悉入涅槃念收劫若一衆生未涅槃者我終不入劫收念淨名云一切諸法劫念相收也亦無在無不在楞嚴云一爲無量一攝多也無量爲一多入一也無量義云佛一切時念劫相攝入也說大小法○入異類界時

第八異類界劫時者謂前之七重且約同類如今娑婆一類界等今辯樹形江河形等無量無邊異類界剎剎既同處而有不同時劫亦有時劫相同而有長短各別分齊然世界形相略開二十種華嚴華藏世界品」云佛子彼一切世界種或有作須彌山形或作江河形或作迴轉形或作旋流形或作輪輞形或作壇墠形或作樹林形或作樓閣形或作山幢形或作普方形或作胎藏形或作蓮華形或作佉勒迦形或作衆生身形或作雲形或作諸佛相好形或作圓滿光明形或作種種珠網形或作一切門闥形或作諸莊嚴具形如是等若廣說者有世界海微塵數」又收彼界總成八類謂穢世界淨世界小世界大世界麤世界妙世界狹世界廣世界並盡彼界時劫常說一切諸法華嚴云於一微細毛孔中不可說剎次第入毛孔能受彼諸剎諸剎不能遍毛孔入時劫數不可說受時劫數不可說於此行列安住時一切諸劫無能說又云或有雜染或清淨受苦受樂各差別斯由業海不思議諸流轉法恒如是一毛孔內難思剎等微塵數種種住一一皆有遍照尊在衆會中宣妙法於一塵中大小剎種種差別如塵數平坦高下各不同佛悉往詣轉法輪一切塵中所現剎皆是本願神通力隨其心樂種種殊於虛空中悉能作一切國土所有塵一一塵中佛皆入普為衆生起神變毘盧遮那法如是」無量壽云羅網寶樹演發無量微妙法音流布萬種溫雅德香其有聞者塵勞垢習自然不起譬如比丘得滅盡三昧隨

其時節風吹散華又寶蓮花周滿世界一一寶花出三十六百千億佛一一諸佛又放百千光明普爲十方說微妙法七寶池中八功德水波揚無量自然妙聲隨其所應莫不聞者正法念云諸天遊樂池中鳧鴈皆出音聲宣揚偈頌開示五欲畢竟無常不可躭玩大般若云淨土樹林内外物中常有妙音說一切法皆無自性楞嚴云林木池沼皆演法音涅槃云七寶林樹華果茂盛微風吹動出微妙音一一園中有五泉池是諸池中復有諸華是諸華中一一各有師子之座一一座上有一王座以大乘法教化衆生楞伽云何故諸國土猶如日月形須彌及蓮花卍字師子像何故諸國土如因陀羅網覆住或側住一切寶所成何故諸國土無垢日月光或如花果形箜篌細腰鼓何因佛世尊一切刹中現異名諸色類佛子衆圍繞法華云自從是來我常在此娑婆世界說法教化亦於餘處百千萬億那由他阿僧祇國導利衆生處處自說名字不同年紀大小又以種種方便說微妙法能令衆生發歡喜心○九相攝入時

第九彼此攝入時者即彼異類界中所有時劫亦復各別相收或同異類界時互相攝入若念若劫重重無盡同前四五六七悉於彼時恒說諸門華嚴云一毛端處分正也所有刹其數無量不可說盡虛空量諸毛端一一處刹悉如是上總下別彼毛端處諸國土無量種類差別住有不可說異類刹有不可說同類刹不可言說毛端處皆有淨刹不可說此明刹界也或復於一毛端處不可說劫常安住如一毛

端餘悉然所住劫數皆如是（此明時劫也）彼佛法身不可說彼佛分身不可說演說法門不可說調伏衆生不可說（此明佛法也上毛端下微塵亦先總）乃至法界悉周遍其中所有諸微塵（分依也）世界若成若住壞其數無量不可說（次别）一微塵處無邊際無量諸刹普來入十方差别不可說刹海分布不可說（界刹也）一一刹中有如來壽命劫數不可說（劫時也）諸佛所行不可說甚深妙法不可說（佛法也）又云我見十方世界海劫數無量等衆生（上總下别）或長或短或無邊以佛音聲今演說我見十方諸刹海或住國土微塵劫或有一劫或無數以願種種各不同或有純淨或純染或復染淨二俱雜或無量劫入一劫或復一劫入多劫或一切劫莊嚴事於一劫中皆現覩或一劫內所莊嚴普入一切

無邊劫始從一念終成劫悉依衆生心想生一切刹海劫無邊以一方便皆清淨有清淨劫一佛興或一劫中無量現往昔修行刹塵劫獲大清淨世界海諸佛境界具莊嚴永住無邊廣大劫楞伽云住色究竟天於彼成正覺具力通自在現化於此成（上同類界劫下異類界劫）化身無量億遍遊一切處令愚夫得聞如響難思法（此横遍界土也）遠離初（先照）中（轉照）後（還照）亦離於有（現劫有盡）無（過未劫無盡）非多而現多不動而普遍說衆生身中所覆之眞性（此竪窮時劫也）化佛於諸刹演三乘一乘佛有三十六復各有十種隨衆生心器而現諸刹土（此總明同異界劫相攝入也）淨名云住不可思議解脫菩薩斷取三千大千世界如陶家輪着右掌中擲過恒沙世界之外一（攝入一切也）又菩薩以一切佛土衆生置之右掌飛

到十方遍示一切而不動本處（攝一切入一切也）又十方世界劫盡燒時以一切火內於腹中火事如故而不爲害（攝一切入一也）又於下方過恒河沙等諸佛世界取一佛土舉着上方過恒河沙無數世界如持針鋒舉一棗葉而無所嬈（攝一入一也）時維摩詰入於三昧現神通力以其右手斷取妙喜世界置於此土妙喜世界雖入此土而不增減於是世界亦不迫隘如本無異（上明解脫境此以實事證）楞嚴云一一同中顯現羣異一一異相各各見同（界劫俱攝）如是乃至十方虛空滿足微塵一一塵中現十方界現塵界不相留礙（塵界既爾時劫例然）不動道場遍十方界（此入彼也）身含十方無盡虛空（彼入此也）於一毛端現寶王刹（正攝依也）坐微塵裏轉大法輪（依攝正也）法華云自我得佛來所經諸劫數無量百千萬億載阿僧祇（總明同異類界劫相攝入也）常說法教化無數億衆生○（十本收末時）

第十以本收末時者謂以非劫爲劫故（非劫本劫末也）如華藏界中以非劫爲劫劫即非劫念等亦爾以時無長短離分限故以染時分說彼劫故以時無別體依法上立法既融通時亦隨爾故於此無量不可說劫常說諸教初無休息華嚴云菩薩摩訶薩知一切劫即是非劫而眞實說一切劫數善男子菩薩智輪遠離一切分別境界不可以生死中長短染淨廣狹多少如是諸劫分別顯示（劫即非劫也）何以故菩薩智輪本性清淨離一切分別網超一切障礙山隨所應化而普照故（非劫即劫也）善男子譬如日輪無有晝夜（本非劫也）但出時名晝沒時名夜（末即劫也）菩薩智輪亦復如是無有分別

亦無三世但隨心現教化衆生言其止住前劫後劫以眞如法身本也遍一切法末也與一切法而共相應遍一切處持諸世間遍一切時遍在晝夜半月一月年歲成壞劫盡未來際常住無盡遍住一切衆生界安立一切衆生爲衆法眼無間無斷頌云華藏世界海法界等無別莊嚴極清淨安住於虛空劫即非劫此世界海中刹種難思議一一皆自在各各無雜亂一切刹種中世界不思議或成或有壞或有已壞滅有刹住一劫或住於十劫乃至過百千國土微塵數或於一劫中見刹有成壞或無量無數乃至不思議非劫即劫或有刹有佛或有刹無佛或有唯一佛或有無量佛國土若無佛他方世界中有佛變化來爲現諸佛事一一佛刹中一佛出興世經於億千歲演說無上法衆生非法器不能見諸佛若有心樂者一切處皆見一一刹土中各有佛與世一切刹中佛億數不思議此中一一佛現無量神變悉遍於法界調伏衆生海佛身無有量能示有量身隨其所應覩導師如是現佛身無處所充滿一切處如空無邊際如是難思議饒益衆生故如來出世間衆生見有出而實無與世不可以國土晝夜而見佛歲月一刹那當知悉如是衆生如是說某日佛成道末如來得菩提實不繫於日本如來離分別非世超諸數三世諸導師出現皆如是譬如淨日輪不與昏夜合本而說某日夜諸佛法如是末三世一切劫不與如來合而說三世佛導師法如是楞伽云不生而現生不滅而現滅普於諸億刹頓現如水月一身爲多

身隨機心中現遠離常無常而現常無常恒如是觀物不生於惡見一切法無生亦復無有滅於彼諸緣中分別生滅相淨名云法不可住本若住於法是則住法末無住則無本本從無住本立一切法末楞嚴云即一切法劫離一切相非劫唯即與離二無所著本末即入圓融一切同異所不能至同異界劫無礙法華云如來如實知見三界之相無有生死若退若出亦無在世及滅度者非實非虛非如非異劫即非劫不如三界見於三界非劫即劫常在耆闍崛山共大菩薩諸聲聞衆圍繞說法頌云是法住法位世間相常住劫即非劫道場證知已於阿僧祇劫常在靈鷲山及餘諸住處非劫即劫我常知衆生行道不行道隨所應可度爲說種種法○三通劫六初通恒說劫

問依此說時則無始終何容有此一代時中諸部經教答一乘玄門諸佛齊證故一切如來法爾皆於無邊世界常轉如是無盡法輪令諸衆生返本還源窮未來際無有休息但隨見聞說有三時五會之別諸慈悲者爲下劣衆生於無盡說中略取此等結集流通故有此等諸部教典令尋於此見無邊法如觀牖隙見無際空而此時說即同無盡以一時即一切時一說即一切說故華嚴云恒以佛日普照法界隨本願力常現不沒恒住法界無有變異○二通涅槃劫

問若此多劫常恒說者何故如來有涅槃耶答一切諸佛本不涅槃如華嚴法界品中開栴檀塔見三世佛無涅槃者又復涅槃亦是說法攝生與成道說法無差別故法華壽量

品云爲度衆生故方便現涅槃而實不滅度常住此說法華嚴出現品云若有衆生應以涅槃而得度者如來則爲示現涅槃而實如來無生無滅無有滅度是故說法總無休時○三通諸教妨三初華嚴本教

問智度論云須扇多佛晨朝成道日暮涅槃唯留化佛度諸衆生則知佛土亦有不說華嚴教耶答非一切佛土中皆用言語說法如淨名云有以佛所化人而作佛事乃至有以入萬塵勞作佛事等則知須扇多佛以所化身而爲說法正是華嚴無盡教相中之一教相耳何云不說○二法華涅槃△問據古德共云如燈明佛晨旦說法華中夜便滅度則法華之外非有別時更說涅槃謂人根利故聞法華竟不須復說涅槃又迦葉佛時亦爾則知涅槃或說不說或有國土唯說三乘究竟不破如多寶佛或有國土唯說一乘無三可破如勝雲佛則知法華亦有說不說不同華嚴我不見有一佛國土其中如來不說此法何云法華涅槃之說亦該通十方耶答說法華即是說涅槃以佛之知見不異佛性故說三乘即是說一乘諸有所作常爲一事故說一乘即是說法華以頓圓別教與漸圓同教儀法雖殊而說一乘入佛慧無有別故則知法華涅槃之說亦恒遍法界也○三阿含等教△問稱性本教可爾逐機末教云何亦常演耶答末不離本故依本而成故攝論云無不從此法界流無不還歸此法界本源既遠枝派自長是故人天小教等說亦無始終時也○四通相遍妨二初時處雜亂

問既諸經説皆悉常遍則五會時處豈不雜亂如菩提場説華嚴時既遍虚空周於毛道盡未來際未知鹿野苑等亦説華嚴不設爾何失二俱有過若彼不説即説處不遍説時不常若彼亦説時處即成雜亂何故以經唯云菩提場説華嚴鹿野苑説阿含今何鹿苑亦説華嚴豈不成雜亂耶答説華嚴菩提場處既遍十方一切塵道即彼鹿野苑等皆有菩提場會是故寂場無不常遍説阿含鹿野苑處既遍法界乃至塵毛即寂場等皆有鹿苑是故鹿苑無不常遍既爲門不同亦不成雜亂也○（二彼此相見）△門若約爲問不同爲互相見不若相見者還成雜亂若不相見何以知遍答若約華嚴與阿含等全教相攝則彼此互無各遍法界而有隱顯不同不見也可若約諸教相資則彼此互有同遍法界而有主伴不同相見也可餘一一會一一經處皆亦如是准以思之△（五通餘佛二初説教同異）

問諸佛説教亦如是不答此佛既爾餘佛例然經云三世諸佛已説今説當説我等諸佛亦如是説○（二時處相遍）△問餘佛説經時處與遮那説經時處爲相見不設爾何失二俱有過謂若相見即乖相遍若不相見不成主伴答見與不見二義俱成謂二互相見主伴義成見與不見相遍義成但見則同遍不見各遍以爲異耳文有四句一主主不相見遮那爲主時十方餘佛但得爲伴不得爲主若餘佛爲主遮那亦即爲伴不得爲主二伴伴不相見如諸佛爲遮那伴時遮那更不得爲伴遮那爲餘佛伴時餘佛亦不得又爲伴矣三

主伴互相見如遮那為主見餘伴佛伴佛亦見遮那四伴主互相見如遮那為伴餘佛為主兩得相見若互不相見即各遍法界彼此相攝而互無故若互得相見即同遍法界彼此相資而互有故為門不同亦無雜亂常相融攝亦無障礙○六通餘教妨

問餘教云何答聲教既爾餘教例然是故通論開為十例或以音聲或現妙色或以奇香或以上味或以妙觸或以法境或內六根或四威儀或弟子人物或一切所作皆堪攝物具如不思議品」說若別言聲亦有十例一如來語業圓音自說二如來毛孔出聲說法三如來光明舒音演法四令菩薩口業說法五令菩薩毛孔亦出音聲說法六令菩薩光明亦有音聲說法七令諸剎海出聲說法八令一切眾生悉為說法九遍三世中皆以音聲說法十以一切法中皆出聲說法故普賢行品云佛說菩薩說剎說眾生說三世一切說」如音聲說法有此十種餘色香等皆各具十是則已為百門說法」準知內內外外根根塵塵無不恒常周遍而說一切無盡法矣餘如指歸華玄等釋○二十儀三初總標

言十儀者一本末差別門二依本起末門三攝末歸本門四本末無礙門五隨機不定門六顯密同時門七一時頓演門八寂寞無言門九該通三際門十重重無盡門○次別釋十一差別門三先正明

第一本末差別門者謂本末同時始終一類各無異說○次出相△然有三位一若小乘中則初度陳如後度須跋中間亦唯說小益小

如四阿含經及五部律等」二若約三乘則始終說三通盖三機如密迹經等」三若約一乘則始終唯爲圓機說於圓極如華嚴經等其中不通小乘復攝九世該於前後更無異說○三揀濫 △然此三類依於此世根性定者常開如上一類之法故佛所演各通始終更無前後○二起末門 二初正明

第二依本起末門者此有五類謂初爲菩薩說大二爲緣覺三爲聲聞四爲善根衆生五爲邪定如出現品日照高山及三千初成喻中廣辨其相皆明先大後小○二揀濫 △約法名從本起末以於一佛乘分別說三故十八本二皆大乘出」故約機各是一類之機非約一機前大後小○三歸本門 二初正明

第三攝末歸本門者依無量義初時說小次說中乘後時說大故也法華亦云昔於波羅奈轉四諦法輪今復轉最妙無上大法輪深密妙智說皆先小後大○二揀濫 △然此門中有二類人」一者一人備歷小大如四大聲聞等」二者先禀小人未必後時禀大以小性定故而聞後時說大故異前始終俱小後禀大人未必要從小來以有頓悟機故而知先來說小故非前始終俱大○四無礙門

第四本末無礙門者謂初舉照山王之極說明非本無以垂末後顯歸大海之異流明非末無以歸本故本末交暎與奪相資方爲攝生之善巧矣是故通論總有五位一根本一乘如華嚴經二密意小乘三密意大乘四顯了三乘上三如深密經五破異一乘如法華經○五不定門

第五隨機不定門者謂上之四門初門明三類機始終常定次門明五類機異時常定三門明一類機自淺之深四門明二類機初機聞頓後機從淺至深」更有一類不定之機或從小乘次入三乘後入一乘亦有從小直入一乘或多類機隨聞一句異解不同○六顯密門

第六顯密同時門者謂同聽異聞若互相知者是顯不定若互不相知者即是秘密顯密同時亦無前後○七頓演門

第七一時頓演門者謂上來諸門一時頓演華嚴云如來一語中演無邊經海無量義云佛一切時說大小等○八寂寞門

第八寂寞無言門者謂從初得道乃至涅槃不說一句般若云我從成道已來不說一字汝亦不聞涅槃云若知如來常不說法是名具足多聞楞伽云我某夜成道至某夜涅槃於此二中間我都無所說緣自得本住故我作是說彼佛及與我悉無有差別○九該通門

第九該通三際門者謂此上諸門盡通三際經云一法門中無量門無量千劫如是說○十無盡門

第十重重無盡門者謂前之九門隨時隨處重重無盡皆無前後經云毘盧遮那佛願力周法界一切國土中恒轉無上輪○三通結

此上十門圓通無礙是則前後即無前後無前後之前後耳○三五教二初總標

言五教者一小乘教二大乘始教三終教四一乘頓教五圓教○二別釋五初略出名義五一小教名義

初小乘教者即愚法二乘教異大乘故逐機設故隨他語故以其明諸法數一向差別所

謂揀邪正辨聖凡分欣厭析因果也○二始教名義

二大乘始教者亦名分教但明諸法皆空未盡大乘法理故名爲始但明一切法相有成佛不成佛故名爲分○三終教名義二初正釋

三終教者亦名實教由明緣起無性一切皆如定性二乘無性闡提悉當成佛方盡大乘至極之說故名爲終以稱實理故名爲實○二結會

上之二教並依地位漸次修成故總名漸○四頓教名義二先正釋二初約當法立名

四一乘頓教者但一念不生即名爲佛不依地位漸次說故如思益云得諸法正性者不從一地至於一地楞伽云初地即爲八無所有何次○二約對他受稱

不同於前漸次修行不同於後圓融具德故立名頓○後解妨

問此若是教更何是理答頓詮此理故名頓教別爲一類離念機故亦爲對治空有俱存三種着相人故即順禪宗○五圓教名義

五圓教者統該前四圓滿具足一位即一切位一切位即一位是故十信滿心即攝五位成正覺等依普賢法界性相圓融主伴無盡身刹塵毛交遍互入故名圓教如華嚴云顯現自在力爲說圓滿經無量諸衆生悉受菩提記等○二詳辨所詮二先別約所詮辨異二初標

若廣約所詮法相辯者○二釋五一小教法相三初總明四一法數多少

初小教中說有七十五法○次二空差別△唯明人空不明法空縱說法空少不明顯○三所依根

本△但依六識三毒建立染淨根本故阿含
云貪恚愚癡是世間根本等○四結成有餘△未
盡法源故多諍論○二別釋二先結前起後
總相如是若別明者略舉十門法義差別○
次勸義分門十一心識
說唯六識義分爲心意識○二種性△除佛一
人有菩提性餘諸衆生無佛種性○三行位△
方便資加見修證中修至忍位得不退轉○
四時分△聲聞下根極疾三生得羅漢果最極
遲者經六十劫獨覺中根極疾四生遲經百
劫如來上根定滿三祇○五依身△但分段身
至究竟位○六斷惑△斷煩惱障證我空理○
七回心△旣趣寂後皆無囘心○八果相△佛果
相好唯是無常○九化境△娑婆閻浮爲佛報
土三千百億即攝化境○十佛身△此釋迦身

乃是實報非法非化或立爲二即有生身化
身佛別○三結指
如是等義廣如小乘經論中說○二始教法相三初總明二先法相二初對後彰劣
二始教中廣談法相少及法性其所云性亦
是相數○次對前顯勝△說有百法決擇分明故
少諍論○後無相二初對前顯勝△又說諸法一切皆
空○次對後彰劣△不說不空中道妙理○二別釋二
先結前生後
總相如是若別明者開爲二門○次分門釋義二先對
他教二初總△先且對他教辨異於中分二○二別
二先相宗三初標
初相宗法義略舉十門○二釋九初唯心中妄義
說有八識唯是生滅依生滅識建立生死及
涅槃因○二乘性中三五義△法爾種子有無永別

是故五性三乘決定不同○三眞如中凝然義△既所立識唯業惑生故所立眞如常恒不變不許隨緣○四三性中離義△依他起性似有不無非即無性眞空圓成經說空義但約所執○五生佛中永別義△既言三性五性不同故說一分衆生決不成佛名生界不減○六二諦中離義△眞俗二諦迢然不同非斷非常果生因滅○七四相中前後義△同時四相滅表後無○八斷證中不即義△根本後得緣境斷惑義說雙觀決定別照以有爲智證無爲理義說不異而實非一○九佛身中有爲義△既出世智依生滅識種故四智心品爲相所還佛果報身有爲無漏○三結

如是義類廣有衆多具如深密等經瑜伽雜集等論○後空宗三初標

次空宗法義略有五門○二釋五初無本性中無性義

說一切法皆無自性即是眞如以此無性而爲其名凡愚不了着於法相故但標名而遮其非○二眞智知中眞智義△能了此者即名眞智○三二三諦中二諦義△所詮法義不出二諦差別法相乃名爲俗無爲義性即名爲眞○四三性中各具義△有謂依計空謂圓成○五佛德中空義△雖說佛身五求不得得即虛妄無得乃眞離一切相名佛功德故以有我爲妄無我爲眞○三結

如是義類亦有衆多具如諸部般若等經中觀百門等論○後約當法二初總

次正約當法廣明復有十門○二別十一心識

說賴耶識爲諸法依從業種生唯是生滅○二種性△就有爲中立五種性由法爾故無始時來一切有情有無永別○三行位△資等五位乾等十地修至加行性地位中得不退墮

○四時分△成菩提道定滿三祇○五依身△亦是分段至究竟果○六斷惑△聲聞緣覺斷煩惱種分斷所知菩薩俱斷○七迴心△決定性者趣寂不定性者並迴向大○八果相△三十二相是化身好八萬四千是報身德但此修生及佛法身俱常無常○九化境△以釋迦身隨他受用實報淨土在首羅天化身充滿百億閻浮○十佛身△如來法身唯眞境界釋迦佛身化非法報或分生身法身二佛或開三身或立四佛○三結指

如是等義詳如佛地阿毘達磨大品等經顯揚智度攝論中說○三終教法相三初總明二先對相顯二初對後彰劣

三終教中多談法性少及法相其所云相亦會歸性○二對前顯勝△盡大乘說故無諍論○後對空顯二初對後彰劣△由明不空眞如中道○二對前顯勝△不但說空以爲至極○二別釋二先結前生後次分門釋

總相如是若別明者亦開二門○義二先對他教二初總△先且對他教辯異於中亦二○二別二先對相辨二初標

初對相宗揀顯法義亦有十門○二釋九初唯心中眞義

所說入識通如來藏隨緣成立生滅與不生滅和合而成非一非異○二乘性中一義△一切衆生平等一性皆同一乘同一解脫○三眞如中隨緣義△但是眞如隨緣成立○四三性中即義△依他無性即是圓成○五生佛中平等義△一理齊平故說生界佛界不增不減○六二諦中即義△第一義空該通眞妄眞非俗外即俗而眞故雖空不斷雖有不常○七四相中一時義△四相同時體性

即滅〇八斷證中相即義△緣境斷惑不二而二有能所斷二而不二說爲內證照惑無本即是智體照體無自即是證如非智外如爲智所證非如外智能證於如〇九佛身中無爲義△旣世出世智依如來藏始本不二則有爲無爲非一非異故佛化身即常即法不隨諸數況於報體即體之智非相所還〇後對空辨二初標次對空宗揀顯法義亦有五門〇二釋五初無本性中本性義

但明自性清淨本然常住眞心方爲實理此眞如體唯是一心即以此心爲其名目權乘不了住平等空非諸法性故令認體而表其是〇二眞智知中眞知義△一心眞實本自能知通於理智徹於染淨〇三二三諦中三諦義△所詮法義具足三諦色等即空是爲眞諦空即色等乃爲俗諦一眞心性非色非空能色能空名爲中道第一義諦就二諦中一眞法性目之爲眞種種義相稱之爲俗〇四三性中通具義△遍計執性情有理無依他起性相有性無圓成實性情無理有相無性有〇五佛德中有義△一切諸佛自體皆具常樂我淨眞實功德身智通光一一無盡性自本有不待機緣故以無我爲妄有我爲眞〇後約當法二初總

後正約當法廣明亦有十門〇二別十一心識

說梨耶識乃是眞如隨緣合成是故八識通如來藏非唯生滅〇二種性△就眞如中立種性故徧諸衆生皆有佛性〇三行位△信等五十二位之中修至初住即得不退〇四時分△行成佛果不定三祇亦無百劫修相好業〇五依身△地前留惑受分段身初地斷種受變

易身○六斷證△於二障中正使習氣三賢伏
現見道除種地上侵習佛位究淨○七回心△
一切二乘無不回心○八果相△報身相好八
萬四千修生法身亦常無常○九化境△所住
依果在三界外數世界種無量恒沙爲一佛
界所攝化境○十佛身△如來法身唯以妙智
或以境智釋迦佛身亦法報化或開二佛三
身或立四佛五身○三結指
如是等義詳如勝鬘本業仁王瓔珞等經佛
性寶性起信論等中說○四頓教法相三初總明四先標
四頓教中總不說法相唯辯眞性○次釋△一
切所有唯是妄想一切法界唯是絶言五法
與三自性俱空八識及二無我盡遣訶教勸
離毀相泯心生心即妄不生即佛○三結△亦
無佛無不佛無生無不生○四證△如淨名默

住顯不二等是其意也○二別釋二先結前起後
總相如是若別明者亦有十門法義差別○
次勸義分門十一心識說一切法唯一眞如○二種性△離言說相名
爲種性○三行位△一念不生即名爲佛有何
行位漸次差別○四時分△既唯一念無時可
說○五依身△所依身分亦不可說○六斷感△
一切煩惱本來自離○七回心△二乘聲聞非
迴不迴○八果相△一切佛身唯一法身相盡
離念平等平等不可說有功德差別亦不可
說常與無常○九化境△依眞而住非有國土
○十佛身△如來法身非智非境釋迦佛身法
非報化是故唯立一實性佛○三結指
如是等義廣如淨名圓覺楞伽寶積等經般
若涅槃論等中說○五圓教法相三初總明三初標

五圓教中所說唯是無盡法界○二釋△性海圓融緣起無礙相即相入如因陀羅網重重無際微細相容主伴無盡○三結△十十法門各攝法界○二別釋二先結前起後總相如是若別明者亦有十門法義差別○次勸義分門十一心識說一法界性起爲心或開十心以彰無量○二種性△菩薩種性即因即果盡三世間一切諸法甚深廣大與法界等○三行位△攝前諸教所明行位始從十信乃至佛地六位不同隨得一位得一切位○四時分△一切時分悉皆不定念劫圓融自在無礙○五依身△但分段身至於十地○六斷惑△斷除惑障一即一切○七回心△一切二乘並已廻竟悉無所廻○八果相△佛實相好有十蓮華藏世界海微

塵數相彼一一相皆遍法界業用亦爾然德用體通常無常○九化境△靈山淨土華藏世界無量雜類諸國土海皆是十佛攝化境界○十佛身△如來法身境智存泯或具或絕釋迦佛身非但三身亦即十身故立十佛以顯無盡○三結指

如是等義廣如法華涅槃華嚴等經十地不思議等論說○後總出判教所以

以上諸教所指經論然取多分略出一二實非局判以一經一論中容有多教故下俱倣此○三別明斷證二初標

若別出斷證分齊者○二釋五一小教斷證三初聲聞二先教理二初總

初小教中先明聲聞依四諦教斷煩惱障○次別二先依諦立教二初正釋四一苦△言四諦者一苦諦別

則二十五有總則六道生死」二十五有者謂四洲四惡趣六欲并梵天四禪四空處無想及那含也」六道者謂地獄畜生餓鬼修羅及人天也」雖然苦樂不同畢竟生死相續○二集△二集諦即見思惑亦云見修又云四住染汙無知界内惑等○三滅△三滅諦滅前苦集顯偏眞理因滅會眞滅非眞諦○四道△四道諦略則戒定慧廣則三十七品」一四念處謂觀身不淨觀受是苦觀心無常觀法無我」二四正勤謂未生惡者令不生已生惡者令惡消滅未生善者令善發生已生善者令善增長」三四如意足謂欲念進慧」四五根謂信進念定慧」五五力同上信等根名」六七覺支謂念擇進喜輕安定捨」七八正道謂正見思惟語業進定念命」○二結通△然四諦中前二爲世間因果謂苦果集因後二爲出世因果謂滅果道因聲聞根鈍知苦斷集慕果修因故世出世皆前果後因也○次斷障證理三初標△言煩惱者即見思惑見是分別思是俱生○二釋二先見△見有八十八使」謂貪瞋癡慢疑五鈍使身見邊見邪見見取戒取五利使歷三界四諦下增減不同成八十八」謂欲界苦下十使具足集滅下各七使除身邊戒道下八使除身邊見共爲三十二」上二界四諦下各除瞋使餘皆如欲界共爲二十八」二界合成五十六并前欲界三十二共有八十八也」○次思△思有八十一品」謂三界分爲九地欲界合爲一地四禪四空爲八」欲界地中有九品貪瞋癡慢謂上上上中上下中上中中中下下上下中下下」上上一品獨潤二生上中上下

二品共潤二生中上一品獨潤一生中中中下二品共潤一生下上一品獨潤半生下中下下二品共潤半生具不善性及有覆性故潤七生」上八地中各有九品唯除瞋使以爲定力所攝伏故唯有覆性不多潤生」三界共有八十一也○三結△前分別惑名之爲麤強思計度而生起故亦名發業煩惱能發業故」後俱生惑名之爲細與身俱生任運起故亦名潤生煩惱能潤生故○二次行位二初標△其間行位略開爲五○二釋五一資糧△一資糧位修三觀行」初五停心觀一多貪衆生不淨觀二多瞋衆生慈悲觀三多散衆生數息觀四多癡衆生因緣觀五多障衆生念佛觀」二別相念觀即上四念處」是三總相念觀謂觀身不淨受心法皆不淨乃至觀法無我身受心亦無我」

但此位中惟觀苦諦伏煩惱惑○二加行△二加行位有四」一煖位撮觀四諦修十六行」二頂位用觀同前轉更明朗」三忍位有三下忍遍觀八諦修三十二行中忍縮觀漸減緣行乃至一行二剎那在名中忍滿即入上忍上忍惟觀欲界苦諦但有一行二剎那在前一剎那盡名上忍滿即入世第一」四世第一位亦惟觀欲界苦即上忍位二剎那中後一剎那盡名世第一滿引入無漏見道」此之四位漸能伏除煩惱分別○三通達△三通達位即初果位」從世第一後心生苦忍眞明次於八諦下發八忍八智總十六心十六心中前十五心無間道」時名預流向至十六心解脫道時名預流果」此位斷三界八十八使分別見惑見眞諦故又名見道○四修習△四修習位

謂於欲界九品俱生思煩惱中若斷前六品斷至第五品解脫道時名一來向斷至第六品解脫道時名一來果」若斷後三品斷至第二品解脫道時名不還向斷至第三品解脫道時名不還果」若斷上八地七十二品俱生思煩惱中斷至第七十一品解脫道時名羅漢向」自從預流正住果後進斷修惑已來齊此解脫皆修道攝○五無學△五無學位謂斷至第七十二品解脫道時證五分法身名羅漢果」此位斷分別俱生煩惱並盡子縛已斷果縛猶存名有餘涅槃若灰身泯智名無餘涅槃○次辟支二先人法二初總標

次明辟支有二類別○二別釋二先緣覺△一緣覺值佛出世稟十二因緣教所謂一無明二行三識四名色五六入六觸七受八愛九取十有十一生十二老死」然此觀境與前四諦開合異耳謂無明行愛取有五支合爲集諦餘識名色入觸受生老死七支開爲苦諦觀因緣智即爲道諦十二支滅即爲滅諦」但緣覺人先觀集諦若生起門觀者謂無明緣行乃至生緣老死若還滅門觀者謂無明滅則行滅乃至生滅則老死滅」由觀因緣覺眞諦理故名緣覺○次獨覺△二獨覺出無佛世獨宿孤峰觀物變易自覺無生故名獨覺○次行位△雖名不同行位無別此人斷三界分別俱生與聲聞同更侵煩惱習氣故居其上○三佛二初人

後明佛○二法二先修菩薩因二初發願△從本因地初發心時緣四諦境發四弘願一未度者今度即衆生無邊誓願度此緣苦諦境二未解者令

解即煩惱無盡誓願斷此緣集諦境三未安者令安即法門無量誓願學此緣道諦境四未得涅槃者令得涅槃即佛道無上誓願成此緣滅諦境○二修行二先三祇修六度二初總標△既已發大心須行行塡願於三祇劫修六度行○二別釋二初行相三先初祇△言三祇者且約我佛釋迦修行菩薩道時論分限者」從古釋迦至尸棄佛值七萬五千佛名初一阿僧祇」從此常離女身及四惡趣然不自知當來作佛若望聲聞位即五停心總別念處○次二祇△次從尸棄至然燈佛值七萬六千佛名第二阿僧祇」此時用七莖蓮華供養布髮掩泥得受記莂號釋迦文爾時自知作佛口未能說」若望聲聞位即煖位○後三祇△次從然燈至毘婆尸佛值七萬七千佛名第三僧祇滿」此時自知亦向人說必當作佛自他不疑」若望聲聞位即頂位○二滿相△經如許時修行六度然修六度各有滿時」如尸毘王代鴿檀滿普明王捨國尸滿羼提仙人爲歌利王割截無恨忍滿大施太子抒海并七日翹足讚弗沙佛進滿尚闍黎鵲巢頂上禪滿劬嬪大臣分閻浮提七分息諍智滿○次百劫種相好△修度滿後更住百劫種相好因修百福成一相如云大千盲人治差爲一福等」若望聲聞是下忍位○後成如來果△次入補處生兜率託胎出胎出家降魔安住不動爲中忍位次一剎那入上忍位後一剎那入世第一位發眞無漏三十四心頓斷分別俱生煩惱習氣在於染變化土成劣應身佛坐生草座說小乘諦緣之法令彼一類下下凡夫外道轉凡成聖也

賢首五教儀卷第二

音釋

維摩此云淨名亦云無垢
般怛羅唐言傘蓋用覆一切也
娑婆此云堪忍衆生能忍此土苦故
由旬此云限量如此方驛也小者四十里中者六十里大者八十里
因陀羅秦言能作天主即帝釋也
楞嚴涅槃云首楞者名一切事竟嚴者名固即一切事究竟堅固也
輞音罔車輪外圍曰輞
墠音善築土爲壇除地爲墠也
佉勒迦唐言竹篤盛轂参圓笵也
闥音塔小門
毘盧遮那唐言廣大生息圭山云理智不分之眞身也
卍音萬乃佛胸前吉祥海雲相也此是吉祥萬德之所集耳
隘矮去聲狹陋險也
耆闍崛此云靈鷲
須扇多佛名此云甚淨
迦葉此云飲光
闡提涅槃云一闡云信提云不具信不具足名曰闡提
瑜伽此翻相應
賴耶亦云阿梨耶梁云無没識唐翻爲藏識
首羅具云摩醯首羅此翻大自在天
阿毘達磨此云無比法新云對法論名
邪舍此云不還
羅漢華言應供謂應受人天供養也
葪音別繫草以記謂之記葪今授彼記如草繫比丘也
尸毘唐言與
檀具云檀那秦言布施
尸具云尸羅秦言持戒
羼提秦言忍辱
歌利此云惡生又云無道唐言鬭諍
抒音汝舒渫水也挹也酌取也
翹音喬翹足舉足望也
弗沙唐言增盛明達勝義故
闍黎華言軌範謂於衆中作軌範故

賢首五教儀卷第三

清浙水慈雲沙門灌頂續法集録

○二始教斷證二先統論四教惑位三初標

二始教中總諸大乘經論所明修斷不離二種執障所示行證不出八重地位○二釋二先執障二初惑二先惑體二初二執△二種執障者謂執有二」一者我執執蘊等法有實主宰名爲我執二者法執執蘊等法心外實有名爲法執」此由迷於二空而起從境得名封閉我法堅執不捨名爲執故○次二障△障亦有二一煩惱障謂執徧計所執實我薩迦耶見而爲上首百二十八根本煩惱及彼等流諸隨煩惱此皆擾惱有情身心能障涅槃名煩惱障二所知障謂執徧計所執實法薩迦耶見而爲上首見疑無明愛恚慢等覆所知境無顛倒性能障菩提名所知障」又煩惱障亦名事障續諸生死故所知障亦名理障礙正知見故」又事障亦名煩惱礙能障眞如根本智故理障亦名智慧礙能障世間自然業智故」此由惑於二智而起從心得名覆蔽眞心礙智不起名爲障故○次惑相二初生起因緣二相△二執障中復各有二一者俱生無始時來虛妄熏習内因力故恒與身俱不待邪教及邪分別任運而轉故名俱生」二者分別亦由現在外緣力故非與身俱要待邪教及邪分別然後方起故名分別○二相續麤細三相△此俱生分別中又有三種」一者現行麤中麤也二者種子麤中細細中麤也三者習氣細中細也○二斷△若斷煩惱覺人無我離分段死名爲小乘」兼斷所知覺法無我離變易死名爲大乘○後地位△八重

地位者謂從凡夫終大涅槃中間經歷正修行路畧分八重階降廣有五十六位」一者十信二者十住三者十行四者十向五者四加六者十地七者等覺八者妙覺○三結△然其修行優劣斷證權實前後四教自有差別也

○後別明初教斷證

今先初教斷證相者一十信初伏二障與小教停心位齊」二十住雙伏二障中少伏煩惱障分別現行」三十行雙伏二障中少伏所知障分別現行」四十向伏除二障分別現行麤分」此四十位即唯識資糧位大品乾慧地與小教別總相念位齊」五四加行伏二障分別種子除分別現行細分少能伏除俱生現行麤分此即唯識加行位大品性地與小教加行位齊」六十地中初地始斷二障分別種子更斷俱生現種一分即唯識見道位大品八人地見地與小教通達位齊」三地斷二障俱生現種三分即大品薄欲地與小教二果齊」五地斷二障俱生現種五分即大品離欲地與小教三果修習位齊七地斷二障俱生現種七分即大品已辦地與小教四果無學位齊八地斷二障俱生現種八分即大品辟支佛地與小教辟支位齊」九地斷二障俱生現種九分與小教佛果位齊十地已去小教絕分」七等覺斷二障俱生現種十一分進斷佛地一分此三地即大品菩薩地自二地至此即唯識修習位」八妙覺斷二障分別俱生現種習盡即唯識究竟位大品佛地」在於淨變化土成勝應身佛坐天衣座說大乘空相之法令彼小乘及諸下根凡夫外道轉小成大

也○三終敎斷證」二先總明二覺揀顯三初總標
三終教中所說斷證行位皆隨一性而立故
開雖有八重地位合則唯是三種覺性○二別
釋三初三覺心△如起信論明三覺心」一本覺即凡
夫不覺位也葢凡夫時覺性本具無明迷覆
成不覺故」二始覺從初發心直至等覺菩薩
位也始能解行證故於内復有三位覺異一
名字覺初心十信也二相似覺三賢四加也
三隨分覺十地等覺也」三究竟覺即如來妙
覺位也唯佛如來能究竟故○二三佛性△又佛
性論明三佛性」一住性佛性凡夫迷障時也
二引出佛性菩薩解行時也三至得佛性如
來證入時也○三三法界△又法界論明三法界」
一衆生法界凡夫雜染位也二菩薩法界菩
薩染淨位也三如來法界佛果純淨位也○

二結顯△總之三相別異一性總同」若識三相
則有行位淺深高下而不生於上慢若明一
性則知理性地地是同而不生於自屈」是故
此教與後二教漸頓圓雖異所顯理唯一也」
餘如下釋○二別釋八位斷證
今先十信」初信中具三位一不覺屬本覺二
發心三成信此位即畧伏二執與小㝩心始
十信」齊七信具伏二執中實伏分別俱生現
行麤分與小總相始十向」齊十信具伏二執
中實伏分別俱生現行細分成始覺中名字
覺也與小加行始世第一」齊二十」住初住具
伏二執中實除我執分別俱生現行麤分與
小初果始初地」齊五住具伏二執中實除我
執分別俱生現行細分與小三果始五地」齊
七住具伏二執中實除我執分別俱生現盡

更除法執分別俱生現行麤分與小四果始七地齊」十住具伏二執中實除法執分別俱生現行細分與始教十地齊」三十行」初行具伏二執中實伏我執分別俱生種子麤分與始教等覺齊」二行具伏二執中實伏法執分別俱生種子麤分與始教妙覺齊」三行具伏二執中實伏我執分別俱生種子細分自此已去始教絕」分十行具伏二執中實伏法執分別俱生種子細分」四十向」初向具伏二執中實除二執分別俱生種子麤分十向具伏二執中實除二執分別俱生種子細分」五四加行具伏二執習氣成始覺中相似覺也」六十地」初地斷二執分別俱生現行種子盡更斷習氣一分」十地斷二執習氣十」分七等覺斷二執習氣十一分進斷佛地習氣一分成始覺中隨分覺也從發心來皆當始覺上因圓竟」八妙覺斷二執現種習氣盡得究竟覺即果滿也」在於受用土中成受用身佛坐金剛座說大乘藏心之法令彼權教菩薩及二乘人并一類中根凡夫外道轉權成實也○

四頓教斷證
二先出意

四頓教中就實言無斷證約妄說有惑位」又在當教本無階差對前後論便成高下也○

次正釋

先明十信」初信中亦具三位」一不覺本覺住性性也」二發心此位即頓伏二執先已伏分別俱生現行麤分與小總相始十向終七信齊」三成信頓伏二執中先伏分別俱生現行細分與小加行如世第一終十信齊」七信頓伏二執中先除我執分別俱生現行麤分與

小初果始初地終初住齊十信頓伏二執中先除我執分別俱生現行細分成始覺中凡夫名字覺也與小三果始五地終五住齊二十住初住頓斷二執中先除我執分別俱生現盡更除法執分別俱生現行與小四果始七地終七住齊七住頓斷二執中先伏分別俱生種子麤分與始妙覺終二行齊十住頓斷二執中先伏分別俱生種子細分與終十行齊三十行初行頓斷二執中先除分別俱生種子麤分與終初向齊十行頓斷二執中先除分別俱生種子細分兼伏習氣與終十向四加行齊四十向初向頓斷二執分別俱生現種更斷習氣一分與終初地齊十向頓斷二執習氣十分與終十地齊五四加行斷前習盡進伏初地習氣成始覺中地前相似覺也六十地初地頓斷習氣十一分與終等覺齊二地頓斷習氣十二分與終妙覺齊三地已去終教不知名目十地頓斷習氣二十分七等覺頓斷習氣二十一分進斷佛地習氣一分成始覺中入地隨分覺從發心來皆當始覺引出性也上因圓竟八妙覺頓斷二執現種習盡證如來究竟覺至得性也在於法性土中成法性身佛坐虛空座說一乘真性之法令彼漸教菩薩及二乘人并諸一類上根凡夫外道轉漸成頓也○五圓教斷證二先出意

五圓教中行位因果無非法界法界圓融行位無礙今對終頓明行布相理實初後盡圓融也○次正釋

先明十信初信中亦三位一不覺本覺衆生雜染法界也二發心此位即圓伏二執究已

伏分別俱生現行細分與小加行始世第一終十信頓初信齊」三成信圓伏二執中究巳除我執分別俱生現行麤分與小初果始初地終初住頓七信齊」五信圓伏二執中已除我執分別俱生現行細分與小三果始五地終五住頓十信齊」七信圓伏二執中已除我執分別俱生現盡更除法執分別俱生現行與小四果始七地終七住頓初住齊」九信圓伏二執中已伏分別俱生種子麤分與始妙覺終二行頓七住齊」十信圓伏二執中已伏分別俱生種子細分成始覺中名字覺也與終十行頓十住齊」二十住」初住圓斷二執中已除分別俱生種子麤分與終初向頓初行齊」十住圓斷二執中已除分別俱生種子細分兼伏習氣與終四加頓十行齊」三十行」初行圓斷二執分別俱生現種更斷習氣一分與終初地頓初向齊」十行圓斷習氣十分與終十地頓十向齊」四十向」初向圓斷習氣十一分與終等覺頓初地齊」二向圓斷習氣十二分與終妙覺頓二地齊」十向圓頓習氣二十分與頓十地齊」五四加行斷前習盡進伏初地習氣成始覺中相似覺也」六十地」初地圓斷習氣二十一分與頓等覺齊」二地圓斷習氣二十二分與頓妙覺齊」三地巳去頓教不知名目十地圓斷習氣三十」分七等覺圓斷習氣三十一分進斷佛地習氣一分成始覺中隨分覺也從發心來皆當始覺菩薩染淨法界也上因圓竟」八妙覺圓斷二執現種習盡得究竟覺如來純淨法界也」在於無障礙法界土中成無障礙法界身佛坐師子座

說一乘法界之法令彼偏教菩薩及一切迴心佛果二乘幷一類上上根凡夫外道轉偏成圓也○四重揀機益二初標

若揀別前後隨機攝益差別相者○二釋五一小教

機益三初機教

初小教中所益機宜有四種性」一人種性中復二一闡提無善根種性者二凡外有善根種性者但外道是邪善凡夫是正善」二天種性亦分邪正邪中有二一外道天無想等也二魔王天即欲頂色頂二自在也正者凡夫天也欲界六天色至廣果及四空天」三聲聞種性四辟支種性此二各有二種一回心從人天來二直進不由彼至此」四種根同於提胃阿含會上見劣應身佛住染變化土隨短時分隱實施權聞說戒善諦緣諸法○二攝益二

先總

然彼四類人中各有二種」一者鈍根若解若證止住自分更不前進名爲定性秖成當教因果爲當教攝」二者利根若解若證超出自分徃前增進名不定性即通餘教因果餘教來攝又不定中復分三類」一者具超具歷五教後入法界故」二者不定超於五教中闕而不定故」三者直超隨於一教得入法界故○後別二先人天

今先人天戒善論之」聞人天教修諸戒善起六行觀但求世樂不慕涅槃即名鈍根人天乘攝但成世間有漏戒善得界內離苦解脫」此復有二」一者得樂巳休更不前進是乃定性人天鈍中鈍者當教所攝設遇始教但爲增潤」二者厭三界苦樂求涅槃名不定性人

天鈍中利者後遇諸教必被彼攝轉成餘果」若知戒善是因緣生起我空觀求出生死希涅槃樂二乘來攝即成出世無漏中麤染戒善得麤染解脫若識戒善唯識所現起唯識觀爲諸衆生經劫修行始教相宗來攝若悟戒善眞空無相起眞空觀爲諸衆生修無相行始教空宗來攝此二皆成出世中淨妙戒善得淨妙解脫若知戒善藏心本具作唯心觀爲諸衆生從性起修終敎來攝即成無漏中亦麤亦妙戒善得即麤即妙解脫若解戒善唯一眞性作眞性觀爲諸衆生修無性行頓教來攝即成出世法中無麤無妙戒善得非麤非妙解脫若了戒善法界緣起作法界觀普爲法界稱性圓修圓教來攝即成無漏界中普融無盡戒善得一切無障礙解脫自

小乘來皆名利根具直等超亦復不定○後二乘

次辯四諦十二因緣」聞二乘諦緣教即解諦緣是因果法起六行觀着我我所求諸有樂此則落前人天教乘即成世間有漏諦緣但滅界内諸惡道苦不得出世涅槃眞樂」是中機宜亦有二類」一者不回即前一類定性人天」二者直往自有一類如是種性」故此諦緣爲彼助潤令後雖爾終當轉入」若知諦緣是因緣生心外實有起我空觀欲速出三界樂求涅槃樂此成聲聞辟支佛乘對後諸教亦名鈍根但成小乘生滅有量有作諦緣證入無餘涅槃」此亦有二」一者回心即前人天不定性者」二者直進法爾如是種性成者」二中又二」一者居滅已休更不前進名爲定性二

乘鈍中鈍者唯當敎攝即至始分亦但增潤」二者自不滿足更求上進名不定性二乘鈍中利者諸敎來攝轉入受被始終不定」若識諦緣皆唯識現作唯識觀普爲自他三祇修行分敎相宗來攝即成大乘無量相諦緣證入無住涅槃」若了諦緣皆如幻現作即空觀雖衆生空而修幻行始敎空宗來攝即成大乘無生相諦緣證入眞空涅槃」若知諦緣本如來藏起唯心觀隨順法性作諸功德實敎來攝即成大乘無量性諦緣入眞常涅槃若悟諦緣唯眞如性起眞如觀雖知寂滅修自證行頓敎來攝即成大乘無生性諦緣入寂滅涅槃」若了諦緣是法界起作法界觀徧十法界修普賢行圓敎來攝即成一乘無作不思議普融無盡諦緣證入如來究竟無障礙

大般涅槃」自分敎來皆名利根具直等超亦復不定○三問答

問何位轉入被攝何敎攝援引進」答初所攝入人」先人天中上根者聞法信解時中根者修久得力時下根者純熟伏惑時於此三位隨其發解起行小大而得轉入小始終頓圓也」次二乘中上根者方便位時中根者見修道時下根者無學果時亦隨其解行淺深而得回入始分終頓圓也」二能攝入敎先人天中約敎道似位小世第一始十向終頓圓十信已下者約證道眞位小初果始初地終頓圓初住已上者皆能引攝人天不定性人進於小始終頓圓也」次二乘中似位始十向等眞位始初地等引進小乘入於大也」問將何敎理攝耶」答有就他敎而爲顯示如攝人天

還用戒善小乘還用諦緣亦如上」明有依自教而爲開悟如人天求出世間決擇偏眞即用四諦攝之若覺苦空樂獨善寂即用因緣攝之如二乘達諸法相捨離二執即用分教相宗攝之了諸法空得二無我即用始教空宗攝之並如下釋」問具直不定超相云何」荅知諸戒善本無有我超小也亦無有法超始也唯是藏心超終也性本離言超頓也緣起無盡超圓也此具超相」了戒善法空無有相超始也唯一眞性超頓也性起重重超圓也此不定相悟」戒善相交徹融攝離此法界別無有法此即人天戒善直超圓教相」也諦緣準知○二始教機益三初機教

二始教中所益機宜畧分三類」一者無性闡提一類二者定性三五乘類三者不定性通前二類」此三性中復各二種」一者前來二者現進」同於深密般若會上見勝應身佛住淨變化土隨長時分權實雙明聞說法相眞空諸法○二攝益二先相

若聞大乘唯識法相即識法相是三界有起六行觀與煩惱雜修諸禪善此亦落前人天乘教即成世間因果法相但能伏業不能斷惑」若知法相是生滅法依於六識三毒而有起偏眞觀樂求出世孤調解脫此亦落前二乘小教即成出世無漏法相斷界內煩惱障」是二機宜亦有二類」一者不回即前教中定性人等二者直往法爾有此一類種性故此法相亦爲助潤」若悟法相依八識有作唯識觀三祇百劫廣修萬行此成大乘相宗分教對後諸教亦名鈍根但成唯識法相斷界外

所知障」此亦有二一者回心即前教中不定性人二者直往本來自有如是種性」二中又二一者經後三教或歷二教始入法界然後圓果此等三乘鈍中鈍者在終頓中亦名定性爲今教攝二者聞後終教即求上進此不定性鈍中利者爲彼教攝」若了法相一切皆空作無生觀雖諸法空不捨一切始教空宗來攝即成眞空無相亦但斷所知障」若解法相唯心緣起起藏心觀深達實相三無差別性宗實教來攝即成眞如實相漸斷二障種子」若達法相是理實性起眞性觀了諸法相在在寂滅性宗頓教來攝即成常寂滅相頓斷二障習氣」若明法相普融無盡作圓融觀法法遍周事事無礙性宗圓教來攝即成無盡法界相圓斷二障現種習氣」自終教來皆

名利根具直等超亦復不定○次空又聞大乘眞空無相即解其空超諸有苦」起六行觀止惡行善求現未樂此亦落前人天乘教即成世間有漏法空但曉斷空不達理空」若知眞空無我我所作苦空觀厭患無常住於滅道此亦落前二乘小教即成出世無漏生空滅界內分段死」然此二根亦復有二一不回即前定性等二直往法爾有者故此無相亦爲增潤」若悟眞空無諸法相起三空觀亦爲衆生不着相施此成大乘空宗始教對後諸教亦名鈍根但成一味眞空滅界外變易死」此亦有二一回心即前不定性人二直進自有此類種性」二中又二一經後三教二教後得圓果亦名定性鈍中鈍者爲今教攝二遇後終教即便轉入名不定性鈍中利

者彼教來攝」若識眞空唯遮境有起八識觀捨二我執自覺覺他分教相宗來攝即成二無我空亦但斷變易死」若達眞空但是一心作一心觀隨諸性起成就自他終教來攝即成緣起性空斷亦分亦變生死若悟眞空性本離言作法性觀從無本處化諸衆生頓教來攝即成無生性空斷非分非變生死」若了眞空理實法界作無礙觀一多即入同時具足圓教來攝即成第一義法界空斷界内界外二種不思議無盡生死」自終教來皆名利根具直等超亦復不定○三結例

然始分中所攝入人上根者十信三賢時中根者四加見道時下根者修道無學時隨其解行權實轉入後三教也」能攝入教約似位終頓圓十信已還眞位終頓圓初住已上皆能引進三乘入於後三教也」餘準前知○三終教機益三初機教

三終教中所益機宜亦不離乎五性三乘中亦有二一者前來二者現進」同於妙智涅槃會上見受用身佛住受用土隨彼多少時分廢權立實聞說藏心緣起之法○二攝益

△若聞如來藏心即識藏心體是六識起六行觀背染向淨作有漏福此亦落前人天乘教猶稱在纏性淨藏心不得出纏離垢淨故」若知藏心唯一意識作苦空觀永捨貪欲除諸事障此亦落前二乘小教即入空如來藏成無我無形覺知菩提若達藏心乃阿賴耶作唯識觀轉染依淨成於四智此亦落前相宗分教」若解藏心心如幻夢作眞空觀滅諸識想斷所知障此亦落前空宗始教是二教人皆

入不空如來藏成無染無起正覺菩提」上四人中皆有二類一者回心即前教內定不定性二者直往現在法爾有此四性故此藏心爲彼助潤」若悟藏心隨緣不變作唯心觀體用常熏法身顯現此成大乘性宗實教對後頓圓亦名鈍根但入亦空亦不空如來藏成無常亦無斷正遍知菩提」此亦二種一者回心即前教中定不定人二者直往現入終教有如是人」二中又二一者直至圓教後入法界即歷頓教亦終實攝此則名爲鈍中鈍者二者遇後頓教或回向頓或轉入圓彼教來攝此則名爲鈍中利者」若解藏心性本寂滅起一性觀泯絕無寄成自覺境頓教來攝即入非空非不空如來藏成無作聖所行上妙正遍知菩提」若了藏心總該萬有起帝網觀

該因徹果證十玄門圓教來攝即入俱無障礙如來藏成無盡法所依無上正遍知菩提」從頓教後名爲利根具直等超亦復不定○三結例△然終實中所攝入人上根者十信時中根者三賢時下根者十聖時隨其解行勝劣轉入後二教」也能攝入教約似位頓圓十信已下真位頓圓初住已上皆能引入於頓圓也○四頓教機益 二初機教

四頓教中所益機宜中有二類一者前來五乘性也二者現進有無性也同於圓覺楞伽會上見法性身佛住法性土隨彼廣狹時分斥權讚實聞說真性寂滅之法○二攝益△若聞真如法性即解真性是六識性起欣厭觀改惡還善求人天報此則落前人天乘教還住本有真性未成圓明性」故若悟真性是偏

眞性起生空觀斷見思惑得人無我此則落前二乘小教即入我空眞如法性成小乘淨」智若識眞性是唯識性作唯識觀遠離遍計入圓成實此則落前相宗分教」若達眞性是眞空性起無相觀滅一切有入三無性此則落前空宗始教」是二教人皆入法空眞如法性成大乘一切」智若知眞性是緣生性起藏心觀背塵合覺入如來藏此則落前性宗終教即入不空眞如法性成大乘正遍」智上五人中皆有二類一者回心即前教中定不定者二者直往即現教中進此種性故此眞性爲彼助潤」若了眞性是無生性作法性觀離能所取如實而住此成一乘頓教對後圓教亦名鈍根但入離言眞如法性成一乘不動」智此亦二種一者回心即前教內定不定性

二者直往現進頓教有如是者」二中又二一者聞後圓教猶滯於頓待行證盡然後歸圓此則名爲鈍中鈍者二者一聞圓教即入於圓此則名爲鈍中利者」若達眞性是法界性作十玄觀妄盡還源性性無盡圓教來攝即入一法界大總相眞如法性成一乘不思議」智對本頓教此名利根○三結例△然頓教內所攝入人上根者十信時中根者地前時下根者地上時並能回頓向圓也」能攝入教似位圓信眞位圓住皆能以圓引頓也○五圓教機益三初機教

五圓教中所益機宜亦有二類一者前來三五乘也二者現進有無性」也同於法華華嚴會上見無盡法界身佛住無障礙法界土隨彼一切非一切時分會權顯實聞說法界無

盡之法○二攝益△若聞圓融法界即解法界是世間法起欣厭觀捨諸惡業快得善利此則落前人天乘教還住在纒性淨法界未得出障圓明」故若識法界是出世法起諦緣觀厭老病死盡諸苦際此則落前二乘小教即證無爲法界歸淸淨無際性」若了法界是百法門起法相觀專心佛道修種種行此則落前相宗分教」若悟法界是十八空起破相觀心無所着求無上慧此則落前空宗始教」是二教人俱證有爲法界歸無邊不失性」若達法界是二門義作緣性觀了諸緣起求最上乘此則落前性宗終教即證亦有爲亦無爲法界歸無量隨順性」若了法界是一心性作空性觀安住法性猶如虛空此則落前性宗頓教即證非有爲非無爲法界歸一性無斷」性上六人中皆有二類一者回心即前教內定不定性二者直徃即現教中進此種性故此法界爲彼助潤」若知法界是十十門起主伴觀盡無盡界説法利生此成圓教若對前教前皆名鈍唯此爲利能證無障礙法界歸無限莊嚴性」此亦二種一者回心即前教內定不定者二者直徃現來圓教有如是者○三問答△問上之六人何時入圓」答遲速各異終必歸圓所以者何金剛種故佛無捨故終省悟故皆住性故圓爲極」故其餘超相及攝入義例前可知○五總爲釋通二初隨難解釋三先解釋立教妨難六初人天

問教中爲何不立人天乘耶答以無斷證階位等殊故不別立爲教乃是漸入小乘方便故在小教中收問後機益中何又開耶答世

出世間法並不同故於小前重明其教乘也
○次小教△問聲聞四諦教行立四向果唯斷正使與緣覺因緣教行不立分果兼侵習氣行相各別云何合為一教耶荅教行雖別理果是同同證生空理故同得有餘無餘涅槃果故斷位雖殊名智是一並成盡智無生智故並名為小乘故去異取同故合一也又諦緣開合教亦同也同生空觀同斷見思同得小果則行斷果盡無別也故佛在世將緣覺乘攝屬聲聞名聲聞藏半字小乘由此不別分也」問此與天台藏教何別荅彼藏教者為有事六度菩薩故今小教者不收菩薩以事六度分教攝」故問何以疏家並云小教即是天台藏耶荅小教所攝法門不異於彼故指同也」問既不異彼何無菩薩荅法相雖同義意各別何者為欲引小將大乘義復淺說之似彼小乘理實二乘無分唯始教有故此小教無菩薩也」問小不收大可爾小乘三藏則同何又改藏轉名小耶荅彼立藏名多招難故今立小乘則無濫涉大乘失也○三始教△問破相始教說乾慧等十地立相分教明資糧等五位空教斷見思證真空相教斷二執證真如如是等相皆別何不分為二耶荅十五地位雖殊見修道相是同況皆許三乘共一斷證階位亦無別故何可分二又見思執障似異見斷分別修斷俱生不殊就煩惱障即是界內見思所知障即是界外見思乃至真空真如無非二無我理是等皆同故合一也」問此始分教與性相二宗同耶異耶荅少有不同彼分為二性中合空今判為三性中

開空與相宗同許定性無性皆不成佛故立爲初教性宗唯顯一乘盡得成佛故立爲終教問云何判一性宗爲始終二耶荅義有權實故經有正兼故相則密意依性說相空則密意依性說空皆非了義權也性則直顯中道法性方名了義實也相則正深密兼方廣性則正妙智兼般若深密說相般若談空始分也妙智顯性終實也由此分二問空性既別云何彼宗合爲一耶荅彼以般若妙智教部是一同故況相宗立相而彼宗談空顯性皆不立相故合一也問相宗深密三時中二時明空皆許成佛三明不空有成不成性宗妙智三時中二明不空有成不成三時明空皆許成佛若爾云何約義分教相耶荅約說經時先般若明但空理亦許定性俱不成佛兼顯眞空法性及一乘盡成佛義次深密明法相理說定性等俱不成佛後妙智明眞空法性中道說無性等盡得成佛般若深密即相宗家二三時也深密妙智即性宗家二三時也今依深密第二三時及妙智第二時中明但空法相有不成義判爲始分依妙智第三時中明法性空盡成佛義判爲終實況今家立教正約法義不但據時義則一經容有多教權實頓彰時則前後有定不定始終難辨餘如別說○四終教

△問性宗終教所立三時五位等法亦同相宗分教云何別開爲一荅相宗時教意以一乘爲權三乘爲實性宗時教意以三乘爲權一乘爲實相宗五位依諸法相前後迢然性宗五位依一法性而顯階降乃至起行伏惑斷障皆異不同故別

立也○五頓教△問頓教唯辨一性不立斷證階位云何別分為一教耶答以無位之位為此教之位不同前漸不同後圓故別分也問何前頓中亦明斷證答為對前後明優劣故亦即顯頓無位而位位而無位離言旨故問天台四教皆有絕言四教分之故不立頓今者別立有何義意答天台不立者以彼四教中皆有一絕言並令忘詮會旨故耳今乃開者為顯前四絕言之外復有頓詮言絕之理別為一類離念之機不有此門逗機不足故又此頓教亦非天台圓即頓義○六圓教△問華嚴疏云一乘有二一同教一乘同頓同實故二別教一乘唯圓融具德故既同頓實何異頓實而別立一圓教耶答即此同中必有別義如事理無礙必即事事無礙耳猶彼江水入海亦鹹以別異同立圓教也況前之四教不攝於圓圓必攝四如百川不攝大海大海必攝百川斯則前四是局圓教是通通局相異何可合耶問既一圓教分同別者應成二教而為六耶答雖分同別但是一教由揀收義有二門耳由別教故迥異餘宗由同教故普收一切故成五也○二解釋名義妨難

問昔有說言此之五教與天台四教但開合有異而大況是同然歟否歟答既云大同不無小異理實無同無不同以此五教所詮義理不唯同於天台亦且同於諸宗此約總相會通也若果盡同何須更立此約別相明也細審可知問五教名義憑何聖典答向引教證即所憑也今再陳之小乘愚法教如阿含俱舍大乘始終二教如法鼓經中以空門為

始不空門爲終彼云一切空經是有餘説唯有此經是無上説」一乘頓教如寶積經説爲頓教修多羅心地觀經名爲頓悟法門」又上始終二教通名爲漸所有解行並在言説因果階位從微至著故此一乘教敵名爲頓言説頓絶理性頓顯解行頓成佛果頓證故圓覺經云是經名爲頓教大乘頓機衆生從此開悟亦攝漸修一切羣品楞伽云漸者如菴羅果漸熟非頓頓者如鏡中像頓現非漸」一乘圓教如華嚴云爲善伏太子所説名爲圓滿修多羅等故立此五名也問散説可爾一典是何荅採集衆典義理盡故若欲指者經論共五一楞伽頌出總名魏云迦葉拘留孫拘那含及我離於諸煩惱一切名正時過彼正法後有佛名如意於彼成正覺爲人説五法唐云迦葉拘留孫拘那含牟尼及我離塵垢皆出純善時純善漸減時有導師名慧成就大勇猛覺悟於五法二譯皆云五法即此五種教乘法也五佛咸説千佛亦然三世既爾十方皆然則佛佛無不唱此五教法也故今判立五教名義二起信論等出別義初起信論云爲二乘鈍根故如來但爲説人無我小教義也論云復次眞如依言説分別有二種一者如實空以能究竟顯實故二者如實不空以有自體具足無漏性功德故如實空始教義也如實不空終教義也論云從本以來離言説相離名字相故名眞如以一切言説假名無實但隨妄念不可得故上之二種依言眞如漸教義也此之絶言眞如頓教義也論云心眞如者即是一法界大總相法門

體圓教義也次華嚴賢首品云一切世界羣生類尠有欲求聲聞乘求緣覺者轉復少求大乘者甚希有求大乘者猶爲易能信此法甚爲難又第九地偈云若衆生下劣其心厭没者示以聲聞道令出於衆苦若復有衆生諸根小明利樂於因緣法爲說辟支佛若人根明利有大慈悲心饒益諸衆生爲說菩薩道若有無上心決定樂大事爲示於佛身說無盡佛法聲聞辟支小教也大乘菩薩始終頓也此法無上佛乘圓教也三法華即火宅四乘臨門三車中羊車鹿車二乘小也第三牛車大乘始終頓也四衢等賜大白牛車一乘圓教也四大乘同性經云聲聞法辟支法菩薩法諸佛法皆悉流入遮那智海聲聞辟支小教也菩薩始終也佛法頓也智海圓也

畧引如斯具如餘說○三解釋分判妨難

問古云不分教相意畧有五一理本一味殊途同歸故二一音普應一雨普滋故三原聖本意唯爲一事故四隨一一文衆解不同故五多種說法即成枝流故以斯五義故不可分分之乃令情搆異端是非競作故以不分爲得若爾云何今又分耶答古分教者亦有多義一理雖一味詮有淺深故須分之使知權實故二約佛雖則一音一雨就機差而教亦別故三本意未申隨他意語而有異故四言有通别就顯說故五由辨權實不住枝流善會佛意有開顯故六王之密語所爲别故七不識權實以深爲淺失於大利以淺爲深虛其功故八莊嚴聖教令深廣故九諸聖教中自有分故十諸大菩薩亦開教故以斯多

義開則得多而失少合則得少而失多但能虛已求宗不可分而分之亦何爽於大旨故今分之○二通會諸教二先問難問諸德立教各自有據或有合爲二三或有開爲六七今判爲五是何意耶○次荅通三先正出所以△荅立五教者有多義意」一釋尊說法開五乘」故二諸佛利生多五行故如涅槃經約教病行小也現諸障相故嬰行始也示修善相故聖行終也佛之所行故梵行頓也修十一空故天行圓也第一義天故三世出世教並用五故世教如五常出世如五戒又父子有親君臣有義夫婦有別長幼有序朋友有信亦世間五教也爲毀說戒爲貪說施爲癡說慧爲疑說信爲懈說闘亦出世五教也」四衆經論中常明五故如五語五身五眼五根五行五法等」五結集法藏類成五故謂小乘三藏之外加一雜藏及菩薩藏也」六乘教相攝唯有五故謂判五教中含二意一以乘攝教謂小乘愚法教大乘始教終教一乘頓教圓教二以教攝乘謂小教二乘始教終教三乘頓教圓教一乘故教義云初一即愚法二乘教後一即別教一乘中間三者有其三義一或總爲一謂三乘教二或分爲二所謂漸頓三或開爲三謂於漸中開出始終二教若乘教相攝者亦二先一乘一別教一乘二同教一乘圓也三絕想一乘如楞伽頓也四佛性平等一乘如涅槃終也五密義意一乘如攝論八意等始也小也次三乘一小乘中三謂始別終同以俱成羅漢故二始教中三始終俱別以有入寂不入寂故三終教中三始

終俱同並成佛故四頓教中三始終俱離無佛無不佛故五圓教中三始終俱圓汝等所行是菩薩道同入一乘究竟故七行位理等五無多故謂五位中修眞如觀證法界性小則淺於大大則勝於小分則待於實實則全於分始則餘於終終則盡於始漸則歷於頓頓則泯於漸偏則歸於圓圓則融於偏是知斷證唯此五耳無剩義也」八會通諸說五爲盡故謂諸德分判或多或少少則不足多則枝蔓今家取中會爲五教庶於教理不容餘議矣○（次別爲會通二初總標）△然雖立五若融通之亦可合爲一二開爲七八蓋由聖教意趣無邊不可局執而爲其是故今遍收諸釋且畧勒爲五重○（次別釋五一總合爲一）△初或總合一名爲一圓音教謂圓教攝於前四前四一一同圓本末鎔融如海中百川故一代之教唯是如來一大善巧攝生方便一音所演則不違流支羅什二師立一音也○（二別開爲二）△二或別開二此更有四」一對小顯大初是半字後四皆滿則不違曇牟慧遠二師聲聞菩薩藏也」二對權顯實前二是三乘後三爲一乘則不違信行禪師三一」也三對三顯一前三是漸後二是頓則不違護延二師漸頓也」四對末顯本前四是曲巧順機後一乃直顯本法則不違印敏二公屈曲平道教也○（三別開爲三）△三或分爲三此亦有四」一初一二乘教次一三乘教後三一乘教三四泯二異前存三故則不違戒賢深密三教及眞諦玄奘三輪教也」又可初一小乘教次三大乘教亦名共教大品等經共二乘說故亦名偏教偏於漸

頓故後一一乘教亦名不共教華嚴等經不共二乘説故如智論明亦名圓教圓融無礙故梁論云如來成立正法有三種一立小乘二立三乘三立一乘第三爲最勝故名善成立則不違智光妙智三教也」二初三名漸教次一不定教後一名頓教則不違南北諸師」漸中諸教開合不同」或分爲二小即半字教始終即滿字教此同菩提流支説也」或分爲三小即有相教始即無相教終即常住教此同武丘岌師説也」或分爲四小即有相教始即無相教終即同歸教常住教此同宗愛旻岌師説」或分爲五小即有相始即無相分即抑揚終即同歸實即常住此同定林柔次慧觀等師説也」又小即人天有相始即無相終即同歸常住此同劉公説也」三初三名漸教次一名頓教後一名圓教則不違光統三教」四初四名枝末教同教名攝末歸本教別教名根本教則不違吉藏師立也○四別開爲四

△四或分爲四此亦四門」一初名別教小乘如四阿含等二名同教三乘如深密般若等三四名同教一乘如法華圓覺等五名別教一乘如華嚴經中間三教始分存三是同終頓泯二是同故各一也則不違光宅海東四乘矣」二初名小教二三名漸教四名頓教五名圓教此約歷位無位故開漸頓爲四則不違大衍四宗矣」三初名小乘教二中始名無相教分名法相教三四五名法性教則不違天台四教矣」四初名小教二名權教三四名實教五名圓教則不違生公四輪矣○五別開爲五

△五或分爲五此有三門」一如前所立以漸

中有始終故亦不違波頗三藏立五教也」二初名小乘教次名大乘法相教三名大乘無相教四名一乘真性教五名一乘圓融教則不違護身五宗教矣」三若依五乘分教亦可初名人天因果教次名二乘斷滅教三名大乘法相教四名大乘破相教五名一乘顯性教此如圭山原人論說○三總顯相收△又此五教隨一相收中有二門」一以本收末門謂於圓教內或唯一圓教以餘相皆盡故或具足五教以攝彼方便故頓教中或唯一頓教亦以餘相盡故或具足四教亦以攝方便故熟教中或一或三初教中或一或二小乘中唯一皆準上知之」二以末歸本門謂於小乘內或一以據自宗故或五以後四教皆有爲方便故初教中或一是自宗故或四謂於後三教皆有作方便故熟教中或一或三頓教中或一或二圓教中唯一皆準上知之」是則諸教本末句數結成教網大聖善巧長養機緣無不周盡故華嚴云張大教網下生死海漉人天魚置涅槃岸此之謂也

賢首五教儀卷第三

音釋

薩迦耶此云身見謂於五蘊執我我所起諸見故　逗音豆投也合也　拘留孫此云所應斷又翻作用莊嚴　拘那含牟尼此云金寂秦言金仙　搆音姤牽造作也　蔓音慢延長也　勒音肋絡也絡其頭而引之也　羅什具云鳩摩羅什秦言童壽　曇牟具云曇牟讖或云曇無讖此云法豐中印度人　旻音民　漉音六撈也

賢首五教儀卷第四之一

清浙水慈雲沙門灌頂續法集錄

〇四六宗二初總標

言六宗者一隨相法執宗二唯識法相宗三真空無相宗四藏心緣起宗五真性寂滅宗六法界圓融宗一隨相法執宗者謂一切我法中起有無執故即小乘諸師依阿含緣生等經造婆沙俱舍諸部論等〇二別釋三先正立六宗六一法執宗二先總

於中又六〇後別六一我法俱有

一我法俱有宗此中有二一人天乘二小乘謂犢子法上賢胄正量密林山部等彼立三聚法一有爲聚法二無爲聚法三非二聚法初二是法後一是我又立五法藏一過去二現在三未來四無爲五不可說藏此即是我以不可說是有爲無爲故然此一部諸部論師共推不受呼爲附佛法外道以諸外道所計雖殊皆立我故〇二法有我無

二法有我無宗謂薩婆多上座多聞等彼說諸法二種所攝一名二色或四種所攝謂三世及無爲或五種所攝謂一心二心所三色四不相應五無爲故一切法皆悉實有於諸法中並不立我以無我故異外道計又於有爲之中立正因緣以破外道邪因無因然外道見雖有九十五種或計二十五諦從冥生等或計六句和合生等或謂自在梵天等生或謂微塵宿作等生或執時方虛空等而爲世間及涅槃本統收所計不出四見謂數論計一勝論計異勒沙婆計亦一亦異若提子計非一非異若計一者則謂因中有果若計

異者則謂因中無果三則因中亦有無果四則因中非有無果餘諸異計皆不出此」雖多不同就其結過不出二種從虛空生即是無因餘皆邪因然無因邪因乃成大過謂自然虛空等生應常生故以不知三界由乎我心從癡有愛流轉無極迷正因緣故異計紛然安知因緣性空真如妙有」耶廣明異計如瑜伽顯揚婆沙中百金七十論等○三法無去來

三法無去來宗謂大衆說轉鷄乱制多西山北山法藏飲光部等」唯說現在諸有爲法及無爲法耳以過未之法體用俱無故○四現通假實

四現通假實宗謂說假部」就前現在有爲法中在五蘊爲實在界處爲假隨應諸法假實不定」其成實論末經部師即是此類○五俗妄真實

五俗妄真實宗即說出世部等」謂世俗法皆假以虛妄故出世法皆實非虛妄故○六諸法但名

六諸法但名宗即一說部等」謂一切我法但有假名無實體故○二法相宗

二唯識法相宗者謂一切諸法皆唯識現故」即無着天親依方廣深密等經造瑜伽唯識論等○三無相宗

三真空無相宗者謂一切諸法皆空無相故」即提婆清辯依般若妙智等經造百論掌珍論等○四緣起宗

四藏心緣起宗者謂一切諸法唯是真如隨緣具恒沙性德故」即堅慧馬鳴依勝鬘涅槃等經造寶性起信論等○五寂滅宗

五眞性寂滅宗者謂相想俱絶直顯性體故」即馬鳴龍樹依楞伽般若等經造眞如三昧智度論等○（六圓融宗）

六法界圓融宗者謂無盡法界如因陀羅網主伴重重圓融無礙故」即龍樹天親依華嚴等經造不思議十地論等○（次別爲揀會二初詳揀諸宗以除濫二先統就能宗義旨判揀淺深）

然此六宗後後深於前前初一唯小乘後五唯大乘」次即相宗三即空宗四五六即性宗」初即小教二三即始教四即終教五即頓教六即圓教」又第二亦名二諦俱有宗謂勝義諦理眞實故不無世俗因果不失故是有如深密瑜伽等」第三亦名二諦俱空宗謂無爲勝義離相故非有有爲緣生如幻故是無如掌珍頌云眞性有爲空如幻緣生故無爲無有實不起似空華等即般若三論中一分之義」第四亦名二諦無礙宗謂眞是即俗之眞俗是即眞之俗如仁王等」第五亦名二諦泯絶宗謂語眞必攝俗故眞絶言俗必攝眞故俗絶如維摩等」第六亦名二諦無盡宗謂眞即俗而眞空重重無際俗即眞而俗有歷歷不窮如華嚴經等○（次逐約所詮法相對揀同異二先總標）

若恐混濫逐爲對揀略開八重○（次別釋八初料揀性相兩宗濫）

先料揀性相兩宗濫中又五義」初唯識半分具分別相宗八識唯約生滅即半分也性宗生滅與不生滅和合而成阿梨耶識是具分也」又相宗云影外有質爲半頭唯識質影俱影爲全頭唯識若望性宗如來藏心則彼全頭生滅八識亦名爲半頭也」二眞如隨緣凝

然别相宗唯識論釋眞如云眞無虛妄如無變易若隨緣變豈稱眞如凝然義也性宗勝鬘經云依如來藏有生死依如來藏有涅槃隨緣義」也三緣境斷惑即離别相宗謂根本智雙觀眞俗能斷迷理迷事隨眠後得智唯觀事境但斷迷事一種隨眠離也性宗謂智體惑體無二體故涅槃云明與無明其性無二故能一斷一切斷即」也四證理能所即離别相宗謂能證根本智是有爲所證眞如理是無爲就能所證心境相對是不即也性宗謂理智不分能所混融華嚴云無有智外如爲智所證亦無如外智能證於如二既不存一亦奚立故能一證一切證是不離」也五轉智不轉智别相宗謂出世四智心品依生滅識種轉成故爲四相所遷性宗謂世出世智依如來藏性始本不二何待轉成即體之智非相所遷〇二料揀空性兩宗濫

次料揀空性兩宗濫中亦五義」一我法有無别空宗有我爲妄無我爲眞般若云如來說有我者即非有我而凡夫之人以爲有我性宗無我爲妄有我爲眞涅槃云無我者名爲生死有我者名爲如來」二法義眞俗别空宗俗諦爲法眞諦爲義如智論說性宗眞諦爲法俗諦爲義華嚴云法者知眞諦義者知俗諦」三心性二名别空宗一向目諸法本源爲性智度論云色色性空掌珍論云有爲性空緣生如幻楞嚴云識性虛妄猶如空華性宗多分目諸法本源爲心勝鬘云自性清淨心起信云一切法唯是一心楞嚴云諸所緣法唯心所現」四眞智眞知别空宗以有分别爲

知無分別爲智眞智了空故智深知淺性宗以證聖理爲智徹聖凡爲知靈知本有故知通智局起信云眞如自體眞實識知」五佛德空有別空宗說佛以空爲德般若云離一切相即名諸佛色見聲求皆爲邪道性宗明諸佛富有萬德相好身智神通光明常樂我淨眞實功德於佛體中一一無盡性自本有不待機緣如起信涅槃中說○三揀空相與性宗濫三料揀空相兩宗與性宗濫亦五義」別一三乘一乘別空相二宗明有三乘以深密第三時中具說三乘普爲發趣一切乘者第二時諸部般若亦同此說性宗明唯一乘法華云十方佛土中唯有一乘法妙智經及梁攝論皆同此說」二五性一性別空相兩宗明有五性大般若云於聲聞乘性決定者聞此法已速能證得自無漏地於獨覺乘性決定者聞此法已速依自乘而得出離於無上乘性決定者聞此法已速證無上正等菩提於彼三乘性不定者聞此法已皆發無上正等覺心深密有性者成無性不成意亦同此性宗明唯一性涅槃云一切衆生同有佛性皆同一乘」三生佛不增減別空相二宗皆云五種性中無種性人決不成佛守衆生界名不增減十輪云三乘各定差別皆以性定五故善戒地持說二種性無種性人終不能得菩提但以人天善根而成熟之性宗謂一理齊平名不增減是故不增不減經云愚癡凡夫不如實知一法界故不能實見一法界故起邪見心謂衆生界增衆生界減」四成佛不成佛別空相二宗明有不成佛深密云一切趣寂聲

聞種性雖蒙諸佛種種方便終不能令證佛菩提大般若五百九十三中說有五性大意同此性宗謂決定盡得成佛密嚴云二乘必無灰斷涅槃涅槃云一切衆生皆有佛性凡是有心定當作佛」五同位不同位別空相二宗爲引愚法二乘漸向大故故位相與彼同大品明三乘共十地立乾慧等唯識亦許三乘斷證階位大同即資糧等性宗約自教論深勝於彼故斷證位相與彼懸隔故彌勒所問經論云一切聲聞辟支佛不能如實修四無量不能究竟斷諸煩惱但能折伏一切煩惱等斷證既爾地位準知○四揀空性與相宗濫四料揀空性兩宗與相宗濫亦五義」別一立相顯性別相宗多談法相縱少說性亦法相數如無爲有六種等是立相也空性二宗多明法性縱少說相亦會歸性但空宗空性無性性宗眞性實性如金剛三昧及起信中說六度行即一法性等是顯性也」二唯心眞妄別相宗依生滅八識建立染淨根本唯識云等流習氣爲因緣故八識體相差別而生名等流果果似因故異熟習氣爲增上緣感第八識酬引業力恒相續故立異熟名感前六識酬滿業者有間斷故名異熟生從異熟起不名異熟即前異熟及異熟生名異熟果果異因故攝論云無始時來界一切法等依由此有諸趣及涅槃證得即唯心中妄也空宗般若云色不異空空不異色受想行識亦復如是楞嚴云如來藏中性色眞空性空眞色水火風識亦復如是性宗起信云依如來藏有生滅心楞伽云藏識海常住既言常住即

藏心也明非唯生滅矣故通唯心中真也」三二諦即離別相宗明離瑜伽四重二諦中初一世俗唯局世俗後一勝義唯局勝義中間六諦各通世俗勝義何者望前爲勝義望後爲世俗一一差別區分不同故不即也空性二宗明即中論云定有則着常定無則着斷掌珍論云真性有爲空無爲無起滅有與有爲俗諦也無與無爲真諦也仁王云於解常自一於諦常自二通達此無二真入第一義涅槃云世諦者即第一義諦故不離也」四四相一時前後別相宗明前後謂前生住異三相屬現在後一滅相屬過去先有後無相差別故空性二宗顯同時般若云過去不可得現在不可得未來不可得既三世皆空何有不即起信云四相俱時而有皆無自立本來

平等同一覺故」五佛身有爲無爲別相宗說佛身有爲佛地論云大覺地中無邊功德略有二種一者無爲功德淨法界攝二者有爲功德四智所攝唯識云四智心品總攝佛地一切有爲功德皆盡空性二宗明無爲般若云如來說三十二相即是非相須菩提言如我解佛所說義無有定法名阿耨菩提亦無有定法如來可說所以者何一切賢聖皆以無爲法而有差別淨名云佛身無爲不墮諸數涅槃云如來真實是無爲法○五揀性相空三宗濫五料揀性相空三宗濫亦五差異」一遮揀表顯異相宗唯表如深密等三種時教五重觀法斷二障證二空轉八識成四智五位百法皆依法相而示唯識乃名方便密意依性說相教也」空宗唯遮如般若等破五蘊非四諦

空業空報無證無修生死涅槃猶昨夢凡夫諸佛等空華八十一科皆約破相而示空理乃名方便密意破相顯空教也性宗有遮有表說一切衆生皆有寂滅靈知之心以此一眞心性對彼染淨諸法全揀全收全揀之非生非佛非性非相但尅體直指寂滅靈知即是心性餘皆虛妄故華嚴云非識所識亦非心境知性本淨開悟羣生楞伽云寂滅者名爲一心全收之染淨諸法無不是心如鏡現影影影皆鏡故華嚴云知一切法即心自性起信云三界虛僞唯心所作全揀門攝前破相全收門攝前立相如是收揀一切並皆直指自心即是眞性不約事相而示亦不約破相而談又非方便隱密之意故此乃是正直顯示眞心即性教也二諦理多少異相宗明八諦瑜伽謂世俗有四一世間二道理三證得四安立即假名無實隨事差別方便安立假名非安立四諦也勝義有四一世間二道理三證得四勝義即體用顯現因果差別依眞顯實廢詮談旨四諦也空宗所說世出世間一切諸法不出二諦仁王般若云有無本自二譬如牛二角照解見無二二諦常不即餘如掌珍中論等說性宗明三諦以緣起色等諸法爲俗諦緣無自性即空爲眞諦一眞心實相體非空非色能空能色爲中道第一義諦仁王云以三諦攝一切法空諦色諦心諦故我說一切法不出三諦餘如纓絡大品本業等經所說或明一諦如楞嚴云故我今時爲汝開示第一義諦又云大威德世尊善爲衆生敷演如來第一義諦仁王云初住一

心足德行於第一義而不動第一義諦常安隱窮源盡性妙智存金剛三昧云大慈滿足尊智慧通無礙廣度衆生故説於一諦義皆以一味道終不以小乘餘如涅槃等説」三眞妄空有異相宗眞有妄空謂八諦中初俗則空遍計執故後三世俗及四眞諦皆有依圓有故空宗眞空妄有仁王云法性本無性第一義空如諸有本有法三假集假有」性宗眞妄俱空第一義空該通眞妄故涅槃云第一義空者不見空與不空仁王云般若無相二諦虛空」或空有無礙眞非俗外即俗而眞故仁王云解心見不二求二不可得非謂二諦一非二何可得梁論亦云智障甚盲瞑爲眞俗別執中論云因緣生法即空假中」四三性空有即離異相宗遍計是空依圓是有唯識

頌云遍計所執自性無有依他起性分別緣生圓成於彼常離前性故此與依非異不異又明三法皆有性也」空宗遍依是有圓成是空密嚴頌云名爲遍計性相是依他起名相二俱遣是爲第一義又明三法皆無性也」性宗謂遍計性情有理無依他性相有性無圓成性情無理有相無性有則三法中皆具空有也」教義云三性各有二義眞中二義者一不變義二隨緣義依他二義者一似有義二無性義所執中二義者一情有義二理無義約眞中不變依他無性所執理無由此三義故三性一際同無異也此則不壞末而常本也經云衆生即涅槃不復更滅又約眞如隨緣依他似有所執情有由此三義亦無異也此則不動本而常末也經云法身流轉五道

名曰衆生」又相宗明依他外别有圓成是所顯理離也空性二宗依他無性即是圓成即也」又相宗有空宗無離也性宗空有無礙即也」五心境存泯異相宗唯遮境有識揀心空解深密云諸識所緣唯識所現瑜伽論云菩薩於定位觀境唯是心」空宗心境俱泯中邊論云以塵無有故本識即不生般若謂五藴皆空三心不得」性宗明存泯無礙密嚴云如來清淨藏世間阿賴耶如金與指鐶展轉無差别華嚴云法性不違法相法相不違法性楞嚴云即一切法離一切相唯即與離二無所着○六揀空宗與頓宗濫

六料揀空宗始教與性宗頓教濫亦五差異」一直指曲顯異空宗始教密意破相顯性故揀却諸餘是曲顯也如般若等所說真妙理性每云不生不滅非性非相等是遮揀也無我相無法相亦無非法相等是專意破相也」性宗頓教顯說自心即性故的示當體是直指也如圓覺等所說真妙理性每云知見靈覺寂空澄湛等是表示也自性清淨真實識知等是專意顯性也」如說醎云不淡是曲明云醎是直顯說水云不乾是巧示云濕是的指也」二談空顯性異空宗始教不說諸法相唯談但空理般若云是諸法空相空中無色仁王云以衆生空故得置菩提空以菩提空故得置衆生空以一切法空故空」空性宗頓教總不說空相唯辨真性理圓覺云知幻即離離幻即覺非作故無本性無故起信云當知真如非有相非無相非一相非異相」三遣顯存泯異空宗遣相明空空存相泯金剛云

凡所有相皆是虛妄若見諸相非相即見如來又云應離一切相發菩提心大品云諸法畢竟空即是涅槃故又云以何義故名爲菩提空義故是菩提頓敎遣迹顯性空相俱泯淨名云得是平等無有餘病唯有空病空病亦空楞嚴云了知味性非空非有圓覺云有無俱遣是則名爲淨覺隨順楞伽云智者不分別空及與不空自性無自性但唯是心量五法二無我自性心意識於佛種性中皆悉不可得四性體本無異空宗以一切諸法無性爲體智論云從因緣生即無自性無自性故即畢竟空中論云以有空義故一切法得成涅槃云因緣故有無性故空頓敎以寂滅靈知本性爲體楞嚴云眞淨妙心本來遍圓如是乃至大地草木蠕動含靈本元眞如楞伽云云何本住法謂法本性如金等在鑛若佛出世若不出世法界法性皆悉常住圓覺云衆幻滅無處成道亦無得本性圓滿故故知性字雖同而其體各異也五認名認體異謂一切法皆有名體智度論云地水火風是四物名堅濕煖動是四物體今且以水言之水名也濕體也清濁凝流氷波功能也心性亦爾心名也知體也善惡止修迷悟功能也然濕一字貫彼清等萬義之處此之知體亦貫善等萬用之中空宗爲對初學及淺機恐隨言生執故但標心性之名而遮其非或廣以善等義用而引其意如舉水名或說清濁等用不指濕體彼愚鈍者亦但認名而迷其體例同楞嚴七處破心是也楞伽云如來應正等覺以性空實際涅槃不生無相無願等

諸句義說如來藏如來以種種智慧方便善巧或說如來藏或說爲無我種種名字各各差別金剛三昧云非義語者皆悉空無空無之言無言於義不言義者皆是妄語如義語者實空不空空實不實」頓教乃對久學及上根令忘言認體故以一言直指當人現前見聞覺知之體令其認得體已方於體上照察眞妄染淨義用一旦豁然莫不貫通如指濕體不舉水名及清等用彼利智者亦但認體而捨名用例同楞嚴十番顯見是也彼經須菩提言初在母胎即知空寂蒙如來發性覺眞空頓入如來寶明空海同佛知見楞伽云大慧空無生無二離自性相普入一切修多羅凡所有經悉說此義諸修多羅悉隨衆生希望心故爲分別說顯示其義而非眞實在於言說如鹿渴想誑惑羣鹿鹿於彼相計着水性而彼無水如是一切修多羅所說諸法爲令愚夫發歡喜故非實聖智在於言說法華云唯有一乘法無二亦無三除佛方便說但以假名字引導於衆生說佛智慧故○七揀實宗與同宗濫

七料揀性宗實敎與一乘同敎濫亦五差異一但即不但即異終敎談理事相即頓敎談理事相泯圓敎不唯理事即泯自在而且事事即泯無礙法華云如來如實知見三界之相非實非虛非如非異故知實教但即無泯頓教但泯無即圓教泯即全具也二普融不普融異終則空有相即名爲圓融頓則空有相泯亦名圓融然融處狹小猶未普遍圓則不唯具前二融亦且圓具即泯雙存即泯互

奪存奪無礙三種圓融則此融處方名爲普遍也故法華云此經甚深微妙諸經中寶是法華經藏深固幽遠無人能到涅槃云若苦非苦若有若無若實不實若真不真若滅不滅若二不二如是等種種法中有所疑者今應諮問我當隨順爲汝斷之三真中非真中異空宗無相宗有終教存頓教絕皆偏於邊而非中也縱雙存兩絕名中亦非究竟後之圓教即空即有即存即絕非空非有非存非絕如是遮照同時方爲純真第一圓融中道如楞嚴云即以此心中中流入圓妙開敷從真妙圓重發真妙一切妄想滅盡無餘中道純真法華云疑悔永已盡安住實智中於諸佛所受持佛智開示衆生令入其中涅槃云非虛非實斷一切實而亦是實非生非滅永斷生滅而亦是滅非相非非相斷一切相而亦是相四漸歷非漸歷異終教雖依如來藏性本覺大智名爲相即而有斷證初後階降是漸歷非圓超也圓教依於諸法實相一切種智一攝一切一切入一因該果海果徹因源是圓超非漸歷也楞嚴云如是乃超信住行向加地等覺圓滿菩提歸無所得頌云銷我億劫顛倒想不歷僧祇獲法身如龍女於須臾頃便成正覺五攝末不攝末異終教依自一教義立爲圓教末圓教攝前四教義立爲終教本法華云如佛爲諸法王此經亦復如是諸經中王涅槃云譬如衆流皆歸於海一切契經諸定三昧皆歸大乘大涅槃經何以故究竟善說有佛性故

賢首五教儀卷第四之一

音釋

婆沙（此云廣解亦云種種說分分說）俱舍（此翻藏即包含攝持義）犢（音讀小牛也）薩婆多（此云說一切有）勒沙婆（此云苦行或翻無慚）若提子（此翻邪命亦云親友又云邪見）提婆（此云天樹弟子也）蝡（音輭蠢動貌）

賢首五教儀卷第四之二

清浙水慈雲沙門灌頂續法集錄

○八揀同宗與別宗濫

八料揀性宗一乘同教與一乘別教濫亦五差異」一開顯直顯異同教開顯開前三乘之權顯今一乘之實法華云開方便門示真實相涅槃云譬如耕田秋耕爲勝此經亦爾諸經中勝如諸藥中醍醐第一善治衆生熱惱亂心是大涅槃於諸經中爲最第一」別教直顯直顯一乘根本實義無有昔權可對說故華嚴云此法門名爲演說如來根本實性不思議究竟法此法門唯爲趣向大乘菩薩說唯爲乘不思議乘菩薩說如日初出先照須彌山等諸大山王是則合共爲同不共名別也」二會歸流出異同教是會歸謂三乘咸會一乘九界同歸佛界法華云本聲聞人在虛空中說聲聞行今皆修行大乘空義涅槃云迦葉白言我今始知差別無差別義何以故一切菩薩聲聞緣覺皆當歸於大般涅槃譬如衆流歸於大海」別教是流出謂若無一乘本法何有三乘末教如無海本不能流末華嚴云譬如大海潛流四天下地有穿鑿者無不得水攝論云無不從此法界流涅槃云譬如從牛出乳從乳出酪是則全收爲同普揀爲別也」三廢立普容異同教廢立者廢昔轉照二三之麤味成立還照純一之妙味猶百川水入海皆鹹法華云正直捨方便但說無上道十方佛土中唯有一乘法無二亦無三涅槃云迦葉是大涅槃即是諸佛甚深禪定如是禪定非是聲聞緣覺行處善男子是諸

大乘方等經典雖復成就無量功德欲比是經不得爲喻」別教普容者謂一乘義量無不含容如海深廣包含無外故隨一滴具百川味如大乘同性經云所有聲聞法辟支法菩薩法諸佛法如是一切諸法皆悉流入毘盧遮那智藏大海華嚴普賢三昧品云能令一切國土所有微塵普能容受無邊法界妙嚴品云譬如虛空具含衆像此喻佛身遍含諸法頌云或有國土說一乘或二或三或四五如是乃至無有量此約說教該攝無盡是則泯二爲同非泯爲別也」四圓融無盡異同教明圓融無常即常無我即我三一同源權實不二法華云觀一切法空如實相又復不行上中下法有爲無爲實不實法是法住位世相常住涅槃云譬如一火因所然故得種種名所謂木火草火糠火㸑火牛馬糞火善男子佛道亦爾一而無二爲衆生故種種分別頌云諸佛常輭語爲衆故說麤麤語及輭語皆歸第一義如來今所說種種無量法男女大小聞同獲第一義」別教明無盡一一事義各各攝入十十法門重重主件華嚴云若有無上心決定樂大事爲示於佛身說無盡佛法欲具演說一句法阿僧祇劫無有盡而令文義各不同等是則類似名同不類名別也五性具性起異同教顯性具謂一切諸法即是性中本具非由外來若色若香無非中道或佛或生同一乘性如盤中百味藏內七寶暗室什物名園花果法華云無漏不思議甚深微妙法我今已具得十方佛亦然楞嚴云我與如來寶覺圓明眞妙淨心無二圓滿而

我昔遭無始妄想久在輪迴今得聖乘猶未究竟世尊諸妄一切圓滅獨妙真常佛告富樓那汝與衆生亦復如是寶覺真心各各圓滿涅槃經云一切衆生即是佛如窮子衣珠貧女舍寶等」別教顯性起謂一切諸法全是性之所起法界性外更無別法故得塵塵交徹剎剎融通法法互收事事即入如彼水之變波金之作器風簸爲響彩畫成像圓覺云圓覺自性非性性有循諸性起善男子由彼妙覺性遍滿故根性塵性無壞無雜根塵無壞故如是乃至陀羅尼門行壞無雜如百生燈光照一室其光遍滿無壞無雜華嚴云百千億那由它不可說先住兜率宮諸菩薩衆以從超過三界法所生離諸煩惱行所生周遍無礙心所生甚深方便法所生無量廣大智所生堅固清淨信所增長不思議善根所生起阿僧祇善巧變化所成就供養佛心之所現無作法門之所印出過諸天諸供養具供養於佛以從波羅蜜所生一切寶蓋於一切佛境界清淨解所生一切華帳無生法忍所生一切衣入金剛法無礙心所生一切鈴網解一切法如幻心所生一切堅固香周遍一切佛境界如來座心所生一切佛衆寶妙座供養佛不懈心所生一切寶幢解諸法如夢歡喜心所生佛所住一切寶宮殿無着善根無生善根所生一切寶蓮華雲一切堅固香雲一切無邊色華雲一切種種色妙衣雲一切無邊清淨栴檀香雲一切妙莊嚴寶蓋雲一切燒香雲一切妙鬘雲一切清淨莊嚴具雲皆遍法界出過諸天供養之具供養於

佛頌云心如工畫師能畫諸世間五蘊悉從生無法而不造如心佛亦爾如佛衆生然應知佛與心體性皆無盡若人知心行普造諸世間是人則見佛了佛真實性若人欲了知三世一切佛應觀法界性一切唯心造如金色世界即是本性彌勒樓閣即是法門勝熱火聚即是妙智等」前性具中猶通理事相本性具性相融通故後之性起唯局事事全性成相相如性融」故具是事法即理事皆理具故起是事事攝入理隨事變」故又具中無起蓋内雖全具外猶未起故起必含具以外既全起内豈不具」故則此三義初二稱理名同稱事名別次一一性名同異性名別」統則共具名同性本同有唯一理故異起名別性自繁興成事事故餘如別說○二略會數門而例餘

上約諸宗各別所據則互相違反若會釋者亦不相違」謂一切諸法既皆真心緣起會緣無性還即凝然真心始不異本知外無智就機則三約法則一新薰成五本有無二若入理雙拂則三一兩亡若依佛化儀則能三能一教有偏圓同別之殊法無始終淺深之異是故競執是非達無違諍○後總申開合二初正示開合

又此六宗可開可合」合唯二門第一合成五宗又四初義中一隨相法執二真空無相三唯識法相四藏心緣起五圓融具德此如起信圓覺疏說」二中一小乘法執二法相差別三相想俱絕四性相無礙五圓融具德此如華玄鈔說」三義一小乘法執二空相差別三空相寂滅四緣起無礙五圓融無盡此則不違護身法師立五宗矣」四中一隨相法執二

空有差別三空有無礙四相想俱絕五法界圓融」第二合成四宗亦二」初義一小乘因緣二大乘法相三大乘無相四一乘法性則不違大衍立四宗矣」二中一隨相法執二空有差別三性相無礙四圓融無盡開有六門」第一開成七宗一隨相法執宗阿含緣生經者即小乘諸師二唯識法相宗方廣深密經者即此方慈恩教等三眞空無相宗般若妙智經者如此方肇論師等四藏心緣起宗勝鬘瓔珞經者如此方南北諸師五眞性寂滅宗楞伽圓覺經者如此方禪教六會歸圓融宗法華涅槃經者即此方天台教等七普融無盡宗華嚴經者如此方光統教等此亦不違耆闍立六宗矣」第二開成八宗一我法俱有二無我因緣三因緣但名四唯識法相五眞空無相六藏心緣起七眞性寂滅八圓融無盡此亦如圓覺疏鈔說」第三開成九宗又二」初義前七如上八會歸圓融九法界無盡」二義一我法俱有二法有我無三法無去來四現通假實五俗妄眞實六諸法但名七眞空無相八唯識法相九法性眞實此則不違慈恩立八宗矣」第四開成十宗亦三」初中前六如上七一切皆空八眞德不空九相想俱絕十圓明具德此如教義章說」二中前六亦如上七三性空有八眞空絕相九空有無礙十圓融具德此如華玄疏說」三中前六亦如上七空有差別八性相無礙九相想俱絕十圓融無盡」第五開成十一宗前六如上七唯識法相八眞空無相九藏心緣起十眞性寂滅十一法界圓融」第六開成十二宗前十如上

十一會歸圓融十二重重無盡今取其中故分爲六宗也○次別通妨難問此之六宗何異五教而重辯耶荅今此六宗對前五教互有寬狹一宗容有多教一教容具多宗又宗則一宗容具多經隨何經中皆此宗故教則一經容有多教若局判一經以爲一教則抑諸大乘矣問若各有通局何不得以宗爲教以教爲宗耶荅立教分宗各有體式教約佛在世時說意權實有殊宗就佛滅度後人心崇重各別又立教必須斷證階位等異分宗但明所尚旨趣不同第二第三執法有異故開爲二宗斷證位次不離三道故合爲一教又初宗內二十部別宗可爲六而斷證位不離八輩教則爲一餘諸宗義如立教明故宗與教其旨自有別焉○五三觀二

初總標言三觀者一眞空絕相觀二理事無礙觀三周遍含容觀○二別釋二先別示觀境法義二初正明觀境二先方便二初標於中先方便開爲十門○二釋十一具外緣一具足外緣謂衣食處衣則蔽形食則支命處則棲身三緣不闕修道無難衣如糞掃三衣或畜百一及畜餘長食如頭陀行乞檀那送供處如蘭若空閑淸淨伽藍等○二懺內障二懺除內障欲修觀行先當如法懺悔宿障宿障若除法界觀行從是立如淨器中以諸湯水幷雜灰香除去毒蜜後貯甘露又如淨衣汙諸垢膩必須浣淨方可染色然懺有二種一事二理事如方等佛名經等通於萬行理如淨名觀罪性空不在內外等普賢觀

經及隨好品具二種懺觀經中明晝夜精勤禮十方佛即是事懺觀心無心從顛倒想起若欲懺悔者端坐念實相即是理懺隨好品中等衆生界數善身語意業悔除諸障即是事懺觀諸業性非十方來止住於心從顛倒生無有住處等即是理懺事懺除末理懺拔根〇三發大心

三發大心願經云於佛法中有二健兒一者不作諸惡二者作已能悔又有二種白法滅除衆障一者慚自不作惡二者愧不令他作今既於三寶前生重慚愧發露先罪斷相續心已作者消除未起者不造障心若滅道心自發故懺障後次明發心發何等心所謂不發人天心聲聞辟支心權乘菩薩心唯依最上佛乘發阿耨菩提心願與法界衆生一時同得菩提此菩提心即是佛心若能發者定成種智若不發者終不能成譬如耕田不下種子既無其芽何處求實然發此心非止一過應當數發令續不斷或因慈心或因恚心或因施心或因慳心或因歡喜或因煩惱或因恩愛別離或因怨憎會合或因善知識或因惡親友或因見佛或因聞法或由供養衆僧或以大悲救苦或佛菩薩教令發心或二乘人教令發心或學他發心或常自發心是故發心名根名枝名葉名花亦名果亦名子若依經論明發心相廣有多種起信明三心四便報恩明四心五事梵網十願十三誓華嚴十七明十種發心十八有十種清淨願四十發十種無邊心五十三發十種普賢心及十種發心因緣行願品十大願王淨行品百

四十願皆顯發心相也」若發此心疾成佛道故賢首品云若有菩薩初發心誓求當證佛菩提彼之功德無邊際不可稱量無與等等

○四受佛戒

四受持佛戒謂既發大心須修勝行若不修行願爲虛設故願之與行如鳥翼車輪具足方能翔空致遠」然萬行中戒禁居先成就定慧律儀當首經云依因此戒律得生諸定慧尸羅不清淨三昧不現前是故願後應先淨戒」戒有在家出家在家則三皈五戒八關十善出家則聲聞小戒菩薩大戒」更有薩婆多說三戒大智度列十戒涅槃明五支地持出三聚華嚴顯十無盡戒藏」廣則三千威儀八萬細行略唯行止二門故戒經云一切惡莫作當奉行諸善自淨其志意是則諸佛教」能敬此者佛法熾盛結使滅除能信此者心地清淨法身顯現能受持者即入佛位能聽誦者福慧頓足故四分云有智勤護戒便得第一道華嚴云戒是無上菩提本梵網云微塵菩薩衆由是成正覺

○五修勝行二　先始二初標

五造修勝行修行有二一始二終先始有三門

○二釋三　一捨緣

初捨緣門義開爲六」一捨惡業五根緣塵生五欲身作惡業也意識亂想起五蓋心作惡業也今則外訶五欲內棄五蓋名爲捨作惡業」二捨親友在家者親戚朋友出家者門徒知識皆不追尋往還斷絕眷屬尚爾況於惡律邪見人等樂親近耶」三捨名利貪名聞則習學詩文問荅今古貪利養則資治生業工巧技能今也息學問事棄生活緣屏技術務

即名爲捨名利事也」四捨身命大患莫若於有身是故身爲苦本況此身中一切皆是不淨之物口出唾鼻出涕眼出眵淚耳出垢膩大小便出屎尿身臭如死尸袋惟盛膿血赤白痰癃甚可厭惡生熟二藏雜穢充滿脾腎心肺肝膽腸胃一一皆有微細諸蟲所謂黑蟲毛蟲熟蟲臭蟲乃至八萬四千户蟲更有大蟯蛔蟲窟穴身中誰有智慧者而樂着此身愚人不知猶如厠蟲樂糞無異是故當忘身以求道莫爲身而結業」五捨心念由汝念慮使汝色身種種取像與念相應故捨外身不捨內念未爲捨也昔來所有自他人法是非好惡種種亂識雜思邪計妄想皆悉遣除以念遣念念不可得以心除心心亦不生無念無心名捨心」念六捨此捨上五緣所治妄病也此捨法能治真藥也五緣既絕此捨亦忘其猶病起藥與病差藥廢能所無寄名捨捨也○(二隨緣)

二隨緣門義開爲四」一隨捨緣謂還隨前六事而守心不染着二隨作緣謂凡所作所行遠離巧僞虛詐乃至一念亦不令有」對彼捨門此作亦有六重」一具五法門謂欲進念定慧身口樂慕精勤誦念決志善得於法界止觀身行善業也意識欣習匪懈想念一心巧便於法界止觀心行善業也」二近善知識有三」一外護善知識經營供養善能將護不相惱亂」二同行善知識共修一道互相勸發增進無退」三教授善知識能以禪觀正助法門示教利喜」三求學佛法求佛有七」一恭敬求三業虔懇也二無相求離能所相也三起用

求身心遍求也四內觀求內求自佛也五實相求內外一相也六大悲求普爲衆生也七無盡求帝網重重也」學法有五一讀二誦三持四念五解」也若不求佛多諸魔障善根不發若不學法不明止觀道亦不進」四調和身息未坐禪前先調食睡調食不饑不飽調睡不節不恣」既坐禪後應調身息調身不急不寬調息不澁不滑」身息若調次當閉口脣齒相拄舌向上齶眼斷外光無令全閉正直端坐切勿搖動」五攝伏心意有二」一者不令心意馳散若馳散者即當攝來住於正念是正念者當知唯心無外境界心散不正得定無由是故令觀與理相應」二者調令浮沉得所若心沉時舉心向上繫念鼻端若心浮時安心放下繫緣臍中若能調適心自安靜障患

不生定道可尅」六作此作上五門所起行影也此作法能起心鏡也五門既開此作亦立其猶鏡去影藏鏡懸影現能所全彰名作作也」三隨順緣謂凡於順情境下至微少順處皆應覺知不可染受設有利譽稱樂境來當觀法本無生唯心所現自然忍而不喜若此輭賊不離三昧亦不現前」四隨違緣謂一切違情境乃至斷命等怨皆應守心歡喜忍受設有衰毀譏苦境來當觀三輪體空唯一法界自然忍而不瞋若此強賊不離聖智何以現前○三成行

三成行門謂得前二門成萬行也」一成普賢十大願行諸未起者策發令起已起行者持令不退」二成六度四無量行以前二門自度度他至無上覺也○後終

後終亦三門」初捨緣門即止行唯觀諸法平等一相諸緣皆絕也」二隨緣門即觀行還就事中起諸大悲大願等行也」三成行門即止觀俱行雙融無礙成無住行真俗境不殊悲智心不別以法界門內無二相故平等性中唯一味故起信云雖念諸法自性不生而復即念因緣和合業報不失雖念因緣善惡業報而復即念性不可得以是義故是止觀門共相助成不相捨離若不雙具則無能入菩提之道○六明心境三初正明法界心境二先略明

六詳明心境方便助行既成應須揀正修中若境若智若止若觀若正若邪若因若果設不預知修時錯亂砂鎔金器事可徵也」今先明境即以一真法界心爲境」但在纏時名性淨法界爲所信境出纏時名最淨法界爲所證境體即現前知見雖非心非境非佛非生而心境佛生一以貫之法界究竟」是故此法界心能攝一切世間出世間法○次廣引

若以義開有三法界一事二理三無礙華嚴疏云統唯一真法界謂寂寥虛曠冲深包博總該萬有即是一心體絕有無相非生滅莫尋其始寧見中邊迷之則生死無窮解之則廓爾大悟諸佛證此妙覺圓明現成菩提爲物開示不知何以名目強分理事二門而理事渾融無有障礙略爲三門」第一事法界第二理法界第三無障礙法界」第一事法界者不出色心萬象森羅依正境智相用顯然皆曰事也」第二理法界者體性空寂頓絕百非略有二門」一性淨門在纏不染性恒清淨雖遍一切不同一切如濕之性遍於動靜凝流

不易清淨恒常」二離垢門謂由對治障盡淨顯隨位淺深分十眞如體雖湛然隨緣有異如陶冶塵滓鍊磨眞金」第三無障礙法界者略有三門」一相即無礙門二形奪無寄門三雙融俱離性相渾然門」今初相即無礙門者一法界心含眞如生滅二門互相交徹不壞性相其猶攝水之波非靜攝波之水非動故二形奪無寄門者謂無事非理故事非事也無理非事故理非理也」三融離渾然門者曲有十門一由離相故事壞而即理」二由離性故理泯而即事」三由離相不壞相故事即理而事存以非事爲事也」四由離性不泯性故理即事而理存以非理爲理也」五由離相不異離性故事理雙奪迥超言念」六由不壞不異不泯故有初事理二界俱存現前爛然可見」七由不壞不泯不異離相離性故爲一事理無礙法界使超視聽之妙法無不恒通於見聞絕思議之深義未曾礙於言念」八由以理融事令無分齊如理之遍一入一切如理之包一切入一故緣起之法一一各攝法界無盡」九由因果法界各全攝故令普賢身中佛佛無盡佛毛孔内菩薩重重」十由因果法界差別之法無不恒攝法界無遺故隨一一門一一行位各攝重重故廣刹大身輕塵毛孔皆無有盡以其後一總融前九爲第三渾融門也亦融前二不離此門○二通揀教乘心境二初揀心境二先料揀五教心

衆生禀教者根性有利鈍悟入有淺深致令一心開爲五種」一人天二乘教中假說一心實有外境」二始教有二」初相宗以異熟賴耶

爲一心遮無外境然有三類一相見俱存名一心二攝相歸見名一心三攝所歸王名一心此宗與前教俱唯事法界也次空宗以無相爲一心不唯境空内心亦空以其照見五蘊皆空無有界處入等法故此則唯明理法界也」三終教即以如來藏藏識名爲一心此亦有二一攝七識浪歸藏識海故説一心二總攝染淨歸如來藏故説一心此則兼通無障礙法界中相即門及渾然門内二三六門幷七分也」四頓教以泯絶染淨寂滅無寄性爲一心此則兼通無障礙法界中形奪門及渾然門内一四五門幷七分也」五圓教總該萬有事事無礙故説一心即是無障礙法界心也亦有三類一融事相入故説一心二融事相即故説一心三帝網無盡故説一心此

即全通無障礙法界渾然中後三門也○後料揀八乘境△將此五心略爲二境」一倒境謂凡愚情計之境空有二相相違等即人天二乘教事識心也」二眞境謂聖智所得之境有二」一三乘境謂空有不二融通等即三乘始終頓教藏識心也」二一乘境謂無盡緣起具德圓融等即一乘圓教法界心也○二明今用△若捨末取本唯觀後境若攝末歸本二境全觀若本末圓融二三境中隨一即得全收法界具足無礙楞伽云眞如空實際涅槃及法界種種意成身我説是心量○三結顯今境體相所以現前一念知見心中當體具足百萬性相即空即即即遍非一非多而多而」一今依性有觀境起彼緣修觀境故即立此法界心以爲所緣境」華嚴七十一云我以饒益一切

衆生集諸善根助道法時作十種觀察法界所謂我知法界無量獲得廣大智光明故我知法界無邊見一切佛所知見故我知法界無限普入一切諸佛國土恭敬供養諸如來故我知法界無畔普於一切法界海中示現修行菩薩行故我知法界無斷入於如來不斷智故我知法界一性如來一音一切衆生無不了故我知法界性淨了如來願普度一切諸衆生故我知法界遍衆生普賢妙行悉周遍故我知法界一莊嚴普賢妙行普莊嚴故我知法界不可壞一切智善根充滿法界不可壞故善男子我作此十種觀察法界時了知諸佛廣大威德深入如來難思境界五十九云菩薩摩訶薩坐道場時入三昧名觀察法界此三昧力能令菩薩一切諸行悉得圓滿則知因地果位皆用法界性也

賢首五教儀卷第四之二

音釋

肇音紹僧肇論也　頭陀此云抖擻抖擻煩惱故　蘭若翻閑靜處又云遠離處　伽藍譯爲衆園　浣音緩洗也　技音忌藝也　眵音侈目汁凝也　蟯音饒腹中短蟲　拄音主掌支也　齶音鰐雀斷也齒內上下肉也　滓音子澱也濁也　麧音弋麥麧　富樓那此云滿願　互音護與互同交互也

賢首五教儀卷第五之一

清浙水慈雲沙門灌頂續法集錄

○七揀觀智五先正釋

七揀別觀智亦即以法界無障礙心爲智但迷時名本覺智悟時名始覺智證時名圓覺智此三位中復有三智察事名無量方便智照理名一道眞實智理事渾融名權實無礙智體亦現前知見不離知見起觀智故○次引證二先疏

華嚴疏云所入者法界緣起能入者有總有別總即普賢行願願是大菩提心爲行本故行是信解智等隨行起故若別說者略有五重一身二智三存四泯五圓入樓觀而還合身證也鑒無邊之理事智證也量同普賢而周遍俱存也身智相即而兩亡雙泯也一異存亡而無礙自在圓融也若以能對所一身入法法界二智入人法界三身智俱存入人法相在法界四身智雙泯入人法兩亡法界五身智圓融入無障礙法界然身由心證次廣辯心入心入有三一者正信二者正解三者正行此三無礙謂於此行門深忍樂欲淨信不逾於斯行門曉了性相依之起行若能一一信實解行相扶則無分別智行自然成就今且略明無分別智證理法界以爲五門一能所歷然謂以無分別智證無差別理心與境冥智與神會成能證智證所證理如日合空雖不可分而日光非空空非日光二能所無二以知一切法即心自性以即體之智還照心體舉一全收無有二相舉理收智智非理外舉智收理智體即寂如一明珠珠自

有光還照珠矣」三能所俱泯由智即理故智非智以全同理無自體故由理即智故理非理以全同智無自立故如波即水動相便虛水即波故靜相亦隱動靜兩亡性相齊離」四存泯無礙以前三門說有前後體無二故離相離性則能所雙泯不壞性相則能所歷然正離性相即不壞故存亡無礙如波與水雖動靜兩亡不壞波濕」五舉一全收上列四門欲彰義異理既融攝曾何二源如海一滴具百川味」上但約無分別智證於眞理有此五門若以無障礙智證無障礙境境智圓融難可言盡○次經△大經亦云不起一切妄想分別以清淨智普入法界」又云以無著無縛解脫心入普賢菩薩行門得無量法界甚微細智演說一切法界甚微細智入廣大法界甚微細智分別不思議法界甚微細智分別一切法界甚微細智一念遍一切法界甚微細智普入一切法界甚微細智知一切法界無所得甚微細智觀一切法界無所礙甚微細智知一切法界無有生甚微細智於一切法界現神變甚微細智如是等一切法界甚微細以廣大智皆如實知○三料揀△既智與境一多無礙若對揀之義有四句」一一智證一切境二一切智證一境三一智證一境四一切智證一切境」智照境既爾境發智亦然○

四結成

所以現前一念知見心中亦具百萬法界性相即空即即即遍心中了無邊之境境上顯難思之心心境重重帝網無盡」此以修緣境觀契彼性有境觀故即立此法界智以爲能

觀心也○(五通妨)
問此法界知見心與上有何揀別荅法界知見心雖總是一約能所境智不無二別上所觀境中是性起法界靈知眞見自心或名理實法界寂知靜見本心此能觀智中是緣起法界了知明見妙心或名離垢法界照知觀見覺心開雖如此合無二也」問爲何不用六識觀耶荅凡小用六識權乘兼慧所若圓頓實教唯以智慧觀」問智識何別荅分別爲識無分別爲智生滅爲識不生滅爲智積集爲識無積集爲智著境爲識不著境爲智得相爲識無得相爲智」問法界知見心與智識在當人觀如何分析荅心是名知見是體法界是總相眞如性如來藏眞空性唯識性偏空理是別相智識是用識則背覺合塵棄淨取染分別妄想重故智則捨妄求眞返迷歸悟覺照光明利故法界知見心等眞妄染淨俱通」問此之境智與下何別荅此通能所境是所如萬象智是能如圓鏡兩相對待下唯局所以境智等十對俱爲所觀照境如人望當臺鏡中影象又此別揀華嚴圓教一宗境智爲初修入門方便下則通明十界五教一切境智爲正修所依事體○(八辨止觀二初略辨法相二先止觀)

八辨析止觀境智若明止觀當悉蓋三門中一一皆含止觀」如眞空門即名眞空止眞空觀止則安住眞空而不散亂觀則鑒察眞空而不昏迷次無礙門亦名無礙止無礙觀止則停止無礙而離過惡觀則覺觀無礙而成德善」三周遍門亦名周遍止周遍觀止則止息周遍而空我法觀則觀照周遍而證眞俗」

今不言止者攝在於觀」故華嚴云如金翅鳥以左右翅鼓揚海水令其兩闢觀諸龍衆命將盡者而搏取之如來出世亦復如是以大止觀鼓揚衆生大愛水海使其兩闢觀諸衆生根成熟者而度脫之」起信云若修止者對治凡夫住著世間能捨二乘怯弱之見若修觀者對治二乘不起大悲狹劣之過遠離凡夫不修善根是故止觀相成不離○次性緣△又此三止觀中復分性起緣起」一法界性全體起爲三重止觀名爲性起」隨諸淨緣互相發起三重止觀名爲緣起○二詳析修相二先正析二初從性起修二先靜坐三初入

修此止觀然有二時」一者靜坐一心復有入住出三」初入時心則從麤至細境則自動及」靜當麤動間應修三止以破除之修眞空止心無心相境無境相心境相無麤動緣息初止不破進無礙止心境無性依理成立離眞理外無心境得次止不破進周遍止一一心境如性融通遂令圓遍無妄麤動」止若不破即應修觀修眞空觀麤動心境悉因緣生因緣無性相即寂滅初觀不除進無礙觀心境空無生性之理即是眞如平等法界次觀不除進周遍觀全法界理爲心境事法界無礙心境亦融」修此三止觀後麤動心境自然銷滅矣○二中住二先治二初細靜

中住時有二義」先明對治麤動心境既息細靜心境自現見此細靜生快樂想爾時應修三止止之雖修三止猶起見愛應當增上三觀觀之止觀方法並同於前此明對治細靜心境法也○二浮沉二初相對△若坐久時心或浮

動念外境界身亦覺得輕躁不安爾時應修三止止之」心若沉暗昏瞢無記頭首亦覺低垂不起爾時應修三觀觀之○二隨便△設此相對用之一一不得其利亦當隨便不得凝滯」如為浮故而修於止心猶散亂無有法利當轉修觀若於觀中覺心寂靜即宜用觀安心」如為沉故而修於觀心猶昏暗無有法利當轉修止若於止中覺心明朗即宜用止安心」止觀方法亦同於前此明對治心浮沉病法也○後修二初漸頓定不定二初漸頓二先境後辨修法於中先辨漸頓不定謂動靜二相了然不生浮沉二病寂爾不起當此之際應觀法界法界境約心」明心之意言曰教心之法相曰義心之一如曰理心之萬別曰事心之所緣曰境心之能照曰智心之遊履曰行

心之階級曰位心之初作曰因心之終成曰果心之歸托曰依心之主持曰正心之自性曰體心之幹能曰用心之荷負曰人心之軌則曰法心之違背曰逆心之和合曰順心之招致曰感心之酬還曰應」心瞋恚是地獄心慳貪是餓鬼心愚癡是畜生心貢高是修羅心戒善是人道心禪定是天道心證滅是聲聞心獨覺是辟支心覺他是菩薩心圓覺是如來」故修止觀但觀自心不須心外推窮尋逐心內境若明心外境盡徹○次觀△欲達此境有二止觀一者行布二者圓融」行布者先眞空次無礙後周遍圓融者三觀一心中得」十對境法從緣所生空無性相名為眞空觀空心不息名眞空觀妄想念不起名眞空止」緣起境法無自性故舉體即眞名為無礙觀

無礙顯現名無礙觀分別情歇滅名無礙」止眞理容遍境如法界亦相容遍名爲周遍觀周遍圓明名周遍觀生滅心無生名周遍」止一而常三三而常一一三即離圓融自在○二不定△然此漸次一念觀中有定不定定者空即遍三先後淺深決定不移故不定者遍與即空隨便改轉初後不定」故良以決定觀中不斷見愛不得法利即轉爲不定觀不定觀中不成寂定不發觀慧即轉爲決定觀皆隨行者宜便修之○二止觀均不均

次辨止觀均齊謂因修三止故而心寂然安靜禪定顯現若少觀慧心則昏沉是爲癡定不能斷諸結使證諸法門如覆盂水光影不現爾時應速修觀破析即發眞慧除煩惱成菩提矣如澄江水則能載物現諸影像」或因修三觀故而心豁然開悟智慧分明若無禪定心則散動是爲狂慧不能遠離有爲安住寂滅如風中燈照物不了爾時應速修止破析即得大定出生死入涅槃矣如室內燈則能除暗照物分明○後出

後出時心則從細至麤境則自靜及動亦當隨便修三止觀若善調治必得心神明淨身體輕快執著空結業息也○二緣境二先略

二者歷緣對境緣有四一語二默三動四靜該通三業」也境有六一見二聞三齅四嘗五覺六知都攝六根也○次詳二初緣△若語言時應作念言由心覺觀鼓動氣息衝於咽喉唇舌齒㗁故出一切音聲語言問荅訊詰略說廣說諭說直說因此語故則有讚毀善惡染淨等法此語語業連帶緣起同時具足互相

攝入(周遍止)即語顯心即心顯語(無礙止)理實語心及語中一切煩惱功德等法皆不可得(眞空止)則妄想息滅正念停住是名修法界止」又觀未語欲語正語已語皆無有相語心亦爾不從内出不從外來既無内外何有中間處所尚無體自空寂乃至語者及語中一切善不善法皆從緣生空無自性(眞空觀)雖無自性由心覺觀因緣力故而有語言或爲毀戒或爲誑他或爲眷屬或爲勝彼或爲義讓或爲善禪或爲涅槃或爲無生或爲慈悲或爲大覺我今爲何事故而語若是煩惱所使及爲不善無記之事即不應語若非煩惱所使及爲善德如法之事即應當語一一語業攬法界成一一法界依語業顯(無礙觀)是故吐納抑縱高低清濁觸處遍周眞言俗語顯談密說隨時無盡(周遍觀)則慧光貫穿智心通達是名修法界觀」餘三止觀例語思之此歷四緣修止觀也○(次境)

若見色時應作念言由於見精發眼根中名之爲見因此見故則有眼識意識心生見識形已即有明暗二種色相對待眼根令彼見識趣外奔逸吸習中歸以是緣故根塵識三同時具足交涉無礙(周遍止)蓋此圓融從法界得離法界性事事相礙理能成事事能顯理(無礙止)理眞空故事亦絶相故見色時如水月空華如夢像鏡影無有定實(眞空止)若見順情之色不起貪愛若見違情之色不起瞋惱若見非違非順之色不起無明及諸亂想是名修法界止」又觀未見欲見正見已見皆不可得以根塵空明中各無所見故見識亦爾不

從内出不從外來設從内出奚待因緣設從外來與我何涉内外旣無中間亦空處所莫尋體相豈有乃至見者及見中一切善不善法並屬緣起畢竟無性眞空觀性雖空寂因緣和會不妨有生由於眼根發起見精轉生眼識意識即能了別諸色因此則有一切善惡染淨等法或見違情之色起諸瞋恚而造上惡或見順情之色起諸貪愛而造中惡或見中庸之色起諸癡迷而造下惡或見違情之色不起瞋恚生勝負心而作下善或見順情之色不起貪愛生歸戒心而作中善或見中庸之色不起癡迷生禪定心而作上善或見色塵能招苦集而慕滅修道或見色塵因緣流轉而觀緣悟道或見色塵能生業識無明煩惱即起慈悲而行六度或見色塵唯自心現不從外得即轉二依而證二果我今爲何而見於色若煩惱使不善之事即不應見非煩惱使利益之事即應當見如是緣起體本自空畢竟一空中而具足十緣具足十緣中而畢竟一空即空即有非空非有無礙觀空有性緣同時具足眼眼色色相即相入識識見見互容互遍主伴交參廣狹自在周遍觀境旣普融無盡智亦周圓無礙是名修法界觀餘五止觀例見思之此對六境修止觀也○二全修成性△以此坐行二時修緣止觀念念相續心心無間自然與彼一眞法界性起止觀疾得相應○後結名△此名觀察法界三昧亦名知一切法界所安立悉住心念際三昧亦名入一切法界無源底三昧又依十界修三止觀亦名海印三昧若依四大修三止觀亦名

塵含三昧若依十度修三止觀亦名華嚴三昧若依四攝修三止觀亦名攝生三昧如是名義隨德用立非離法界別有體相故此法界三昧名爲一行以依是三昧故則知法界一相謂諸佛身心與衆生身心平等無二又法界三昧是一切三昧根本若人修行則能出生無量三昧以此三昧轉化衆生即名之爲普照法界修多羅教若人於此止觀能如是一切時處中自行化他則於世出世間最尊最上無與等者○九識魔病二初略明

九識治魔病止觀境智雖知仍須善識魔病若不覺悟被其惱亂若不對治無能破滅魔病事銷止觀道就○二詳釋二先魔三初名

於中先辨魔又三初舉名數魔有多種法華明三一煩惱二五陰三生死大論開四於上三中加一天魔罵意經出五名一天二罪三行四惱五死華嚴分十類一蘊二煩惱三業四心五死六天七善根八三昧九善知識十菩提法智楞嚴於五陰中各開十種共有五十色陰十者一出礙二內徹三離合四化佛五現土六暗見七無覺八遍觀九遙聞十變形受陰十者一悲愍二狂妄三沉憶四下劣五憂愁六喜樂七我慢八輕清九斷空十愛欲想陰十者一怪鬼二魃鬼三魑魅四蠱五疫厲六大力七神祇八妖精九靈物十天眷行陰十者一無因二圓常三二分四四邊五矯亂六有相七無相八俱非九斷滅十涅槃識陰十者一冥諦二慢天三自在四倒知五事火六無想七長壽八魔天九趣寂十獨倫具足論之魔有八萬四千乃至恒沙無盡

今總束之分為二類一界內魔有十一精靈二惡鬼三邪神四老仙五魔天六陰處七生死八業障九煩惱十心念二界外魔亦十一三昧二智慧三師友四化導五修諦六觀緣七行度八報身九依土十果位△二境二先界內次釋魔境先界內魔境初精靈即木石禽獸多年受天地日月精氣所成者或作美女或變惡鬼現種種形像令可愛可畏惑亂行人退失定心楞嚴云山精海精風精河精土精石精一切草木積劫精魅或復龍魅金玉芝草麟鳳龜鶴經千萬年不死為靈出生國土年老成魔惱亂是人二三鬼神者即大力鬼堆剔鬼蠱毒魘勝魑魅魍魎諸鬼神等或作蟲蝎攢刺頭面或作怨賊捶擊腰腋或抱持或喧怒或現諸惡禽獸或變衆善天仙令人迷惑成其伴侶楞嚴云此名山林土地城隍川嶽鬼神年老成魔或有宣婬破佛戒律或有精進純食草木無定行事惱亂是人四五仙天者即九十五種外道所依婆羅門仙及自在天摩醯首羅吒枳迦羅諸天仙等或作違情境界如夜叉羅剎師子虎狼等令人驚怖或作順情境界如諸佛菩薩美貌男女等令人愛著或作非違非順境界則平常情境來破定心令壞善法又或化作三種五塵境相一作違情事是可畏五塵令心恐懼二作順情事是可愛五塵令心貪戀三作非違非順事是平等五塵令心搖動楞嚴云此名住世自在天魔使其眷屬如遮文茶及四天王毘舍童子未發心者現美女身盛行貪欲或壽終仙再活為魅或仙期終計年應死其形

不化他怪所附年老成魔惱亂是人起信云或有衆生無善根力則爲諸魔外道鬼神之所惑亂若於坐中現形恐怖或現端正男如等相或現天像菩薩像亦作如來像相好具足若說陀羅尼施戒忍進禪智或說平等空無相無願無怨親無因果畢竟寂滅是眞涅槃或令人知過未之事得他心智辨才無礙能令衆生貪著世間名利之事又令使人數瞋數喜性無常準或多慈愛多睡多病其心懈怠或卒起精進後便休廢生於不信多疑多慮或捨本勝行更修雜業若著世事種種牽纏亦能使人得諸三昧少分相似皆是外道所得非眞三昧或復令人若一日二日三日乃至七日住於定中得自然香美飲食身心適悅不饑不渴使人愛著或令人食無分

齊乍多乍少顏色變異六陰七死者是生死果八業九惱者是生死因十心魔者隨一念起即一魔生因果本也此五種皆是世間之常事亦隨人自心所生今且置之不論以易知故○次界外

次界外魔境三昧所緣智慧能緣中修也師友上求也化導下化也此四凡聖因果俱通諦是聲聞境緣是辟支境度是菩薩境三乘聖人所修因也身土果三乘聖人所得果也若爾何爲魔境但於此貪愛不捨功行不進善根不增法性不顯即名之爲魔事楞嚴云不作聖心名善境界若作聖解即受羣邪華嚴云善根魔恒執取故三昧魔久躭味故菩提智魔不願捨故善知識魔起著心故又云自說爲是餘說悉非或以妙義授非其人是

為魔業樂求二乘志尚涅槃是為魔業惡心布施瞋心持戒是為魔業以懈怠故志意狹劣不求無上大菩提法是為魔業又云少行生足魔所攝持受一非餘魔所攝持不發大願魔所攝持樂處寂滅魔所攝持

賢首五教儀卷第五之一

音釋

搏音卜手擊也　瞢音蒙昏昧不明也　噩音鄂口中斷噩　魃音拔旱神也長二三尺袒身目在頂上行走如風　魘音掩睡中魘鬼也　蝎音歇螫人毒虫也　吒枳迦羅即大自在天類　夜叉此云勇健亦云暴惡　羅剎此云速疾亦云可畏　遮文荼舊云嫉妬女即役使鬼也　毘舍此云啖精氣梁言顛鬼

賢首五教儀卷第五之二

清浙水慈雲沙門灌頂續法集錄

△三治二初釋六一覺悟

後明識治開爲六門」一覺悟無惑謂知彼是魔事不被其所惑也楞嚴云成就破亂由汝心主主人若迷客得其便當處禪那覺悟無惑則彼魔事無奈汝何若不明悟被魔所迷則爲魔人破佛律儀」問如現佛菩薩像說甚深法或是宿世善根所發云何揀別定其邪正」答應以三法驗之」一以定研磨謂定中境相邪正難知者當深入定心於彼境中不取不捨但平等住定若是善根發者定力逾深善根彌發若是魔所爲者不久自壞」二依本修治如本修不淨觀今則還依本不淨觀若如是修境界增明者則非僞也若以本修治漸漸滅去者當知是邪也」三智慧觀察觀所發相推驗根源不見生處深知空寂心不住著邪當自滅正當自現如燒眞金益其光色若是僞金即自焦壞」故經說言欲知眞金三法試之謂燒打磨定譬於磨本治猶打觀智類燒以此三驗邪正自知也○二識責三初精靈二一約時識

二善識訶責三先精靈二」初約時識知即十二時獸變種種形來惱行人然亦各當其時而來」子時來者多是鼠等丑時來者多是牛等寅是虎豹卯是兔鹿辰是龍鼈巳是蛇蟒午是驢馬未是羝羊申多猿猴酉多雞烏戌多狗狼亥多豬㹠等」行者若見常用此時而來即知其獸精說其名字而訶責之自當謝滅也○二約心識

△二約心識知即十習因獸此

則隨心樂欲而來心愛怪異而來魔者多是土梟破鏡等類心愛咎徵而來魔者多是鵰鶴鳩鵲等類涽合狐狸降伏蛇蝎冥感蟯蛔食供雞豬服事牛馬顯應鴻燕休徵麟鳳傳習猫犬乃至心愛神通種種變化而來魔者多是山海風土精類心愛斷滅種種空寂而來魔者多是金玉草木精類行者若見常因此心而來即知彼精靈稱名訶責也○次鬼神

次鬼神若見堆剔鬼等來惱亂者應即閉目一心陰而罵言我今識汝汝是閻浮提中食火齅香偷臘吉支喜破戒律我今持戒終不畏汝鬼便却行匍匐而去又三摩中心愛圓明貪求善巧魔得其便來說經法此名怪鬼心愛遊蕩貪求經歷魔得其便來說經法此名魃鬼心愛綿涽貪求契合魔來說經此名魅鬼心愛懸應貪求冥感魔來說經此名厲鬼心愛根本貪求辨析魔來說法此名蠱毒魘勝惡鬼心愛知見貪求宿命魔來說法此名山川林嶽邪神心愛深入貪求靜謐魔現未然說陰寂法此名為大力鬼心愛長壽貪求永歲魔現生年說常住法此名為自在天行者若見現形說經隨我定心之所施設禪觀增勝即名為正非破律儀即名為邪便當舉其名號以誡勸焉○三陰入

後陰魔心生憐愍則有悲魔入其心腑心生猛利則有狂魔入其心腑沉憶憶魔憂愁愁魔歡喜喜魔我慢慢魔少足知足魔輕安輕清魔心生斷滅則有空魔心生貪愛則有欲魔此等陰魔起於自心心念不起魔事銷歇設有魔來但當責心如經頌云欲是汝初軍

憂愁爲第二饑渴第三軍渴愛爲第四睡眠第五軍怖畏爲第六疑悔第七軍瞋恚爲第八利養虛稱九自高慢人十如是等衆軍壓没出家人我以禪智力破汝此諸軍得成佛道已度脫一切人陰魔若識餘自易知楞嚴云此是先佛奢摩他中毘婆舍那覺明分析微細魔事魔境現前汝能諳識心垢洗除不落邪見陰魔銷滅天魔摧碎大力鬼神褫魄逃逝魑魅魍魎無復出生○三止觀

三止觀破除謂於定中雖悟無迷稱名責之猶不隱滅應修止觀二法却之一修止却者凡見一切邪魔境界悉知虛誑空無生性定中所緣一眞法界方爲眞實究竟堅固是故一心停住法界雖見魔境不喜不怒不取不捨亦不分別寂然不動彼即自滅二修觀却者若見用止不去即當反觀能見身心無體無處清淨本然就我所緣一眞法界亦無形相圓常周遍彼向何者能爲惱亂如是觀時尋當謝絕設或不去切勿生懼唯自深觀法界而已故大品云菩薩成就二法魔不能壞一者觀一切法空二者不捨諸衆生華嚴云若具聖智無上道則能超出四魔境涅槃云天魔波旬若更來者當以五繫繫縛於汝釋曰五繫者即五停心觀治彼五種魔大集云知苦壞陰魔斷集離惱魔證滅壞死魔修道離天魔起信云行者常應智慧觀察勿令此心墮於邪網當念唯心境界則滅終不爲惱

○四經咒

四經咒加持謂見如上說諸魔境雖用止觀遲遲不去亦不須驚惶憂怖若出家者即當

一心默誦諸大乘經如華嚴梵行行願等品法華安樂囑累等品或誦諸般神咒如楞嚴隨求尊勝大悲等或用瑜伽教中遣魔印咒或但觀想唵啞吽𠺕哩等字種加持身心脫體便成毘盧彌陀阿閦觀音等身放赤色光照觸諸魔如火焚草灰燼無餘或誦戒本或念三寶若在家者隨其常所誦習而默持之如金剛藥師觀音彌陀心經消災如意準提往生六字一字咒等或誦三皈五戒十善或念諸佛菩薩名號如彌陀藥師釋迦彌勒文殊普賢觀音地藏等魔便隱去惡境歇滅以正能治邪邪不干正故若出禪觀亦當誦持經咒自防慚愧懺悔楞嚴云末世衆生樂修三昧汝恐同邪一心勸令持我佛頂陀羅尼咒若未能誦寫於禪堂或帶身上一切諸魔所不能動○五正念

五永固正念謂雖默持經咒佛名魔境不謝亦不須憂但當一心住於定中正念不亂令觀增明乃至經年累月不去我亦端心正念堅固動靜不移憶忘如一古謂一念萬年萬年一念是也當知魔境皆是幻化何者未曾見有於坐禪中魔來化作豺狼虎豹噉食人也亦未曾見魔來化作男女爲夫婦也愚人不了或喜或憂因是心亂失定發狂皆自成患非魔所爲今則不惜軀命住於禪觀正念不動當處湛然如暗夜人處大明中彼幽隱魔無奈我何楞嚴云然彼諸魔雖有大怒彼塵勞內汝妙覺中如風吹光如刀斷水了不相觸汝如沸湯彼如堅水煖氣漸隣不日銷殞徒恃神力但爲其客明能破暗近自銷殞

如何敢留擾亂禪定又經頌云若分別憶想
即是魔羅網不動不分別是則爲法印起信
云當勤正念不取不著則能遠離是諸業障
應知外道所有三昧皆不能見愛我慢之心
貪著世間名利恭敬故眞如三昧者不住見
相不住得相乃至出定亦無懈慢所有煩惱
漸漸微薄○六增進
六增進功行謂雖多時正念魔境猶現此由
禪觀不深功行未至應當奮身努力加功用
行於止觀中研究至極圓滿妙明逈無翳障
到此之際唯是一片性天慧日有何魔霧爲
迷漫」耶華嚴云於佛深法信解不謗捨離
業未曾忘失一切智心捨離魔業勤修妙行
恒不放逸捨離魔業常求一切菩薩藏法捨
離魔業楞嚴云色受想破天魔潛形行識陰
除心見魔滅」況復魔界如即佛界如無有二
如今則精進法界止觀於魔界無所取佛界
無所捨無取無捨魔境自然消滅佛法自然
現前故釋論云除諸法實相餘皆是魔事○後結
△以上六門或漸次用而銷或一時用而
滅或少分用而止或全分用而破如是不遭
邪慮發明圓定方名之爲善修止觀者矣○次病二先心二初病相
次辯病亦二先心病又二初明病行相病有
二種」一麤謂巧僞修行於中又二一內實破
戒而外現威儀求名利故狡猾故護短故二
假全不破而多有闕漏爲他知故伺押故不
直故」二細謂存見趣理於中亦二一雖具直
心而執我修行我見不破故二雖不執我而
計有實法法見不破故○二治方
△二治病藥

方亦有二種」一麤謂眞實修行亦二一於諸過非並不覆藏而深懷慚愧懺悔往罪不敢復作二於所修行不雜巧偽皆質直柔輭作下下意不顯已德」二細謂不存執見亦二一修諸行時知無我人盡未來際不計疲苦二觀察諸法平等不二一相無相入理究竟」二通說者但住於法界深觀諸法平等之時於上諸病無不治盡○後身二初病相

後身病亦二初明病發相病有三種」一四大五藏得病又二」先四大增損病相若地大增者則腫結沉重身體枯瘠等百一患生若水大增者則痰癊脹滿腹痛下痢等百一患生若火大增者則煎寒壯熱支節皆痛口氣大小便利不通等百一患生若風大增者則身體虛懸戰掉疼痛肺悶肚脹嘔逆氣急等百一患生故經云一大不調百一病起四大不調四百四病一時俱動」次五藏所生病相從心生患者身體寒熱頭痛口燥等心主口故從腎生患者咽喉噎塞腹脹耳聾等腎主耳故從肺生患者身體脹滿四肢煩痛心悶鼻塞等肺主鼻故從肝生患者多無喜心悲思瞋恚頭痛眼昏等肝主眼故從脾生患者身中面上遊風遍體瘤癢疼痛舌嘗飲食無有滋味等脾主舌故」蓋此二種病起通因內外發動」若外感寒暑風雨濕熱飲食不消而病從二處發者當知因外發動」若由用心不善調適身心息三內外有所違犯或觀行乖僻乃至勞傷而成病患或因定法發時不知取與致此患生當知因內發動」若四大有病因由今用觀心息鼓擊發動本病此則通因內

外而有二鬼神所作得病三業報所感得病如是等病初起即治甚易得差經久結成雖治難愈○二治方二先正三一大藏三初止

二治病藥方法有二種先正治法三初治大藏病三一修止治病有一師言但安定心止在病處即能治病所以者何心是一期果報之主譬如王所到處羣賊迸散又有師言臍下一寸名憂陀那此云丹田若能止心守此不散經久即能多有所治復有師言常止心在足下莫問行住坐臥即能治病所以者何皆由心識上緣故令四大不調多諸疾患今則安心在下四大自調衆患除矣更有師言但知諸法空無所有不取病相寂然止住多有所治所以者何由心憶想鼓動四大故有病生息心法界百骸適悅衆病即差故淨名云何爲病本所謂攀緣云何斷攀緣謂心無所得如是等說皆用止治○二觀

二作觀治病有一師言但觀心想用六種氣以治病者即是觀能治病謂一吹二呼三嘻四呵五噓六呬此六種息皆於唇口之中想心方便轉側而作綿微而用頌曰心配屬呵腎屬吹脾呼肺呬聖皆知肝藏熱來噓字至三焦壅處但言嘻次有師言若能善用觀想運作十二種息能治衆患一上息二下息三滿息四焦息五增長息六滅壞息七煖息八冷息九衝息十持息十一和息十二補息此十二息皆從觀想心生云何對治衆患上息治沉重下息治虛懸滿息治枯瘠焦息治腫滿增長息治羸損滅壞息治增盛煖息治寒冷息治熱衝息治壅塞不通持息治戰動不

安和息通治四大不和補息資補四大衰耗善用此息諸患遍治」又有師言善用假想觀可以治衆病如人患冷想身中火氣起即能治冷等此如雜阿含經七十二種治病祕法中」說復有師言但用眞空法界觀想檢析身中四大病不可得心内五藏病亦非有經久修持衆患自差如是等說皆用觀治○三藥

三藥石治病謂上所說止觀二法若善其意無病不治若不得意則草木金石之藥與病相應亦可服餌息諸患也○三鬼神△次治鬼神病當用大強威德力心加諸靈咒大經佛號以助治之○三業報△後治業報病當用慚愧大懺悔心加諸念佛發願修福以助治之

○後助

二助治法謂坐中用心治病仍須兼具十法一者信謂信此法必能治病二者用謂隨時常用三者勤勤用不息取差爲度四者常住緣中謂細心念念依法而不異緣五者別病因起如上所說六者方便謂吐納氣中運心緣想善巧成就不失其宜七者久行謂若用之未即有益不計年月常習不廢八者知取捨謂知益即勤有損即捨亦須微細轉心調治九者護持謂善識異緣不令觸犯十者遮禁謂得益不向外說失損不生疑謗若依此十法行所治必有效也○十顯果相二初示善根三先明發相

三初眞空相

十顯示果相謂止觀中一切魔病所不能動於大菩提涅槃妙果自可成證有因有果法爾然故」略開二義一先示善根發相於中初明發相」謂能如是善修眞空觀者則於坐中

身心寂靜爾時當有無量善根開發今略明之相有二種一者外善根發相所謂不殺盜婬妄言綺語不貪色聲香味觸法不求三界報不樂五欲樂身口七支恒沙煩惱皆能止息二者内善根發相所謂不貪瞋癡慢疑惡見不起喜怒哀樂等心不隨六情根不執七識我意地一切見愛無明皆悉絶滅華嚴云以智神通現身清淨無所依止無有攀緣住奢摩他最極寂靜恒住一相所謂無相又云以心爲本心若清淨則能圓滿一切善根於佛菩提隨意即成○（二無礙相）

若能善修無礙觀者則於坐中身心通徹爾時亦有諸善根相一者外善根開發所謂放生布施持戒忍辱精進禪定習學法門供養諸三寶孝敬於二尊三千威儀八萬細行皆能具足二者内善根開發所謂慈悲仁讓柔順和雅信念慚愧智慧等心常修四無量常懷於六念無數恒河沙性功德悉願圓成華嚴云菩薩勤求最勝道動息不捨方便慧一一回向佛菩提念念成就波羅蜜發心回向是布施滅惑爲戒不害忍求善無厭斯進策於道不動即修禪忍受無生名般若回向方便希求願無能摧力善了智如是一切皆成滿○（三周遍相）

若能善修周遍觀者則於坐中身心遍融爾時亦有諸善根相一者外善根開發所謂四攝十度百萬行中隨一一行具足衆行皆不取相稱性遍周如離世間品說五逆十惡百萬業中隨一一斷具足衆斷亦不取相稱性遍周如普賢行品說二者内善根開發所謂

三心十念百萬德中隨一一德具足衆德皆不取相稱性圓融二障十惱百萬惑中隨一一治具足衆治亦不取相稱性圓融華嚴云觀諸因緣實義空不壞假名和合用無作無受無思念諸行如雲遍興起不取衆相而行施本絶諸惡堅持戒解法無礙常堪忍知法性離具精進已盡煩惱入諸禪善達性空分別法具足智力能博濟滅除衆惡稱大士問何義證知荅不淨因緣慈心念佛尚有無量善根開起況觀法界無發相耶○二辨真偽二初偽相

二初發二先定滯

二辯真偽先明邪偽禪所發相謂發如上諸境界時隨因所發之法或身重如物鎮壓或身輕如毛翻飛或不安如束縛如坐鐵床如飲毒藥或適悅如觀妓如遊花園如食珍饈或搔動虛懸或沉滞下墜或煎寒或壯熱或頭疼或腦悶或如越牖透垣或似火燒刀斫或同虛空豁達或像大地障礙或睡或行或進或懈或不禮塔廟摧毁經像或手執刀劍割裂自身或路傍歌舞或入山避人或見日月蓮花或見山河深險或鼻齅異香或食啖酒肉或得香美飲食數日不饑不渴或聞微妙法音歸向無因無果或瞋或喜或恚或癡或生大枯渴沉憶不散或發無窮悲流淚不休或心意暗蔽或動諸惡覺或起大我慢志齊諸佛或生無盡愛不耐見人或憶惡觸身毛驚豎或想樂境昏醉不醒或思內幽間諸妙好事或念外散亂諸雜惡事或起輕安意或生知足想如是種種無量形境與善俱發皆名邪偽此邪定法若生愛著即與天魔鬼

神外道之法相應由是失心狂迷顛倒○（次魔加）或時諸邪魔等知彼念著其法即加勢力令發邪境或發邪定或得邪智或辯才無礙或相好端嚴或說陀羅尼或入三三昧或令傍見佛土或令遠聞經聲或令知過去善惡或令知未來禍福或觀天宮或瞻地獄或神力或無畏此皆魔力惑人非有眞實行者愚迷謂得道果由是顛倒惑亂世間魔心生厭離其身體威德既無陷於王難命終之後還墮魔道輪轉三途永不值佛○（二治）△是故行者若發善時有此邪相當即却之一者止却謂此諸邪僞境虛誑不實唯自正心住於法界不受不著不憂不喜二者觀却自以智慧明觀諸法實相離法界心外別無境可得如是止觀時境自謝滅矣○（二眞相）

次明眞正禪所發相若於觀中發諸善時無有如上諸邪法相一一皆與自定相應定心顯現觀智分明身體輕利安隱快樂意地柔和寂靜明朗自覺功德巍巍法喜充滿無有覆蓋亦無障惱破諸執見得大解脫厭患世間無常苦空唯求出世佛涅槃樂普度衆生同成正覺是爲正禪相也譬與惡人共事始美終惡若與善人同謀久則愈妙邪正發相亦然邪則正受漸失妄想漸與正則煩惱漸滅觀智漸增也○（三示長養）

三示長養謂於定中若有一切善根發時應用止觀二法修令增長若宜用止則以止修之若宜用觀則以觀修之善根得長障蓋自除矣○（二顯妙果二先初心證境三一眞空境）

次正顯妙果成相二先初心證境謂能如是精進修時即能證知一切諸法空無自性皆從心生離此心外無一切法然心無相法亦無相即有法相亦如影響以知心法皆空寂故即不得一切名相所謂非心非境非色非空非時非處非身非方無自無他無一無多無大無小無染無淨離修離證絶教絶理由此斷煩惱滅生死悟入理性無礙法界是名眞空止觀證成境也○二無礙境

又知心性雖然空寂因緣和合亦能生法以事無別體要攬理成眞理隨緣能成事法是故色聲香味發於性空猶如空花起滅見聞覺知生於覺心宛同夢像隱現以知心法皆無礙故即得一切融通所謂即眞即俗即性即相即心即色即一即異亦常亦變亦滅亦生亦空亦有亦智亦境是實是權而體而用由此起萬行度衆生悟入理事無礙法界是名無礙止觀證成境也○三周遍境

又知心性本來周遍法界含吐十虛隨諸緣起成一切法亦如心性遍容無礙以諸大小法相無非一法界心是故於一小器出生一切飲食資具佛宮殿中頓現衆生居處屋宅毛端容刹塵裏轉輪一多即入廣狹隱顯以知心法皆包遍故即得一切周圓所謂教義遍容智斷遍容行位遍容因果遍容依正遍容方偶遍容時劫遍容感應遍容逆順遍容人法遍容由此圓融斷普遍修悟入事事無礙法界是名周遍止觀證成境也○次後心證境

次後心證境謂能如是證知一切諸法空即遍容即是自心空即遍容於止觀中重加功

行修令滿足猶如鍊金斷惑證眞超凡入聖由修止以成定轉生死依而證涅槃斷果號曰善逝爲福足尊由修觀以成慧轉煩惱依而證菩提智果號正遍知爲慧足尊故華嚴云知一切法即心自性成就慧身不由他悟法華云定慧力莊嚴以此度衆生〇（次正修二先所依事境二初正釋十對三初標）

次正修中開爲二門先明所依事體總爲十對一教義二理事三境智四行位五因果六依正七體用八人法九逆順十感應〇（二釋十初教義）

初教義者教則地獄畜生餓鬼修羅四惡趣聲人乘天乘小乘聲聞中乘緣覺大乘菩薩初教終教一乘頓教圓教最上佛教義則三途上中下五逆十惡三道下中上五戒十善二乘七十五法始教立相八識十如五位百法破相四見三空八十一法終教四位六染三大九相頓教一百八句四十一門一一離言唯談眞性圓教二智十如六相十玄如來三身四智五眼十力法等〇（二理事）

二理事者理則六道本覺性二乘偏空法性始教二空法性終教中道妙眞如性頓教離言眞如第一義空眞勝義性圓教法界圓融無障礙性佛界一乘佛性事則六道有漏五蘊四聖無漏五蘊小教亦有漏亦無漏五蘊身土始教有爲無漏五蘊終教無爲無漏五蘊頓教非有漏非無漏五蘊身土圓教法界圓融無盡五蘊如來報應法性身土〇（三境智）

三境智者境則三途上中下惡逆果報逼迫之苦三道下中上禪善果報適悅之樂小教

四諦偏眞涅槃始教二諦終教三諦頓教第一義諦圓教圓融無盡法界如來具四涅槃智則三途惡業習心觀三道有漏善心觀聲聞四諦觀無漏慧緣覺因緣觀自然慧始教二空觀加行根本後得智終教三諦觀權實無障礙智頓教眞性觀第一義空離言之智圓教法界觀十無盡智如來二三四五智等

○四行位

四行位者行則地獄作五逆阿鼻純情無想無間九情一想有間八情二想餓鬼造十惡至七情三想畜生起三毒至六情四想人道修戒善至五情五想想明斯聰情幽斯鈍修羅行福施地行羅刹等類六想四情飛行夜叉等類七想三情大力鬼王等類八想二情仙天修禪觀仙則休止山海存想固形超至九想一情天則六事行觀四禪八定直至純想無情二乘略則戒定慧廣則三十七品始教六度萬行終教四信五行頓教三自性俱空二無我並遣圓教無盡一攝一切一切入一如來覺他位則地獄八寒八熱餓鬼三財三障畜生四類四生人道四洲四姓夜叉品在三行修羅階攝四趣仙列十種天分三界小始教歷資加見修究竟五位但有我空法空差別終頓圓超信住行向地等六位亦有漸頓圓融不同佛唯妙覺

○五因果

五因果者因則三途造上中下十習惡業三道造下中上十習善業二乘七方便始終頓圓三賢四加佛界等覺已還種種定慧福智莊嚴果則地獄阿鼻無間受六交報苦痛割鋸凍列煎燒餓鬼遇蟲畜等受蠱魅形口中

烟餤饑渴逼迫畜生爲服食類酬償宿債乘
騎鞭杖刀砧烹煮修羅等三道受下中上本
愛習果酬善業報小教見修證中須陀洹等
四果始終頓圓歡喜等十地如來即一念相
應大覺朗然無上菩提爲習果大般涅槃禪
定三昧一切具足是報果也〇六依正
六依正者依則三途黒業變化土三道白業
變化土二乘淨變化土始教劣受用土終教
勝受用土頓教法性土圓教無障礙法界土
如來五土正則三途惡業變化身三道善業
變化身二乘淨變化身始教劣受用身終教
勝受用身頓教法性身圓教無障礙法界身
如來四身

賢首五教儀卷第五之二

音釋

砧音真擣繒石也禪那此云靜慮定慧均等也羝音低三歲壯羊也
彘音稚豕也獍音竟孟康曰梟鳥食母獍獸食父⿸商鳥音商⿸商鳥鴹鳥舞則有
大雨湣音泯合也吉支此云所作起尸鬼也三摩華言正定謐音密
靜語也安也奢摩他翻止毘婆舍那翻觀匍匐音蒲薄伏
地貌唵亞吽訖哩音菴亞烘隔里前三即加身口意成毘盧阿彌阿閦
三佛後二即加心成觀音菩薩閦音促梵語阿閦華言不動燼音津火餘魔
羅此云殺也狡猾音絞滑姧詐也狎音洽玩熟也瘠音脊瘦也瘄
音昔小痛也呬音戲息也搔音騷手屁抓癢也冽音列寒氣嚴也

賢首五教儀卷第六之一

清浙水慈雲沙門灌頂續法集録

○七體用

七體用者體則三途招上中下惡業苦報之身三道招下中上善業樂報之身二乘五分法身始教有爲無漏變易五蘊之身終教無爲無漏變易五蘊之身頓教無生法性身圓教圓融無盡身如來三四十身用則地獄登刀上劍餓鬼吞銅噉鐵畜生魚鱗相咀强者伏弱負重牽車構造諸惡修羅我慢顛倒與天爭權人持五戒天修八定二乘勤策斷煩惱障證小涅槃三明六通應真無礙始教發四弘誓修六度行乃至現起三十二相八十種好終教稱性建修六度廣興萬行爲化群生運大慈悲乃至現起八萬四千諸妙相好頓教離相修一切行無作妙力起諸變化力通自在猶如虛空無有分齊圓教一斷一切斷一行一切行乃至現十蓮華藏世界海微塵數相彼一一相皆遍法界業用亦爾如來三輪不思議化○八人法

八人法者人則火途血途刀途修羅人道天道聲聞辟支定不定性始終頓圓初心後心諸位菩薩如來法則三途上中下十惡三道下中上十善小教四諦十二因緣始教相宗五位百法空宗八十一法終教一心二門頓教一真如性圓教十不可説無盡法門如來十力四無所畏十八不共法等○九逆順

九逆順者逆則地獄跋陀增慢婆藪罪者畜生無慈鹿王餓鬼半偈夜叉修羅婆稚鴦馱質多羅睺人有六師十仙央崛屠兒等天有

自在無想摩醯首羅二乘六群比丘始終頓圓梵志尼犍盧迦登伽婆須無厭勝熱婆羅門等佛如提婆達多順則地獄衆光天子挽火車者畜生菩薩鹿王金獅龍女餓鬼說咒羅刹啓教面然修羅幻術大力出現好聲人有四衆法眷天有護世釋梵二乘五百羅漢始終頓圓維摩大慧地藏彌勒文殊普賢勢至觀世音等佛如藥師彌陀○十感應

十感應者感則六道同分類生二乘同分初心有學及異分六道凡夫始終頓圓自類根熟初心有學及他類二乘六道如來九界衆生應則六道同事之者及四聖身二乘四果四向菩薩如來始終頓圓三賢十聖五智如來佛有五眼十身○三結

此十對中初一爲總後後漸略初謂如來說能詮之教詮所詮之理則無法不盡法有教理行果行果並在所詮義理中故二就所詮中雖復衆多不出事之與理即性及相無法不攝三理該下八且置勿論就其事中不出境智四智觀於境便有造修之行所成之位五歷位未極總屬四收極則爲果六果中多法不出依正七正中所有不出體用體者法報用者應化八用中自有人法不同以法成人以人知法九就於法中逆化順化十就順化中自有感應矣若依後後開一成二則法彌多謂如果分依正爲二因亦如之則有四矣隨依正中皆有體用正中體者法報等身用者應化隨宜依中體者法性等刹用者應物隨現果門既爾因門例然則成八矣正體用中自有人法不同依亦如之即成十六矣

又於人中逆化順化法亦如之便爲三十二矣人之逆順必有感應宜逆化之感則婆須等應之宜順化之感則文殊等應之人感應爾法感應然積爲六十四矣如是相望展轉成多然猶約次第辯若依圓融論開合者即成無盡又此十對不唯十界於一界中隨一法上即有此十如一蓮葉或一微塵皆具教等十對相也○二結融無盡

又將此能含十對法中取一教義對具餘九對餘理事等九對亦具餘教義等九對則爲百門一一門中各有所含十法界則爲千門千門中隨取其一亦具一千則有百萬如一千錢共爲緣起一錢爲首則具一千餘亦如是即成千千若以所具十對例能具十界則十法界亦成百萬法界華嚴云一念瞋心起百萬障門開一念非瞋心百萬法門就」又此百萬門中一一皆有六相圓融如理事對一即具多名理總多即非一名理別互不相違名理同彼此不濫名理異共相成就名理成各住本性名理壞共爲一法名事總諸法宛然名事別多種不異名事同各不相同名事異諸緣辦就名事成不離自位名事壞餘教義等九對及十法界具百具千乃至百萬六相例」知如此無盡圓融法相皆爲三觀所依事體經云若人欲了知三世一切佛應觀法界性一切唯心造○次能依觀門二初總標

次明能依觀法門有三重○二別釋三一真空二先正釋觀法三初標

第一真空絕相觀者於中略開四句十門○二釋四一初句四門二先列

第一句會色歸空觀復開四門○（次釋四一幻色非斷空）

一色非斷空門色不即是斷空以色舉體即是真空故○（二實色非真空）

二色非真空門青等非是真空之理以青黃無體莫不皆空故○（三實色斷空非幻色真空二初當門）

三色空非空門會色歸空空中必無色故○（二總結）

上三門以法揀情訖○（四實色斷空即幻色真空二先正顯）

四色即是空門凡是色法必不異於真空以無性故○（次結例）

如色空旣爾一切法亦然○（次二句四四二先列）

第二句明空即色觀亦有四門○（次釋四一斷空非幻色）

一空非幻色門斷空不即是色以真空必不異色故○（二真空非實色）

二空非實色門真空理非青黃以空必不異青黃故○（三真空幻色非斷空實色二初當門）

三空非空色門空是所依非能依必與能依作所依故○（二總結）

上三門亦以法揀情訖○（四真空幻色即斷空實色二先正顯）

四空即是色門凡是真空必不異色以是法無我理非斷滅故○（次結例）

如空色旣爾一切法亦然○（三三句一門）

第三句空色無礙觀謂色法舉體全是真空色即空而色不盡真空舉體不異色法空即色而空不隱無障無礙爲一味法○（四四句一門）

第四句泯絕無寄觀謂此所觀真空不可言即色不即色即空不即空一切法皆不可此不可語亦不容受迥絕無寄言解不及以生

心動念乖法體故○三結
前四句中初二句八門皆揀情顯解第三句
一門解終趣行第四句一門正成行體由解
成行行起解絶○後結融無盡
將前所依十對中取一理事對具此能依觀
中十門而彼理事對中又具餘教義等九對
各有此十觀門則爲百門理事既爾餘教義
等九對具百亦然則爲千門千門之中隨取
其一亦具一千餘亦如是則有百萬一即具
多名總相多即非一名別相彼此不違名同
相互不相濫名異相共相成辦名成相各居
自位名壞相此等六相百萬法門皆爲真空
絶相觀相經云法性本空寂無取亦無見性
空即是佛不可得思量○二無礙二先正釋觀法三初標
第二理事無礙觀者但理事鎔融存亡逆順

通有十門○二釋十初理遍事
一理遍於事門謂無分限之理全遍有分事
中以彼真理不可分故故一一纖塵理皆圓
足如一大海全在一小波時而海非小又不
妨舉體全遍諸波而海非異故出現云譬如
法界遍一切不可見取爲一切此明一性全
在五性中也又云如來智慧無處不至此明
一乘遍於三乘中也又云如來成正覺時於
其身中普見一切衆生成正覺乃至普見一
切衆生入涅槃皆同一性所謂無性此明理
遍同於事故一成一切成也○二事遍理
二事遍於理門謂有分限之事全同無分之
理以事無體還如理故故一一纖塵皆遍法
界如一小波全帀於大海時而波非大諸波
亦各俱時全帀而波非一故出現云聲聞與

獨覺及諸佛解脫皆依於法界法界無增減此明五性全在一性中也又云無一衆生不具如來智慧此明五乘遍於一乘中也又云譬如虛空無成無壞菩提亦爾無相非相無一非一此明事遍同於理故説都無所成也

○三理成事

三依理成事門謂事無別體要因理成以諸緣起皆無自性由無性理事方成故如攬水體成立波相覺林菩薩偈云心如工畫師能畫諸世間五陰悉從生無法而不造覺首菩薩偈云法性本無生示現而有生○四事顯理

四事能顯理門謂由事攬理成故事虛而理實以事虛故能顯實理如波相虛令水體現夜摩偈云分別此諸蘊其性本空寂空故不可滅此是無生義衆生既如是諸佛亦復然佛及諸佛法自性無所有須彌頂偈云了知一切法自性無所有如是解法性即見盧舍那○五理奪事

五以理奪事門謂事法既全攬理成則理性現而事相皆盡以離真理外無片事可得故如水奪波波相全盡出現品云設一切衆生於一念中悉成正覺與不成正覺等無有異何以故菩提無相故若無有相則無增減不增不減經云一切愚癡不如實知一法界故起邪見心謂衆生界增衆生界減皆顯平等理性無有高下法也○六事隱理

六事能隱理門謂真理隨緣而成事法遂令事顯理不顯也以諸事法違於理故如水成波動顯靜隱財首偈云世間所言論一切是分別未曾有一法得入於法性法身經云法

身流轉五道名曰衆生○七理即事

七眞理即事門謂凡是眞理必非事外以是法無我理不異色故如水即波舉體皆動須彌偈云觀察於諸法自性無所有如其生滅相但是假名說回向品云法性不違法相又云無有智外如爲智所入皆顯理即事故雖空不斷也○八事即理

八事法即理門謂緣起事法必無自性無自性故舉體即眞如波即水無動而非濕也須彌偈云一切凡夫行莫不速歸盡其性如虛空故說無有盡回向品云法相不違法性又云無有如外智能證於如皆顯事即理故雖有不常也○九理非事

九眞理非事門謂即事之理而非是事以眞異於妄故所依非能依故實非虛故如濕非動眞實慧偈云於實見眞實非實見不實如是究竟解是故名爲佛第四回向云於無爲界示有爲法而不滅壞無爲之性○十事非理

十事法非理門謂全理之事而恒非理以相異於性故能依非所依故虛非實故如動非濕慚愧林偈云如色與非色此二不爲一如相與無相生死及涅槃分別各不同回向品云於有爲界示無爲法而不滅壞有爲之相

○三結

上之十義同一緣起約理望事有成壞即離約事望理有隱顯一異逆順同時無礙自在一具十爲總十非一爲別互不違爲同各無濫爲異衆成就爲成住本位爲壞然上十對皆悉無礙今且約理事以爲之顯耳○後結融無盡

又此能依觀中十門取一理遍事門具前所依體中十對而此理遍事中又具餘之事遍理等九門各有前十對法則爲百門理遍於事旣爾餘之事遍理等九門具百亦然即爲千門千中取一亦具一千餘皆亦爾則成百萬」一含多是總相多非一是別相各無異是同相不相同是異相共成辦是成相不離位是壞」相此諸圓融無盡法門皆爲理事無礙觀相經云如金與金色其性無差別法非法亦然體性無有異○三周遍二先正釋觀法二先十觀三初標

第三周遍含容觀者事如理融遍攝無礙交參自在畧開十門○次釋十一如事

一理如事法門謂事法旣虛相無不盡理性眞實體無不現此則事無別事即全理爲事是故無盡事相即是無盡法界理也遂令法界全體在於一切塵中同時顯現周遍無礙

○二如理

二事如眞理門謂諸事法與理非異故事隨理而圓遍遂令一塵普遍法界如一微塵旣爾一切事法亦然○三事含

三事含理事門謂諸事法與理非一故存本一事而能廣容如一微塵其相不大而能容攝無邊法界剎等諸法如一塵爾諸法亦然

○四通局

四通局無礙門重開第二謂事與理非一非異令此事法不離一處而全遍十方一切剎塵之內全遍十方一切剎塵之內而不動本位即遠即近即遍即住無障無礙○五廣狹

五廣狹無礙門重開第二謂事與理非異非一令此一塵之事不壞一塵而能廣容十方剎海

廣容十方法界而微塵不大即廣即狹即大即小無障無礙○六遍容

六遍容無礙門合前二三四五謂此一塵望彼一切由普遍即是廣容故此一塵遍彼一切法時還復攝彼一切諸法在一塵內又由廣容即是普遍故此一塵攝彼一切法時還即遍在自一塵內一切法中同時無礙○七攝入

七攝入無礙門翻第六門謂此一切望彼一法由入他即是攝他故此一切全入一法中時還攝一法在一切內由攝他即是入他故彼一法攝在一切中時還令一切恒入彼一法內同時無礙○八交涉

八交涉無礙門兼前六七謂一法望一切有入有攝通有四句第一一攝一切一入一切第二一切攝一一切入一第三一攝一一入一第四一切攝一切一切入一切謂此一法正攝彼一切〻令彼一切入一中時還即令彼一切攝此一法能令自一入一切中又彼一切正攝此〻令此一法入彼一切中時還即令此一法攝彼一切〻能令彼一切法入此一中初二句攝入隱顯既爾餘後二句攝入亦然能所交涉同時無礙○九相在

九相在無礙門翻第八門謂一切望一法亦有攝有入亦有四句第一攝一入一第二攝一切入一第三攝一入一切第四攝一切入一切謂此一切法正攝餘一法時還令攝餘一之一切入彼一中又彼一法正攝餘一切時還令攝餘一切之〻入此一切法中攝一入一攝一切入一切二句既爾餘二句亦然攝入相在同時無礙○十普融

十普融無礙門（近收入九二門遠則通收前九）謂一切及一普皆同時更互相望一一具前兩重四句第一一攝一切一入一切攝一切入一切第二一切攝一一切入一攝一入一第三一攝一一入一攝一切入一第四一切攝一切一切入一切攝一入一切謂此一法正攝餘一切餘一切入此乚將入彼一切時還即令彼一切攝餘乚餘一入彼一切乚將入此一法中又此一切法正攝餘乚餘一入此一切乚將入彼一中時還即令彼一法攝餘一切乚餘一切入彼乚將入此一切中初二句既爾後二句亦然同時相應普融無盡○（後結）

然上十義展轉相生而成十門理爲事本理如事現故有初門事依理起事如理遍故有次門不唯理事相如亦且理含事理事含理事故有三門二中唯遍故有第四不動而遍三中唯包故有第五不大而包二四唯遍三五唯容故有第六亦遍亦容六但以一望多故有第七以多望一六則一能入攝七則多能攝入故有第八一多俱爲能入能攝八則俱能故有第九多一俱爲所攝所入六七一多互無八九能所各闕故有第十一多相即能所雙融初二門即爲總意能成後之八門猶兼理事無礙有此二故得有事事無礙之義屬事事攝○（後十玄三初標）

古德準此十義重開爲十玄門一同時具足相應門二廣狹自在無礙門三一多相容不同門四諸法相即自在門五祕密隱顯俱成門六微細相容安立門七因陀羅網境界門八託事顯法生解門九十世隔法異成門十

主件圓明具德門○次釋四初釋相十一同時

第一同時具足相應門者教等十義同時相應成一緣起無有前後始終等別具足自在參而不雜故妙嚴品頌云一切法門無盡海同會一法道場中○二廣狹

第二廣狹自在無礙門者十對事體或廣或狹於一句中演無邊教至大身刹涉入無內極小塵毛包納無外如是遍容無礙自在七十六摩耶夫人云我身形量雖不逾本然其實已超諸世間量同虛空悉能容受七十七善財歎樓閣云不動本處而能普詣一切佛刹十住品云金剛圍山數無量悉能安置一毛端又云佛於一一句法中經無量劫說不盡等○三相容

第三一多相容不同門者此上諸義隨一門中即具攝前因果理事一切法門然此一中雖具有多仍一非即是其多耳多中一等準上思之由一與多互爲緣起力用交徹遞相涉入故曰相容不壞其相故曰不同餘一一門中皆悉如是故經頌云以一佛土滿十方十方入一亦無餘世界本相亦不壞無比功德故能爾普賢行品云一切世界入一毛道一毛道入一切世界十行品云能於一一三昧中普入無數諸三昧無量無邊諸國土悉令共入一塵中○四相即

第四諸法相即自在門者上十對事一即一切一切即一圓融自在故得十身歷然而相作六位不亂而更收經云初發心菩薩一念之功德深廣無邊際如來分別說窮劫不能盡何況於無邊無量無數劫具足修諸度諸

地功德行又云以衆生身作刹身而亦不壞衆生身以刹身作衆生身而亦不壞於刹身不思議法品云諸佛知一切佛語即一佛語十住偈云一即是多多即一文隨於義義隨文如是一切展轉成此不退人應爲説○五隱顯

第五祕密隱顯俱成門者即上十義此全攝彼此顯彼隱彼全攝此彼顯此隱以一攝多一顯多隱以多攝一多顯一隱如是彼此一多攝入隱覆顯了俱時成就不相妨礙祕密自在雖各不同亦不雜亂故云隱顯俱時而成體無前後故云俱成各得其所自在無礙故云祕密經云此方入正受他方三昧起眼根入正受色塵三昧起男子身中入正受女子身中三昧起於一微塵入正受一毛端頭三昧起又云十方世界有緣故往返出入度衆生或見菩薩入正受或見菩薩從定起又云於彼十方世界中念念世現成正覺轉正法輪入涅槃現分舍利度衆生夜摩偈云十方一切處皆謂佛在此或見在人間或見住天宮十定品云或見佛身其量七肘或見佛身其量八肘或見佛身其量九肘乃至或見佛身不可説不可説大千世界量○六微細

第六微細相容安立門者如前十事於一念中具足始終同時別時前後逆順等一切法門於一念中炳然同時齊頭顯現無不明了猶如束箭齊頭顯現耳一能含多法法皆爾故曰相容一多法相不壞不雜故云安立經云菩薩於一念中從兜率天降神母胎乃至流通舍利法住久遠及所被益諸衆生等皆

悉顯現又云一毛孔中無量佛刹曠然安住又云於一塵內微細國土悉於中住〇七羅網

第七因陀羅網境界門者上諸義中體相自在隱顯互現重重無盡如天帝殿珠網覆上一明珠内萬像俱現珠珠皆爾互相現影影復現影而無窮盡十中唯此從喻受名若就法立應名重重映現無盡門經云一切世界廣大無量麤細亂住倒住正住若入若行若去如帝網差別十方無量種種不同現前知見智皆明了第十云諸佛知一切法界中如因陀羅網諸差別事盡無有餘阿僧祇品云於一微細毛端處有不可説諸普賢一切毛端悉亦爾如是乃至遍法界一毛端處所有刹其數無量不可説盡虚空量諸毛端一一處刹悉如是又云一塵中刹不可説如一一切皆如是此不可説諸佛刹一念碎塵不可説念念所碎悉亦然此塵有刹不可説普賢三昧品云佛身所現一切國土及此國土所有微塵一一塵中有世界海微塵數佛刹一一刹中有世界海微塵數諸佛一一佛前有世界海微塵數普賢菩薩等〇八託事

第八託事顯法生解門者前來諸事隨託一種便顯多法即依即正即法即人即理事等一切法門以隨一事即是見於無盡法界法界無盡法亦無盡故隨一事名多法門非是託此別有所表經云從超過三界法甚深方便法無作法門出過諸天供具供佛無着無生善根所生一切寶蓮華雲一切堅固香雲一切清淨莊嚴具雲皆遍法界供養於佛又云彌勒菩薩前詣樓閣彈指出聲其門即開

命善財入善財入已見其樓閣廣博無量同於虛空又見其中有無量百千諸妙樓閣一一嚴飾皆同虛空不相障礙亦無雜亂善財童子於一處中見一切處一切諸處悉如是見等○九十世

第九十世隔法異成門者此諸雜義徧十世中同時顯現具足別異以法與時不相離故言十世者三世各有過現未來名爲九世然此九世迭相即入攝爲一念前九爲別一念爲總總別合論故云十世十世區分名爲隔法而互相在即是異成故晉經云過去無量劫安置未來今未來無量劫迴置過去世普賢行云過去中未來未來中現在三世平相見一一皆明了又云無量無數劫解之即一念發心功德品云無量劫即一念一念即無量劫十地品云一劫入多劫多劫入一劫長劫入短劫短劫入長劫等○十主伴

第十主伴圓明具德門者前之事體隨舉其一即便爲主而居其中餘者爲伴周帀圍繞由其爲唱爲隨無雜無礙故云主伴彼此隱顯主伴交輝故云圓明一多攝入連帶緣起故云具德如經中一方爲主十方爲伴餘方亦爾又現相品佛眉間出勝音菩薩與無量諸眷屬俱出即人眷屬遮那品明法界修多羅以佛刹微塵數修多羅而爲眷屬即法眷屬出現品中佛放眉間光明無量百千億光明以爲眷屬即光明眷屬故隨一一法中皆有其眷屬也

賢首五教儀卷第六之一

音釋

咀音雎嚼也含味也　跋陀具云跋陀婆羅華言賢護　婆藪此云天慧亦云廣通高妙斷智剛柔慈悲　婆稚此云圍圍亦云被縛　騫馱具云佉羅騫馱此云惡陰亦云廣肩　質多具云毘摩質多羅此云淨心亦云種種疑　羅睺此云障持亦云覆礙　尼揵此翻離繫出家外道總名　盧迦此云世論　登伽此云本性　婆須蜜此翻世友　提婆達多此云天熱亦云天授　摩耶唐言大術或云大幻　舍利此云身骨堅固亦云靈骨骨分　肘音杻臂節也一肘一日一尺五寸二日一尺八寸三日二尺　迭音隸遞代互更也

賢首五教儀卷第六之二

清浙水慈雲沙門灌頂續法集錄

○二事明三初標

今又於前十中取一事法明具十門○次釋十一同時

一同時門者如華嚴中一蓮華葉或一微塵即具教等十對同時相應具足圓滿亦具後之九門及彼門中所具教等以是總故華藏頌云華藏世界所有塵一一塵中見法界一塵尚具況一葉耶○二廣狹

二廣狹門者即彼花葉普周法界而不壞本位以分即無分無分即分廣狹自在無障無礙十定品云有一蓮華盡十方際而又不妨外有可見是故或唯廣無際或分限歷然或即廣即狹或廣狹俱泯或具前四以是解境故或絕前五以是行境故下皆準此然此廣狹亦名純雜義普周法界故純一無二不壞本位則不妨於雜萬行例然○三相容

三相容門者即此華葉舒已遍入一切法中即攝一切令入已內舒攝同時既無障礙是故鎔融或有四句六句思之十定品云微塵數三千大千世界悉入是菩薩身是菩薩身亦入是諸世界離世間品云以一切衆生身入已身無礙用以已身入一切衆生身無礙用等若一與一切對辨則攝入各具四句謂一入一切一入一一切入一一切入一切互攝亦然○四相即

四相即門者此一花葉廢已同他舉體全是彼一切法而恒攝他同已令彼一切即是已體一多相即混無障礙解行境別六句同前

○五隱顯
五隱顯門者花能攝彼則一顯多隱一切攝花則一隱多顯顯顯不俱隱隱不並隱顯顯隱同時無礙全攝俱泯存忘俱成句數同前

○六微細
六微細門者此花葉中微細刹等一切諸法炳然齊現○七羅網
七羅網門者謂此花葉與一一微塵中各現無邊刹海刹海之中復有微塵彼諸塵內復有刹海如是重重不可窮盡非是心識思量境界○八託事
八託事門者見此華葉即是見於無盡法界經云此花蕊等從無生法忍之所起等○九十世
九異成門者即此一花旣具遍一切處亦復該一切時謂三世各三攝爲一念故爲十世以時無別體依花以立花旣無礙時亦如是

○十主伴
十主伴門者謂此華葉理無孤起必攝無量眷屬圍繞經云此花有十世界微塵數花以爲眷屬○後例
舉花旣爾一塵等事亦然事法旣爾餘教義等亦然○三喻顯
斯則十門義極深遠若非譬喻奚能了徹炳然齊現猶彼芥缾具足同時方之海滴一多相入等虛室之千光隱顯俱成似秋空之片月重重交暎若帝網之垂珠念念圓融類夕夢之經世法門層疊如雲起於長空主伴遍周似星圍於北極彼此相即像百般之具體依一金廣狹融通比徑尺之鏡影現千里○

四辨次
所以次第者一同時門以是總故冠於九門之初二別中先辨廣狹門者此是別門之由由前初二門事理相遍故生餘八門且約事如理遍故廣不壞事相故狹故爲事事無礙之始三由廣狹無礙所遍有多以已一望彼多故有一多相容相容則二體俱存但力用交徹耳四由此容彼彼便即此由此遍彼此便即彼等故有相即門五由互相攝則互有隱顯謂攝他他可見故有相入門攝他他無體故有相即門攝他他雖存而不可見故有隱顯門此三皆由相攝而有爲門別故相入則如二鏡互照相即則如波水相收隱顯則如片月相暎六由此攝他一切齊攝彼攝亦然故有微細相容七由互攝重重故有帝網無盡八由既如帝網已隨一即是一切無盡故有託事顯法九由上八門皆是所依所依之法既融次辨能依能依之時亦爾故有十世異成十由法法皆然故隨舉其一即便爲主連帶緣起則有伴生故有主伴○後結二先結顯此十玄門同一緣起無礙圓融隨其一門即具一切○次開立△又此十玄準前開立亦有三義一準前一門圓開爲十且約事如理門事如於理同時具足多種義門故開同時如理遍應故廣住一故狹開廣狹門一事普容一切有相容門如理廢已同他有相即門事如於理能所隨緣故開隱顯事如於理一切齊攝故開微細事亦攝入重重即帝網門事亦具足無盡即託事門如理該徹十世具十世門如理帶眷屬生具主伴門事如於理一

門既爾餘之九門開玄亦然此約十門中義各全具故圓開爲十玄也」二於前十門或開或合分立爲十謂由前三總成諸門事理相如故有廣狹門事如理遍故廣理如事小故狹事含理事故有微細門第四不離一處即遍有相即門五即廣狹門六具相即廣狹二門七開相即相入二門第八交涉互爲能所有隱顯門九即因陀羅網門十即同時具足門隨爲十首有主伴門顯於時中有十世門諸法皆爾故有託事門此約十門中義有兼具故分立爲十玄也」三於前十中各開爲十初則託事二乃相即三立微細四分十世五還廣狹六爲相入七成隱顯八開主伴九屬帝網十是同時此約十門中義自別具故各開爲一玄也○後結融無盡三初顯無盡相

將前能起十觀門中取一理如事門具後所起十重玄門而此理如事中又具餘之事如理等九種觀門每門各有十重玄門則爲百門理如事門既爾餘之事如理等九門具百亦然即爲千門千門之中隨取其一亦具一千餘皆例爾即爲百萬」若以能顯十重玄門例前所顯十種觀門亦成百萬」又以能依十玄門中取一同時門具餘九門餘廣狹等九門亦具餘同時等九門則爲百門一一門中各有所依教義等十對法則爲千法門千中取一亦具一千餘皆亦爾則爲百萬」若以能依門例所依法亦成百萬」又以十觀門與十對法互成百萬義例可知」一總該一切是總相各別從其類是別相據理皆同成是同相隨緣各異體是異別衆緣和合成是成相壞

各歸自位是壞相」是故於此圓明顯了則常入法界重重之境○（二明其所以四初總標）問有何因緣令此諸法得有如是混融無礙荅因廣難陳略提十類」一唯心所現故二法無定性故三緣起相由故四法性融通故五如幻夢事故六如影像現故七因無限量故八佛果證窮故九深定大用故十神通解脫故○（二別釋十一唯心現）

初唯心所現者一切諸法眞心所現如大海水擧體成波以一切法無非一心故大小等相隨心廻轉即入無礙○（二無定性二初大小）

二法無定性者既唯心現從緣而生無有定性性相俱離小非定小故能容太虛而有餘以同大之無外故大非定大故能入小塵而無間以同小之無內故是則等太虛之微塵含如塵之廣剎有何難哉十住品云金剛圍山數無量悉能安置一毛端欲知至大有小相菩薩以是初發心○（二例餘）△一非定一故能是一切多非定多故能是一邊非定邊故能即中中非定中故能即邊延促靜亂等一一皆然○（三緣起由四初標門）

三緣起相由者謂大法界中緣起法海義門無量就約圓宗略擧十門以釋前義○（二釋相十）

（一諸緣各異）

一諸緣各異義謂大緣起中諸緣相望要須體用各別不相雜亂方成緣起若雜亂者失本緣起緣起不成此則諸緣各守自一位經云多中無一性一亦無有多○（二互遍相資）

二互遍相資義謂此諸緣要互相遍應方成緣起如一緣遍應多緣各與彼多全爲一故

此一即具多箇一也若此一緣不具多一即資應不遍不成緣起此則一一各具一切經云知以一故衆知以衆故一○（三俱存無礙二先本門）三俱存無礙義謂凡是一緣要具前二方成緣起以要住自一方能遍應遍應多緣方是一故是故唯一多一自在無礙鎔融有其六句一或舉體全住是唯一也二或舉體遍應是多一也三或俱存四或雙泯五或總合六或全離皆思之可見經云諸法無所依但從和合起○（次總結）△此上三門總明緣起本法竟○（四異體相入四一總釋）四異體相入義謂諸門力用遞相依持互形奪故各有全有力全無力義緣起方成如地論云因不生從緣生故緣不生自因生故○（二反成）△若各唯有力無無力則有多果過一一各生故若各唯無力無有力即有無果過以同非緣俱不生故○（三正結）△是故緣起要互相依具力無力如闕一緣一切不成餘亦如是○（四示相三初明一望多二先一持）△是故一能持多一是有力能持於多多依於一多是無力潛入一內由一有力必不與多有力俱是故無有一而不攝多也由多無力必不與一無力俱是故無有多而不入一也○（次例同）△如一持多依既爾多持一依亦然反上思之○（二例多望）△如一望多有依有持全力無力常含多在巳中潛入巳在多內同時無礙多望於一當知亦爾○（三結成句數）△俱存雙泯二句無礙思之○（五異體相即四一略明）五異體相即義謂諸緣相望全體形奪有有體無體義緣起方成○（二反顯）△若闕一緣餘

不成起故緣義則壞○三正結△得此一緣令一切成起所起成故緣義方立○四示相三初明一望多二先一有體△是故一緣是能起能成故有體多緣是所起所成故無體由一有體不得與多有體俱多無體必不與一無體俱是故無有不多之一無有不一之多○次例相同△一多既爾多一亦然反上思之○二例望一多△如一望多有有體無體故能攝他同已廢已同他同時無礙多望於一當知亦爾準前思之○三結成句數△俱存雙泯二句無礙亦思之可見○六體用雙融二先本門六體用雙融義謂諸緣法要力用交涉全體融合方成緣起是故圓通亦有六句一以體無不用故舉體全用則唯有相入無相即義二以用無不體故舉用全體則唯有相即無相入義三歸體之用不礙用全用之體不失體是則無礙雙存亦入亦即自在俱現四全用之體體泯全體之用用亡非即非入圓融一味五合前四句同一緣起無礙俱存六泯前五句絕待離言冥同性海○次結△此上三門於初異體門中顯義理竟○七同體相入三先同體義

七同體相入義謂前一緣所有多一與彼一緣體無別故名爲同體○次釋所以△又由此一緣應多緣故有此多一所應多緣既相即入令此多一亦有即入也○三明相入二初明一望多二先明本一有力△今且先明相入謂一緣有力能持多一多一無力依彼一緣是故一能攝多多便入一○次例多一有力△一入多攝反上應知○二例多望一△餘義餘句準前思之○八同體相即二先明一望

多二初明本一有體

八同體相即義謂前一緣所具多一亦有有體無體之義故亦相即以多一無體由本一成多即一也由本一有體能作多一令一攝多○二例多一有體△如一有多空既爾多有一空亦然○後例多望一△餘義餘句並準前思之○

九俱融無礙二先本門

九俱融無礙義謂亦同前體用雙融即入自在亦有六句準前應知○次總結△此上三門於前第二同體門中辨義理竟○十同異圓滿二先本門

十同異圓滿義謂以前九門總合爲一大緣起令多義門同時具足故有同時門由住一遍應故有廣狹自在門由就體就用故有相即相入門由異體相容具微細門異體相即具隱顯門又就用相入爲顯令就體相即爲隱即顯入隱亦然又由異門即入爲顯令同體即入爲隱同顯異隱亦然又由異體相入帶同體相入具帝網門由此大緣起即無礙法界故有託事顯法門顯於時中故有十世門相關互攝故有主伴門○後結屬△此第十圓滿一門就前第三門中以辨義理○三結顯△故知緣起法要具此十義緣方起故闕則不成○四引證△經云菩薩善觀緣起法於一法中解衆多衆多法中解了一等皆其義也

○四法性融二先總明

四法性融通者謂若唯約事則互相礙不可即入若唯約理則唯一味無可即入今則理事融通具斯無礙謂不異理之一事具攝理性時令彼不異理之多事隨所依理皆於一

中現若一中攝理不盡則真理有分限失若一中攝理盡多事不隨理現則事在理外失今既一事之中全攝理盡多事豈不一中現也華藏品云華藏世界所有塵一一塵中見法界法界即事法界矣○後別釋三初結前生後

斯即總意別亦具十玄門○次正顯別相十一同時

一既真理與一切法而共相應攝理無遺即是諸門諸法同時具足○二廣狹

二事既如理能包亦如理廣遍而不壞狹相故有廣狹純雜無礙門又性常平等故純普攝諸法故雜○三相入

三理既遍在一切多事故令一事隨理遍一切中遍理全在一事則一切隨理在一事中故有一多相容門○四相即

四真理既不離諸法則一事即是真理真理即是一切事故是此一即彼一切事一切即一反上可知故有相即自在門○五隱顯

五由真理在事各全非分故正在此時彼說爲隱正在彼時此即爲隱故有隱顯門○六微細

六真理既普攝諸法帶彼能依之事頓在一中故有微細門○七帝網

七此全攝理故能現一切彼全攝理同此頓現此現彼時彼能現所現俱現此中彼現此時此能現所現亦現彼中如是重重無盡故有帝網門以真如畢竟無盡故○八託事

八即事即理故隨舉一事即真法門故有託事門○九十世

九以真如遍在晝夜日月年劫皆全在故在日之時不異在劫故有十世異成門況時因

法豈有法融時不融耶○（十主伴）十此事即理時不礙與餘一切恒共相應故有主伴門○（後總以結成）故一理融通十門具矣○（五如幻夢二先幻）五如幻夢事者猶如幻師能幻一物以爲種種幻種種物以爲一物等經云或現須臾作百年等一切諸法業幻所作故一異無礙○（次夢）△言如夢者如夢中所見廣大未移枕上歷時久遠未經斯須故攝論云處夢謂經年覺乃須臾頃故時雖無量攝在一剎那故知時處等皆如夢自在○（六如影像）六如影像現者一切萬法略有二義一皆如明鏡含明了性一心所成故二分別所現如影像故由初義故爲能現由後義故爲所現故一切法互爲鏡像如鏡互照而不壞本相經云遠物近物雖皆影現影不隨物而有遠近等○（七因無限）七因無限量者謂諸佛菩薩昔在因中常修緣起無性等觀大願迴向等稱法界修及餘無量殊勝因故今如所起果具斯無礙○（八佛果窮）八佛果證窮者由冥真性得如性用是故一即一切無所障礙經云以一佛土滿十方十方入一亦無餘世界本相亦不壞無比功德故能爾○（九深定用）九深定大用者謂彼海印定等諸大三昧力故令於小處而現大法無礙自在賢首品云入微塵數諸三昧一一出生塵等定而彼微塵亦不增於一普現難思剎又云衆生形相各不同行業音聲亦無量如是一切皆能現

海印三昧威神力等○十神通力
十神通解脱者謂由十通及不思議等解脱力故小處現大皆無障礙不思議法品十種解脱中云於一塵中建立三世一切佛法等○三會通三初總標
故上十中隨舉一因即能令彼諸法混融無礙自在○二料揀△十中前六通約法性爲德相因法爾如是後二皆是業用義通因果七約起修義通德相業用八約果德唯是德相故○三問荅△問前十玄門於德用中通耶局耶開耶合耶荅前之十門德相業用通而不局合而不開約佛則用亦德相德上用故約機則相亦稱用令知相故即用之相染淨雙融即相之用能染能淨故相及用不分兩別○四結荅

由上十因令前教義等十對具前同時等十門圓融無盡○三引經結成
此等百萬六相玄門皆爲周遍含容觀相經云一中解無量無量中解一了彼互生起當成無所畏○次結顯修益三初正明觸處是觀
然此三觀觸處可修如心之生住異滅身之行住坐卧正報生老病死依報成住壞空乃至二時衣食六根緣境一切法中皆可成觀以本不離此法界故○二別揀修法不同
但漸教人作行布觀頓教人作圓融觀圓教人作無礙觀又初心者行布觀久修者圓融觀後心者無礙觀又根鈍行布觀根利圓融觀根熟無礙觀皆隨機異非法有別○三結示成就利益
真空觀成斷現行障成一切智證泯相理實

體法界無礙觀成斷種子障成自然智證融相緣起用法界周遍觀成斷習氣障成無礙智證一真無障礙法界○後總顯教觀依持

又依真空觀義而得成立小始二教依無礙觀義而得成立終頓二教依周遍觀義而得成立同別圓教又由小始二教方能詮顯真空觀中所具義理由終頓二教方能詮顯無礙觀中所具義理由同別圓教方能詮顯周遍觀中所具義理是故教觀並行不悖如人目足闕一不可未有無觀而有教者也此如法界觀門及華玄中釋○三結略指廣二先結略

所以唯有此五門者三時能依時也儀觀所說法也又十儀化儀也教宗化法也又教宗所稟教也三觀能修觀也如是等義散在藏文今依賢宗諸大部典略錄綱要若能知此則賢家宗旨思過半矣○後指廣

欲廣明者當考華嚴圓覺起信玄談疏鈔及教章等餘不繁贅

賢首五教儀卷第六之二

音釋

舒　音書伸也放也
悖　音倍違背逆也
贅　音醉附贅肬瘤也

集刻五教儀緣起

五教儀者諸佛説法之規矩歷祖判釋之權衡也教理智斷皆出乎此行位因果亦不離此一乘由之而成三覺大乘依之而階三道二乘隨之而超三界人天仗之而越三途是知捨此無以瑩煋乎自體去此無以化導乎衆生外此無以弘揚乎佛法絶此無以傳持乎祖印遠此無以津梁乎末世背此無以救療乎饑時故此一書誠法門中之要典也噫諸祖教部卷多義廣末學驚心罔知所適寻初忝即以爲慮自庚子夏蒙先師授清凉玄談遂錄出賢首教義誦之辛丑春偶於坊間得賢首五教儀檢之乃西蜀道閑潛法師本也亦全依華玄中教儀宗趣義理三門疏鈔錄成八卷持呈於先師師曰此乃清凉教儀非賢首教儀也現具華玄何勞多此乃復授以賢首教章寻即錄出分教開宗所詮差別二門到此始知有賢首宗清凉宗之別壬寅間閲佛祖統記謂賢家有教無觀無斷無證遂以此説請决先師師以五教解諍論賢宗未知圓義解二章開示之癸卯春復將賢首清凉二祖判釋時儀宗教及杜順法界觀合錄一帙求證先師師曰觀師集四教儀錄義也非錄文也汝今集五教儀文義雙取可謂得矣非昔人單錄華玄單錄教章之可比也汝再研之還有無盡妙意得焉乙巳年有一同學在蓮居聽唯識語余清凉十宗似爲錯謬余未之對重爲考華嚴起信般若行願諸疏及圭山圓覺廣略鈔高原真唯識量等解始知清凉立無差忒但後學膚淺讀彼不讀

此致多識刺耳丙午夏重治教儀將三寶章之方便會入觀中取禪源詮之辨異會入宗中圓覺疏之空性五門敎義章之機益會玄記之通妨並會教中會玄記之出没三照指歸中之經時禪源詮之説意並會時中就正於先師師首肯曰賢家要旨今方備矣較前覺得教觀斗星時宗眉目斷證位次猶如鏡像性相空義似爲掌果丁未痛師逝閉户數載再四研磨逐一對會弗令要義有所遺漏鈌者增之濫者濶之倒者次之訛者正之復删出五教儀開蒙一卷日爲常課庚戌春排五教斷證圖一紙便人觀覽壬子冬天溪景淳和尚至亦以五教儀并開蒙斷證圖請正和尚合十稱曰賢首家之得人也毘盧佛之遺使也癸丑春至甲寅冬楞伽圓談十卷稿成乙卯秋脱五教儀六卷稿兼講一遍乙卯冬至戊午夏出五教儀科註四十八卷書成矣未梓迨巳未秋欲論教儀諸弟子苦録不及攺演楞嚴因而請先募刻予亦發心未果偶見雲棲集中有云工大施微心力多則功自不朽遂於九月望旦立千佛願單一願一錢一單十願時岵瞻戴先生并大公郎仁長並加讚善願領數單繼而髻中法師同門諸兄及餘知識檀護各各樂助即於庚申新正刻始及門中月標指又哲賢啓南詢三人閲至八月告成是則纂集此書也十五六年募刻此書也三百餘日所冀學者從凡入聖回小向大轉權成實自因至果生生利生世世救世是所願也果能依此修持不入毘盧性海乃至讀誦一言半句不解其教不悟其理

我墮耕犂受妄語報倘有見聞生疑起謗所
招罪報緣佛法致願我代受其苦所植善種
因自發心願彼早成其果覽者鑒之將欲流
通詳記集刻之事如此時
康熙庚申年仲秋下弦日灌頂行者續法識

刻賢首五教儀跋

昔世尊正覺始成十身初滿時即嘆曰奇哉一切衆生具有如來智慧德相但以妄想執着而不證得由衆生妄想執着故如來於無言說中示其言說一以暢自本懷顯人人有此德相一以機之利鈍不同教設偏圓接引有異自大教東漸此方分宗判教者不一唯陳隋時智者大師以五時八教判釋一代聖教尚矣洎乎有唐賢首祖師起而以五教判釋之又盡善也台賢二宗並轡海内然習台宗者或以賢家有教無觀譏之習賢宗者以五教之名不濫而觀義自彰機收盡而理致圓備吾慈雲法主百亭兄喟然嘆曰台宗四教原在大部後人錄而成集曰四教儀使人易曉吾宗五教亦在諸部特未成錄耳於是味教觀之神髓脱筌蹄之陋習集爲五教儀所謂五教之斷證三時之通别六宗之揀濫三觀之圓漸化儀井井燦若日星成一家言善夫天溪老人之言曰毘盧佛之遺汝來者賢首祖之功臣也書旣成已未秋過慈雲訪百兄出此相眎一大藏教如指諸掌余因茲有感焉今海内習賢家之說少者恨無全書人難湊泊縱讀教義章華嚴大鈔轉增浩歎此後吾知崇說如雲宗嗣似雨端在是矣何慮妄想不破十身正覺之不成滿哉亟勸先以五教儀之六卷付梓其註四十八卷以俟續刻因領募願單請自愧始而爲之跋

東皐月明宗弟清珠謹題

重訂教乘法數

清刻龍藏佛説法變相圖

御製重訂教乘法數序

佛法廣大如法界究竟如虛空不涉名言豈存數量第以病脉千源醫方萬品欲詳對治之門須設投症之藥所以乘分三五味辨異同瑜伽唯識窮百法五位諸識之宗龍樹馬鳴剖三細六粗一心之旨非緣逐末正爲尋根且等覺菩薩尚遊幻網之門已極至聖必圓後得之智如所謂入海算沙執券數寶者亦偏持一邊之論也顧十二分教浩如淵海論疏廣博名相糺紛非有明眼慧心讀破全藏者綜其領綱編其倫次何由使朝宗者識泒瞻斗者知星此教乘法數一書纘述者之苦心不容没也釋典中是書行世已久繼有賢宗學者潛溪深爲之釐定因名賢首法數其後台宗心源瀞重加詳訂旁及百氏名相

與内典有涉者採摭續入目之曰教乘法數書經三刻屢進而彌詳雖盡善矣然猶未免彼此廣略之見尚需考訂刪補之功朕特命法師超海通理廣持等折衷性相持平台賢萬信叅詳重加校定越期年而告竣呈朕覽閲其排列次第始自一心終之八萬四千法門盡一大藏教之開合總别同異稱謂不勞徧討瞭然心目視舊本實更爲精括讀是書者當知從總出别因别成總理隨事現一多緣起之無邊事得理融千差涉入而無礙借数紀程因法明心演廣非多此是一中之多標略非一此是多中之一提綱則孔孔皆正挈衣而縷縷俱來正如牟尼百八珠循環總歸一貫大士千手眼收攝仍是一心非唯法数之統宗固亦教乘之金鑰所謂眼前佛法一切現成若乃執總滞理昧病迷方既違法門誓學之弘願復乖衆生普度之大心無邊煩惱寧有斷期無上菩提應無得理有志教乘者其勿忽諸是爲序

雍正十三年乙夘七月望日

教乘法數原序

原夫經律論藏其文浩博奚翅踰數千百卷之夥以至從末究本攝果該因性相殊途而詮表匪一各有關鍵未易徧尋故前代碩師舉其綱節其要會粹成書目之曰藏乘法數庶幾覽者籍是可以得諸宗歸趣之大略及其行世既久厥後有爲賢首氏之學者潛溪深公又爲增治補其不足亦已流布散在四方然斯二者用志之勤美則美矣惜乎尚多遺鈌故從事乎簡編者未免有臨文之歎今僧録司右善世心源瀞公法師研精教部博綜羣籍講演之隙焚膏繼晷不棄寸陰凡内典之文旁及百氏悉以採摭詳加訂定續入而彙次之離爲十有二卷諮曰教乘法數將壽諸梓以廣其傳間以示予俾序編首予弗獲以孤陋荒落辭乃受而寘諸几案閲之忘倦者殆三四日其上下排列之妙先後次第之宜皎然而明秩然有序視舊本實相倍蓰而不紊不繁始自一心終之於八萬四千法門開合之總别稱謂之異同不勞窮討瞭然在目譬猶當臺明鏡湛水摩尼物象洪纖靡逃朕跡吁是編之作其於宗教誠非小補或者謂法離言説乃至名字尚不可得安能以數量而盡之耶予曰不然子胡不聞經云治世語言資生業等皆順正法矧兹法數示筌蹄耳法師汲汲於此豈惟以便人人撿閲而已其寓意有深旨焉或者唯唯而退因併書以告夫同志云時

宣德六年歲在辛亥秋九月九日行在僧録司右講經江左衜遐序

吾佛所說一大藏教諸祖判釋疏記其間名相數量如海浩博學者未易測其涯涘昔有爲藏乘法數者要而太簡後深公繼集之名賢首法數間嘗閱之未免有彼此廣畧之見圓瀞早遊天竺從先師雨翁習天台教既而從事長干間居觀室得以披尋經教采集名數歷寒暑而稾始成茲承檀施壽梓流行學佛者覽之庶以上報聖朝隆教之恩抑亦有少助於進修云爾時宣德辛亥二月九日寓慶壽寺松陰序

重訂教乘法數卷第一

一心　十地論云三界無別法唯是一心作　北齊文禪師閲中論悟三智一心中得以授南岳立爲一心三觀　心爲萬法之本一乃諸數之首故以一心居初

一性　涅槃云一正因性謂衆生皆具此性與佛無一　古德云智照融通法性常一　華嚴云皆同一性所謂無性即一眞如性

一佛　一佛成道法界無非此佛之依正又若思惟一佛即見十方佛

一德　圓覺略釋一人兼修衆德一德徧攝衆人

一人　仁王云三賢十聖住果報唯佛一人居淨土　法華云唯我一人能爲救護一人即佛也　楞嚴云一人發眞歸源十方虛空悉皆消殞　儒典云一人有慶兆民賴之一人謂君也

一藏　釋論云或立一藏謂法界法輪藏又以經律論爲一大藏教

一本　從無住本立一切法故云一本

一體　澁渡頌云情與無情同一體　法華開顯權實一體又三身一體　肇論云萬物與我一體

一智　起信云只是一智義用有殊即眞俗也

一身　華嚴云一切諸佛身唯是一法身　因果經云衆生徧五道一身死復受一身諸佛則一身一智慧

一斷　華嚴行願品云一斷一切斷

一成　法華開權顯實無偏不圓無麄不妙花果同時權實一體十界咸開一成一切成也

一障　華嚴行願品云一障一切障

一師　四分律云同一師學　法華云有一導師喻佛能引導三乘至寶所故

一如　維摩詰云魔界如佛界如一如無二如

一諦　阿含云第一義諦無聲字　涅槃云唯一實諦　文句謂法華遣旁人是表一諦

一善　涅槃云修一善心破百種惡

一行　涅槃云復有一行是如來行即涅槃佛性理　文殊師利明一行三昧謂隨佛方所端身正向捨諸亂意繫心實理想念一佛專稱名字

一音　淨名云佛以一音說法衆生隨類得解天台大師作不定教判

一乳　涅槃中五味轉變只是一乳

一地　法華云諸藥草等一地所生此喻眞如之理能生諸善根也

一來　斯陀含人還有欲界一番受生名一來果

一道　華嚴云清淨無爲人一道出生死　法華云但說無上道謂正直一道也

一乘　法華云十方佛土中唯有一乘法　又云佛種從緣起是故說一乘

一麤　四教儀云華嚴別教是一麤方等前三麤般若前二麤在鹿苑則但麤

一眞　清涼云一眞法界總該萬有

一妙　華嚴方等般若之圓教皆稱一妙鹿苑藏教則但麁無妙矣

一刹　荆溪云一刹一塵無非利物

一覺　金剛三昧云佛以一覺轉諸識入菴摩羅識謂覺衆生皆成正覺　起信云以無念等故而實無有始覺之異以四相本來平等同一覺故

一等　等覺菩薩望於妙覺猶有一等

一根　楞嚴云一根既返源六根成解脫

一源　一源者甚深法界之體也此體不變不遷隨緣有凡有聖染淨之法雖殊法界之體無二故云一源

一印　法句云森羅及萬象一法之所印若無此印即是魔說　智論云但有諸法實相一法印　法華云無量衆所尊爲說實相印

一髪　僧祇云午時過一髪即爲非時食

一漚　楞嚴云空生大覺中如海一漚發

一浪　大海一浪浪無別體全水所成水既無邊浪亦無際喻觀一念識則德量亦無邊

一際
非色約體非不色約用則法報一際體用無差又眞應一際

一唱
法華前三百會秘而不談來至靈山會上妙名一唱待絶俱時

一相
般若云皆同一相所謂無相
起信中一眞法界之體從本以來離一切相故云一相

一名
涅槃云只一涅槃之名如來隨機演說

一義
無量義經從一義出無量法法華經收無量法入一義

一寂
大意云於一寂理不分而分離開諸諦權實道理冷然可見

一宿
四十二章經云日中一食樹下一宿
永嘉詣曹溪六祖機緣相契祖歎曰善哉善哉少留一宿故號一宿覺

一雨
一地喩一實相一雨喩一佛乘經云一雨所潤喩一音宣一乘法

一位
圓十住位一位具諸位功德十行等則轉勝

一權
華嚴圓兼一別圓實別權故云一權

一尋
如來圓光一尋觀佛三昧海云釋迦身長丈六圓光八尺

一會
天台大師誦法華至是眞精進處徹見靈山一會儼然未散

一接
妙玄中頓能詮教約教道明三接止觀云爲成觀故約證道唯一接

一國
梵網云一國一釋迦
法華云以我此物周給一國猶尚不匱

一毛
音義云如以一毛析爲百分
楞嚴云於一毛端現寶王刹

一氣
圓覺疏云專一氣而致柔
栢庭謂一氣貫四時

一念
華嚴云一念普觀無量劫
法華云不生一念好樂之心

一機
楞嚴云雖見諸根動要以一機抽
古德云如來設教偏圓各逗一機

一默
淨名會上三十二大士各說入不二法門維摩一默古德云一默響如雷

一期
如來五十年說法謂之一期施化
行般舟三昧等以九十日爲一期

一化
說法五十年爲一化法華爲一化根源又功高一化共法華乎

一時
五十年呼粟多爲一時
諸經首通序機應和合
說聽究竟總云一時

一代
天台以五時八教判釋東流一代聖教謂五十年說法爲一代

一極
弘傳序云一極悲心拯昏迷之失性
普賢行願品疏云一極唱高二乘絕聽
古釋云一極者妙極無二之謂

一味
楞嚴憍梵鉢提云如來示我一味清淨心地法門得入圓通
法華云如來說法一相一味謂開前乳酪二酥成一醍醐

一超
永嘉云爭似無爲實相門一超直入如來地

一理
玄義云諸法雖殊理元是一

一門
法華云唯有一門而復狹小
楞嚴云一門超出妙莊嚴路
妙樂云佛以一門利物

一實
法華云唯此一事實餘二則非真

一業
若人作惡自作自受一業成則罪無邊際何況終身作惡二六時中宜自慎之

一境
即是一真如境又云一境三諦

一處
遺教云制心一處無事不辦
比丘僧法事時車匿笑言似落葉風吹聚一處佛令默擯之

一間
三緣具足得名一間三緣未足名那含向

一空
一空一切空假中皆空蕩相也

一假
一假一切假空中皆假立法也

一中
一中一切中空假皆中絕待也此上圓妙三觀

一虛
普賢行願品疏云寂寥於萬化之域動用於一虛之中
楞嚴云以清淨目觀晴明空唯一晴虛逈無所有孤山釋曰理智一如也

一粒
春種一粒粟秋收萬顆子善惡果報亦如此

一坐
法華云一坐十小劫

一刧
人壽十歲子倍父年增至八萬四千歲然後百年減一歲減至十歲如是
一增一減名一小刧二十番增減爲
一中刧成住壞空各二十番增減爲
一大刧如俱舍論并刧章頌中廣明

一法
無量義云無量義從一法生所謂無相地論云般若是一法佛說種種名
一法謂念佛三昧
涅槃云若人修集能淨衆生滅除憂苦逮得一法
法蘊足云汝等若能永斷一法保汝定得不還果
一法即貪也
華嚴云唯以一法而得出離

一塵
法華云一塵爲一刧梵語阿㝹此云一塵
古德云實際理地不受一塵此真諦彰本寂之理
搗萬種香爲丸燒一塵具足衆氣此明圓教之理

一事
法華云諸佛世尊唯爲一大事因緣故出現於世又云唯此一事實

一分
佛藏經云白毫相光功德百千萬億留一分供末世弟子無窮無盡

一夏
佛初成道至波羅柰一夏調根度陳如等五人

一歲
六月爲一行二行爲十二月成一歲
二行義見二數

一器
諸天同一器食而味各不同
佛言阿難所聞法喻如瀉水置之一器

一像
楞伽云諸最勝子眷屬圍繞同一像類

一澄
楞嚴云性入元澄一澄元習名
超衆生濁

一滴
法華云如海一滴言七方便於佛智慧如海之一滴

一土
一佛化境也
淨名云一土攝一切土

一指
法華云能然手指乃至足一指
楞嚴云身然一燈燒一指節
天龍號一指禪凡有叅問唯竪一指

一生　法華云一生當得阿耨菩提又知足内院菩薩名一生補處華嚴善財童子一生圓成佛果

一明　淨土指歸云一明一切明萬法皆我自性

一具　天台號性具宗　別行玄記云只一具字彌顯今宗

一圓　兜率天有香名先陀婆於一生菩薩前燒一圓香雲遍覆法界

一髻　項上一髻名曰周羅　應法師云小髻也

一住　僧祇律云新出家者應一食一住少食少飲多覺少眠

一手　淨名云爲與衆魔共一手作諸勞侶　世尊初生一手指天一手指地

一貫　名義釋光明題既惑異端孰能一貫　論語云參乎吾道一以貫之

一路　楞嚴云十方薄伽梵一路涅槃門

一食　淨名云一食施一切法等食亦等

一應　指要詳解云三千既已果滿隨一應以徧收約圓說也

一界　寶篋云佛界衆生界一界無別界

一奏　師子筋爲琴絃一奏衆絃皆絶人修念佛三昧諸煩惱皆滅

一形　二禪天形無優劣心有若干名一形異想

一想　大梵王謂餘梵是已造餘梵亦各自謂從梵王生名異身一想

一受　淨名云以斯妙法濟羣生一受不退常寂然言一受妙法不墮生死

一聲　古德云席上長吹大法螺一聲雄猛徧娑婆

一致　華嚴演義云混萬化即眞會精粗一致　指要詳解云生佛同一三千感應一致

一篋
金光明云猶如四蛇同一篋
涅槃云如王以四蛇同一篋

一城
法華信解品云中止一城
又化城喻云化作一城

一樂
佛觀三界無有二樂又三禪形無精麁心無異想所謂一樂想

一字
大方廣獅子吼云法唯一字所謂無字
楞伽云某夜成道某夜涅槃中間不說一字
行願品疏云一字法門海墨書而不盡
雲門號一字關凡有參問多以一字答之

一飡
四十二章經云刀上少蜜不足一飡
法華云而無希取一飡之意

一月
楞嚴云但一月眞如衆生念佛則
龍舒云一月普現一切水彌陀慈父不捨
又黑半月白半月合爲一月本願影現攝受

一日
華嚴三照只是一日龍舒居士云一日普照無量世界衆生心淨佛光來照

一燈
淨名云無盡燈者譬如一燈然百千燈
華嚴云譬如一燈入於暗室百千年暗悉能破盡菩提心燈亦復如是

一毫
古德懺悔文云隨喜凡聖一毫之善
又圓頓行人一毫之善則量同法界
行願品疏云一毫之善空界盡而無窮

一禪
永明壽禪師云吁嗟末世誑說一禪只學虛頭全無實解

一座
無着到兜率天聞彌勒一座說法旋繞即來人間已三載矣

一瞬
僧祇云二十念爲一瞬日影過一瞬即爲非時食此言不過中食

一言
圓覺序云一言之下心地開通宗鏡云一言契道
華嚴云如來於一語言中演說無邊契經海

一宗
宗者義之所歸華嚴要鈔云一宗容具多經
又佛道本一立義不同如天台賢首等各立一宗

一家
天台以五時八教判釋東流一代聖教彼宗稱爲一家教觀

一類
楞嚴中外道計盡虛空界十二類生皆我身中一類流出

一子
佛生一子表一道清淨
又佛視衆生等同一子
菩薩修慈悲喜得子地

一華
法華云乃至以一華供養於畫像
梵網云一華百億國一葉一釋迦
禪宗云一華開五葉結果自然成

一室
淨名一室容三萬二千師子座無所妨礙
又三天女同處一室

一蓋
淨名會上有五百長者子俱持七寶蓋來供養佛佛之威神令諸寶蓋合成一蓋徧覆此三千大千世界

一福
大千盲人治差爲一福等百福乃成一相如是積成三十二相

一倫
楞嚴云一倫生死首尾圓照名想陰盡超煩惱濁首尾即始終

一床
淨名以神力空其室除去所有及諸侍者唯置一床以疾而卧

一力
大論十力若總相說佛唯一力即一切種智別說有千萬億力

一鎧
法身徧在一切處如此之鎧一鎧一切鎧此乃圓教之鎧也

一因
三藏法數云一因者聖凡平等之理體也然此理體性本自具初無增减但因迷悟而有凡聖

一珠
法華云髻王頂上有此一珠
又帝網一珠互入衆珠

一音教
謂一音具異大小并陳即流支判
謂一音無二機聞自殊即羅什判

一佛乘
法華云是法皆爲一佛乘故
又云於一佛乘分別說三

一大車
法華云各賜諸子等一大車即大白牛車喻一佛乘也

一切法
淨名經云無住則無本從無住本立一切法

一丈夫
諸佛出世稱無上士調御丈夫
地持云惟一丈夫名無上士

一導師
法華云有一導師聰慧明達
喻佛具權實二智爲衆導師

一識住
初禪除刦初梵王刦初小梵自後合爲一識住

一合相
金剛般若云若是微塵衆實有者即是一合相

一世界
淨名疏云一世界攝一切世界一切世界亦然名世界海

一寶珠
華嚴云海中有一珠名普集衆寶刦燒不能令海水減一滴

一大宅
法華云譬如長者有一大宅即三界火宅也

一乘覺
楞伽云攝所攝妄想如實處不生妄想是名一乘覺

一種子
摩訶止觀引婆沙論超斷八品名一種子

一解脫
涅槃云皆同一乘一解脫
法華云佛說一解脫義

一法界
起信云心真如者即是一法界大總相法門體

一闡提
此云極惡又云畢竟言此人極惡畢竟無涅槃故

一種識
釋摩訶衍論
一者立一心識
一心法契經中云我唯建立一種識所餘之識非建立焉
二者立一賴耶
阿賴耶契經中云通達總相識者即是阿賴耶識
三者立一末那
顯了契經中云種種心識雖有無量唯末那轉無有餘法
四者立一意識
七化契經中云唯是一識能作七事而覺者見唯意無餘

一種身　身子立佛精舍見蛭子謂須達多長者曰過去毘婆尸等七佛皆於此造立精舍此蛭九十一劫常受此一種身

一子地　涅槃云菩薩修慈悲喜得一子地修捨得空平等地

一勒叉　此云一萬

一舉利　此言一億

一頻婆羅　此言一兆上三梵音俱出楞伽

一舍利沙婆　上芥子也楞伽云爲有幾阿㝹名舍利沙婆阿㝹塵也

一賴提　草子也楞伽云幾舍利沙婆名一賴提

一摩沙　一豆也楞伽云幾賴提爲摩沙

一鉢他　此云一升

一阿羅　此云一斗

一獨籠　此云一斛

一那佉利　此云十斛上四梵音俱出楞伽

一陀那羅　一銖也楞伽云幾摩沙爲陀那羅梵云摩沙此云豆

一迦利沙那　一兩也楞伽云復幾陀那羅爲迦利沙那

一波羅　一斤也楞伽云幾迦利沙那爲一波羅

一彌樓　楞伽云此等積聚相幾波羅彌樓言以幾斤塵積成此山也

一由旬　此云限量大由旬八十里中六十里下四十里如今之驛程

一剎那　仁王云一念中有九十剎那一剎那有九百生滅則剎那乃念中之念最小念也

一呾剎那　此云一瞬僧祇云二十念爲一瞬毘曇云二十剎那爲一呾剎那

一羅婆　此云一息六十瞬爲一息

一羅預　此即羅婆也

一彈指　僧祇云二十瞬爲彈指

一摩睺羅　此云須臾二十羅預爲一須臾

一佛化境　三千大千世界爲一佛化境

一針一草　一針一草不得故盜

一生補處　善慧菩薩居兜率天宮名一生補處今彌勒居之

一旨一觀　淨名肇法師注云天地一旨萬物一觀邪正雖殊眞性不二

一相一味　法華云如來說法一相一味一相即眞如相一味即一乘之理

一相一種　法華云皆是一相一種聖所稱歎一相即實相一種即種智

一佛淨土　淨土十疑云閻浮人心亂故偏讚西方一佛淨土

一相三昧　淨土十疑云專念彌陀名一相三昧亦即一行

一清淨道　從一清淨道施出二三四施權當分義也

一燈一水　一燈一水福等虛空

一修一證　華嚴中一修一切修一證一切證

一禮一旋　一禮一旋罪消塵劫

一句一偈　法華云聞一偈一句皆與授記荊溪云一句一偈增進菩提

一言一字　結集時迦葉告阿難佛所說法一言一字勿使有缺

一麻一麥　世尊六年苦行日食一麻一麥

一因一果　涅槃云一因一果一甘露味

一色一香　四念處云一色一香無非中道　毘陵云一色一香求無退轉

一問答　金錍四十六問云子若能曉予之一問則衆滯自消客曰以一荅徧荅衆問何一問之有耶

一家宗旨　宗承法性宗梁肅云嗣其學者號法性宗　宗旨性具宗別行玄記云只一具字彌顯今宗

一實境界　一實境界者無滅無生自性清淨離虛妄相故見占察經

一實三假（百法）
聲—一實屬色
名句文—三假屬不相應行法

佛制一食　佛以一食故身輕安樂比丘亦應一食

一我四名（淨名）
身無主 我 壽 人
四名 如 地 水 火 風

一乘有三（華嚴經疏）
一同教一乘同頓實分故普收一切如法華
二別教一乘逈別不共故逈異餘宗如華嚴

一妙三麤（天台教儀）
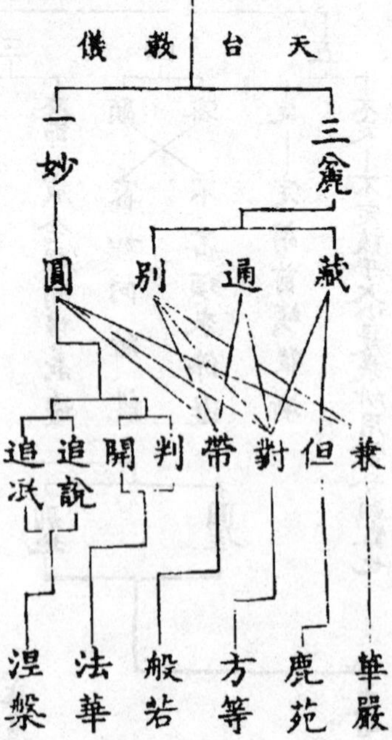

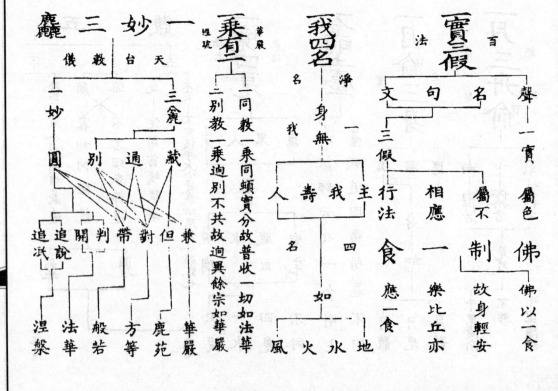

大小一音

- 大乘（起信）——圓音一演異類等解
- 當分——即施權也
  - 佛爲四王作聖語說四諦——二解二
  - 聖語說四諦——不解
  - 佛又作毘羅語說——一解、一不解
    - 伊爾——苦
    - 彌爾——集
    - 蹋被——滅
    - 陀蹋被——道
- 跨節——即開權也
  - 佛又作四王車語說——俱解
    - 摩奢兜奢
    - 僧奢摩薩
    - 婆多思羅致
- 小乘（毘曇）——一音即是梵音

一音

- 一
  - 小乘——一音說四諦天人聞人語諸天聞天語（婆沙）
  - 大乘——佛以一妙音徧滿十方界衆音悉具足法雨悉充滿
- 二
  - 因——下地以一音令他聞一法
  - 果——佛以一妙音隨類各得解
  - 圓信地前
- 當分——成令經相待義邊

五雙

- 三
  - 跨節——成令經開權義邊
    - 別地
    - 圓住
- 四
  - 顯——密如向所説
  - 密——不密須來佛邊
- 五
  - 定——定謂前頓後漸
  - 不定——不定該乎大小是果所用當分顯密也
- 文句
- 華嚴

一境四見（攝大乘論）

- 天——琉璃
- 人——水
- 鬼——膿血
- 魚——窟宅
- 見——只是一水四見不同

金剛土臺

如法師云只一金剛土臺成道四機所見不同

一月喻三身（寶王）

- 法——月體
- 報——月光
- 應——月影
- 身如

一月三舟喻（華嚴經疏）

- 南——南行者——千里隨南
- 中——停舟者——不移
- 北——北行者——千里隨北
- 見月

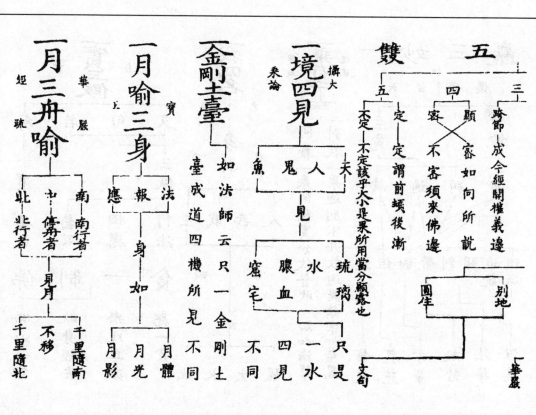

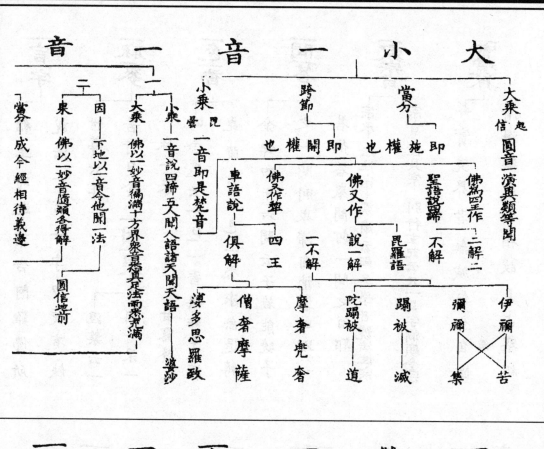

一名四實

仙陀婆
- 一名
  - 鹽
  - 水
  - 器
  - 馬
- 四實
  - 王欲
    - 食
    - 洗
    - 飲
    - 遊
  - 時呼仙陀婆智臣便奉
    - 鹽
    - 水
    - 器
    - 馬

鹽水器馬俱名仙陀婆唯智臣善知王意應奉無遺喻佛密語說四無常惟大乘菩薩善知又見涅槃又喻兒能總持諸法

四名實

修多羅
- 一名
  - 或名修妒路
  - 或名素怛覽
  - 乃梵音輕重
- 四實
  - 聖教
  - 廝經
  - 井索
  - 綫

西域修多羅具四實義古德以此土聖教稱經因翻為契經蓋半取廝經義含聖教俱順兩方故復云契者以契理兼契機也

一乘異義分五教

賢首　教儀

- 一別教一乘　如華嚴　圓
- 二同教一乘　如法華　頓
- 三絕言一乘　如楞伽　終
- 四佛性平等乘　如涅槃　始
- 五密意一乘　如攝論　小

一窓塵積至一由旬

楞伽

- 七微塵成一窓塵
- 七窓塵成一兎毛頭塵
- 七兎毛塵成一羊毛頭塵
- 七羊毛塵成一牛毛頭塵
- 七牛毛塵成一蟣
- 七蟣成一虱
- 七虱成一芥
- 七芥成一大麥
- 七大麥成一指節
- 七指節成半尺
- 兩半尺成一尺
- 二尺成一肘
- 四肘成一弓
- 五弓成一丈
- 二十丈名一息
- 八十息名一俱盧舍
- 八俱盧舍名一由旬

從一佛道說種種道

涅槃

- 一種　所謂諸佛一道無二
- 二種　定　慧
- 三種　見　智　慧
- 四種　見道　修道　無學　佛道
- 五種　信行　法行　信解脫　見到　身證
- 六種　初果　二果　三果　四果　支佛　佛道
- 七種　覺支　念　擇　進　喜　猗　定　捨
- 八種　八正道　正見　正思惟　正語　正業　正命　正精進　正念　正定
- 九種　八正道　信
- 十種　十力
- 十一種　十力　大慈
- 十二種　十力　大慈　大悲
- 十三種　十力　大慈　大悲　念佛三昧
- 十四種　十力　大慈　大悲　念佛三昧　三念處
- 十五種　十力　四無所畏　大慈　大悲　念佛三昧　三念處

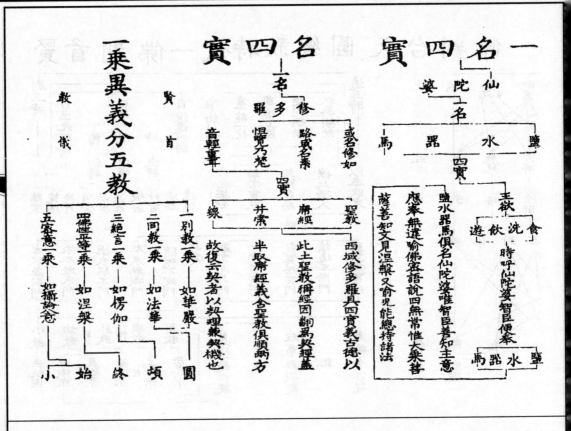

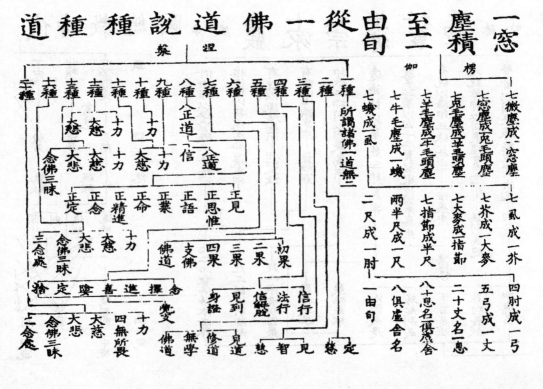

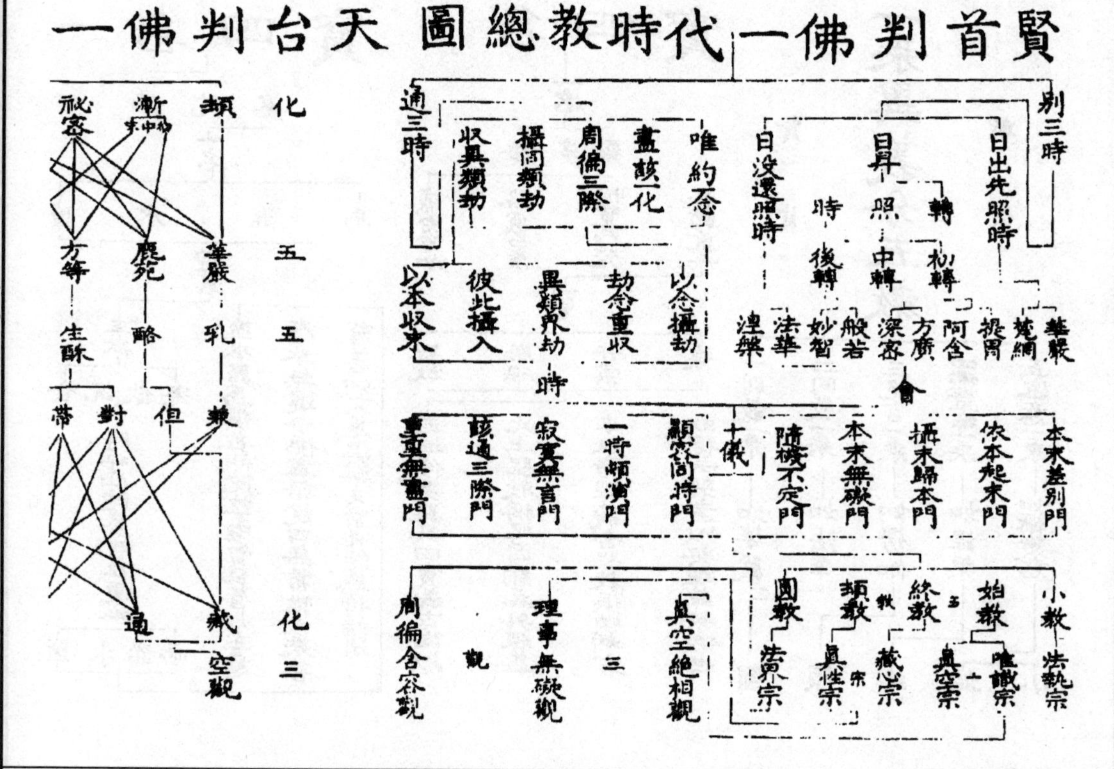
賢首判佛一代時教總圖
天台判佛一
別三時
日出先照時
日昇
日沒還照時
通三時
唯約忩
盡該化
周徧三際
攝同類劫
收異類劫
華嚴
梵網
提謂
阿含
方廣
深密
般若
妙智
法華
涅槃
本末差別門
依本起末門
攝末歸本門
本末無礙門
隨機不定門
顯密同時門
一時頓演門
寂寞無言門
該通三際門
重重無盡門
小教
始教
終教
頓教
圓教
法執宗
唯識宗
真空宗
藏心宗
真性宗
法界宗
真空絕相觀
理事無礙觀
周徧含容觀
化
頓
漸
祕密
華嚴
鹿苑
方等
生酥
帶
對
但
兼
通
藏
空觀

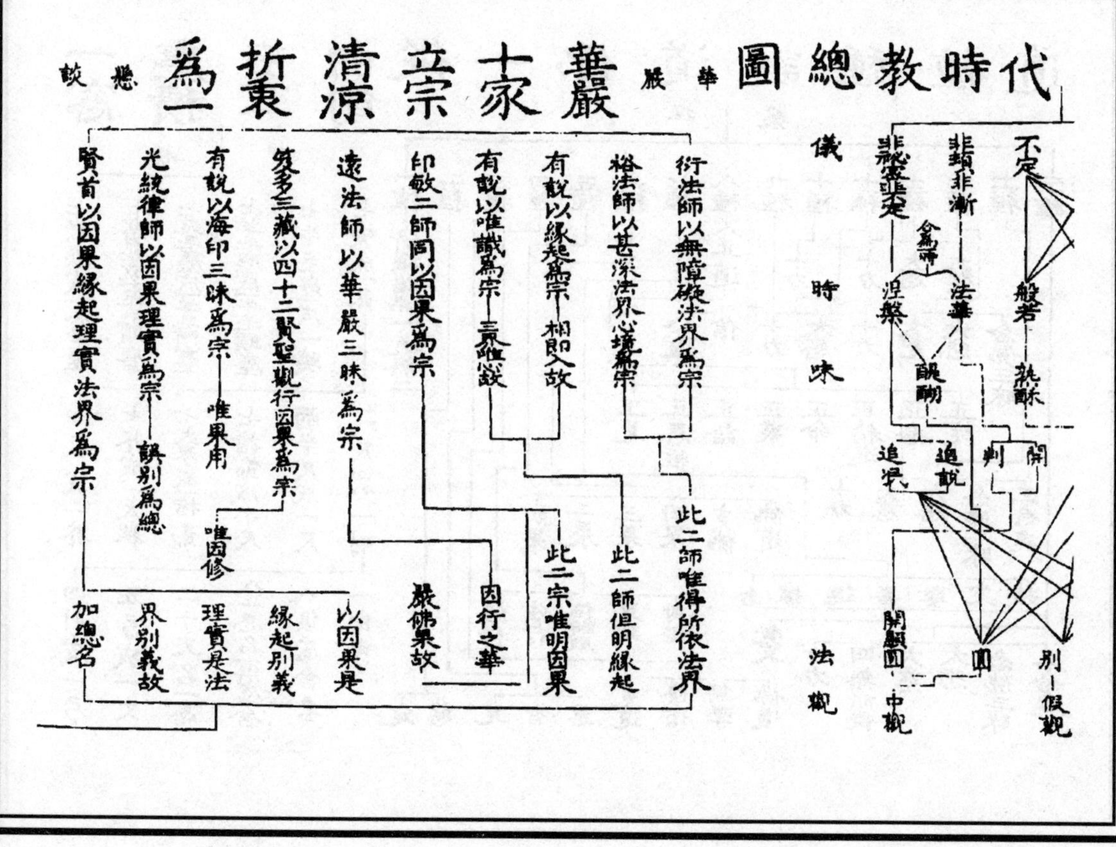
衍法師以無障礙法界為宗
裕法師以甚深法界心境為宗
有說以緣起為宗
有說以唯識為宗
印敏二師同以因果為宗
遠法師以華嚴三昧為宗
笈多三藏以四十二賢聖觀行因果為宗
有說以海印三昧為宗
光統律師以因果理實為宗
賢首以因果緣起理實法界為宗
此二師唯得所依法界
此二師但明緣起
此二宗唯明因果
因行之華
嚴佛果故
以因果是
緣起別義
理實是法
界別義故
加總名
不定
非頓非漸
非祕密非定
般若
法華
涅槃
熟酥
醍醐
開
判
追說
追泯
別
假觀
中觀
儀
時
味
法
觀

重訂教乘法數卷第一

清凉

法界緣起不思議宗

此取言略攝盡若取言異於第十師加不思議以法界等言諸經容有未顯特異故以不思議貫之顯特異也

重訂教乘法數卷第二

二身
- 生　從父母所生者即佛應化之身
- 法　本有法性之身若佛出世及不出世常住不動無有變易

二身
- 真　真智與法身合名真身
- 應　應周萬物化洽衆生隨其心量現種種身故名

二應
勝劣應
- 尊特　丈六境本定身現起爲華嚴教主亦名他報
- 丈六　苦行六年樹下以草爲座成道對勝名劣

二妙
相待絕待妙
- 法華妙名一唱待絕
- 俱時又云相待論判絕待論開無麁不妙

二句
文義句

二妙
本迹
- 不二門云若解迹妙本妙非遙

二覺
楞伽
- 能覺　見
- 所覺　相

二覺
諸教
等妙覺
- 雖餘生相已極亞聖
- 諸惑淨盡妙證圓覺

又
名義
- 自覺　自能覺悟
- 覺他　覺悟衆生

二覺
起信
本始覺
- 衆生心體本自靈明
- 多劫在迷今始覺悟

二圓
- 今　法華諸味圓教更不須開
- 昔　華嚴方等般若三味之圓教

二圓
- 頓圓　別教　華嚴
- 漸圓　同教　法華

二嚴
智定嚴
- 尊特身具智定莊嚴故譬珍御之服

二嚴
- 能嚴　萬行因華
- 所嚴　嚴飾萬有法界　嚴成萬德佛果

又
- 福嚴
- 慧嚴

法華云無上兩足尊即二莊嚴

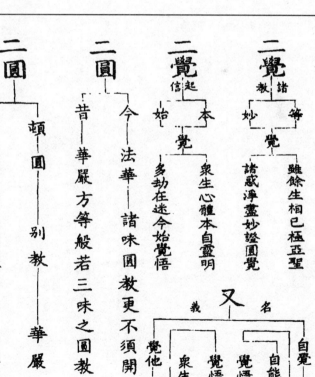

二斷 地持

- 緣縛斷—雖緣境不染着
- 不生斷—得法空永不生

二心 唯識

- 相應心—虛妄分別常與諸惑相應
  - 即是妄心念念不實故
- 不相應心—自性清淨不與諸惑相應
  - 即是真心離虛妄相故

二心 涅槃

- 發心—圓初住
- 究竟心—妙覺

涅槃云發心究竟二不別如是二心前心難

二藏 莊嚴經論

- 聲聞
- 菩薩

藏內詮

- 聲聞
- 菩薩

教理行果

二翼 止觀

- 定—𢭏兩翼以高飛
- 慧—喻定慧之竪徹

二輪 同上

- 止—馳二輪而致遠
- 觀—喻止觀以橫周

昔判溪尊者夜夢被僧服腋挾兩輪而遊於大河遂纖釋止觀以開後人

二教

- 濟形之典為外—外經—外論—外律—外道
- 濟神之典為內—內經—內論—內律—內道

二教論　智論　仁王　方等　百論

亦名二典

二乘

- 小
  - 藏—法華云貪着小乘
    - 三藏學者
- 大
  - 通—融三故大
  - 別—依法性顯三故大
  - 圓—三一無礙故大

又

- 聲聞—欲速出三界自求涅槃有有學無學果向之異
- 支佛—樂獨善寂深知諸法因緣有緣覺獨覺之異

二權

- 同體權—法華圓教已開顯名同體
- 異體權—餘經三教未開顯名異體

二義

- 了義—圓實究竟之教
- 不了義—權漸未極之說

二慧

- 實慧　觀心本空名實
- 方便慧　運用知覺名方便

二德

- 智德　照了諸法通達無礙
- 斷德　惑業淨盡無有累縛

二詮

- 遮詮　謂遮其所非
- 表詮　謂表其所是

二字

- 半字　悉曇章生字之根本名半
- 滿字　餘章文字具足名滿

二執

- 人執　執蘊等法有實主宰亦名我執
- 法執　執蘊等法心外實有

二力 法華

- 神通力
- 智慧力

經云若我但以神通力智慧力讚歎如來知見力無所畏者衆生不能以是得度

二力 華嚴疏

- 思擇力　思擇正行對治一切諸障能令不起
- 修習力　因修習力能令一切善行決定成就

二忍 大智度論

- 衆生忍　於諸衆生不瞋不惱
- 無生忍　於無生法忍可忍樂

二忍 地藏十輪

- 世間忍　以有漏心安忍苦惱
- 出世忍　爲利有情起平等心

二忍 地持

- 安受忍　衆苦所逼安心忍受
- 觀察忍　觀法體虛心無妄動

二科

- 解
- 行

天竺衆制云學者所志此爲先務後生無知事同公役既不獲已須行嚴治後來者宜自加勉

二通 楞伽

- 宗通　自修行證真實相離文字言說
- 說通　示未悟說九部法離一異有無四句

二事 思益

- 說法
- 聖默然

經云汝等集會當行二事若說法若聖默然

二願（楞伽）
- 求菩提願—佛道誓成
- 利樂他願—衆生誓度
故

二濟（淨名　肇注）
- 佛道—正濟
- 外道—邪濟

二願（智論）
- 可得願—如鑽木求火等
- 不可得願—如欲盡空際等

二行（大集）
- 慧行—緣空直入—頓修
- 行行—帶事兼修—漸修

二行（清涼）
- 差別行—徧依諸位各別而修
- 普賢行—隨修一行具一切行
- 即行布門徧成諸行
- 圓融門頓成諸行

二行
- 信行—樂多聞—鈍—聲聞
- 法行—宗深觀—利—支佛
- 通論各有信法二行

二際（中論）
- 涅槃際
- 生死際
- 論云涅槃之實際及與生死際無毫釐差別

二攝（淨名）
- 折伏—拂意以折其性
- 調伏—順意以調其情
- 自然伏從　是謂攝也

二惑（法華釋籤）
- 理惑　根本無明迷中道理
- 事惑—塵沙惑能障化導迷俗諦法
- 見思惑能阻空寂迷真諦法

二惑（台宗）
- 通惑—即見思通三乘人斷
- 別惑—無明塵沙別菩薩斷

二惑（賢宗）
- 現行惑—對境現起貪瞋癡等
- 種子惑—根本無明能生諸惑

二等（釋論）
- 斷等—佛與衆生同斷無明云云
- 得等—佛與衆生同得菩提云云

二凡
- 內凡—煖頂忍世第一法
- 外凡—五停心總別相念

二化（楞伽）
- 現時化
- 先時化
- 經云或有現變化或有先時化

二說（華嚴）

- 或時爲説差別三乘——漸
- 或時爲説圓滿一乘——頓

五教儀云此明先漸後頓義也

二障（天親論）

- 煩惱
- 三昧

障

須菩提得無諍三昧正由離此二障

二障（賢宗教儀）

- 煩惱障　根隨煩惱等擾惱身心能障涅槃　執徧計所執實我
- 所知障　見疑無明愛恚慢等覆所知境能障菩提　執徧計所執實法

亦名 惑 / 智 障　亦名

- 事障續諸生死
- 理障礙正知見

二出（桐江）

- 橫
- 竪

出

- 不歷地位但念彌陀求生淨土
- 三乘人依諦緣度萬行地位而出

二宗

- 智光稟龍樹大士依般若中觀等經論　立法性宗亦名空宗即此土台賢所承
- 戒賢稟彌勒無着依深密瑜伽等經論　立法相宗亦名有宗即此土慈恩所承

二諦

- 真諦　勝義諦　彰本寂之理　所謂實際理地不受一塵是非雙泯能所俱亡指萬有爲真如會三乘歸實際
- 俗諦　安立諦　明緣起之事　所謂佛事門中不捨一法如勸臣以忠勸子以孝引善示天堂治惡顯地獄等

世俗　非安立

二現

- 須
- 不須

現

- 藏塵尊特
- 隨所示現

二足

- 明
- 行

足

果顯因德號也

二貪

- 有力貪　以威勢取
- 無力貪　從他乞索

二足

- 福
- 慧

足

- 因修前五度果感萬德圓滿
- 因修般若度果感衆智具足

故號兩足尊

二醫（涅槃）

- 新
- 舊

醫

- 佛爲三界大醫王故稱新
- 輪王以五戒十善化治名舊

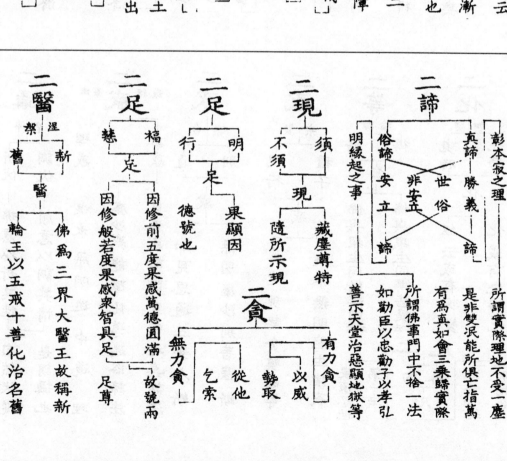

二醫（智論）

- 大 —— 徧知病與病因及差病藥喻佛
- 小 —— 知病知因知藥而不能徧喻聲聞

（大、小 —— 醫）

二理

- 權 —— 如來藏中權實體同隨順機宜從一
- 實 —— 實理施出權理故有四種差別教起

（權、實 —— 理）

二理

- 真理（藏、通）—— 詮真
- 中理（別、圓）—— 詮中
- 通 —— ○一 被接
- 別、圓 —— 真含二中

二求（觀音）

- 求男 —— 福德智慧之男
- 求女 —— 端正有相之女

（求男、求女 —— 生）

二求（成論）

- 求欲 —— 現在諸欲
- 求有 —— 更求後有

亦名
- 得求
- 命求

二法（毘曇）

- 勝義 —— 擇滅涅槃
- 法相 —— 通四聖諦

（勝義、法相 —— 法）

又
- 生
- 滅

（生、滅 —— 法）

又
- 染
- 淨

（染、淨 —— 法）

二法（楞伽）

- 自得 —— 不從他得
- 本住 —— 了無所還

（自得、本住 —— 法）

又
- 名
- 色

即
- 受想行識 —— 心
- 色 —— 蘊 —— 質

二法（妙玄）

- 性 —— 性以據內自分不改
- 相 —— 相以據外攬而可別

又（天台）
- 止
- 觀

即
- 定
- 慧

二法（荊溪）

- 無明
- 法性

（無明、法性 —— 法）
- 從理則真妄同源本無終始
- 從事乃迷悟敻隔終始條然

二度

- 拙
- 巧

度
- 聲聞化人頭陀苦行等未善行菩薩道
- 菩薩化人觀諸法實相善行菩薩道故

二繫

- 五屍繫 —— 不淨觀治愛魔 —— 表五種不淨
- 繫五處 —— 如理治見魔 —— 表五種觀門

二伊

- 新
- 舊

伊
- ∴ —— 如此方草書下字細畫相連不縱不橫喻圓教三德
- ∴ —— 橫如烈火竪如點水各不相續喻昔教三德不相即

二觀

- 事觀 —— 從事 —— 專照起心
- 理觀 —— 從理 —— 唯達法性

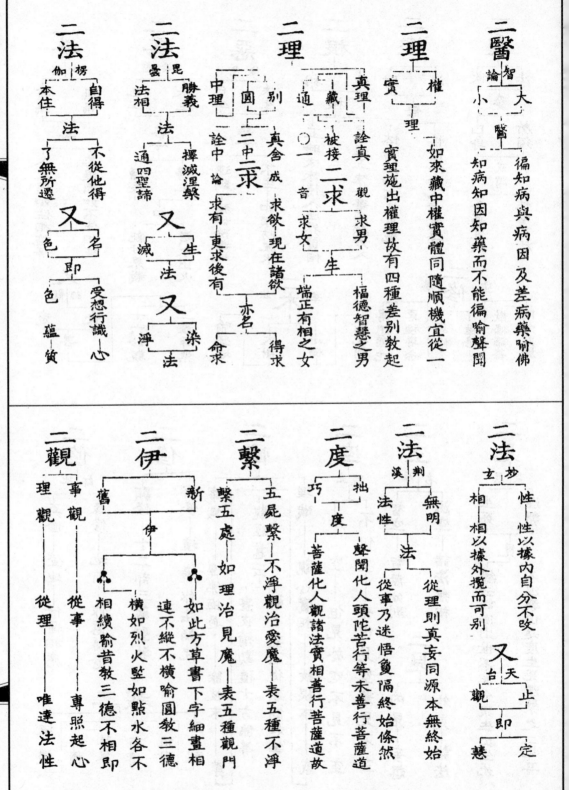

二善（婆沙）
- 有漏善：人天因如住相施等
- 無漏善：菩提因如不住相施

又（觀經）
- 定善：十六妙觀
- 散善：三種淨業

二善（智論）
- 已生善令增長：如溉甘果栽
- 未生善令得生：如鑽木出火

二惡（智論）
- 已生惡令速斷：猶如除毒蛇
- 未生惡令不生：如預防流水

二木（法華）
- 大樹：喻登地
- 小樹：喻地前

二根
- 利根：五時味味得入法界實相
- 鈍根：具經五味法華開顯方入

二慳
- 財慳：悋惜財物不能惠施
- 法慳：悋惜佛法不肯教導

二修（善導）
- 專修：專想彌陀　專禮專念
- 雜修：散修諸善　回向莊嚴

二愛
- 欲愛：已身　或謂貪愛五欲
- 法愛：所須　或謂住着於法

二修（地師）
- 真修：登地　任運相應
- 緣修：地前　作意緣念

二報
- 依報：無情　器界
- 正報：有情　根身

二修
- 顯修：十二部三藏聖教
- 密修：壇場作法誦咒

二懺
- 事懺：禮佛悔過　除枝末業
- 理懺：觀心實相　拔根本惑

觀經意云：
- 晝夜精勤禮十方佛等
- 觀心無心從顛倒起等

二空（止觀）
- 但空：但見於空不見不空
- 不但空：非但見空兼見不空

二空（淨名）
- 智空：智無分別
- 法空：諸法無相

二見
- 內見：妄想
- 外見：諸法

二見（思益）
- 生死見
- 涅槃見

經云諸佛出世不爲令衆生出生死入涅槃但是度生死涅槃之二見耳

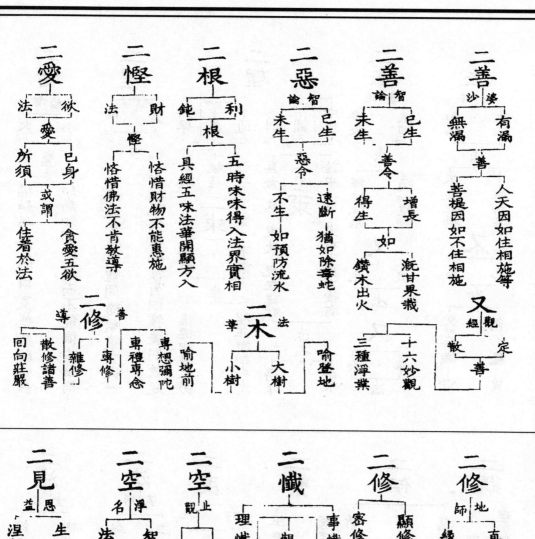

二見
涅槃
- 住地分——十住以去分破無明分顯三德
- 究竟無——從等至妙惑盡理圓更無所見
見

二見
涅槃
- 相貌——如人遠見烟起便言見火
- 了了——如以清淨眼根自觀掌中阿摩勒果
見

二見
- 斷——破戒撥無因果
- 滅——說於無常
見

二邊
天台
- 假
- 空
邊

二邊
攝論
- 增益
- 損減
邊於因緣生法執
- 有
- 無
亦名 智論
- 有
- 無
邊

二利
- 自利——上求佛道
- 利他——下化衆生
行菩薩行 方能二利

雙王
- 兄
- 妹
治
- 男
- 女
事
梵語琰魔此云雙王兄妹並爲大地獄王故又云苦樂並受故名雙王

二息
安般
- 安那——此云遣來
- 般那——此云遣去
即
- 入息
- 出息

二惱
- 生惱——有情逼迫
- 法惱——無情逼迫
丈六劣應生身能忍 二惱故喻弊垢之衣

二土
- 淨
- 穢
土
- 彌陀安養等
- 釋迦堪忍等

二親
- 父嚴
- 母慈
親

二土
- 性土——非淨穢廣狹如虛空徧一切處
- 相土——隨衆生心量現淨穢廣狹等相

二縛
- 子縛——見思煩惱
- 果縛——五陰報質
羅漢子縛已斷果縛 猶在名有餘涅槃

二習
- 結習——結使習氣
- 愛習——佛法中愛
得無生忍結習 盡而未斷愛故

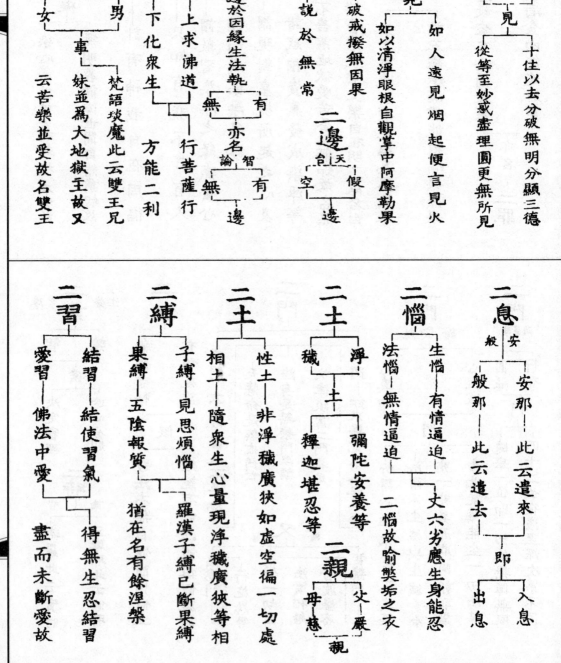

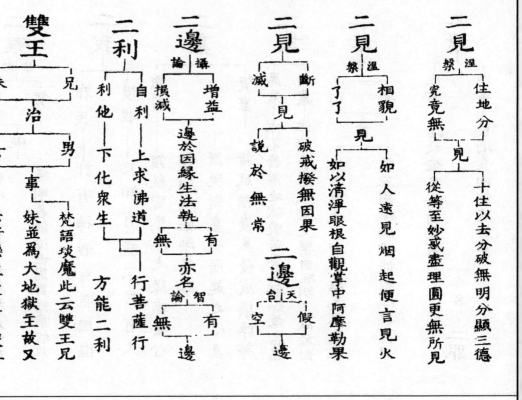

二礙（起信）
- 煩惱
- 智

礙
- 染心義能障真如根本智故
- 無明義能障世間自然業智故

二我
- 邪我　計有神我自在周徧
- 慢我　只知有我不知有人

二熏
- 熏習　謂數習染淨之緣熏發心體而成染淨等事
- 資熏　謂現對塵境所起之心及諸惑相資熏發成染淨等

二業
- 黑業　作不善業地獄受苦昏昧無知故名黑
- 白業　作諸善業天堂受樂自在明了故名白

二業（俱舍論）
- 引
- 滿

業
- 第六識造引業能招真異熟果
- 前五識造滿業能招滿異熟果

二業
- 性業　淫殺盜妄法爾是業
- 遮業　飲酒食肉能遮勝事

亦名　二罪

二業（淨名肇注）
- 智
- 慧

業
- 決定審理
- 造心分別

二時（智論）
- 迦羅此云實時
- 三摩耶此云假時

二假
- 無體隨情
- 有體施設

假
- 我法本無自體隨情假立
- 雖說有我法體但假施設

二門
- 戒門　不許畜八不淨物等
- 乘門　如來畢竟不入涅槃等

夭慧命是無戒門亡
法身是無乘門涅槃
扶律談常二門具足

又（智論）
- 福德門　行施忍等
- 智慧門　知一切諸法實相般若波羅蜜

二門（起信論）
- 心真如
- 心生滅

門
- 所謂心性不生不滅等
- 所謂不生滅與生滅和合非一非異而成阿賴耶識
- 由此能攝能生一切法等

二門（華嚴疏）
- 圓融
- 行布

門
- 隨舉一位即一切位無障無礙
- 四十二位從淺至深次第不同

二門
- 定門：法華云倉庫盈溢倉是定即百八三昧
- 慧門：庫是慧即十八空境通別二種定慧又倉庫者能包藏一切禪定智慧

二門
- 理門：識性真空
- 量門：識相妙有

是如理門　是如量門

二道　輔行
- 教道：別教住行向依教修行名教道
- 證道：別教初地證中道實理名證道

二道　析玄
- 無礙道：無礙亦名無間三藏菩薩以九無礙九解脫并八忍八智共三十四心頓斷見思習氣至樹王下成佛又無礙道斷解脫道證
- 解脫道

二道
- 正道：實觀三十七品三解脫及三解脫門緣理慧行得解觀中
- 助道：諸對治法及一切禪定等

二道
- 有漏道：即前五度　能成有漏果故
- 無漏道：謂般若度　能成無漏果故

二持
- 止持：止一切惡如不殺生等
- 作持：作一切善如既不殺生又能放生等餘可例知

二殺
- 自殺
- 教他人殺

二戒
- 隨相戒：染衣乞食不犯威儀
- 離相戒：心無所着了無持犯

二殺
- 故殺：作意恣殺
- 誤殺：無意偶傷

二戒　毗婆沙論
- 道共戒：見道位中不作意持與道俱發
- 定共戒：得四禪定不作意持自然不犯

二戒　華嚴孔目
- 性戒：殺盜淫妄性自是戒
- 遮戒：酒因有失佛特遮止

又
- 威儀戒：唯務修飾
- 從戒戒：順從佛制

二戒　涅槃
- 性重戒：四種性戒犯之罪極重故
- 息譏嫌戒：一切非道不爲避譏嫌故

二戒
- 出世戒：能爲出世間戒
- 世間戒：作因亦爲最勝

二戒
- 依身口戒：因依身口戒故
- 依心戒：得依心戒

二戒
- 道戒
- 章戒

亦名
- 解脫戒—謂七支無表思 由斷惑得名
- 別解脫戒—防非別別解脫 三業七支各各

二因 瑜伽
- 牽引
- 生起

因
- 由先世業行招引現生果報
- 由現世業行生起後世果報

二因 宗鏡
- 能生
- 方便

因
- 謂第八識能生諸識又為一切善惡種子之因
- 謂眼等諸識能為方便引發第八識善惡之種

二因 毘曇
- 習
- 報

因
- 習是親因 如 乳生酪
- 報是助緣 如 煖酵功

二因 涅槃
- 生
- 了

因
- 如種生芽
- 如燈照物

又 涅槃
- 正
- 緣

因 如
- 乳具酪性
- 煖酵等

二果 毘曇
- 習氣
- 報

果
- 酬於習因名為習果如人天等
- 人有貴賤天有勝劣等為報果

二果 宗鏡
- 增上果—謂前五根為識所依有增上力
- 異熟果—謂八識含諸法種子異時成熟

二果
- 菩提—智果
- 涅槃—斷果

二入 華嚴疏
- 能入—普賢行願
- 所入—法界緣起

二入 金剛三昧
- 理
- 行

入
- 依理成行
- 依行契理

又
- 內入—六根
- 外入—六塵

二食
- 法喜食—聞法歡喜身心晏安
- 禪悅食—禪觀悅心身能久住

二食
- 正命食—草果乞食送供三種為正命食

亦名
- 淨
- 不淨

食
- 清淨
- 不淨

活命故
- 邪命食—方口維口仰口下口四等為邪命食

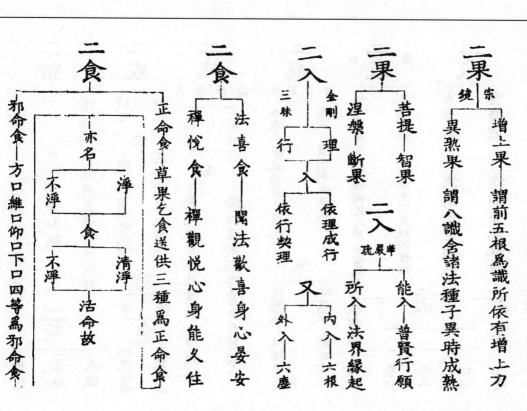

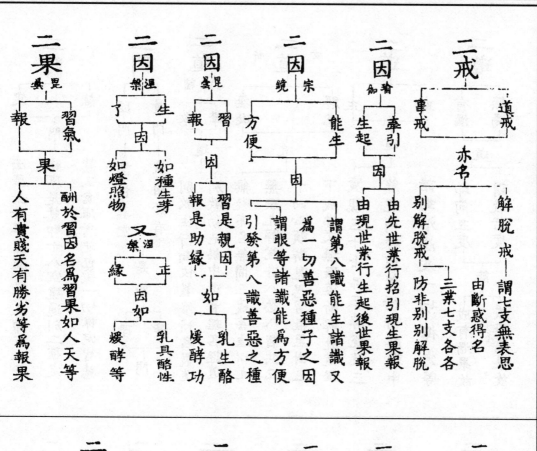

二處 法華安樂行
行處 — 事行處 — 住忍辱地等
行處 — 理行處 — 於法無所行等
近處 — 事近處 — 不近豪勢等
近處 — 理近處 — 觀一切法空等

二氣 草菴
清氣 — 升而上輪則成三善道
濁氣 — 沉而下輪則成三惡道

二儀
天　地 — 御製心經序云二儀攸判萬物備
周四教儀集註云元氣未分混而爲一兩儀既判清爲天濁爲地

二行
白遊在內北　白遊在外南 — 行 — 一行爲六月二行合爲十二月成一歲耳

二相 淨名
眼相　色相
經云有佛得真天眼常在三昧見諸不以二相什曰不爲色作精麁二相肇曰真天眼謂法身無相之目萬色彌廣有若目前未常不定未常不見故無眼色之二相也

二相 起信
智淨相 — 依法力熏習如實修行滿足方便
不思議業相 — 依智淨相能作一切勝妙境界

二相 起信
同相 — 染淨二法 — 同真如相
異相 — 真如隨緣 — 現差別相
又 智論
總相 — 說一切法 — 皆是無常
別相 — 地堅水濕 — 火熱風動

二性 智論
總性　別性 — 與上二相義同 — 但有內外之異
又
有性 — 世出世法 — 假名施設
無性 — 畢竟空中 — 一切悉無

二性
一性 — 真常不變一性無性
無性 — 隨緣染習三千宛然
即 — 無住本　所立法

二請 華嚴疏
言　念 — 請 — 心有所疑以言請問
不與言說唯以意念而問

二答 華嚴疏
言　示相 — 答 — 有問有答借言顯理
唯現相以示如入三昧等

二色
- 顯色　青黃等色
- 形色　長短等形

又
- 內色　前五根
- 外色　六塵

二機
- 頓機　一超直入
- 漸機　從淺至深

又
- 定性機　小三一始終常定
- 不定機　小三一始終不定

二智（華嚴演義）
- 如理智　徹見實際妙極寂靜
- 如量智　達一切境分量差別

又（涅槃）
- 中智　聲聞　緣覺
- 上智　諸佛　菩薩

二智（觀音玄義）
- 一切智　內外法名能知能解
- 道種智　能用佛道發衆生種

二智（會玄）
- 根本智　緣真斷迷理隨眠
- 後得智　緣俗斷迷事隨眠

又（般若）
- 開　演　智
- 禪　講　學

二智（大集）
- 盡智　四果羅漢我生已盡
- 無生智　斷盡見思不受後有

二智（華嚴演義）
- 觀察智　照了人法二空所顯真如　了知能證所證二俱叵得
- 取相智　善取法界之相若事若理　悉使法法圓融事事無礙

二智
- 權智　真實知見　照理
- 實智　方便知見　應機

重訂教乘法數卷第二

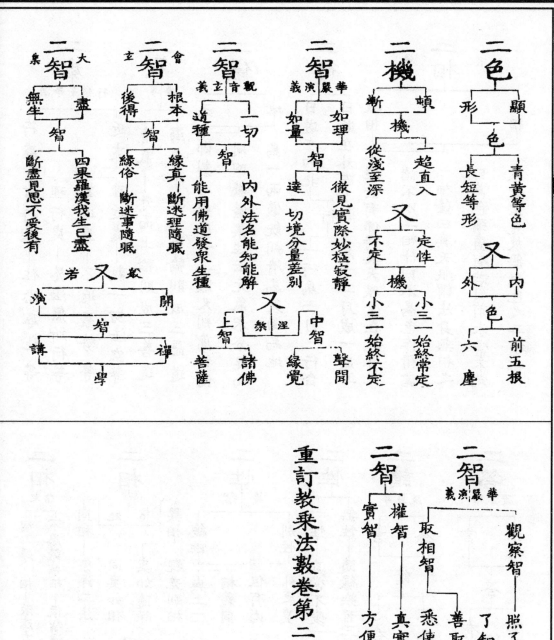

重訂教乘法數卷第三

二佛身（涅槃）

- 法性身　法性常住本無生滅
- 生死身　以方便力現生現滅
- 亦名
  - 常身　即法身
  - 無常身　即生身

又（小教）

- 生身
- 化身
  - 托摩耶始受生報身
  - 衔應凡聖隨類化身

二法身（無着論）

- 智相
- 福相
- 法身
  - 以說法智證
  - 以持經福證

二法身（華嚴疏）

- 理法身
- 智法身
- 亦名
  - 性德法身　即自性
  - 修德法身　即自報

二法身（起信疏）

- 言說
- 證得
- 法身
  - 非言莫顯故
  - 非修莫證故

二色身（地持）

- 實色身　無數劫修相好業果感無量相好莊嚴
- 化色身　如來大悲願力爲大菩薩衆現種種色身

二報身

- 自報身　亦名自受用　即修德法身
- 他報身　亦名他受用　即勝應身

二化身

- 大化　被大機
- 小化　被小機　丈六身三十二相
  - 或現八萬四千相好
  - 或現微塵數相好等

二如來

- 真身如來　乘如實道來成正覺
- 應身如來　來生三界示成正覺

二佛音

- 口密音　目連至極西方聞佛聲如對面
- 不密音　人至佛邊方得聞

二密語（楞伽）

- 自得法
- 本住法
  - 修德
  - 性德
  - 經云我於某夜成道某夜涅槃中間不說一字依何密語佛言依二密語

二羯磨

- 永擯羯磨　永不許入清衆
- 調伏羯磨　但令調伏其心

二經體

- 文　所依
- 義　能依

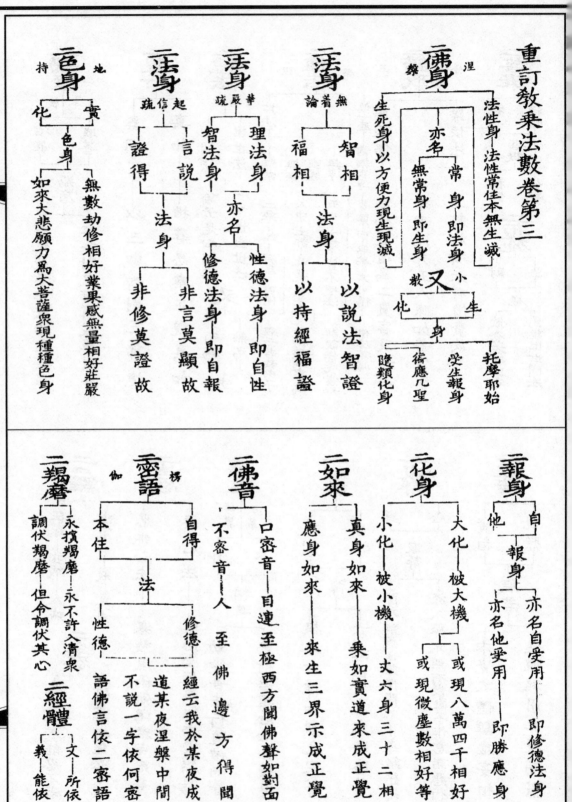

二羯磨（根本）
- 治罪：有犯戒者作法治定其罪
- 成善：容許對衆首露滅罪成善

二觀行
- 尋伺：以三觀智對三諦境
- 真如：推尋思察正觀真如

二種法（起信）
- 世間法
- 出世法

論云是心則攝一切世出世法

又
- 有爲法
- 無爲法

二種法（涅槃）
- 世法
  - 無常：二乘外有爲可得
  - 無樂：人中上部此是壞法
  - 無我
  - 無淨：天中方等皆不壞法
- 第一義：常樂我淨：菩薩內無爲不可得

經云若我弟子受持讀誦書寫解說供養當知佛法不滅

二歸戒（五分）
- 歸依佛：佛初成道爲二賈客及女人
- 歸依法：須闍陀并五人陳如等皆授

二歸此時未有僧寶故

二菩提
- 初心：初住
- 後心：妙覺

二布施
- 財：飲食衣服田宅
- 法：爲說出世間法

二尸羅
- 在家：五戒　八戒
- 出家：十戒　具戒

二生忍
- 恭敬供養能忍不著
- 嗔罵打害能忍不嗔

二法忍
- 忍非心法：寒熱風雨飢渴老病死等
- 忍心法：嗔恚憂疑淫欲憍慢諸邪見等

二精進（法界次第）
- 身：勤修善法行道禮誦等
- 心：勤行善道心心相續等

二禪那
- 世間：根本四禪四無色定等
- 出世：六妙門十六特勝等

二寂靜
- 身：閒居靜處遠離憒鬧不作身諸惡行
- 心：湥入禪定無有散亂不作意諸惡行

二般若
- 實相：本覺之體離虛妄相
- 觀照：從體起用非照而照

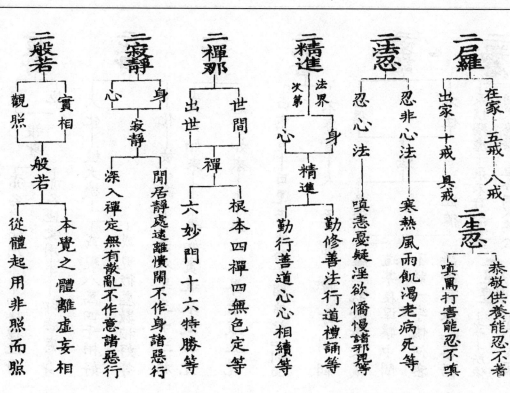

二般若
- 共 — 即通教菩薩共二乘
- 不共 — 即別圓不共二乘

般若

二莊嚴
- 形相
- 第一義相

莊嚴

二果德（華嚴）
- 依 — 華藏世界
- 正 — 十身舍那

二戒果（塞戒）
- 天樂 — 智者但求菩提
- 菩提 — 樂不求天樂

二舍利（大論）
- 生身 — 碎骨
- 法身 — 經卷

舍利

二種論
- 宗 — 宗大小乘經
- 釋 — 造論釋大小乘經

論

二資糧
- 福德
- 智慧

資糧

據深密經意六度中初三是福德資糧慧學是智慧資糧精進靜慮徧於二種

二神力（楞伽）
- 現身面言說
- 現菩薩灌頂

神力

經云如來以二神力建立菩薩摩訶薩頂禮諸佛聽受問義

二總持
- 心相應
- 不相應

總持

二法性（地論）
- 事
- 實

法性

二法相（大品）
- 有爲 — 十八空智八聖道智十力無畏世出世間等法
- 無爲 — 無生無滅無住無異無垢無淨無增無減諸法自性

法相

二種僧（十輪）
- 勝義 — 佛菩薩二乘等
- 住持 — 高僧傳有十科

僧

二和尚
- 親教 — 受業師
- 依止 — 稟學師

和尚

二種師（涅槃）
- 善教 — 教以身口意善
- 惡教 — 教以諸不善業

師

又（律文）
- 初與出家 — 即剃度師
- 爲授近圓 — 即得戒師

二種覺（楞伽）
- 觀察 — 覺性自性相選擇離四句不可得
- 建立 — 妄想相攝受計著四大種宗因喻

覺

又
- 四諦
- 一切

中覺

二清淨（華嚴疏）
- 自性清淨 — 性本無染
- 離垢清淨 — 離染得淨

二解脫（寶性）
- 性淨解脫 — 性本清淨
- 障盡解脫 — 無繫無縛

二解脫（華嚴疏）
- 有爲解脫 — 即有作戒 — 斷盡二障
- 無爲解脫 — 即無作戒 — 顯出性淨

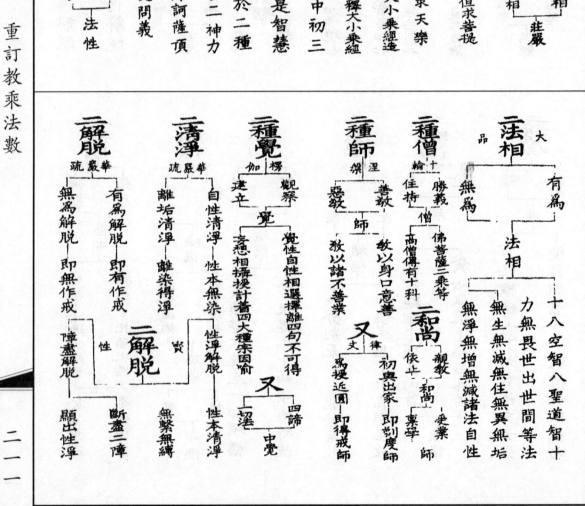

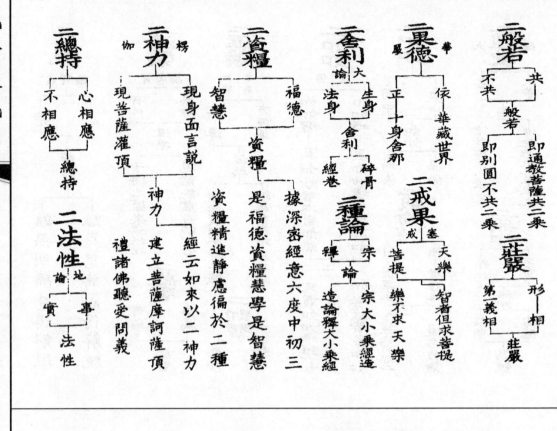

二解脱　成實論

慧　心

解脱

離無明縛慧得解脱

離見思縛心得解脱

二涅槃　智度論

有餘　無餘

涅槃

子縛已盡果縛猶在

現陰既盡身滅智亡

二緣習

有爲　無爲

緣習

二涅槃　光明玄義

性淨　方便淨

涅槃

諸法實相本無生滅

現生非生現滅非滅

二即習

塵沙　無明

二如如　佛性

如如智　如如境

如如智真如妙智本自如然

如如境真如妙境常住於如

又智如如境境如

如智故皆名如如

二如如

因中　果中

如如

無染　無垢

二戲論　智印

有　無

有從事生

無從理生

經云有無二邊名戲論

二種愛　大經

善　不善

愛

諸菩薩聖人求之

唯是愚夫之輩求之

二無知

染污　不染污

無知

無明　劣慧

爲體

二無明

獨頭　相應

無明

發業　潤生

過去煩惱於父母邊

托胎之時生憎愛想

二煩惱　華嚴疏

隨眠　現行

煩惱

眠伏藏識

對塵現起

亦名

眠　起

煩惱

二煩惱

根本　隨

煩惱

貪瞋等六能生一切煩惱

忿恨等二十爲煩惱等流

二煩惱　五教儀

發業　潤生

煩惱

即分別見能發業故

即俱生思能潤生故

二煩惱

見　愛

煩惱

邪智觀理亦名內著

貪心取境亦名外著

煩惱

二種魔

强　軟

魔

百怪懼怖

愛詐親善

天台禮文云强軟消魔寂照功

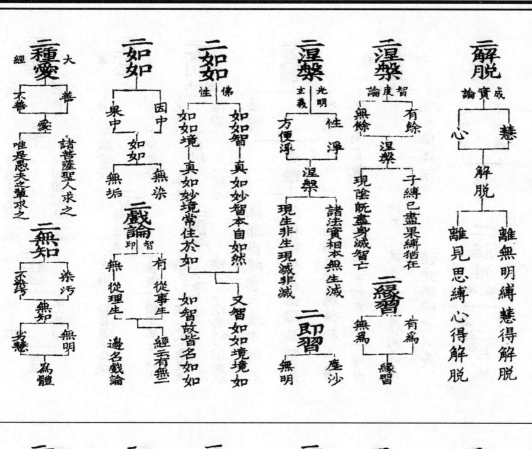

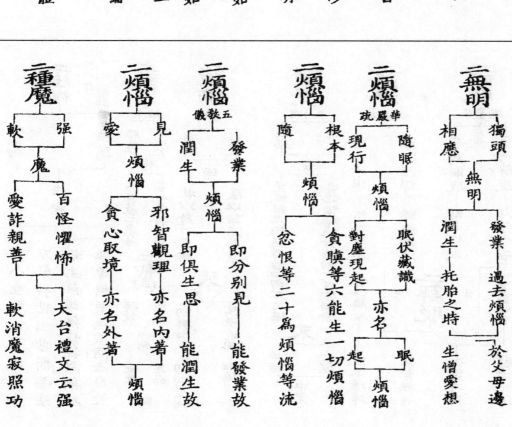

二供養
- 財 / 法 — 供養
  - 於佛無用衆生無益
  - 奉順經典如說修行

二天眼
- 報得 / 修得 — 天眼
  - 五通中天眼從修得非報得
  - 常憶念種種光明而得故

二中道
- 雙照 / 雙遮 — 中道
  - 即空即假
  - 非空非假

又
- 正覺 / 離正覺 — 中道

二中道
- 但中 — 別接通
- 圓接通 — 不但中

二種老
- 念念 / 至終 — 老
  - 念念遷謝漸漸不住
  - 髮白面皺遠將不久

又
- 增長 / 滅壞 — 老
  - 從少至壯
  - 從壯至老

二種病
- 身 / 心 — 病
  - 四大增損互不調適等
  - 踴躍恐怖憂愁愚癡等

二種病
- 業報 / 時氣 — 病
  - 先業所感
  - 現時失調

二種身
- 分段 / 變易 — 身
  - 界內凡夫身有分段
  - 界外三乘因移果易

二種死
- 分段 / 變易 — 死
  - 界內四大分散
  - 界外因移果易捨所住位

又
- 命盡 / 外緣 — 死
  - 夭命當盡
  - 非分自害
  - 横遭他殺

二種生
- 分段 / 變易 — 生
  - 四大和合
  - 易麤爲細

二方便 十輪
- 世間 / 出世 — 方便
  - 依有所得而施
  - 依無所得方便

二方便 無著
- 細作 / 不念 — 方便
  - 如說微塵爲麤假喻微細分析
  - 皆方便爲破衆生執著色身
  - 但令衆生於諸微塵一念不生

二愚法
- 作罪
- 覆藏

二種悔
- 因掉後生悔
- 作大罪常怖畏悔
- 箭入心不可拔

二白法 涅槃
- 慚
  - 自不作惡
- 愧
  - 不教他作
  - 作已能悔

二癰瘡
- 見求他過
- 自覆己過

二毒箭
- 邪命爲利
- 好樂衣鉢

二種縛
- 見 / 利養 — 縛

寶積經中癰瘡毒箭二縛謂之三雙喻觀者宜自照之中繩謂之君子不中繩謂之小人

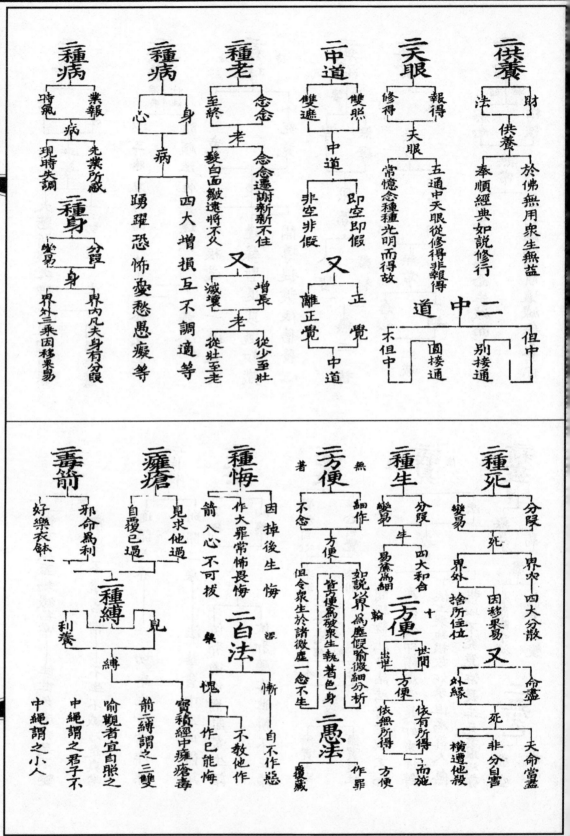

二平等
- 法平等：大慧所觀之理從因至果
- 衆生平等：一切衆生同得佛慧

二無諍（淨名什注）
- 以三昧力將護衆生令不起諍心
- 隨順法性無違無諍

二種退（地持）
- 究竟退：信根淺薄一退永退
- 不究竟退：逢緣暫退或遇知識開導提奬依舊發心

二無漏（婆沙）
- 學無漏：八智
- 無學無漏：盡智　無生智

二無常
- 細無常：亦名刹那無常　念念生滅
- 麄無常：亦名一期無常　一期生滅

二無常（智論）
- 念念無常：有爲之法念念生滅而不停住
- 相續無常：一切諸法相續壞滅無可常保

二種常（智論）
- 從百歲至劫滅名常：住世久遠非是不變
- 常住不壞名常：不生不滅乃是真常

二開權
- 通開九界：一切衆生皆當作佛
- 別開二乘：法華會中三周得記

二邪法
- 呪術邪法：依邪術作惱亂衆生語
- 仙藥邪法：依邪藥作世辨不正語

二覺義
- 覺於自心　共體
- 淨心自覺　無別

二無我（楞伽）
- 人無我：無實主宰
- 法無我：無實體性

二我見（起信）
- 人我見：聞經說法身諸法皆空以不知為破著即謂虛空是如來性等
- 法我見：依二乘鈍根故如來但爲說人無我以不究竟怖畏生死妄取涅槃

二種盡（淨名）
- 無爲盡：智慧斷令滅
- 有爲盡：無常遷變

二無色
- 虛空
- 識性

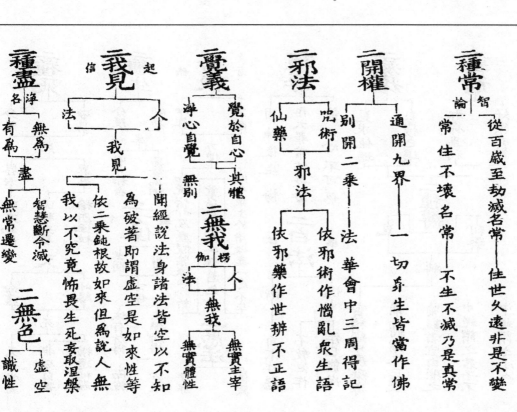

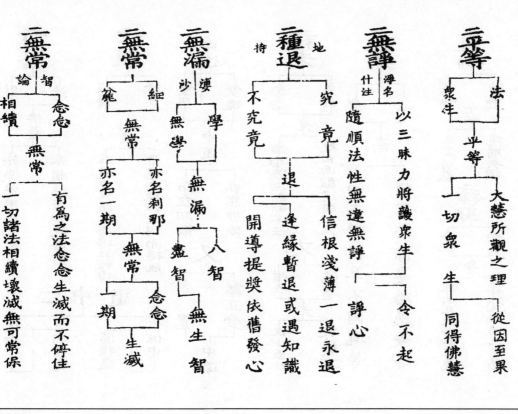

二淨法
具足無漏性功德法
具足出障淨法

二染法
具足染性
具足染事

二種行 涅槃
見　愛
行
修慈悲
修喜捨

二世間
情　器
世間
正報
依報

二貴姓
刹帝利　婆羅門
此云
王種
淨行

二賤姓
吠奢　首陀
此云
商估
農田

二真如 起信
離言真如　離言説相故
依言真如　以依言説能顯真如故

二真如 華嚴演義
安立　非安立
真如
隨緣安立諸法
其體凝然常寂
即起信論中
隨緣義
不變義

二種事
實　假
事
實有
施設

二智喻 般若
二乘智如螢火
菩薩智如日光

二種輪
生　死
輪
兩輪既具
六趣斯遊

二種性
有　無
種性
三乘有善性故
闡提無善性故

二種有 婆見
實物　施設
有
實有之物
假名施設

二種性 地持
性　習
種性
法爾本具如是種性
先來修習衆善所得

又 楞伽
聖種性
聲聞
緣覺
佛乘
愚夫種性

闡提 楞伽
入
焚燒一切善根
作盡生界願
即唯識樞要
一闡底迦　此云樂欲　樂生死故謂　信不具者
阿顛底迦　此云不樂欲　不樂涅槃故　謂大悲菩薩

二頭鳥 本行
一頭名迦嘍荼
一頭名優波迦嘍荼
亦云耆婆耆婆伽
此云生生
命命即共命
鳥見名義集

二種句
文句　詮顯其義
名　必借於文
義　裁斷其文
義句　必由乎義

二種護 涅槃
內護　受持禁戒防護三業
外護　依於親眷供給四事

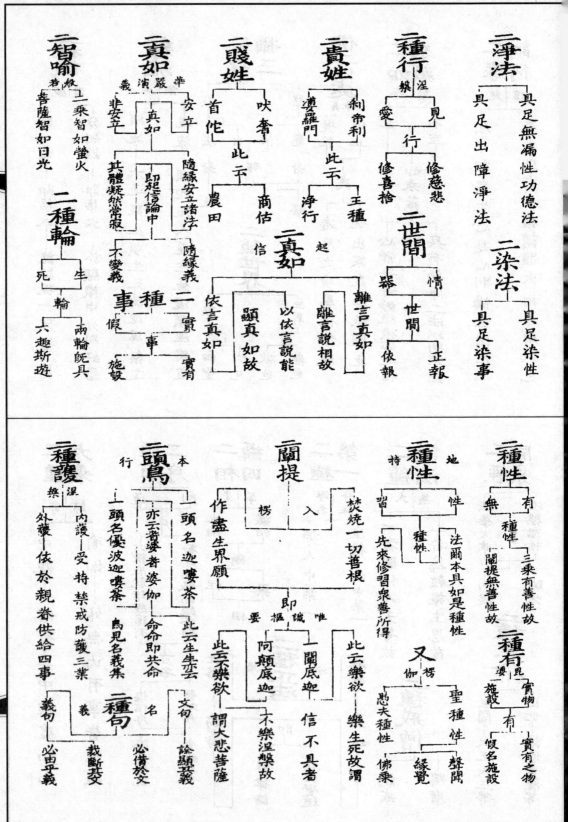

二種識（顯識）
- 顯識——即第八能顯現一切境界
- 分別識——即第六於顯識中分別好惡

二種流（涅槃）
- 順流——六道衆生順生死流逆涅槃道
- 逆流——須陀洹人逆生死流順涅槃道

二身攝三
- 真——法身——性
- 自——報
- 應——他——報
- 應身——修

二種世界
- 十界——四聖、六凡
- 三界——欲色、無色

佛二住處（真諦）
- 境界——遊歷之境爲化俗流
- 依止——統出家衆即祇園也
- 處

二如來藏（勝鬘）
- 空——心體平等妙絕染淨之相
- 不空——具有染淨二法以明不空
- 如來藏

二摩訶衍（起信）
- 法——即衆生心是心則攝世出世法
- 義——則有三種謂體大相大用大也

二種大乘（寄歸）
- 中觀——俗有真中體虛如幻
- 瑜伽——外無內有事皆唯識

經首二序
- 通序——六種成就諸經通有
- 別序——發起因緣諸經各別
- 亦名
- 證信序——證是佛說
- 發起序——令物生信

二相攝四（圭峯）
- 生相——攝住相
- 滅相——攝異相

二種第一（淨名什注）
- 佛人中第一
- 涅槃法中第一

二種正法（婆沙）
- 世俗——名句文身
- 勝義——聖道
- 即
- 經律論
- 根力覺道

二種說法（大集）
- 一者開化人天等故
- 二者爲報施主恩故

二種戒僧
- 說戒
- 羯磨

二經同味
- 法華大收
- 涅槃捃拾
- 同醍醐味

二種聖人（光句）
- 世間——天王人王等
- 出世——諸佛菩薩等

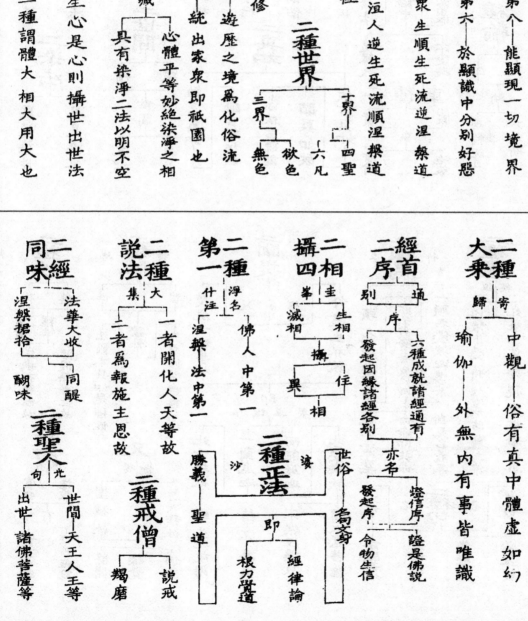

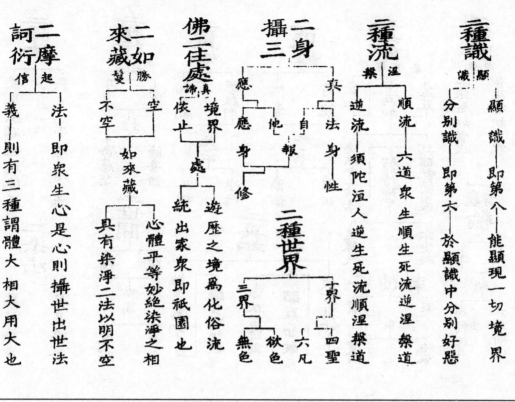

二種菩薩 智論
- 成就大力
  - 菩薩
    - 隨所應度不避邊地及邪見家
- 新發意
  - 菩薩
    - 生邊地等不能度人又自敗壞

二種支佛 妙句
- 辟支迦羅 通 緣覺
- 畢勒支底迦 局 獨覺
- 觀
  - 內因緣稟佛教法 出有佛世
  - 外因緣無師自悟 出無佛世

二種獨覺 俱舍
- 麟喻 亦名各各獨行
- 部行 共類非一角之行

人二種性
- 闡提 無善根種性者
- 凡外 有善根種性者
  - 凡夫正善
  - 外道邪善

天二種性
- 魔外
- 凡夫
- 天
  - 欲頂色頂二自在天井無想等
  - 欲界六天色至廣果及四空等

二種凡夫
- 嬰兒 無智慧故
- 愚闇 頑鈍不可教故

二種二乘 賢宗 教儀
- 回心 從人天來 如闡提發心天魔拱手證果等
- 直進 不由彼至

二增上慢
- 大乘 自謂得羅漢果不求大乘
- 小乘 位在煖頂

聞法二報 法華
- 人天華報 聞已現世安隱 後生善處以道受樂聞法離障
- 佛道果報 乃至漸得入道

二天難化
- 欲天 貪著五欲無厭捨心
- 色天 味着禪樂不求出離

二長壽報 金光明
- 施食
- 不殺

二種如佛 輔行
- 第十亦名菩薩地對共佛地故
- 被接人能入相作佛似通佛故

離二妄想 楞伽
- 言說
- 文字
  - 經云遠離言說文字妄想

又 釋籤
- 觀行
- 相似
  - 如佛
    - 此是圓教
    - 非通教意

二種遠離 淨名什注
- 身棲事表
- 心無累想

二種解脫 淨名什注
- 解脫煩惱
- 解脫於礙

度生二門
- 折
- 攝
  - 門
    - 應折伏者而折伏之
    - 應攝授者而攝授之

菩薩二心
- 大慈
- 大悲

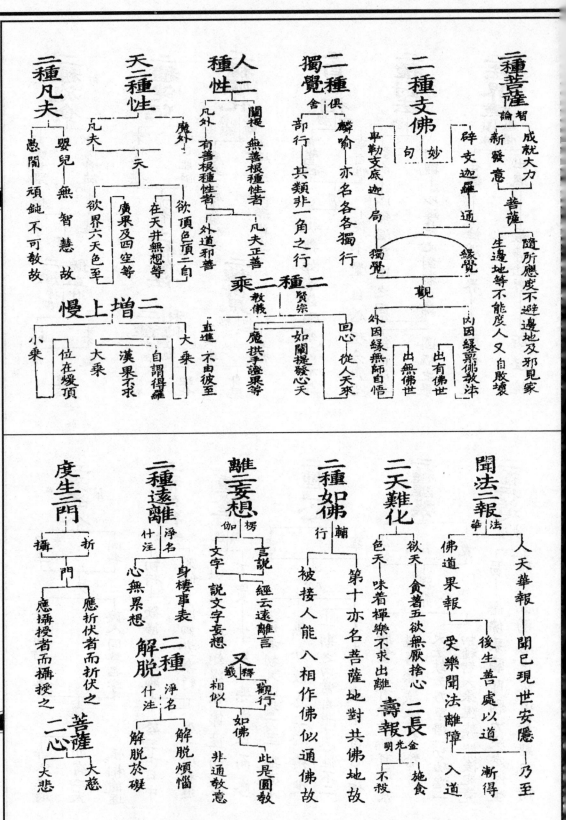

二種施食（光句）

- 百味甘漿　依
- 身肉骨髓　正

報

事　施

二種饒益（淨名什注）

- 即時法
- 未來施

饒益

二種健兒

- 不作諸惡
- 作已能悔

亦名二種智法

二種利他（南岳止觀）

- 順化
- 逆化

二種順化（南嶽止觀）

- 應身及摩訶摩化身
- 淨土及雜染土

二種身見（楞伽）

- 俱生
- 妄想

身見

二自性相（楞伽）

- 言說自性
- 事自性

相

- 從無始言說習氣計着生
- 從不覺自心現分齊生

二種對法（毘曇）

- 對向　以無漏聖道之因　對向涅槃
- 對觀　以淨慧心對觀四諦　圓極之果

二法界境（賢宗教儀）

- 在纏　性淨法界　所信境
- 出纏　最淨法界　所證境

二天隨人（華嚴）

- 同生　與人同時而生
- 同名　與人同其名字

天

經云　如人生時則有二天恒相隨逐

二種修行（法華）

- 初行　欲修習是經　於三七日中
- 久修　住四安樂行　應一心精進

二種修行（涅槃）

- 真實　能知涅槃佛性而修
- 不實　不知涅槃佛性而修

二種一心

- 事
- 理

一心

- 行者初入道場乃至期滿足　無分散意一心精進
- 一期之內常自照了心性不二　不生不滅不得心相

二種涅槃

- 少分
- 究竟

涅槃

- 勝鬘云知有餘苦斷有餘集　證有餘滅修有餘道
- 大法鼓云乃至得一切功德一切種智大乘涅槃然後究竟

二種行道（婆沙）

- 易　念佛乘彌陀願力決定往生
- 難　五濁惡世求道甚難可得

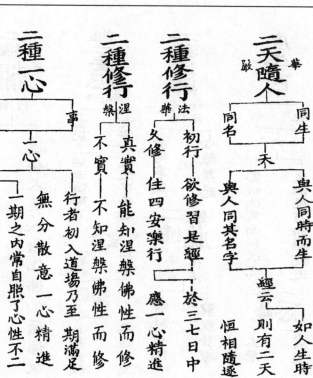

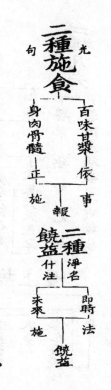

二種赴請（僧祇）

- 僧次請
- 私請
  - 所得雜物
    - 歸僧
    - 歸己

二轉依號（楞嚴）

- 轉
  - 不覺
  - 生死
- 依
  - 菩提
  - 涅槃
- 亦名二轉依果
  - 菩提智果
  - 涅槃斷果

二無因論（楞嚴）

- 本
- 末
- 無因（見行陰文）
  - 窮八萬劫外冥無所觀遂計十方衆生無因自有 — 外道
  - 八萬劫來見人生人等不見菩提遂計無菩提事 — 斷見

二愚不及（通玄）

- 佛相隨好無盡
- 僧祇數量廣大
  - 菩薩智所不及故謂之二愚

經訓二義

- 法
- 常
- 義
  - 凡聖之軌則
  - 魔外不能壞
- 又
  - 十界同遵
  - 三世不易

二種因果

- 世間
  - 苦果
  - 集因
  - 亦名二種有漏
    - 有漏
    - 有漏
- 出世
  - 滅果
  - 道因
  - 亦名二種無漏
    - 無漏
    - 無漏
- 果
- 因

二種斷奠

- 法華 — 三周說法授三根記
- 涅槃 — 以勝三修斥劣三修
  - 斷奠聲聞
    - 咸歸一實
    - 入祕密藏

契經二義

- 契理 — 合於三諦
- 契機 — 符彼三根

佛法二柱（婆沙）

- 學問
- 坐禪

二鳥雙遊（涅槃）

- 鴛
- 鴦
  - 梵語娑羅迦鄰提此云鴛鴦二鳥名也
  - 雄曰鴛雌曰鴦雖是二鳥遊息俱時故
  - 言俱遊並息以喻如來常無常二用不
  - 相離故又雙遊喻理事相即並息喻事
  - 理體一以喻顯法其妙如此盤谷云章
  - 安只言雙遊竹菴兼言並息

陀羅字

- 𠘧 持義 — 謂執持 — 是自行
- 𠃌 流義 — 謂流布 — 是他化
  - 諸經題上安此陀羅二字謂執持流布也如義淨能斷金剛論

金剛二義

- 堅
- 利
- 義
  - 謂一切無能壞
  - 謂能壞於一切
- 喻
  - 實相般若
  - 觀照般若

二種惡事

智論

- 衆生
- 土地

惡事

- 謂諸衆生貪欲瞋恚愚癡等造種種業
- 謂土地中饑饉疾疫毒氣流行無處不有

二種祕密

- 至理
- 言詞

祕密

- 甚深之理不可說第一義諦無聲字
- 諸陀羅尼雖立語言詞句人不能解

二種祕密

- 隱
- 真

祕密

- 四時權謀隱覆曰祕神用潛益曰密
- 法華昔所未說曰祕聞已無外曰密

菩薩二願

- 總
- 別

願

- 如四弘誓願攝一切願故
- 如法藏比丘四十八願等

菩薩二見

- 通　利見不空　別圓來接
- 教　鈍見偏空　同三藏佛

菩薩二患

淨名

- 輕新學不發講
- 於深法取相分別

肇曰此學蔓內患

菩薩二相

淨名

- 好雜句文飾　新學
- 不畏深義　久修

相

二種無始

楞嚴

- 一者無始生死根本　即攀緣妄心
- 二者無始菩提涅槃元清淨體　即識精元明

經云諸修行人不能得成無上菩提乃至別成聲聞緣覺諸天外道魔王皆由不知二種根本錯亂修習猶如煮砂欲成嘉饌塵劫終不能得

淨名二題

- 維摩詰所說　單人立題
- 不可思議解脫　單法立題

肇曰微遠幽深二乘不能測縱任無礙塵世不能拘故名不可思議

僧伽二和

- 理和　同證擇滅無為法故
- 事和　別有六義見六數中

初果二義

- 預流　入聖人流
- 逆流　逆生死流

彌勒二名

- 梅怛麗
- 阿逸多

此云

- 慈氏　或曰慈氏姓也
- 無能勝　無能勝名也

二種存濟

阿毘達磨

- 有罪
- 無罪

存濟

- 詭道
- 正道

乞食

- 貪受不捨不見
- 生死煩惱過患
- 不貪不受能見

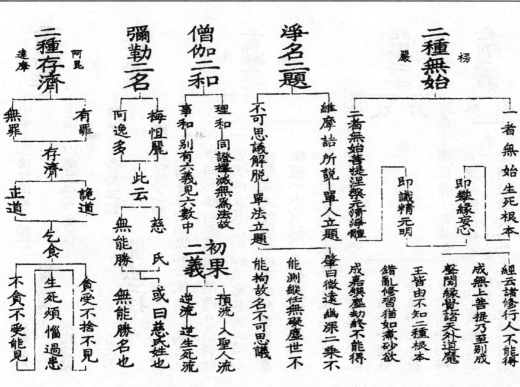

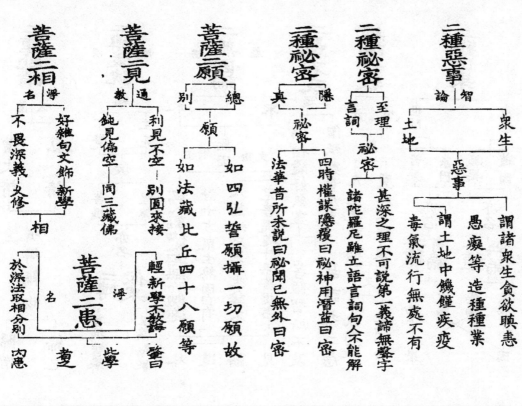

二時判教（章安）
本教時
末教時

又（印師）
平道時　江南敏師
曲屈時　同此判

二時判教（護法）
頓教時　延法師
漸教時　同此判

重訂教乘法數卷第三

重訂教乘法數卷第四

二天（楞伽）
- 兜率陀宮
- 色究竟天

經云住一切刹兜率陀宮色究竟天成如來身

佛二種滅（顯揚聖教）
- 暫時滅—無緣即滅有緣還生
- 究竟滅—諸惑淨盡更不復生

二種顛倒（楞嚴）
- 衆生顛倒—同業相感相滅相生
- 世界顛倒—分段妄生遷流不住

二修獲益
- 修止成定—轉生死—證涅槃
- 修觀成慧—轉煩惱—證菩提

二種無爲（安般）
- 內—數息　隨息　止　觀　還　淨
- 外—六門
  - 眼不著色—一角大仙因著色故頸騎淫女
  - 耳不聽聲—五百仙人聞女歌聲皆失禪定
  - 鼻不愛香—愛蓮華香池神呵責
  - 舌不味味—沙彌味酪爲酪中蟲何況酒肉等
  - 身離細滑—術婆伽欲火內發燒身爲灰
  - 意不妄念—人不得道者思想穢念多故

束蘆二義
- 互相依
- 中間空

喻根塵
- 互依
- 無性

法空二句（金剛）
- 無法相—五陰空—陰空爲藥名法—陰病既除
- 無非法相—五陰相空—陰有爲病名非法—空藥亦遣

托胎二見
- 大乘見乘栴檀樓閣等
- 小乘見乘白象貫日之精

佛二姓生
- 尚尊貴時佛於王種生
- 尚多聞時佛於淨行生

二惑開合
- 見思俱開
  - 見八十八使
  - 思八十一品
  - —三界九地
- 開見合思
  - 見八十八使
  - 思十使
  - —九十八使
- 開思合見
  - 見爲一住
  - 思惑分三
  - —四住

新學二法
- 一聞深經驚怖生疑
- 二不親近護持經人

毀
- 人
- 法

二種我執
- 俱生
- 分別

二種法執
- 俱生
- 分別

俱生—與生俱生任運而起—不待邪教及邪分別

分別—周遍計度橫生强思—要待邪師及邪分別

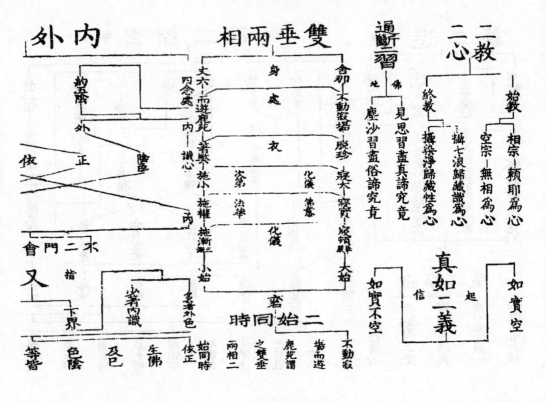

二教二心

始教
相宗—賴耶爲心
空宗—無相爲心

終教
攝七浪歸藏識爲心
攝染淨歸藏性爲心

通斷習

佛　見思習盡真諦究竟
地　塵沙習盡俗諦究竟

真如二義

起　如實空
信　如實不空

雙垂兩相

身　處　衣　化儀　佛慧　次第　法華　化儀

舍那—不動寂場—脫珍—寂大—寂實—寂頓華嚴—大始
丈六—而遊鹿苑—著弊—施小—施權—施漸三—小始

二始同時

不動寂　而遊　鹿苑謂　之雙垂　兩相二　始同時

內外

約五陰　外　陰色　正　依　內
四念處—內—識心

又指不二門會

下界　多著外色　少著內識
依正　生佛　及色　色陰　等皆

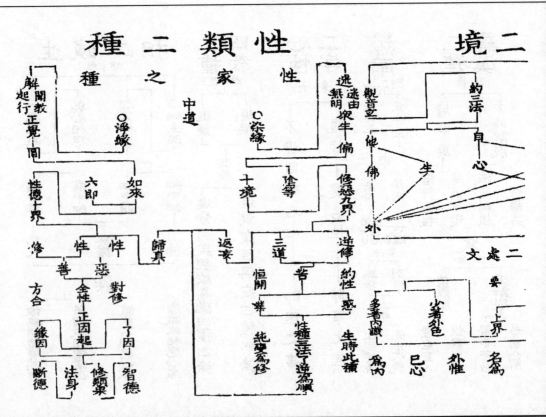

二境

約三法　自　心　生　佛　他　觀音玄　外

二處文　要
上界　少著外色　多著內識
名爲　外惟　己忘　爲內

性類二種

性家之種

逃逃由無明　依生偏
〇染緣　中道　〇淨緣
修惡九界　修等　十境
如來　六即
解聞教起行　正覺同
性德十界
逆修　三道　返本　歸真
性　性　修
惡　善
約性惑　苦　恒開業
對修　全性　方合
生時此種　性種三法了逆爲順　純變爲修
正因起　了因　緣因
智德　修顯果　法身　斷德

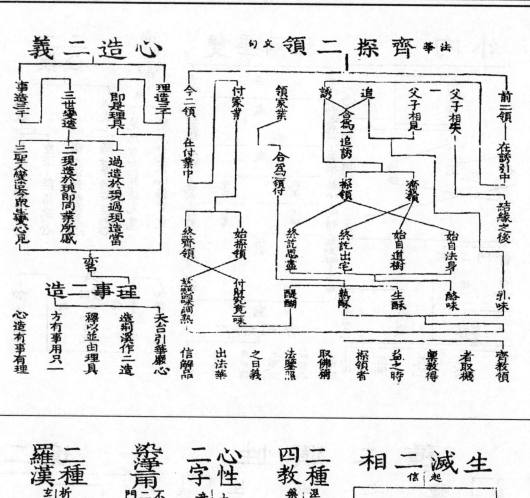

法華齊探二領文句

前二領　在誘引中　結緣之後　乳味　齊教領

父子相失　父子相見　追　誘　合爲一追誘

齊領　探領

始自法身　始自道樹　終訖出宅　終訖恩盡

酪味　生酥　熟酥　醍醐

者取機　稟教得　益之時　探領者　取佛稱　法譬顯　之日義　出法華　信解品

領家業　合爲一領付

今二領　在付業中

付家業　始探領　終齊領　付財究竟味　慈悲四味調熟

心造二義

理造三千　即是理具

事造三千　三世變造

過造於現過現造當

二現造於現即同業所感

三聖人變造令衆生變心見

理事二造（妙玄）

天台引華嚴心

造荊溪作二造

釋以並由理具

方有事用只一

心造有事有理

生滅二相（起信）

一麤生滅　與心相應

二細生滅　心不相應

麤中麤　凡夫

麤中細　細中麤　菩薩

細中細　佛

境界

依無明熏習而有

所謂依因依緣因

滅故不相應心滅

緣滅故相應心滅

二種四教（涅槃）

追說　追泯

四教

追分別衆經故具說四種四諦

追泯衆經俱寂四種四諦

心性二字（大意）

不變隨緣名心　即理之事

隨緣不變名性　即事之理

染淨二用（不二門）

因中三千　果上三千

起

染用　淨用

總別二法（玄義）

總修　別修

二法

止觀雙修　先止次觀

二種羅漢（析玄）

時解脫　信行鈍根　緣具入道

不時解脫　法行利根　不待緣具

又（妙玄）

慧解脫　緣空直入　但離無學

俱解脫　帶事兼修　具三明八解

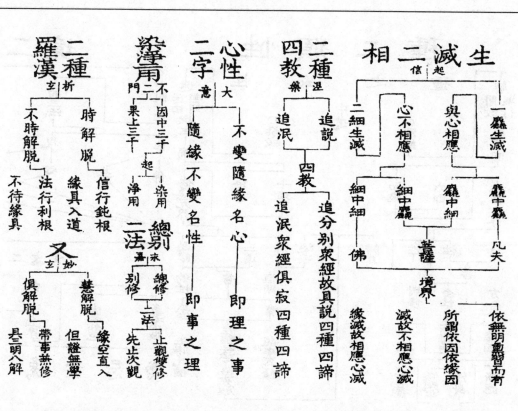

二種羅漢（止觀）
- 壞法—燒滅骨人
  - 急取無學
    - 九想
    - 八念
    - 十想
    - —觀
- 不壞—來住骨想
  - 入色流光
    - 八背捨
    - 八勝處
    - 十一切處
    - —練
    - 九次第定
    - 師子三昧
    - —熏
    - 超越三昧—修

二種三千（金錍）
- 修善修惡—事造三千—六也
- 性善性惡—理造三千—即也
- 理即迷逆是修惡名字以去順性是修善六即皆具事理二種三千也

二種三千（詳解）
- 理體具足
  - 諸法宛然—性具三千
  - 諸法趣一—一念具足
  - 諸法宛然—變造三千

因緣二門
- 生起門—無明緣行行緣識乃至生緣老死憂悲苦惱等
- 還滅門—無明滅則行滅乃至生滅則老死憂悲苦惱滅

二種觀
- 行布—真空無礙周遍次第而修
- 圓融—三觀一心中得

二須菩提
- 一善現—舍衛國鳩留長者之子解空第一
- 二天須菩提—喜著好衣行本清淨

世界二義（楞嚴）
- 世—遷流
- 界—方位
- 義

煩惱二斷（淨名 什注）
- 遮斷—摧滅
- 永斷—降四魔

界內二惑
- 見惑—亦名分別
- 思惑—亦名俱生
- 潤有漏業—總名通惑—通
- 招分段生—三乘人斷故

界外二惑
- 塵沙惑—通—界內 界外
- 無明惑
- 潤無漏業—總名別惑—別
- 招變易生—在菩薩斷故

界內二教
- 藏 通—教
- 小 大—乘
- 拙 巧—度
- 析色歸 體色明—空

界外二教
- 別 圓—教
- 獨菩薩法非二乘所知
- 經論說佛境界不共二乘位次

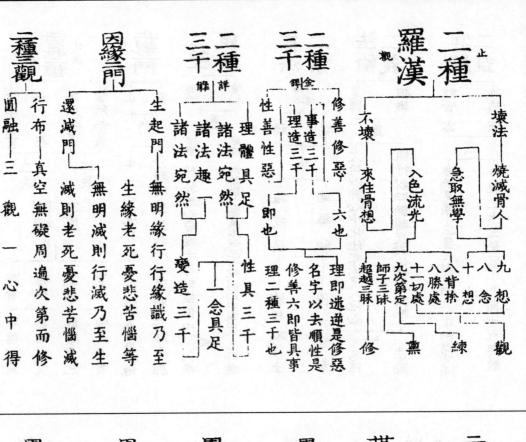

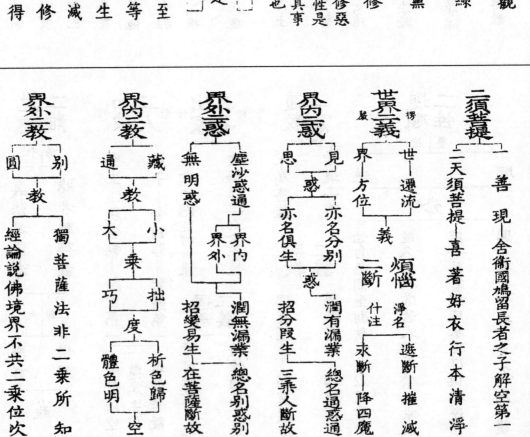

法義二種（淨名 什注）
- 一法：文字語言—法
- 二義：義—識所知義、智所知義

開權二意（法華）
- 騰昔施權—不指所開無由說實
- 爲顯實所—既顯實已權全是實

止觀二門
- 止門—止一切境界相—隨順奢摩他
- 觀門—分別因緣生滅相—隨順毗鉢舍那

二種觀法
- 唯識觀—歷事—照於起心變造十界即空假中—內境
- 實相觀—觀理—即於識心體具本來三千宛然即空假中—外境

善法二業（淨名 什注）
- 福—施戒忍—致相好淨土
- 慧—進禪智—得一切智

法輪二義
- 運轉—文句以佛心中化他之法度入他心—名轉
- 摧碾—輔行以四諦轉度與他摧破結惑—法輪

冥顯二益
- 觀音冥—無所見聞三毒七難皆離二求兩願皆滿
- 普門顯—目覩三十三聖容—耳聞十九尊教

說聽二難（中論）
- 真法及說者
- 聽者難得故

（大經）
- 樂說
- 樂聞
—難

加被二人（般若 什師）
- 空生—須菩提—解空第一—般若以空慧爲主故
- 身子—舍利弗—智慧第一—遺教菩薩

出家二喜
- 現世功德自然忻豫
- 後得涅槃心常安悅

通教二義
- 通前藏教—近
- 通後別圓—遠

通教二意
- 正爲菩薩
- 旁通二乘

別教二義
- 獨菩薩法—別前藏通
- 隔歷次第—別後圓教

逆順二性（指要）
- 逆
- 順
修
始自無間至別教教道以還皆名
逆又四趣受苦人天著樂二乘沉
空菩薩著假咸未達性俱名逆修
圓教始終皆名爲順

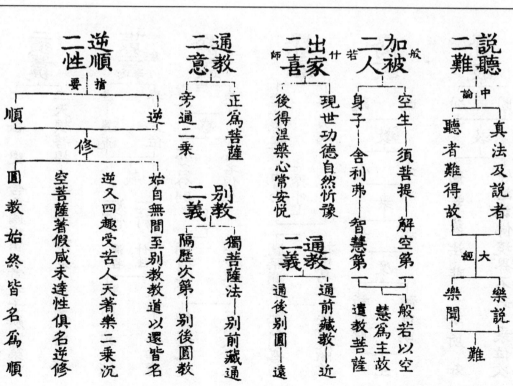

二乘出入（法華）
- 約機：見尊特、見生身
- 約教：慕大、執小
- 約喻：長者宅、草菴
- 為入、為出
- 信解品云：心相體信，入出無難。喻意蓋指方等二乘。

地二義
- 能生諸佛智住持不動
- 能與無緣大悲荷負一切

淨土二相
- 麁：變化土，即有三乘
- 細：他受用土，純是菩薩

往生二行
- 厭離：厭娑婆穢惡而欲出離
- 忻願：忻淨土莊嚴而願往生

初心二慶（法華文句）
- 慶己
- 慶人
- 釋隨喜品云：隨謂隨順事理，無二無別；喜是慶己慶人。

布施二攝
- 攝六度
- 攝衆生

寄遣（法）
- 方便：隱實、指偏真
- 約教：滿字、半字
- 為寄
- 二人意該

二人（華）
- 約人：內祕菩薩、外現二乘
- 化儀：小不測大、寢大施小
- 為遣
- 聲聞、緣覺

勸請二意
- 請住於世
- 請轉法輪
- 輔行云：勸請大為二意

律分二宗
- 資持
- 會正

二不定法（戒經）
- 比丘屏處共女人坐說非法語，自言犯是罪，於三法中應一一治，名三法不定。三法謂棄、殘、墮。
- 比丘露現處共女人坐麁語，比丘自言犯是罪，於二法中應一一治，名二法不定。二法謂殘、墮。

總持二義
- 總善不失
- 持惡不生

餞浴二益（寄歸）
- 身體清虛無垢穢
- 痰癊消散能飲食

經行二利（寄歸）
- 痊痾
- 消食

軍持二用
- 淨用：甆瓦
- 觸用：銅鐵
- 軍持此翻云瓶

道俗二貧（智論）
- 財：之資生財物
- 法：無功德法財
- 貧

又（伽論）
- 財貧
- 智貧

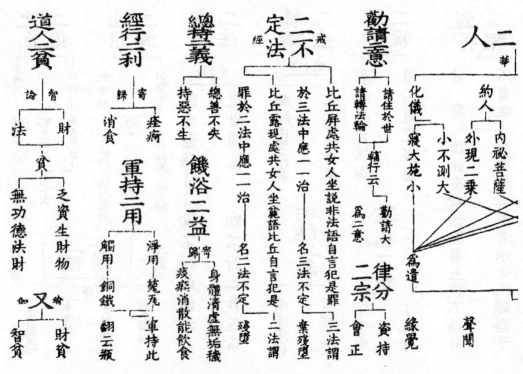

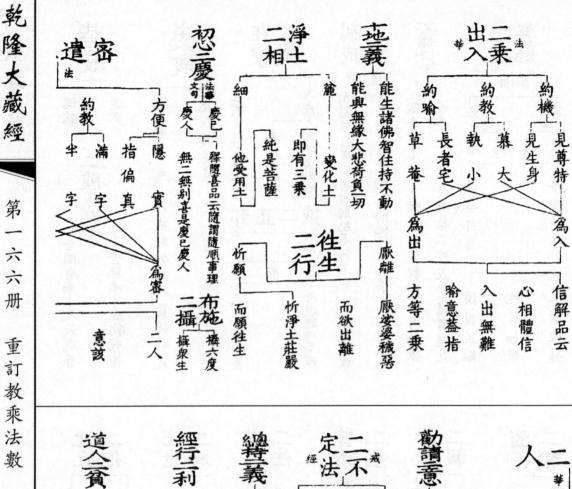

此方二教
- 儒教
- 道教

二種戒善
- 世間有漏—人天戒善
- 出世無漏—五教戒善

出家二戒
- 沙彌十戒—八戒外加非時食捉財寶
- 比丘具足戒—二百五十戒

在家二戒
- 五戒—殺盜淫妄酒
- 八戒—五戒外加大床花瓔歌唱

邪正二戒
- 正戒—人天五戒十善
- 邪戒—外道鷄狗等戒

制戒二意（攝論）
- 爲聲聞自度安居行則犯不行不犯—爲護生故
- 爲菩薩自度度他不行則犯行則不犯—爲利生故

苾蒭二染（百一）
- 飲食—食未漱口設漱刷已尚有餘津
- 不淨—膩是有染不應互禮違者越法

二種善惡（涅槃）
- 性—善／惡—性本自具—闡提不斷性善　如來不斷性惡
- 修—善／惡—修作而得

比丘二犯
- 身三—殺盜淫
- 口四—妄言綺語　兩舌惡口
- 七支

出世二禪
- 出世間—六妙門三明六通等
- 出世上上—自性等九種大禪

二種世禪
- 一根本淨禪—世出世間之根本也此有三品
- 二根本味禪—禪也等也定也—即十二門禪

有逆二法（消炎）
- 逆出世法—即不行此法之人
- 逆世間法—即不行仁義五常

普請二法（清規）
- 一爲福田植淨業
- 二爲上下均力故

布薩二義
- 清淨戒住
- 增長功德

淫欲二報
- 妻不貞良端潔
- 得不隨意眷屬

殺招二報
- 多病
- 短命

盜得二報
- 貧窮—謂雖有財物而屬五家不得自在
- 不自在—在受用五家者水火王賊惡子

妄言二報
- 多被誹謗—謂多被他人誹謗
- 爲他所誑—謂爲人之所誑惑

綺語二報
- 言無人受
- 語不明了

兩舌二報
- 眷屬乖離
- 親族弊惡

惡口二報
- 常聞惡聲
- 言多諍訟

貪欲二報
- 多欲
- 無厭

嗔恚二報
- 人多求其長短
- 恒被他所惱害

愚癡二報
- 生邪見家
- 其心諂曲

客塵二字（楞嚴）
- 不住名客
- 搖動名塵

二種布施
- 淨施—三輪清淨
- 不淨施—三輪着相
- 亦名
  - 出世施
  - 世間施

賴耶二分
- 覺分—淨心
- 不覺—無明
- 此二和合說爲本識

二種布施（大丈夫論）
- 人道中有—除衆生身苦—爲其作無盡錢財
  - 爲得身樂—爲愚人所愛—能與現在樂
  - 爲得心樂—爲智者所敬—能與涅槃樂
- 大悲中有—除衆生心苦—爲能生無盡智慧

二種妄見（楞嚴）
- 別業
- 同分
- 妄見
  - 一人別業所感如病目人夜見燈光別有圓影
  - 衆人同業所感如一國人同見瘴惡不祥之事

二種邊見（智論）
- 斷
- 常
- 見
  - 外道計六十二見此爲根本

二種邪見（中論）
- 破世間樂
- 破涅槃道
- 邪見
  - 此人計無罪福捨善爲惡當墮苦趣失人天樂
  - 因起善滅惡得世間樂因分別有無不得涅槃

識有二分
- 相分—即所緣境
- 見分—即能緣心

根有二種
- 心根
- 色根
- 即
  - 見等六精
  - 浮勝二根

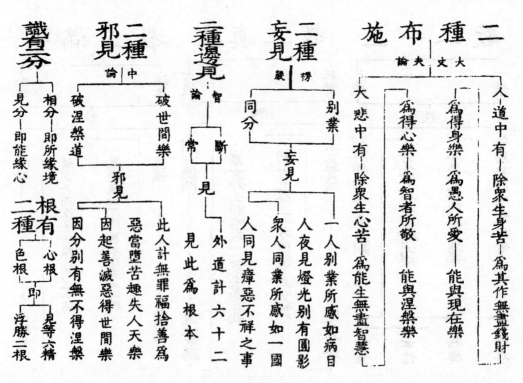

根有二種
- 浮塵根：四大能造四微所造和合成根既曰浮塵即外相也
- 勝義根：清淨四大屬不可見可對色染中說淨非無漏妙明即內相

鬼遍二生
- 胎生鬼
- 化生鬼

古頌有云鬼遍胎化二

旁生二義
- 形旁—身多橫住
- 行旁—心意不正

龍有二報
- 正報似蛇以畜生道攝故
- 依報七寶宮殿與諸天等

持戒二門 戒經
- 止惡門
- 行善門

經云
- 一切惡莫作
- 當奉行諸善

頓漸二教
- 頓
- 漸

教：齊隱士劉虬立

屈平二教
- 屈曲
- 平道

教
- 謂釋迦經以逐機性隨計破著故
- 謂舍那經以逐法性自在演說故

唐初印法師江南敏法師同立

漸頓二教
- 漸
- 頓

教
- 先小後大大由小起
- 直往菩薩大不由小

護法師并隋延法師立舊本謂遠師二教

半滿二教
- 半字
- 滿字

教
- 聲聞藏談理未徧
- 菩薩藏談理滿足

華玄云西秦曇牟讖三藏立半滿教隋遠公亦同舊本謂流支二教

方真二教
- 方便
- 真實

教
- 開方便門隨他意語
- 示真實相隨自意語

華玄鈔云若唯爲一難見淺深若欲判者且分二一方便教二真實教

三一二教
- 三乘
- 一乘

教
- 別解別行及三乘差別
- 普解普行唯是一乘

并先習小乘後趣大乘亦華嚴法門及直進等教章云信行禪師立

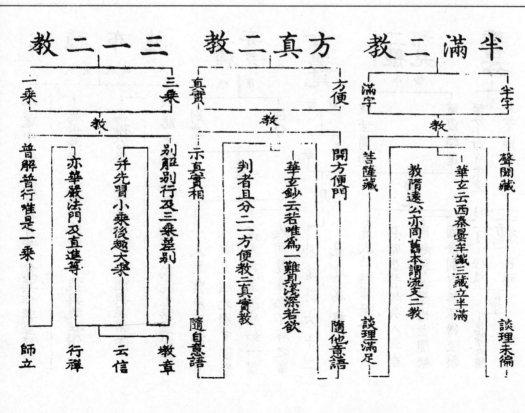

本末二教

本教　末教

教章云

別教一乘爲諸教本故

小乘三乘從彼所流故

又（賢宗教儀）

稱性本教　即華嚴

逐機末教　即阿含等

化制二教（華嚴孔目）

化　制

教

一代時化通被內外弟子

佛制律儀專爲禁制內衆

二種方便（止觀）

通　二十五法通四種三昧　四三昧

別　方等夢王　法華六時五悔　中別於一種用

二種遠近（止觀）

遠　五品觀行去真猶遠

近　六根清淨相似近真

又　二十五法爲遠　十種境界爲近　方便

二處三會（法華）

一處在靈鷲山　說第一會　從序品至寶塔品前半

二處在多寶塔　說第二會　從寶塔後半至囑累品

說第三會　從藥王品至普賢勸發品

富有二種（大經）

象馬種種畜生

象馬雖多　不敵一珠

金銀種種珍寶

喻

善　惡　二　富

惡富　多作衆惡不行一善　如少金剛能壞須彌

善富　修一善心破百種惡　亦如少火能燒一切

生法二忍

生忍　能忍蚊虻蚤蝨惡獸惡人

法忍　能忍風雨寒暑饑渴等惱

二乘二喻

愚法二乘　如　黑山　阿含一會聲聞緣覺

廣慧二乘　原地　深密般若聲聞緣覺

二法二名（法華經文句記）

內法內名　調理內所詮法相及能詮名

外法外名　調理外所詮法相及能詮名

於此能知能解名一切智

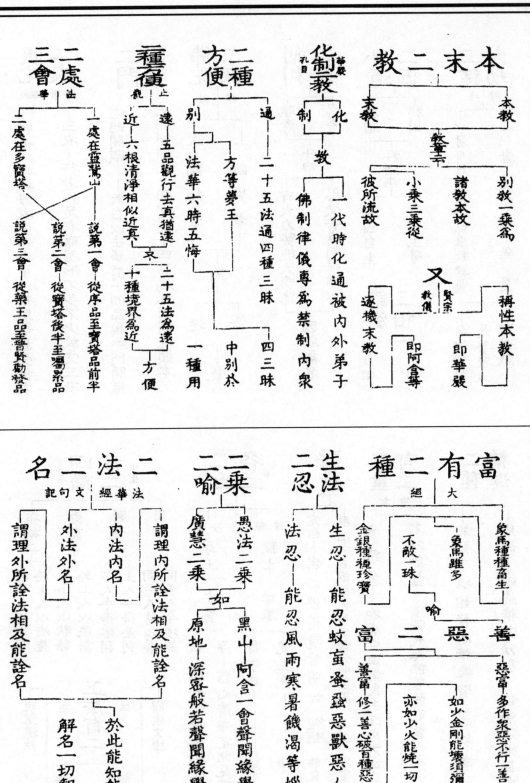

頭陀二衣（大品 律抄）
- 衲衣——追逐好衣墮邪命中又招賊等故受衲衣
- 三衣——行者知足衣取葢形不多不少故受三衣

二門開顯
- 迹門開顯
- 本門開顯
- 天台以法華前十四品爲迹門開權顯實後十四品爲本門開迹顯本

佛陀二翻（妙樂）
- 翻知者
- 翻覺者
- 對迷悟說

刹利二義
- 瞋恚
- 忍辱
- 什曰：有大力勢能大嗔恚；忍受苦痛剛强難伏；因以爲名

外道二因
- 無因
- 邪因
- 計諸法：無因自生；梵天生等

諸法二相
- 自相
- 共相

二種大劫（地持）
- 一者日月晝夜時節歲數無量名阿僧祇
- 二者大劫無量是菩薩大阿僧祇

四攝各二（淨名 什注）
- 布施二
  - 於下人以財施
  - 於上人以法施
- 愛語二
  - 於下人以軟語
  - 於上人以法語
- 利行二
  - 下人令得俗利
  - 上人令得法利
- 同事二
  - 同惡人誘以善
  - 同善人令增長

正法有二（法住）
- 說聖道法——證
- 內法文字——敎

二土各二（垂裕）
- 淨土（演抄）——安養
  - 染——種善生疑花則不開
  - 淨——信心清淨花開見佛
- 穢土（淨名）——娑婆
  - 身子見——穢土
  - 梵王見——淨土

證量有二
- 定位——定心澄湛境皆明證
- 散心——五識緣色等境體分明顯現

經題二立
- 佛自立
- 經家立

無量有二（智論）
- 實無量——如虛空涅槃衆生性是不可量
- 不知無量——須彌大海佛菩薩能量人天不知

二種精進
- 始發——以始發心精進習成一切善法
- 終始——以終精進分別一切法不得自在

二心數法
一屬見主名爲想
二屬愛主名爲受
意行

二不斷漏
有爲入生死故不斷
有已盡漏而見不斷

心識二性　空品
善性
惡性
心　集起　對數　前起　大論云心
意　俱舍　思量　大論　能生　次起　意識三一
識　了別　分別　後了　法異名

重訂教乘法數卷第四

重訂教乘法數卷第五

二種佛境（華嚴經疏）

- 證境：眞如法性
- 化境：十方國土

二種無心（宗鏡）

- 澄湛令無：安禪澄慮
- 當體是無：了心本寂

二種自在（華嚴經疏）

- 觀境自在：照了諸法圓融無礙
- 作用自在：從體起用現身說法

亦名二種無礙

- 智境無礙
- 神用無礙

華喻二義（五教儀註）

- 感果華：即草木等有結實義
- 嚴身華：通金玉等有嚴身用

喻

- 萬行成佛果故
- 衆德嚴法身故

二種加被（華嚴疏）

- 顯加
  - 身業與摩頂
  - 口業爲誡勸
  - 顯然可見
- 冥加
  - 意業與增慧
  - 隱密叵測

華嚴會上佛以三業或冥或顯加被諸菩薩各各說法

二業受（涅槃）

- 重業輕受：有智之人以智慧力修習梵行能令地獄重業現世輕受
- 輕業重受：愚癡之人以愚癡故增其業力能令現世輕業地獄重受

修觀一時（賢宗教儀）

- 靜坐一心
- 歷緣對境

三性二義（賢首）

- 圓成二義：不變　隨緣
- 依他二義：似有　無性
- 遍計二義：情有　理無

理無情有故，隨緣不變故；

情有理無故，不變隨緣故；

似有無性故，無性似有

無明二義（起信）

- 無體即空：無明依妄心起妄心無體無明即空
- 有用成事：雖無自體而能成辦世出世一切事業

脂那二音（婆沙）

- 文那　此云　文物國：讚美此方衣冠文物之盛
- 指難　此云　邊鄙：佛生中國相形此爲邊鄙

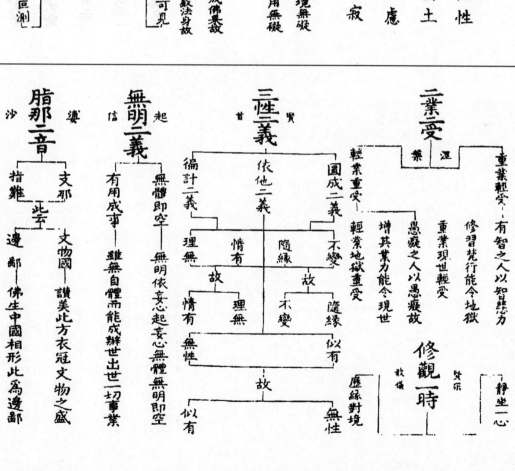

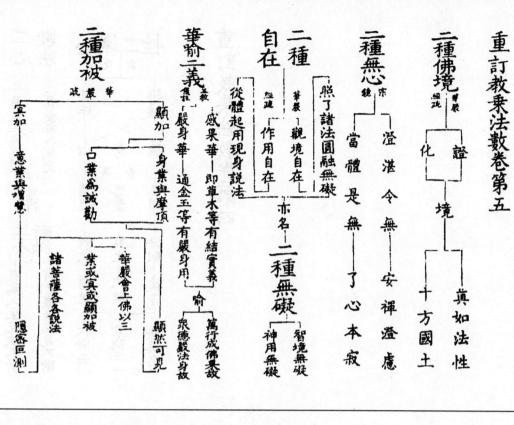

二斷四超

次斷　得初果已不起加行任經七生斷九品惑即止觀中

任斷　引舊婆沙對超之次也既非斷惑損生無斷惑緣

次斷　得初果已不欲經生起大加行斷二必三斷五必六大品惑盡而命終者以斷惑損生三緣具足得論家家

本斷超　本在外道修世禪時用六行觀斷思隨本斷品數多少入十六心超果不同有漏智弱抑退一位本得非想今但至三果無成根緣

小超　是內弟子因習定伏見思今入初果斷見惑隨所伏思與見同斷超至五品功齊四品以五六共一生故亦論家家至八品名一種子乃至無學果向超果不定

大超　本在凡地聽法聞唱善來成阿羅漢無受生緣

大大超　如佛一念正習俱盡輔行云正習盡是三藏佛

超斷

兩重

指要

理　總　一念總具諸法
　　別　所具諸法
理具三千　法藏具事理　諸法宛然
理　總　別

事　總　一念能造諸法
　　別　所造諸法
事用三千　諸法趣一法　諸法宛然
事　總　別

總別

四明

一性無　無住本　正因　理則性德緣了　理總

性中本法　一切法　了因　迷則三道流轉　理造三千　理別

修中本法　無住本　性德　逆修　事則修德三因　事中一念　事總

三千宛然　一切法　順修　悟則果中勝用　事造三千　事別

二上下

光明句

地　水　下沉屬陰　西　北

火　風　上升屬陽　南　東

諸方亦二

四明云四大對四方者顯內四大有四方性四方升降驗大相遠良由內外本一故依正感名也

病有二緣

智論

外緣　寒熱飢渴兵刃刀杖墮落推壓種種外患

內緣　飲食不節臥起無常四百四病名為內病

病有二治

止　但安定心止在病處即能治病

觀　但觀心想用六種氣即能治病

世間依二　楞伽
- 有
- 無
- 計諸法
  - 有名爲性
  - 無名非性
- 外道墮
  - 性
  - 非性
- 落
  - 有
  - 無

凡聖各二　維疏
- 凡二
  - 惡衆生—四趣
  - 善衆生—人天
- 聖二
  - 實—四果支佛通六地別十住圓十信報身猶在
  - 權—聖者方便法身大士及妙覺爲利生故示生
- 同聖

二門對教
- 小門—藏—半字
- 衍門—通—別—圓—滿字

二種相念
- 別相念—觀身不淨乃至觀法無我等
- 總相念—觀身不淨受心法皆不淨等

世間解二
- 解衆生世間
- 解非衆生世間

又
- 解世間因果
- 解出世道滅

圓接別二
- 接俗不接眞
- 接賢不接聖

別圓接通二
- 接聖不接賢
- 接眞不接俗

二月喻二德
- 白月—初一日至十五日
- 黑月—十六日至三十日
- 喻
  - 智
  - 斷
- 德

二字合爲語　大論
- 菩
- 提
- 二字和合成菩提
- 若不合則無語

二力生淨土
- 衆生念
- 如來願
- 力

觀音二殊勝　楞嚴
- 上合聖—與諸佛同一慈力—三十二應說法度生
- 下合凡—與衆生同一悲仰—令衆生獲十四無畏

覺不覺二相　起信
- 同—無漏無明同眞如性相
- 異—無漏無明隨染幻差別

二求不得苦　涅槃
- 善法不得
- 不善法未離

淨名破二見
- 一破佛
- 二破凡
- 見
  - 外道六師是汝師汝師墮汝亦隨墮乃可取食若能謗佛毀法不入衆數如是入者乃可取食
  - 其施汝者不名福田供養汝者墮三惡道上示魔外同佛不著佛求下示財法施空不著果報

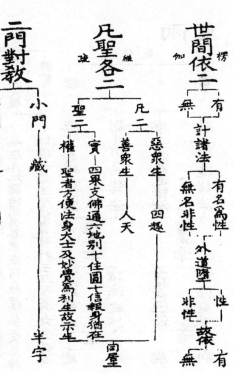

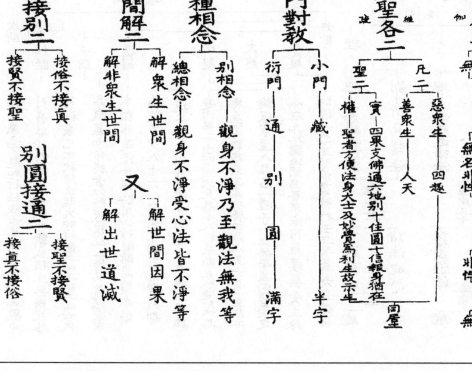

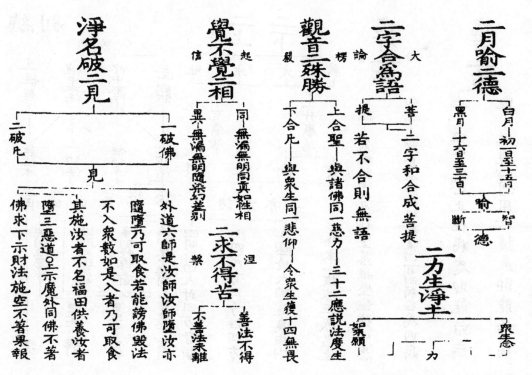

涅槃經二意

- 捃拾——為法華退席被移等根未熟者令具真常
- 扶律談常——為末代起斷見者談一圓實令法身常住

阿彌陀二義

- 無量光
- 無量壽

彼佛——壽命光明皆無量故

二女喻生死（涅槃）

- 黑闇女——在處損耗——喻死可厭
- 功德天——在處利益——喻生可忻

此二女常不離喻生死相逐故智者二俱不受

二種却魔法（坐禪法要）

- 修止——息心寂靜
- 修觀——正觀現前

魔當自滅

二種破着法（智論）

- 觀色無常不淨等——破欲着
- 了色本空不起分別——破見着

二種護持事（地藏十輪）

- 護持佛種
- 護持正法

令無——斷絶／壞亂

法界觀二境（賢宗教儀）

- 性有——文云依性有觀
- 緣修——境起緣修觀境

二種理法界（賢宗教儀）

- 性淨——在纏恒淨
- 離垢——障盡淨顯

體絶百非故云理也

二種事法界（賢宗教儀）

- 色
- 心

依正境界相用顯然故曰事也

二如來藏心

- 在纏——性淨藏心
- 出纏——離垢藏心

二真如法性（賢宗教儀）

- 本有——真如法性
- 圓明——真如法性

人天

圓融法界

- 在纏——性淨法界
- 出障——圓淨法界

五教

六度各二種

- 事度——住相修
- 理度——不住相

施　戒　忍　進　禪　慧

世間　出世

二宗釋經題 四教集註 華嚴經疏
台宗
通—如法華題智師以上五字爲別別
別—在當經故經字爲通通於諸經故
賢宗
能—如華嚴題藏和尚以上六字爲所
所—詮經字爲能詮○諸題例爾

立論二種意 婆沙
成立自宗
爲遮他宗

二人出佛身血 宗鏡
調達推山
耆域行針
得 罪 福

妄境二種熏習 起信
一增長念
二增長取

妄心二種熏習 起信
一業識根本
二增長分別事識

突吉羅翻二義
約身言 惡作
約口言 惡說
依此二義 開爲二聚
合前五篇 名七聚

二意不暢本懷 華嚴
教兼別故
二乘無分故

偷蘭翻麤有二 明了
重罪方便
能斷善根
具云偷蘭遮耶
遮耶此翻爲過

二種煩惱潤業 法界次第
四住地 招集分斷生死
無明住地 招集變易生死

二身開七合三
真身
法性 法
自報
他報
尊特 報
應身
勝應
劣應
化身 應

教部二義麤妙
約教
藏 通 別 圓
約部
乳 酪 生蘇 熟蘇 醍醐
麤 妙

華嚴二種三名
母胎
海空
寂場—三七日思惟最初頓說
時長—鈍根之人三處入法界
盡未來際—華嚴末席始開於漸

教觀相資二喻
目 足
喻
教理 觀行
依觀成教以教詮觀
如人目足缺一不可

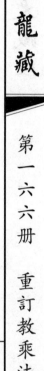

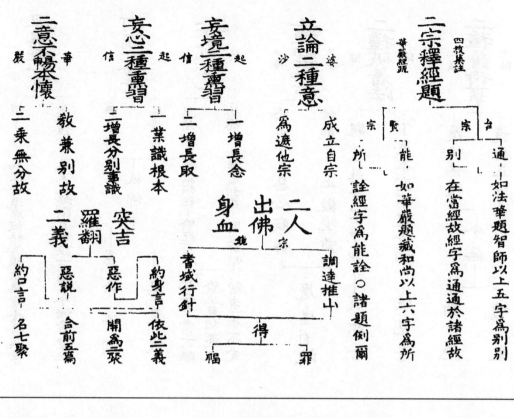

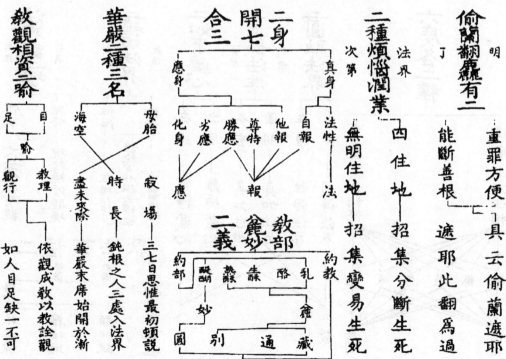

修度得二種果

無著

- 現在果
  - 檀那—大福—得一切信敬供養及現法涅槃等
  - 尸羅—自身具足
  - 羼提—得—大伴助大眷屬—謂帝釋梵王等
  - 毘梨耶—果報等不斷絕
  - 禪那—生身不損壞
- 未來果
  - 般若—諸根猛利多諸悅樂於人天中自在等

心病能所二治

- 所治
  - 二粗病
    - 偽修—內實破戒而詐現威儀
    - 假全不破而多有缺漏
  - 二細病
    - 雖具直心而執我修行
    - 存見—雖不計我而執有實法
- 能治
  - 二粗藥
    - 真修—於諸過不覆藏
    - 於所修不巧偽
  - 二細藥
    - 修時知無我人
    - 達空—觀察諸法性空

淨穢二土教主

四明

- 華嚴—藏塵相、臺上相、臺下相—須現
- 法華—三十二相、入萬相—丕現
- 觀經—池上相—生身

淨覺

- 華嚴—藏塵—實報—尊特
- 法華—三十二相—同居
- 入萬相—淨土—生身
- 觀經—池上相—化身

二種方便善巧

- 回向方便善巧
  - 所作功德
  - 回向菩提
  - 不住生死
- 所作功德—饒益有情
- 不住涅槃
- 拔濟方便善巧

性相二空境觀

- 性
  - 境執
    - 自性—計諸法自性生
    - 他性—計諸法他緣生
    - 共性—計自他和合生
    - 無因—計無因自然生
  - 觀破
    - 不自
    - 不他
    - 不共
    - 不無因
- 相—反上可知

生法二空境觀

- 生空觀—無我、無人、無衆生、無壽者
- 法空觀—無色、無受、無想、無行、無識
- 生空境—假名
  - 性—俗
  - 相—真
  - 俗
- 法空境—實法
  - 性—俗
  - 相—真
  - 真

生法乃所執之境性相爲能執之情二空即能空之觀真俗是所顯之理

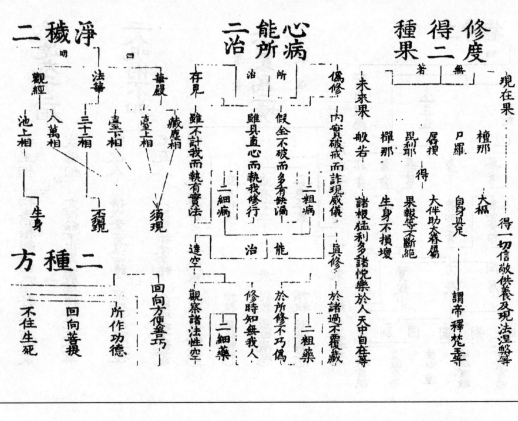

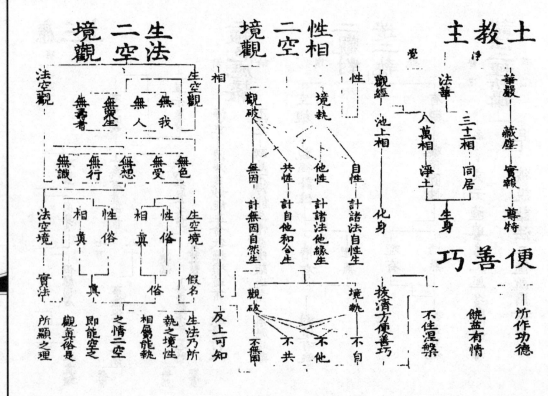

悉達太子二相

- 輪王相
- 成佛相
  - 初生時相師占曰太子身足三十二相在家定作輪王出家必成佛惜臣老不及矣

二人呪術不加

- 斷欲人 — 持戒正念善相調護
- 已死人 — 人既死已識依業轉
  - 摩登伽經云二種人雖呪術不能加也

五心畧爲二境（賢宗教儀）

- 倒境 — 凡愚情計
  - 人天二乘 — 小教 — 假說意識
  - 空有相違 — 始教 — 異執賴耶心
- 真境 — 聖智所得
  - 空有不二 — 三乘 — 終教 — 藏性藏識
  - 具德無盡 — 頓教 — 根絕無寄
  - 一乘 — 圓教 — 法界無礙

二身徧四

- 初禪萌報應
  - 上三能
    - 非身 — 非身是報 — 通應三土
    - 常壽 — 無分齊相 — 實報
    - 無量 — 同身 — 方便
  - 下三能
    - 身 — 身即生身
    - 無常 — 有分齊相 — 同居
- 圓 — 機依業識
- 別 — 見報身佛
- 圓 — 住中理
- 圓 — 機依業識
- 別
- 通 — 見應身佛

應三土（明）

- 一單示應身
  - 有量之義
    - 有量 — 同身 — 但應同居
    - 藏 — 住真理
  - 一爲有量之量 — 七百
    - 八十 — 事識但空 — 生身 — 無常
  - 二爲無量之量 — 山斤海滴
    - 人天莫數 — 業識不空 — 尊特 — 無常
    - 即常

二種色應遠離（智論）

- 淨色 — 清淨美妙能生貪欲損壞道業
- 不淨色 — 醜惡不淨能生憎惡障蔽道業
- 故修行人俱應遠離

二觀對遣二執（宗鏡）

- 空觀 — 觀徧計性
  - 情有
  - 理無
  - 對遣有執
- 有觀 — 觀依圓性
  - 理有
  - 情無
  - 對遣空執

諸法二種所攝（賢宗教儀）

- 名 — 文云薩婆多上座多聞部等
- 色 — 彼說諸法二種所攝云云

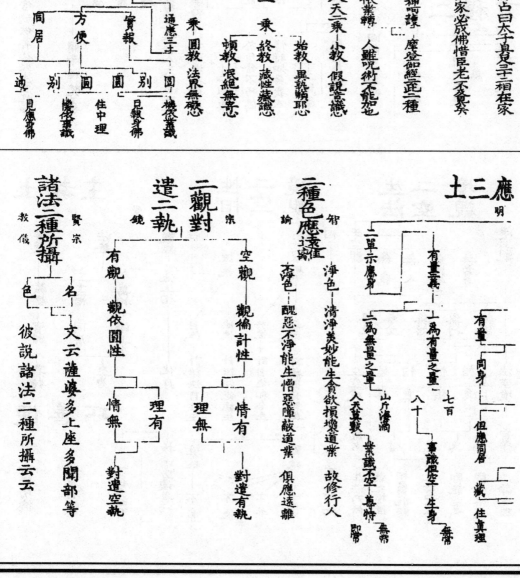

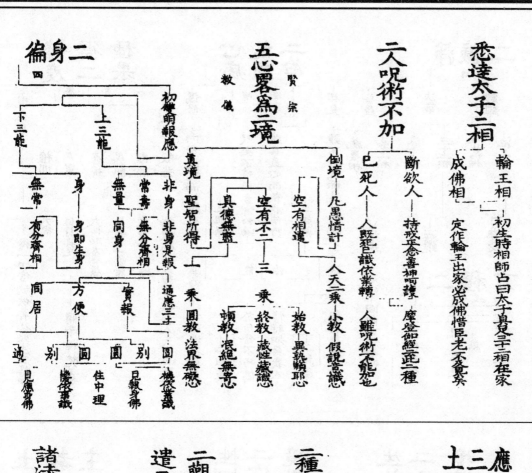

性相二宗諸祖

法性宗
- 文殊
- 馬鳴
- 龍樹
- 青目
- 清辨
- 智光

- 建立中觀北齊尊者圓悟大師
- 圖證法華南嶽尊者止觀大師
- 天台智者法空寶覺靈慧大師
- 結集教藏章安尊者總持大師
- 傳持教觀法華尊者圓達大師
- 傳持教觀天宮尊者全眞大師
- 傳持教觀左溪尊者明覺大師
- 天台記主荊溪尊者圓通大師

天台宗八祖又台宗推龍樹爲初祖北齊爲二祖至荊溪爲九祖頌曰初祖龍樹二北齊第三南嶽四天台章安法華居五六七宮八左九荊溪

- 立法界觀杜順和尚帝心大師
- 傳法界觀智儼和尚雲華大師
- 傳教立宗法藏和尚賢首國師
- 傳華嚴教澄觀和尚清涼國師
- 弘闡圓頓圭峰宗密定慧禪師

賢首宗五祖頌曰帝心初祖二雲華三祖立宗賢首家澄觀圭峰居四五兒孫嗣後徧天涯

法相宗
- 彌勒
- 無著
- 天親
- 護法
- 難陀
- 戒賢—唐三藏玄奘—慈恩寺窺基法師—此下未詳

阿賴耶有二義

- 能攝—攝持一切善惡種子
- 能生—出生一切善惡諸法

攝伏心意有二

賢宗　教儀

- 不令心意馳散
- 攝令浮沉得所

修止觀二治捨

賢宗　教儀

- 修止—對治凡夫住着世間　能捨二乘怯弱之見
- 修觀—對治二乘不起大悲　捨離凡夫不修善根

三觀五修門

賢宗　教儀

- 所依事境—教義等十對見下十數中
- 能依觀法—眞空觀理事觀周徧觀

諸法有二種緣

- 外緣—泥團柱輪繩水木人工乃能成器
- 內緣—無明愛業等法能生陰界入等諸法

二種超越三昧

法界次第

- 一超入—離欲惡不善法入初禪從初禪起乃至超入受想定如是四禪次第超入
- 二超出—起還入散心如是次第而下　從受想起入散心中超入受想定想

二種師子奮迅三昧

法界次第

- 一奮迅入—離欲惡不善法有覺有觀入初禪如是次第至滅受想定
- 二奮迅出—從受想定起還入非有想下至初禪乃至出散心中

二正助道能通涅槃
- 一偏緣真諦修正助　得小乘盡苦　涅槃
- 二正緣中道修正助　到大乘大般　涅槃

修行多種依二淨門（顯宗）
- 不淨觀　治貪
- 持息念　治尋

叙出鹿苑顯密二相（大論）
- 顯　聲聞八萬一人　據聲聞見邊但可　亦名
- 云得法眼淨不可云八萬悟大　二種
- 密　諸菩薩見無量阿僧祇人得二乘等　法輪

鹿苑顯露定不定二
- 定　陳如得初果
- 不定　八萬諸天得無生忍

通示不定祕密二相（釋籤）
- 同聽
  - 不定（全口梵音）　互相知　異聞
  - 祕密　互不相知

大小二乘
- 小乘五
  - 一對治　如不淨治貪等一藥治一病
  - 二轉治　如不淨治貪非嗔轉修慈等
  - 三不轉治　病雖轉藥終不轉

停心治法
- 四兼治　病兼一二藥亦兼用
- 五俱治　俱用上法共治一病
- 大乘一　第一義治　如阿伽陀藥徧治衆病

鹿苑顯密二相相對（別立記　涅槃疏）
- 顯　說生滅　鈍根
- 密　說常住　利根　萬諸天是
- 密去者八

空有二門賢聖位次（釋籤）
- 有門（毘曇）
  - 七賢
    - 停心　總相　別相　外凡
    - 煖　頂　忍　世第一　內凡
  - 七聖
    - 信行　法行
    - 信解　見得　身證
    - 時解脫　不時解脫
    - 見道
- 空門（成論）
  - 學人十八
    - 信行　法行
    - 信解　見得　身證　家家　一種
    - 初向　初果　見道
    - 二向　二果　三向　三果　中般
    - 生般　有行　無行　上流　修道
  - 無學有九
    - 退　思　護　住　進　不動
    - 不退　慧解脫　俱解脫　無學

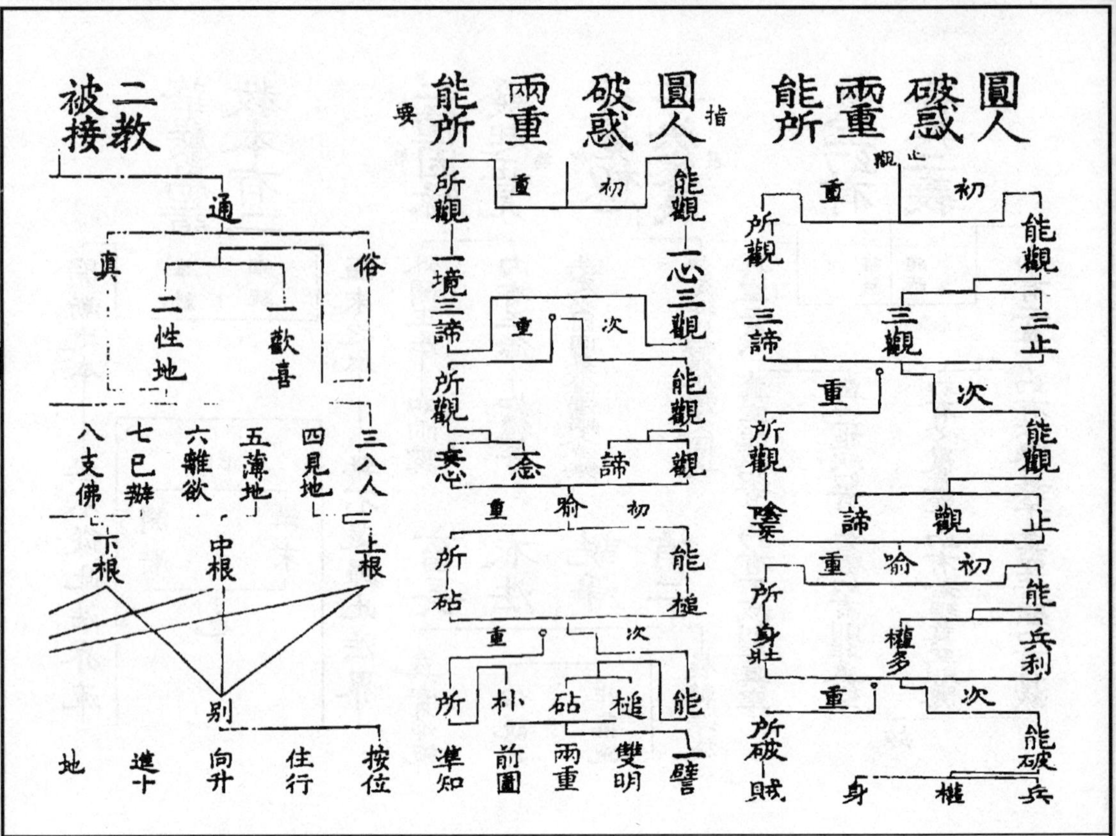
圓人破惑重重能所
止觀
初　重
能觀　所觀
三止　三觀　三諦
次　重
能觀　所觀
止　觀　諦　陰妄
初　喻　重
能　所
兵　權多　身
次　重
能破　所破
兵　權　身　賊
指要
圓人破惑兩重能所
初　重
能觀　所觀
一心三觀　一境三諦
次　重
能觀　所觀
觀　諦　念　妄
初　喻　重
能槌　所砧
次　重
能　槌　砧　朴　所
一譬　雙明　兩重　前圓　準知
二教被接
通
俗　真
一歡喜　二性地
三八人　四見地　五薄地　六離欲　七已辦　八支佛
上根　中根　下根
別
按位　住行　向升　進十　地

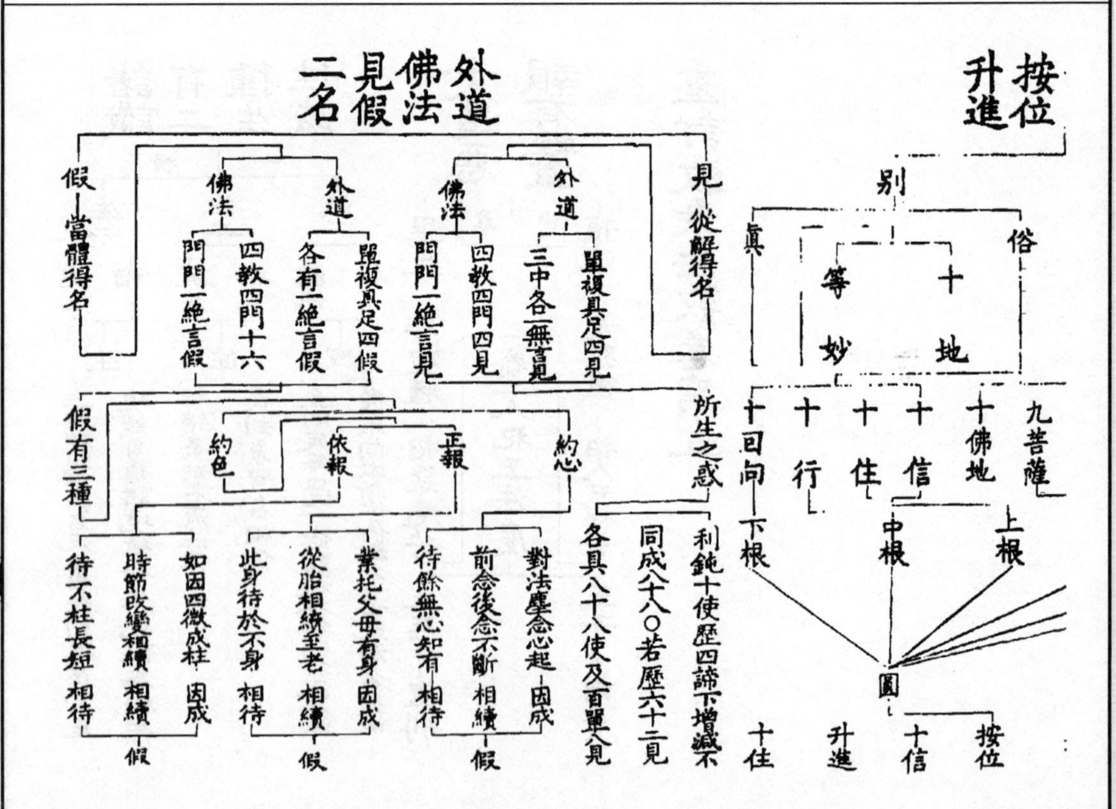
按位升進
別
俗　真
十地　等妙
九菩薩　十佛地　十信　十住　十行　十回向
上根　中根　下根
圓
按位　十信　升進　十住
外道佛法見二假名
見從解得名
外道　佛法
單複具足四見　三中各一無言見　四教四門四見　門門一絕言見
外道　佛法
單複具足四假　各有一絕言假　四教四門十六　門門一絕言假
假當體得名
所生之惑
利鈍十使歷四諦下增減不同成八十八　若歷六十二見各具八十八使及百單八見
假有三種
約心　正報　依報　約色
對法塵念心起　因成
前念後念不斷　相續
待餘無心知有　相待
假
業托父母有身　因成
從胎相續至老　相續
此身待於不身　相待
假
如因四微成柱　因成
時節改變相續　相續
待不柱長短　相待
假

華嚴爲諸教本有二（華嚴經疏）
- 開漸之本——無不從此法界流
- 攝末之本——無不還歸此法界
- 即開漸攝末也

二種因緣發起正見（智論）
- 外聞正法——如雨露
- 内有正念——如種子

發覺初心二決定義（楞嚴）
- 決定以因同果澄濁入涅槃
- 決定從根解結脫纏入圓通

畜長衣法說淨有二
- 眞實淨施
- 但說淨 非眞施
- 展轉淨施

眞空幻有各具二義（華嚴經疏）
- 眞空二義
  - 眞空能滅幻有——幻有不滅則非眞空
  - 眞空能成幻有——若礙幻有則非眞空
- 幻有二義
  - 幻有必覆眞空——幻有若現眞空則隱
  - 幻有不礙眞空——眞空若顯幻有自滅
- 故

諸識有二種生住滅（楞伽）
- 生二
  - 流注 相——生
  - 三相種現不斷名流注由無明起業識名生
  - 現識自種諸境緣合生死說爲相生
- 住二
  - 流注 相——住
  - 相續長劫名流注住
  - 長劫熏習名相住
- 滅二
  - 流注 相——滅
  - 金剛定等覺一念斷根本無明名流注滅
  - 從末向本漸伏及斷至七地滿名相滅

二人造惡報有輕重（婆沙）
- 異生——非聖種——招惡趣苦
- 預流——是聖種——招人天輕苦
- 喻二人犯王法度
  - 凡庶——重刑
  - 王子——訶責

重訂教乘法數卷第五

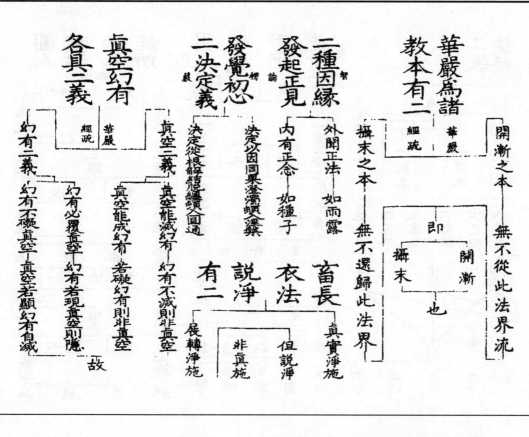

重訂教乘法數卷第六

三身
- 法身：毘盧遮那　徧一切處
- 報身：盧舍那　此云淨滿
- 應身：釋迦牟尼　能仁寂默

又
- 自性身：諸法實性
- 受用身：自他受用
- 變化身：隨類變化

三土
- 法性土：法身所依通爲諸土之體乃理土也
- 受用土：自他受用所依是佛相應淨識　及大慈悲力所現乃純淨土也
  - 應身所依是佛不思議神力
- 變化土：隨衆生善惡變化淨穢之土

三德
- 法身德：在凡不減在聖不增
- 般若德：覺了諸法性相
- 解脫德：離諸繫縛得大自在

光明玄以三法皆具常樂我淨故名德

三覺
- 自覺：覺性真實了惑虛妄
- 覺他：運無緣慈處有情界
- 覺行圓滿：窮源徹底行滿果圓

三覺（起信宗）
- 本覺：凡夫不覺位
- 始覺：發心至等覺（賢）
- 究竟覺：如來妙覺位

三號（梵語・華言）
- 怛闥阿竭：如來
- 阿羅訶：應供
- 三耶三菩：正遍知

三軌
- 觀照軌：真諦
- 資成軌：俗諦
- 真性軌：中諦

指要云三諦可軌則名三軌

三學
- 戒：因事制戒防禁三業
- 定：攝散澄神明心見性
- 慧：分別法義揀辨邪正

三賢
- 十住
- 十行
- 十向

三乘
- 聲聞：四諦
- 緣覺：以十二因緣爲乘
- 菩薩：六度

三道
- 見道：初果
- 修道：二三果
- 無學：四果

三藏
梵語
- 修多羅
- 毘奈耶
- 阿毘達磨

華言
- 契經
- 調伏
- 對法

即
- 經
- 律
- 論

藏詮
- 定
- 戒
- 慧

三藏
- 佛藏詮佛乘
- 菩薩藏詮大乘
- 聲聞藏詮小乘

三障
- 煩惱
- 業
- 報

亦名三道
- 惑：煩惱道
- 業：曰業輪
- 苦：生死道

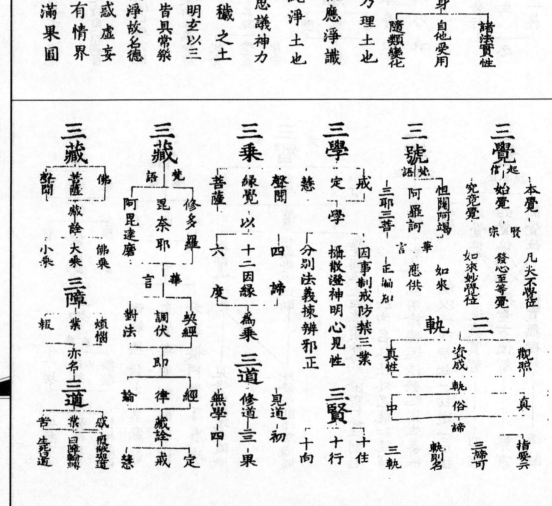

三戒
在家人戒
出家　別解脫
道共俗　五戒　三聚

又
律儀戒亦名儀戒　能止身口七支之惡
禪戒即定共　入定之時自然調善
無漏戒即道共戒　發真無漏自無毀犯　如初果耕地蟲離四寸

三施
資生　以資生之物施人即財施
法施　為諸衆生說世出世法
無畏　能令衆生離諸怖畏之事

又
品施
下　飲食
中　珍寶
上　身命

三根
下　聲聞　鈍
中　緣覺
上　菩薩　利
根有利鈍故斷惑證果不同

三慧
聞　思　修
慧

三拜 智論
身　口　意
業
佛法以心為本身口次之今言三拜乃表身口意三業耳

三忍
耐怨害　怨憎毒害忍耐不報
安受苦　衆苦所逼安受不動
觀察法　諦觀諸法體性虛妄第一義
忍
苦行　生　忍

三餘
障　道　乘
餘
習氣　無學戒定　無學果

三智 華嚴
一切　自然　無礙
智
理無不了　覺法自性　性相融通

三智 寶識
真　內　外
智
體解無物本來寂靜
自覺無明割斷煩惱
分別根門識了塵境

三智 唯識
根本　後得　加行
智
出世斷道通斷　見修所斷迷理隨眠
世出世斷道但斷　餘修所斷迷事隨眠
純世間道　唯在地前伏除分別二障現行修位則無

三智 觀音玄
一切　道種　一切種
智
內法內名外法外名能知能解
能用諸佛道法發起衆生善根
能以一種智知一切道一切種

三智 法界觀
本覺位　一道真實智　照理
始覺位　無量方便智　察事
圓覺位　權實無礙智　渾融

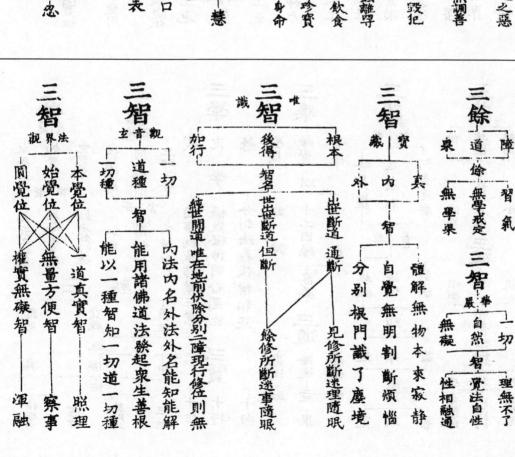

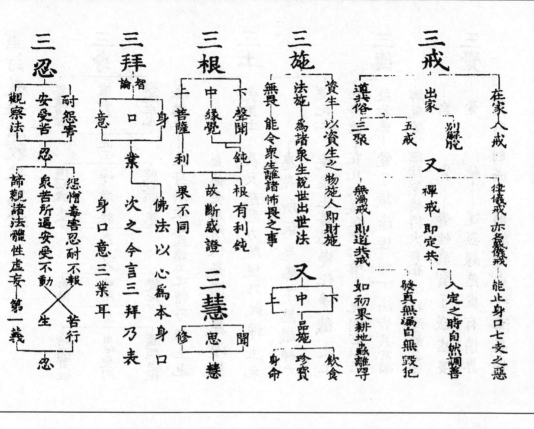

三智 法界觀
- 法界 迷時
- 無障 悟時
- 礙智 證時
- 名
  - 本覺智
  - 始覺智
  - 圓覺智

三心
- 根本 第八
- 依本 第七
- 起事 第六
- 識

三智
- 聲聞
- 支佛
- 佛
- 智
  - 不淨觀乃至無生智
  - 觀因緣侵習氣
  - 六度破魔入涅槃

三願
- 願一切衆生得證知法
- 願以無厭心爲衆生說
- 願捨身命護持正法

三境 止觀
- 性德
- 修德
- 化他
- 境
  - 觀一念心具三千法
  - 推本具心離四性計
  - 解離四性無妨四說

三境 唯識
- 性
- 獨影
- 帶質
- 境
  - 謂眼識等所緣色等實境
  - 第六識緣空花及過未等境
  - 以心緣心中間相分兩頭生

三空
- 生
- 法
- 俱
- 空
  - 於五蘊中不執有我亦名我空
  - 於五蘊法不計實有
  - 我法二執既遣能空之空亦除

三生 華嚴
- 見聞
- 解行
- 證入
- 生
  - 善財從文殊所見聞發心
  - 南參德雲等歷位而修
  - 至見普賢時頓證法界

三明
- 天眼
- 宿命
- 漏盡
- 智明
  - 三乘諸佛勝妙於天得彼天眼
  - 佛於三世境界無有不知不同二乘
  - 證見道時遠離四漏不同二乘所證

三明 大經
- 菩薩明 般若
- 諸佛明 佛眼
- 無明明 畢竟空

三念 彌陀
- 佛
- 法
- 僧
- 念
- 如
  - 醫王
  - 良藥
  - 瞻視

三念
- 得供 當念不高
- 逢毀 當念不下
- 不供毀 念不斷感

又
- 無忘失法
- 永拔習氣
- 一切種妙智
- 此三常當憶念

三行 智論
- 罪
- 福
- 無動
- 行

三行 淨名什注
- 不善 報得苦果
- 善 報得樂果
- 無作 報得色無色果

三行
- 身
- 口
- 意
- 行
  - 出入息屬身故
  - 先覺觀後有語言
  - 以受苦樂取相心發

三疑
- 疑自非器
- 疑師惙我
- 疑法非理

三福 觀經
- 孝養父母奉事師長慈心不殺
- 受持三歸具足衆戒
- 發菩提心深信因果讀誦大乘

三和 楞嚴
- 根 能
- 境
- 識 所

經云識見雜三和
謂根境和合識生
其中能所合說也

三惑
- 煩惱
- 天魔
- 外道

三目 涅槃
- 上一目
- 下二目

天主摩醯首羅一面三目三目
一面不可單言一三縱橫若並
若別能嚴天顏作世界主徹照
三千若不縱橫嚴主照世一切
皆成三德亦爾縱橫並別祕藏
不成不縱不橫祕藏則成

三因
- 生因　若法生時能與其因如業爲報因
- 習因　如習貪欲貪欲增長
- 依因　如心心數法依色香等

三因 佛性
- 應得　依理起行應得菩提
- 加行因　欲得菩提加功用行
- 圓滿　由加行故因行圓滿

三因 涅槃
- 正　本具
- 緣因　起行
- 了　開解

三大 起信
真如相大
- 體　體性平等無不容攝
- 相　具足無量恒沙性德
- 用　能生一切世出世法

三思
- 審慮　初於意地籌量
- 決定　決定欲有所作
- 動發　思惟動身發語

思

三住 人經
- 欲
- 色
- 無色

愛住地　舊名三　愛義見　四住中

三假
- 因成
- 相續
- 相待

假　義於見　假二名　中釋

三契 婆沙
億耳尊者以三契聲頌所解法佛言善哉音義
云契者一節一科陳思王誦佛經以爲至道之
宗極乃製轉讚七聲升降曲折之響爲梵唄

三車 法華
- 羊車　不任載　聲聞乘
- 鹿車　不任重　緣覺乘
- 牛車　能任重　菩薩乘

喻

三識 楞伽
- 真　自性清淨心即賴耶淨分或云第九
- 現識　能變現根身器界即第八含藏
- 分別事　於六塵等境而起分別即前七識

三識 名義
- 末那　染污　四惑常俱
- 阿賴耶　此云含藏　含諸法種
- 菴摩羅　清淨　純淨無垢

即
- 第七
- 第八
- 第九

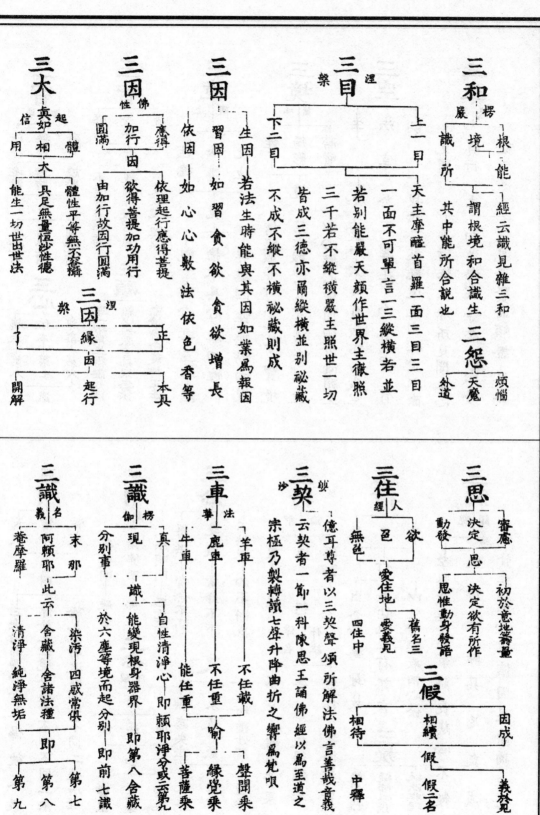

三性

- 善——思惟世間雜善等事
- 惡——思惟世間五欲因緣等
- 無記——善惡不思於境昧略

三報

- 現報——現在作善作惡現世受報
- 生報——現在作善作惡未來受報
- 後報——過去作現在受或未來受

三界

- 欲界
- 色界
- 無色界

亦名**三有**：此三界中因果不忘名之爲有

三量（相宗）

- 現量——明諸衆境不帶名言無籌度心——前五識
- 比量——比度方知如遠見烟知彼有火——第六識
- 非量——於緣境時錯謬分別不稱境知——第七識

三量（宗鏡）

- 現量
- 比量
- 聖教量

現量亦名證言，比量量取聖人，聖教量言教爲證

三漏

- 欲漏——欲界——一切煩惱
- 有漏——上二界——除無明
- 無明漏——三界——無明

三常（楞伽古注）

- 外道計四大性
- 業果相續不斷故
- 如來藏體常住故

常

三我

- 見
- 慢
- 名字

我

三幻（天台）

- 以性奪修
- 但理隨緣
- 緣生無體

指要云以性奪修故修如幻又云然此尚非但理隨緣之幻豈同緣生無體之幻方知如幻名同義異

三癡（禪門）

- 計斷常——過去諸法爲滅有耶現在諸法不滅有乎——因茲推尋三世若滅即斷不滅即常
- 計有無——我及陰等有耶無耶如是乃至非有非無——思念
- 計世性——言由有微塵乃有實法乃有四大——有四大乃有假名衆生世間——邪道而行

三掉（止觀）

- 身——好喜遊走諸雜戲謔坐不暫安等
- 口——好喜吟咏競爭是非無益言語等
- 意——心情放逸縱意攀緣思惟才技等

掉

三惡

- 惡——人以惡加已還以惡報之
- 大惡——人不侵已無故加害於人
- 惡中惡——人有恩於我不報而反害

三途

- 火——地獄——鑊湯爐炭得名
- 血——畜生——互相吞噉得名
- 刀——餓鬼——刀杖驅逼得名

三毒

- 貪欲
- 瞋恚
- 愚癡

亦名**三縛**：能害法身慧命曰毒因被繫縛不能解脫曰縛

三苦

- 苦苦——三界已苦欲界復苦
- 壞苦——樂壞時苦等於三途
- 行苦——即處中苦通於無色

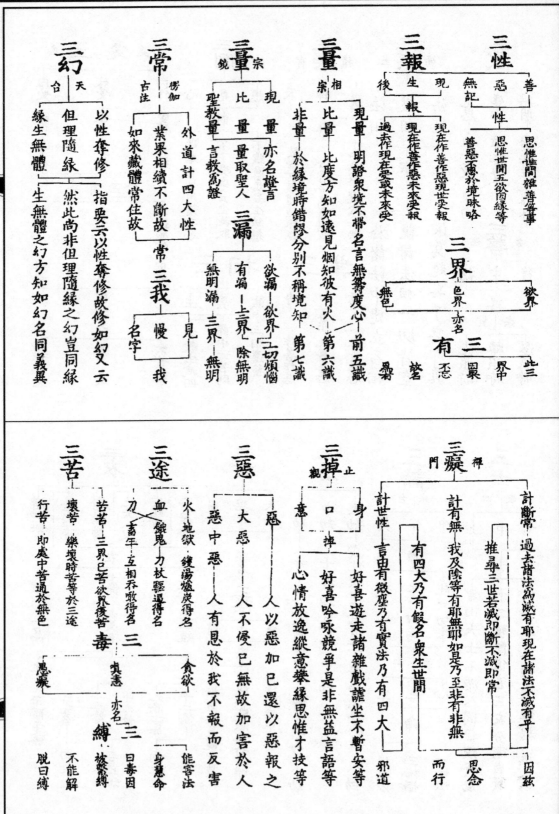

三受 念處

- 內受—緣內—意根
- 外受—緣外—五根
- 內外—雙緣—六根

各有三受

- 順受—對順境生名—樂受
- 違受—對違境生名—苦受
- 不違順受—中庸—不苦不樂

三倒

- 心—迷本自性用諸妄心
- 見倒—不了境虛妄生執取
- 想—不識過患妄生緣想

三相

- 生
- 異—藏教生滅四諦中云苦則三相遷移
- 滅

三樂 寶積

- 天—飲食宮殿種種殊妙
- 禪樂—一心清淨萬慮俱寂
- 涅槃—生滅滅已寂滅爲樂

三業

- 身—作善作惡
- 口業—說善說惡
- 意—起善起惡

三宗 圭峰

- 法相—於諸法中建立名相
- 破相宗—說諸法相一切皆空
- 法性—依真起妄了妄即真

三惑

- 見思—阻空寂—界內
- 塵沙—障化導
- 無明—翳法性—界外

三善 法華 賢宗

- 初—先照時
- 中善—轉照時
- 後—還照時

三衣

- 僧伽梨—此云雜碎—大衣—三品
  - 上—二十一條二十三條、二十五條—四長一短
  - 中—十五條十七條、十九條—三長一短
  - 下—十三條、九條十一條—兩長一短
- 鬱多羅僧—此云入衆—七條—兩長短
- 安陀會—此云作務—五條—一長一短

三世

- 過去
- 現在
- 未來

亦名三際

- 前
- 中際
- 後

波斯匿王言觀身實相觀佛亦然無前際無後際無中際

三劫

- 小劫—人壽十歲至八萬四千歲一增一減爲一小劫
- 中劫—二十番增減爲一中劫
- 大劫—成住壞空各有二十番增減爲一大劫

三諦 台宗

- 眞—泯一切法
- 俗諦—立一切法
- 中—統一切法

仁王

- 空
- 色諦—經云以三諦攝一切法
- 心

三士 四教

- 上—雪山大士不涉人間無煩資助
- 中士—十二頭陀但畜三衣分衛自資
- 下—畜百一衆物受檀越送食

三士　瑜伽

上　中　下　士

有自利又利他

有自利無利他

無自利無利他

三斷

見所斷　修所斷　非所斷

見道斷見

修道斷思

無學無斷

三斷

自性　不生　緣縛　斷

智慧起時煩惱暗障自性應斷

得法空時三途苦果永更不生

斷心中惑雖緣外境不生染著

三說　因　果

朝　午　晡　爲

色天說

欲天說

鬼神說

三觀　南山

性空　相空　唯識　觀

觀諸法性本空無我

觀諸法相妄有差別

觀一切法皆唯識現

三觀　圓覺

奢摩他　三摩鉢提　禪那　此云

止　泯相澄神

等至　起幻消塵

靜慮　絕待靈心

三觀　涅槃

奢摩他　毘鉢舍那　憂畢叉　此云

止　觀　止觀平等　即

定也

慧也

定慧均等也

三法

善法　惡法　無記

人皆約法計我謂我能行

善　惡　無記

又

實智　眞如　一心　法即

能達智

所達境

所依體

三時　戒賢

有相　無相　中道　時

謂初時阿含約依他說有

謂中時般若等約徧計說空

謂後時深密等約三性說中

亦名三教

三時　智光

境有心有　境空心有　心境俱空　時

謂初時說小乘明心境俱有

謂中時說法相大乘明境空心有

謂後時說無相大乘明心境俱空

亦名三教

三教　南中諸師

漸　頓　不定　教

始自鹿苑終至鶴林從小至大

初成道覺即說華嚴不由於小

即勝鬘等雖非頓攝而明佛性常住

三教　後魏光統

漸　頓　圓　教

常無常空不空先後次第而說

於一法門具足演說常無常等

說於如來無礙究竟圓極法門

三教　唐初吉藏

根本　枝末　攝末歸本　教

先照時說

轉照時說

還照時說

亦名三輪

即根本等三種法輪也

三信

信　忍　樂　欲　謂於

諸法實事理中深信忍

三寶真淨德中深信樂故

世出世善深信有力能得能成起希望

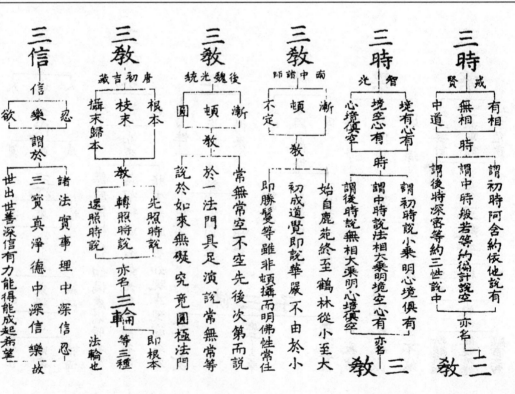

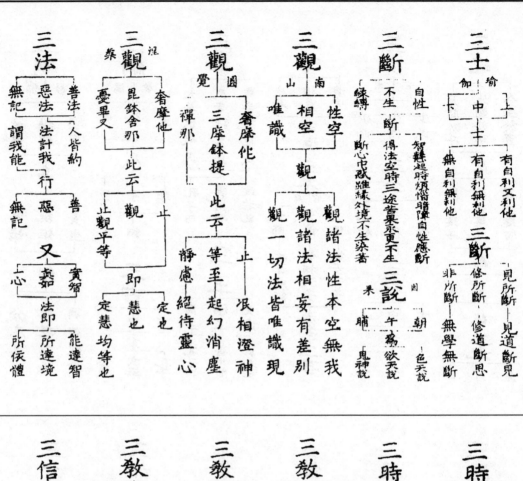

三綱（佛教）
- 首座 ── 分座說法
- 維那 ── 統理大衆
- 典座 ── 調理飲食

為佛法規矩資生綱

三綱（儒教）
- 君為臣綱
- 父為子綱
- 夫為妻綱

三古
- 上古 ── 伏羲
- 中古 ── 文王
- 下古 ── 孔子

三皇
- 太昊伏羲氏
- 炎帝神農氏
- 黃帝有熊氏

孔子曰：善用時政者也

三王
- 禹王
- 湯王
- 文武

孔子曰：善用智勇者也

三墳
- 伏羲
- 神農
- 黃帝

之書

三太（周官）
- 太師 ── 天子所師
- 太傅 ── 傅相天子
- 太保 ── 保安天子

亦名三孤

三少（周官）
- 少師
- 少傅
- 少保

三公
- 太尉
- 司徒
- 司空

三台
- 上台
- 中台
- 下台

星名也

三統
- 天開於子
- 地闢於丑
- 人生於寅

故
- 周正建子
- 商正建丑
- 夏正建寅

為天、地、人統

三光
- 日
- 月
- 星

三才
- 天
- 地
- 人

三代
- 夏
- 商
- 周

三江
- 婁江
- 東江
- 松江

又
- 中江 ── 在岷山
- 東江 ── 在嶓冢
- 南江 ── 在豫章

三如來
- 法如來 ── 無形無相名如，徧處徧時名來
- 報如來 ── 真智無漏名如，光明徧照名來
- 應如來 ── 非生非滅名如，現生現滅名來

三佛性
- 住自性佛性 ── 常住自性
- 引出性佛性 ── 修習引發
- 至得果佛性 ── 修滿證得

三佛性
- 正因佛性 ── 一切衆生性本自具
- 緣因佛性 ── 六度萬行資熏助發
- 了因佛性 ── 智與理冥照了開解

佛三子
- 外子 ── 凡夫
- 庶子 ── 二乘
- 真子 ── 菩薩

三涅槃
- 性淨涅槃 ── 諸法本來常自寂滅
- 方便淨涅槃 ── 赴應群機現生現滅
- 圓淨涅槃 ── 智極惑盡不生不滅

三涅槃
- 外道妄計涅槃
- 二乘取證涅槃
- 如來究竟涅槃

三般若
- 實相般若 ── 所觀真理
- 觀照般若 ── 能觀妙慧
- 文字般若 ── 顯密文句

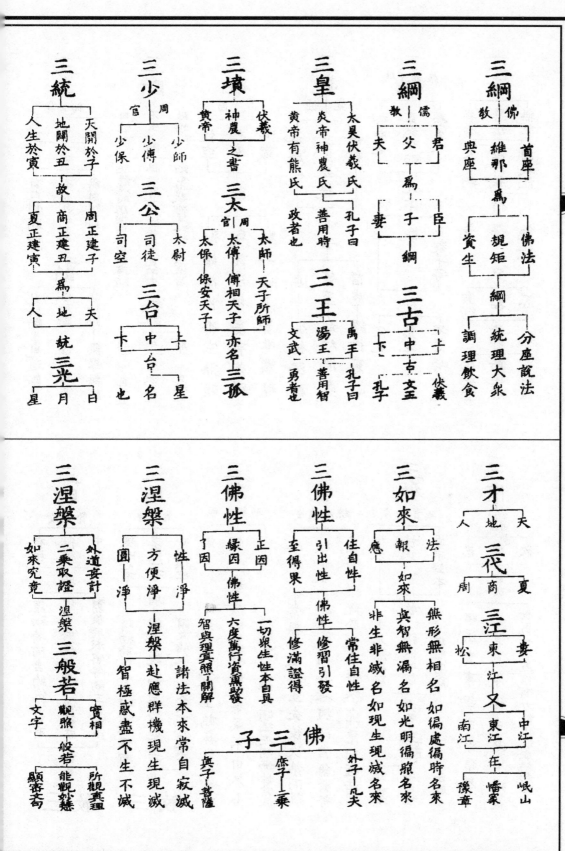

三菩提
- 實智菩提　以實智照理
- 方便菩提　以方便應機
- 眞性菩提　以眞性不變
爲道

三菩提（破魔）
- 聲聞菩提　但自求解脫
- 緣覺菩提　但起心觀緣
- 無上菩提　自利利物

佛三語
- 隨自意語　稱自所證
- 隨他意語　方便隨機
- 隨自他意語　稱理隨機

佛三密
- 身密　現通
- 口密　說法
- 意密　入定
亦名三不護

三解脫（指要）
- 性本　性淨解脫　菩薩不實義
- 修成　實慧解脫　住此即實慧
- 起用　方便淨解脫　能須彌納芥等
空假中

三方便
- 自行方便　自所修證種種方便
- 化他方便　種種方便教化衆生
- 自他方便　自行化他相對合論

三退屈
- 菩提廣大屈　引他況已練
- 萬行難修屈　省已增修練
- 轉依難證屈　引粗況妙練
三練磨

三不退
- 位不退　不生三惡道
- 行不退　不生邊地根具男身
- 念不退　能知宿命

三種食
- 受請食　前種
- 衆僧食　起譏　因緣設
- 常乞食　行乞

三種食
- 上士　深山絕世菜果資身
- 中士　蘭若頭陀乞食自資
- 下士　檀越送食僧中淨食

三種衣
- 雪山大士一衣蔽形即是
- 頭陀糞掃不畜餘長
- 多寒國土許百一種物

三歸戒
- 歸依佛
- 歸依法
- 歸依僧
亦名三歸依

三長物
- 衣　三衣之外更畜名長衣
- 鉢　一鉢之外更畜名長鉢
- 藥　若病差已更畜名長藥

三禮拜
- 成過禮身儀　不正而與輕慢
- 相似禮身儀　似正而與雜覺
- 順實禮身儀　端正而與正智
相應

三法印
- 諸行無常
- 諸法無我
- 涅槃寂靜
釋論云諸小乘經若有無常無我涅槃三印印之即是佛說無此即魔說也

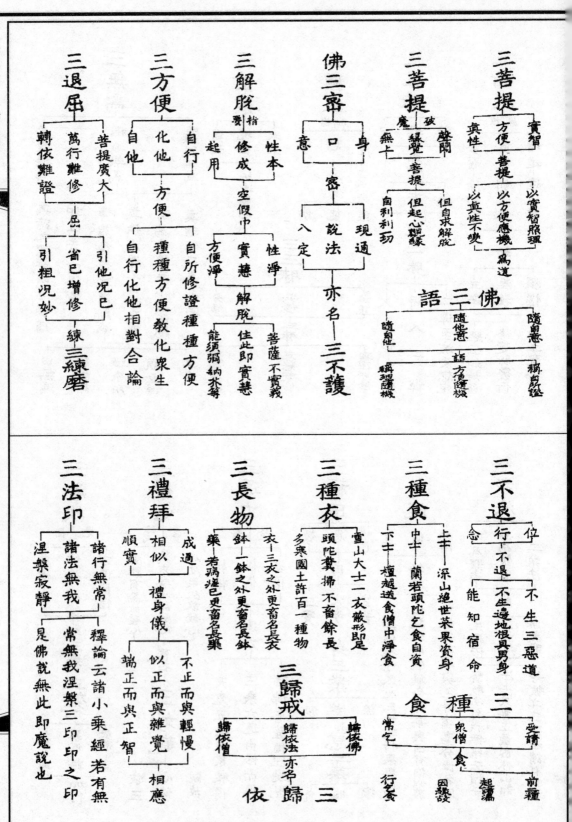

三無爲

- 虛空無爲：真諦之理離諸障礙猶如虛空從喻得名
- 擇滅無爲：擇謂揀擇滅謂斷滅由無漏智斷諸障染所顯真理立名
- 非擇滅無爲：真性本淨不由擇力或有爲法緣缺不生所顯真理依二義立名

三世業

過去　現在　未來　所造善惡

三種生（楞伽）

相　想　流注　生屬　所　能　業

三三昧

分修　共修　聖正　三昧

或修空或修無相　定慧兼修　聖位所修

三三昧

有　無　無　覺　有　有　無　觀　三昧

入初禪　將入二禪　二禪至滅受想定

三漸次（楞嚴）

- 修習除助因
- 真修刳正性
- 增進違現業

斷　五辛　淫殺　煩惱

經云如是漸修隨所發行安立聖位

三漸次（圓覺）

思惟　住持　方便開悟　即三慧

三行

出入息身行　尋伺語行　受想意行

三發心（釋氏要覽）

- 厭離有爲故發心
- 爲求菩提故發心
- 爲度衆生故發心

舊名

三妙觀

依三心修觀故

三通力（瓔珞）

報得　修得　變化　通力

- 天鬼五通由業報得
- 三乘六通由修而得
- 諸佛菩薩種種變現

三福田

敬　恩　悲　田

三寶　父母　貧苦

身三業

殺　盜　淫

意三業

貪　瞋　癡

三等流

真　假　分位　等流

- 如三性種子各生三性現行果與因同
- 如殺生因感短命報果與因有相似義
- 如眼等諸識與色等諸塵分位各同

三聚法

有爲聚法　無爲聚法　非二聚法　即

生死法　涅槃法　勝義我

賢教法有我無宗云犢子法上賢胄正量密林山部等彼立三聚法謂有爲云云

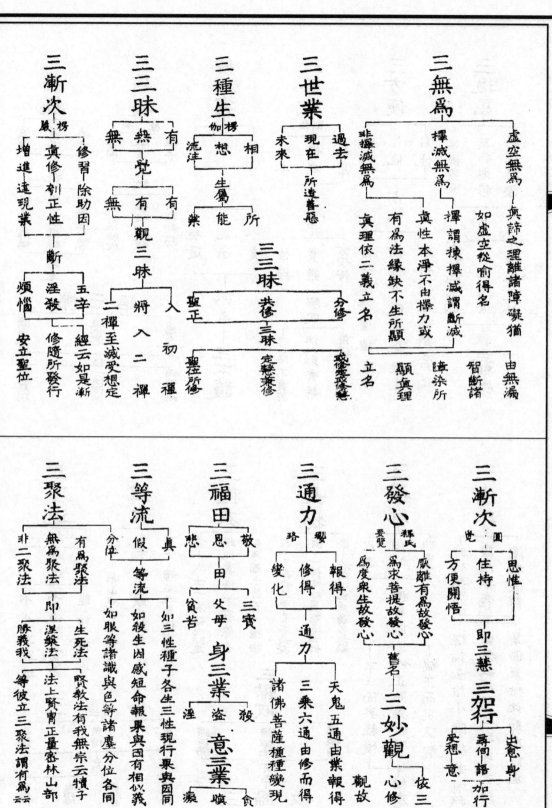

三大乘

- 理乘：理性虛通自然荷運諸法
- 隨乘：智與理冥隨理荷運諸法
- 得乘：得果自荷運得機荷運他

三細相 起信

- 業相：無明不覺故心動名業相
- 轉相：依動故轉成能見名轉相
- 現相：依能見故境界妄現名現相

三供養 行願品疏

- 財供養：世間財寶及以上妙供具
- 法供養：不捨菩薩業不離菩提心
- 觀行供養：觀一念心具足三諦之法

三種性 楞伽

- 種性：五無間（聲聞、緣覺、如來、不定、各別）
- 非種性：外道
- 心量種性：不定

三念處 法次

- 不一心聽法不以爲憂
- 聽者一心不以爲喜
- 常行捨心

二種定 華嚴

- 理定
- 事定
- 即理而事

三緣慈

- 衆生緣慈：徧觀衆生猶如一子
- 法緣慈：觀法無性隨緣興慈
- 無緣慈：無心彼此任運普覆

三緣悲

三義准上

三因果 瑜伽

- 異熟因果：今世作善惡因感未來果異世成熟
- 福因福果：修六度因即感現未所作皆得自在
- 智因智果：修習一切智慧能證三乘及以佛果

三種禪 方等三昧

- 現法樂住
- 出生三昧
- 利益衆生

攝三諦三昧

- 中道第一義諦
- 真諦
- 俗諦

三發願 彌陀

- 已發願
- 今發願
- 當發願

三根本 名數

- 發菩提心
- 清淨心
- 自性空斷我見

三種願

- 下：今世
- 中：後世樂因緣
- 上：涅槃

三類境 八識

- 種子
- 根身境
- 器界

三世間

- 有情世間
- 器世間
- 智覺世間

三自性 楞伽

- 名之自性
- 相之自性
- 妄想

爲

- 物物各具
- 因緣自性
- 成
- 妄想自性：於前二性起諸妄想

三自性　唯識

- 徧計所執
- 依他起
- 圓成實

自性

- 徧染淨法上執我執法
- 染淨法依他衆緣而起
- 唯一眞空圓滿成實

亦名

三法相　瑜伽

名義同上但以性字易相字耳

三無性　唯識

- 相
- 生
- 勝義

無性依

- 徧計　所執之相畢竟無體故　頌　初即相無性
- 依他　緣生如幻無所執自然性故　次無自然性
- 圓成　由遠離前徧計所執我法性故　曰　後由遠離前所執我法性

立

三無明　瓔

- 癡無明　愚癡暗鈍無所明了於諸正法不能生信
- 迷無明　惑於五塵不能觀察其幻及起貪染之心
- 顛無明　於正法起邪倒見如無常計常常計無常

- 善慧　即善性　即法我見相應末那菩薩謂爲有覆無記二乘

三種慧　沙

- 染慧　即惡性
- 無覆無記　謂法執俱意說名無覆以二乘不求法空不障彼生空智故

三法妙　文句

- 佛法
- 心法
- 衆生法

妙　一心具十法界則該生佛十界互具成百界故名妙褒美詞也

三分別　雜集

- 自性
- 隨念
- 計度

分別

- 唯緣現在諸行自相
- 於過去境追念分別
- 通於三世非有計有等

三種色　五蘊論

- 顯
- 形
- 表

色

- 如青黃赤白等明顯可見
- 如長短方圓等彼此相形
- 如行住坐臥等而有表示

三種色　見俱舍論

- 可見有對色　色塵一法　爲眼所見名可見假極微所成名有對
- 不可見有對色　眼等五勝義根及聲等四微　此九法非眼所見名不可見亦假極微所成名有對
- 不可見無對色　即無表色　無所表對故

三種相（智論）
- 假名相：如車如屋如林如軍如人
- 法相：諸法和故有無别車等
- 無相：五衆十二入十八界等肉眼觀故有慧眼觀則無；有人取是無相相隨逐；取相還生結使不應取

三種相（成實）
- 發相：心昏沉時應用精進之行策發
- 制相：心掉動時應用寂靜之法禁制
- 捨相：不沉不散時即捨前發制二相

又（大疏）
- 標相：覺煙即知是火等
- 形相：如長短方圓形貌等
- 體相：如火以熱爲體等

三種天（涅槃）
- 名天：國王
- 生天：欲色無色
- 淨天：佛菩薩

三邪道（楞嚴）
- 上品精靈
- 中品妖魅　偷報
- 下品邪人

三種鬼（正理）
- 無財鬼：無福德不得食
- 少財鬼：少得淨妙飲食
- 多財鬼：多得淨妙飲食
- 三各三品成九種鬼

三品魔（楞嚴）
- 上品魔王
- 中品魔民　婬報
- 下品魔女

三品鬼（楞嚴）
- 上品大力鬼
- 中品飛行夜叉　殺報
- 下品地行羅刹

三種病
- 易治：可療之病醫之即愈
- 難治：病至危篤醫亦難差
- 不可治：必死之病雖聖莫瘳

三必死
- 騾懷妊
- 竹結實
- 人抱疾

三種死（瑜伽）
- 壽盡死：世尊說九因九緣未盡壽而死
- 福盡死
- 不避不平等

三惡覺（大疏）
- 欲覺
- 恚覺
- 害覺

正三毒
- 欲：非婦不婬
- 瞋：墮地不夭
- 愚：不計性實
- 道共戒力任運如是不同見惑爛熳無方故稱正三毒

三治貪（禪門）
- 九想觀治外貪：男女身分互相貪著
- 八背捨治內外貪：於他於己起貪染心
- 大不淨治徧一切處貪：於五塵等一切處貪著
- 此所治貪亦名三貪相

三治瞋（釋門）
- 生緣慈治非理瞋：他不來惱而自生瞋
- 法緣慈治順理瞋：他人來惱因乃生瞋
- 無緣慈治諍論瞋：己法言是他法言非
- 此所治瞋亦名三瞋相

三種貪（楞嚴）
- 欲貪：父母子孫相生不斷
- 殺貪：胎卵濕化遞相吞食
- 盜貪：羊死爲人互來相噉

三種常（佛地論）

- 本性常：法身本性不生不滅
- 不斷常：報身依法常無間斷
- 相續常：應身度生沒已復現

三無常（雜集論）

- 念念壞滅無常
- 和合離散無常
- 畢竟無常

三雜染

- 煩惱雜染：見思等惑
- 業雜染：因惑造業
- 生雜染：由業善

三習氣（唯識）

- 名言習氣：謂表義顯境二種名言，所熏成種作有為法各別因緣
- 我執習氣：謂俱生分別二種我執，所熏成種令有情等自他差別
- 有支習氣：謂善與不善二種有支，所熏成種令異熟果善惡趣別

三種有

- 相待有：如長與短因相待故得名為有
- 假名有：如毛成氈以和合故假名為有
- 法有：法雖無性非如龜毛等一向無

三種火（普門）

- 果報火：從地獄至初禪
- 惡業火：通三界
- 煩惱火：通三乘

三種水（普門）

- 果報水：至二禪
- 惡業水：通三界
- 煩惱水：大小乘

三種風（普門）

- 果報風：至三禪
- 惡業風：通三界
- 煩惱風：通三乘

三種酒（大論）

- 穀酒：如常所醞
- 果酒：蒲萄等造
- 藥酒：藥草等製

因犯三十六失佛制不得故飲

三悔法（智論）

- 懺悔：懺除前愆悔不更作
- 勸請：請佛住世及轉法輪
- 回向：以諸功德回施有情

此三俱能滅罪故通言悔也

內三術（止觀）

- 即空
- 即假
- 即中

治逆：煩惱業定見慢等從內來破者

外三術（止觀）

- 莫受莫著
- 縮德露疵
- 一舉萬里

治順：名譽利養眷屬等從外來破者

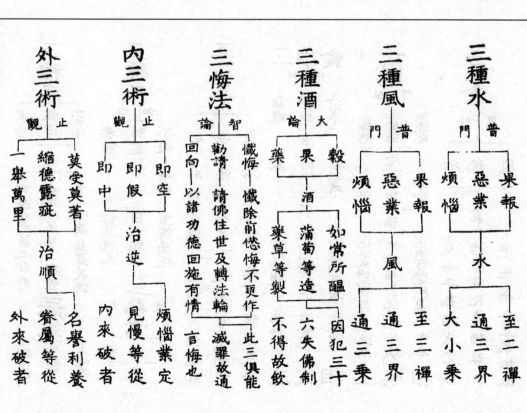

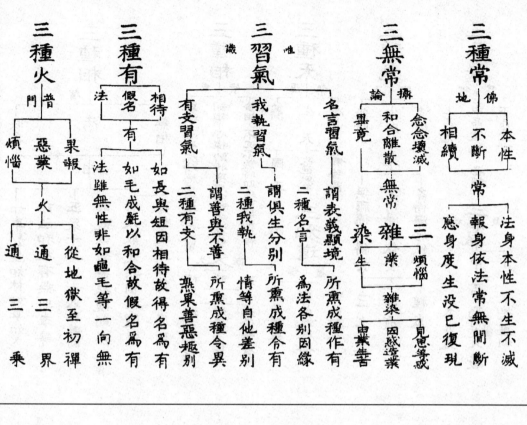

劣三修（涅槃）
苦—於樂計苦
無常—常計無常
無我—我計無我

勝三修（涅槃）
常—法身常住
樂—寂滅爲樂
我—自在眞我

以勝三修斥劣三修斷眞聲聞入祕密藏如法華斷眞聲聞咸皈一實

發三心（起信）
直—正念眞如
深—樂集一切善行
大悲—拔一切衆生苦

發三心（名義）
大智—欲以智慧廣求佛法
大悲—愍衆生苦誓願救拔
大願—依四弘誓上求下化

三草喻（法華）
小草—人天
中草—小乘
上草—大乘

三種喻（圓覺）
喻—迷　悟　覺
如—空花　夢醒　虛空

三無礙（寶積）
總持—總一切法持無量義互不相妨
辯才—宜一切法應無量機各不相違
道法—於諸道法悉能通達無有障礙

三福業（阿含）
布施—隨乞施與
平等—慈悲普覆
思惟—思惟正法
此三能致世出世福故名福業

三種僧（涅槃）
犯戒雜—與破戒者常共親附因而破戒
愚癡—於經律論不能解了不能教誡弟子
清淨—嚴持禁戒通達經論復能利益衆生

三法界
泯相理實—大方無隅法界體也
融相緣起—方廣無邊法界用也
一眞無障礙—總大方廣體用交資

三法界
衆生—雜染法界
菩薩—染淨法界
如來—純淨法界

三圓滿（瑜伽）
行—依法修行復能爲他演說
果—由二行故能圓菩提之果
師—能教誡我復能引發梵行

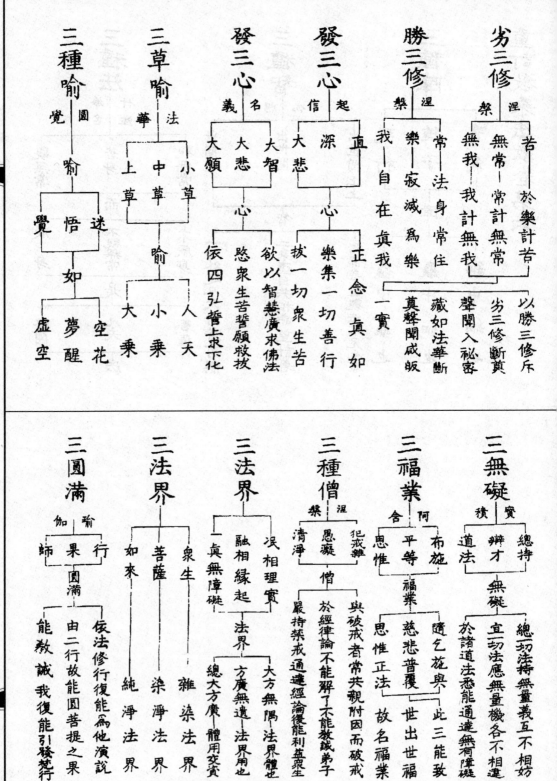

三種法
淨名什注

- 觀無常而厭身是聲聞法
- 著身而不觀無常是凡夫法
- 觀無常而不厭身是菩薩法

三種智
楞伽

- 世間智　一切外道凡夫計著有無
- 出世間智　二乘墮自共相希望計著
- 出世間上上智　諸佛菩薩觀法不見生滅

三種障

- 現行障　麤中麤也
- 種子障　麤中細也
- 習氣障　細中細也

重訂教乘法數卷第六

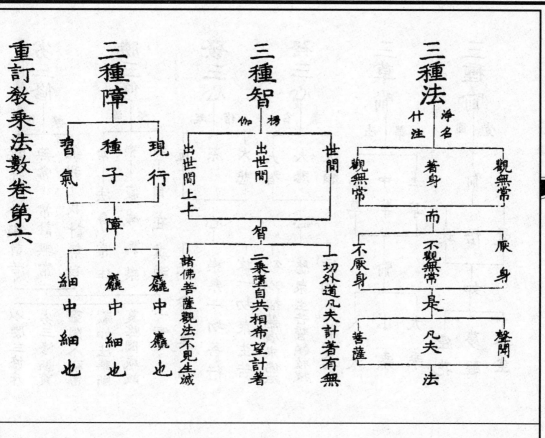

重訂教乘法數卷第七

三身相徧（華嚴大鈔）

- 法身——虛空
- 智身——如——日光
- 色身——日影
- 三各互徧

三品尊特（約教）

- 上品——法華三十二相相相
  - 達無邊表亦即法身
- 中品——十六觀八萬四千相好
  - 華嚴樹王下丈六境
- 下品——本定身現起舍那

三品相海（約相）

- 上品——十蓮華藏微塵相好
- 中品——八萬四千相好
- 下品——三十二相八十隨好

三種法身（淨名什注）

- 法化生身名爲法身——即金剛身
- 五分法身
- 諸法實相和合爲佛相亦名法身

佛化三身

- 大化千丈——十地
- 小化丈六——凡小
- 隨類不定——衆機
- 應

佛有三德

- 斷——諸惑淨盡
- 智——衆智圓圓
- 恩——護生如子
- 德

三種佛界

- 別
  - 理性——信外——凡
  - 分證——住行向——內
  - 地等——分
- 教
  - 果頭——妙極——聖

三雙感佛

- 藏——修空觀——用事識
- 通——見生身——住權理
- 別——見尊特——住實理
- 圓——修中觀——用業識

三輪設化

- 身——神通——現通
- 口——正教輪——說法
- 意——記心——鑑機

三如來藏（楞嚴）

- 空——非心非空非地非水云云
- 不空——如來藏經云——即——如來藏——即心即空即地即水云云
- 空不空——而即——離即離非是即非即云云

三種大智

- 無師——實智更無過上
- 自然——權智任運應用
- 無礙——權實雙照無礙
- 智

文殊三名

- 文殊師利——妙德
- 滿殊尸利——妙首
- 曼殊室利——妙吉祥
- 此云

觀音三現

八萬四千

- 爍迦羅首　此云金剛　堅固義
- 母陀羅臂　此云印　有印相故
- 清淨寶目　無染汙故

阿難三名

- 阿難　慶喜　聲聞　一人
- 阿難跋陀　此云喜賢　持　緣覺　藏　隨德
- 阿難迦羅　喜海　菩薩　別名

三應供養

- 諸如來所　能作大利益故
- 阿羅漢所　應供養　能爲世福田故
- 轉輪王所　悉皆被恩澤故

初果三結

- 身見結　於五蘊身中計有主宰
- 戒取結　非戒爲戒如雞犬戒等
- 疑使結　於正法中猶豫不決

三種大師

- 阿羅漢　師範衆生
- 前三果　開示四諦

三疑三答

圓覺

- 一　疑　衆生本來成佛何故復有無明　諸旋未息
- 二　如來何時復生煩惱　佛以金無重鑛荅之
- 三　衆生本有無明何緣佛說本來成佛　翳花非待

三轉法輪

- 示相轉　此是苦　逼迫性；此是集　招感性；此是滅　可證性；此是道　可修性
- 勸修轉　汝應知；汝應斷；汝應證；汝應修
- 作證轉　我已知；我已斷；我已證；我已修

始覺三位

- 名字　初心十信
- 相似　覺位　三賢四加
- 隨分　十地等覺

三本華嚴

華嚴懸

- 上　十大千界微塵數偈　四天下微塵數品
- 中　四十九萬八千八百偈　一千二百品
- 下　十萬偈四十八品

三種方等

- 理方等　如普賢觀稱方等典　釋籤
- 行理合論　四門入清涼池曰方所契之理曰等　止觀
- 生酥調斥　此屬事　即五時中方等時也

三無差別

華嚴

- 心
- 佛
- 衆生

經云心佛及衆生是三無差別

三軌弘經

法華

- 著如來衣　柔和忍辱衣
- 坐如來座　諸法空爲座
- 入如來室　大慈悲爲室

三時受化

- 種在久遠
- 熟在宿世
- 脫在今日

佛化衆生種熟脫三時時不廢

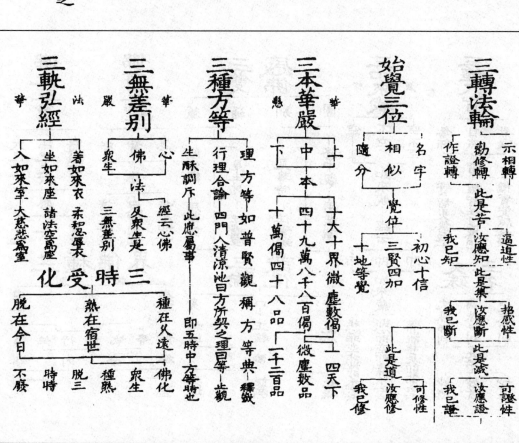

三法被機

藏教
- 四諦 — 聲聞
- 十二因緣 — 被 — 緣覺
- 六度 — 菩薩

三法通局

指要
- 衆生 — 一往 — 一往 — 因
- 佛法 — 定
- 心法 — 定 — 果

三種權實

- 一自行權實 — 化他權 實與名
- 二化他權實 — 權自行 權實俱
- 三自行化他權實 — 名實

三說相對

- 此座十方 — 此座說頓十方說漸說不定頓座不聞十方十方不聞頓座或此座說漸十方說頓說不定各各不相知聞○又於此是顯於彼是密於彼是顯於此是密
- 多人一人
  - 或爲一人說頓爲多人說漸說不定
  - 或爲多人說頓爲一人說漸說不定
  - 各各不相知聞互爲顯密
- 俱三相對 — 或俱頓俱漸俱不定各各不相知聞互爲顯密

三陀羅尼

大論
- 聞持 — 於一切語言諸法耳聞不忘
- 分別知陀羅尼 — 於一切諸法差別分別不謬
- 入音聲 — 於一切善惡音聲不喜不嗔

三陀羅尼

法華
- 旋陀羅尼 — 轉假如空 — 證眞諦
- 百千萬億旋陀羅尼 — 從空入假 — 即俗諦
- 法音方便陀羅尼 — 即二觀方便 — 入中諦

三陀羅尼

- 多字 — 如灌頂部諸陀羅尼
- 一字 陀羅尼 — 如唵字類
- 無字 — 只可智知不可言辨

三支比量

因明
- 宗 — 所成宗 — 如立聲是無常
- 因 — 能成宗因 — 因云所作性故
- 喻 — 顯因同品 — 同喻如瓶等

三結攝見

俱舍
- 身見 邊見 — 頌曰身攝邊見戒攝取邪
- 戒取 — 攝 — 見取 — 見元從疑惑生四鈍皆由
- 疑使 — 邪見 — 利使生是故三結攝見盡

供養有三

十輪
- 利益 — 如供給四事等
- 敬心 — 供養 — 如將花表誠等
- 修行 — 如持說經法等

三品聽法

法苑
- 上品 — 神聽
- 中品 — 心聽
- 下品 — 耳聽

教體三身

- 名 — 義於教
- 句 — 身 — 體四法
- 文 — 中詳明

鹿苑三名

- 一名鹿苑 — 羣鹿所居
- 一名柰苑 — 從樹立名
- 一名仙苑 — 二仙所居

三病難治

涅槃
- 謗大乘
- 五逆
- 一闡提

三輩事佛

分別喻

- 爲魔弟子 — 事佛 — 心樂邪業
- 爲天人 — 事佛 — 戒善不犯
- 爲佛弟子 — 事佛 — 遵佛正敎

三種光明

御衆

- 外光明 — 三光等能破世暗
- 法光明 — 三乘等能破智暗
- 身光明 — 佛聖等身有光明

三事無盡

德釋

- 布施 — 無盡 — 好行惠施
- 持戒 — 無盡 — 護持禁戒
- 博聞 — 無盡 — 求聞稟聽

三者無疲厭故

三種能人

- 佛 — 說
- 菩薩 — 能離
- 衆生 — 執

三法住世

迦

- 正法 — 住世 — 一千年
- 像法 — 住世 — 一千年
- 末法 — 住世 — 一萬年

三處焦炷

妙主

- 通 — 爲逗多根 — 鈍唯當敎 — 八人見地 / 利舍別圓 — 乾慧 — 爲初焰
- 別 / 圓 — 初地 / 初住 / 各逗一根 — 發眞

大品名焦炷　大論名初焰　焰爲能焦喩　智炷爲所焦　喩惑名異義同耳

三根被接

通敎

- 上 — 根 — 三四地 — 輔 — 四五地
- 中 — 根 — 五六地 — 行 — 六七地
- 下 — 根 — 七八地 — 八九地

似位接入 — 別十向 / 圓十信

眞位接入 — 別初地 / 圓初住

被接三義

通教

- 含中 — 通教巧故一眞諦含二中 — 爲發源
- 顯示 — 利根緣證眞空即爲顯示 — 爲機要
- 發習 — 利根發昔所習方可顯示 — 爲根性

三根解源

釋籤

- 非漏非無漏 — 通 — 眞俗
- 空不空 — 別 — 但中
- 一切法趣 — 圓 — 中道

三解脫門

- 空 — 觀諸法無我我所
- 無相 — 男女一異等相不可得
- 無願 — 知一切法無相無所作

摩訶三義

起信

- 大
- 多
- 勝

義

三獸度河

華嚴

- 象得底 — 菩薩正習俱盡
- 馬次深 — 喩（台敎） — 支佛侵習
- 兎最淺 — 聲聞斷正使

同喩空理

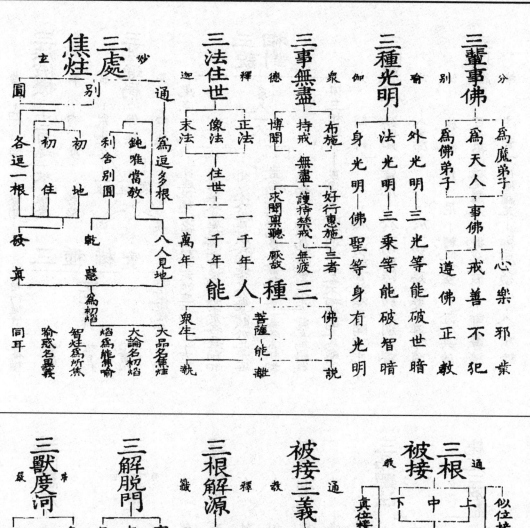

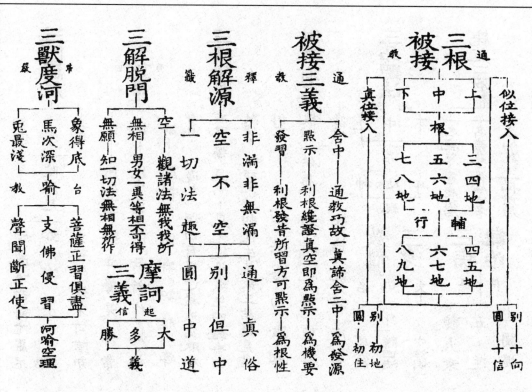

三因子義
- 正因子：衆生皆有佛性
- 緣因子：往昔受化結緣
- 了因子：今日聞法開悟

三乘初門（教）
- 聲聞：諦
- 緣覺：緣
- 菩薩：度
皆以集為初門 道門

三種安居
- 前安居：四月十六日
- 中安居：十七至五月十五
- 後安居：五月十六日

歲分三際
- 熱際：二月十六至六月十五
- 雨際：六月十六至十月十五
- 寒際：十月十六至二月十五

三藏法師
經 律 論 藏 弘此三藏故稱法師

三種長老
- 耆年長老：年高臘長
- 法性長老：智達法性
- 作長老：假號之者

三等上座
- 生年上座：年既高具戒又久
- 世俗上座：智富族勝財大等為衆所推
- 法性上座：阿羅漢證法性理

三種羅漢（楞伽）
- 得寂一乘道
- 菩薩方便示道
- 佛所變化

人中三惡（大經）
- 一闡提
- 誹謗大乘
- 犯四重禁

三種羅漢
- 慧解脫：緣空直入但證無學
- 俱解脫：帶事兼修具三明八解 通達三藏四圍天文地理
- 無疑解脫：緣性共修念處破一習 五通外道 三種念處

三種沙彌
- 驅烏沙彌：七歲至十三歲 能驅遣鳥烏為大僧所使故
- 應法沙彌：十四至十九歲 將受近圓與出家法相應故
- 名字沙彌：二十歲已上 應入大僧數猶存沙彌名故

三善知識（止觀）
- 外護知識：營理所須調和得所
- 同行知識：更相策發切磋琢磨
- 教授知識：宣傳聖言訓誨於我

三品十善
- 上品十善
- 中品十善
- 下品十善
感三善道報
- 天道
- 人道
- 修羅

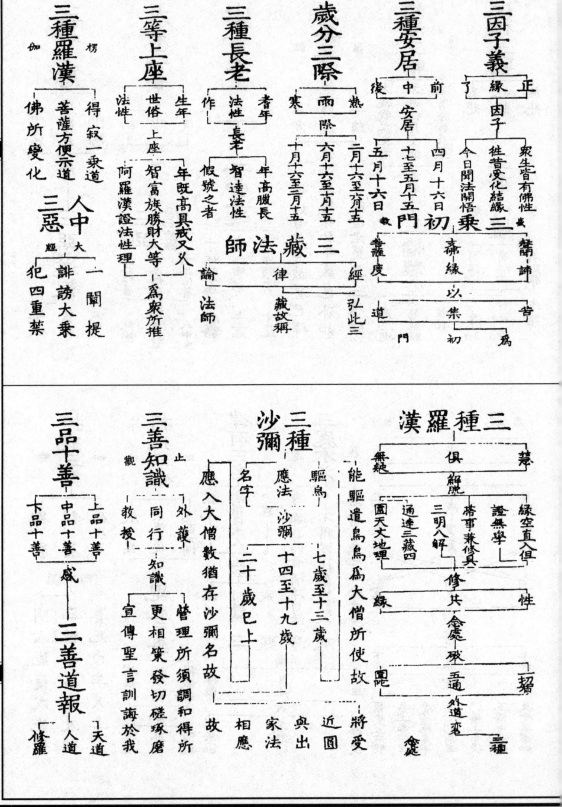

三品十惡

- 上品十惡 感 地獄
- 中品十惡 感 畜生
- 下品十惡 感 餓鬼

三惡道報

大乘三善

- 初
- 中
- 後

心

三品信善（仁王）

- 上品信善 報 鐵輪王
- 中品信善 報 粟散王
- 下品信善 報 人中王

小乘三善

- 戒
- 定
- 慧

學

三品五逆

- 上作時心勝
- 中作時心等
- 下作時心劣

感報 上品 十惡

老無三味（涅槃）

- 出家
- 讀誦
- 坐禪

味——無復味壯年盛色亦如是既被老壓無三種味

譬如甘蔗既被壓已滓

清淨三輪

- 不執我爲施者
- 不執彼爲受者
- 不著施物及果

亦名——三輪體空

戒忍進 等三輪 准知

住相三輪

- 自想
- 他想
- 施想

三事行檀（智論）

- 有信心
- 有福田
- 有財物

三事和合心能生捨

持戒三樂（瑜伽論）

- 名譽
- 利養
- 死生天

頌曰 明人能護戒能得三種樂名譽及利養死得生天上

持戒三心（瑜伽論）

- 厭有爲
- 求趣菩提心
- 悲愍有情

毘尼三義

- 滅業非 業道
- 滅煩惱 離 惑道
- 得滅果 苦道

律有三名

- 毘尼
- 波羅提木叉
- 尸羅

此云

- 滅
- 別解脫
- 戒

三聚淨戒

攝

- 律儀 惡無不離
- 善法 善無不積
- 衆生 生無不度

戒

三處木叉（遺教）

- 身 節身時食清淨自活
- 口 不得呪術仙藥結好貴人
- 意 當自端心正念求度

戒有三品（報恩）

- 下
- 中
- 上

品

- 五戒 復三品
- 十戒 復三品
- 具戒 復三品

- 微品
- 中品
- 上品

中品心受得中品戒

- 下品
- 上品

原受五戒時是上品心至受十戒是中品心則前五仍得上品後五得中品餘及受具準知

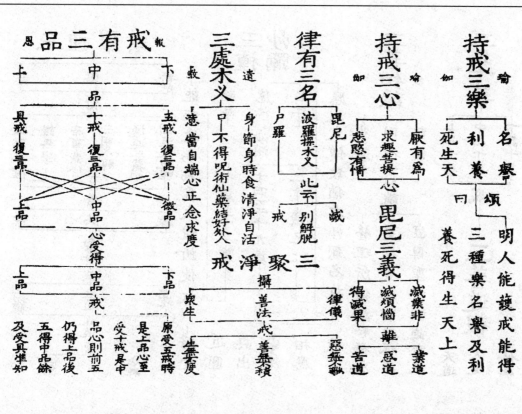

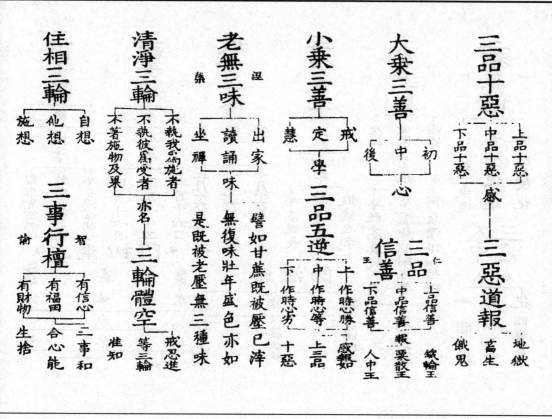

三種羯磨（釋門）

- 心念：發心會境口自傳情
- 對首：二人面對同稟法也
- 衆法：四人已上秉於羯磨

三種三觀

- 通相：如空則三諦俱空等
- 別相：空假中三歷別而觀
- 一心：一念心中三觀具足

次第三觀（瓔珞）

- 從假入空名二諦觀
- 從空入假名平等觀
- 二觀為方便入中道名第一義觀

辯夢三觀（釋籤）

- 夢事宛然　假
- 求不可得　空
- 夢之心性　中

觀法三種（天台）

- 從行　直就陰心顯三千法
- 托事　托王舍耆山等事為觀
- 附法　四諦五行入心成觀

修觀三法（賢宗）

- 行布　不是三三不是一
- 圓融　即是三三即是一
- 無礙　行布圓融隨意自在

- 漸修　約教　頓修　圓修
- 初心修　約位　久行修　後心修
- 鈍根修　約根　利根修　根熟修
- 皆隨機異　非法有別

三止（止觀）

- 體真止　體妄即真　止息止　諦理
- 方便隨緣止　心隨俗理　停止止　繫念
- 息二邊分別止　不當真俗　不止止　現前

三義：止息、停止、不止止

- 諸惡覺觀妄念思想寂然休息　緣心
- 停止　諦理
- 不止止　寂然　不動
- 對無明之不止而喚法性為止

三觀三義（止觀）

- 空觀　一念無相　真　貫穿觀
- 假觀　無法不備　俗　觀達觀
- 中觀　不一不異　中　不觀觀

三義

- 智慧利用穿滅煩惱從所破言　觀智
- 通達　契會
- 對無明之不觀而喚法性為觀　觀言
- 真如　就能

法界三止（賢宗）

- 真空絕相止　揀情妄　住義　治能　安住真空　而住散亂
- 理事無礙止　融理事　停義　離能　停止無礙　而離過惡
- 周徧含容止　攝事事　息義　空能　止息周徧　而空我法

三中　三能　三義

法界三觀　賢宗

- 眞空絶相觀 — 顯眞理 — 察義 — 鑒察眞空
- 理事無礙觀 — 明妙用
- 周徧含容觀 — 彰玄門
- 除能 — 而除昏迷
- 覺義 — 覺觀無礙
- 成能 — 而成德善
- 照義 — 觀照周徧
- 證能 — 而證眞俗
- 二義
- 二能
- 觀中
- 觀中

三觀成益　台宗

- 空 — 見思 — 一切 — 般若
- 假觀 — 破塵沙惑 — 證道種智 — 成解脫德
- 中 — 無明 — 一切種 — 法身

三觀成益　賢宗

- 眞空 — 現行 — 一切 — 泯相理實體
- 理事觀 — 斷種子 — 障成 — 自然智證 — 融相緣起用
- 周徧 — 習氣 — 無礙 — 一眞無障礙
- 法　界

三種止觀　南嶽　天台

- 漸次 — 初淺後深 — 禪波羅蜜十卷 — 解頓行漸
- 不定 — 前後更互 — 六妙門一卷 — 解頓行或漸頓
- 圓頓 — 初後不二 — 摩訶止觀十卷 — 行解俱頓
- 助 — 事雖差別
- 止 — 同緣頓理

三觀對教　台宗

- 空觀 — 藏 — 二教
- 假觀 — 通 — 別
- 中觀 — 圓

三觀對教　賢宗

- 眞空觀 — 小 — 終
- 理事觀 — 始 — 頓
- 周徧觀 — 圓

三種三昧　楞嚴

- 電光 — 義通初果
- 金剛三昧 — 通前五種羅漢
- 虛空 — 別在不動羅漢

三科揀境　止觀　輔行

- 五陰 — 色 — 現行 — 能招報
- 十二入 — 受 — 想 — 發得
- 十八界 — 行 — 識 — 餘之分別方是今境

止觀揀却界入　復於五陰又揀　前四輔行又揀　二種能招報心　對境所有能分別者方是今境

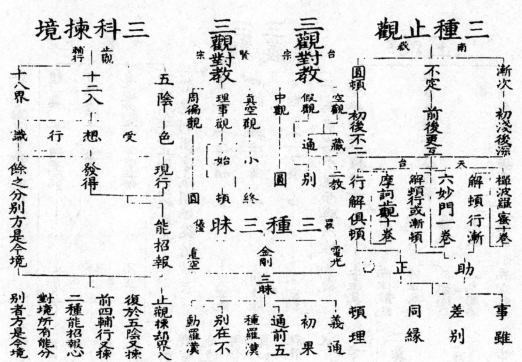

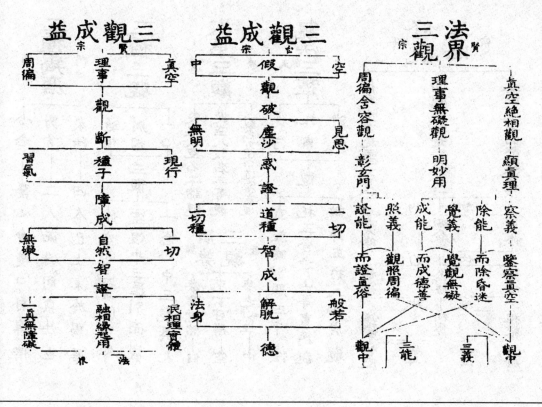

三種禪定（淨名什注）
- 大乘——在禪如地獄
- 小乘——獨善求證
- 凡夫——生高慢我心
（禪定）

三種忍行（諸經要集）
- 身——打擲割截悉能忍受
- 口——輕毀罵詈不起鬪諍
- 意——不唯不諍且無忿恨意
（忍行）

三種精進（菩薩善戒）
- 莊嚴——莊嚴道果不退轉
- 攝善——攝持善法不放逸
- 利生——利益衆生無疲倦
（精進）

三種佛事（淨名什注）
- 善——放光現通說法
- 無記——虛空以毒除毒
- 不善——現八萬四千煩惱
（佛事）

三勝勇猛（莊嚴經論）
- 願——願必深
- 行——行必大
- 果——果必極
（勝勇猛）

三種起慈（淨名什注）
- 凡夫爲生梵天
- 二乘爲求功德
- 菩薩求佛度生

三種遠離（淨名什注）
- 遠離人衆五欲
- 遠離煩惱
- 諸法性空

三乘攝教（賢首教）
- 小乘攝愚
- 大乘攝始終頓
- 一乘攝圓
（教）

三觀成教（賢首宗）
- 眞空觀——小始二教
- 理事觀——終頓二教
- 周徧觀——同別圓教
（義成立）

三種法門（智論）
- 毘勒門——論議無窮
- 毘曇門——佛說法弟子解
- 空門——生法二空

三回向
- 回事向理
- 回自向他
- 回因向果

三決定義（楞嚴）
- 攝心爲戒
- 因戒生定
- 因定發慧
不如此說，即波旬說，故名決定義

三種行籌（業疏）
- 露頭
- 覆藏——以物覆籌
- 耳語——耳畔勸勉

三變土田（法華）
- 初變娑婆
- 二變二百萬億那由他國——欲容受分身諸佛
- 三變同第二——爲諸佛當來坐故

三種祕密

- 顯祕：法華四十年不談
- 隱祕：實隱在權
- 祕密：前四時中

三業攝禮

- 五輪著地：身
- 稱佛名號：口
- 緣想聖境：意

業

三生解脱 正理

- 初生：植順解脱分　成熟
- 次生　二：起順決擇分
- 三：即入聖道

三種相續 楞嚴

- 世界：能成四大所成四居　交妄發生　遞相爲種
- 衆生相續：胎卵濕化隨其所應　情想合離　更相變易
- 業果：經百千劫生死纏縛　唯殺盜淫　三爲根本

三種善根 婆沙

- 福分：能作人天種子　人中豪貴作輪王　天中帝釋梵王等
- 解脱分：能作解脱種子
- 達分：煖法至世第一法　決定不退必至涅槃

善根

三種善根 智論

- 上：六欲天
- 中：人中富貴
- 下：人中卑賤

善根　感　報

三種善根 仁王

- 布施　慈悲　智慧
- 治：貪　瞋　癡
- 又：不貪　不瞋　不癡

由此能生一切善法故名善根

三科收行 翻譯名義

- 十使十惡：黑業　報　四惡
- 五戒十善四禪四定：白業　報　人天
- 三乘摩訶衍：報　四聖

三無漏根

- 未知當知根：如見道八忍七智苦法忍與疑得俱未知苦諦至後智位當知故餘七忍亦然
- 已知根：從道類智已去修道位中上下八諦皆已俱知無未曾知故
- 俱知根：無學位以盡智無生智作知已已知之解名知有此知者名俱知根

三時無悔

- 加行心：方便欲作　都無改
- 根本心　時：作心決定　悔名上
- 起後心：作已追念　品極惡

三世無生

- 過去已滅
- 未來未至
- 現在不住

三處閑居

- 深山遠谷永絶人蹤　修禪
- 頭陀抖擻極近三里　宜於
- 蘭若伽藍獨自一房　此處

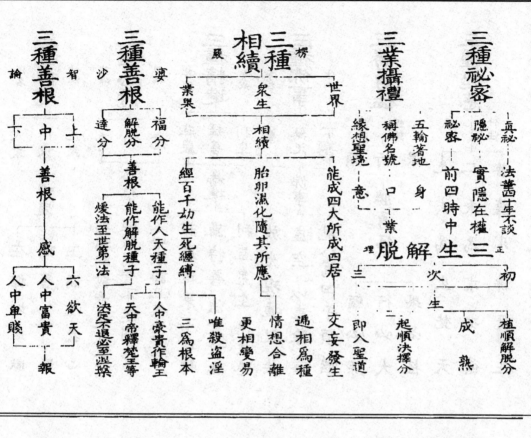

三善伏道（解脫道論）
- 戒—初—精進不退故喜躍猗樂故心定
- 定—爲中—善—以定如實知見
- 慧—後—以如實知見厭患離欲解脫

三善伏道
- 戒—惡趣
- 定—除—欲界
- 慧—上着

三學傾惑（歸敬）
- 戒—如—捉—賊
- 定—如—縛—賊
- 慧—如—殺—賊

三種淨業（觀經）
- 孝養父母奉事師長慈心不殺修十善業
- 受持三歸具足衆戒不犯威儀
- 深信因果讀誦大乘勸進行者

三種非道（淨名）
- 惡趣果報
- 惡趣行業
- 世俗善業果報
- 行於非道—通達佛道

三種乞人（淨名什注）
- 沙門—隨其所
- 貴人—求皆名
- 下賤—乞人

三合生識（楞伽）
- 我
- 根
- 塵
- 和合而生

八識三相（唯識）
- 自相—何賴耶—以具三藏爲自相故
- 果相—異熟—以能招業成果相故
- 因相—一切種—受熏持種爲因相故

八識三位（唯識）
- 我愛執藏位—賴耶—從無始至七地登八捨—不動地前纔捨藏
- 善惡業果位—異熟—從無始至等覺解脫道捨—金剛道後異熟空（八識頌云）
- 相續執持位—無垢—佛果至盡未來與智同起—大圓無垢同時發—普照十方塵刹中

識有三相（楞伽）
- 轉相—皆有生滅名轉
- 業相—八識皆動名業
- 真相—八之真性名真
- 相通於八識

八識三藏
- 能藏—能持種故—如庫能藏衆寶
- 所藏—能受熏故—如庫爲寶所藏
- 執藏—第七執爲我故—如庫爲人監守

三識名義
- 集起—心—即第八識—集諸種子起現行故
- 思量—意—即第七識—恆審思量執第八見分爲我故
- 了別—識—即前六識—於六塵境能了別故

黎耶三譬（釋論）
- 染汙分—如土—第七識
- 清淨分—如金—第九識
- 染淨分—如地—第八識

陀那三義

梵語陀那 此云執持
- 一執持根身令不爛壞
- 二執持種子令不散失
- 三執取結生相續。結生即投胎

三惑習氣

- 見思
- 塵沙
- 無明

習氣即
- 見思
- 塵沙
- 無明

家習

此三家習舊本另載今合於此

三分真妄

- 唯真 自性清淨心
- 真妄和合 即第八識
- 唯妄 即前七識

三因大同 通教

- 同斷見思
- 同出分段
- 同證偏真

三種睡眠 遺教

從
- 一食
- 二時節
- 三心

起

三種見惑

- 俱生 五鈍中有利如蟲獸凡夫亦能起我我即是利從鈍使背上起故屬鈍
- 推理 未發禪來雖有世智推理辯聰見想猶弱所有十使同屬於鈍
- 發得 從因定發見心猛勝所有十使從強受名皆屬於利

三種思惑

- 俱生 與形俱生如男女托胎妄於父母生愛惡心此是邪思還飯見惑
- 依見 如外道依見而起瞋此利上鈍名背上使見諦斷時正利去背亦去
- 界繫 即三界九品思此名鈍使亦名事障 號正三毒

三惑取相 別記

- 見思
- 塵沙
- 無明

取
- 生死
- 涅槃
- 二邊

相

三種懈怠

- 不安隱
- 無味
- 不知恐怖

三品無明 別記

謂於初地所破無明細分三品
- 上 中上雖破猶在回向
- 中 後心
- 下 至此品盡方入初地

三品塵沙 別教

斷惑分齊
- 十住
  - 初住 斷見 斷界內 上品
  - 二住至七住 斷思
  - 八九十住
- 十行
- 十向

斷界外
- 中品
- 下品

以惑從教
- 十住 破 生無生八門
- 十行 破 無量四門
- 十向 破 無作四門

斷界外
- 上品
- 中品
- 下品

塵沙

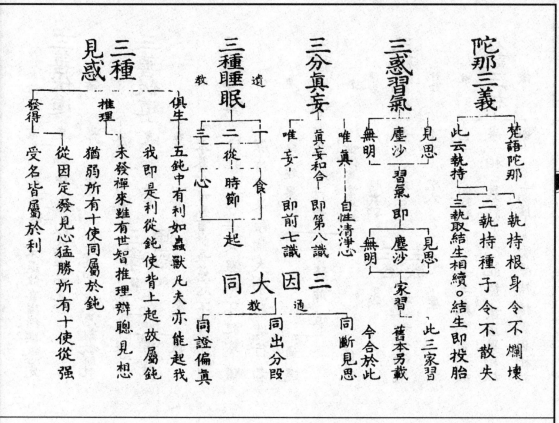

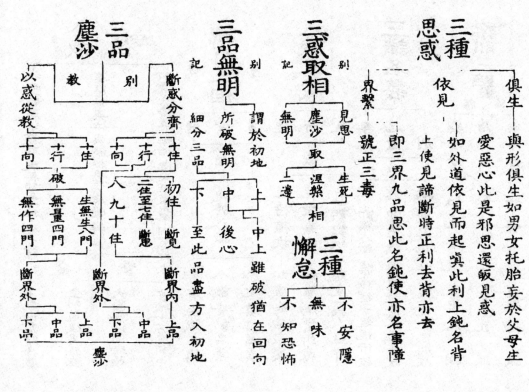

三種五塵 小止

- 作違情事是可畏
- 作順情事是可愛
- 非違非順事是平等

五塵
- 令人恐懼
- 令人心著
- 動亂行人

皆名爲魔

三等微塵 大論

- 大—游塵可見
- 中—諸天所見
- 小—聖人天眼見

三種死苦

- 業報
- 惡對
- 時節代謝

三種食法 光句

- 世間
- 出世間
- 出世間上上

法味皆法施也

三種身苦 智論

- 老
- 病
- 死

三常不足 遺教

- 衣—以捨飾好著壞色衣
- 食—趣得支身以除饑渴
- 睡眠—修習善法無令失時

婆沙三義

- 廣
- 勝
- 異

說

三種發心

- 名字
- 相似
- 分證

發心
- 釋論云—發僧那於始心，終大悲以赴難—五品弟子
- 仁王云—十善菩薩發大心，長別三界苦輪海—十信六根
- 華嚴云—初發心時即攝五位而成正覺—初住已上

三種發心 起信

- 信成就
- 解行
- 證入

發心
- 十信行滿信心成就入十住中初發心住
- 十行位中解法性空順修六度發回向心
- 初地至十而此證者唯眞如智法身顯發

三種極少 俱舍

- 色
- 名
- 時

分析
- 諸色至一極微
- 諸名至一字
- 時至一刹那

偈曰極微字刹那名色時極少

三阿僧祇 小教

- 初從古釋迦至尸棄
- 次從尸棄至然燈
- 三從然燈至毘婆尸

值七萬
- 五千佛
- 六千佛
- 七千佛

名
- 初僧祇
- 二僧祇
- 三僧祇

望髮聞
- 即煖位
- 即頂位
- 即忍位

三法自責 寶積

是
- 平等心
- 正行所得
- 無異行得

非
- 不平等心
- 邪行得
- 離行得

三惡當除 法炬

- 心性狠戾不受善言
- 常懷嫉妒懼佗勝己
- 設知勝已恥而不問

三長齋月

- 正
- 五
- 九

月
- 天以大寶鏡照
- 四大洲此三月正照
- 南洲故宜修福

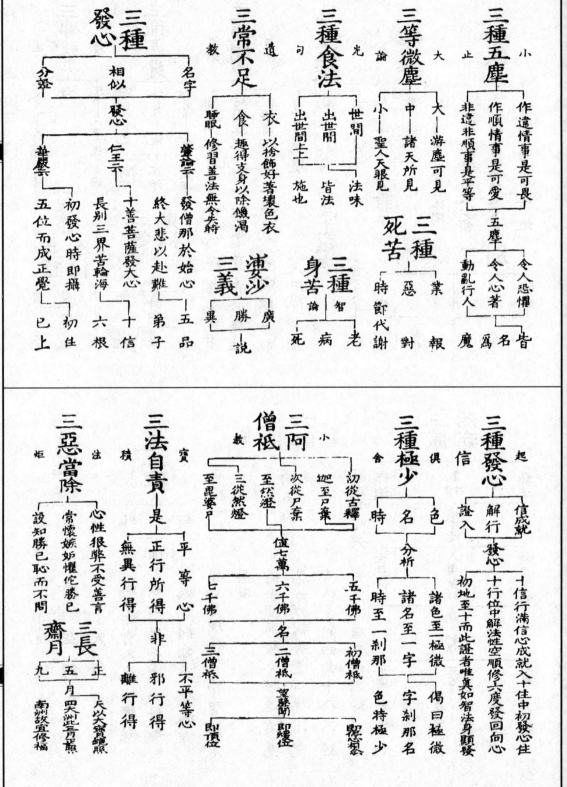

三事受胎（毘婆沙）
- 父——赤白二滴——緣
- 母
- 中有——八識自種——因
- 和合受胎

三種舍利
- 骨——白
- 髮——舍利——黑
- 肉——赤

三種色身
- 內身——已——前世
- 外身——他——不淨
- 內外——己他——業招

三等鬼神
- 人——鬼
- 地——神曰——祇
- 天——靈

三種闡提（唯識樞要）
- 闡底迦——華梵見二闡提中
- 阿闡底迦——此云畢竟亦云無性
- 阿顛底迦——以畢竟無涅槃性故

三等地獄
- 重者徧歷——百三十六獄——八正獄——重
- 中者不徧
- 下者復滅——百二十八——輕

三種地獄（度人）
- 熱——十八
- 寒——十八——此是根本
- 邊——輕繫——亦名孤獨

孤獄三別
- 山間——亦有
- 水中
- 曠野——地獄

三等餓鬼
- 重者餓火御焰不聞漿水之名
- 中者伺求蕩滌膿血糞穢
- 輕者時薄一飽

三種夜义
- 在地——地行夜义
- 虛空——名——空行夜义
- 在天——天行夜义

餓鬼三障
- 外——障——遇水時有人爲作障礙
- 內——障——或口出火咽如針等
- 無——障——或自割身食糞穢等

三種六師（翻譯名義）
- 自稱一切智——邪心見理發於邪智辯才
- 得五神通——無礙——得世間禪發五神通有慈——忍力刀割香塗心無惜愛
- 誦四韋陀典——博學多聞四韋十八大經——天文地理無所不知

三懺治病
- 作法——三惡業報——草樺——差病而已——不能肥身
- 取相懺治——人道業報——病如服——五石——病差身充——不能得道
- 無生——三界有漏業報——石芝——病除身飛——升仙得道

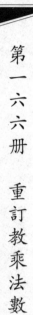

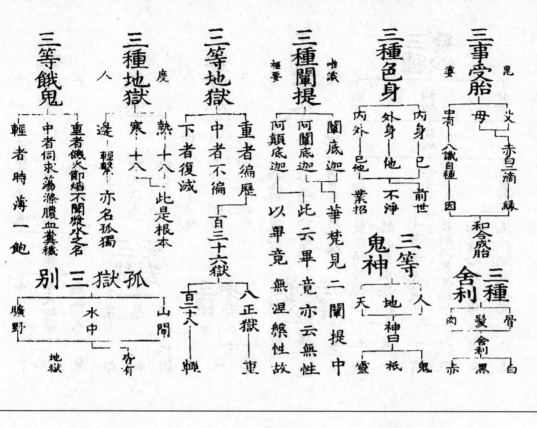

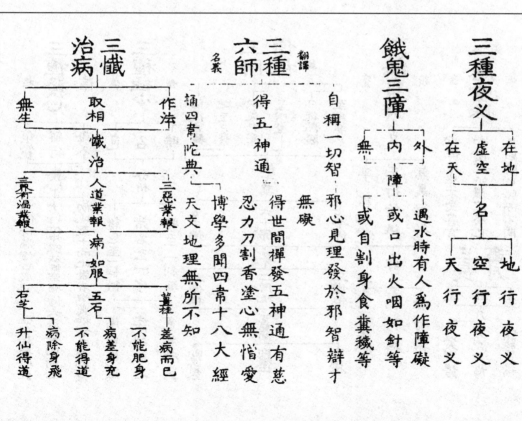

三懺功能（光明句記）
- 作法
  - 違無作罪．違戒
- 取相
  - 懺滅
  - 性罪．犯定
- 無生
  - 無明．犯慧
- 罪
  - 入道
  - 三惡
  - 三界有漏
- 業障
  - 怖畏
  - 憂愁
- 煩惱
- 報障
  - 四住
  - 無明

大乘三懺
- 作法　法華方等般若各有事儀要制期限　助
- 取相　方等十二夢王菩薩戒見光見花等　助
- 無生　端坐念實相　正

小乘三懺
- 作法　經藏輕重俱許懺律不許夷但許下四　助
- 取相　阿含犯欲作虵口想罪即滅　助
- 無生　析法空觀　正

三教無我
- 儒　孔子以謙光之義
- 釋　佛觀五蘊皆空
- 道　老子以長而不宰

三家異論
- 支敏度　心無義
- 支道林　即色義
- 竺法汰　本無義

重訂教乘法數卷第七

重訂教乘法數卷第八

佛三種聲
- 一者先世種因緣故能出種種妙聲一里乃至千世界徧滿
- 二者神通力故徧滿三千大千世界及十方河沙世界
  - 此二菩薩亦有
- 三者佛音常能徧滿十方虛空
  - 此唯佛有

三如意通
- 能到如意通　長江大海重關複嶺千里萬里欲到即到等　通二乘
- 轉變如意通　大能作小小能作大一能作多多能作一等　通菩薩
- 聖如意通　化現無方應變不測雖無去來隨緣隱顯等　唯佛有

佛三種果
- 一切智
- 慈悲
- 平等

果
- 外道
- 二乘
- 菩薩

佛光三因
- 然燈施佛
- 愛樂明經
- 解人疑惑

由此故感身有光明

三身壽量 法華文句
- 法身　非是連持壽亦非長短量
- 報身　智慧光爲壽無數劫爲量
- 應身　應同連持壽應同長短量

三種神變 寶積
- 說法
- 教誡
- 神通

神變
- 應機說法無礙
- 能令入耳動心
- 現一身作多等

最初三寶
- 釋迦牟尼佛
- 四諦法輪法
- 五阿羅漢僧

小乘三寶
- 丈六劣應佛
- 四諦十二因緣法
- 四果四向僧

大乘三寶
- 三身十身佛
- 二空理等法
- 三賢十聖僧

住持三寶
- 刻像圖形佛
- 貝葉黃卷法
- 剃髮染衣僧

一體三寶
- 真如覺了佛
- 全體軌持法
- 事理和合僧

別相三寶
- 法報應化佛
- 教理智斷法
- 三乘階次僧

本門三喻 文句
- 一爲蓮故華
- 二華開蓮現
- 三華落蓮成

喻
- 從本垂迹
- 開迹顯本
- 廢迹立本

迹門三喻 文句
- 一爲蓮故華
- 二華開蓮現
- 三華落蓮成

喻
- 爲實施權
- 開權顯實
- 廢權立實

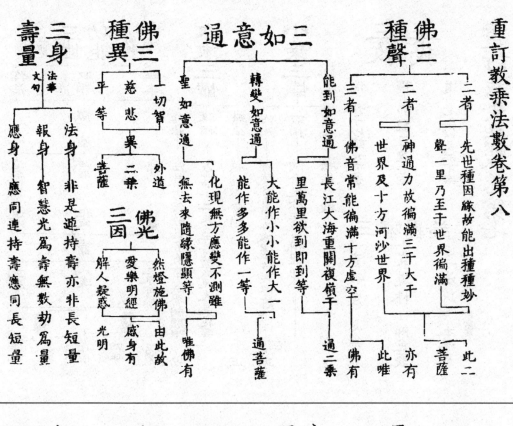

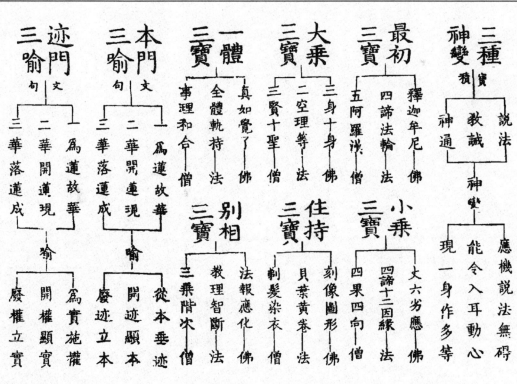

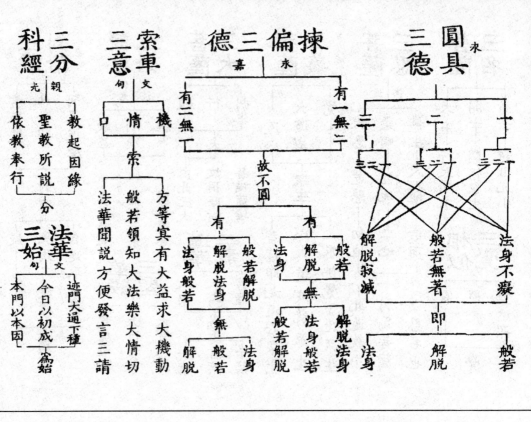

圓具三德（永）

一　二　三

法身不癡　般若無著　解脱寂滅

即

般若　解脱　法身

揀偏三德（永嘉）

有一無二　有二無一

故不圓

有：般若　解脱　法身
無：解脱法身　法身般若　般若解脱

有：般若解脱　解脱法身　法身般若
無：法身　般若　解脱

索車二意（文句）

機　情　口

索

方等寘有大益求大機動
般若領知大法樂大情切
法華聞説方便發言三請

三分科經（親光）

教起因緣
聖教所説
依教奉行

分

法華三始（文句）

迹門大通下種
今日以初成爲始
本門以本因

三分科經（道安）

序　正宗　流通

分

敘一經之原由
明一經之宗旨
冀流演於無窮

分經雅合於親光故稱彌天高判今古通遵

祕藏三文（涅槃疏）

一譬三點　如梵伊字此依言教
二喻三目　即天主眼此是修行
三合三德　即是佛師此約理也

三周説法（法華）

法説　即方便品
譬喻周　即譬喻品
宿世因緣　即化城品

三根得記

上根　舍利弗一人得記
中根　迦葉等四大弟子得記
下根　樓那等千二百人得記

化三迦葉

優樓頻螺　伽耶　那提

此云

木瓜林　象頭山　福生河

俱依住　處立名

三人於過去勝觀如來出世時共立剎柱以此因緣今爲兄弟初事外術佛化出家皆得道果

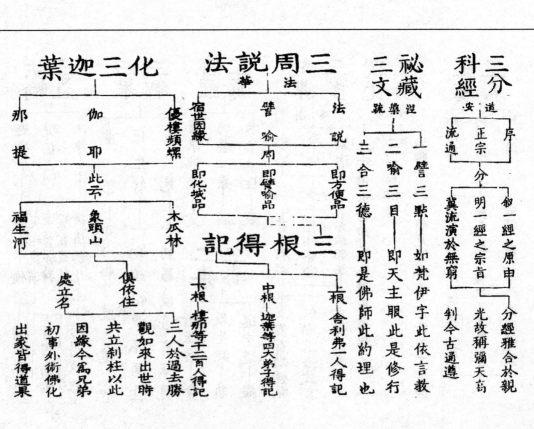

三藏對治（達摩）
素怛覽、毗奈耶、阿毗達摩——對治——疑、受用二邊隨、自建取執隨——煩惱

說法三語（淨名 什注）
軟善、剛強、雜——語——善行樂果、惡行苦果、讚善毀惡

華嚴三聖
毗盧遮那、大行普賢、大智文殊

菩薩三大
願、行、利生——大——由此三大故稱摩訶菩提薩埵

蓮華三義
人中、天上、菩薩——華——十葉、百葉、千葉

菩薩三義
大道心、大道成、覺——衆生——菩薩即是道心衆生、以大道成就衆生、上求佛覺下化衆生

菩薩三忍（通教）
伏忍——乾慧——初地
柔順——性地——二地
無生——八人地——三至十地
此通教中別爲菩薩立忍名也

菩薩三名
大士——行大願大
開士——開悟衆生
高士——超出凡小

相似三覺
寂、照、雙遮照——覺

法輪三益
過去、現在、未來——過去下種、現在熏聞、未曾下種、現在成種、復值佛化——得成熟益、皆因法輪、乃得成熟

四果三智
盡——智即解脫道智
無生智——一切煩惱更不再生
正見——一切羅漢皆有正見

菩薩三毒
廣求佛法——貪
呵惡二乘——瞋
未了佛性——癡

二乘三毒
忻涅槃——貪
厭生死——瞋
迷中道——癡

支佛三多（法華）
修福、供佛、聞法——多——若人有福、曾供養佛、志求勝法——支佛百劫種福、供佛求法故言、久種三多

獨覺三類（妙句）
一知佛出世即先入滅或被移他土
二出無佛世
三雖生佛世願見佛故不即捨壽亦不被移

羅漢三名
阿羅訶、阿羅漢、阿盧漢——此云——
應供——具智斷功德堪作人天福田
無生——無明糠脫不受後世生
殺賊——斷九十八使煩惱盡
——故

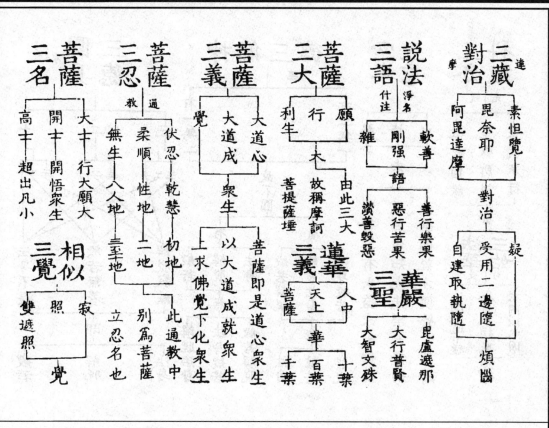

比丘三義
- 破惡——修戒定慧破見思惡
- 怖魔——魔王懼出三界生怖懼
- 乞士——養色身資慧命利檀那

佛三奇特
- 神通奇特——妙應羣機現大神變令一切衆生及諸魔外咸歸正化
- 慧心奇特——慧心湛寂照了一切諸法成就一切種智
- 攝授奇特——善知衆生諸根利鈍隨機攝受令聞法修行究竟菩提

外凡三位
- 五停心——貪嗔散癡障作不淨等觀
- 別相念處——即四念處是
- 總相念處——身受心法皆不淨苦空無常無我

亦名資糧位

通教三義
- 因果俱通——通當教是
- 因通果非通——被接者是
- 通別通圓——藉通開導

別教三道
- 見道——初地見諦道
- 修道——二地至六地
- 無學——七地已去

心入有三（教儀）
- 正信——深忍樂欲
- 正解——曉了性相
- 正行——依解起行

般舟三事
- 佛威神
- 佛三昧力
- 本功德

用是三事故得見佛

見佛三力（梵 師）
- 本有佛性——煩惱心中有如來藏
- 慧光攝取——念佛衆生攝取不捨
- 念佛三昧力——憶佛念佛必定見佛

禪觀三事
調身　調息　調心

不緩　不澀　不浮

不急　不滑　不沉

三事若調禪觀可獲

遺教三行
- 求善知識
- 求善護助
- 不忘正念

經貫三義（康 樂）
- 由　津　遍　也
- 又　久　通　由　也

圓覺三期
- 長期——一百廿日
- 中期——一百日
- 下期——八十日

楞嚴三七
- 初七——持咒禮佛
- 二七——發願無間斷
- 三七——鏡中光承佛摩頂

念處三依
- 依佛囑——佛將涅槃阿難問佛滅後比丘依何法而住佛言依四念處
- 依經——大品云聲聞依四念處行道
- 現前——止觀云行人受身誰不険入重擔現前是故念處居初

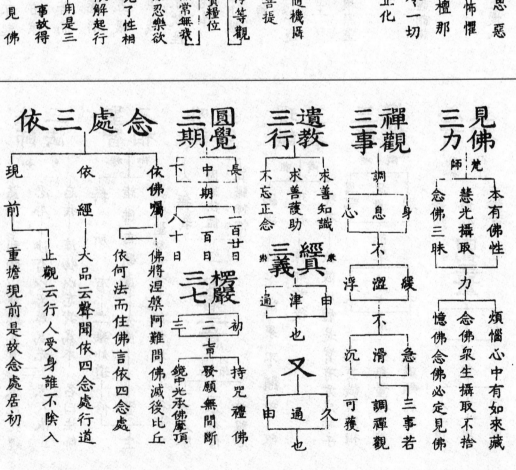

遺教三喻

- 放牛：牛喻五根人喻比丘五欲不起正念成就如牧牛不犯人苗稼
- 惡馬：若縱五根起欲妨道沈苦而無畔如惡馬無轡牽人墜陷
- 劫賊：如被劫害苦止一世五根賊禍殃及累世可不慎哉

懺悔三義

- 名：或名首伏名白法黑法名修來改往名披陳衆失斷相續心名慚愧等
- 處：別教以次第三觀爲處（皆上懺）；圓教以圓妙三觀爲處（下悔）
- 法：作法乃身口依法取相乃定心運想相起爲期無生則罪福無主

結集三人

阿難陀　優波離　大迦葉 — 結集 — 經　律　論 — 藏

合有三種

金錍

十　二　三 — 如 — 鳥投樹　羊相觸　二指已合

上慢三失

妙句

- 障：罪根深重
- 執：未證謂證
- 慢：增上慢人

法師三法

妙句

- 慈悲：利物以慈悲爲首
- 忍辱：涉有以忍辱爲先
- 忘我：濟物以忘我爲本

依此弘經　天人依止　名曰法師

聖智三相

楞伽

- 無所有：二乘外道修
- 諸佛自願處：先佛習生
- 自覺聖智究竟：諸佛地處行

唯識三空

人無我　因緣法體　真歸佛性 — 空

安塔三意

十二因緣

- 一表人勝
- 二令他信
- 三爲報恩

現識三義

唯識

- 顯現：據七識果不顯現故
- 現在：據非前後
- 現有：據假法體是實有方成種子

三能變識

唯識

異熟　思量　了別 — 能變 — 第八　第七　前六 — 識

論云識所變相雖無量種而能變識類別唯三

心有三相

淨名什注

- 發動
- 攝心
- 捨苦

由旬三量

上　中　下 — 由旬 — 八十里　六十里　四十里

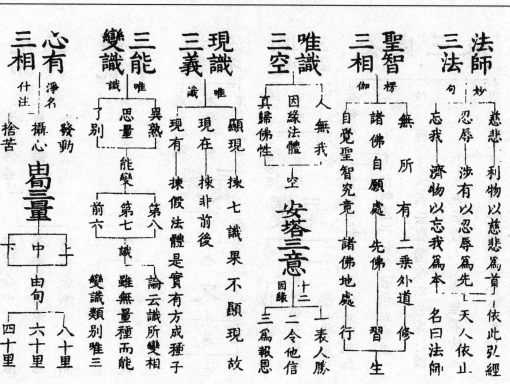

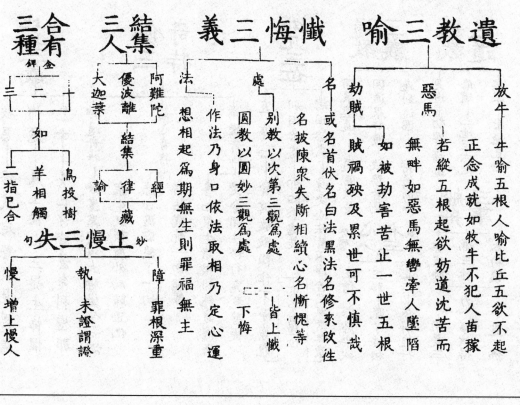

心通三義 楞嚴

- 一 證果——端坐百日得初果
- 二 發解——決定自知成佛
- 三 宿命——能記八萬四千恒沙劫

生天三念 雜寶

- 一 本所從來
- 二 定生何處
- 三 先修何業得生天

念

地前三疑

- 一 二 三
- 疑空——斷滅　異色　是物
- 取——斷滅　色外　有爲
- 空

世壽三品

- 上 中 下 品
- 四十——少夭——佛八十
- 八十——不少　不夭——入滅表
- 百廿——太老——中道也

法器三德 廣百

- 稟性柔和無有偏黨常自審察不貪已利
- 常希勝解求法無厭不守已分而生喜足
- 爲性聰慧於善惡言能正了知得失差別

破斥三法 金錍

- 一 空
- 二 實
- 三 空實
- 佛言 若言
- 空者有
- 實者空
- 空實二
- 處無故

中陰三食

- 一 思
- 二 觸
- 三 意
- 食——義於四食中出

食體三法

- 香
- 味
- 觸

染淨三品

- 迷悟分——九界迷逆　佛界悟順
- 情理分——情　理
- 凡聖——六凡鄙　三乘見真
- 淨　染

悉達三妃 十二遊經

- 瞿夷
- 耶輸——羅云母
- 鹿野

天子三義 光明

- 一 處胎天護
- 二 生已天護
- 三 天與已德

孝體三等 禮記

- 大孝尊親
- 其次弗辱
- 卞者能養

中國三教 平心論

- 儒　道　佛
- 以
- 正　尊　大
- 設教治
- 世　身　心
- 學
- 儒者以功成身老名垂青史
- 道者以戶解飛昇長生久視
- 佛者以因圓果滿成佛度生
- 偏勝

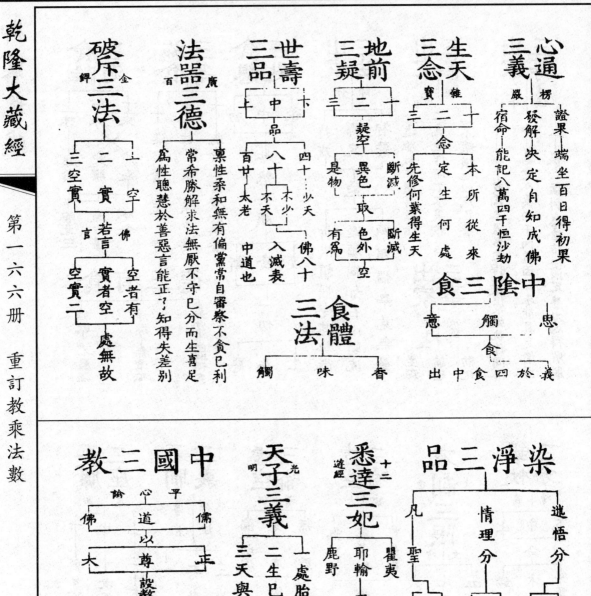

食離三過
上味—起貪
中味—起瞋
下味—起癡
離此三過方堪受食

施食三等
上—送食至寺
中—就家供養
下—造舍乞食發心供養

食有三德
輕軟—不麤澀
淨潔—無葷穢
如法—隨時得宜

食想三匙
初　中　後
匙想云願
斷　修　度
一切
惡　善　生

出家三法 什師
持戒　禪定　智慧
能
折伏煩惱令其勢微
遮煩惱如石山斷流
滅煩惱畢竟無餘

出家三善 法炬
一遠離嫉妬隨喜教示
二爲他作時不求果報
三不壞損他以成已善

出家三事 三千威儀
坐禪
誦經
勸化

出家三等 三千威儀
下—以十戒爲本盡形受持雖捨家緣執作同俗
中—具受八萬四千向道因緣未能具足清淨
上—根心猛利應捨結使以定慧力心得解脫

夏臘三座 毋尼
下—無夏至九夏
中—十夏至十九夏
上—二十夏至四十夏
五十夏以上名耆宿一切沙門之所尊敬

不眴三義 淨名什注
一如天眼不眴
二敬愛佛身諦觀不眴
三心無塵翳慧目常開

虛空三喻 無著
徧一切處　寬廣　無邊
喻
假　空　中

鼓聲三因 大經
皮　人　枹
三法和合出聲

虛空三喻 大經
無變易　無邊際　無罣礙
喻
佛法常無變易非三世攝
衆生佛性非內六入外六入
佛性如虛空無著名中道

衣制三限 律文
律—大衣五日
七條四日
文—五條二日
成
限日不成
尼犯墮
比丘突吉羅

錫杖三分 義淨
上　中　下
分
錫　木　牙角

袈裟三色
青　黑　木蘭
色
銅青　雜泥　樹皮
所謂三種壞色是也

鉢應法三

- 體——大要有二謂泥及鐵
- 色——熏黑赤或孔雀咽色鴿色
- 量——大受三斗小受斗半中者可知

右繞三帀

- 一帀——表敬三寶：佛、法、僧
- 二帀——滅三惡：地獄、畜生、餓鬼
- 三帀——破三毒：貪、瞋、癡
- 出三界：欲、色、無色

互跪三義 涅疏

- 一、二、三
- 右膝：有力跪能安人；有力起止便易；躁動著地令安
- 三處翹聳　右膝著地　故名互跪

龍樹三論

- 大悲方便——明天文地理作寶作藥利益世間
- 大莊嚴論——明修一切功德法門
- 大無畏論——明第一義中觀論是其一品

外道三論

- 僧佉、衛世師、勒沙婆
- 此云
- 數、勝、苦行
- 論
- 計二十五真諦從數起論　故此乃劫初黃頭仙造
- 計六句義於諸論中勝　故此乃休留外道所造
- 計無罪福應自苦行即得解脫即以名諂所造論也

寺院三門 佛地

- 空、無相、無作
- 門
- 凡寺有開三門者有但立一門亦呼為三門者論云大宮殿三解脫門為所入處　宮殿喻法空涅槃今之寺院乃是持戒修道求至涅槃之人所居故由三門而入

龍華三會 智論

- 初會、次會、三會
- 座
- 九十九億、九十六億、九十三億
- 彌勒法住記云
- 九十六俱胝、九十四俱胝、九十二俱胝
- 下生經云彌勒菩薩即於出家日成道坐龍華樹下三會說法

戒體有三 金剛鈔

- 初克住、次相應、後眷屬
- 出體
- 無表思一法
- 同時二十二法
- 身口意善業

有漏三種 俱舍 沙

- 加行、離染、生
- 得
- 煖頂忍世第一法
- 靜慮無色無量解脫等
- 謂生彼地法爾所得

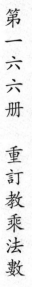

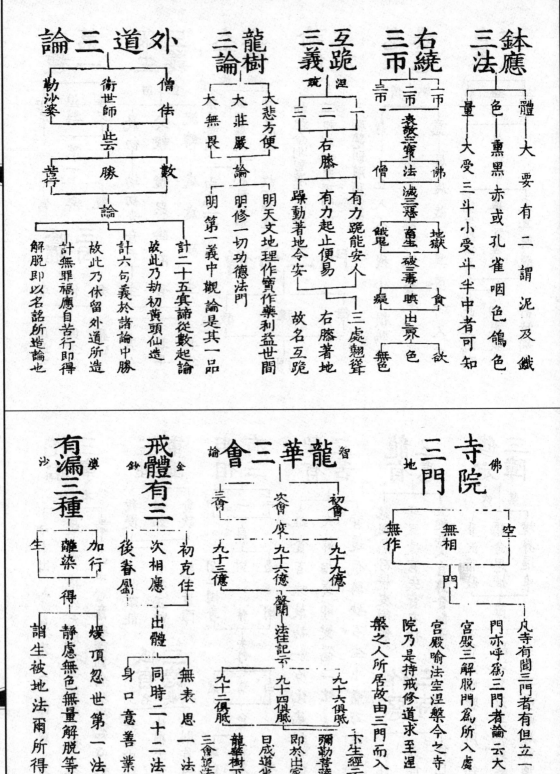

三種第一
- 知足
- 涅槃
- 善友

第一

- 富
- 樂
- 親

修羅三因
- 瞋
- 慢
- 疑

由此三因生修羅道

衆生三義（阿含）
- 最初劫初光音天下生——男女
- 受報攬衆陰而有——尊卑
- 流轉處處受生——共生

人有三擾（沈約）
- 榮名勢利
- 妖妍靡曼
- 甘旨肥濃

由此三事心神昏惑故不得道

瑜伽三祖（統紀）
- 初祖金剛智灌頂國師
- 二祖不空灌頂國師
- 三祖慧朗灌頂法師

息三暴惡（僧祇）
- 身——比丘入人舍撦小兒損物等
- 口——諸王臣前讒佞良善
- 意——屏處藏身異聲沛人等

色界有三
- 梵王
- 無想
- 五那含

外道計

- 爲生萬物主
- 無心爲涅槃
- 爲真解脱

此三總在四禪破外計故别出

僧分三門
- 教
- 禪
- 律

門

托胎三事（大集）
- 命——出入息爲命即風大
- 煖——業持火大地大等色而不爛壞
- 識——此中心意名識即刹那覺知心也

三種重障
- 我慢
- 嫉妬
- 貪欲

由此不能習學正法故名重障

狐有三德（名義）
- 其色中和
- 小前大後
- 死則首丘

明相有三
- 初
- 二
- 三

見

- 閻浮樹身
- 樹葉
- 過樹

天作

- 黑
- 青
- 白

色

取白色爲正時

龍有三苦
- 雖食百味最初一石化爲蝦蟇
- 夫婦相交即變爲二蛇
- 背道布鱗砂石生中痛乃連心

龍有三患
- 熱風熱砂燒皮徹髓
- 惡風壞宮失寶衣物
- 金翅鳥入宮搏食龍子

作惡三時
- 欲作
- 正作
- 作已

修定三障（次第）
- 昏沉暗蔽
- 惡念思惟
- 境界逼迫

障

- 昏沉瞪矇無所了知
- 雖不昏沉惡念數起
- 身或卒痛病魔競惱

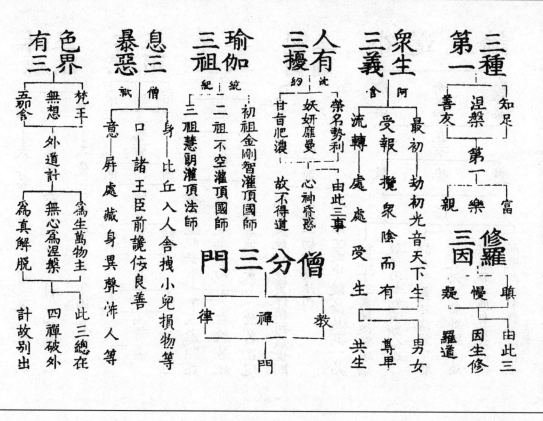

三種二智 妙句

- 化他權實
  - 藏、通、別
  - 三教皆是逗緣
  - 悉是化他二智
    - 照隨情二諦
    - 名隨他意語
- 自行權實
  - 圓教
  - 若通若別皆是
  - 自行二智
    - 照隨智二諦
    - 名隨自意語
- 自他權實
  - 束二教之實爲權束圓教
  - 之權爲實即自他二智
    - 照隨情智二諦
    - 名隨自他意語

三種親愛 智論

- 於怨
- 於親
- 於中人
- 親愛
  - 菩薩冤親平等故能
  - 於怨於親及非怨非
  - 親者等生親愛之心

修觀三緣

- 衣—但取蔽形—如糞掃或百一
- 食—但取支命—如行乞或送供
- 處—但取棲身—如蘭若或伽藍

身病 賢宗

- 四大五藏病相
  - 四大增損
    - 地大增者腫結沉重身體枯瘠等百一患生
    - 水大增者痰癊脹滿食飲不消腹痛下痢等百一患生
    - 火大增者煎寒壯熱支節皆痛等百一患生
    - 風大增者虛懸戰掉嘔逆氣急等百一患生
    - 四大不調四百四病一時俱起
  - 五藏所生
    - 從心生患者身體寒熱頭痛口燥等—心主口故
    - 從腎生患者咽喉噎塞腹脹耳聾等—腎主耳故
    - 從肺生患者身體脹滿四支煩疼心悶鼻塞等—肺主鼻故
    - 從肝生患者多無喜心憂愁不樂悲思瞋恚頭痛眼闇等—肝主眼故
    - 從脾生患者身面遊風遍體癢悶疼痛飲食失味等—脾主舌故

三相 教儀

- 鬼神所作病相
  - 謂怨鬼纏繞令身不安或
  - 行瘟散疫或生瘡變毒等
- 業報所感病相
  - 由過去作諸惡業令感惡疾報

三病治法 賢宗 教儀

- 治四大五藏病
  - 修止治
    - 或止心病處—心是報主如王到處賊自消散
    - 或止心丹田—丹田在臍下二寸—止此多有所治
    - 或住心足下—由心識緣四大不調故止之
    - 或意想頂—法界無量息心於此眾病自除
  - 修觀治
    - 或用六息—呵治心—吹治腎—呼治脾
      - 呬治肺—噓治肝—嘻治三焦
    - 或用十二息
      - 上息—治沉重
      - 下息—治虛懸
      - 滿息—治枯瘠
      - 焦息—治腫滿
      - 增長息—治羸損
      - 滅壞息—治增盛
      - 煖息—治寒
      - 冷息—治熱
      - 衝息—治壅塞
      - 持息—治戰動
      - 和息—治四大不調
      - 補息—治四大衰耗
    - 或用假想—如患冷想身中火等
    - 或用觀心—想病相不可得經久自瘥
  - 藥石治
    - 草木金石之藥與病相應皆可服餌
- 治鬼神病
  - 當用大威德力心加以經呪佛名助治
- 治業報病
  - 當用大慚愧懺悔心加以念佛發願修福助治

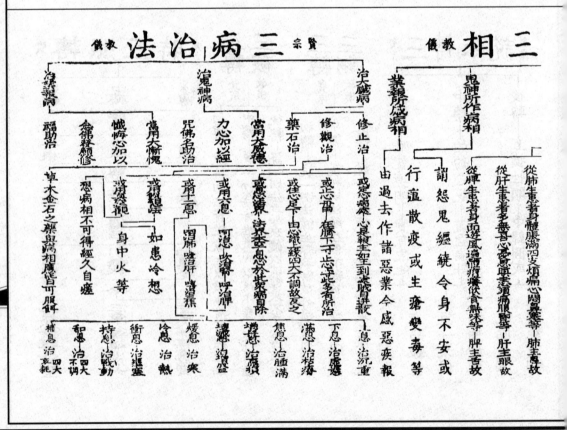

三種世間　智論

- 假名 ─ 於五陰中假立十界之名亦名衆生世間
- 五陰 ─ 十界五陰差別不同亦名五衆世間
- 國土 ─ 十界所依分齊互異亦名器界世間

三種熏習　華嚴孔目

- 名言 ─ 熏習 ─ 第六識分別名字言說熏第八種子識成就
- 色識 ─ 熏習 ─ 色等諸塵引生眼等諸識
- 煩惱 ─ 熏習 ─ 貪瞋邪見等一切煩惱染分之相

靜坐三時　賢宗教儀

- 入時 ─ 心則從粗至細境則自動及靜
- 住時 ─ 粗動心境既息細靜心境自住
- 出時 ─ 心則從細至粗境則自靜及動

主伴三句　華嚴

- 果主果伴 ─ 遮那爲主 ─ 十方佛爲伴
- 因主因伴 ─ 普賢爲主 ─ 十方菩薩爲伴
- 果主因伴 ─ 諸佛爲主 ─ 諸菩薩爲伴

三時機教　賢判

- 日出先照時節 ─ 高原大根衆生機 ─ 稱上根本法輪 ─ 名直顯教 ─ 令同教一乘等轉同成別
- 日昇轉照時節 ─ 下中上根衆生機 ─ 依本起末法輪 ─ 名方便教 ─ 令下中上三類等轉成一
- 日沒還照時節 ─ 上上根衆生機 ─ 攝末歸本法輪 ─ 名開會教 ─ 令小偏教三乘等轉偏成圓

轉照三時　賢判

- 初轉照爲下根轉小乘法輪名隱實教 ─ 令凡夫外道轉凡成聖
- 中轉照爲中根轉三乘法輪名引攝教 ─ 令三乘人等轉小成大
- 後轉照爲上根轉一乘法輪名融通教 ─ 令三乘人等轉權成實

三轉三破　賢宗教儀

- 初轉 ─ 說一切法皆從緣生以破外道自然性等
- 中轉 ─ 說一切法皆唯識現以破小乘心外有法
- 後轉 ─ 說一切法本如來藏以破權乘不了心境俱空

三轉三翻　賢宗教儀

- 初轉 ─ 說一切法緣生無我翻彼外道實有我執
- 中轉 ─ 說一切法緣生假有翻彼小乘實有法執
- 後轉 ─ 說一切法緣生即空翻彼權乘二無我執

三轉未說　賢宗教儀

- 初轉 ─ 唯就境明實有依他 ─ 未說大乘法空真如妙理
- 中轉 ─ 始約心說盡空徧計 ─ 未說一乘俱空法性妙理
- 後轉 ─ 直據性顯中歸圓成 ─ 未說佛乘不空真如實相

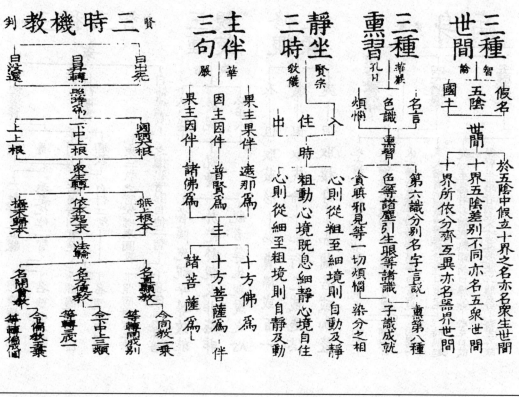

三時法喻（賢宗教儀）

- 通約一化
  - 先照時／轉照時／還照時
    - 譬喻
      - 譬如日出先照須彌山等諸大高山
      - 譬如山先有高下故照有先後
      - 譬如日沒還照須彌山等諸大高山
  - 法合　如來智輪
    - 先照菩薩摩訶薩
    - 隨諸根欲而照異
    - 還照菩薩摩訶薩
- 別約轉照
  - 初轉時／中轉時／後轉時
    - 譬喻　譬如日昇
      - 初轉照黑山
      - 次轉照高原
      - 後轉普照大地
  - 法合　如來智輪
    - 初轉照聲聞緣覺
    - 次轉照決定善根
    - 後轉普照乃至邪定

漸中

- 武坵　叟師
  - 有相　無相　常住　教
    - 十二年前見有得道
    - 十二年後見空得道
    - 最後雙照五性成佛
- 唐三藏謂
  - 初時轉小乘
  - 中時照大乘
  - 後時持三乘
  - 名轉

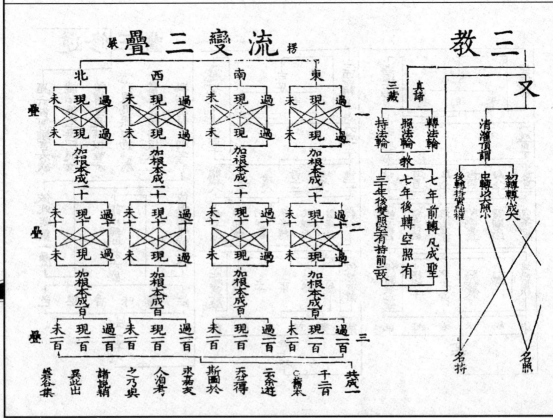

三教

- 真諦三藏
  - 轉法輪　照法輪　持法輪　教
    - 七年前轉凡成聖
    - 七年後轉空照有
    - 三十年後雙照空有持前二教
- 文
  - 清灌頂謂
    - 初轉轉成大
    - 中轉以大照小
    - 後轉持實攝權
    - 名照
    - 名持

流變三疊（楞嚴）

- 東　南　西　北
  - 一疊：過　現　未／過　現　未
    - 加根本成一十
  - 二疊：過十　現十　未十／過　現　未
    - 加根本成百
  - 三疊：過一百　現一百　未一百

共成一千二百○舊本云奈遊天台得斯圖於求嘉友人追考之乃與諸說輯異此出谿谷集

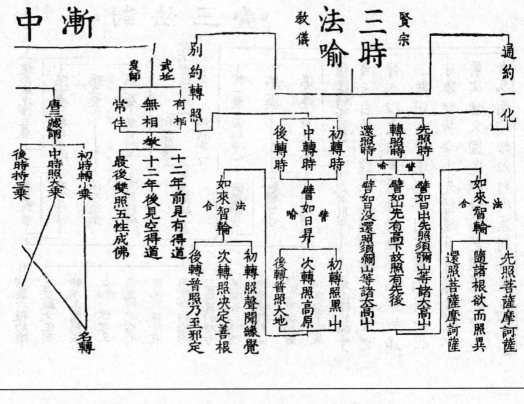

對法三疊總目

一隨染緣逆修三疊
第一疊　無明染心　起背性修　緣塵取著
第二疊　依惑造業
第三疊　業成招果　百惡莊嚴

依不變性○心
根塵同源　縛脫無二
即具隨緣二義

二隨淨緣順修三疊
第一疊　圓解淨心　研塵離著
第二疊　起順性修
第三疊　行成感果　依解起行　衆善莊嚴

楞嚴六根功德
三疊雖文但剖
時方未聞對法
此即一教之宏
宗萬行之心府
苟無所據修者
何依今約染淨
二義畧對時方
逆順各三於理
無乖增數對論
從畧至廣如圖
列矣治平甲辰
東山釋元撰序

自天台操師綜而爲圖講者多遵從之
晳本以文相寬博方册難於編錄析爲
三段但其中逆順合明文圖兩列初學
殊難配析今本先標總目并錄原序於
前次會文圖逆順分編於後蓋欲使觀
者易明幸勿以列次差別爲疑也

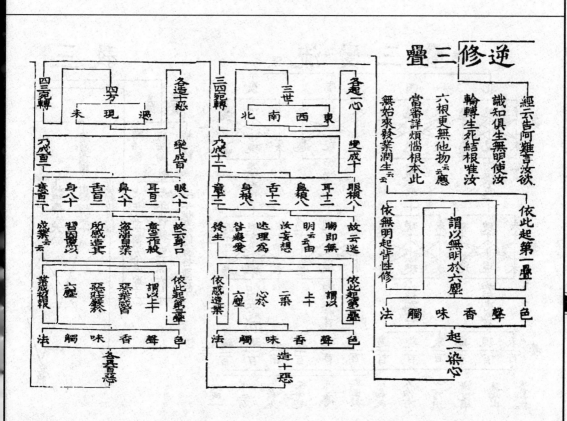

逆修三疊

經云告阿難言汝欲
識知俱生無明使汝
輪轉生死結根唯汝
六根更無他物云云應
當審詳煩惱根本此
無始來發業潤生云云

依此起第一疊
謂以無明於六塵
依無明起背性修
色　聲　香　味　觸　法
起一染心

各造一心
東　西　南　北
三世
三四宛轉
變成十
乃成十二
眼根八　耳十二　鼻根八　舌十二　身根八　意十二
故云迷晦即無明云云由汝妄想迷理爲咎癡愛發生
依此起第二疊
謂以十二類於六塵
依惑造業
色　聲　香　味　觸　法
造十惡

各造十惡
過　現　未
四方
四三宛轉
變成百
乃成百二
眼八十　耳百二　鼻八十　舌百二　身八十　意百二十
故云身口意三作殺盜淫自業所感遣其習因熏以成業云云
依此起第三疊
謂以上十惡業習惡種熾六塵
業成招報
色　聲　香　味　觸　法
各具百惡

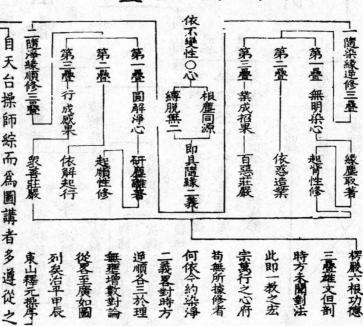

眼八百　耳千二　鼻八百　舌千二　身八百　意千二

變百叅千　三世　東西南北　三四究轉　成千二百

故云一切衆生六識造業所招惡報從六根出一者見報招引惡果此見業交則臨終時先見猛火滿十方界亡者神識飛墜乘烟入無間獄云云皆是衆生妄想所造云云六根惡報其相如是

順修三疊

經云汝復欲知無上菩提令汝速證安樂解脫寂靜妙常亦汝六根更無他物云云若不審觀煩惱根本則不能知虛妄根塵云云

依此立第一疊　謂以圓解於六塵　依圓解起順性修

色　聲　香　味　觸　法

起一淨心

各修一心　變成十　三世　東西南北　三四究轉　乃成十二

眼根八　耳十二　鼻根八　舌十二　身根八　意十二

故云發明便解脫云云知見無見斯即涅槃無漏真淨

依此起第二疊　謂以上十二淨於六塵　依解起行

色　聲　香　味　觸　法

修十善

各修十善　變十成百　四方　過現未　四三究轉　乃成百二十

眼八十　耳百二　鼻八十　舌百二　身八十　意百二

故云持此四種律儀皎如冰霜自不能生一切枝葉心三口四生必無因

依此起第三疊　謂以上十善心感善報於六塵　行成感果

色　聲　香　味　觸　法

具百功德

變百爲千　三世　東西南北　三四究轉　成千二百

眼八百　耳千二　鼻八百　舌千二　身八百　意千二

故云如是法門先過去世恒沙劫中微塵如來秉此心開得無上道識陰若盡則汝現前諸根互用如是乃超信住行向四加十地等覺圓明入於如來妙莊嚴海云云六根功德其相如是

三年所說

成論

少年　中年　老年

所說爲

初善　中善　後善

當佛

三十成道時　三十後至七十餘歲時　七十二至八十歲時

即

先照華嚴　轉照三會　還照法華

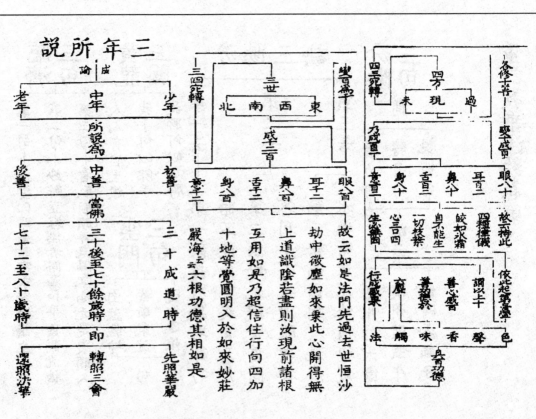

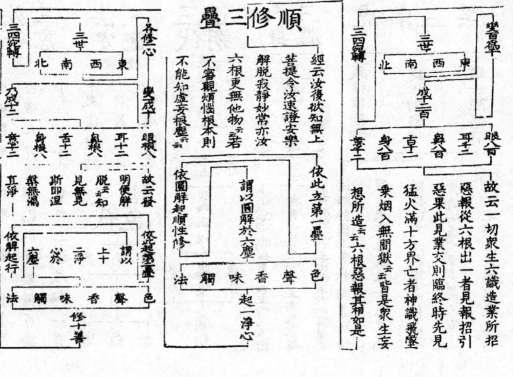

法華三意
- 開權顯實——四時三教當體圓實
- 廢權立實——開巳俱實無權可論
- 會三歸一——會於三乘咸歸一乘

法安三絕 僧傳
- 風儀挺特
- 解義窮深
- 精進潔巳

三代尚色
- 夏　商　周
- 尚
- 黑　白　赤

三代正朔
- 夏　殷　周
- 以
- 十三月　十二月　十一月
- 爲正以
- 平旦　鷄鳴　夜半
- 爲朔

人身三膲
- 上　中　下
- 膲
- 從頂至心　從心至腰　從腰至足
- 或云
- 在心下下膈在胃上口主内而不出
- 在胃中脘不上不下主腐熟水穀
- 在膀胱上口主出而不内以傳道也

虎溪三笑
- 東林遠法師
- 處士陶淵明
- 道士陸脩靜

法師於廬山東林結蓮社修淨業未嘗過溪二士慕其高韻往造焉三人談道相送不覺過溪遂鳴掌大笑人寫爲圖名虎溪三笑傳之後世焉

臨濟三句
- 第一句——三要印開朱點窄未容擬議主賓分
- 第二句——妙解豈容無著問漚和爭負截流機
- 第三句——看取棚頭弄傀儡牽抽元是裏頭人

黃龍三關
- 人人有個生緣
- 我手何似佛手
- 我腳何似驢腳

雲門三句
- 函蓋乾坤
- 截斷衆流
- 隨波逐浪
- 句

汾陽三訣
- 第一云——第一訣接引無時節巧語不能詮雲綻青天月
- 第二云——第二訣舒光辯賢哲問答利生心拔出眼中楔
- 第三云——第三訣西國胡人說濟水過新羅北地用邠鐵

汾陽三句
- 問
- 著力句　轉身句　親切句
- 汾云
- 嘉州打大像　陝州灌鐵牛　西河弄師子

重訂教乘法數卷第八

重訂教乘法數卷第九

三刦三千佛

- 過去莊嚴
- 現在賢
- 未來星宿

刦

- 華光至毘舍浮佛
- 拘留孫至樓至佛
- 日光至須彌相佛

各一千佛，共為三刦三千

三種意生身

楞伽

- 一三昧樂正受意生身 — 以三昧力得自在樂，普入諸剎隨意無礙
- 二覺法自性性意生身 — 覺了諸法自性如幻，本無所有故能普入
- 三種類俱生無行作意生身 — 隨諸衆生種類顯現，如鏡現像而無作為

輔行

- 三地空
- 八地假
- 九地中

亦名意成身

三聖意生身

楞伽

- 二乘
- 菩薩
- 大聖穩樂

意生身

- 尚有分段
- 妙能變化
- 得大究竟

各三無礙

- 徧到
- 石壁
- 迅速

無礙

菩薩三無厭

智論

- 供佛
- 聞法
- 給僧

無厭

不忍看三苦

無著

- 流轉
- 衆生相違
- 之受用

等覺三修學

瓔珞

- 初一百劫頂寂定中修諸三昧
- 次二千劫金剛定中學佛威儀
- 後三萬劫大寂定中學佛化行

三種波羅蜜

楞伽

- 世間
- 出世間
- 出世間上上

波羅蜜

- 凡夫神通及生梵天，此六度是有漏法
- 二乘行六度樂自涅槃樂
- 菩薩為衆生故修行六度

三釋波羅夷

止持

- 退沒 — 由犯此戒道果無分
- 不共住 — 非但失道
- 墮落 — 捨此身已墮阿鼻獄

不得於說戒羯磨僧中共住

三處阿蘭若

井師

- 達磨
- 摩登伽
- 檀陀迦

阿蘭若

- 華嚴初說本來湛寂無起作義
- 塚間去村落一俱盧舍
- 砂積之處

即牛鳴不及處

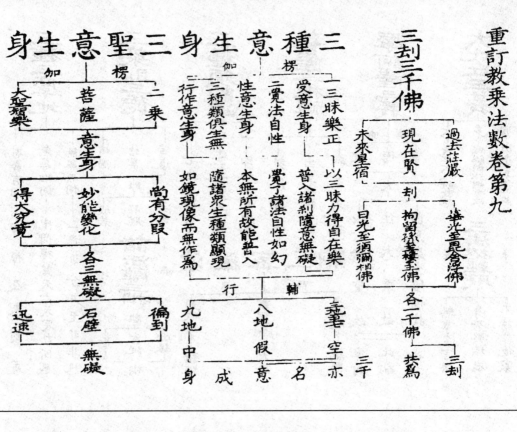

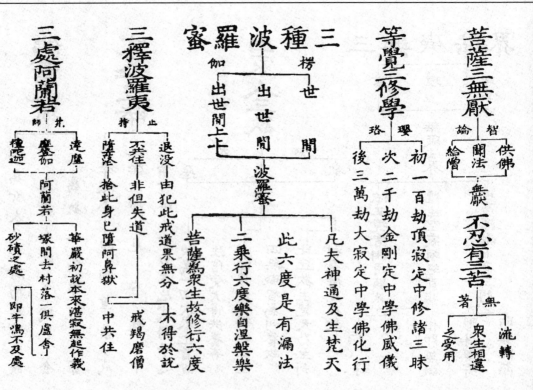

三種三摩地

有尋有伺—初禪及未到定
無尋唯伺—中間禪梵天六天定力所感
無尋無伺—二禪近分乃至非非想

三染即三德

煩惱　結業　苦道
即
般若　解脫　法身

諸法離三相（起住滅）

離
名字相　言說相　心緣相

三種須陀洹

下—七生證羅漢果
中—三生或五生涅槃
上—即一生得四果

菩薩三種禪

現法樂住
出生三昧功德
利益衆生

波羅密三翻（禪門）

到彼岸—諸經
事究竟—大論
度無極—瑞應

摩訶薩三義（佛地）

數　德　業
大
以無量故—摩訶
住大乘故—此翻
能息衆生煩惱故—爲大

大比丘三義（毘柰）

大—天王大人所敬
多—徧解內外經書
勝—出九十五種上故

三法招譏

無事多言語
身著弊垢衣
不請往他家

佛三事入城

一爲女人父母所拘不得出故
二爲病人故入城乞食
三爲欲人見佛相好等

式叉女三法

一學根本—即四重禁戒
二學六法—見六數中
三學行法—一切大尼戒須學之

出家人三欲（大經）

惡　大　欲
欲
惡欲—欲爲一切大衆上首說法信受大得供養等
大欲—令四衆知我得初住至四無礙智爲利養故
欲—比丘欲生梵天乃至剎利家得自在故

三無礙法界

事　理　理事
無礙法界
依正境智相用顯然
體性空寂頓絕百非
理事渾融而有三門
性淨　離垢　相即無礙　形奪無寄　即離渾然

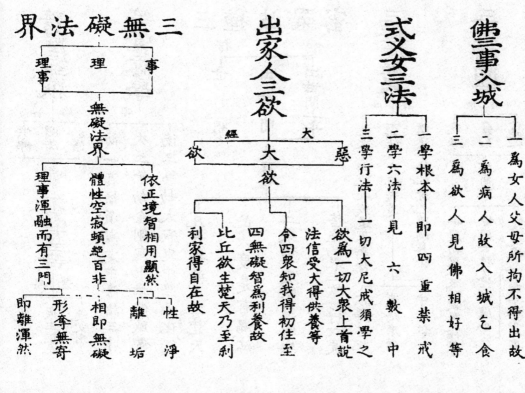

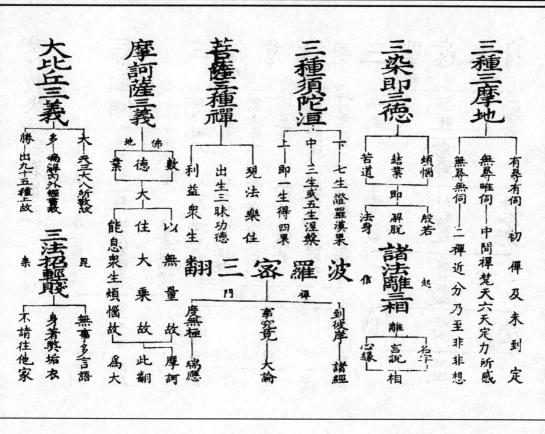

三種鬼神魔

- 一者精魅 — 十二時獸變作種種形色
- 二者堆剔鬼 — 亦作種種形狀 — 破人善心
- 三者魔惱 — 是魔多化作三種五塵

三衣斷三毒

戒 壇

- 五條 — 貪 — 身
- 七條 — 斷 — 瞋 — 口
- 大衣 — 癡 — 意

三品五條衣

百一 羯磨

- 上 — 豎三肘廣五肘
- 中 — 在上下之間
- 下 — 減 半

畜生三依處

- 水處。
- 陸處。 — 三品
  - 重者土內不見光明
  - 中者山林
  - 輕者人所畜養
- 空處。

方便土三義

- 真中 — 二乘三種菩薩證方 — 雖通三
- 真似 — 便道並屬定邊 — 義正從
  - 別圓似解未修眞修 — 皆名作意 — 眞似立
- 偏圓 — 並以三教而爲方便 — 方便名

三處二十年行慈與三樂三學攝道品

法

- 二十年中常令除糞 — 以八忍八智斷見合爲一無礙一解脫九無礙九解脫斷思共成二十年
- 二十年中執作家事 — 住大乘位轉大乘教名二十年執作家事

華

- 自見子來已二十年 — 從有二乘之機而來感佛故云自見云云

- 上 — 佛
- 中 — 菩薩 諸天 — 誓
- 下 — 三禪 四事 繫處 — 婆沙

- 戒 — 三品 — 正語 正業 正命
- 定 — 二品 — 信力 信根
- 定 — 十品 — 正定 念根 念力 念覺 正念 / 四如意 定根 定力 除覺 定覺 捨覺
- 慧 — 四品 — 正見 正思
- 慧 — 十八品 — 四念處 四正勤 進根 慧根 進力 慧力 擇覺 進覺 喜覺 正進

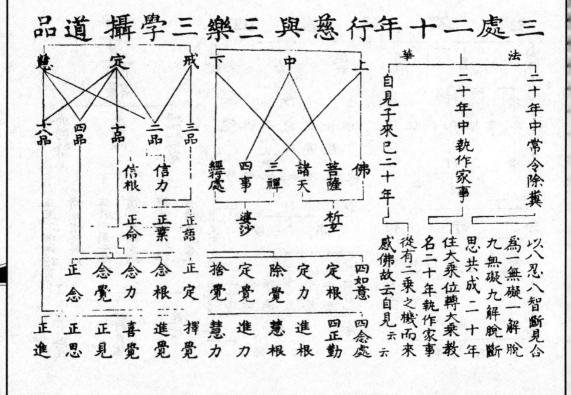

三種三聚門

衍論

一者
- 十信前名邪定聚不能信業果報等故
- 三賢十聖名正定聚決定安立不退位故
- 十種信心名不定聚或進或退未決定故

二者
- 十信前并十信心名邪定聚皆無根故
- 無上大覺果名正定聚已滿足故四
- 三賢及十聖名不定聚皆未究竟故

三者
- 十信前名邪定聚無樂求心故
- 十聖名正定聚已同眞證故
- 十信及三賢名不定聚未得正證故

三種三聚門

- 正定聚——必入涅槃能破顛倒
- 邪定聚——必入惡道不能破倒
- 不定聚——得因緣能破不得不能

四教三不退

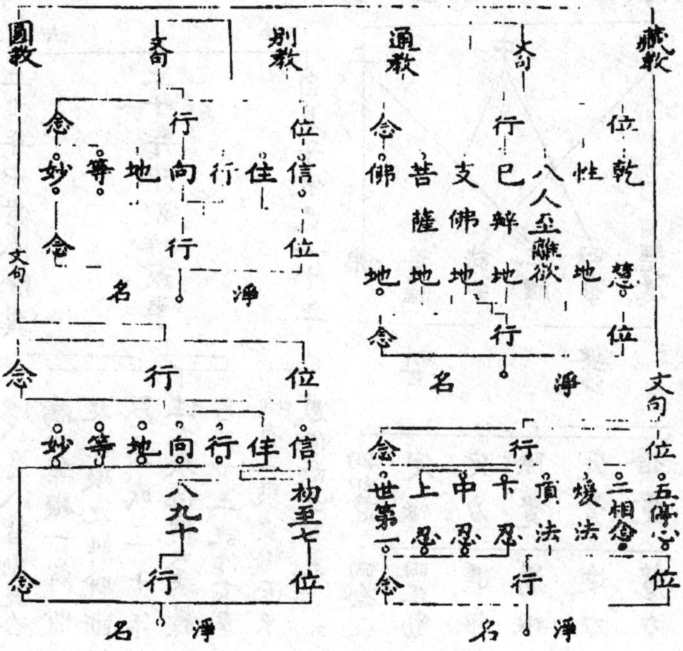

妙行三因緣

- 時因緣——五濁不增時諸有情類情純善故——雖不樂爲
- 處因緣——生於中國一類有情志意調柔故——妙行自然
- 補特伽羅因緣——與彼能修妙行類有情常共居——能行

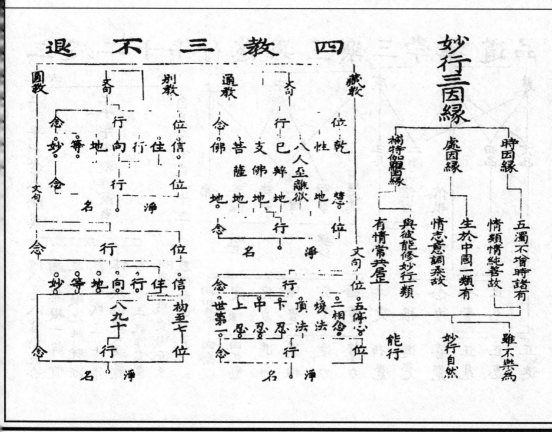

三處入法界

- 約位
  - 十地初心——以得不退故——次說摩訶般若華嚴海空宣
  - 同向終心——入——諸行純熟故——說菩薩歷劫修行
  - 初地——得圓融智故——始見我身入如來慧乃至我
- 約法
  - 初般若——無量義經云——今亦令得聞是經入於佛慧
  - 次法華——入——法華經云——或見如來入涅槃乃至或見
  - 後涅槃——像法決疑經云——法身同如虛空等

三默說相對

天台教儀

- 初此座十方
  - 或一座默十方說
  - 或十方默一座說
- 二多人一人
  - 或對一人默多人說
  - 或對多人默一人說
- 三俱說默——或俱默或俱說

義加各不相知互爲顯密

佛有三不能

- 不能免定業
- 不能度無緣
- 不能盡衆生界

三種發心相

起信

- 眞心——無分別故
- 方便——利衆生故
- 業識——微細起滅故

三歸破三邪

- 歸依
  - 佛
  - 法
  - 僧
- 破
  - 諸外天神
  - 殺害之業
  - 餘諸外道

三乘同三法

通教

- 同觀無生四諦
- 同體假入空觀十二因緣
- 同觀六度見第一義

三心不可得

金剛

- 過去心
- 現在心
- 未來心

不可得

- 已去故
- 不住故
- 未生故

安居離三過

- 無事遊行妨修出世業
- 損傷物命違慈實深
- 所爲既非故招世謗

三種人難報

- 令出家者
- 令知集者
- 令盡漏者

婆沙云此三種人多所利益其恩難報

隨煩惱有三

- 小隨——忿恨等十
- 中隨——無慚等二
- 大隨——掉舉等八

畜生三類攝

- 晝
- 夜
- 晝夜

行

畜生三種墮

- 類：披毛戴角
- 墮：不斷聲色，是隨墮
- 尊貴：不受食

聲聞學

- 超宗異目
- 齊局共隔
- 影響音聞

經訓常具三義

- 教、行、理（妙、玄）
- 常：天魔外道不能改壞；真正不雜無能踰過；湛然不動決無異趣

成佛後三修學

- 百劫頂寂
- 千劫金剛
- 萬劫大寂
- 定中學諸：相好、威儀、化行

三苦依三受生

- 苦苦、壞苦、行苦 依 苦受、樂受、不苦不樂受
- 生：三苦三受名義見前

四教三

- 藏：初僧祇、二僧祇、三僧祇
- 通：初二地、三四地、七巳辦
- 上根

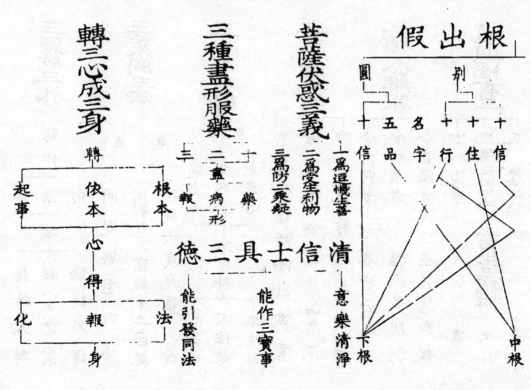

根出假

- 別：十信、十住、十行
- 圓：名字、五品、十信
- 中根
- 下根

菩薩伏惑三義

- 一為逗機生善
- 二為受生利物
- 三為防二乘疑

三種盡形服藥

- 一 藥
- 二 盡形 病
- 三 報

清信士具三德

- 意樂清淨
- 能作三寶事
- 能引發同法

轉三心成三身

- 轉：根本、依本、起事 心
- 得：法、報、化 身

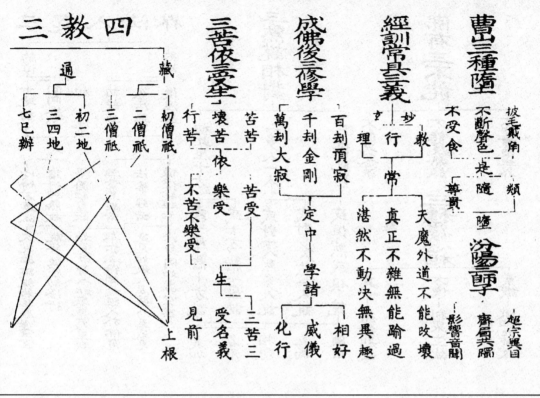

三處不轉法輪
- 我慢高山
- 五欲淤泥
- 邪見稠林

翻三染成三德
- 翻苦—成法身德
- 翻惑—成般若德
- 翻業—成解脫德

欲界天三種欲
- 飲食
- 睡眠
- 淫欲

於三事中起希須名欲

天台三意
- 一符定光懸記
- 二轉平等志願
- 三行道多在天台

名家三義

化轉物心三義
- 迷者—轉迷成解
- 惡者—轉惡爲善
- 凡夫—轉凡成聖

佛行離地三意
- 地有蟲故
- 地有生草故
- 現神足故

三品罪受三苦
- 上品—父母羅漢支佛—上—阿鼻大地獄
- 中品—殺凡夫至阿那含—受中苦—三惡道重
- 下品—螘子一切畜生—下—三惡道輕

三身治三障

禪門念
- 應—三十二相—昏沉闇塞—昏睡無言
- 報身—力無畏等—治惡念思惟障—欲作逆惡等事
- 法—空寂無爲—境界逼迫—身痛水火災

三種因緣得病

止觀
- 四大五臟不調 — 止觀三法
- 鬼神所作 — 用 — 彊心加呪治之
- 業報 — 修福懺悔

三道是三德種

- 苦道 — 正因 — 是法身種
- 煩惱道 — 了因 — 是般若種
- 業道 — 緣因 — 是解脫種

破三賊 喻三惑

指 別教
- 賊械鈍
- 身力羸
- 智謀少

次第
- 三止 — 先破二重
- 三諦 — 方破第三
- 三觀 — 更整人物

要 圓教
- 兵利
- 身壯
- 權多

一心
- 三觀
- 三諦 — 一日之
- 三止 — 中即破
- 三觀 — 三重 — 見思 無明

三種圓滿安樂

瑜伽 成就
- 加行 — 過即懺戒體無虧
- 意樂圓滿 — 求涅槃不生懈怠
- 宿因 — 乘宿福復行惠施

三種入不二門

淨名
- 三十一大士以有言言於無言
- 文殊以無言言於無言
- 維摩詰以無言無言

三佛成道除促

- 彌勒即出家日成道
- 釋迦苦行六年得道
- 大通過十小刦方成

三藏三學詮次

- 經 — 戒
- 律 — 定
- 論 — 慧

起教之次阿含爲先修行之初木义爲首

三寶約對四教

- 佛世 — 住持 — 藏 — 別相
- 相從 — 通
- 別相 — 別
- 滅後 — 一體 — 圓 — 總相

三寶是衆生敬田若能歸敬者長無量功德

佛降兜率三義

- 一表居中 — 大論取大梵共七天是天主通上下故
- 二常說法 — 菩薩居內院不著樂故
- 三遮輕慢 — 菩薩居此爲遮人天起輕慢故

三種在家二衆

- 離欲 — 形雖在俗元未婚娶常隨如來
- 功勛 — 已曾婚娶今持五戒永斷俗法
- 善宿 — 俗法不虧而持五戒及八齋戒

三種順菩提法（往生論文）

- 一、無染：不爲自身求諸樂故
- 二、安清淨：爲救衆生苦故
- 三、樂：欲令一切衆生得大涅槃

反前名三種障菩提

證果者得三法（楞伽）

- 即：得三種生相淨身——圓成
- 次：得一百八句圓爲語業淸淨
- 後：得三種意生身入出自在——意——神妙

三義釋如來藏（南嶽止觀）

- 能藏：果得法身衆生淨心含藏染淨二性藏體平等名如平等緣起名來
- 所藏：眞心爲無明殼所覆藏無異無相名如備染淨二用名來
- 能生：如女胎能生子此心亦爾能生諸法依染淨二法熏力能生世出世法

又（圭峯）

- 覆藏
- 含攝
- 出生

發三心生極樂

- 十六觀
  - 慈心不殺具諸戒行
  - 讀誦大乘方等經典
  - 修行六念回句發願
  - 又
    - 孝養父母慈心不殺
    - 受三歸依不犯威儀
    - 發菩提心勸進行者
- 妙宗鈔
  - 志誠
  - 深
  - 回向發願
  - 心
    - 志者專也誠者實也
    - 佛果高深發心求往
    - 大悲拔苦也

大小乘三藏教

- 大乘
  - 修多羅：法本——出世聖人言教之本——經
  - 阿含：無比法——詮量之法
  - 阿毗曇：無比法——無可比故
  - 無漏慧法，爲最勝故——論
- 小乘
  - 俱舍：藏——包藏攝持故
  - 婆沙：廣解——文多廣說諸羅漢集
  - 毗尼：滅——能滅身口七支之惡——律

- 華嚴：華嚴、梵網、十地
- 方等：方等、楞伽、唯識
- 般若：般若、第一會、大智度
- 法華：法華、安樂、法華

經　律　論

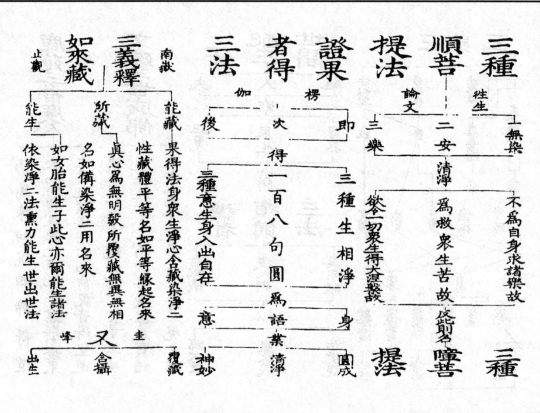

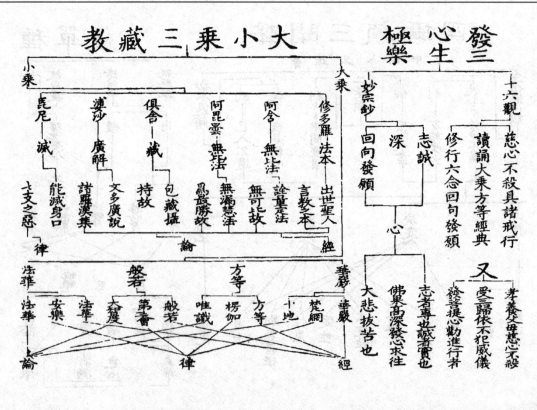

鹿苑三番度人

- 初爲陳如說四諦得道
- 次爲阿鞞跋提說布施生天福樂同證果
- 三爲迦葉俱利亦如前說皆得聖道

文殊三世成佛

- 過去已成——號龍種上尊王佛
- 現在北方——爲歡喜藏摩尼寶積
- 未來當成——名曰普現佛

三才配三世間

- 天——正覺
- 人——配——衆生——世間
- 地——器界

講者須備三法

- 肅威儀——臨大衆
- 提大綱——以——盡文義
- 具宗眼——示險觀

三身三

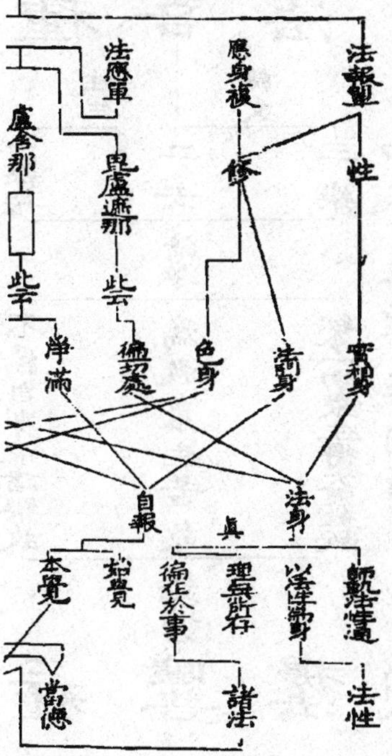

種單複

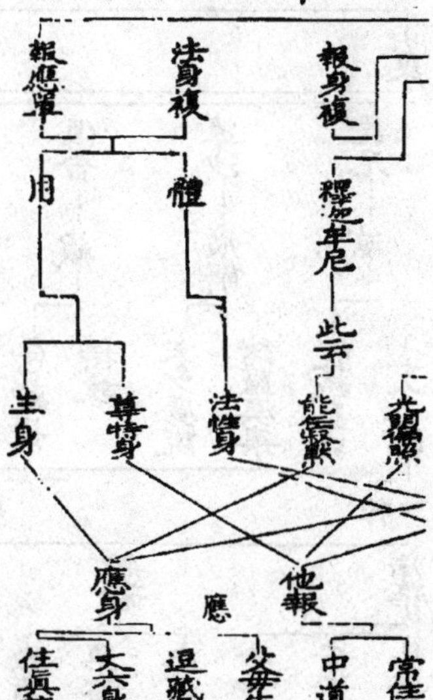

聲聞三類四攝

會疏文入論中

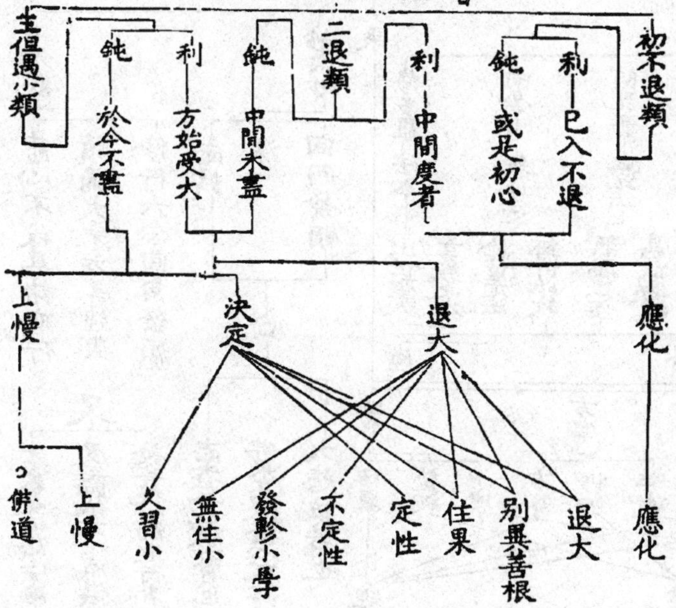

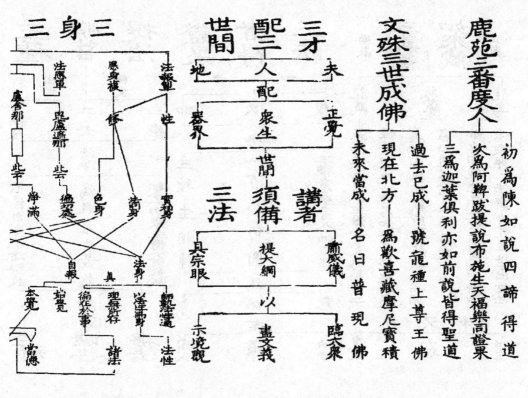

昔教三意者（釋籤）

- 華嚴——意在大根，言涉於小——二不攝小機
- 鹿苑——意在於小——一不攝大機
- 方等——逗大逗小，以大斥小——一不明逗緣彈斥之意
- 般若——通被大小，淘汰付財——一不明通被淘汰之意
- 三不開權
- 三不發迹

南洲人三事勝

- 能精進——能勇猛——勝諸天著樂不精進故——勇猛强記
- 識念力（亦名）——能憶念——勝諸天著樂多昏忘故——常修梵行
- 能斷淫——能梵行——勝諸天著樂多放逸故——佛出其中

此三事復勝東西北洲

地動有三因緣

- 一地依水水依風風依空風起則水擾地動
- 二得道沙門及神妙天現感應故動
- 三諸佛成道或說法等時往往地動

覺觀三種發相

- 明利心中
- 半明半昏
- 向昏沈

覺觀發相：

- 攀緣不住
- 明則攀緣昏則無記
- 昏中攀緣

三種田喻三人

- 第一田——渠流便利無諸砂滷等種一得百
- 第二田——雖無砂滷等渠流艱難收實減半
- 第三田——渠流險難多諸砂滷等種一得一

喻：

- 菩薩根性猛利自利利他
- 二乘根性遲鈍但能自利
- 闡提不信佛法但種善根

架乞食三意

- 不貪珍味——美惡均等故
- 爲破我慢——貴賤同遊故
- 慈悲平等——普作利益故

三毒對感三途

- 貪——對感刀途——地獄
- 瞋——對感火途——餓鬼
- 癡——對感血途——畜生

五時據三義立（天台）

- 從題
- 約法
- 從處

- 華嚴——雖歷七處八會只是一經
- 鹿苑——說經雖多同一處故
- 方等——說經既多處亦不一
- 般若——說經雖少處亦不一
- 法華涅槃——同一味故

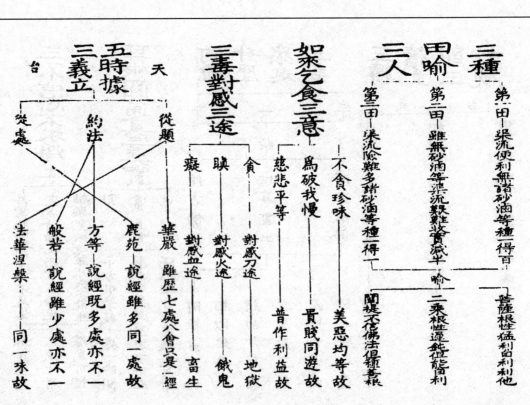

阿難從佛乞三願
- 一願不受佛故衣
- 二願不隨佛受別請
- 三願二十年已説法重爲説

修淨土方便有三
- 一善於自行而不取相
- 二不取證
- 三善化衆生

具此三者得生淨土

具三義能感後有
- 無明未斷——種子
- 愛未棄——灌溉
- 業未息——良田

如

器世間説法三義
- 神通——佛不思議通能令無情説法
- 融通——依正性融正能説依亦能説
- 顯理——塵塵皆爲教體皆能顯理

三人觀十二因緣相
- 上——佛菩提
- 中——緣覺
- 下——聲聞

智觀得

生淨土無三種過失
- 心——虛妄
- 位——退轉
- 善——唐捐

無

三不信心不求淨土
- 吾當超佛越祖淨土不足生
- 處處皆淨土西方不必生
- 極樂聖域我輩凡夫不能生

發此三心不求生者深爲可惜

耳根圓通具三眞實
- 圓——十方俱擊鼓十處一時聞
- 常——聲無既無滅聲有亦非生
- 通——隔垣聽音響遐邇俱可聞

眞實

阿難升座衆起三疑
- 一他方佛來
- 二世尊重出
- 三阿難成佛

疑

阿難身與佛相似短佛三指初升座結集衆起三疑及唱如是我聞三疑即遣

三轉讀文卽三妙觀

天台
- 是相如等——如名不異即空義——約如明空——空一切空
- 如是相等——點空性相名字施設即假義——點如明相——假一切假
- 相如是等——如於中道實相之是即中義——就是論中——中一切中

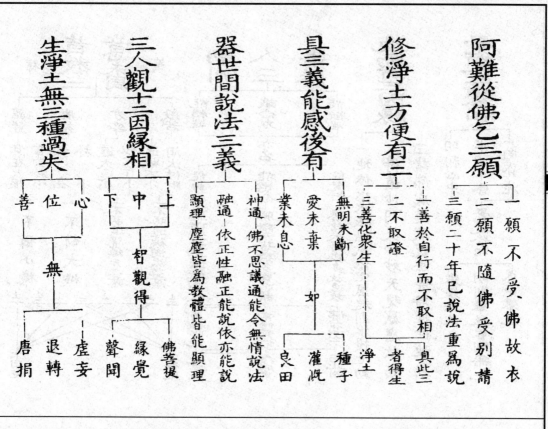

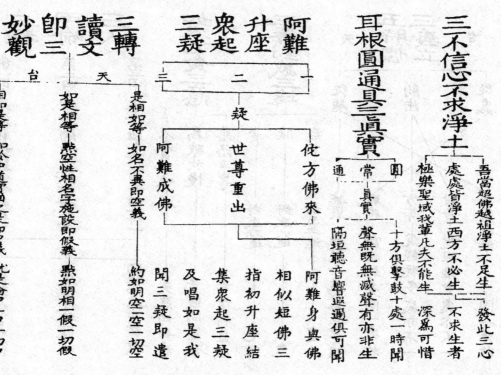

三賢對治地前三障

通　玄

- 十住學生空觀
- 十行作法空觀修自利利他行
- 十向作法空觀起悲願力普形六道度生

治

- 不信
- 聲聞自利
- 獨覺處

障

約三義明三百句

妙　句

- 十
- 二
- 三

約

- 生死處　三界果報
- 煩惱　見思
- 觀智　空觀

女有三事難得成佛

超　日　月

- 少制父母
- 出嫁制夫
- 長大難子

不得自由無緣修習

文殊普賢三對表法

清　涼

- 普賢
  - 即所信如來藏
  - 表所起萬行
  - 表證出纏法界
- 文殊
  - 即能信之心
  - 表能起之解
  - 表能證大智

調達三逆生入地獄

智　度

- 破僧得五百弟子
- 推山壓佛傷足指
- 拳殺花色比丘尼

浴佛錢當作三分

刹　頭

- 一分　佛　作佛形像用
- 一分　屬法　塔寺房舍用
- 一分　僧　各分給與上

奪害三親即名三怨

奪害

- 上親　父母　師長　即名上怨
- 中親　兄弟　姊妹　即名中怨
- 下親　朋友　知識　即名下怨

一切災難義該三障

消　災　潛　堂

- 破犯五戒　業
- 內身外身災難等　報
- 煩惱爲根本　煩惱

三轉法輪度三根性

- 菩薩一　此一往說
- 爲支佛再轉　耳通論例
- 聲聞三　皆三轉

稱宗師者須具三眼

- 教眼　明識權實　大小之法
- 道眼　親踐諸行　修證之門
- 宗眼　深窮圓頓　即具之旨

棄三不堅易三堅法

棄

- 身
- 命
- 財

獲

- 無極之身
- 無窮之命
- 無盡之財

三家論羅漢退不退

析玄

- 薩婆多
  - 初果　不退
  - 後三果　退
- 大衆部
  - 前三果　退
  - 四果　不退
- 經部宗
  - 超果　不退
  - 中間果　退

輔行引婆沙云羅漢章三三果退者如井砂上下有磚上磚若頹沙豈不頹四果如上磚二三果如中砂初果如底更無有退初果若退更無住處正合初師之論

三緣具足方論家家

- 斷惑　斷欲修惑三四品故
- 成根　能治三四成無漏根故
- 受生　更有欲有三二生故

緣

俱舍頌云斷欲三四品三二生家家謂斷欲惑三品則損四生餘有二生名三生家家斷四品損五生餘二生名二生家家

法華涅槃三義是同

- 法華三義
  - 開三教權顯一乘實　開權
  - 點淺劣三修即常樂我
  - 是法住法位世間相常住
  - 墻壁瓦石皆具佛性　談常
- 涅槃三義
  - 談久遠壽量　過去壽命
  - 談金剛不壞身　未來之壽　壽量

同

三慧收攝四信五品

現在四信

- 初一念信解　聞
- 二略解言趣
- 三廣爲他說　思
- 四深信觀成　修

滅後五品

- 初隨喜品　聞
- 二讀誦品
- 三說法品　思
- 四兼行六度
- 五正行六度　修

約二現釋三品相好

約相好多少分

- 上　華嚴　觀經　藥師　淨名　大集
- 中　般若　光明
- 下　薩遮　法華

依四明示三品

- 須現
  - 上　藏塵相好　八萬相好
  - 中　巍巍堂堂　須彌映海
- 不須現
  - 中　二界中間　現前　劣身
  - 下　丈六尊　法華三十二相

約部教勝劣分

- 上
- 中
- 下

北峯曰四明約須不須以通之淨覺以全現分現以釋之各據立宗是否可嚴

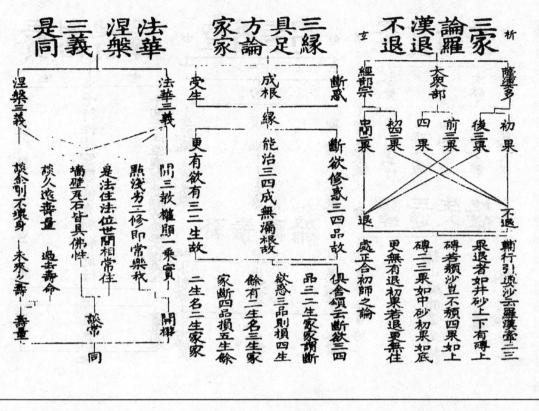

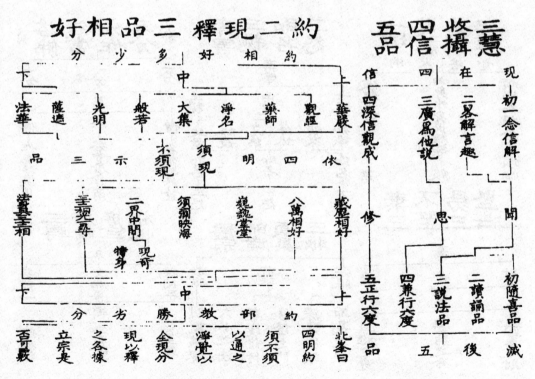

淨不淨肉各有三種

十誦

- 淨肉
  - 不見
  - 不聞
  - 不疑
- 三不淨
  - 見
  - 聞
  - 疑
  - 爲我殺

菩薩爲三事故修奢摩他

- 不放逸
- 莊嚴大智
- 得自在
- 定
  - 能治散故
  - 能發慧故
  - 能發通故

辟支佛三義分大小

輔行

- 緣覺 — 值佛聞法 — 大
- 獨覺 — 不值自悟 — 小
- 一義
  - 小緣覺 — 不具相
  - 大緣覺 — 具相
- 一義
  - 大獨覺 — 具相
  - 小獨覺 — 不具相
- 二義
  - 現通者 — 大
  - 不現通 — 小
- 三義
  - 說法者 — 大
  - 不說者 — 小

增減小劫

- 莊嚴劫。
- 賢劫
  - 成二十劫。
  - 住二十劫
  - 一大
  - 第一劫 — 從無量歲，百年減一歲，減至十歲；從十歲，百年增一歲，增至八萬四千歲。此一增一減爲一小劫，準知
  - 第二劫
  - 第三劫
  - 第四劫
  - 第五劫
  - 第六劫
  - 第七劫
  - 此劫自十歲增至八萬四千歲
    - 二萬歲鐵輪王出
    - 四萬歲銅輪王出
    - 六萬歲銀輪王出
    - 八萬歲金輪王出
  - 自八萬四千歲減至
    - 六萬歲拘留孫佛出
    - 四萬歲拘那含佛出
    - 二萬歲迦葉佛出
    - 百歲釋迦佛出

三災之圖

- 星宿劫。
- 壞二十劫。
- 劫
- 空二十劫。
- 第八劫 — 從此減至
- 第九劫
  - 三十歲時 — 人長三尺 — 饑饉災起
  - 二十歲時 — 人長二尺 — 疾疫災起
  - 極十歲時 — 人長一尺 — 刀兵災起
  - 小三災
- 第十劫 — 減劫八萬歲時彌勒佛出
- 第十一劫
- 第十二至十八劫
- 第十九劫 — 九百九十四佛相續出興
- 第二十劫 — 住劫滿樓至佛本願於增劫八萬四千歲時出

劫壞時大三災之圖

- 火壞初禪
- 水壞二禪
- 風壞三禪

一大劫盡，有一火災，壞至初禪。如是七火，又一大劫，有一水災，壞至二禪。共經七七四十九番火，則有七水；又七火，乃有風災，壞至三禪。總有六十四大劫，爲大三災壞劫始終之相

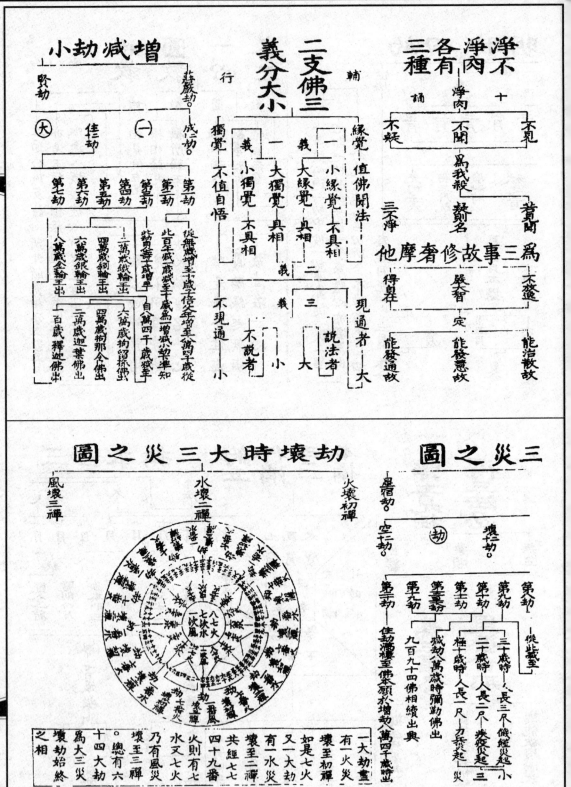

賢首宗始教圓教各三一心

始教

- 相見俱存：此通八識及諸心所并所變相分本影具足
- 攝相歸見：亦通王所但相無別種能見識生帶彼影起
- 攝所歸王：唯通八識以彼心所依王無體亦心變故

雖心心所別相見不同但皆是心故皆名一心

圓教

- 融事相入：一事隨心遍一切中彼一切事亦隨心入一事
- 融事相即：心即一切時彼一切一多事隨心亦各互即
- 帝網無盡：一切全是心能含一切所含亦唯心復含一切

唯是法界性海圓融緣起無礙故皆名一心

約四時明世法

春：正月　二月　三月　四月　五月

光句云本時三月既廢秋時以秋之三月

春　正月本攝　二月　三月　春分

夏　四月本攝　五月　六月　夏分

三三本攝佛法

夏：六月　七月　八月　九月　十月　十一月　十二月　冬

秋

配入三時：時則四月　論本則三　論攝則一　故云三三本攝

秋　七月本攝　八月　九月　秋分

冬　十月本攝　十一月　十二月　冬分

約五行消三三本攝

- 火夏土：四月　五月　六月
- 金秋土：七月　八月　九月
- 水冬土：十月　十一月　十二月
- 木春土：正月　二月　三月
- 土寄王四季

土寄四季正時爲本三月並攝於土故云三三本攝

淨土見樹得三法忍爲三事修毗婆舍那

- 音響忍：觀生死果報故
- 柔順忍：觀能增善根故
- 無生忍：觀能破煩惱故

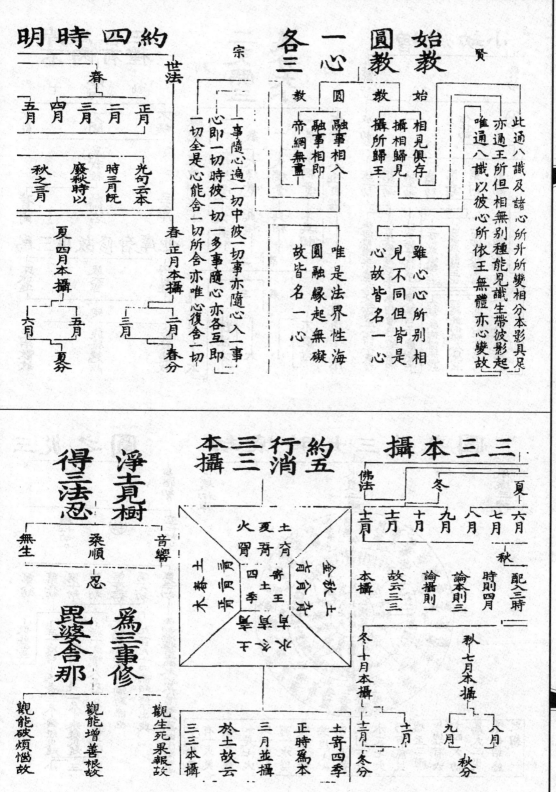

僧爲三寶種三等樹
毘尼

- 果
- 花 ── 樹
- 葉

三天下三種勝南洲
因本

- 長壽
- 色勝
- 地勝

約三義分三品善惡

- 約境
  - 善
    - 於劣不殺爲上 蚊蚋等
    - 於勝起殺爲上
  - 惡
    - 於勝不殺爲下 父母等
    - 於劣起殺爲下
- 約心
  - 善
    - 餘爲中
    - 餘爲中
  - 惡
    - 三時無悔爲上 力勝故
    - 猛心作爲上
- 約時
  - 善
    - 作已方悔爲中 力稍劣
    - 泛爾心作爲下
  - 惡
    - 正作即悔爲下 力劣故
    - 餘爲中

三識緣境廣狹不同
宗鏡

- 第八
- 第七
- 第六

緣境

- 最廣 ── 通緣種子根身器界境故
- 最狹 ── 唯緣第八見分爲自內我故
- 廣 ── 通緣帶質獨影及性境故

三意先度陳如五人
妙樂

- 一酬釋尊行因本願
- 二赴五人本願先度
- 三報今日侍奉之勞

三藏菩薩格量聲聞位次
天台

- 菩薩
  - 五停心總別相念處 ── 外凡 ── 初僧祇
  - 煖位
  - 頂位
  - 下忍
  - 局九
  - 中忍
  - 上忍
  - 世第一
  - 內凡
    - 二僧祇
    - 三僧祇
    - 六度滿
    - 入補處至降魔 二十一
    - 一剎那
    - 又一剎那
- 聲聞
  - 初果至極果 ── 聖位 ── 三十四心頓斷正習

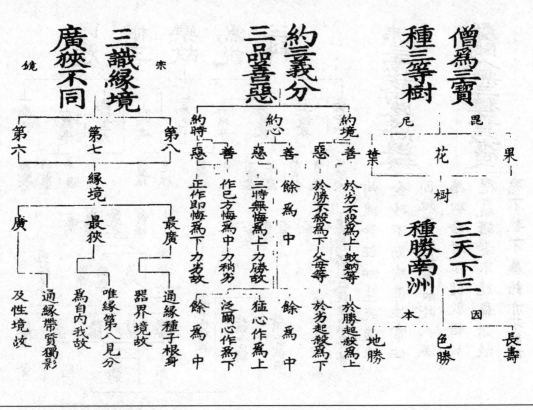

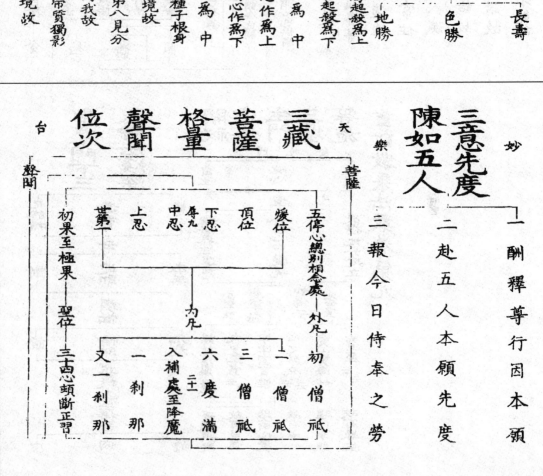

以愚根三樂故爲說三科

一愚心 為說五陰
- 色陰 合色
- 受陰 為一
- 想陰
- 行陰 爲四
- 識陰 開心

開色有分 此謂開色合心

爲說十二處
- 六塵處
  - 前五塵
  - 法塵
    - 三無爲
    - 不相應行
    - 無表色
    - 心數法
- 六根處
  - 前五根
  - 意根

合心有分

二愚色
- 六根界
  - 前五根
  - 意根
- 六塵界
  - 前五塵
  - 法塵
    - 心數法
    - 無表色
    - 不相應行
    - 三無爲
- 六識界
  - 前五識
  - 意識

開十色有分 此謂合色開心

開七心有分 此謂心色俱開

三愚心色 爲說十八界

偈云愚根樂有三故說陰處界等

佛三意故向跋提河涅槃
- 河流奔注如生死遄速
- 金砂不動喻佛性常住
- 因地在此捨身故此入滅

聲聞人無三種善巧方便
- 應軟語者不能軟語故
- 應麤語者不能麤語故
- 應不軟不麤語亦不能故

達磨門下三人得法淺深
- 尼總持 斷煩惱 證菩提 祖云得吾皮
- 道育云 迷即煩惱 悟即菩提 祖云得吾肉
- 慧可 本無煩惱 元是菩提 祖云得吾髓

開祕密濟生門三壇等施 應門施食
- 自性 壇 稱法界性運想 諦想清淨廣大曼拏囉云云 故有自性 妄從真起
- 唯心 壇 於自心中變現 曼拏囉 字字密言唯心之所成云云 故有唯心 境由心變
- 緣生 決擇地分建立 如偈云 此云壇 寶山寶海妙寶座云云 故有緣生 理以事顯

重訂教乘法數卷第九

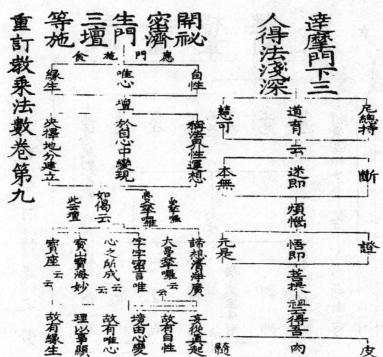

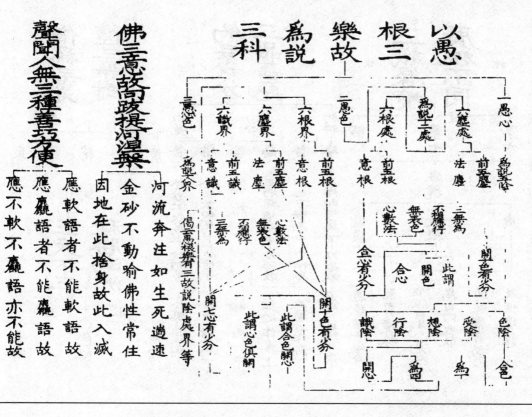

重訂教乘法數卷第十

四佛 楞伽

- 化佛：隨機赴感
- 報佛：酬其往因
- 如如佛：理體無二
- 智慧佛：本覺顯照

宗鏡

四藏 西域

- 經
- 律
- 論
- 雜

三藏外加雜藏謂咒及五明等

四聖

- 佛
- 菩薩
- 緣覺
- 聲聞

四向

- 初果向：苦類忍十五心
- 二果向：斷欲界思五品
- 三果向：斷欲界思七八品
- 四果向：斷上二界七十二品思

四果

- 初果：須陀洹 此云 預流、入流、逆流
  - 斷見惑八十八使預入聖流
  - 逆生死流順涅槃岸故
- 二果：斯陀含 此云 一來
  - 已斷欲思前六品唯餘後三
  - 一往天上一來人間即斷故
- 三果：阿那含 此云 不來
  - 已斷欲思九品唯餘七十二品思
  - 在上二界斷不來欲界受生
- 四果：阿羅漢 此云 殺賊、不生、應供
  - 殺九十八使煩惱之賊永不
  - 受三界生死堪為人天福田故

四衆 諸經

- 比丘：名含三義見三數中
- 比丘尼：尼此云女
- 優婆塞、優婆夷：此云近事
  - 男：親近三寶
  - 女：承事供養

四衆

- 發起衆：知時知機發起玄化
- 當機衆：緣合時熟聞即得道
- 影響衆：帶果行因影響輔化
- 結緣衆：根淺不解結緣成種

四信（起信）
信根本樂念真如
信佛功德親近供養
信法利益常念修行
信僧能行二利親近求學

又
信佛　病愈信藥妙
信法　藥妙必由師
信僧—要由看病人
信戒—信調護在已

四智
道慧—見道實性實性中得開佛知見
道種慧—知十法界諸道種別解惑之相二皆示佛知見
一切智—知一切法一相寂滅即悟佛知見
一切種智—知一切法一相寂滅種種行貌皆知即入佛知見

四樂（淨名）
樂常信佛
樂欲聽法
樂供養衆
樂離五欲

四戒
解脫戒—離惑業縛得自在故
定共戒—得定時不作意持
道共戒—見道時自然不犯
斷滅戒—斷滅煩惱得成道故

四心（淨名）
直心—無虛假故
發行心—能辦事故
深心—增功德故
菩提心—無錯謬故
心是道場

又
貪
瞋
癡
等分
三毒雜沓而起

四喻（不二）
夢喻—智德衆德元具示如夢勤加意
空喻—斷德萬惑本空示空名惑絕意
幻喻—智斷始爲因因無能感故如幻
像喻—智斷終爲果果非所克故如像

四執
生　不生
不滅　滅
斷　不斷
不常　常

四障
惑—由此能障
業
報—正道
見—謂諸邪見

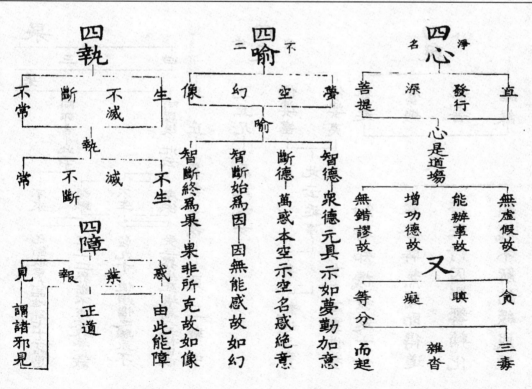

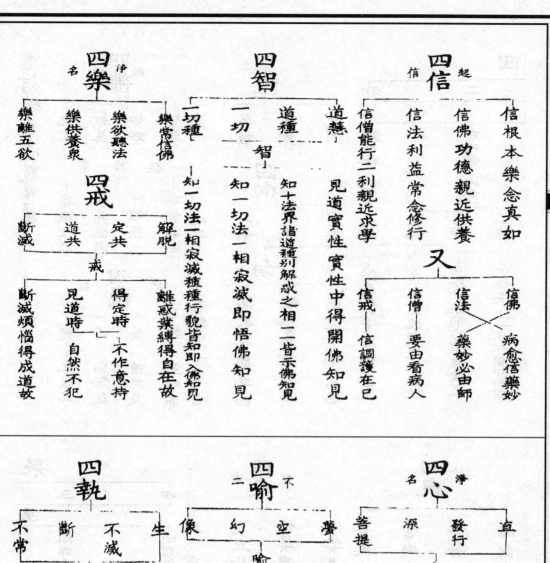

四忍

- 伏忍
- 順忍
- 無生忍
- 寂滅忍

義於五忍中出

四道

- 加行道：起心斷惑時
- 無間道：正斷相續時
- 解脫道：斷已住果時
- 勝進道：果後增修時

四法（本生）

- 教
- 理
- 行
- 果

又

- 正利
- 正文
- 正智
- 正識

四味

- 出味：出生死
- 離欲味：離貪欲
- 寂滅味：證寂滅
- 道味：修道品

對

- 苦諦
- 集諦
- 滅諦
- 道諦

四緣

- 因緣：親辦自果如心種生心現等
- 次第緣：亦名等無間緣謂心心所法相續而起
- 所緣緣：謂心心所法所慮所託
- 增上緣：有增上力用能與餘法為緣

四取（佛性）

- 欲取：於五塵境貪欲取著
- 見取：邪心分別如身見等
- 戒取：非戒計戒如牛狗戒等
- 我語取：隨假言說起於我執

亦名四受

- 執取
- 名取
- 領納
- 名受

四求（法集）

- 欲求：欲界五塵
- 色求：色界禪定
- 無色求：無色空定
- 無有求：涅槃空法

於此四法貪求不已

四流

- 欲流：欲界思
- 有流：上二界思
- 見流：三界見
- 無明流：三界無明

亦名四軛：由四流故漂泊三界如牛縛軛不能脫離

亦名四漏：由此漏落三界生死不能出離

四縛

- 貪
- 瞋
- 戒取
- 見取

亦名四結：繫縛三界不得解脫

四事

- 飲食
- 衣服
- 臥具
- 醫藥

亦名四愛：見涅槃經

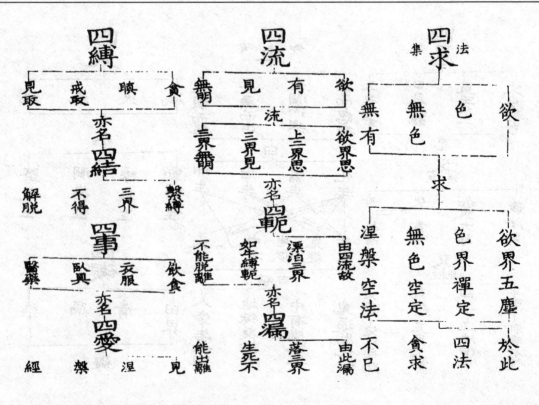

四知 罵意

天　地　人　自 —— 知

- 天臨於上 —— 言善惡之念
- 地鑒於下 —— 一萌雖未彰
- 人察於外 —— 著已具四知
- 自揀於內 —— 不可不慎也

又 知

- 一切法種
- 一切說法
- 涅槃正道
- 漏盡智斷

四劫

成　住　壞　空 —— 劫

- 一大劫中有八十小劫初
- 二十劫爲成次二十劫爲
- 住再次二十劫爲壞再次
- 二十劫爲空此四乃中劫也

四微

色　香　味　觸

- 對下四大故名爲微

四有

生　死　中　本 —— 有

- 初托胎時一念相續五蘊從生
- 洎捨命時五蘊業果一時壞滅
- 前陰已謝後陰未生中間五陰
- 生後死前五陰之身爲業報本

四大

地　水　火　風 —— 大

- 堅礙性
- 潤濕性
- 燥熱性
- 動轉性

四礙

染　隔　情　田界 —— 礙

四生 瑜伽

- 依殼而起
- 含藏而出
- 假潤而興
- 無而忽有

曰

卵生　胎生　濕生　化生

天　人　中有　地獄　鬼趣　旁生

頌曰

- 人旁生具四
- 地獄及諸天
- 中有唯化生
- 鬼通胎化二

四恩 施食

- 天地蓋載
- 日月照臨
- 皇王水土
- 父母養育

恩

又 正法

- 母　父 —— 生身　當報
- 如來大師
- 說法師

又 心地

- 父母 —— 父慈母悲
- 衆生 —— 互爲父母
- 國王 —— 正法治化
- 三寶 —— 利樂有情

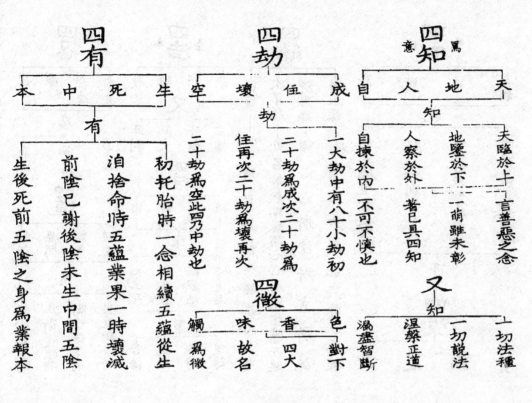

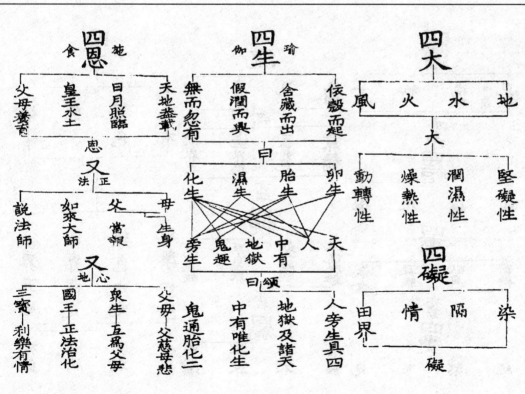

四馬
阿含

- 見鞭影即驚 — 如比丘聞他聚落無常即驚
- 觸毛乃驚 — 如聞已聚落無常生厭
- 觸肉始驚 — 如聞已親無常生厭
- 徹骨方覺 — 如已身病苦生厭

四兵

車 馬 象 步

兵

- 乘車
- 乘馬
- 乘象
- 徒步

四神
長含

地 水 火 風

神

四因

有 無 亦有無 非有無

因

四行
淨名

- 苦
  - 難 — 學地
  - 易 — 未知
- 樂
  - 難 — 無學
  - 易 — 悉知

所行 所斷

四世

聖 正 像 末

世

- 佛在教化時
- 正法住世時
- 像法住世時
- 正像俱盡時

四時
光宅雲師

頓 小 權 實

教時

- 華嚴
- 阿含
- 深密妙智
- 法華涅槃

又
虎邱岌公

圓滿 有相 無相 常住

教時

- 華嚴
- 阿含
- 般若
- 涅槃

四辨
光明大辨

小 大 雙 無量

辨

四葬

水 火 土 屍陀林

葬

西域 風俗 死以 四葬

四海

- 六蠻 — 南
- 七戎 — 西
- 八狄 — 北
- 九夷 — 東

四瀆

大江 大河 大淮 濟瀆

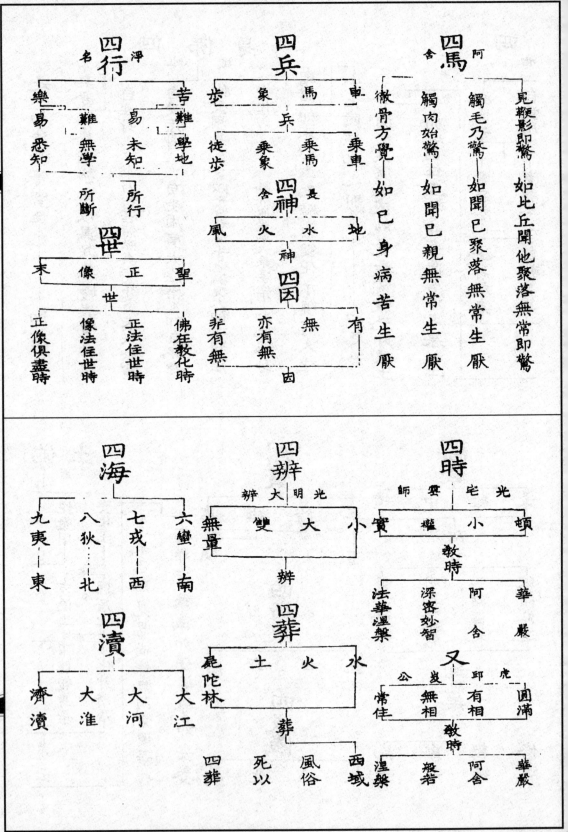

四佛身（唯識）

- 自性身
  - 是一切法平等實性 即法身
  - 真淨法界湛然常寂具足無邊真實功德
  - 内智湛然照真法界盡未來際常
- 自受用身
  - 自受用廣大法樂 即自報身
- 他受用身
  - 以平等智爲十地機現大神通轉正法輪令他受用大乘法樂 即他報身
- 變化身
  - 謂諸如來以大悲願力變化示現有大化小化隨類化之別 即應身

四

- 唯
  - 法性土
  - 自受用
    - 常寂光
    - 實報土
- 天
  - 法身所居
  - 自報身居
- 妙
  - 因極果滿道成妙覺居常寂光即理土
  - 別地圓住至等諸菩薩居亦名果報土

佛土（唯識）

- 他受用土
  - 他報身居
- 變化土
  - 化身所居
- 台
  - 方便土
  - 同居土
- 或云（宗）
  - 二乘已斷見思尚餘無明方便居此
  - 有淨有穢穢如娑婆淨如安養

四法寶

- 顯
  - 經
  - 律
  - 論
- 密
  - 呪

四行衆

名義 即前四聖

四威儀

行 住 坐 臥

四阿含

- 增一 中 雜 長
- 阿含
  - 明人天因果
  - 明真寂深義
  - 明諸禪定
  - 破諸外道
- 通說無常
  - 知苦
  - 斷集
  - 證滅
  - 修道

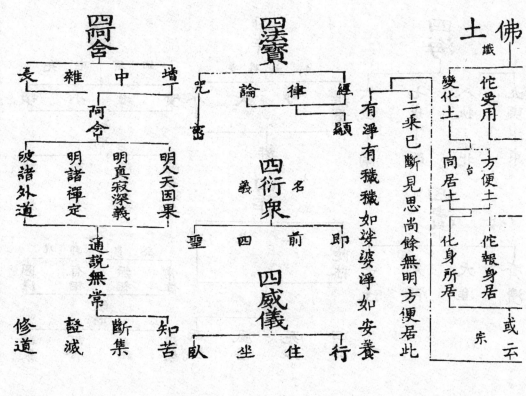

四加行 小敎

- 煖——初觀欲界四諦修十六行得佛法氣分如鑽木先熱
- 頂——用觀同前轉更明朗如登山頂遠矚四方
- 忍——於四諦中堪忍樂欲解更增勝有下中上三忍不同
- 世第一——身居有漏名世伏除分別煩惱於中最勝名第一

亦名四善根

論四名

摩怛理迦、奢薩怛囉、鄔波你舍、阿毘達摩

此云

- 本母——取出生義也
- 議論——議詳空有論量假實
- 近說——畧說經中要義不次第故
- 對法——以無漏慧對觀四諦對向涅槃

四導師 法華

一二三四名

- 上行
- 無邊行
- 淨行
- 安立行

四依行

- 常行乞食
- 著糞掃衣
- 蘭若樹下住
- 病以腐爛藥治

四無畏 智論

總持、知根、決疑、答報 無畏

- 聞一切法常能受持憶念不忘
- 知諸衆生差別根性說法應機
- 凡有疑惑悉能剖決令得開解
- 凡有問難悉能答報不爲彼屈

由此四義故於衆中說法無畏

四攝法

布施、愛語、利行、同事 攝

- 樂財者以財施樂法者以法施
- 以軟語隨順安慰一切衆生
- 隨起身口意行令各沾利益
- 和光同事令其各得沾益

四正勤（婆沙）

- 斷已生惡法　猶如除毒蛇
- 斷未生惡法　如預防流水
- 增長已生善　如溉甘果栽
- 未生善爲生　如鑽木出火

四神足

- 欲　希向慕樂
- 念　一心正住
- 進　精進無間
- 慧　心不馳散　亦名思惟

亦名四如意足所願皆遂故今從能發神通爲言故名神足

四無畏

- 一切智
- 漏盡
- 說障道
- 說苦盡道

無畏謂

- 於一切諸法盡知盡見
- 佛五住究盡二死永亡
- 於障道之法能知能說
- 於盡苦之道能知能說

故無所畏

四悉檀（妙玄）

- 世界
- 爲人
- 對治
- 第一義

悉檀得

- 歡喜
- 生善
- 破惡
- 入理

益

梵語悉檀此云徧施以此法徧施衆生也

四不成（因明）

- 兩俱
- 隨一
- 猶豫
- 所依

不成

- 如立聲爲無常是眼所見性立敵俱不許故
- 如云聲是所作性故對聲顯論敵者不許
- 如於烟霧猶豫不決不能定知能成因
- 如立虛空實有德所依故對無空論彼所不許

四念處

一　二　三　四

觀

- 身不淨　自他身一切色法皆不淨　色
- 受是苦　三受若違若順等皆是苦　受
- 心無常　心王不住本性流動念念無常　想　行
- 法無我　善惡無記計我能行求不可得　識

五蘊

四德處 成實

慧 實 捨 寂滅 — 德處

- 由聞正法生大智慧
- 以大智慧見真諦空
- 見真空故離諸煩惱
- 煩惱盡故心得寂滅

四見相

欲 未 正 已 — 見

根四性 楞嚴

- 見 — 眼根性
- 聞 — 耳根性
- 覺 — 鼻舌身
- 知 — 意根性

皆合 中知 合爲 一性

境四塵 楞嚴

明 暗 色 空 — 塵

四聖言 異門

- 不見言不見
- 不聞言不聞
- 不覺言不覺
- 不知言不知

四聖種 俱舍

- 隨所得衣
- 隨所得食
- 隨得臥具 — 治貪
- 樂修樂斷 — 治放逸

四識住 寶積

色 受 想 行 — 識住

- 分別色塵識於色中
- 領納塵境識於受中
- 想像塵境識於想中
- 心起造作識於行中

生喜住著

四種禪 楞伽

愚夫所行 觀察義 攀緣如 如來 — 禪

- 二乘外道觀人無我性相不除滅 — 人空
- 菩薩觀法無我彼地相義漸次增進 — 法空
- 執著二無我之妄想亦不生 — 俱空
- 入如來地得自覺聖智三種樂住 — 三空無礙

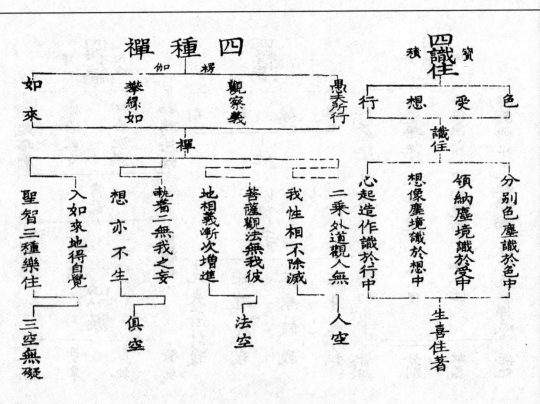

四種禪（宗鏡）

禪
- 外道——作異計忻上厭下而修
- 凡夫——信正因果亦以忻厭而修
- 小乘——了生空理證偏真道而修
- 大乘——達人法二空而修

四斷

斷
- 律儀——堅持禁戒斷一切惡——亦名離縛斷
- 不生——斷已復斷永令不生——亦名斷斷
- 防護——三昧相應防護諸惡——亦名相應斷
- 修習——修習善法諸惡自滅——亦名自相斷

四自在

自在
- 無分別——不動地以無功用而得自在
- 淨土——不動地於諸淨刹自在出生
- 智——善慧地得無礙智說法自在
- 業——法雲地於諸業縛自在無礙

四梵福（增一阿含）

當受
- 創起塔廟——初禪福
- 補治故寺——二禪福
- 和合聖衆——三禪福
- 勸轉法輪——四禪福

四劫數

- 大劫
- 母拿
- 散地
- 賢劫

四種漏

漏
- 引
- 起
- 緣
- 雜

四種我

- 凡夫妄計我
- 外道神我
- 三乘假我
- 法身真我

四無記（宗鏡）

- 能變無記——第八識——能變一切
- 所變無記——三類境——本識所變
- 分位無記——不相應行——假立分位
- 勝義無記——二種無爲——虛空及非擇滅

皆無分別故名無記

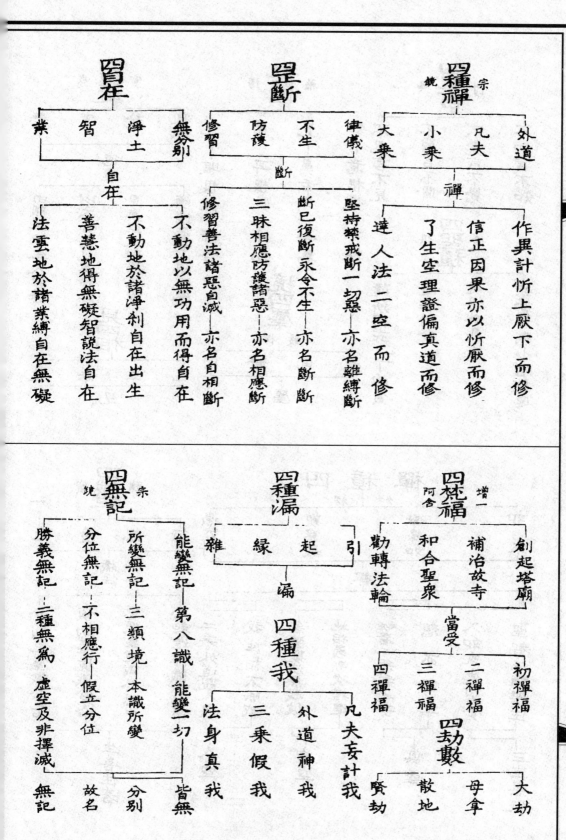

四依法 淨名

- 依義
- 依智
- 依了義
- 依法

不依

- 語
- 識
- 不了義
- 人

亦名四依趣

四種無

- 未有
- 滅已
- 異相
- 畢竟

名無

- 如泥無瓶
- 如瓶破已
- 如牛馬互無
- 如龜毛兎角

四法印

- 一切行無常
- 一切行苦
- 一切法無我
- 涅槃寂滅

四總持

- 法
- 義
- 咒術
- 忍

陀羅尼

四種門

- 文字
- 觀行
- 智慧
- 理

門

- 大品四十二字
- 釋論三三昧等
- 法華其智慧門
- 大品無生無滅無垢

四善法

- 親近善友
- 聽聞正法
- 思惟其義
- 如說修行

亦名丈夫四法以具此四法乃爲丈夫

四無明

- 纏
- 隨眠
- 獨頭
- 相應

無明

- 現行
- 種子
- 根本
- 枝末

四住地

- 見一切住地　三界見
- 欲愛
- 色愛
- 無色愛

住地　三界思

四種惑

- 我癡
- 我見
- 我慢
- 我愛

第七識四惑常俱名染汚識

亦名四煩惱

四種欲

- 情
- 色
- 食
- 淫

欲

- 男女情愛
- 嬌態艷容
- 細好飲食
- 男女合會

四欲具足故名欲界

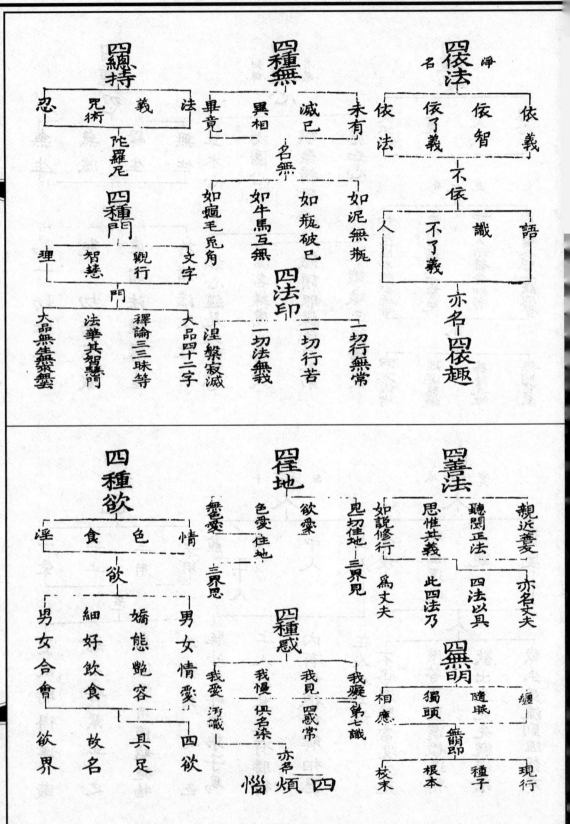

四種忍

無生　無滅　緣生　無住 —— 忍

知一切法不生
觀一切法不滅
達諸法從緣生
於諸法不住著

四種心 翻譯名義

草木心　肉團心　積聚精要心　慮知心

如心經是大部文心
亦名緣慮心此通八識謂眼緣色乃至第八識緣三類境故

四種夢

四大不和　先見　天人與　想心 —— 故夢 善見

如夢山崩身騰獸逐等
先所見境夜中夢見
如善人示善令知等
因宿習令想念故成夢

亦云

四大偏增　巡遊舊識　善惡先徵　無明習氣

四種色

一受　二止　三用　四不用 —— 色

受戒時得律儀
惡不善業止之
衆僧受用檀越施物
餘無用之色

四種人 十誦

麤　濁 —— 下人
中人
上人

瓶沙王呼佛弟子爲上人以其外有勝行内有智德行解相應在人之上故

四種人 成實

常没　暫出還没　出觀　得度 —— 人

不修涅槃常没生死
信等不堅還復退轉
欲出生死先觀涅槃
截生死流到涅槃岸

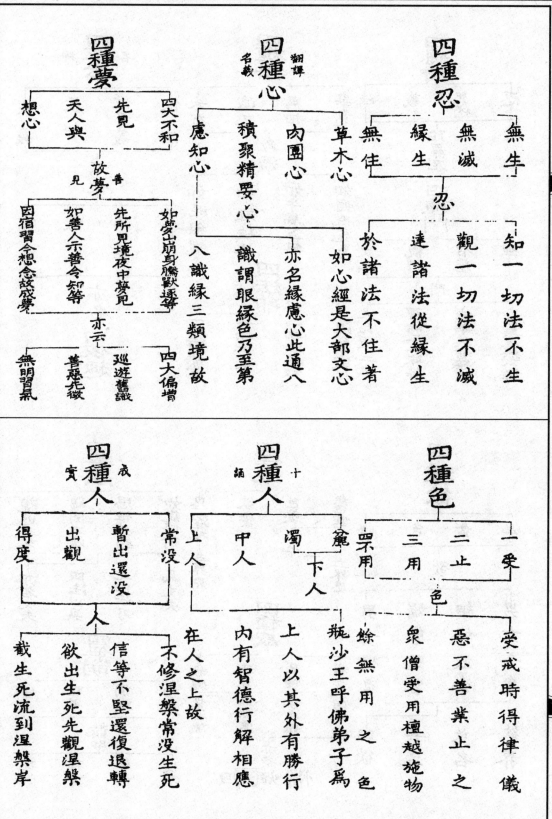

四王天

- 東方提頭賴吒
- 南方毗留勒叉
- 西方毗留博叉
- 北方毗沙門

此云：
- 持國
- 增長
- 廣目
- 多聞

居須彌山半：
- 東面黃金
- 南面琉璃
- 西面白銀
- 北面水晶

統領：
- 乾闥婆
- 富單那
- 鳩槃茶
- 薜荔多
- 毗舍闍
- 毒龍等
- 夜叉
- 羅刹

四種天 涅槃

- 世間天——如諸國王
- 生天——四王至非非想天
- 淨天——四果支佛
- 義天——十住見法空故

佛超四天之上故號天中之天

四種天 大論

- 名天——如國王名天子
- 生天——四王至有頂天
- 淨天——人中生諸聖人
- 生淨天——三界天中聖人

四種龍 別行

- 天龍——興雲致雨益人間者
- 地龍——決江開瀆者
- 天宮龍——守天宮殿持令不落者
- 伏藏龍——守輪王大福人藏者

四惡趣

- 地獄——八寒八熱等
- 畜生——水陸空行等
- 餓鬼——三類九種等
- 修羅——鬼畜人天所攝

離四句 楞伽

見後四句百非圖中

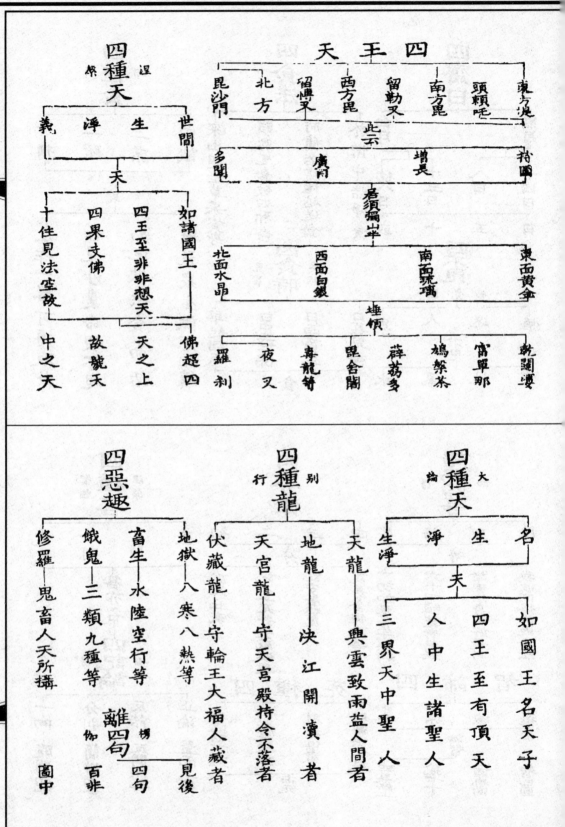

四種食 什師

- 一摶：盛作一器可摶取故
- 二願：如見沙囊命便不絕
- 三業：如地獄無食而活
- 四識：無色衆生識想相續

（食）

四食法

- 深山絕世草果資身
- 頭陀乞食破四邪命
- 阿蘭若處檀越送食
- 於僧中結淨食

四食時 毘羅三昧

- 早起諸天
- 日中三世佛
- 日西畜生
- 日暮鬼神

（食）

四齋日

- 白月
  - 初八日
  - 十五日
- 黑月
  - 八日
  - 十四日

或十五日

四不見 圓覺鈔

- 魚
- 人
- 迷
- 悟

不見

- 水
- 風
- 性
- 空

四種答 智論 涅槃

- 定
- 分別
- 反問
- 置

答亦名

四記論 楞伽

- 一向：隨問答
- 分別：簡辨答
- 反詰：反問而答
- 止論：置而不答

四分律

- 初
- 二
- 三
- 四

分

- 說比丘戒
- 說比丘尼并受戒犍度
- 說安居犍度
- 說房舍犍度等

四種死

- 壽盡財不盡
- 財盡壽不盡
- 財壽俱盡
- 財壽俱不盡

（死）

諸佛四等 楞伽

- 字
- 語
- 身
- 法

等

- 一切如來名字無別
- 六十四種梵音無差
- 諸佛法身相好是同
- 我彼同得菩提分法

四諦智

- 苦
- 集
- 滅
- 道

諦智

- 四果斷上
- 八地七十
- 二品思四
- 智已圓

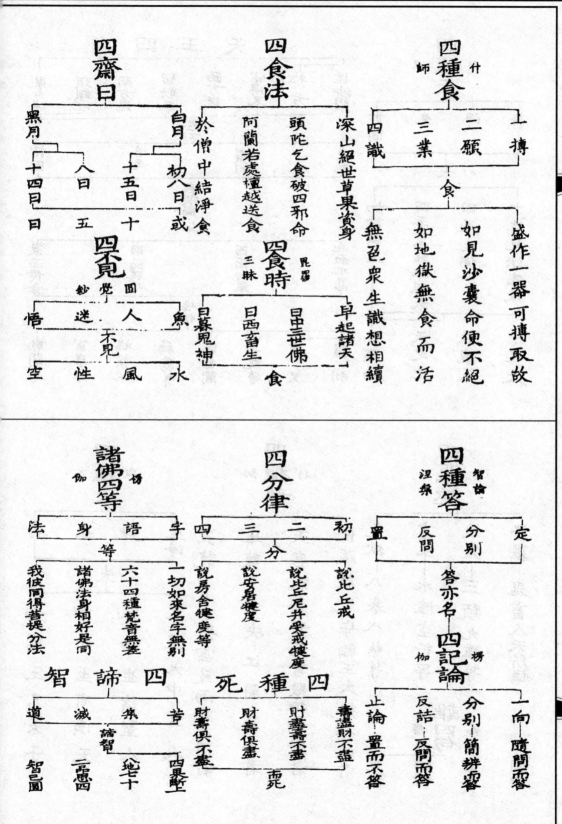

四身合二（佛地）

- 自性身、自受用——俱名法身——法所依故、法所集故
- 他受用、變化身——俱名生身——隨衆所依、數現生故

四滿成佛（占察）

信、解、行、證——滿

化應四句（華嚴演義）

- 化身非應——隨類變現龍鬼等形不爲佛身
- 應身非化——應地前機所現佛身非五趣攝
- 亦應亦化——聲聞所見相是修成身屬忽有
- 非應非化——法報二身既不屬應亦不屬化

四教（天）

藏
通

三十四心正習俱盡現丈
六身爲三乘說諦緣度
現帶劣勝應身樹下一
念相應斷餘殘習

至法華
會開前

四佛（台）

佛
別
圓

- 單現尊特身坐蓮花臺
- 上受佛職
- 隱前三相唯示不思議
- 如虛空相

三佛即是圓佛

四種依止

- 有法無衣食應乞食而住
- 有衣食無法應問而後去
- 有法有衣食驅遣不應去
- 無法無衣食應不問而去

亦名四種和尚

四教消（無裕）

- 藏、通——息界內惡
- 別——次第息內外惡
- 圓——一心徧息內外惡

四種沙門

勝、說、活、汙——道消

- 佛菩薩等
- 證法者
- 修善者
- 諸邪行者

四種僧伽（大論）

- 有羞僧：不破戒身口清淨能別好醜未得道果，亦名世俗僧
- 無羞僧：破戒身口不清淨無惡不作，亦名無恥僧
- 啞羊僧：雖不破戒根鈍無慧不知輕重二人共爭，不能剖決如羊被殺不聲
- 實僧：四果四向學無學人，亦名勝義僧

僧伽四等

戒、見、智、衆等四事俱等，故名僧伽

四種聲聞（法華論）

- 決定：定入無餘
- 增上慢：未證謂證
- 退菩提：退大取小
- 應化：內祕外現

四種上座（律文）

- 僧坊上座：即律中三綱上座
- 僧上座：壇上或堂中首座
- 別房上座：禪居諸寮首座
- 住家上座：即齋席上座

四大弟子（法華）

此云：
- 須菩提：空生又云妙生善吉
- 迦旃延：文飾善論議故
- 摩訶迦葉：大龜氏亦云飲光
- 目犍連：讚誦亦云採菽氏

四種比丘（大經）

- 畢竟到比丘：阿羅漢；或云無學果
- 示道比丘：三果聖人；或云初二三果
- 受道比丘：初果向；或云通內外凡
- 汙道比丘：凡夫破戒；或云犯四重者

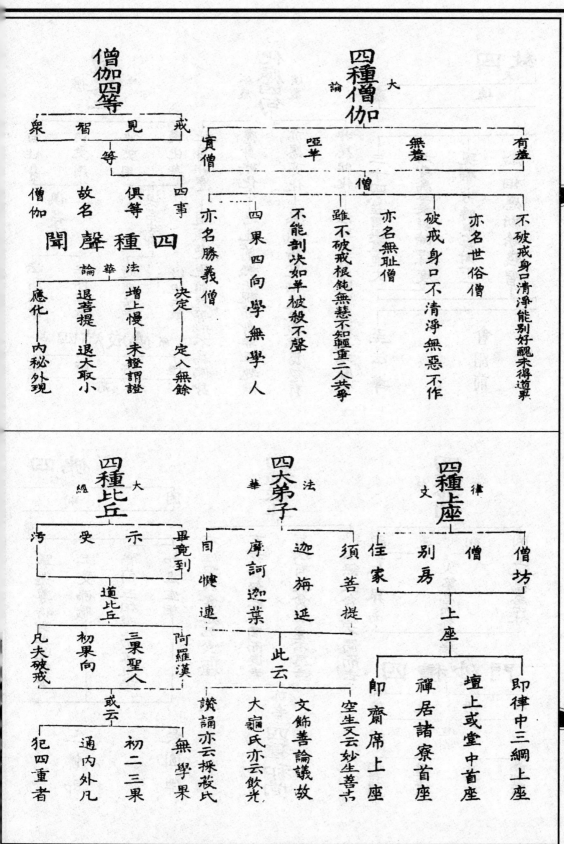

四類出家 蘊足

身出家心不　身不出家心　身心俱能　身心俱不

出家

身衆法侶心猶顧戀　妻子受用不生耽染　於諸欲境心無顧戀　妻子受用深生耽染

四教阿難

藏　通　別　圓

教

歡喜　賢　典藏　海

淨　名　疏

賢　持　海

四光喻智

日　月　星　螢

喻

佛　菩薩　緣覺　聲聞

智

四不寄附 塞戒

老人　遠處　惡人　大力

經云優婆塞若得財物應供父母等其餘僕用不應寄附置

四種法界 賢首

理　事　事理　事事

無礙法界

性海圓融　緣起無礙　相即相入　主伴重重

四姓出家 增

剎帝利　婆羅門　吠奢　首陀

此云

王種　淨行　商估　農田

亦云

西域四姓

晉道安法師云師莫過佛凡出家者宜稱釋氏後增一阿含經來云四姓出家但言釋子無復本姓故云四河入海同一鹹味四姓出家同名釋氏

四種心病

踴躍　恐怖　憂愁　愚癡

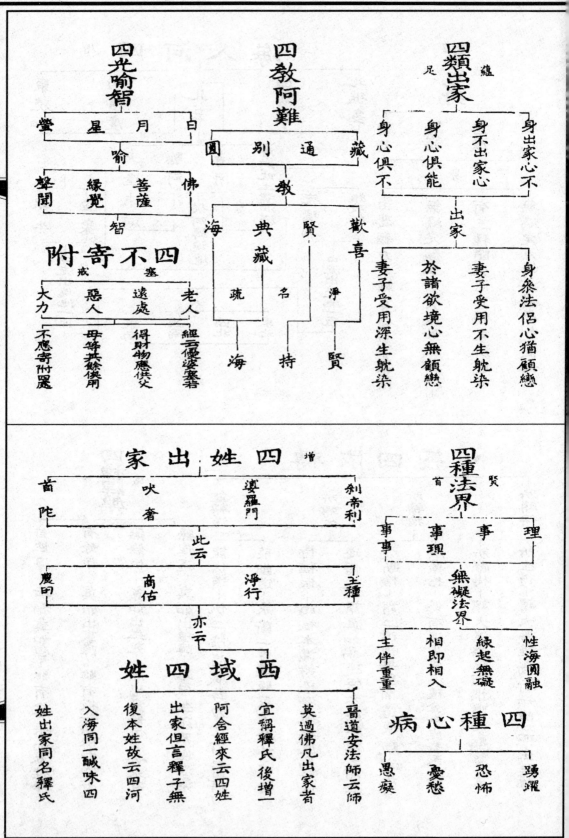

四河入海（增）

- 東殑伽　此云天堂來河　銀牛口流出遶池一匝　入東南海
- 南信度　此云駃河　金象口流出遶池一匝　入西南海
- 西縛芻　此云青河　琉璃馬口流出遶池一匝　入西北海
- 北徙多　此云冷河此土黃河源　頗胝師子口流出遶池一匝　入東北海

從阿耨達池

四變易身（唯識）

- 變易身　由悲願力改轉身命無定齊限
- 不思議身　無漏定願正所資感妙用難測
- 意成身　有三種隨大悲意願之所成故
- 變化身　無漏定力轉令異本如變化故

四種涅槃（唯識）

- 自性淨—法相真如理—雖有客染而本性淨
- 有餘依—真如出事障—雖有微苦所依而障永寂
- 無餘依—真如出生死—煩惱盡餘依滅苦永寂
- 無住處—真如出理障—不住生死不住涅槃

轉依四義（唯識）

- 能轉道
  - 能伏道—伏二障隨眠勢力令不引起現行
  - 能斷道—永斷二障隨眠永不發於現行
- 所轉依
  - 持種依—謂根本識持染淨種與彼爲所依
  - 迷悟依—謂真如爲迷悟本染淨依之而生
- 所轉捨
  - 所斷捨—謂二障種真無間道便斷滅故
  - 所棄捨—餘有漏劣無漏種金剛定皆永棄捨
- 所轉得
  - 所顯得—謂大涅槃斷煩惱障而顯發故
  - 所生得—謂大菩提斷所知障而生起故

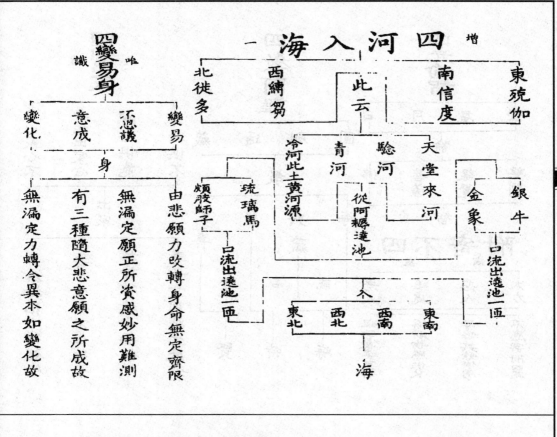

剎那四相

生　住　異　滅

相

本無今有　生位暫停　住別前後　暫有還無

亦名微細四相

一期四相

有情：生　老　病　死

無情：成　住　壞　空

亦名粗顯四相

四相約位 覺疏

十信　三賢　十聖　位滿

覺

滅　異　住　生

相

四義釋經 天台

因緣　約教　本迹　觀心

四依對位 大經

五品十信初　住行向爲二　十地以爲三　等覺妙覺四

以此四人　並能化他　故以釋於　因人功用

四階成道

初阿僧祇　二阿僧祇　三阿僧祇　百劫種相好

四教四依

初　二　三　四

藏教依：小乘內凡　初果　二三果　四果

別教：地前　初地至六地　七地　八地至十地

圓教：五品六根　十住　十行十向　十地等覺

通教四依三　教所攝此等　皆能各隨門　分爲衆所依

四弘誓願

衆生無邊　煩惱無盡　法門無量　佛道無上

誓願

度　斷　學　成

即

未度苦　未解集　未安道　未得滅

諦令

度苦　解集　安道　得涅槃

諦

四日照世

東阿濕矩沙
南提婆
西那伽曷樹那
北鳩摩羅䭾多

此云
馬鳴
天
龍猛
童受

名義集云群生昏寢長夜冥冥先覺警世義旨赫赫故西域記明四日照世東有馬鳴云云盖以論主宗釋衆經造論破愚如日照世也

四解脱味

淨名什注

出家
行禪
智慧
涅槃

離

五欲
憒亂
妄想
生死

四法不斷

淨名

正念
正定
總持
辯才

此四是大士之要用故恒不斷

四種

當分—多人所修當分得道故
相攝—法門相攝各各能

四念處
四正勤
四如意

念處位
煖位
頂位

道品

對位—對當位次
攝諸法門故云

五根
五力
七覺支
八正道

對忍位
世第一
初果
二三果

相生
八次第相生不亂
三四二五單七隻

四種三昧

止觀

常行亦名佛立即般舟
常坐亦名一行
半行半坐
非行非坐亦名隨自意

三昧

般舟經以九十日為期專念彼佛
文殊問般若九十日為期專緣法界
法華方等等懺限期不定或三七一七等
諸經行法不專行坐并屬此攝

實相
理觀
唯識
事觀

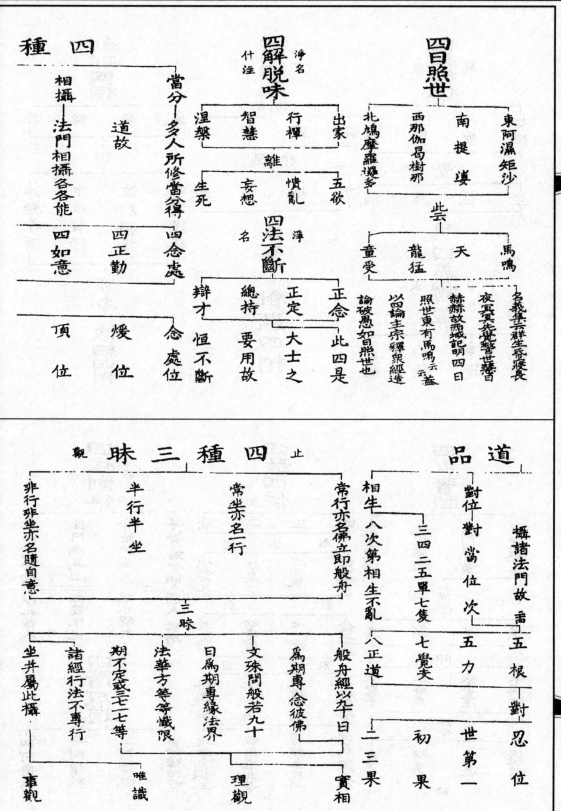

四種行願 慈雲

- 禮懺
  - 禮佛懺悔淨除業障
  - 身心皎潔如淨良田
- 十念
  - 執持聖號立願要期
  - 植往生因如下種子
- 繫緣
  - 愛護長養滋發芽莖
  - 如灌以肥膩
- 衆福
  - 助成繁茂使速成花
  - 果如注以膏雨

門

四種 城

- 阿耨窣堵婆 此云讚頌
  - 不問長行偈頌但滿三十二字爲一偈
- 伽陀 此云諷誦
  - 又云直頌即以偈說法舊云孤起偈

偈頌 記

- 祇夜 重頌
  - 即經中重說偈言是也
- 嗢陀南 集施頌
  - 謂以少言攝多義施人誦持者

四種饒益 慈雲

- 示現相好 觀者發菩提心
- 示現說法 聞者開悟入道
- 示現化事 聞者獲諸法門
- 名流十方 聞者繫念得脫

合

四德種子 攝論

- 信樂大乘 淨
- 般若波羅蜜 我
- 虛空品三昧 樂
- 大悲 常

是 種子

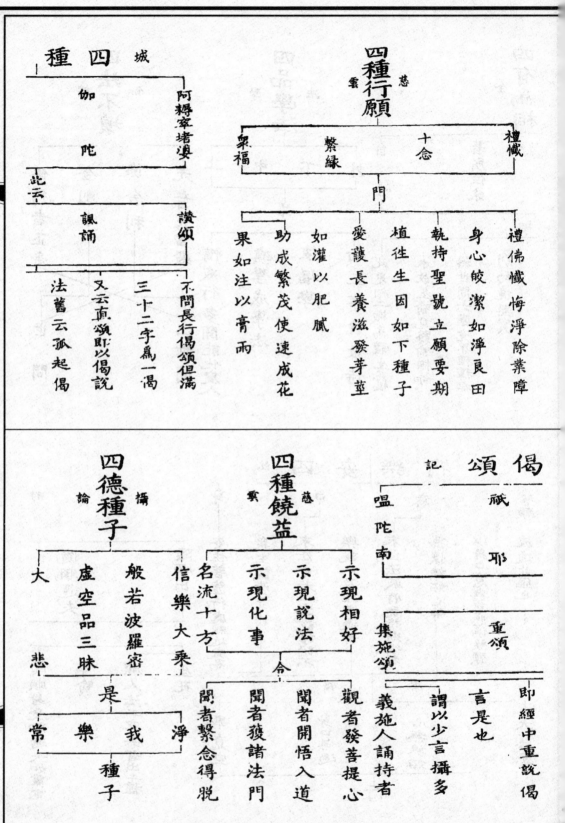

四法不壞（楞伽）
修行者正受
金剛
佛舍利
光音天宮殿
世間
出世間

四品學法（學法）
上
中
下
外
品
備戒行多聞能化度人
眞學成學法
依福學
行三事號散侍

四有爲相（金）
自性
著所住味
相
此見相二識爲體生死根
本故星喻見翳喻相等
器世間六塵境界種種差
別幻境無實

四隨（剛）
隨順身受即過失如露電
等喻
隨順過失
順人法二空眞智出三種
生死
隨順出離

四安樂行（法華）
身
安住菩薩行處親近處爲
衆生說法等
畢竟空
口
末法中若口宣說讀誦不
樂說人及經典過等
清
身口無過
意
末世法滅時受持斯經者
無懷嫉妬心等
淨
心無嫉妬
誓願
以身口意與慈悲俱發願
流通此經也
大慈悲
行

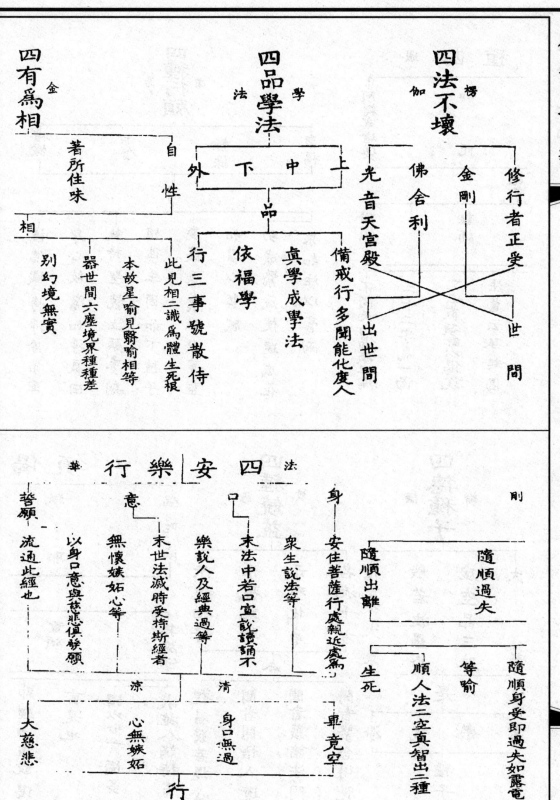

四無量心

大慈　大悲　大喜　大捨

無量心

能與樂　能拔苦　慶彼樂　寃親等

四大本空（請觀音經）

地無堅礙　水性不住　風性無礙　火假緣生

四種定學（唯識）

大乘光明　集福王　賢守　健行

定

能照了大乘教理行果　能積聚福德如王勢力　能守世出世賢善之法　能以精進健力修勝行

重訂教乘法數卷第十

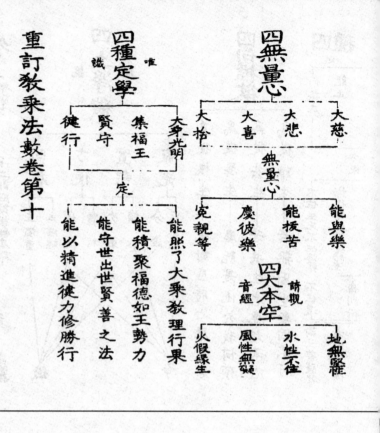

重訂教乘法數卷第十一

四無礙智

義 法 詞 樂說

無礙智

於諸法義了了通達
諸法名字分別無滯
辯說無礙令各得解
十二部經隨根性爲說

亦名

四無礙辯

或但云四辯及四辯才皆同義

四土淨穢

觀經疏

同居——五濁重 五濁輕
方便——析拙 體巧
實報——次第 頓入
寂光——分證 究竟

淨 穢

四句推欲

爲從根生——未對塵時心應自起
爲從塵生——塵既是他於我何預
爲從共生——若共生者應起兩心
爲從離生——若無因生無因不可

四種

起

行根本 能止

方便

不住生死不住涅槃 不住道
慚愧悔過能止惡法 自利行

論云菩薩發是心故則得

方便

信

發起善根增長
大願平等

供禮三寶讚求佛道
願度一切令究竟涅槃利他行

少分見於法身故名方便

四不定法

百法

悔 眠 尋 伺

心所

惡所作業追悔爲性障止爲業
令身不自在昧略爲性障觀爲業
令心忽遽於意言境麤(尋)細(伺)轉爲性
以安不安住身心分位所依爲業

四師數息

禪門

一師數出息不急不脹身則輕利易入三昧
二師數入息隨息內斂
三師出入無在但取所便
四師依四時用數

今正依三師
又不許出入俱數恐生病故

四第一偈

嚴論

無病 知足 善友 涅槃

第一

利 富 親 樂

四不可得

無行

身——畢竟無故
受——內外空故
心——無所有故
法——但有名故

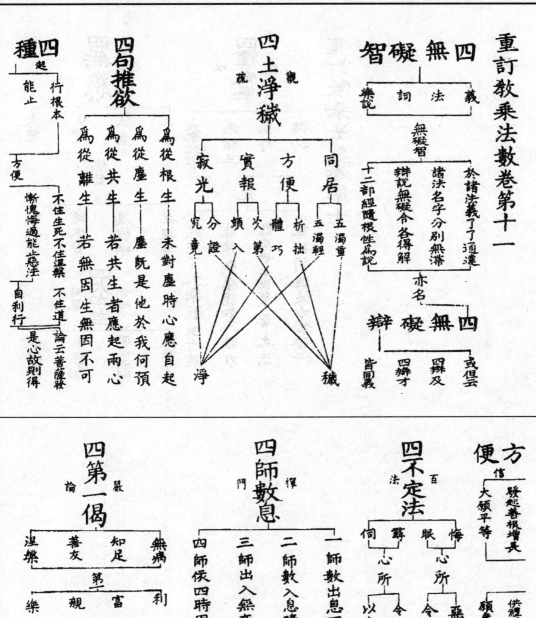

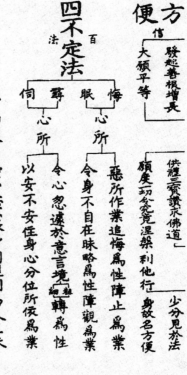

四施果用 （彌勒問論）

- 有果無用：無至心施雖得果報不得受用
- 有用無果：自不能施見他施起隨喜心雖得受用而自無果
- 有果有用：至心施不輕施得果復得受用
- 無果無用：布施已因即滅盡或爲出世聖道障故猶如遠離煩惱聖人

妙四句

- 理
  - 性德正因爲本
  - 性德緣了爲所立法
  - 四重不出事理
- 事
  - 修性緣了
- 則
  - 修德三因—順修
  - 三千各有本法

立法 （記）

- 迷
  - 三道流轉—逆修
  - 修有逆順因必
- 悟
  - 果上勝用
  - 從因至果果必化他
  - 故云勝用
  - 尅果故有四重

四種念佛 （圭峯）

- 稱名：一心不亂專持名號
- 觀像：設像於前志心專注
- 觀想：觀想西方依正莊嚴
- 實相：念而無念無念而念

（念佛）

四種施處 （瑜伽）

- 苦者—如貧窮等
- 有恩—曾受彼惠
- 親愛—內外親族
- 尊勝—如賢聖等

四事受記 （淨名　生注）

- 一以人爲主
- 二以體爲本
- 三在無量生
- 四在一生中得

教體四法（百法）

- 聲：八音四辯梵音聲相屬不可
  - 見有對色
- 名：詮法自性一字爲名二名已上
  - 爲名身三名已上爲多名身
- 句：詮法差別一句爲句二句已上
  - 爲句身三句已上爲多句身
- 文：次第聯合顯諸法義爲名
  - 句二之所依故

實　假

假實體用交資故通取四法以爲教體

文身四喻

- 扇：風凉
- 相好：大人
- 根形：男女
- 鹽：味

顯

通喻文身能顯理也

四種建立（楞伽）

- 非有相：陰界入本非有相妄計自共相等
- 非有見：陰界入本非有見妄起我人見等
- 非有因：初識無因生後不實妄執因生
- 非有性：三無爲法非造作性妄計爲有

建立

此屬常見執此爲無則名四種誹謗於常起謗即斷見也

四門遊觀（本行）

- 東門見老
- 南門見病
- 西門見死
- 北門見僧

人

太子出遊東門見老人南門見病人西門見死人還宮不樂復出遊北門見僧人問馭者曰此是何人馭者答曰是出家人太子乃志求出家以至成佛

四種平等（楞伽）

- 相非相
- 因與果
- 我無我
- 修無修

平等

註解云於二執中以自共相求之無實事可得則法皆平等故有四種平等之見

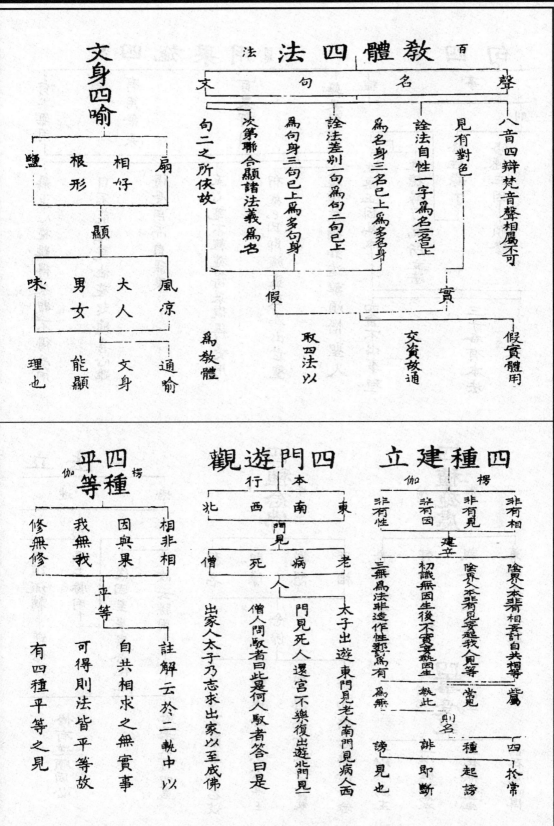

四種觀世 大論

觀時—人壽百歲佛出時到
觀地諸國—佛常於中國生
觀種姓—佛在剎利淨行二種生
觀生處—何等母人能懷菩薩

生滅四諦 藏教

苦—三相遷移
集—四心流動
道—對治易奪
滅—滅有還無

迷真 重故 從事 得名

無生四諦 通教

苦—無逼迫相
集—無和合相
道—不二相
滅—無生相

迷真 輕故 從理 得名

無量四諦 別教

苦—無量相十界果報不同
集—無量相五住煩惱不同
道—無量相恒沙佛法不同
滅—無量相諸波羅密不同

迷中 重故 從事 得名

無作四諦 圓教

苦—陰入皆如無苦可離
集—塵勞本清淨無集可斷
道—邊邪皆中正無道可修
滅—生死即涅槃無滅可證

迷中 輕故 從理 得名

四諦初門

藏—聲聞—苦—為初門
藏—支佛—集
通—菩薩—道
通—菩薩—滅
別—菩薩—道
圓—菩薩—滅—為初門

界內
界外

四種四諦 勝鬘

有作 有量 無作 無量
即
生滅 無生 無量 無作
四諦 涅槃

四種情執 指歸

有佛
無佛
亦有亦無
非有非無

執

隨執一種即邪見也若於四種融通無礙皆成三昧

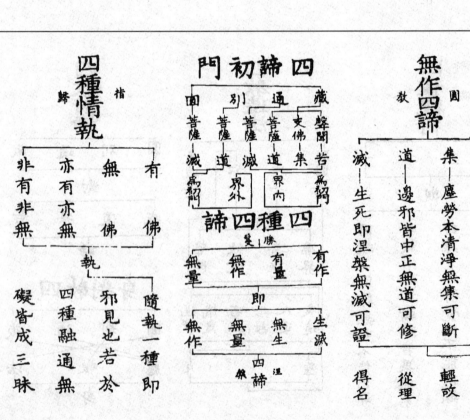

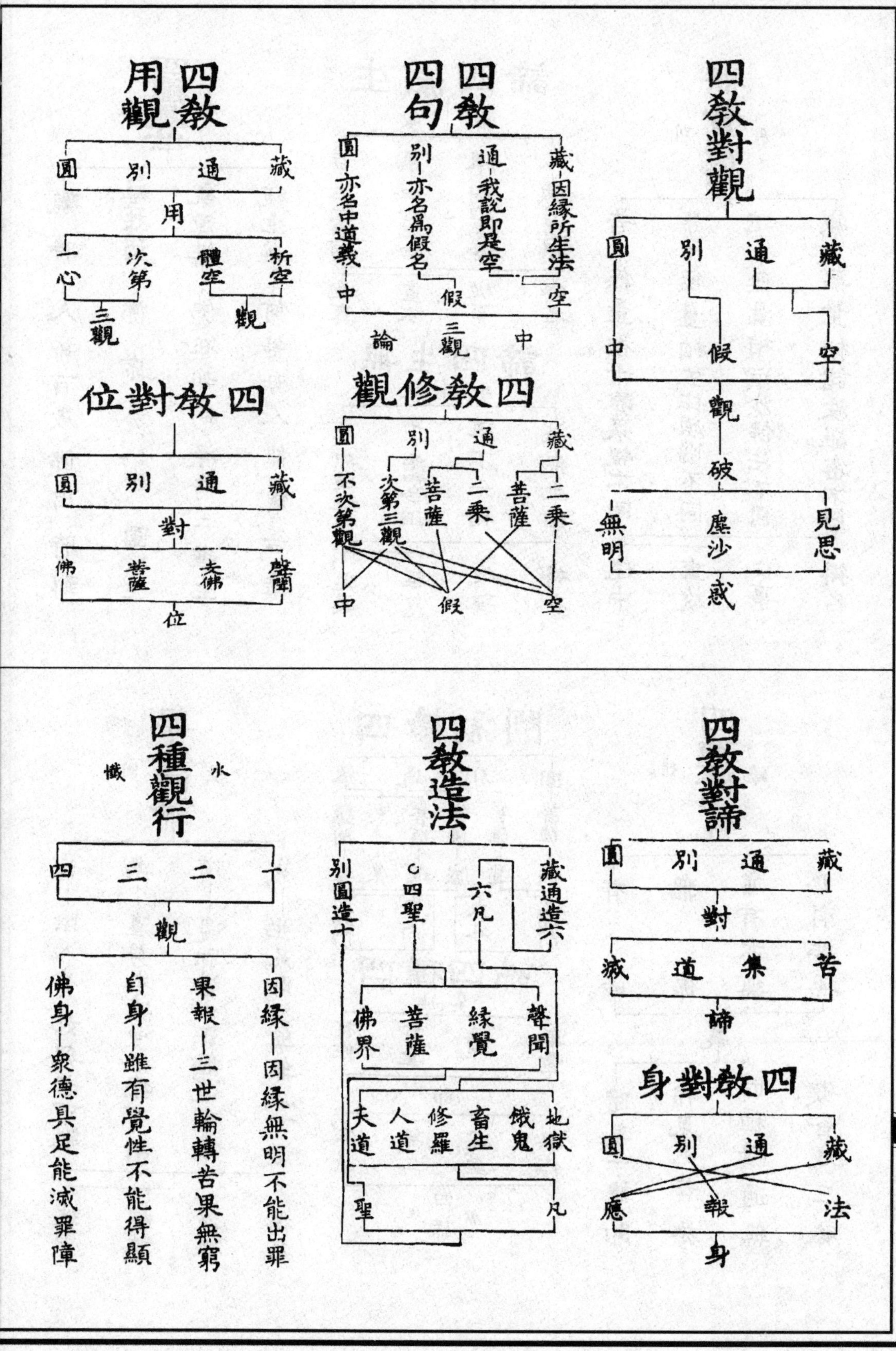
四教對觀
藏 通 別 圓
空 假 中
觀
破
見思 塵沙 無明
惑
四教四句
藏 因緣所生法
通 我說即是空
別 亦名爲假名
圓 亦名中道義
空 假 中
中論三觀
四教用觀
藏 通 別 圓
用
析空 體空 次第 一心
觀 三觀
四教修觀
藏 通 別 圓
二乘 菩薩 二乘 菩薩 次第三觀 不次第觀
空 假 中
四教對位
藏 通 別 圓
對
聲聞 支佛 菩薩 佛
位
四教對諦
藏 通 別 圓
對
苦 集 道 滅
諦
四教對身
藏 通 別 圓
法 報 應
身
四教造法
藏通造六
別圓造十
六凡 四聖
聲聞 緣覺 菩薩 佛界
地獄 餓鬼 畜生 修羅 人道 天道
凡 聖
四種觀行
一 二 三 四
觀
因緣 因緣無明不能出罪
果報 三世輪轉苦果無窮
自身 雖有覺性不能得顯
佛身 衆德具足能滅罪障

天台四本止觀

圓頓　漸次　不定　小

止觀

- 在荊州玉泉寺說章安記爲十卷摩訶止觀是
- 在瓦官寺說章安治爲十卷即禪波羅密是
- 陳尚書令毛喜請說一卷六妙門是
- 爲兄陳鍼出修習止觀坐禪法要是

起信四熏習義

- 一淨法—名爲真如
- 二一切染因—名爲無明
- 三妄心—名爲業識
- 四妄境界—即六塵

各二熏習

根本　所起見愛　業識根本　分別事識

熏習

亦各二種

自體相　用　增長念　增長取

熏習

四人觀世

凡夫　二乘　菩薩　諸佛

觀三界

- 樂—歡喜遊戲不覺不知
- 苦—三界無安猶如火宅
- 空—見緣想相猶如空花
- 唯心—世間諸物皆妙明心

四事自侵

少壯不學　老不止淫　得財不施　不受佛語

四著　出心　還自　苦身

四事可化

大乘

根　心　心所　業果

小乘　有　柒　罷

數珠四等

一千八十二　一百八　五十四　二十七

顆

四人出世

先醜後妙　先妙後醜　先後俱醜　先後俱妙

謂生處

- 卑陋而作善死得生天
- 尊榮作不善死入惡道
- 無福復作惡死入惡道
- 有福又能積善死得生天

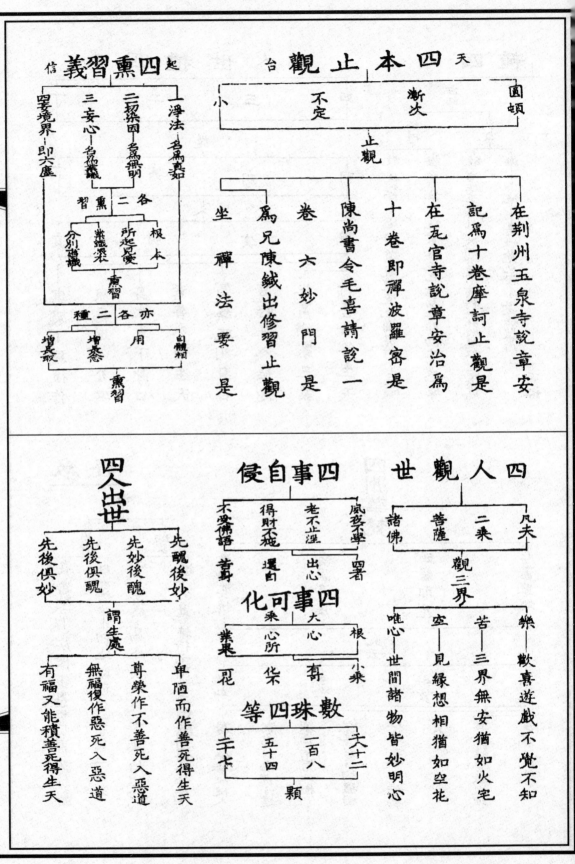

四種世人

[illegible]四種世人[illegible]

- 一 從實入實：實處下賤復作衆惡還入於實
- 二 從實入明：身生卑下身口意善入明生天
- 三 從明入實：富樂聰明身口意惡死入惡趣
- 四 從明入明：生富樂家三業行善命終生天

四種

古師
- 約行
  - 教—住行向—地相道觀雙流地相現前—三心
  - 證—登地—地實證地已去初地即初住—登地
- 約說
  - 教—信住至等妙—教門方便—輔行云始終屬教—教始終
  - 證—十地—是妙覺已證十地之法即證道—十地已證

教證

澤山
- 約行
  - 教—地前三心—說所證十地自證權門自開
  - 證—登地一位—初地即初住不可謂之兩涉
- 約說
  - 教—十地始終—爲地前人說十地始終
  - 證—妙覺—輔行云斷十二品無明稱爲妙覺

四洲華梵

- 東弗婆提
- 南閻浮提
- 西瞿耶尼
- 北鬱單越

此云
- 勝身：身形殊勝故從人彰名亦名弗于逮
- 勝金：須彌南有此樹洲是名舊翻穢樹
- 牛貨：以彼多牛以牛爲貨故
- 勝處：其土殊勝故從地受稱

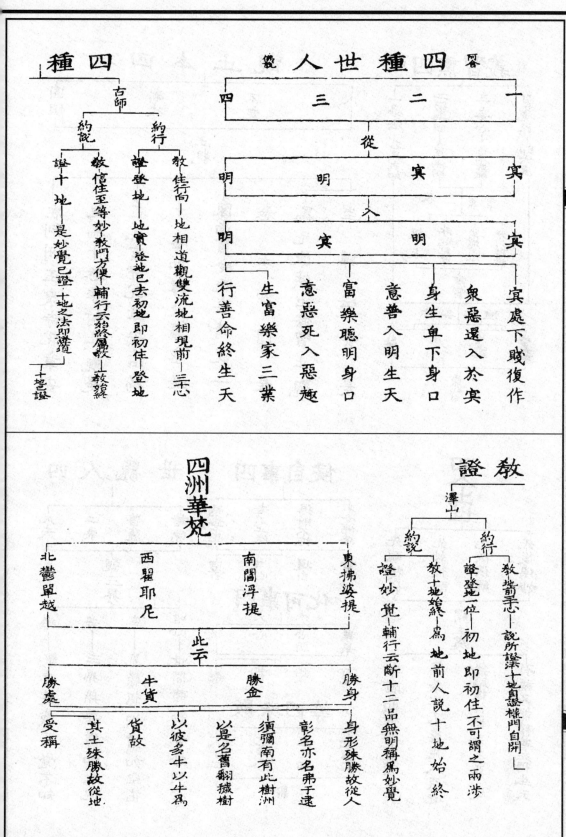

四洲形量

- 東洲 形如半月縱廣九千由旬
- 南洲 形如車箱縱廣七千由旬
- 西洲 形如滿月縱廣八千由旬
- 北洲 形如池沼縱廣一萬由旬

四洲身壽

- 東洲 人身長八肘 壽二百五十歲
- 南洲 人身長三肘半 壽百歲已下
- 西洲 人身長十六肘 壽五百歲
- 北洲 人身長三十二肘 壽千歲無中夭

四種聖塔

- 佛塔十三層 七寶莊嚴
- 支佛十一層 上有輪相
- 羅漢四層 皆七寶飾
- 輪王無層級 亦七寶成

四利須食

- 資身爲道
- 養身中蟲
- 生施者福
- 破餓外道

四方大將

光明

- 北方散脂
- 東方樂欲
- 南方檀帝
- 西方善現

此四大將各有五百眷屬統領二十八部護持佛法

四種輪王

- 金 輪王御四洲望風順化
- 銀 輪王御東南西三洲遣使方降
- 銅 輪王御東南二洲威振乃服
- 鐵 輪王御南洲奮威乃定

其出世時節見小三災圖中

四求不得

莊嚴論

- 名求
- 物求
- 自性求
- 差別求

不得偈曰

名物互爲客 二性俱是假 二別不可得 是名四求義

四事地動

李論

- 大衆得道
- 智人出現
- 世間災變
- 得道歡喜

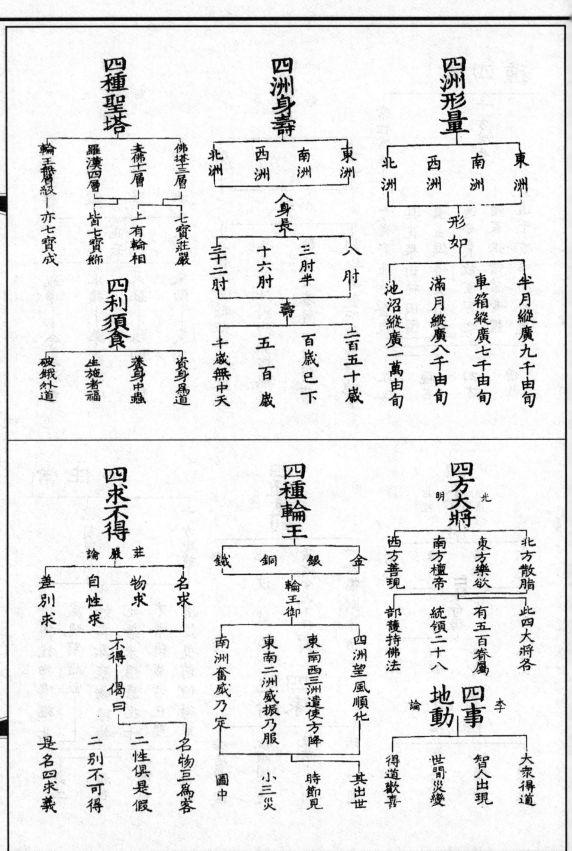

四大不調（光明）

- 一 寠嚕
- 二 鞞跛
- 三 畢哆
- 四 婆哆

此云

- 地增—令身沉重
- 水積—涕唾乖常
- 火盛—頭胸壯熱
- 風動—氣息衝擊

四藥支身（事鈔）

- 時
- 非時
- 七日
- 盡形

藥

- 五種正食麨飯等非時不聽
- 豆麥等汁對病開服無限
- 酥油食蜜等七日得蓄
- 胡椒蓽茇呵棃等盡形聽服

四種（律）

- 常住常住—衆僧府庫寺舍衆具花果樹林田園僕畜但得受用不通分賣故重言之
- 十方常住—僧家供僧常食體通十方唯局本處

此二種名四方僧物

常住（鈔）

- 現前現前—僧得施物唯施此處現前僧故
- 十方現前—如亡五衆物輕物也若未羯磨從十方僧得罪若已羯磨望現前僧得罪

此二種名現前僧物

四種遠到（法界）

- 飛行
- 此沒彼出
- 移遠令近不往而到
- 一念徧到十方

地論四家

- 若清淨—藏
- 捨煩惱—通
- 般若—別
- 諦—圓

四不可得（諸經要集）

- 常少
- 無病
- 長壽
- 不死

不可得—以斯四若佛興於世

四人有障

- 闡提不信
- 外道我執
- 聲聞畏苦
- 支佛捨悲

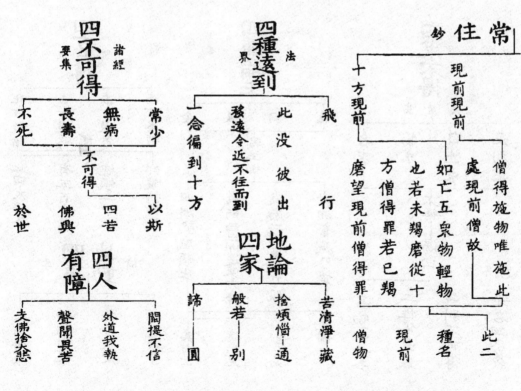

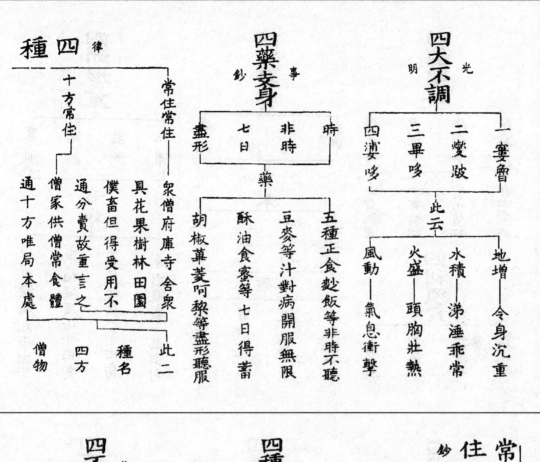

四大造色 楞伽

- 津潤妄想大種
- 堪能妄想大種
- 飄動妄想大種
- 斷截妄想大種

生內外

水　火　風　地

大

正報爲內　依報爲外

四山害人 涅槃

生　老　病　死

經云佛告波斯匿王有四山從四方來欲害於人王當設何計王曰當持戒布施

四物死相

芭蕉實　蘆開花　竹生米　駏驉妊

死

四法馭馬 涅槃

一　二　三　四

觸

毛　皮　肉　骨

說觸

- 毛
- 毛皮
- 毛皮肉
- 毛皮肉骨

喻

- 生
- 生老
- 生老病
- 生老病死

令受佛語而得出離

四仙避死 出曜

隱空　入市　入海　藏山

兄弟四人學仙得五神通自知壽盡各以通力而自逃避死時既至空者落地山者獸噉海者魚吞市者死於衆中

偈曰

非空非海中　非入山市間　無有地方所　脫之不受報

乞食四分 寶積

- 一奉同梵行者
- 一與窮乞人
- 一與諸鬼神
- 一分自食

乞食四意 肇師

- 福利群生
- 折伏憍慢
- 知身有苦
- 除去滯著

出家四施 戒善

- 筆　墨——施書經者　助成善緣
- 經——刊印流通
- 法——隨機敷演

授記四意 法華

- 一昔未記二乘今須記
- 二中下未悟以記勉之
- 三令聞者結緣
- 四滿其本願故與之記

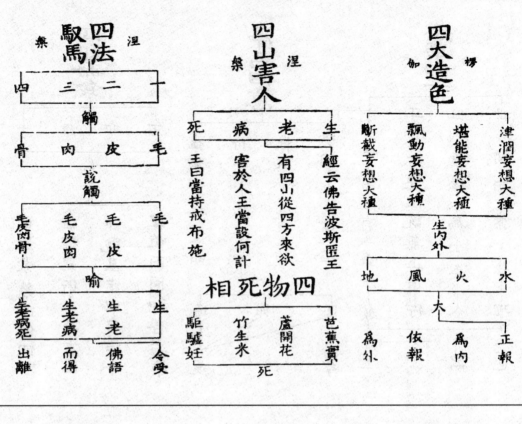

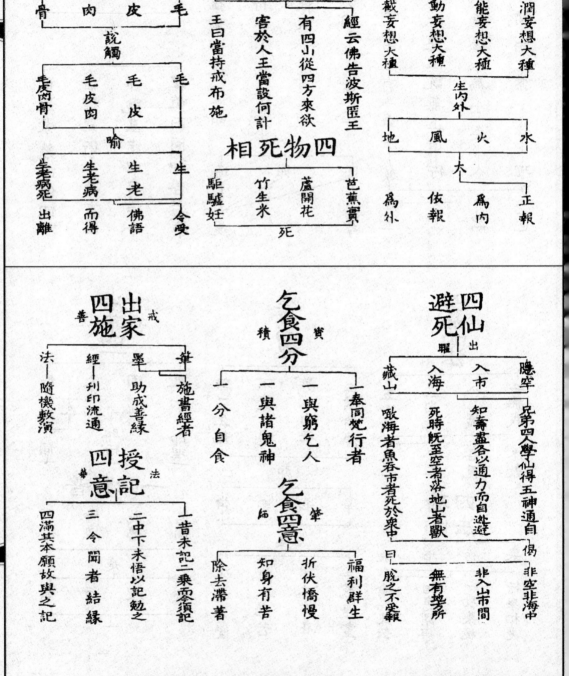

四邪命食

方　維　仰　下

口食

- 曲媚豪勢通使四方
- 種種咒術卜算吉凶
- 仰觀星宿以自活命
- 種植田園和合湯藥

淨名四意

- 彈偏——菩薩品
- 折小——弟子品
- 歎大——觀衆生品
- 褒圓——歎文殊及居士

通　別　圓

訶還　訶身

法華四一　天台

- 十方佛土中唯有一乘法——教
- 正直捨方便但說無上道——行
- 但爲菩薩不爲小乘——人
- 世間相常住——理

四一　顯妙　卽妙　一也

法華四一　光宅

- 教——同上
- 人
- 因一——卽行一
- 果一——卽理一

普賢四一

自在　神通　威德　名聞

是

理　行　人　教

一

涅槃四德

- 無二生死
- 不受二邊
- 具八自在
- 三業清淨

卽

常　樂　我　淨

德

- 不遷不變
- 離二死苦
- 得大自在
- 三惑淨盡

楞伽四法

- 五法——五三
- 三自性——八二
- 八識——各見
- 二無我——本數

瑜伽四法

乘　境　行　果

瑜伽此云相應謂與一切乘境行果相應

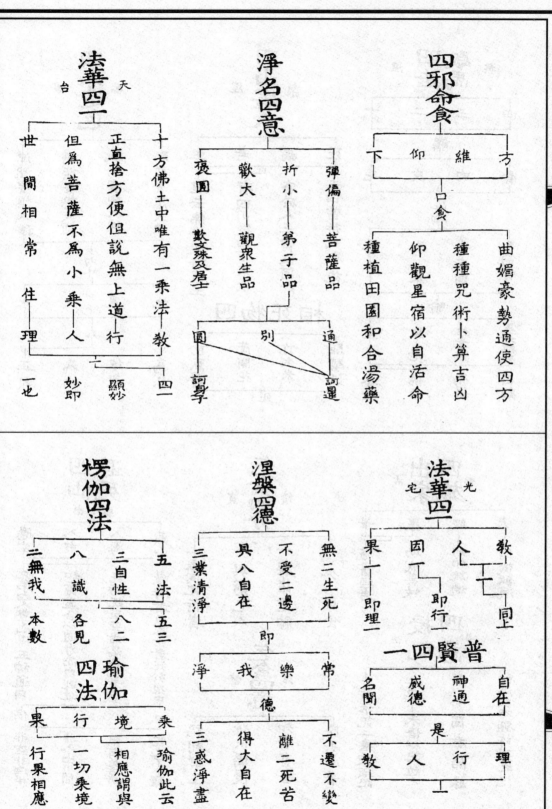

天雨四華 法華

- 曼陀羅華此云適意亦云小白
- 摩訶曼陀羅華此云大適意亦云大白
- 曼殊沙華此云柔善亦云小赤
- 摩訶曼殊沙華此云大柔善亦云大赤

表

四位知見 天台

- 住　行　向　地　位
- 開　示　悟　入　佛知見

說法 法

- 示——示人善應行惡不應行生死爲醜涅槃爲樂分别三乘等
- 教——教言汝可捨惡行善等

以此四事

四事 華

- 利——爲未得善法心退沒者說法引導令出汝莫因時不求果汝雖勤苦果報出時大得利益
- 喜——隨其所行而讚歎之

莊嚴　說法

華嚴四科 清涼

- 信——初一會
- 解——次六會
- 行——第八會
- 證——第九會

名

- 舉果勸樂生信
- 修因契果生解
- 托法進修成行
- 依人證入成德

分

- 從妙嚴止遮那
- 從名號止現
- 離世間
- 入法界

品

經訓四義 名義

- 常——道軌百王
- 法——德模萬乘
- 攝——集斯妙義
- 貫——御彼庸生

初果四名

- 預流——預入聖流
- 入流——而無所入
- 逆流——逆生死流
- 抵債——不受業債

執受四義（八識）

- 攝爲自體同無記故
- 持令不散令不壞故
- 領以爲境親相分故
- 令生覺受同安危故

種子根身具四　器界唯領以爲境一義

毘尼四義（婆多）

一、二、三、四　是

- 佛法中平地　能生萬善故
- 佛弟子處　依戒而住故
- 涅槃之門　依戒趣入故
- 佛法瓔珞　莊嚴佛果故

尸羅四義（資糧）

清涼　安隱　安靜　寂滅　義

- 能離煩惱熱故
- 能爲他世樂因故
- 能建立止觀故
- 得涅槃樂果故

菩薩四心（金剛）

- 所有一切衆生之類
- 我皆令入無餘涅槃
- 實無衆生得滅度者
- 無我人衆生壽者四相

即

廣大　勝　常　不顛倒　心

慈氏偈云廣大第一常其心不顛倒第一即勝心也

咒具四悉

- 咒是鬼神王名稱王名則部落敬主不敢爲非
- 咒如軍中密號相應無所呵問不相應即執治
- 咒如無親往他國乃至粗食是常食等能治詐王子瞋
- 咒如王索先陀婆一名具四實群下莫曉

是

世界　爲人　對治　第一義　悉檀

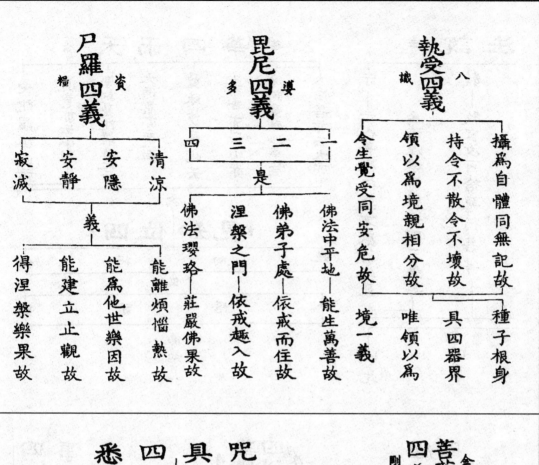

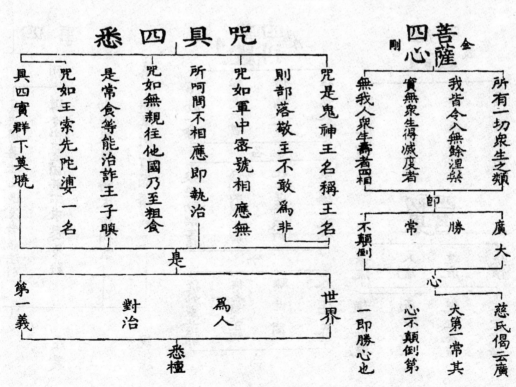

救脱四願（七佛）

- 心如大地發生萬物
- 心如橋船度人無厭
- 心如大海容内衆流
- 身如虛空包容萬物

羅漢四智

- 我生已盡
- 梵行已立
- 所作已辦
- 不受後有

羅漢四名

- 無學　眞窮惑盡
- 無生　無法可學
- 殺賊　此三見羅
- 應供　漢三名中

比丘四義（淨名肇注）

- 淨乞食
- 破煩惱
- 淨持戒
- 能怖魔

比丘一名該此四義譯不能兼故存梵名

比丘四法（觀佛三昧）

- 晝夜六時說罪懺悔
- 常憶念佛不誑衆生
- 修六和敬心不恚慢
- 具修六念如救頭然

又（超日）

- 常念如來立佛形像
- 聞經深義即信奉行
- 雖不見佛曉了本元
- 知十方佛同一法身

菩薩四輪（成論）

- 生中國
- 修正願
- 植善
- 近善人

輪摧

- 三途北洲長壽難
- 世智辯聰難
- 盲聾瘖瘂難
- 佛前佛後難

大乘四果

- 初地生如來家
- 八地得授記
- 十地得授記
- 佛地證無學

是

- 初果
- 二果
- 三果
- 四果

輪王四德

- 自然大富
- 端正姝好
- 安隱無病
- 自然長壽

頭陀四位（律鈔）

- 衣　衲衣三衣二種
- 食　乞食一坐等
- 處　蘭若塚間樹下等
- 常坐　此無次第

頭陀四食（律鈔）

- 乞食
- 不作餘食法
- 坐食
- 摶食

菩薩四倒

亦
- 常亦無常
- 樂亦苦
- 我亦無我
- 淨亦不淨

法師四法（婆沙）

- 廣博多聞能持一切言辭章句
- 決定善知世出世間諸法生滅相
- 得禪定智於諸經法隨順無諍
- 不增不損如所說行

聖人四倒（涅槃）

常　樂　我　淨

為

無常　苦　無我　不淨

凡夫四倒（涅槃）

身　受　心　法

起

淨　樂　常　我

倒

四洲地獄

- 東洲　有邊無正
- 西洲　南洲　有正有邊
- 北洲　邊正俱無

正獄在地下二萬由旬邊獄在地上鐵圍山間三洲人造罪皆來南洲正獄及東西南洲邊獄受其苦報

外道四論（楞嚴 行陰）

- 無因生論　謂二無因論
- 一分常論　即四顛倒見
- 不死矯亂　即四顛倒性
- 有邊無邊　即四有邊論

瑜伽論義與此大同

四業四報

現業　生業　後業　無業

受

現報　生報　後報　無報

謂
- 現生作極善惡業現身受報
- 今生作善惡業次後身受報
- 今生作業二生三生乃至多生受報
- 由無記業受不善不惡之報

亦名不定業不定報

捨戒四緣（婆沙）

- 捨所學即捨戒
- 二形生　男變女女變男
- 斷善根　受惡戒邪見
- 捨衆同分身死

文義四句

- 文廣義略
- 文略義廣
- 文廣義廣
- 文略義略

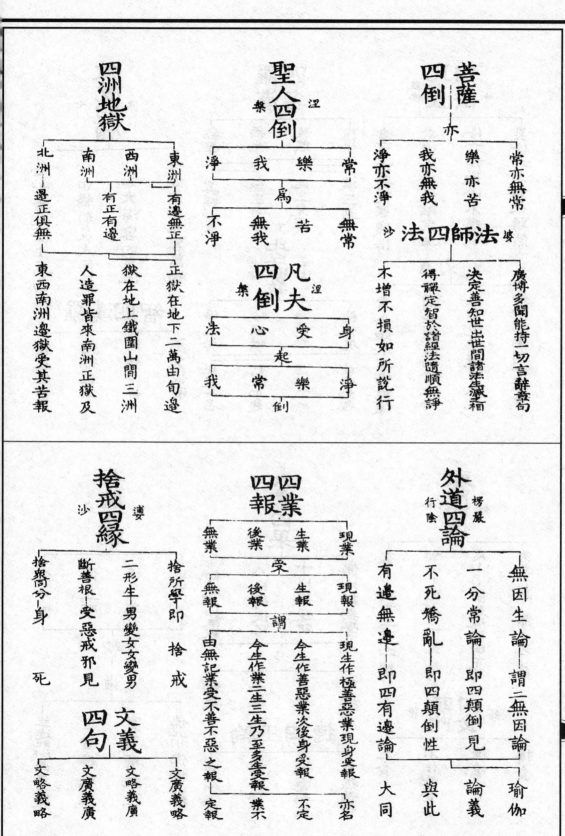

四顛倒性（楞嚴 行陰）

變恒
生滅
增減
有無
經中但從有無分四此三例知
亦有亦無　雙計
但言其無
但言其是
餘無所説　單計
亦有即亦無亦有不是亦有　即非
即分四倒
是則名爲第五外道四顛倒性不死矯亂徧計虛論

通局四句

通
局
俱
泯

依正四句（大疏）

唯依
唯正
俱
泯

色空四句（心經）

色不異空
空不異色
色即是空
空即是色
受想行識例此可知

四徧（楞嚴）

窮心境性二處無因修習
能知二萬劫中
窮四大元四性常住修習
能知四萬劫中衆生
生滅循環不失
生滅體恒不散
由此計度亡正徧知

常論（行陰）

窮心意識性常恒故修習
能知八萬劫中
循環本來常住
既盡想元生理更無流止運轉生滅
想心今已永滅理中自然成不生滅
立圓常論
墮落外道

四圍陀典（翻譯名義）

圍陀此云智書
有四
阿由　此云方命謂養生繕性之類
殊夜　含二義謂祭祀祈禱之類
娑磨　含多義謂禮儀占卜軍陣兵法等
阿達婆　亦含多義謂異能技數禁咒醫方等

四圍陀典

登伽經云初人名梵天造一圍陀次人名白淨變一爲四○謂
讚誦
祭祀
歌咏
禳災

染淨四句

唯染
唯淨
或俱
或泯
更有一異等四句見離四句中

四有邊論 楞嚴 行陰

- 三際
  - 心計生元流用不息過未名有
  - 現在相續名之爲無
- 見聞
  - 是人觀八萬劫則見衆生
  - 八萬劫前寂無聞見
- 彼我
  - 計我不知人之知性彼但有邊
  - 計我徧知得無邊性
- 生滅
  - 計世界中一切所有一半有邊
  - 復計一半是爲無邊

有邊　無邊

經云由此計度有邊無邊墮落外道立有邊論

四顛 楞嚴

- 廣狹
  - 觀妙明心計爲神我周徧不動
  - 一切衆生於我心中自生自死
- 成壞
  - 徧觀十方劫不壞處名之爲常
  - 劫壞之處名爲無常

常

經云由此計度常無常故

倒見 行陰

- 身心
  - 別觀我心流轉十方性無移改
  - 能令此身即生即滅
- 常滅
  - 知想陰盡見行陰常流
  - 色受想等今已滅盡

無常

墮落外道一分常論

禪有四類

- 有漏
- 無漏
- 亦有亦無
- 非有非無

禪

- 四禪天
- 九想八背等
- 六妙通明等
- 首楞中道理定

無生四句 中論

- 不自生
- 不從他生
- 不共生
- 不無因生

偈曰

- 諸法不自生
- 亦不從他生
- 不共不無因
- 是故說無生

亦名破四性執

觀心四句 法華三昧

- 為因心故心
- 為不因心故心
- 為亦因心亦不因心故心
- 為非因心非不因心故心

麁妙四句 妙玄

- 能通粗所通亦粗
- 能通妙所通粗
- 能通粗所通妙
- 能通妙所通亦妙

權實四句

- 一切法皆權——如是性相等云
- 一切法皆實——諸法從本來云
- 一切法亦權亦實——所謂諸法實相
- 一切法非權非實——非如非異非實非虛

無量四句

- 實有量
- 實無量
- 實無量
- 實有量

言

- 無量彌陀
- 量光明
- 無量涅槃
- 量八十唱滅

是

乘戒四句

- 乘急戒緩——四趣聞法悟道
- 戒急乘緩——人天不聞不悟
- 乘戒俱急——人天聞法悟道
- 乘戒俱緩——四趣不聞不悟

四種鏡義 起信

- 一如實空
- 二因熏習
- 三法出離
- 四緣熏習

鏡

- 遠離一切心境界相
- 無法可現非覺照義故
- 如實不空一切境界悉於中現不失不壞即真實性故
- 不空法出煩惱礙智礙離和合相淳淨明故
- 依法出離故徧照衆生之心隨念示現令修善根故

此明覺體四義如鏡

金喻四德

真諦

色無變　能令人富　轉作無礙　體無垢染

喻

常　樂　我　淨

虹蜺四緣

法集

地—黃　水—青　火—赤　風—輪

圓教四門

天台

空　有　雙亦　雙非

門

一空一切空　開
一有一切有　示
一切亦空亦有　悟
一切非空非有　入

佛知見

轉經四義

妙句

看文曰讀
不忘爲誦
信心故受
念力故持

散脂四容

散脂
天大將也
名義集云
散脂修摩
此翻云容

謂

名　行　智　理

四皆容故

息緣四意

二十五方便

治生—不作有爲事業
世緣—斷絕人事往來
工巧技藝—不作工匠咒算等
學問—不讀誦聽學等

四根本禪

壞法

一根本味禪
初四禪
二四無量心
三四無色定

二根本淨禪
初六妙門
二十六特勝
三通明觀

三根本無漏禪
一九想
二八念
三十想
四八背捨
五八勝處
六十一切處
七九次第定
八師子奮迅三昧
九超越三昧

觀　得解之觀　治重煩惱
觀　發無漏智　斷三界惑
練　修練觀禪　令純熟故
熏　熏諸觀定　令通利故
修　此具修一切法門

燒滅骨人急取無學

四根本上禪—九種大禪

不壞法

來住骨想八色流光

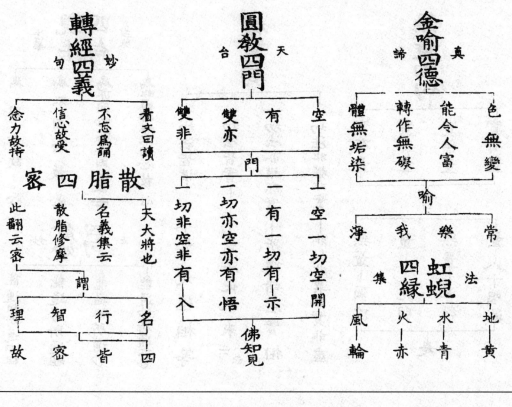

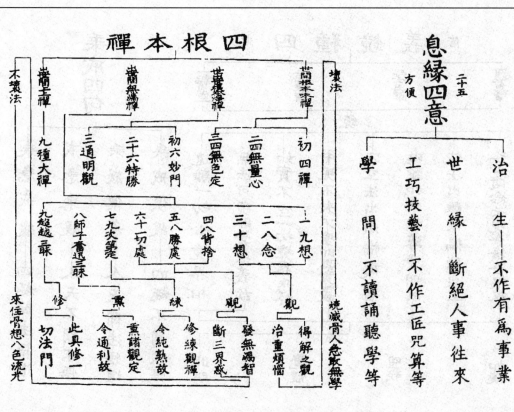

名體四句（詳解）

- 名轉體不轉——三道即三德生死即涅槃
- 體轉名不轉——轉生死五陰爲法性五陰
- 名體俱不轉——十二因緣非佛天人修羅所作本自有之
- 名體俱轉——無明復爲法性明

壽量四喻（光明）

- 山斤
- 海滴
- 地塵
- 空界

四佛降信相室衆此四喻皆有窮盡而佛壽無量天台云若從信相疑應言有量若四佛釋疑應言無量

空有四種（光明）

- 滅色入空——藏
- 即色是空——通
- 滅邊入空——別
- 即邊是空——圓

法塵四類

- 無表色——色
- 心所法——心
- 不相應行——非色心
- 三無爲——非三聚攝

真妄四義

- 唯真心——唯一心名真如——起信
- 唯妄心——種種識浪翻騰轉生
- 從真起妄——如來藏是善不善因——楞伽
- 指妄即真——煩惱是如來種——淨名

種相四義

- 一處種相——須於南洲佛出世時以男子身緣佛身種餘不得種
- 二業種相——以意業種餘五識不能分別故
- 三初種相——相因緣和合時便言初種
- 四福種相——一切人破正見一人能教令淨戒正見如是等爲一福百福成一相

釋相四義（石碉）

- 相體——即所證之理
- 相業——乃能修之因
- 相果——即所現之相
- 相用——是利佗之德

阿難四問 涅槃

- 一問
- 二問
- 三問
- 四問

佛滅度後

- 諸比丘等依何而住
- 佛弟子等依誰爲師
- 惡性比丘如何調治
- 結集時經首安何語

如來四答

- 依四念處住
- 以戒爲師
- 以默擯治
- 安如是我聞等

宣師 道宣

- 一問
- 二問

- 般若
- 華嚴

韋天 常天

- 無相離
- 我我所
- 諸度萬行
- 悲智攝益

- 般若
- 華嚴

四問 律師

- 一問
- 二問
- 三問
- 四問

何等爲

- 法華
- 涅槃

四答 將軍

但是

- 揔攝聞等
- 記作佛
- 決擇歸一
- 一切皆有佛性

即

- 法華
- 涅槃

四處起塔 增一

- 生
- 成道
- 轉法輪
- 涅槃

處塔

- 迦維羅衛國
- 摩竭提國
- 波羅奈城
- 拘施那城

亦名 人間四塔

現相四義 石碉

- 歡喜發心
- 免苦得樂
- 三惡心息
- 成就佛乘

見相能得四種蓋所以現相

迦耶四名

- 一迦耶
- 二設利羅
- 三弟訶
- 四應伽

此云積聚瑜伽云周徧積聚故名爲身是積聚義及依止義楞嚴云身如腰鼓顙安般經云骨肉爲身

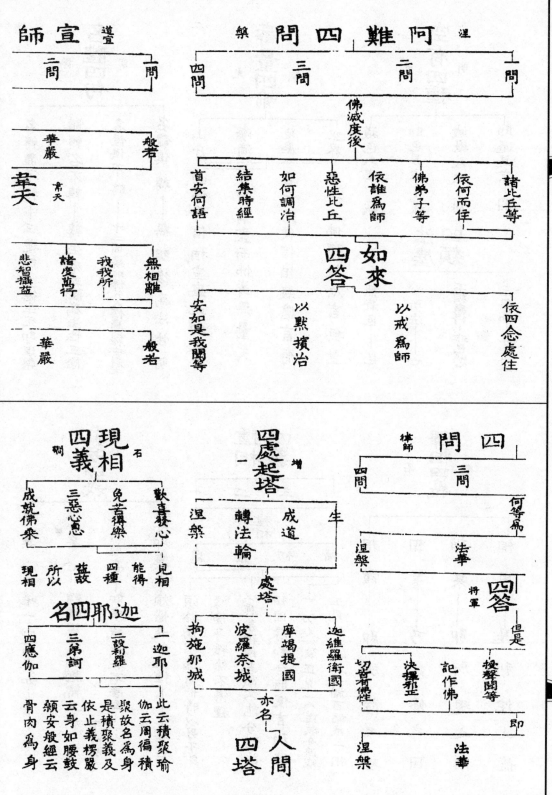

雙樹四喻（涅槃）

- 東方：榮、枯；喻常倒、無常
- 南方：榮、枯；喻樂倒、苦
- 西方：榮、枯；喻我倒、無我
- 北方：榮、枯；喻淨倒、不淨

四榮表凡夫四倒
四枯表二乘四倒
亦名

四榮四枯

降伏四魔（淨名什注）

- 得無生忍煩惱永斷
- 得法身則更不得身
- 無身則無死
- 無三魔則波旬不得便

故降

- 欲　亦名煩惱魔
- 身　亦名五陰魔
- 死　即無常因緣
- 天　如大自在天等

魔

忉利四塔

- 東照明
- 南粗澀
- 西歡喜
- 北駕御

園

髮　衣　鉢　牙

塔

佛滅度後帝釋所造

忍具四樂（金剛　忍仙）

- 忍辱
- 寂滅
- 慈佗
- 自利

故樂

恒河四義

- 一者人多識之
- 二者入得福
- 三八河中大
- 四是佛生處

恒河亦名殑伽由四義故佛常舉以爲喻

世間四義

- 有生滅
- 可破壞
- 隱真理
- 性有漏

不墮四義名出世間

舍衛四德

梵語舍衛此云豐德

謂國豐四德

- 具財寶
- 妙五欲
- 饒多聞
- 豐解脫

亦翻聞物　多產　嘉物

修行四法（菩薩）

- 不捨善想
- 親近善友
- 不捨忍辱
- 依寂靜處

息有四相（止觀）

風　氣　喘　息

相

- 有聲　守之則散
- 結滯　守之則結
- 出入不盡　守之則勞
- 不聲不滯出入俱盡　守之則定

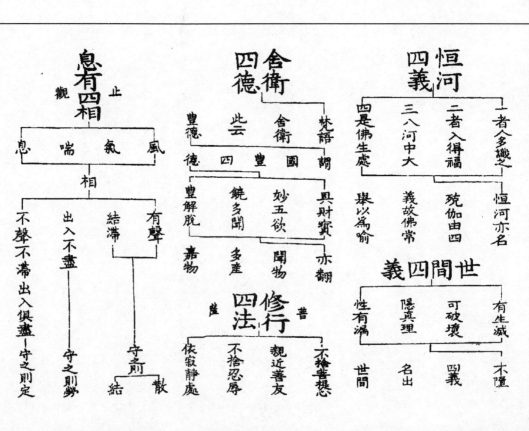

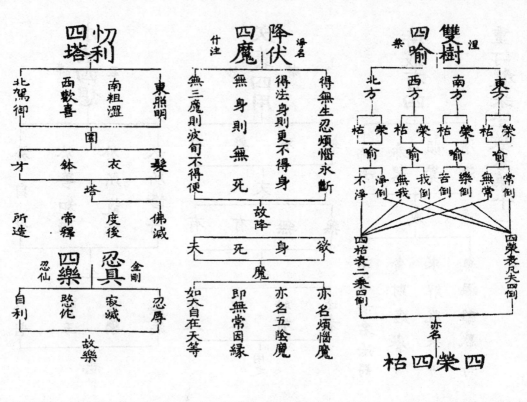

求法四想 華嚴

於自身 病苦
於善知識 醫王
於所說法 良藥
於所修行 除病
生…想

文義四用 妙樂

有文有義 常人
無文有義 智人
有文無義 暗者
無文無義 迷者
文／義／用之

持戒有四

怖畏 不活惡名治罰
希望 貪財名譽等
順覺 求解脫果等
清淨 無漏離惑等
戒

重訂教乘法數卷第十一

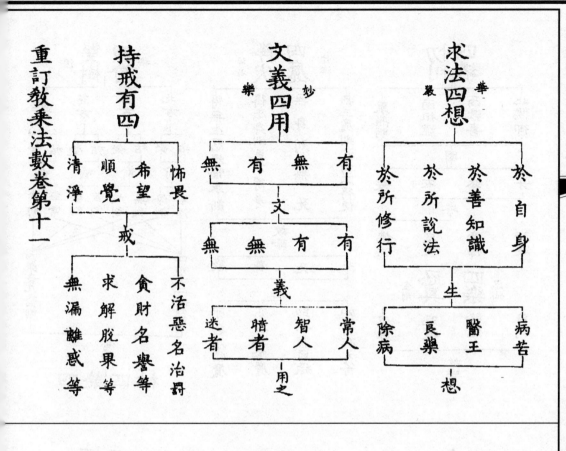

重訂教乘法數卷第十二

佛應四處
- 降生迦維衛
- 成道摩竭提
- 說法波羅奈
- 入滅拘施那

四報應身
- 應而非報　化
- 報而非應　自受用
- 亦應亦報　他受用
- 非應非報　法

（自受用、他受用）身

佛四希有
時　處　德　事
希有：
- 曠劫難値
- 大千唯一
- 福慧超勝
- 神通方便

四勝義諦
世間　道理　空　勝義
勝義：
- 蘊處界等
- 苦集諦等
- 證得勝義
- 一眞法界等

四世俗諦
世間　道理　證得　安立
世俗：
- 車林軍等
- 蘊處界等
- 預流果等
- 眞如等

世界四持
華嚴
- 初能持風輪
- 風輪持香海
- 香海持蓮華
- 蓮華持刹海

人具四生
胎　卵　濕　化
如：
- 世人
- 毘舍佉母
- 奈女
- 劫初人

龍具四生
正法念云化生金翅鳥食四生龍餘倒滅

金翅四生
起世
胎　卵　濕　化
生
食　食　食　食
胎　卵　濕　化
生龍

四緣墮龍
- 多布施
- 嗔恚
- 輕傷人
- 自貢高

四輪持世
風　水　金　土
輪：
四洲土輪依金輪金輪依水輪水輪依風輪風輪依空空無所依故知風力能持世界

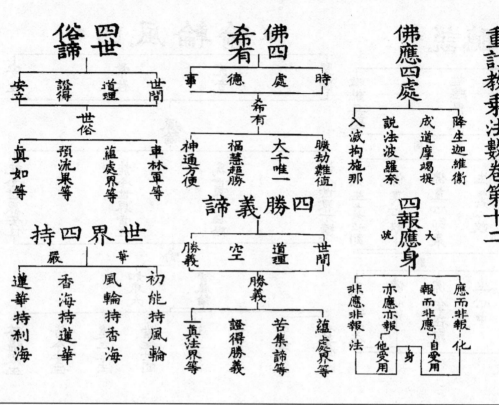

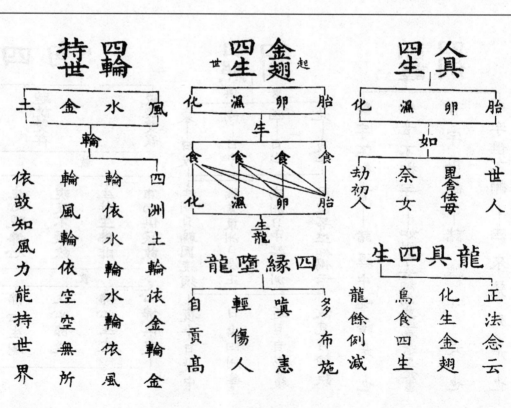

四風輪喻（華嚴）

安住　常住　究竟　堅固

風輪

能令世界安住　能令世界常住　爲世界之極際　能令世界不壞

喻

如來大智風輪

普攝衆生　皆令安住　建立正法　常住世間　通達無漏　究竟之道　守護衆生　令善不斷

說聽（大）

唯說無聽　唯聽無說

同

衆生真心即佛真心故　佛真心即衆生真心故

別

衆生全在佛心中　佛全在衆生心中故

四句（說聽）

聽說雙存　說聽雙寂

教

生心現佛心　現互不礙故　生非生佛非佛兩俱寂故

教

佛心生聽　生心佛說　佛心生生心佛俱寂

日照四洲

俱舍

東　日没　此明日輪圍繞須彌當東洲日没正夜半日没中日出四洲等

南　日中　南洲日中等南洲近日自影覆

西　日出

北　夜半　日没等準知偈云故見月輪缺

翻譯四例

翻字不翻音　諸經中呪語是也

翻音不翻字　如卍字音翻爲萬字體還是梵書

音字俱翻　諸經文是也

音字俱不翻　西來梵夾是也

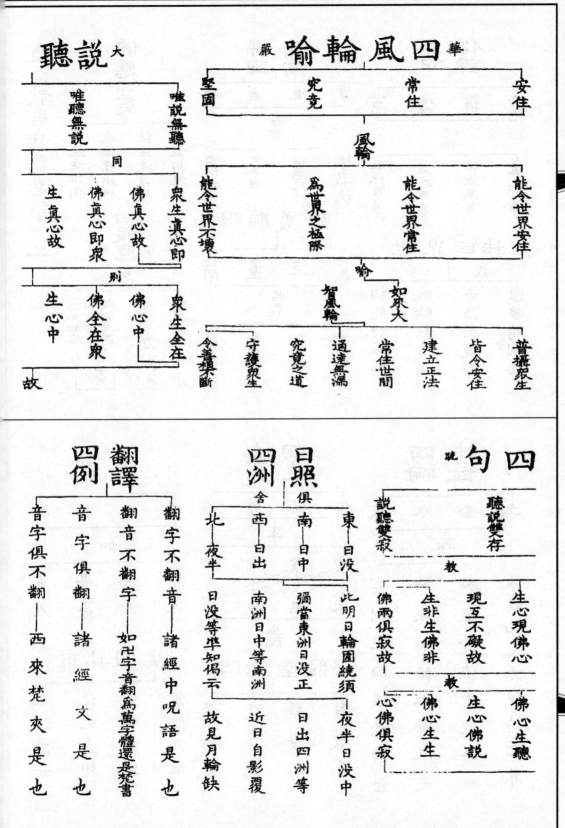

億分四等

- 一以十萬爲億
- 二以百萬爲億
- 三以千萬爲億
- 四以萬萬爲億

則大千有

- 萬億日月
- 千億日月
- 百億日月
- 十億日月

羯磨四法

- 一法
- 二事
- 三人
- 四界

謂

- 所作之法如心念等
- 所爲之事如説戒等
- 清淨之衆如遣非等
- 上三所依如内外塲等

唱導四宜 僧傳

- 聲
- 辯
- 才
- 博

- 非聲無以警衆
- 非辯無以適時
- 非才則言無可采
- 非博則語無依據

跪有四名

- 胡跪——胡人敬相存其本緣蔥嶺以東名胡西曰梵
- 互跪——左右兩膝交互跪地三處翹舉
- 翹跪——翹舉一足則身危也
- 長跪——兩膝據地以足支身尼女體弱佛聽長跪

四種病喻

- 增增
- 增損
- 損增
- 損損

- 從初服藥增而不損終無差理
- 疾雖困篤方治即愈
- 或有服藥初雖漸損而後更增
- 從初漸損乃至平復

喻

- 極惡之人若與説法更起誹謗
- 三途回心心猛利故聞法得道
- 退法衆生初雖小益後更墮苦
- 三乘衆生漸次受化終得佛記

迷識四相（金剛）

我、人、衆生、壽者——相

- 我相：於五蘊中計我我所
- 人相：妄計我生中；展轉趣於餘趣
- 衆生相：妄計盛衰苦樂；種種變異相續
- 壽者相：妄計一報命；根不斷而住

圭峰判此爲迷識境故名迷識

亦名

四種倒見

謂四相本空乃衆生妄計於中起顛倒見

迷智四相（圓覺）

我、人、衆生、壽者——相

- 我相：心有所證不忘能所
- 人相：悟我爲非此智不袪
- 衆生相：了我人非存有所了
- 壽者相：覺所了者業智潛續

圭峰判此爲迷智境故名迷智

四善兼惡（涅槃）

爲勝他、爲利養、爲他屬、爲非非想處——故

- 讀誦經典
- 受持禁戒
- 而行布施
- 繫念思惟

經云修四善事得惡果者蓋以兼惡故也

四人胎相（俱舍）

輪王、支佛、菩薩、有情——胎相

- 正知入不正知出
- 正知入住不正知出
- 俱正知入住出
- 俱不正知

身土四依（大疏）

色身、色身、法身、法身——依

色相、法性、法性、色相——土

捨離四法（寶積）

- 利養
- 惡友
- 惡衆
- 同住多戲笑喧鬭等

迦葉云有此四法急走捨離百由旬外

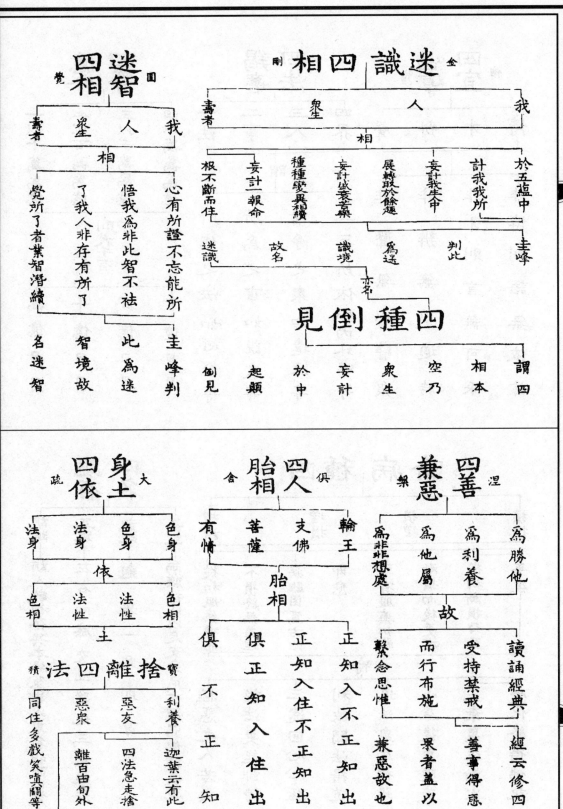

修羅四生

- 鬼 — 居大海邊
- 畜 — 居大海底
- 人 — 爲人慢强無德
- 天 — 居半須彌山岩窟

胎　卵　濕　化

四種修羅（楞嚴）

- 天中降德貶墜卜居日月 — 胎生人
- 鬼道以護法力乘通入空 — 卵生鬼
- 下劣修羅生海心沉水穴 — 濕生畜
- 有修羅王能與天帝爭權 — 化生天

攝趣

外道（大）

- 數論 即僧佉 — 計一
- 勝論 即衛世 — 計異

則謂

- 因中有果 — 彼計自性諦中有二十三諦故
- 因中無果 — 計大有性離實德業外別有一法故

亦名四仙

四計（疏）

- 勒沙婆 即苦行
- 若提子 即邪見

計業非業

- 因中有業 — 計殺生入獄又計
- 亦有亦無業 — 受苦實由先作故
- 因中無業 — 彼計道不須求…
- 非有非無業 — 及劫滿自得故

計果

自然四德（金七十論）

- 一法
- 二慧
- 三離欲
- 四自在

謂彼自然

- 無瞋恚殺盜等法
- 有智尋討經論
- 不貪五欲
- 心神輕妙如意自在

金七十論外道論也彼云迦毘羅仙從空而生自然有此四德

所熏四義（唯識）

- 堅住 — 始終一類相續能持習氣
- 無記 — 平等無所違逆能容習氣
- 可熏 — 自在性非堅密能受習氣
- 與能熏和合 — 與能熏同時同處不即不離

義

唯異熟識具此四義可是所熏非心所等

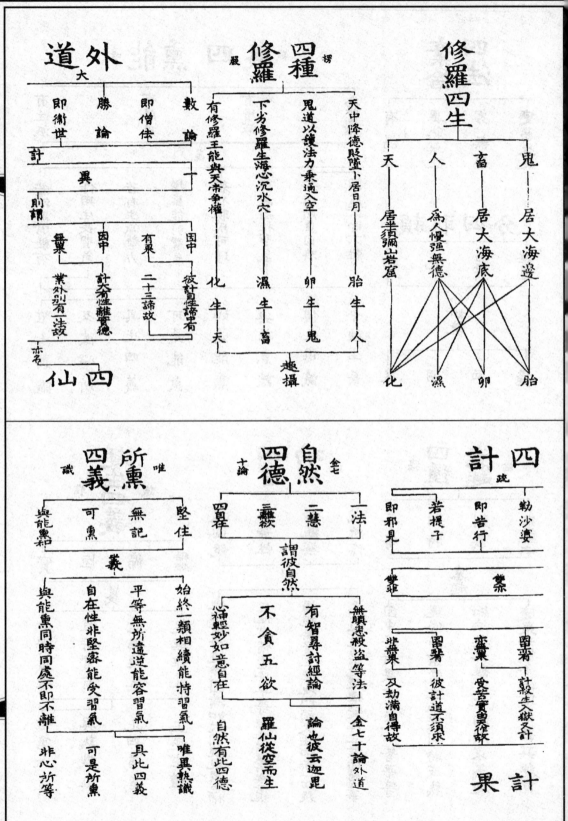

能熏四義 唯識

- 有生滅
- 有勝用
- 有增減
- 與所熏和

義

- 若法非常能有作用生長習氣
- 若有生滅勢力增盛能引習氣
- 若有勝用可增可減攝植習氣
- 若與所熏同時同處不即不離

唯七轉識及彼心所具此四義可是能熏如是能熏與所熏識俱生俱滅令種生長

棄捨四法

- 有漏善
- 異熟無記
- 劣無漏
- 變易生死

賴耶四分

- 相
- 見
- 自證
- 證自證

分如鏡

- 像
- 明
- 面
- 背

趣生四義 唯識

- 實
- 恒
- 徧
- 無雜

義

- 有實自體
- 恒時常有
- 能徧趣生
- 起無雜亂

唯第八眞異熟識具此四義爲正趣生體

四智功用 唯識

- 大圓鏡
- 平等性
- 妙觀察
- 成所作

智

- 性相清淨純淨圓滿如大圓鏡現衆色相
- 自他有情悉皆平等恒共相應所樂示現
- 攝現無量三摩地門雨大法雨斷一切疑
- 爲利有情示現種種變化三業所應作事

四種意趣 攝論

- 平等
- 別時
- 別義
- 衆生樂欲

意趣

- 因中修行果中度生心皆平等
- 現修淨業當生極樂別時成熟
- 知法無性離文字相別求義趣
- 隨衆生機令生信樂發其趣向

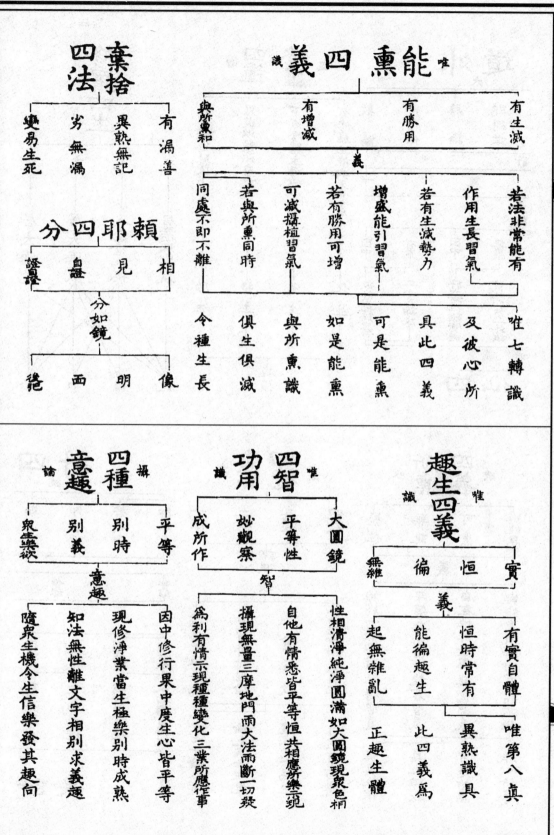

食有四種　唯識

- 段
  - 謂欲界繫香味觸三於變壞時
- 觸
  - 謂有漏觸纔取境時攝受喜等
- 思
  - 謂有漏思與欲俱轉希可愛境
- 識
  - 謂有漏識由段思觸勢力增盛

食 能爲食事 或謂

- 人間有食形段故
- 鬼神食觸氣故
- 禪天食禪思住故
- 識天食識相續故

量果　宗

- 現量
  - 前五識與第八識見分雖是現量以外緣故即非量果
- 内緣
  - 七識雖是内緣是非量故亦非量果

四義是定

四義　鏡

- 不變影
  - 果中後得見分雖是現量内緣時變影緣故亦非量果
- 是心體
  - 果中根本智見分雖親證真如是心用故亦非量果

方爲量果

四種意識　宗相

- 明了意識亦名五俱意識與前五識俱時而起同緣五塵
  - 三量俱通
- 定中
- 散位
- 夢中
  - 獨頭意識
    - 緣定中境定有理事總屬現量
    - 緣構畫境受所引色及徧計所起諸法處色通比非二量
    - 緣夢中境唯是非量

四種造業　成實

- 時定報不定
  - 三世不可改是時定由業可轉故報不定
- 報定時不定
  - 由業力定報不可改時有可轉故時不定
- 時報俱定
  - 由業定故感時亦定
- 時報俱不定
  - 由業不定故時報俱不定

天眼四異

- 報修異
  - 梵王報得在肉眼中
  - 那律修得居肉眼外
- 總別異
  - 梵王是總相見見不分明
  - 那律是別相見見則了了
- 自他異
  - 梵王自住處則見餘方不見
  - 那律隨所至處皆見三千
- 通明異
  - 梵王天眼是通非明
  - 羅漢天眼是通是明

說法四謗

- 有說增益
- 無說損減
- 雙亦相違
- 雙非戲論

謗

錫杖四名

錫杖

- 聲　從用
- 錫　約體
- 智　彰智
- 德　顯德

四車喻乘

- 羊　聲聞
- 鹿　緣覺
- 牛　菩薩
- 大白牛　佛

車

聲聞、緣覺　小乘

小乘、菩薩　大乘　三權

佛　一乘　一實

仁王四無常偈

- 初說無常
  - 劫火終訖乾坤洞然須彌巨
  - 海都為灰颺天龍福盡於中
  - 凋喪二儀尚殞國有何常
- 二說苦理
  - 生老病死輪轉無際事與願
  - 違憂悲為害欲深禍重瘡疣
  - 無外三界皆苦國有何賴
- 三說空理
  - 有本自無因緣成諸盛者必
  - 衰實者必虛衆生蠢蠢都如
  - 幻居聲響俱空國土亦如
- 四說無我
  - 識神無形假乘四蛇無明保
  - 養以為樂車形無常主神無
  - 常家形神尚離豈有國耶

仁王經昔班足太子欲
登王位受外道教應取
千王頭祭山神自登
位得九百九十九王少
一王即北行萬里得一王
名普明白班足言願聽
一日飯沙門禮三寶班
足許之時普明即依過
去七佛法請百法師敷
百高座一日二時講般
若波羅蜜八萬偈竟
第一法師為王說四偈

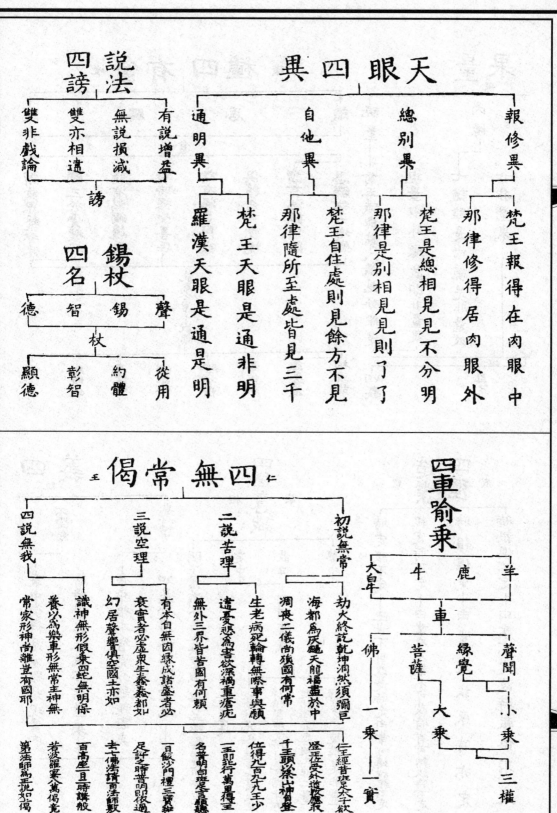

三師四教

- 光宅
  - 權教三——臨門三車
  - 實教一——四衢等賜
- 曉公
  - 三乘
    - 別
    - 通
    - 相教
      - 不明法空——如諸緣起等
      - 說諸法空——如般若深密等
  - 一乘
    - 分
    - 滿
    - 教
      - 未顯普法——如梵網經等
      - 具明普法——如華嚴經等
- 苑公
  - 迷真異執
  - 真一分半
  - 真一分滿
  - 真具分滿
  - 教
    - 凡夫——全隱
    - 二乘（聲聞、緣覺）——分顯
    - 初心菩薩——分隱
    - 如來藏——全顯
    - 法性
      - 寶性論有四種衆生不識如來藏出教本此

天位 大

- 主
  - 梵釋四王君主號令之權爲主
- 客
  - 功德寄北天大辯居山澤爲客
- 男
  - 梵釋四王是男
- 女
  - 功德辯才是女

四端 傳

- 本
- 跡
  - 客跡眷屬皆大菩薩本也
  - 現居神像護法跡也
- 顯
- 晦
  - 功德大辯處客示女能揚佛法爲顯
  - 餘雖影響而言行不揚是晦

四王八子

- 淨飯王 生
  - 悉達——此云頓吉——即佛也
  - 難陀——此云善歡喜即孫陀羅夫
- 白飯王 生
  - 調達——此云天授具云提婆達多
  - 阿難——此云慶喜多聞第一
- 斛飯王 生
  - 摩訶男——未詳或云華梵合稱即大男
  - 那律——此云無貧天眼第一
- 甘露飯 生
  - 提沙——或云婆娑未見翻譯
  - 跋提——此云小賢鹿苑五人之一

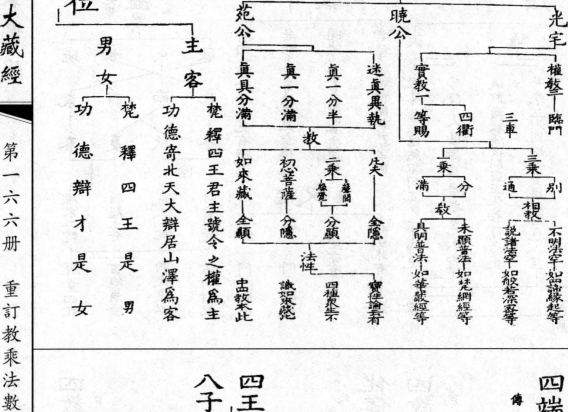

四蛇性異（光明空品）

地　水　火　風

東　西　南　北

春　夏　秋　冬

陽：風火二蛇，性輕上升

陰：地水二蛇，性重下沉

經言四蛇，古德用喻四大，復以方時對配

漸中四教（宋朝笈師）

有相—阿含小教見有得道

無相—方等般若見空得道

同歸—法華會三歸一萬善悉向菩提

常住—涅槃無性闡提并許成佛

又（西域龍樹）

有門—阿含

空門—般若

亦空亦有—深密

非空非有—中論

化法（天）

藏—經律論三條然不同正化二乘旁化

藏—菩薩三人修諦緣度析色入空

通—通前藏教通後別圓正化菩薩旁化

通—二乘三人同以無言說道體色入空

空

假

觀

四教（台）

別—別前藏通別後圓教獨菩薩法修

別—行位次互不相攝

圓—明不思議因緣二諦中道事理具足

圓—唯是佛法但化最上利根之人

中

化儀四教（天台）

頓　漸　秘密　不定

教

不從漸來直說於大

頓大之教即華嚴也

從淺之深次第得益

初鹿苑次方等三般若

爲彼人說漸爲此人說

頓相見共聞互不相知

一音各解於頓說中得

漸益於漸說中得頓益

橫在四時別無部帙

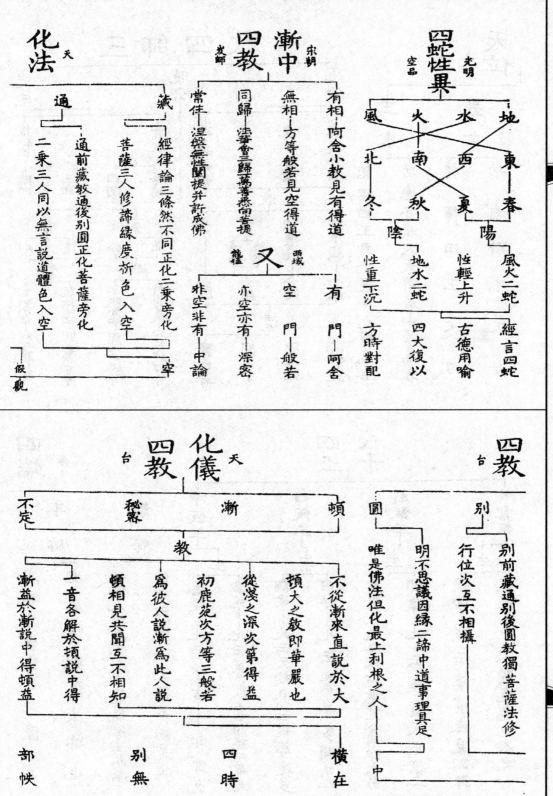

大衍四宗判教

- 因緣
- 假名
- 不真實
- 真實

宗

- 小乘薩婆多部等　明一切法
- 成實經部等　不真實等
- 諸部般若說即空理　明佛性法
- 華嚴涅槃等　界真理等

佛馱四宗判教

- 因緣
- 假名
- 誑相
- 常住

宗

- 毘曇六因四緣
- 成論三假　佛性
- 大品三論　常住
- 涅槃華嚴

別四法

- 修縱　即修德　三如來
- 性橫　即性德　二如來

此是別論

- 修縱如上
- 修橫即果橫
- 性無縱橫如上
- 因縱如上

出家四恩

- 父母
- 師長
- 國王
- 施主

縱橫教

- 因縱　智行理三　次第資發
- 果橫　法報應三　果中齊顯

若通論者

- 因橫即性橫
- 果縱法身本有般
- 若修成解脫始滿
- 果橫如上

生公四種法輪

- 善淨
- 方便
- 真實
- 無爲

法輪

- 人天
- 小乘
- 法華
- 涅槃

教

四分四重禁戒

- 殺
- 盜
- 淫
- 妄

亦名四波羅夷

- 波羅夷此云棄
- 謂犯此戒者永
- 棄佛海外邊
- 不通懺悔故

四種靜慮

- 初離生喜樂
  - 慶離欲惡故生喜
  - 身心輕安故樂
- 二定生喜樂
  - 慶覺觀心息故生
  - 喜身心適悅故樂
- 三離喜妙樂
  - 無動勇之喜有綿
  - 綿之樂美妙莫喻
- 四捨念清淨
  - 無苦無樂空明寂
  - 靜猶如淨水無波

亦名

四禪色界

欲界定有處無靜無色定有靜無處唯色界定獨得靜處之名

四無色定

- 空無邊處
- 識無邊處
- 無所有處
- 非想非非想處

定

- 色法既滅緣無邊空心無分散
- 空定謝滅與識相應見無邊識
- 識定謝滅不見心相無所分別
- 非彼有識及無所有恬然住中

即

- 厭色依空
- 厭空依識
- 厭識依無
- 厭邊依中

超

- 色想　空處
- 識處

不

- 空　識
- 無著　非想

處

四禪變化 智論

- 初禪二
  - 本天變化
  - 欲界變化
- 二禪三
  - 本天變化
  - 初禪變化
  - 欲界變化
- 三禪四
  - 本天變化
  - 二禪變化
  - 初禪變化
  - 欲界變化
- 四禪五
  - 本天變化
  - 三禪變化
  - 二禪變化
  - 初禪變化
  - 欲界變化

謂此諸天於彼諸處能於五欲勝妙之境各隨自分種種變化

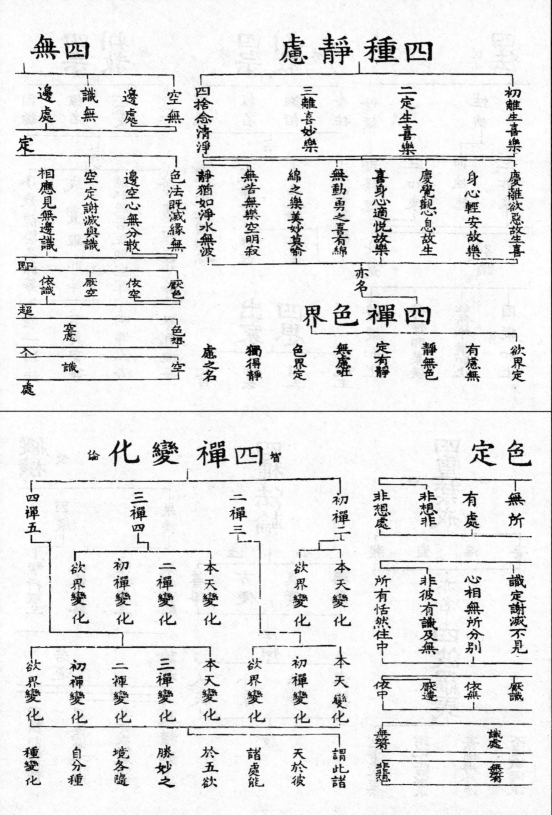

四種法施（寶積）

- 無常
- 苦
- 空
- 無我

佛以此四施諸衆生故名法施

四無色苦

- 如瘡—空無邊處
- 如癰—識無邊處
- 如病—無所有處
- 如箭入體—非非想處

四種白法（思惟梵天）

- 欲
- 行
- 滿足
- 證

白法

- 聞佛正教理趣深遠心生樂欲而不暫捨
- 行六度行唯在利生而不求於自身果報
- 精進勇猛徧修衆行令諸功德圓滿具足
- 淨行已成功德已圓得證佛果

帝釋四苑（大毘婆沙）

- 衆車
- 麤惡
- 雜林
- 喜林

苑帝釋

- 欲遊玩時於此苑中現衆寶車
- 欲鬪戰時於此苑中現甲冑等
- 遊此苑時種種寶林同時俱生
- 遊此苑時衆妙俱集喜樂無窮

四人果報（法苑珠林）

- 先苦後樂—由貧苦故改往修來
- 先樂後苦—由富樂故恣意造惡
- 先後俱苦—由貧苦故更造衆惡
- 先後俱樂—由富樂故更修福業

菩薩四法（瑜伽師地）

- 善修事業—種種行業皆能修習
- 方便善巧—種種方便善巧利生
- 饒益於他—以四攝法饒益有情
- 無倒回向—以上三行回向菩提

終不倒求世間果報

入道四行（正宗記　稽古略）

- 報冤
- 隨緣
- 無求
- 稱法

行

- 自念受苦是我宿殃體冤進道
- 得失從緣心無增減冥順於道
- 悟心無爲萬有皆空無所希冀
- 爲除妄想修六度行而無所行

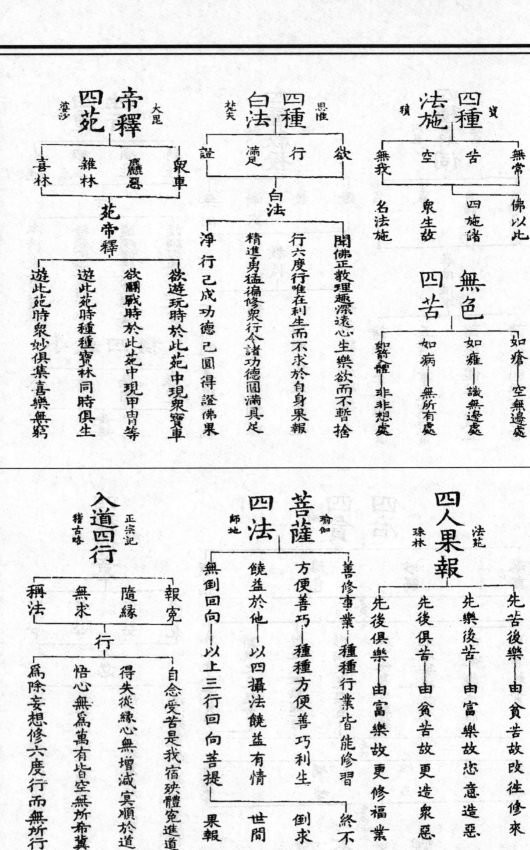

四種性行（本行）

自性　願性　順性　轉性

行

本性以來賢良質直
發願何時當得作佛
隨順修行六波羅蜜
讀誦經典轉凡成聖

小教四機（賢宗）

人　天　聲聞　緣覺

乘機

四種教授（瑜伽）

無倒　漸次　教　證

教授

不顛倒宣說法義
稱大小漸次調根
如所聞教以教他
如所證法以授人

四種尋伺（阿毘達摩）

名　事　自體假立　差別名言

尋伺推求

諸法名字皆悉不實
五陰等事生滅無常
諸法自體唯是假立
諸法差別但有名言

四種作意（瑜伽）

調練心　滋潤心　生輕安　淨智見

作意

於可厭法調停練習令心厭患
於可欣法滋長沃潤令心欣樂
對治身心粗重生起身心輕安
清淨智慧照了法空見真實性

四貪四治（瑜伽）

顯色　形色　妙觸　承事

貪

於他身分青黃等
顯現之色起貪
於他長短嬌媚等
形相之色起貪
於自他身分細軟
光滑等觸起貪
於他趨承服
事等起貪

應作

青瘀膖脹等　爛壞　蛆蟲　死屍

四不淨觀（想治亦名）

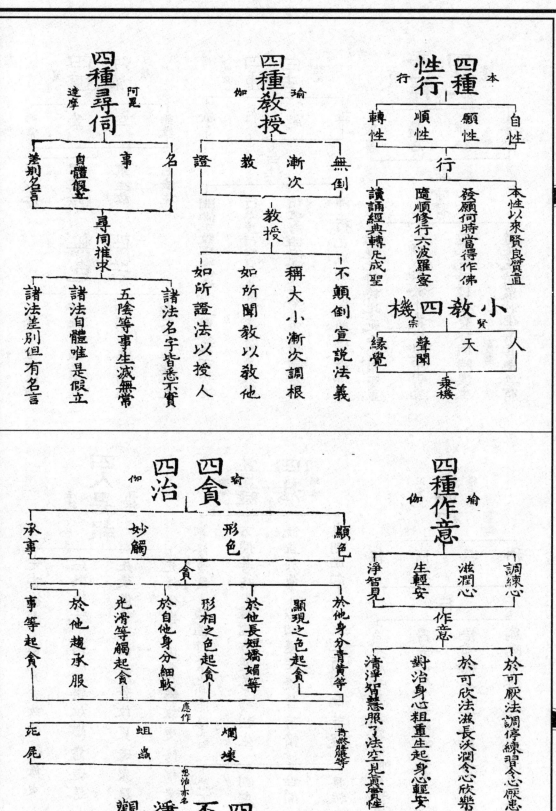

淫欲四過

日子

一遠離佛法僧
二不孝父母
三恒多邪見
四虚誑求財利

日子王多淫佛為説女人誑夫致此四過

四種授記

菩提資糧

未發心
共發心
隱覆
現前

記

具增上信但未發心佛為授記令其發心
具增上行欲同衆生共發菩提佛即授記
恐生自足密為授記但使他聞不令自聞
出世善根成熟得不動地即時䝉佛授記

請辭

智

一者雖好禪學行不稱法
二者身閑庠序口拙瞳涼

願

勿以禪法見欺
不責其規矩

隋晋王請授戒三辭

四願

者

三者為法傳燈
四者若邱壑念起

勿嫌其去就
放飲啄終餘年

不免乃立此四願

汾陽四句

禪宗

一問
二問
三問
四問

如何是

接物利機
辦衲僧
正令行
定乾坤

句

汾云

汝是行脚僧
西方日出卯
千里特來呈舊面
北俱盧洲長粳米
食者無嗔亦無喜

臨濟四喝

有時

一喝

如金剛王寶劍
如踞地師子
如探竿影草
不作一喝用

道言四大

老子

天
地
王
道

大

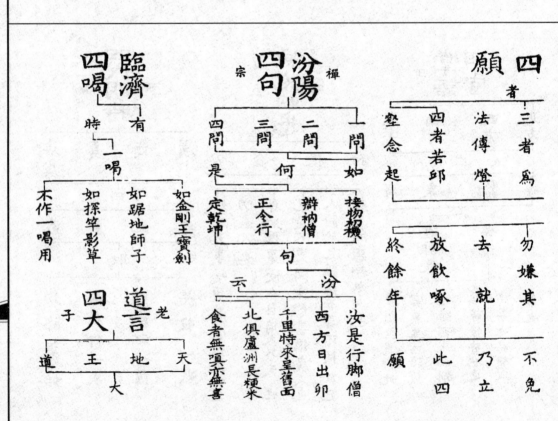

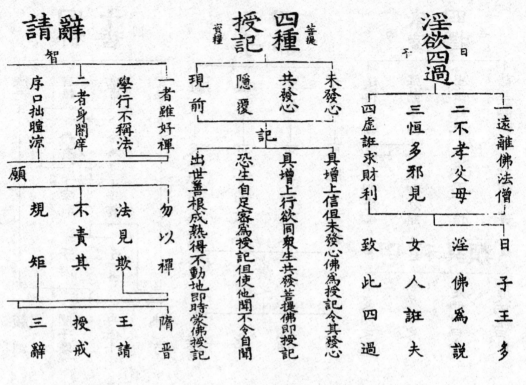

四科十哲（孔門）

- 德行
  - 顏淵
  - 閔子騫
  - 冉伯牛
  - 仲弓
- 言語
  - 宰我
  - 子貢
- 政事
  - 冉有
  - 季路
- 文學
  - 子游
  - 子夏

天子四鄰（尚書）

- 前疑　天子有問無對
- 後丞　可忘而不忘
- 左輔　可正而不正
- 右弼　可揚而不揚

貴之

- 疑
- 丞
- 輔
- 弼

朱陵四擇（南岳）

- 道俗勸講　杓似好心
- 强勸令講　後即忿怒
- 學士詐親　亦不可信
- 諸王刹利　亦復如是

四種異類（爾雅）

- 有足謂之蟲
- 無足謂之豸
- 二足而羽曰禽
- 四足而毛曰獸

四代明時（爾雅）

- 唐虞
- 夏
- 商
- 周

曰

- 載
- 歲
- 祀
- 年

取

- 物終更始
- 歲星行一次
- 四時祭祀一訖
- 年穀一熟

漁父四患（管子）

- 叨
- 貪
- 狠
- 矜

- 好經大事變更易常以掛功名叨濫人也
- 專知擅事侵人自用貪夫也
- 見過不更聞諫愈甚狠戾人也
- 人同於巳雖惡而善不同於巳雖善而惡矜夸人也

四官掌語（周禮）

- 東方
- 南方
- 西方
- 北方

曰

- 寄
- 象
- 狄鞮
- 譯

- 通稱象
- 胥氏

騰蘭至漢時北官兼善西語故經雖西來而稱爲譯後皆准之譯易也易梵成華也

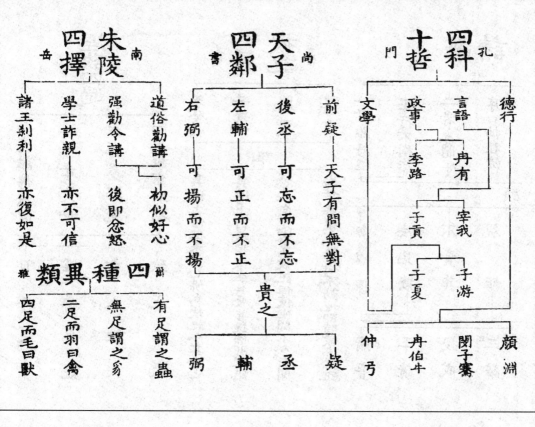

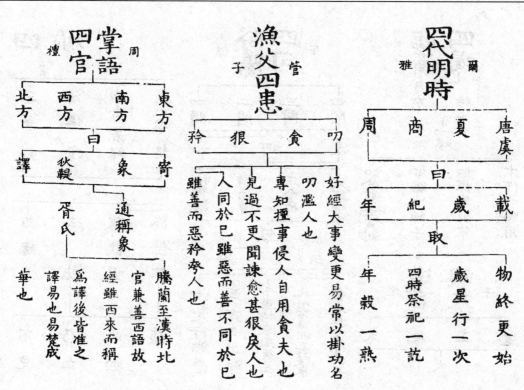

四時成歲（名義）

- 春
- 夏
- 秋
- 冬

謂

- 制咀邏—正月—吠舍佉—二月
- 逝瑟吒—三月
- 頞沙茶—四月—室羅伐拏—五月
- 婆達羅鉢多—六月
- 頞濕縛庾闍—七月—迦剌底迦—八月
- 末伽始羅—九月
- 報—十月—磨祛—十一月
- 頗勒窶拏—十二月

十二月十六日　四月十五日　四月十六日　七月十五日　七月十六日　至十月十五日　十月十六日至　正月十五日

佛寶

- 一佛受用
- 二施屬佛

- 殿堂衣服等佛曾受用只安塔内不得移易互用
- 施屬佛物不得移至他等違犯棄若僧盡去白僧僧聽將去無罪

物四種

- 三供養佛
- 四獻佛

物

- 供佛花多聽賣買香油猶多更賣者無盡財中幡多施主不許不得餘用
- 獻佛塔食治塔人得食佛前飯侍比丘得食法物不可別用僧物

薄伽梵四義（大論）

- 有德
- 巧分別諸法
- 有聲名
- 能破淫怒癡

善知識四法（華首）

- 能令人入善法中
- 能障諸不善法
- 能令人住於正法
- 常能隨順教化

四覺配二識（起信）

- 本覺—凡夫—十信
- 相似覺
  - 二乘觀智—不知轉現
  - 初發意菩薩—住行向
- 隨分覺—法身菩薩—十地
- 究竟覺—妙覺—佛地

事識　業識

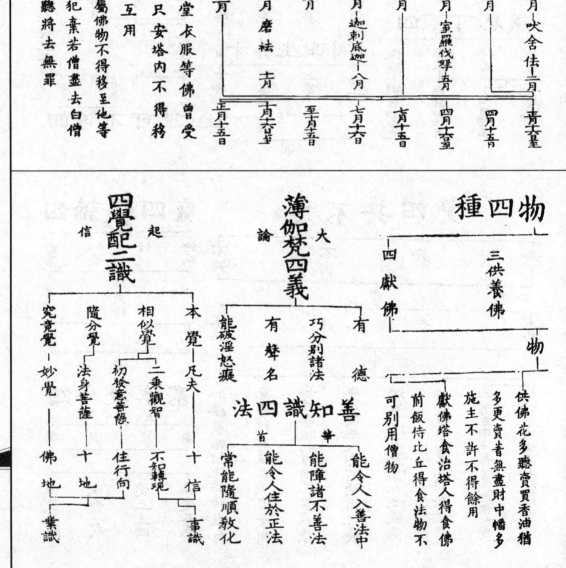

生不生四句
中論
- 生生不可說
- 生不生不可說
- 不生生不可說
- 不生不生亦不可說

即
- 因緣所生法——所觀之境
- 我說即是空
- 亦名爲假名
- 亦名中道義
- 能觀三境

亦名

四句不可說

三觀具四法
- 名——相不立等
- 體——空一切空等
- 德——即空是般若清淨義
- 用——空彰蕩相等

即假是解脫自在義　即中是法身究竟義

十善生四洲
大經
- 下善
- 中善
- 上善
- 上上

生
- 北
- 西
- 東
- 南

洲

四方行七步
本行
- 東
- 南
- 西
- 北

表
- 涅槃最上
- 利樂衆生
- 解脫
- 永斷輪回

四不可思議
- 依報——同居即寂光
- 正報——應身即法身
- 修因——七日持名
- 感果——即感聖果

四諦降四魔
大集
- 斷集
- 知苦
- 修道
- 證滅

諦是降
- 煩惱
- 陰
- 天
- 死

魔

四分優婆塞
四分
- 無
- 少
- 多
- 滿

分
- 但受三歸
- 或受一戒
- 受二三四
- 具受五戒

共不共四變
宗鏡
- 不共
- 不共
- 共
- 共

中
- 不共
- 共
- 共
- 不共

變
- 如勝義根初託胎時唯自念變現生後亦唯自受用
- 如浮塵根初唯自已第八識變生後他人亦有受用之義
- 如無主山河等多人之識同共變現變後多人同共受用
- 如有主田宅等多人之識所變相分唯一人受用又如一水四見

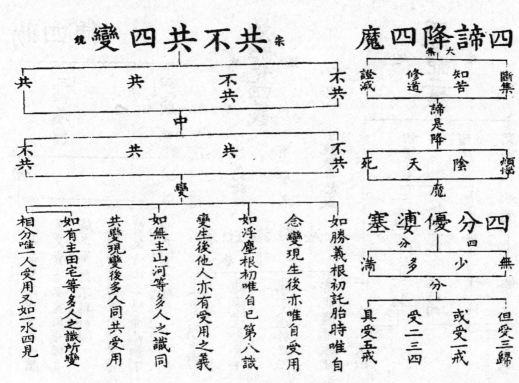

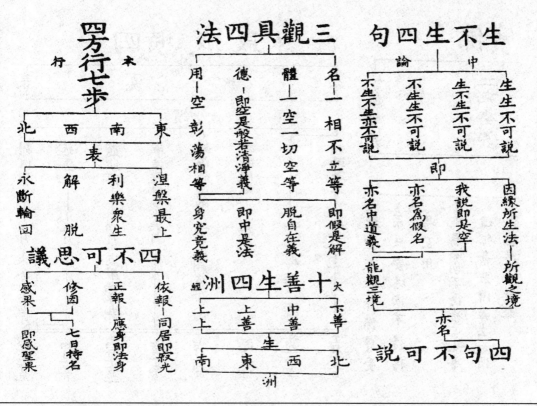

四大對四微

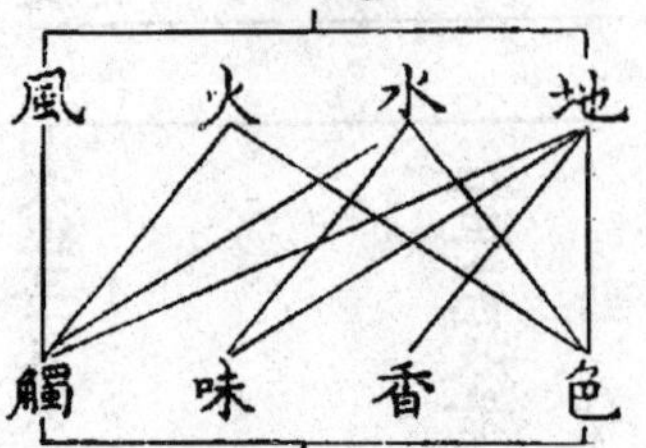

宗鏡云地有色香味觸重
故無所作水少香故動作
勝地火少香味故勢勝水
風少色香味故動作勝等

四句釋貪愛

圭峯

- 貪非愛—如人貪怅非是愛怅
- 愛非貪—如人愛看相打相殺誰是貪求
- 亦貪亦愛—即名利財色
- 非貪非愛—即違情之境

四義釋無子

- 一無等—一切衆生無有能與佛等
- 二無礙—佛爲法王於諸法中自在無礙
- 三無子有義
  - 就理—佛能體悟無生真理
  - 就事—如來生死種子已盡
- 四無子亦義
  - 約智—般若名諸佛母
  - 約惑—無明殼中無智慧種子

故名無子

古人立義釋智論中無子佛

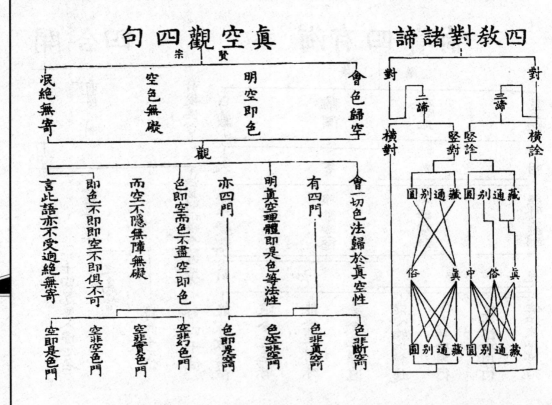

四教對諸諦

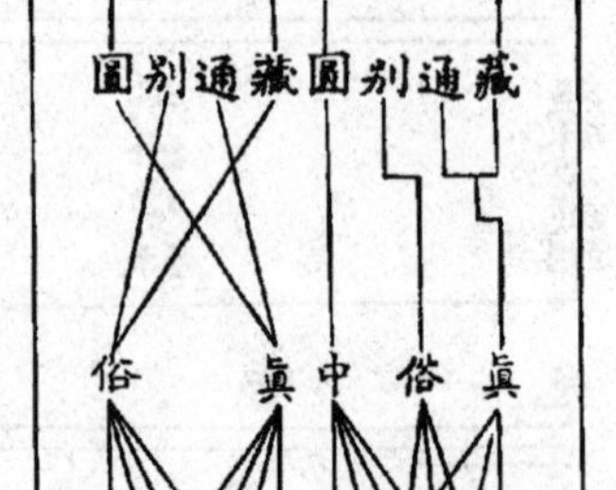

真空觀四句

賢宗

- 會色歸空
- 明空即色
- 空色無礙
- 泯絶無寄

觀

- 會一切色法歸於真空性　有四門
  - 色非斷空門
  - 色非真空門
  - 色空非空門
  - 色即是空門
- 明真空理體即是色等法性　亦四門
  - 空非幻色門
  - 空非實色門
  - 空非空色門
  - 空即是色門
- 色即空而色不盡空即色
- 而空不隱無障無礙
- 即色不即即空不即俱不可
- 言此語亦不受迥絶無寄

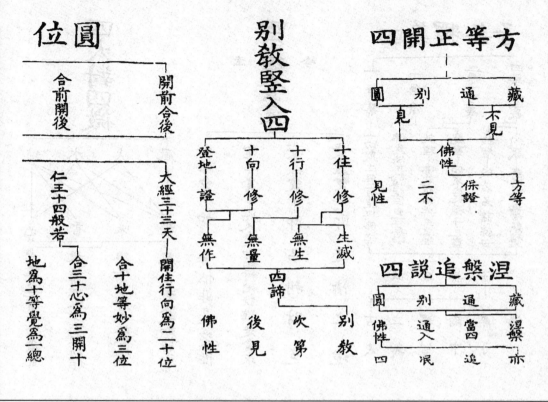

方等正開四

藏 通 別 圓

藏通不見

別圓見

佛性

方等

保證

二不

見性

涅槃追說四

藏 通 別 圓

涅槃亦

當四追

通入泯

佛性四

別教竪入四

十住 修 生滅

十行 修 無生

十向 修 無量

登地 證 無作

四諦

別教

次第

後見

佛性

圓位

開前合後

合前開後

大經三十三天

開住行向爲二十位

合十地等妙爲三位

仁王十四般若

合三十心爲三開十

地爲十等覺爲一總

開合四

前後俱開

前後俱合

如

大品四十二字

十四忍轉入佛心名

之爲智

對四十二位

法華開示悟入及遊四方

對四十位

海有四寶喻

華嚴

白藏

離潤

火熖光

盡無餘

大

寶

光

明

照水變乳

照乳變酪

照酪變酥

照酥變醍醐

如來智光喻

能滅散善波

浪令住三昧

能除三昧味

著令起神通

能令捨大神通

住大明功用行

能令捨功用行

住如來平等地

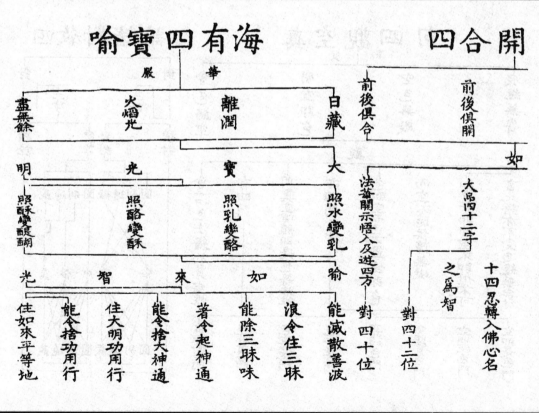

十行横學四

- 生滅
- 無生
- 無量
- 無作

四諦

十行習諸佛法具修一十六門

四根本煩惱

- 貪
- 瞋
- 癡
- 慢

四法集善根

寶積　正法

- 樂林間住　謂靜宴思惟
- 四事攝物　即四攝法
- 捨身求法　謂不惜身命
- 勤行精進　謂無少懈怠

永明四料揀

- 有禪無淨土　十人九差路　陰境若現前　瞥爾隨他去
- 無禪有淨土　萬修萬人去　但得見彌陀　何愁不開悟
- 有禪有淨土　猶如戴角虎　現世爲人師　來生作佛祖
- 無禪無淨土　鐵牀并銅柱　萬劫與千生　没個人依怙

四法滅四罪

金光明懺

- 親近諸佛說一切法
- 勸請諸佛說深妙法
- 隨喜衆生所有功德
- 所有善根回向菩提

滅

- 菩薩律儀犯極重罪
- 於大乘經心生誹謗
- 於自善根不能增長
- 貪著三有無出離心

四法離魔道

寶積　正法

- 不離菩提心。常懷悲愍
- 無惱害心　不惱衆生
- 明了諸法。行不輕行
- 不生輕慢　無憍慢心

菩薩四事勝

地持

- 根
- 道
- 方便
- 果

勝

- 根性聰利勝於二乘闇鈍
- 自度度他勝於二乘自度
- 善知諸法勝於二乘但了五陰
- 行滿成佛勝於二乘但證偏眞

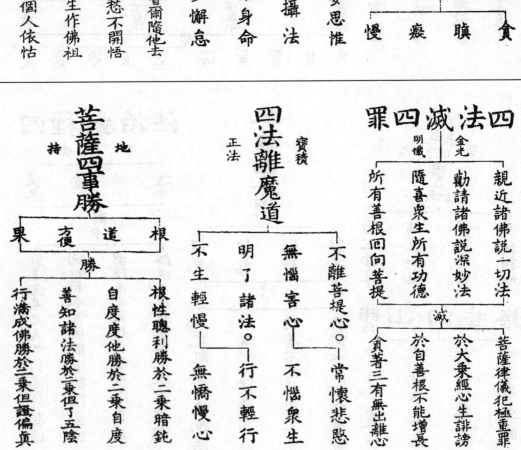

海有四珠喻 華嚴

譬如大海有四寶珠
積集寶　無盡藏　流離熾然　具足莊嚴
具無量德能　生海內一切　珍寶喻如來　大智慧海於　中有四大智　寶珠
無染著　方便　善分別　無爲　說無量法　而不壞性　知時非時　未曾慢失
即
事法界　理法界　理事無礙　事事無礙
智
具足　無量　福智　功德　能生　一切　三乘　等智　慧　寶

四種眞實義 菩薩戒

世流布
方便流布
淨煩惱障
淨智慧障
眞實義
如見地言地終不言火等
如造作經書開導於人等
謂破煩惱障得無礙智
謂破所知障顯中道理

四種對治法 俱舍

厭患　斷　持　遠分
對治
厭患苦集起大加行修於聖道
旣知苦本修無間道斷除惑障
解脫道中攝持煩惱不令更起
解脫道後起勝進道永永遠離

菩薩四法門 寶積

禪思　智慧　總持　辯才
門
入定觀機隨機說法
以智照了諸章句義
持善不忘持惡不生
於諸佛法辯說無礙

講經四事益 光明

國土吉祥
輔臣和樂
國人壽富
自利利他

曹山四禁語

莫行心處路
不掛本來衣
何須恁麽
切忌未生時

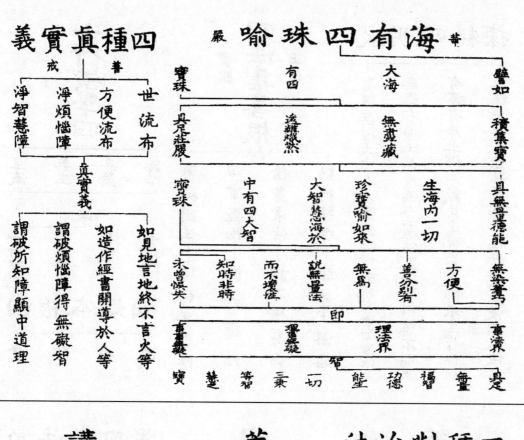

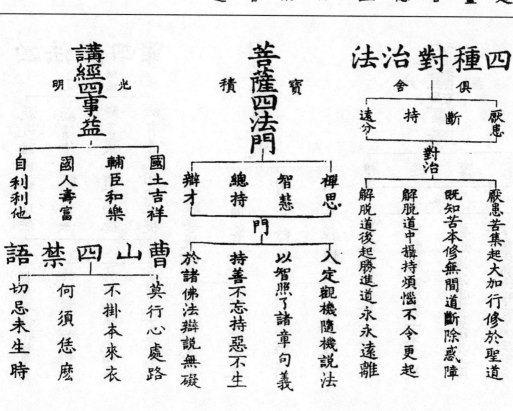

臨濟四照用

- 先照後用
- 先用後照
- 照用同時
- 照用不同時

臨濟四料揀

- 奪人不奪境
- 奪境不奪人
- 人境俱奪
- 人境俱不奪

有漏四種過失 瑜伽

- 不寂靜——隨逐根塵起諸惡業顛倒錯亂而無禪定
- 內外變異——心隨境起境逐心生心境相應更互變異
- 發起惡行——根塵相偶起惑造業
- 攝受因——由惡業因攝取未來苦果展轉輪迴不能解脫

臨濟四賓主

- 賓中主
- 主中賓
- 賓中賓
- 主中主

事理差别四句 玉岡

- 事差理無差——理本無差差約事用
- 理差事無差——如來藏中具有差別理差
- 事理俱差——理無所存徧在於事——世間相常住
- 事理俱無差——如波與水濕性不異也——是事無差

施福多少四句 諸經要集

- 施多得福少——施酒肉歌舞等事——費用極多而無福報
- 施少得福多——慈心供奉道德之人——施物雖少其福彌大
- 施少得福少——性貪惡意施邪見外道——施物既少得福亦少
- 施多得福多——起立塔寺供養三寶等——施物既多得福亦多

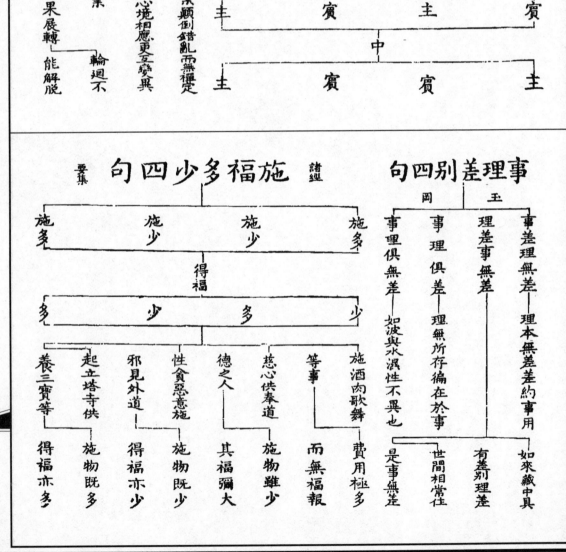

重訂教乘法數卷第十二

重訂教乘法數卷第十三

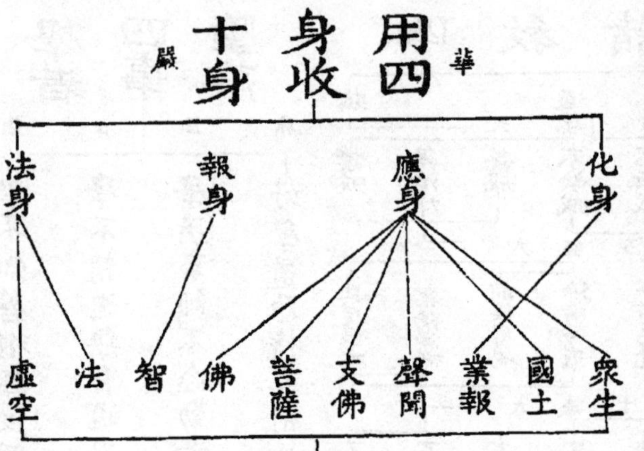

用四身收十身（華嚴）

- 化身：衆生、國土、業報、聲聞、支佛、菩薩、佛、智、法、虛空
- 應身
- 報身
- 法身

衆生、國土、業報、聲聞、支佛、菩薩、佛、智、法、虛空 —— 身

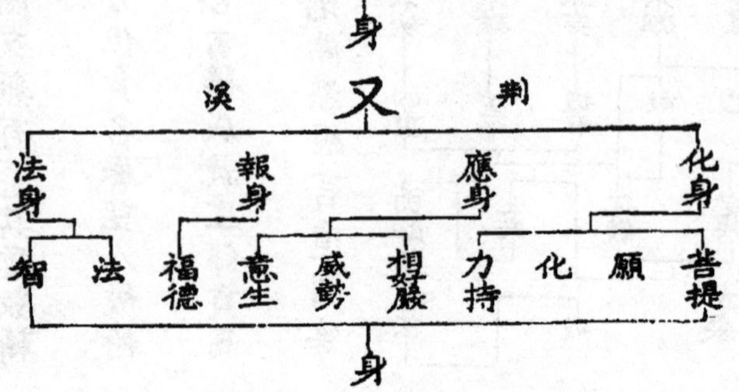

又（荊溪）

- 化身：菩提、願、化、力持
- 應身：相嚴、威勢、意生
- 報身：福德
- 法身：法、智

菩提、願、化、力持、相嚴、威勢、意生、福德、法、智 —— 身

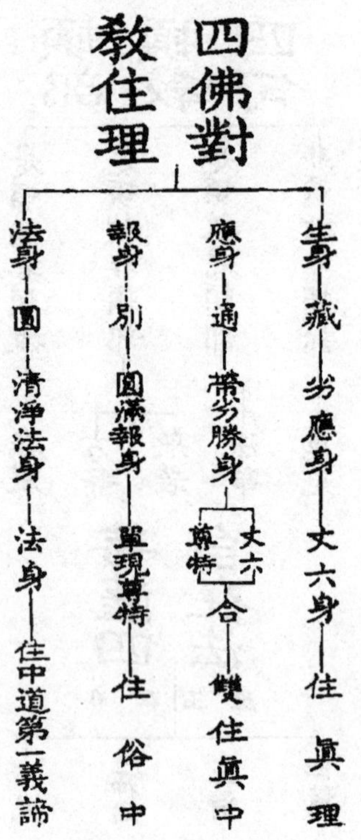

四佛對教住理

- 生身—藏—劣應身—丈六身—住眞理
- 應身—通—帶劣勝身—丈六、尊特合—雙住眞中
- 報身—別—圓滿報身—單現尊特—住俗中
- 法身—圓—清淨法身—法身—住中道第一義諦

四教詮理化物

- 藏、通—詮眞理—化六凡、成四聖
- 別、圓—詮中理—化十界

聲聞、緣覺、菩薩、佛

畜生、餓鬼、地獄、修羅、人、天

四教廣狹勝劣

藏、通、別、圓

- 廣—四諦之境是十法界
- 狹—四諦之境是六法界
- 勝—諦境巧
- 劣—諦境拙

四願不可常保

- 死則委去
- 空愛身命
- 財產官祿
- 親屬知識
- 不能守意存
- 淫於五樂

聲聞四人有相（分別功德論）

- 身子七相○銀色
- 目連五相○色
- 阿難二十相—金色
- 難陀三十相—色

四修行（楞伽）

- 善分別自心現
- 觀外性非性
- 離生住滅見
- 得自覺聖智善樂

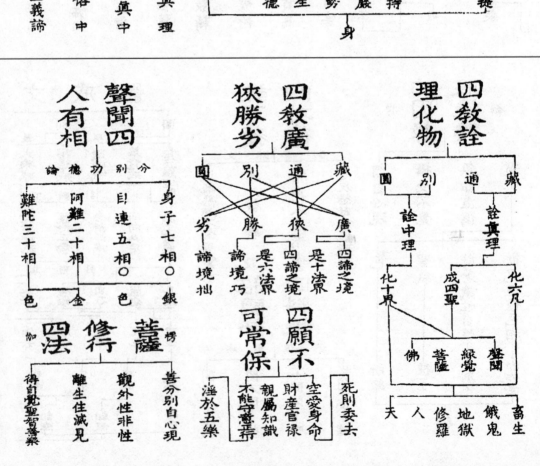

頓部頓教四句

- 是頓部非頓教 — 華嚴
- 是頓教非頓部 — 方等　般若
- 是頓教是頓部 — 法華
- 非頓教非頓部 — 鹿苑

菩薩四自在法

自在王經

- 一戒
- 二神通
- 三智
- 四慧

學者四事墮落

法律三昧

- 學不知善權輕慢師友無有一心其意數轉
- 學不精進無有道力但貪名譽望人敬待
- 學所事師不念勤苦當得成就虛飾貢高
- 好學道乃持異術比佛深經言道同等

四教諸戒

- 藏
  - 禁戒　得清淨　善戒（大經）
  - 具足根本　業清淨戒　前後眷屬　餘清淨戒（大經）
  - 不缺　不破　不穿　不雜（大論）
  - 四重　十三僧　提舍　散
  - 因緣所生法　凡夫　律儀　定共
  - 戒
- 通
  - 不缺戒　不垢戒（防）
  - 非諸惡覺（五文）
  - 隨道（十戒）
  - 定
  - 乘

文戒體

- 別
  - 大乘戒（護）　不退戒（十）　隨順戒（願）　畢竟戒　具足波羅蜜戒
  - 覺清淨戒（玄）　護持正念（觀）　念清淨戒（引）　回向具足　無上道戒
  - 無著（止）　智所讚（觀）　自在（引）　隨定　具足
  - 道共　順理　破惡　化他　中道
  - 初果　二乘　菩薩　大經
  - 即空　即假　即中
- 圓

謙下獲四功德

文殊佛刹

- 遠離惡趣不受旁身
- 不被輕毀
- 常為人天恭敬
- 惡友怨敵不能陵突

韶國師四料揀

本出涅槃

- 聞聞 — 放
- 聞不聞 — 收
- 不聞聞 — 明
- 不聞不聞 — 瞎

四因緣眼識轉

楞伽

- 謂自心現色 — 所緣緣
- 攝受不覺習氣 — 種子緣
- 無始虛偽計著識性自性 — 分別依緣
- 過欲見種種色相 — 即作意緣

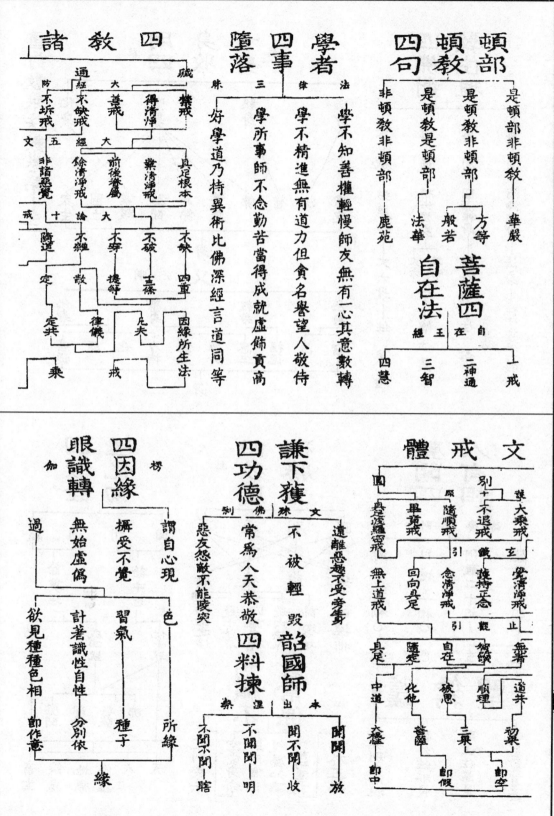

四事不可久保（出曜）

- 常必無常
- 富貴必貧窮
- 會合必別離
- 強健必死

成就威儀四法（十住斷結）

- 不染三有知之為苦
- 我與彼人苦樂俱然
- 常行忍辱
- 在上不慢在下不恥

妙高四寶所成（西域記）

- 東　黃金
- 南　琉璃
- 西　白銀
- 北　頗黎

在大海中據金輪上日月之所回泊諸天之所遊舍七山七海環峙環列水同寶色

四句喻疑顯正

- 存漸則教唯有四
- 俱五則一邊無體
- 沒漸則教唯有七
- 立八則體狹名寬

頓　漸　祕密　不定　藏　通　別　圓

四運四性四觀（竹菴觀心）

從理唯達法性○

從事專照起心

四運	未起	欲起	正起	起已（境）
四性	在內	在外	中間	常自有（執）
四觀	不在內	不在外	不中間	不常有（推）
	無性	亦無	即是	窮

事理二觀無不推破自他等四性若分二觀之相須取推運不推運方為允當也

寂靜四句料揀（要覽）

- 身寂靜心不寂靜　貪欲比丘林下坐禪
- 心寂靜身不寂靜　無貪比丘親近王臣
- 身心俱寂靜　聖人
- 身心俱不寂靜　凡夫

外道四種涅槃（楞伽）

- 性自性非性
- 種種相性非性
- 自相自性非性覺
- 諸陰自共相相續流注斷

是名四

施燈四種功德

- 施
  - 臨終見日輪圓滿涌出
  - 見淨月輪圓滿涌出
- 燈
  - 見諸天衆一處而坐
  - 見於如來正徧知坐

圓教四義名圓

- 圓妙　三諦圓融不可思議
- 圓滿　三一相即無有缺減
- 圓足　圓見事理一念具足
- 圓頓　體非漸成故名圓頓

四果四向斷惑

- 初果
  - 向　十五心
  - 果　十六心
  - 見道
- 二果
  - 向
  - 果
  - 上上品　上中品　上下品　中上品　中中品
  - 修道
- 三果
  - 向
  - 果
  - 中下品　下上品　下中品　下下品
- 四果
  - 向　斷上八地七十一品思惑
  - 果　斷非非想九品中最後一品
  - 無學

單複具足四見

- 單
  - 或執有
  - 或執無
  - 或執亦有亦無
  - 或執非有非無
- 複
  - 有：有　無
  - 無：有　無
  - 亦有亦無：有　無
  - 非有非無：有　無
- 具足
  - 有：有　無　亦有亦無　非有非無
  - 無：有　無　亦有亦無　非有非無
  - 亦有亦無：有　無　亦有亦無　非有非無
  - 非有非無：有　無　亦有亦無　非有非無

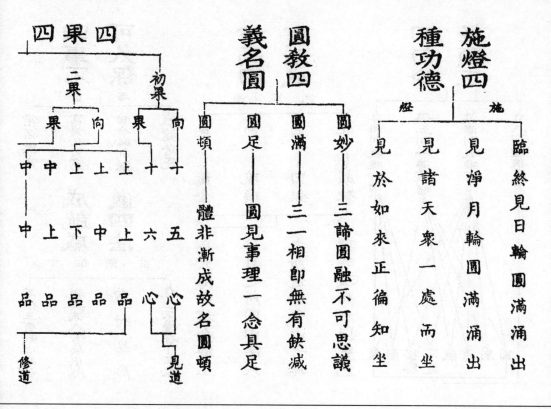

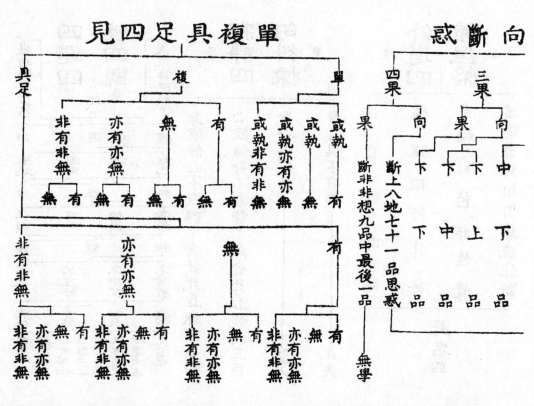

四法不得菩提（地持）

- 無善友：無開導者
- 謬受學：錯謬領解
- 不精進：懈怠不修
- 不調伏：善根未熟

四事先苦後樂（增一阿含）

- 修習梵行
- 誦習經典
- 坐禪念定
- 數出入息

修習勤勞故苦，行成致果故樂

四緣（地）

- 見聞：或見或聞諸佛菩薩有不思議神變
- 聞法：雖不見聞神變但聞說法讚歎大乘

由此發心

發菩提心（持）

- 護法發心
- 緣

雖不聞法見法欲滅生護法心

雖不見法滅但見衆生不能發心欲共發心

是爲四緣

涅槃四種大樂（涅槃）

- 無苦樂：離世苦樂得出世樂
- 大寂靜：遠離憒鬧
- 大知：於一切法悉知悉見
- 不壞：身如金剛

樂

四種人爲善友（寶積　正法）

- 求菩提
- 作大法師
- 具三慧
- 求佛法

者，此等俱能裨益身心故爲善友

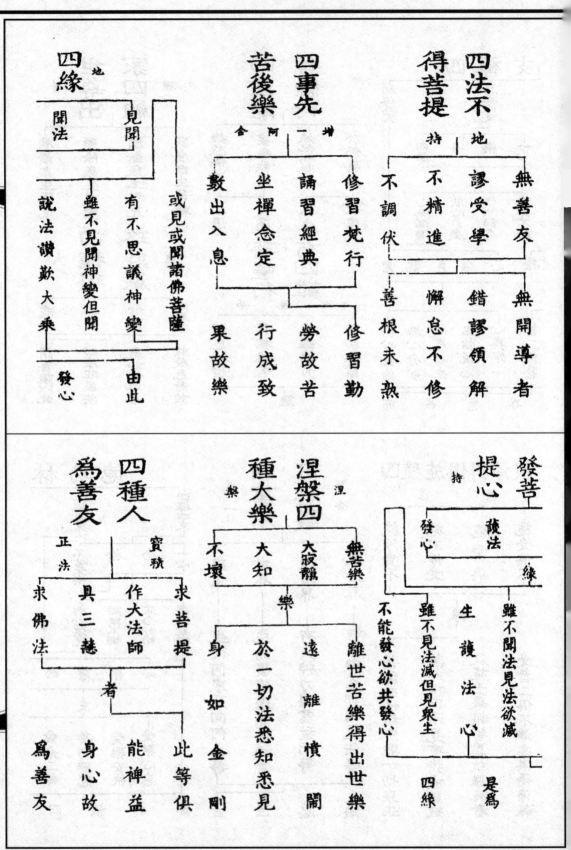

世尊出家四願（普曜）

- 願濟衆生困厄
- 願除衆生惑障
- 願斷衆生邪見
- 願度衆生苦輪

四種瓔珞莊嚴（大集）

- 戒
- 三昧
- 智慧
- 陀羅尼

謂菩薩以此四法莊嚴法身，如世瓔珞莊嚴色身故。

四法離菩薩行

- 疑惑佛法○心懷
- 妄執我見貢高
- 嫉他利養○不生
- 於佛菩薩敬信

菩薩行有四難（華嚴疏）

- 背已利世
- 行相唯苦
- 處經諸有
- 時劫無量

難

四禪支

初禪五支
- 覺　初心在緣
- 觀　細心分別
- 喜　欣慶心生
- 樂　生怡悅心
- 一心　心與定一

二禪四支
- 內淨　心無渾濁
- 喜　欣心自慶
- 樂　恬然靜慮
- 一心　澄渟不動

捨　捨二禪喜

亦名色界林功德

三禪五支
- 捨
- 念
- 慧　善巧解慧
- 樂　受樂安快
- 一心　受樂心息

愛念三禪

四禪四支
- 不苦不樂　內心湛然
- 捨　離樂不悔
- 念　正念分明
- 一心　泯然凝寂

四根本禪

四事不可思議（增一阿含）

- 衆生　生從何來死向何去等
- 世界　成而復壞壞而復成等
- 龍境界　有大神力興雲致雨等
- 佛境界　智慧辯才神通說法等

皆叵思議

四種施俱得淨報（涅槃）

- 施淨受不
- 施不淨受
- 施受俱
- 施受俱不

淨

菩薩達性相空，觀一切衆生無非福田，不見有持戒毀戒，及施受果報等異，故雖施者受者二俱不淨，亦俱得淨報。

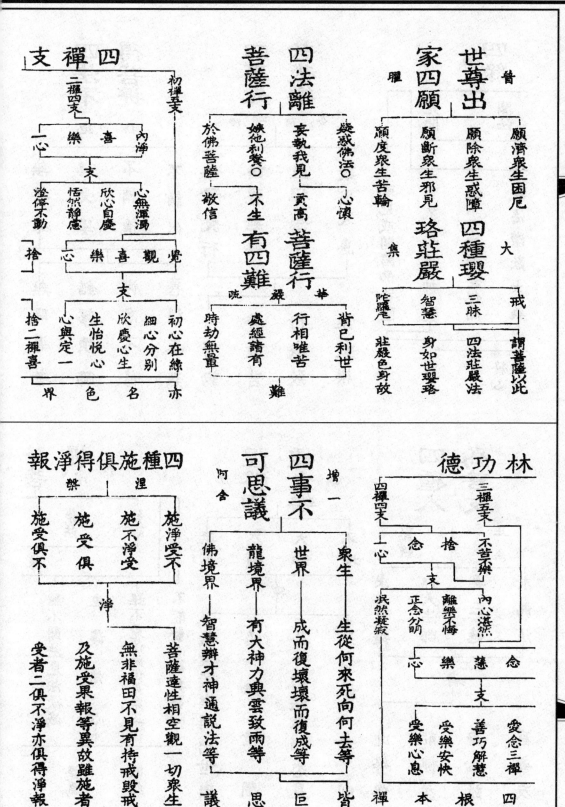

世醫四法喻如來善知（阿含）

- 善知諸病差別
- 善知諸病根源
- 善知諸病對治
- 善知治已永不反復

喻如來善知

- 衆生業惑差別
- 無明爲衆惑之源
- 治惑之方如五停心等
- 斷惑已永出生死

善知識應離四病（圓覺）

病

- 作：與心運爲作種種行　欲求圓覺　非作得故
- 任：任彼一切隨諸法性　圓覺　非任有故
- 止：永息諸念寂然平等　彼圓　非止合故
- 滅：煩惱身心一切永寂　覺性　非寂相故

故名爲病

四種言說妄想相（楞伽）

- 相
- 夢
- 過妄想計著
- 無始妄想

言說

- 從自妄想色相計著生
- 先所經境界隨憶念生
- 先怨所作業隨憶念生
- 無始虛僞計著過自種習氣生

海有四義喻如來藏（楞嚴　長水）

- 甚深
- 廣大
- 具寶
- 現影

喻如來藏

- 永絕百非
- 包含萬有
- 無德不備
- 無法不現

境觀總別四句料揀

- 境總觀別
- 觀總境別
- 境觀俱總
- 境觀俱別

境總觀別：境總

- 身受心法　不淨
- 受身心法　是苦
- 心身受法　無常
- 法身受心　無我

觀總境別：觀總

- 不淨是苦無常無我　身
- 是苦不淨無常無我　受
- 無常不淨是苦無我　心
- 無我不淨是苦無常　法

境觀俱總：觀別　境別

身　受　心　法
不淨　是苦　無常　無我

境觀俱別：

- 身　不淨
- 受　是苦
- 心　無常
- 法　無我

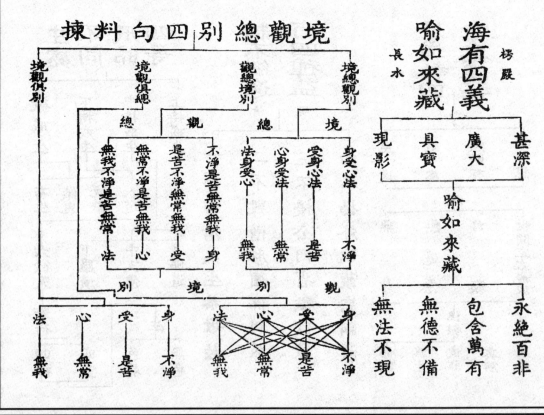

太子得四願不出家

- 不老
- 無病
- 不死
- 不別

太子白父王曰能與四願卽不出家王曰此願難得

成就四法得法華經（普賢勸發）

- 一爲諸佛護念
- 二植衆德本
- 三入正定聚
- 四發救一切衆生心

弟子以四心看和尚（分）

- 一親愛
- 二敬順
- 三畏難
- 四尊重

侍養承接如臣子之事君父如是展轉相敬尊重瞻視能令正法久住

四種決定清淨明誨（楞嚴）

- 斷婬
- 不殺
- 不偷
- 不妄

不落

- 魔道——上品魔王——中品魔民——下品魔女
- 神道——上品大力鬼——中品飛行夜叉——下品地行羅刹
- 邪道——上品精靈——中品妖魅——下品邪人
- 三塗——一者地獄——二者餓鬼——三者畜生

生處不同戒品四等

- 破戒生——畜生、餓鬼、地獄
- 下持戒生——人道、六欲天
- 中持戒生
- 上持戒生

- 下羅漢
- 中支佛
- 上佛道

六欲天兼行四禪、四空，生色界、無色

制不縱逸有四種益（淸規）

- 一不污淸衆生恭敬故
- 二不毀僧形循佛制故
- 三不擾公門省獄訟故
- 四不揚外醜護宗綱故

外道執四空爲涅槃

執

- 空處
- 識處
- 無所有
- 非非想

爲

- 無身
- 無邊意
- 淨聚
- 世間空寂覩波

涅槃

佛說爲生處非眞解脫故

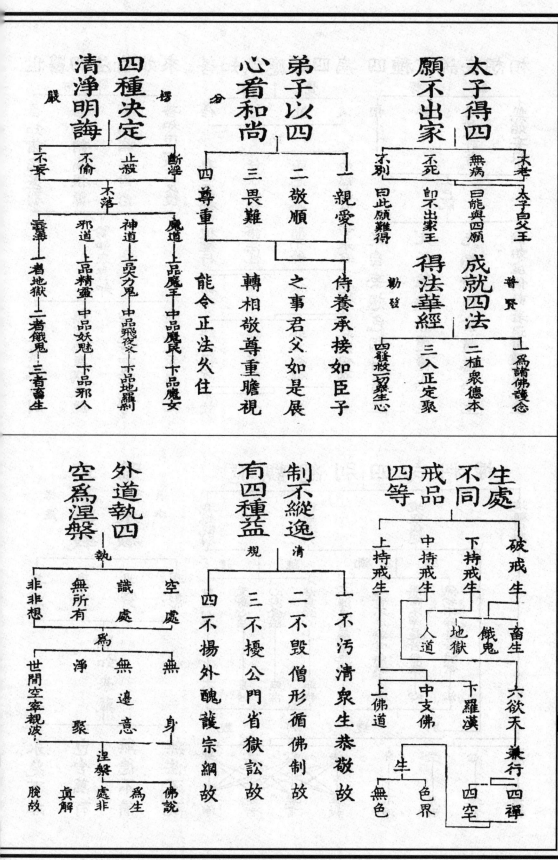

食竟說法有四事益 婆沙

- 一為消信施
- 二為報施恩
- 三令歡喜清淨 善根成就
- 四在家財施 出家法施

凡夫所修六度四過

- 計我我所則無度生之念
- 著於二邊不達中道彼岸
- 為求勝報則不免於生死
- 樂著六塵則非無住相施

釋子沙門四句料揀 孤山

- 一是釋子非沙門 在家諸釋種
- 二非釋子是沙門 出家婆羅門
- 三是釋子是沙門 佛門出家者
- 四非釋子非沙門 餘姓不出家

比丘具戒四分義攝 決定藏論

謂
- 一受具足 白四羯磨
- 二隨具足 從此向後隨二戒常持覆護
- 三護他心具足 比丘一分威儀具足名護他心
- 四具足守戒 於小罪見畏不犯若有犯當發露

四不思議無作妙德 楞嚴

- 現首臂目得大自在
- 形咒無畏施諸衆生

屬應：形、聲，益

- 衆生捨身以求哀愍
- 乃至涅槃所求皆遂

屬感：因、果，益

人間四事必定別離 正法念處

- 少年
- 安穩
- 壽命
- 具足

是故智者常須觀察

無輪王時贍部四主 法苑

主
- 東人 其國和暢多人
- 西象 其國暑熱宜象
- 南寶 其國臨海多寶
- 北馬 其國寒勁宜馬

具四實行離四種病 圓覺

- 一 心不住相
- 二 不著二乘境界
- 三 雖現塵勞心光清淨
- 四示有諸過讚歎梵行不令衆生入不律儀

離

- 作 —— 未世衆生
- 止 —— 見知是人
- 滅 —— 應當供養
- 任 —— 不惜身命

病

緣覺獨覺各有四名

- 緣覺
  - 願行 —— 願生佛世值佛成羅漢不值佛名獨覺
  - 部行 —— 在無佛世師徒訓化常以部黨而行
  - 定性 —— 若緣人入聲聞數即含聲聞出無佛世舍決定性
  - 變化 —— 變化緣覺宜應現者現緣覺身
- 獨覺
  - 麟角 —— 利根於無覺中獨自而出喻世間麟頭一角
  - 犀角 —— 由後證得名犀角以其行特在諸獸後故以爲喻
  - 彗星 —— 如有德王興豈彗不沒王喻於佛
  - 部行 —— 此獨覺亦有部類故也

四土對四教論橫竪 妙樂

- 橫論土體與教相當 —— 輔行云土體敵對無復優劣故名橫
  - 藏 —— 同居
  - 通 —— 方便
  - 別 —— 實報
  - 圓 —— 寂光
- 竪論約土用教多少 —— 輔行云四土對敵優劣多少故名竪
  - 同居 —— 藏、通、別、圓
  - 方便 —— 通、別、圓
  - 實報 —— 別、圓
  - 寂光 —— 圓

四土只一處論橫竪

- 淨名約橫論同居具四餘依次滅
  - 同居 —— 生滅 —— 藏
  - 方便 —— 無生 —— 通
  - 實報 —— 無量 —— 別
  - 寂光（非橫非竪） —— 無作、一實 —— 圓
- 妙宗至寂光無論橫竪當處寂然

通士四奇高人四難 阮瑀

- 言多方 —— 中難處
- 術饒律 —— 要難求
- 意弘博 —— 情難足
- 性明察 —— 不難事

者

四王四天四方四城 增一阿含

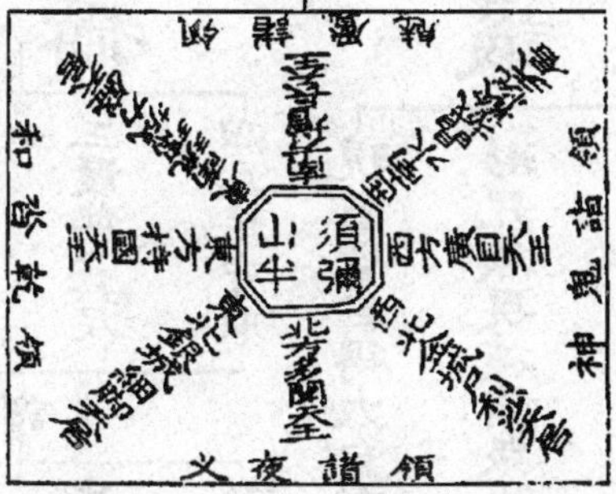

質士四短遣人四安 阮瑀

- 少言詞 —— 政不煩
- 寡知見 —— 物不擾
- 專一道 —— 恩不散
- 混濛義 —— 民不備

者

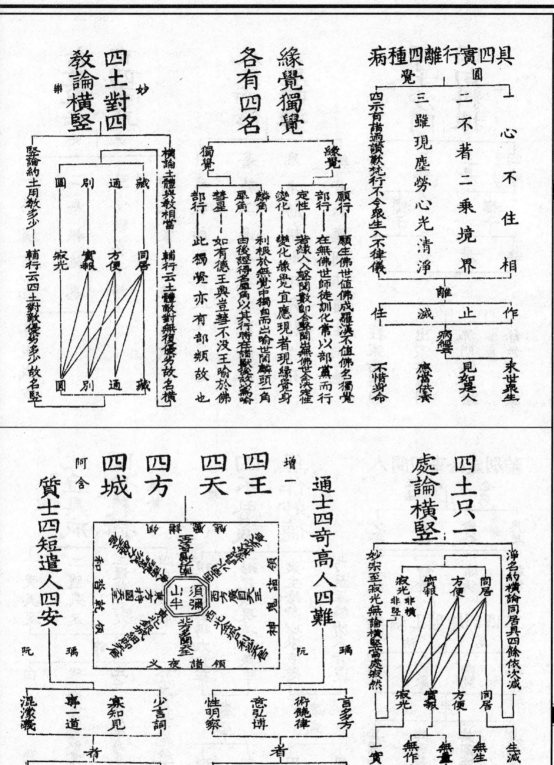

四種法爲菩薩實德（寶積正法）

- 入空解脫門—觀一切法從因緣生無作無受
- 入無我無願解脫門—觀一切法皆無有我而於三界無所願求
- 巧施方便—出生入死化度衆生
- 施不求報—廣行給施不求果報

前五根有四事增上（五事婆沙）

- 莊嚴身—五根具足身始完美—導引此身
- 導養身—分別五塵—就好避惡
- 生識—對外五塵生分別識—令身增盛
- 不共事—各緣自境不相雜亂—及相應心

聲聞支佛（賢宗）

- 理智同
  - 同依徧真性是理
  - 同用盡智無生智謂智
- 教斷別
  - 聲聞諦、支佛緣是教
  - 聲聞見思、支佛習氣謂斷

四同四別（教儀）

- 因同
  - 同修生空觀四行
- 果同
  - 同證二涅槃同位
- 四別
  - 聲聞觀諦
  - 支佛觀緣
  - 聲聞四果
  - 支佛一果

修法界觀四調和法（賢教）

- 調食—不饑不飽
- 調睡—不節不恣
- 調身—不急不寬
- 調息—不澀不滑

唯識門中本影四句（圭峰）

- 唯本無影—小乘教中不知教法唯識現故—即無教之聲
- 亦本亦影—大乘始教謂以佛自實說若文若義皆是妙觀察智淨識所現名本質教聞者識上所變文義名影像教
- 唯影無本—大乘實教離衆生心佛果無別色聲功德唯如如理及如如智獨存是故佛教但是衆生心中影像
- 非本非影—一乘頓教非唯心外無佛色聲衆生心中影像亦空以法離故—忘言絕慮

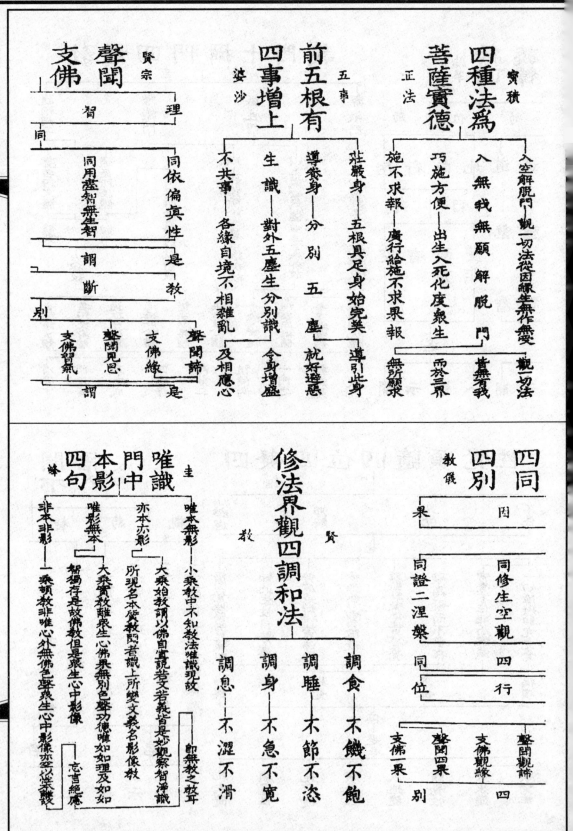

教體四門攝十門義

圭峰

- 隨相門二
  - 聲名句文體（假實）
  - 通攝所詮體（體用）
  - 文義故
- 唯識門
  - 無所詮義不成教體故
  - 以上能詮所詮皆屬唯識現故
- 歸性門
  - 以上識心無體唯是真如故
- 無礙門
  - 以上心境理事交徹無礙故

音聲語言體　名句文身體　通取四法體　通攝所詮體　諸法顯義體　攝境唯心體　會緣入實體　理事無礙體　事事無礙體　海印炳現體

清涼十門圭峰束之成四卷舒之妙二祖備焉十門之義詳見十數

約四義釋

法華

- 約位
  - 住　行　向　地
  - 道慧　道種智
- 約門
  - 空　有　兩亦　雙非
- 名
  - 開　示　悟　入
  - 開　示

開示悟入

文句

- 約智
  - 一切智
  - 一切種智
  - 名：悟　入
- 約觀
  - 三諦之理不可思議
  - 三諦之理究然不濫
  - 三一一三相卽
  - 三諦俱亡三諦俱照
  - 名：開　示　悟　入

四礙四位隨順覺性

圓覺

- 礙
  - 勞慮　淨解　見覺　不住
  - 悟圓覺性發明起滅卽勞慮
  - 知此生性自勞慮
  - 勞慮永斷得法界淨卽淨解
  - 彼淨解爲自障礙
  - 雖斷解礙猶住見覺
  - 覺礙爲礙而不自在
  - 常覺不住能所寂滅
  - 一切障礙卽究竟覺
  - 淨解　見覺　不住　徧順
- 位是名
  - 凡夫隨順覺性
  - 地前隨順覺性
  - 入地隨順覺性
  - 如來隨順覺性

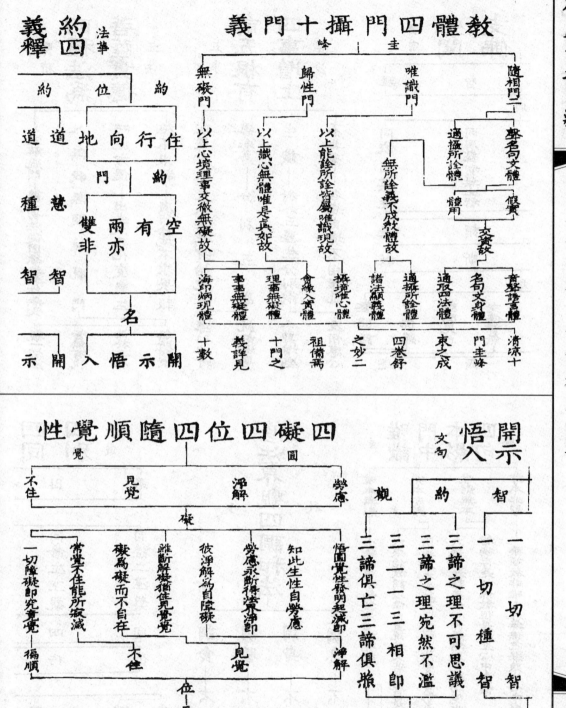

滅盡定無想定四種不同　宗鏡

異：
- 能得人
  - 羅漢聖人滅受想心而證滅盡
  - 外道凡夫妄計無想而證無想
- 所祈願
  - 滅盡息想除貪唯求出世功德
  - 無想妄計解脫唯求世間樂果
- 感果不感果
  - 滅盡是無漏業不感三界果報
  - 無想是有漏業能感無想天報
- 滅識多少
  - 滅盡既滅第六識兼滅第七染
  - 分無想但滅第六識分別之見

方等四教知常不知常

- 藏
- 通
- 別
- 圓

- 不知常
- 信住行向
- 登地已上
- 知常

如來乘有四無間種性相　楞伽

- 自性法
- 離自性法
- 得自覺聖
- 外剎殊勝

無間種性：
- 妙體圓明
- 不守自性
- 不從外得
- 平等法界

天台四教斷

- 七賢七位藏初機 — 七賢謂停心別念總念煖頂忍世第一七位未入聖流居藏之初
- 通教位中一二齊 — 一謂乾慧藏教總念齊此二謂性地藏教四加齊此故云一二齊也
- 別信并圓五品位 — 別信者別教十信圓五品卽圓教五品位也
- 見思初伏在凡居 — 如縛賊曰伏藏教七賢通教三乘內外凡別信圓品惟外凡雖內外不同皆屬凡位故云凡居
- 果位須陁預聖流 — 藏初果初見道預聖流也
- 與通三四地齊儔 — 三謂八人地四謂見地藏教初果齊此故云齊儔
- 并連別住圓初信 — 別住謂別教初住不云初者從偈便略耳
- 八十八使正方休 — 八十八使見惑也藏初果至圓初信等同斷此惑故云方休
- 圓別信住二之七 — 圓教二信至七信別教二住至七住故皆云二之七也
- 藏通極果皆同級 — 圓二信別二住等與藏通佛果位齊故云極果同級

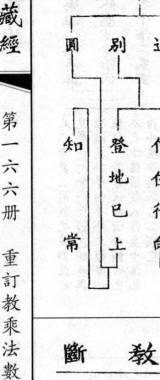

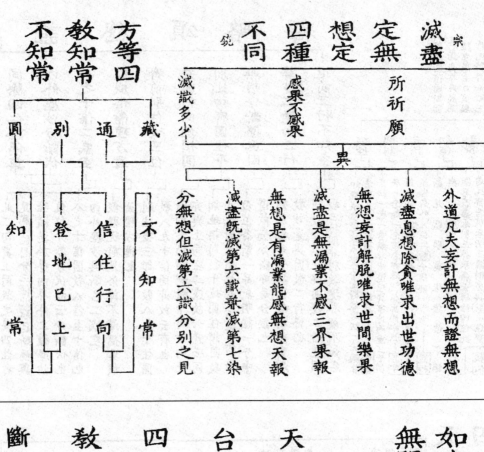

證總頌略釋

同除四住證偏真　內外塵沙分斷伏　此二句實上同級之義四住者見爲一住思分三住此惑已斷偏真理顯進於界內界外二種塵沙位位分斷分伏故云分斷伏也

八之十信二惑空　八之十信圓教八信至十信也內外塵沙俱斷名二惑空

假成俗備理方通　假觀現前見俗諦不滯偏真故云理方通也

齊前別住後三位　別住後三即別教八九十住圓教八九十信同此故云齊也

并連行向位相同　行向者仍指別教十行十向此亦與上同空二惑故云并云同

別地初齊圓住平　別地謂別教十地圓住謂圓教十住對位相等故云齊云平

無明分斷證真因　位位各斷一品無明證一分中道故云分斷亦是分證也

等妙二覺初二行　謂別教等覺與圓教初行齊別教妙覺與圓教二行齊也

進前三行不知名　別教極果止齊圓教二行至圓教三行則非別教境界故不知名

圓伏圓信圓斷圓行圓自在莊嚴圓建立衆生○依無作四諦修一心三

圓

- 理性 — 如來藏性隨緣不變不變隨緣隨拈一法無非法界三法無差別凡聖不增減 — 理即
- 聞解 — 了知一色一香無非中道理具事造兩重三千同居一念如一念諸念亦然如心法生佛亦然 — 名字
- 五品 — 謂隨喜讀誦講說兼行六度正行六度圓伏五住煩惱名外凡位與(別)十信齊 — 觀行
- 初信 — 斷見惑顯真理證位不退與(別)初住齊
- 二信至七信 — 斷思惑盡永別三界永痛云同除四住此處爲齊苦伏無明三藏則劣與(別)七住齊
- 八信至十信 — 斷內外塵沙盡假觀現前行四百由旬不退位與(別)十回向齊以上名內凡位
  - （以上三位）相似

天台四教

教　觀當體即佛按位接通○被界外利根衆生○又四英名圓見前

- 初住 — 斷一品無明証一分三德中觀現前行五百由旬到寶所初居實報念不退位與(別)初地齊
- 二住至十住 — 各斷一品無明增一分中道與(別)十地齊
- 初行 — 斷一品無明與(別)等覺齊
- 二行 — 斷一品無明與(別)妙覺齊
  - （以上四位）分證
- 三行至等覺 — 各斷一品無明增一分中道別教不知名字
- 妙覺 — 進破一分微細無明永別無明父母登涅槃山頂以虛空爲座成清淨法身居寂光土 — 究竟

別教　教理智斷行位因果別前藏通別後圓教故名爲別○依無量四諦修次第三觀獨菩薩法接通○被界外鈍根衆生

- 但中 — 與如法性隨緣不變迴超二邊不可思議 — 理即
- 解義 — 仰信真如法性但由塵覆而不證 — 名字
- 十信 — 伏三界見思名伏忍是外凡與(通)乾慧性地齊 — 觀行
- 初住 — 斷三界見惑盡與(通)八人見地齊
- 二住至七住 — 斷三界思惑盡得位不退與(通)教佛地齊
  - （以上二位）通
- 八住至十住 — 斷界內塵沙伏界外塵沙用從假入空觀見真諦理行三百由旬名習種性前二教不知名目
  - （以上三位）相似
- 十行 — 用從空入假觀見俗諦名性種性
- 十向 — 伏無明習中觀行四百由旬居方便土名道種性以三十位爲三賢亦名內凡從八住至此爲行不退
  - （以上二位）相似
- 初地 — 此是見道位又無功用位八相成道利益衆生行五百由旬初入實報初到寶所
- 二地至十地 — 地地各斷一品無明證一分中道
- 等覺 — 更破一品無明名金剛心有上十二生補處
  - （以上三位）分證
- 妙覺 — 更破一品無明生華藏界七寶菩提樹下坐大寶華王座現圓滿報身 — 究竟

斷證之圖

通教：通藏別圓名通。又三人同以無言說道體色入空名通○依無生四諦修體空觀，正化菩薩，旁化二乘○被界內利根衆生

- 無生：法不自生不他不共不無因生故知無生【理即】
- 幻化：了法如幻當體全空乃至涅槃亦如幻化【名字】
- 乾慧地：未有理水故即外凡與藏停心至總念齊【觀行】
- 性地：相似得法性水伏見思即內凡與藏四加齊【相似】
- 八人地：入無間三昧斷三界見戒發真無漏見無諦理
- 見地：與藏須陀洹齊
- 薄地：斷欲界思前六品盡與藏斯陀含齊
- 離欲地：斷欲界思九品盡與藏阿那含齊
- 已辦地：斷三界見思盡但斷正使不能侵習如燒木成炭與藏阿羅漢齊
- 支佛地：更侵習氣如燒木成灰
- 菩薩地：正使斷盡與二乘同扶習潤生道觀雙流遊戲神通淨佛國土【分證】
- 佛地：機緣若熟以一念相應慧頓斷殘習坐七寶菩提樹下以天衣爲座現帶劣勝應身爲三乘根性轉無生四諦緣盡入滅正習俱除如炭灰俱盡【究竟】

藏教：經律論三條然不同故名三藏教○依生滅四諦修析空觀，正化二乘，旁化菩薩○被界內鈍根衆生○是中三乘修證雖異然同證偏真只行三百由旬入化城耳

- 偏真：諸行無常是生滅法生滅滅已寂滅爲樂因滅會真滅非真諦滅尚非真況苦集道【理即】
- 學聲：知一切法從因緣生不從時方梵天等生亦非無因緣生知因緣生法無常無我【名字】
- 五停心：多貪不淨觀多瞋慈悲觀多散數息觀愚癡因緣觀多障念佛觀
- 別相念：觀身不淨觀受是苦觀心無常觀法無我
- 總相念：觀身不淨受心法皆不淨乃至觀法無我身受心亦無我等以上三位名外凡亦名資糧位【觀行】
- 四善根：謂煖頂忍世第一是內凡加行位【相似】
- 初果：斷三界八十八使見惑名見道位
- 二果：斷欲界九品思中前六品盡後三品在
- 三果：斷欲界思後三品盡進斷上八地思此二位名修道位自初果至此皆名有學
- 四果：斷見思盡成無學道子縛雖盡果縛猶存名有餘涅槃灰身泯智名無餘涅槃亦名孤調解脫【分證】
- 辟支：斷見思與聲聞同更侵習氣故居其上
- 菩薩：三藏菩薩格量聲聞位次見三數中
- 佛果：發真無漏三十四心頓斷見思習氣坐木菩提樹下生草爲座成丈六劣應身受梵王請三轉法輪度三根性緣盡入涅槃【究竟】

重訂教乘法數卷第十三

重訂教乘法數卷第十四

五身（瓔珞）

- 變化
- 功德
- 如如智
- 自
- 虛空

身

- 小教
- 始教
- 終教
- 頓教
- 圓教

五藏（成實）

- 修多羅
- 毘奈耶
- 阿毘曇
- 雜藏
- 菩薩藏

小乘　呪及五明論等　大乘

五智（涅槃）

- 本際智
- 聲聞智
- 緣覺智
- 菩薩智
- 佛智

小　始　終　頓　圓

五乘（一乘教義）

- 佛乘
- 菩薩
- 緣覺
- 聲聞
- 小乘

即人天乘謂人天以五戒十善運出四趣故名小乘

五乘（一乘教義）

- 佛乘
- 緣覺
- 聲聞
- 天乘
- 梵乘

謂色界天以根本禪運出欲界　梵者淨也即菩薩乘

又（盂蘭經疏）

- 人
- 天
- 聲聞
- 緣覺
- 菩薩

乘

妙句云五乘是曲而非直

五行（涅槃）

- 聖
- 梵
- 天
- 病
- 嬰兒

行

- 佛之所行依理自修
- 修十一空涉有不染
- 第一義天就理立名
- 現諸障相乘理同惡
- 示修善相乘理同善

五忍（仁王）

- 伏
- 信
- 順
- 無生
- 寂滅

忍

- 地前三賢但能伏惑
- 初二三地得無漏信
- 四五六地順菩提道
- 七八九地了法不生
- 十地等妙惑盡理寂

五通

- 天眼
- 天耳
- 他心
- 宿命
- 神境

通

- 覩色無礙
- 聞聲無礙
- 能知他心
- 能識宿命
- 飛行無礙亦名神足通

天仙神鬼聖賢皆具但有勝劣若漏盡通唯聖方具

五根

信　進　念　定　慧

根

- 於諸諦理信忍樂欲
- 信諸法故倍策精進
- 於正助道憶念不忘
- 攝心正助相應不散
- 以觀自照決擇分明

五力

信　進　念　定　慧

力

信根　進根　念根　定根　慧根

增長故能破

疑障　懈怠　昏忘　散亂　愚迷

五語（金剛）

眞　實　如　不異　不誑

語

纂要疏釋云

- 說菩提是眞智故
- 說四諦俱審實故
- 說大乘稱如理故
- 說授記等無差故
- 具四語不誑他故

五明（大論）

内教

聲　工巧　醫方　因　内

明

- 明世間文字聲教
- 明世間工巧技藝
- 明諸病醫治之方
- 明法因以辯眞僞
- 明五乘因果教理

又

外教

聲明　工巧　醫方　因明　符印

五篇（僧祇）

- 一　波羅夷　此云棄　比丘四條　尼八條
- 二　僧伽婆尸沙　此云衆初殘　比丘十三條　尼十七條
- 三　尼薩耆波逸提　此云捨墮　比丘一百二十條　尼二百八條
- 四　波羅提提舍尼　此云向彼悔　比丘四條　尼八條
- 五　突吉羅即衆學法　此云惡作惡說　比丘一百條　尼一百條

比丘二百四十一條　尼三百四十一條

加　七滅諍　二不定

共二百五十條　共三百五十條

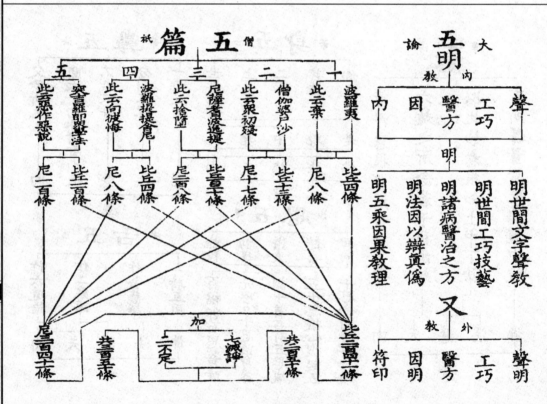

五眼（智論）

- 肉眼：通非礙
- 天眼：礙非通
- 慧眼：唯觀俗
- 法眼：了眞空
- 佛眼：如千日

偈曰：天眼通非礙，肉眼礙非通，法眼唯觀俗，慧眼了眞空，佛眼如千日，照異體還同。

五眼（法華）

- 肉：父母所生
- 天：見大千界內外
- 慧：見衆生業因緣
- 法：其目甚清淨
- 佛：見大千業淨伏障中道無明惑

天眼：
- 梵王報得見大千
- 小羅漢見小千
- 大羅漢見大千
- 辟支佛見百界

五耳（法華）

- 聞六道聲：
  - 肉：父母所生
  - 天：能聞內外
- 聞二乘聲：慧，聽之不著
- 聞菩薩聲：法，悉能分別
- 聞佛聲：佛，一時互聞

五鼻（法華）

- 父母所生：肉
- 聞大千內外諸香：天
- 不染不著：慧
- 分別不謬：法
- 一時互用：佛

（以上皆爲）鼻

五舌（法華）

- 作六道語：肉、天
- 作二乘語：慧
- 作菩薩語：法
- 一時互用：佛

（以上皆爲）舌

五身（法華）

- 世界所有
- 上至有頂
- 二乘
- 菩薩
- 佛

以上各項「於身中現」；佛一項則標「是」。

- 肉
- 天
- 慧
- 法
- 佛

（以上皆爲）身

五思（瓔沙）

- 離殺
- 勸導
- 讚美
- 隨喜
- 回向

百福即百思，菩薩先以五十思治身器，謂十善各有五思，成五十思，後心復起五十思，令圓成百福。

五意（法華）

- 清淨意根兼所依浮勝：肉
- 六趣之所念若干種悉知：天
- 以此妙意根知上中下法：慧、法
- 有所籌量皆先佛經中說：佛

（以上皆爲）意

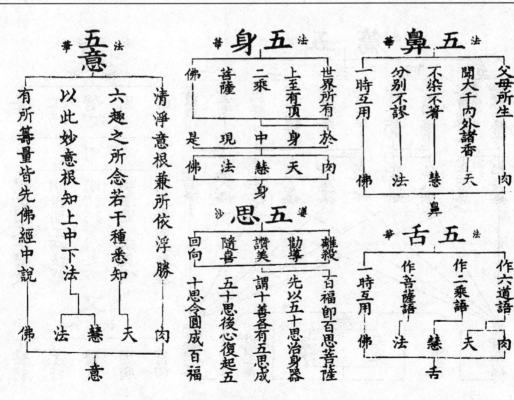

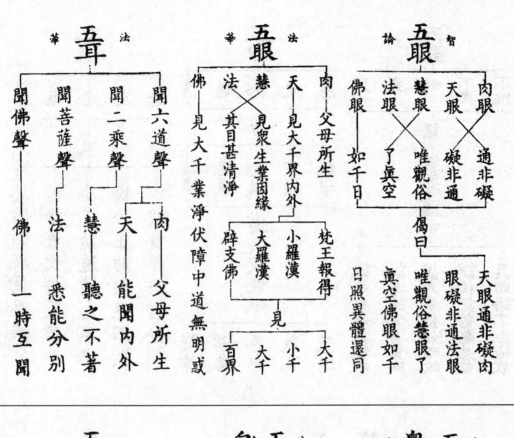

五念（永嘉）

- 故起——起心思惟世間五欲
- 串習——無心故憶忽爾思惟
- 接續——知心馳散不制復續
- 別生——知心散亂生慚改悔
- 即靜——初坐時不思世間善惡等

病　藥

五念息時名為一念相應靈知自性也

五悔（台教）

- 懺悔——理則端坐念實相事則晝夜六時披陳過罪
- 勸請——滅波旬請佛入滅之罪
- 隨喜——滅嫉他修善之愆
- 回向——滅倒求三界之心
- 發願——滅修行退志之過

此四亦名悔者以能滅罪故如補助儀明

五結

貪　恚　慢　嫉　慳

結——由此能招未來苦果故名為結

五苦

生老病死　愛別離　怨憎會　求不得　五陰盛

苦

五見

即後五利使名義俱如後

五濁

劫　煩惱　衆生　見　命

濁

- 四濁增劇為體積聚交湊熾然不停為相
- 五鈍使為體煩亂自性逼惱身心為相
- 三緣和合為體六道輪回牽連不斷為相
- 五利使為體執斷執常邪知謗解為相
- 壽煖識三為體連持色心催年減壽為相

五道

天道　人道　地獄　畜生　餓鬼

修羅一道天人鬼畜分攝若開則成六

五欲

財　色　食　名　睡眠

又

色　聲　香　味　觸

五受

憂　苦　喜　樂　捨

- 憂苦——違情境生
- 喜樂——順情境生
- 捨——中庸境生

五疑（涅槃）

疑

佛　法　僧　戒　不放逸

五心　宗鏡

率爾　尋求　決定　染淨　等流

心

率爾：對境初起未及分別
尋求：於境明了分別善惡
決定：審知善惡決定不謬
染淨：善惡決定染淨自分
等流：染淨等流心心相續

五法　楞伽

名：於一切法逐體稱呼
相：品類差別各有形狀
（名、相）境所

妄想：由前名相起分別心——心
正智：了知名相如幻如化——智
（心、智）能

如如：幻化本空即真如理——理所

又　佛地

清淨法界
大圓鏡智
平等性智
妙觀察智
成所作智

五眾

比丘　比丘尼　式叉摩那　沙彌　沙彌尼

此云

乞士　乞士女　學戒女　息慈　勤策女

五辛　梵網

大蒜
茖葱——韮薤
慈葱——家葱
蘭葱——小蒜
興渠——葫荽

五魔　罵意

天　罪　行　煩惱　死

魔

此中罪即業障行即五陰舉一攝餘故餘見四魔中

五夢

熱氣　冷氣　風氣　見聞

多則夢

見火　見水　飛墜　熟境

天神與夢心靈所感

五藏

心　肝　脾　腎　肺

爲

神　魂　志　精　魄

藏

神藏於心故
魂藏於肝故
志藏於脾故
精藏於腎故
魄藏於肺故

亦名五內

五果

核　膚　殼　檜　角

果

核：棗杏等
膚：梨柰等
殼：椰子胡桃等
檜：松柏子等
角：大小荳等

五因　涅槃

生　和合　住　增長　遠

因如

生：草木等因種子生
和合：根塵和合生識等
住：諸法依地得住等
增長：飲食等令身增長
遠：依國王無有盜賊等

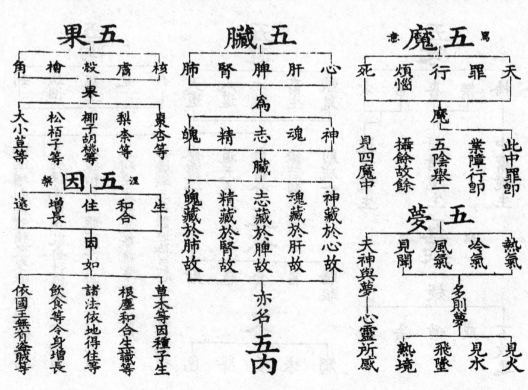

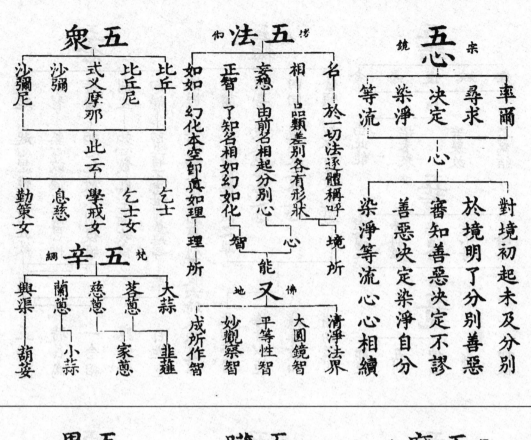

五果 唯識

異熟 有漏善不善招自相續異熟生無記
等流 善等所引同類或似先業後果隨轉
離繫 無漏道斷障所證善無爲法
士用 謂諸作者假諸作具所辦事業
增上 謂除前四餘所得果增勝殊上
果

五石 光明句記

白瑛 紫瑛 石膏 鍾乳 石脂
石

五芝 光明句記

即五色靈芝

五難 四十二章

貧窮布施 豪貴學道 捹命不死 得覩佛經 生值佛世
難

五蓋

貪欲 於順情境引取希須
瞋恚 於違情境瞋怒忿恚
睡眠 意識惛熱五情闇冥
掉悔 三業輕動動後追過
疑惑 於諸諦理猶豫不決
蓋
蓋覆 施戒 慈忍 精進 禪定 智慧

五逆

殺父 殺母 殺阿羅漢 出佛身血 破羯磨轉法輪僧
三殺 身業
一殺生加行
一虛誑 語業
倶舍偈
五並業障攝約處人除北
約人除扇搋四身一語業
三殺一虛誑一殺生加行出佛身血
無間一剎熟隨罪增苦增
八比丘分二以爲所破僧

五教 賢首

小 始 終 頓 圓
教
小 但說人空不明法空亦名愚法二乘教
始 廣談法相少說法性有成佛不成佛亦名分教
終 少說法相多說法性稱實理故亦名實教
頓 不說法相唯辨眞性別爲一類離念機故
圓 所說唯是無盡法界性海圓融緣起無礙

五教 波頗三藏

四諦 無相 觀行 安樂 守護
教
阿含說四諦法
般若說空慧法
華嚴明觀行
涅槃指示四德
大集守護正法

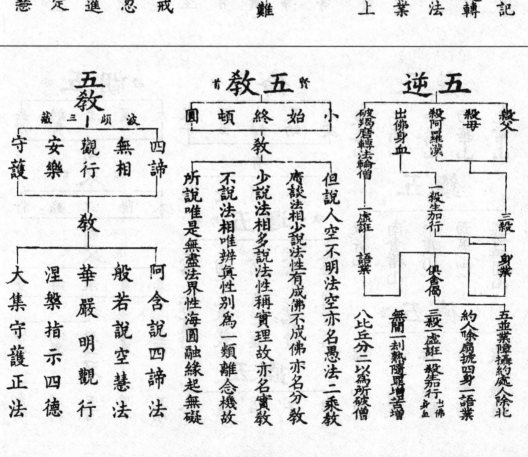

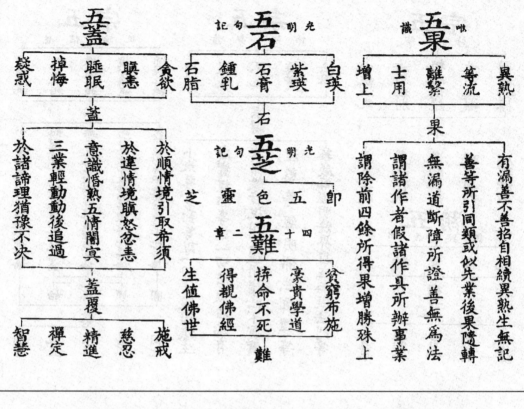

五宗（起信論疏）

- 隨相法執
- 眞空無相
- 唯識法相
- 藏心緣起
- 圓融具德

宗
- 小乘諸師依阿含等經造小乘諸論
- 龍樹提婆等依般若等經造中觀等論
- 無著天親等依深密等經造唯識等論
- 馬鳴堅慧等依楞伽等經造起信等論
- 天親龍樹等依華嚴等經造十地等論

教
- 小
- 始
- 終
- 頓
- 圓

圓覺疏五宗名義俱同此

五宗（護身法師）

- 因緣
- 假名
- 不眞
- 眞實
- 法界

宗謂
- 小乘薩婆多部等說一切法從因緣生
- 成實經部等說一切法假名爲有
- 諸部般若說即空理明諸法不眞實
- 涅槃等經明佛性眞理等
- 華嚴等經明法界自在無礙法門等

五宗（華辛鈔）

- 小乘法執
- 法相差別
- 相想俱絕
- 性相無礙
- 圓融具德

宗
- 法未空故
- 多說相故
- 多約性故
- 理事相即
- 以理融事

五湖（出義與記）

- 太
- 射
- 貴
- 陽
- 洮

湖

又

- 青草
- 洞庭
- 宮亭
- 彭蠡
- 匯澤

五湖（水經）

- 長塘
- 射貴
- 上
- 滆
- 太

湖

又（韋昭）

- 胥
- 蠡
- 洮
- 陽
- 太

湖

又（史義）

- 菱
- 游
- 漠
- 貢
- 胥

湖

皆太湖東岸五灣爲五湖

又

太湖周行五百里名五湖

五倫（儒教）

- 父子
- 君臣
- 夫婦
- 長幼
- 朋友

有
- 親
- 義
- 別
- 序
- 信

五運（易鈎命訣）

- 太易——未見氣時
- 太初——元氣始散
- 太始——氣形之端
- 太素——形變有質
- 太極——質形已具

五爵

- 公
- 侯
- 伯
- 子
- 男

五嶽

- 東泰山
- 南衡山
- 中嵩山
- 西華山
- 北常山

五鎮

- 東沂山
- 南會稽山
- 中霍山
- 西吳山
- 北醫無閭山

五德（論語）

- 溫——和厚
- 良——易直
- 恭——莊敬
- 儉——節制
- 讓——謙遜

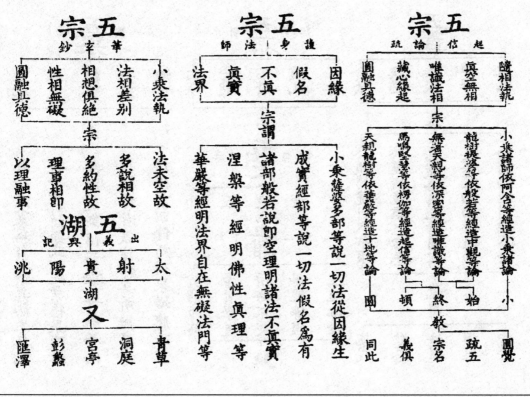

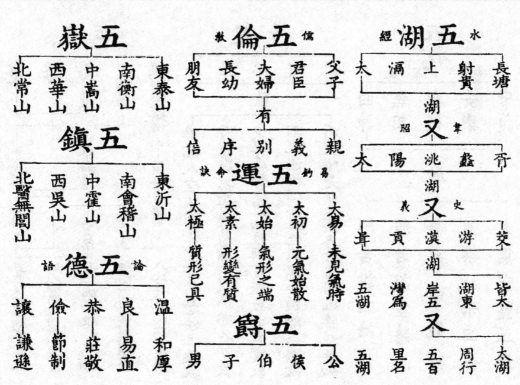

五帝
- 少昊金天氏
- 顓頊高陽氏
- 帝嚳高辛氏
- 帝堯陶唐氏
- 帝舜有虞氏

其書名**五典**

五獸　金七十論
- 四足
- 飛翥
- 胸行
- 旁形
- 不行

五經　儒典
- 書
- 易
- 詩
- 禮
- 春秋

以
- 道政事
- 識趣避
- 調性情
- 謹節文
- 寓褒貶

五禮　周禮
- 吉
- 凶
- 軍
- 賓
- 嘉

五射　周禮
- 白矢
- 參連
- 剡注
- 襄尺
- 井儀

五馭　周禮
- 鳴和鸞
- 逐水曲
- 過君表
- 舞交衢
- 逐禽左

五福　洪範
- 福壽
- 富貴
- 康寧
- 好德
- 考終

五土　周禮
- 山林
- 川澤
- 邱陵
- 墳衍
- 原隰

五服　堯制
- 甸—侯
- 侯—甸
- 綏—男
- 要—采
- 荒—衛

又　尚　服
- 斬衰—三年
- 齊衰—有五
- 大功—九月
- 小功—五月
- 緦麻—三月

有五
- 三年
- 杖期
- 不杖期
- 五月
- 三月

杖期、不杖期—卽年

五狄
- 月支
- 濊貊
- 匈奴
- 單于
- 白屋

五穀
- 黍—粟、稷
- 菽—衆荳
- 麻
- 麥—大麥、小麥
- 稻—粳糯

又
- 禾麥
- 黍
- 稻
- 粟
- 菽

居
- 東
- 南
- 中
- 西
- 北

五般若
- 實相—所證理
- 觀照—能證智
- 文字—能詮教
- 境界—理所依
- 眷屬—智所屬

五分論　楞伽新說
- 一宗
- 二因
- 三喻
- 四合
- 五結

一宗、二因—三支比量
三喻—揀別邪正
四合、五結—合結成之

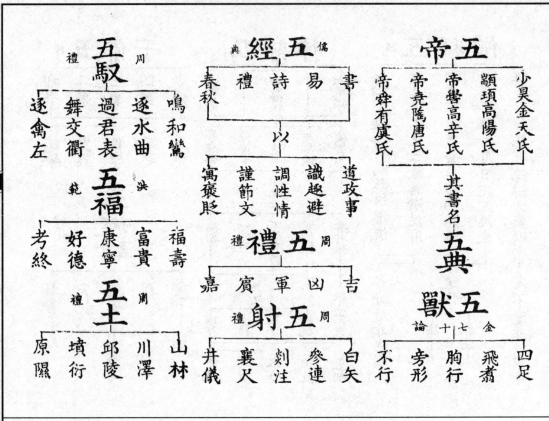

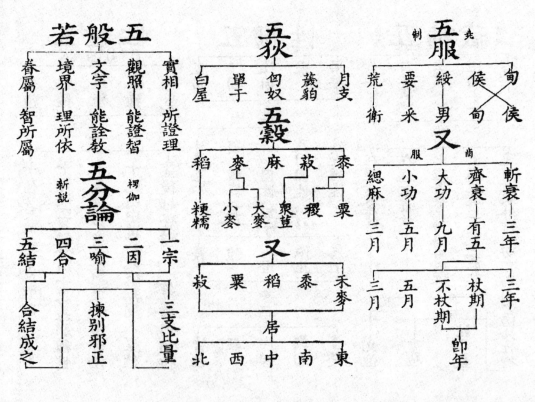

五佛子 阿含

初果　二果　三果　四果　支佛

法華更與作字名之爲兒

五攝論

無著　天親　無性　梁　唐

攝論

五部律

上座部　合名僧祇部　大衆部

曇無德　薩婆多　彌沙塞　迦葉遺　婆麤富羅

部此云

法密　一切有　不著有無觀　重空觀　著有行

法名

四分　十誦　五分　解脫

律本不來

僧祇爲根本分出此五部

五種僧 顯宗

無恥　毀犯禁戒形預僧流

瘂羊　不達三藏無辯說用

朋黨　遊散營務鬭諍結構

世俗　昏昏度日兀兀延生

勝義　解慧有餘辯才無礙

多分造非法業

通作法非法業

定不造非法業

五種性 天台別教

習種　性種　道種　聖種　等覺

性

十住菩薩研習空觀破見思惑

十行從空入假分別十界差別種性

十向修中道觀通達一切佛法

十地由中道妙觀破無明入聖位

望後妙覺猶有一等勝前諸位

五種性

正因　了因　緣因　果　果果

性

於三因上加後二種或云加因性及因因性爲五種性

五甚深

義　體　內證　依止　無上

甚深

智性　理　內智　真如　菩提

五種藏 華嚴演義

如來　自性清淨　法身　出世間上上　法界

藏

在纏含果法故　凡位

在纏不染故　凡位

出纏證果爲功德所依故　聖位

出纏超過二乘菩薩故　聖位

通因徹果外持一切有爲內含恒沙性德　該凡聖

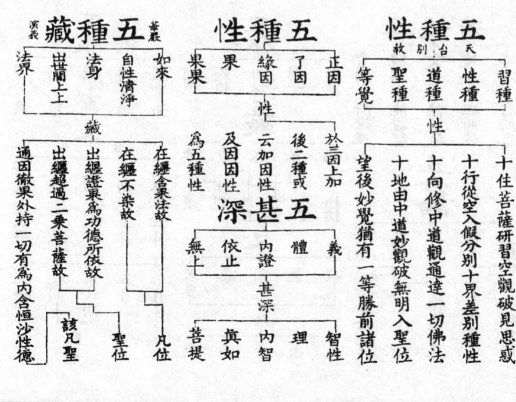

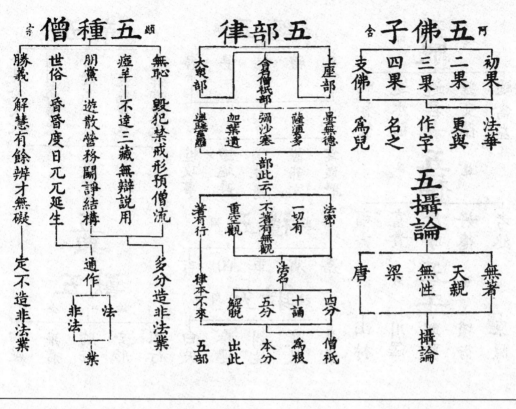

五支戒（涅槃）

- 具足根本業清淨戒——即四重戒
- 前後眷屬餘清淨戒——偷蘭遮爲前眷屬能爲重罪作前方便故僧殘爲後眷屬能爲重罪作後方便故餘即捨墮至衆學等
- 非諸惡覺覺清淨戒——即定共戒
- 護持正念念清淨戒——即道共戒
- 回向具足無上道戒——即佛菩薩四弘六度回向菩提大乘戒也

五類說（華嚴經疏）

佛、菩薩、聲聞、衆生、器界——說

- 如來金口親宣
- 菩薩互爲主伴
- 佛力加被令說
- 世語皆順正法
- 臺網俱演妙音

神五通

- 足不履地
- 知人心命
- 回眼千里
- 呼名即至
- 石壁無礙

五種覺（起信）

- 本覺——如心體離念等虛空界無所不徧法界一相即是如來平等法身依此法身說名本覺
- 名字覺——如凡夫人覺前念惡後念不起雖復名覺即是不覺故名名字覺
- 相似覺——如二乘及發意覺異無異相以捨離麤分別執著相故名相似覺
- 隨分覺——如法身菩薩等覺住無住相以離分別麤念相故名隨分覺
- 究竟覺——如菩薩地盡覺心初起心無初相以遠離微細念故得見心性心即常住名究竟覺

此三皆屬始覺

五比量（顯揚）

- 相比量——謂隨其所有相貌相屬而作比量如見幢故比知有車見烟故比知有火等
- 體比量——謂由現見此物體性比類彼物不現見體如以現在物比類去來物等
- 業比量——謂以作用比類所依如見遠物鳥集無有動搖比知是杌見有動搖比知是人等
- 法比量——謂於一切相屬著法以一比餘如屬生故比知有老屬老故比知有病死等
- 因果比量——謂以因果相比如見有人如法事王比知當獲廣大祿位見大祿位比知先已如法事王等

五天竺

東　南　中　西　北

中——印度

梵語印度此云月
邦三垂大海北背
雪山北廣南狹形
如半月周回九萬
餘里分五印度境

世親 五念門

禮拜　讚歎　作願　觀察　回向

——門

身業禮拜彌陀爲生彼國故
口業讚歎彼佛光明智相欲如實修故
心常作願一心專念欲修行奢摩他故
以智慧觀察欲如實修行毘鉢舍那故
所有功德善根回向攝取衆生不取一切世間故

觀察彼——國土　佛　菩薩——莊嚴

華嚴孔目 五散亂

自性　外　內　麤重　思惟

——散亂

前五識不守自性隨逐外塵
意根馳動向外分別
心生高下念念遷流
計我我所等麤重之法
棄大乘憶小乘不得寂靜

慈五利

刀　毒　火　水——不——傷　害　燒　沒

瞋惡見喜

圓覺略鈔 懺五法

偏袒右肩
右膝著地
至心合掌
頭面禮足
說已罪名

寄歸 五嚼食

根　莖　葉　花　果

寄歸 五噉食

飯　麥豆飯　麨　肉　餅

若已食五噉
必不食五嚼
若先食五嚼
後隨意食五
噉無妨

十誦 五納衣

有施主衣　無施主衣　往還衣　死人衣　糞掃衣

此　有　五　見　下

五菩提

發心　伏心　明心　出到　無上

——菩提

十信　三賢　前七地　後三地　佛果

五不退

信　位　證　行　煩惱

——不退

第六信　第七住　初地　二至七地　八地

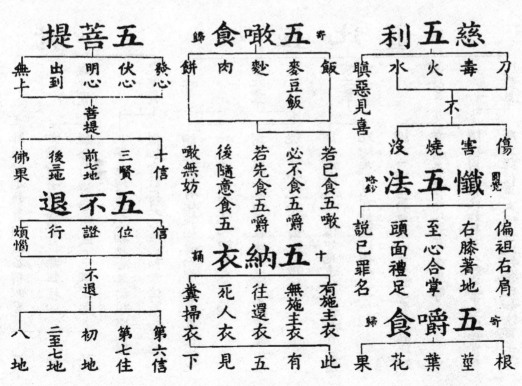

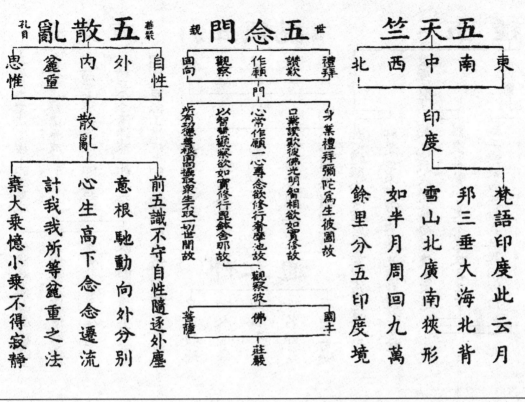

五精舍

給孤園
靈鷲山
獼猴江
菴羅樹
竹林園

五利使

身
邊
邪
見取
戒取

見

執我我所
執斷執常
撥無因果
非果計果
非因計因

動念即生
造次恒有
日利驅役
心神流轉
三界曰使

五鈍使

貪
瞋
癡
慢
疑

使

貪取無厭
瞋恚無度
無明不了
自恃輕他
猶豫不決

不恒
有故
推利
方生
名鈍

前五識

眼
耳
鼻
舌
身

識

五結界

婆沙

方
圓
鼓形
半月形
三角

前五根

眼
耳
鼻
舌
身

前五塵

色
聲
香
味
觸

五糞掃

道路棄
糞掃處
河邊棄
蟲穿破
破碎衣

又

火燒
水漬
鼠咬
牛嚼
妳母棄

此五天竺人忌諱故棄之取而納之成衣即同糞掃

五色衣

翻譯名義

曇無德
薩婆多
迦葉遺
彌沙塞
摩訶僧祇

部

通達理味開導利益表發殊勝
博通敏達導以法化
精勤勇猛快攝衆生
忠入玄微究暢幽密
勤學衆經宣講真義以處居衆

應著

赤色
皂色
木蘭
青色
黃色

衣

遺教三昧經云佛世衆僧唯著死人雜衣因羅旬喻分衛空還佛令律分五部色亦五種自爾便得大食

五貪妬

住處、利養、名聞、爲善、法

貪妬

- 住處：處欲獨住妬他住
- 利養：利欲已得妬他得
- 名聞：名欲已獲妬他獲
- 爲善：貪悋不爲妬他爲
- 法：法欲自知妬他知

五種慳

成論

住處、護他物、稱讚、財、法

慳

與上五貪大同反是則名

捨五慳

五色法

極迴、極略、徧計、受引、定果

色如

- 極迴：望虛空青黃等至遠難見
- 極略：分析長短等以至極微
- 徧計：第六識周徧計度所變根塵
- 受引：受戒時所受無作戒體等
- 定果：定中所見光明及一切境

五種樂

出家、遠離、寂靜、菩提、涅槃

樂

- 出家：脫家難故
- 遠離：斷欲得初禪故
- 寂靜：二禪等覺觀息故
- 菩提：於諸法如實覺故
- 涅槃：息見歸真入無餘故

五鄰虛

極微、色邊際、極略、無方分、鄰虛

- 極微：析至極微
- 色邊際：極色邊際
- 極略：復及至略
- 無方分：無有方分
- 鄰虛：鄰於虛空

五蘊喻

色、受、想、行、識

如

- 色：聚沫
- 受：水泡
- 想：陽燄
- 行：芭蕉
- 識：幻事

五怖畏

華嚴

不活、惡名、死畏、惡道、威德

畏

- 不活：恐不能生活
- 惡名：恐招他譏謗
- 死畏：恐棄捨身命
- 惡道：恐死墮惡道
- 威德：恐於衆有失

舊五刑

- 墨：黥額
- 劓：截鼻
- 剕：刖足
- 宮：割勢
- 大辟：斬首

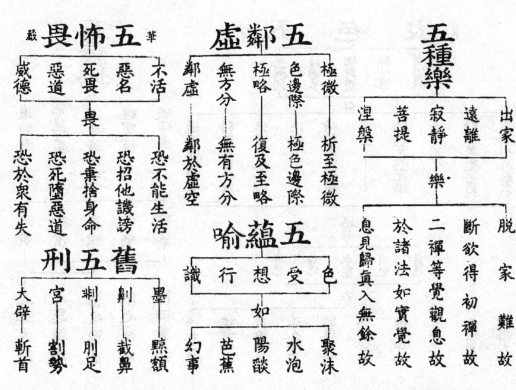

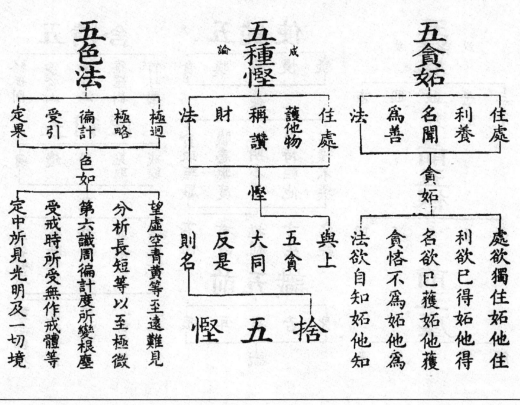

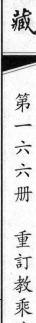

五分香

瓔珞

- 戒
- 定
- 慧
- 解脱
- 知見

香攝

- 身
- 意
- 亂
- 倒見
- 無明

重訂教乘法數卷第十四

重訂教乘法數卷第十五

五教佛身（賢首）

小始終頓圓教
- 丈六金身
- 千百億化身
- 丈六卽眞身
- 丈六卽法身
- 具足十身

五種三歸

- 番邪
- 五戒
- 八戒
- 十戒
- 具戒

五部教主（金剛不空　[illegible]）

東金剛　南寶生　中灌頂　西蓮華　北羯磨　部

- 阿閦
- 寶生
- 毗盧遮那
- 無量壽
- 不空成就

主以

- 大圓鏡智加持衆生悟不壞金剛性
- 平等性智加持衆生得伏藏證功德
- 清淨法界智加持衆生受灌頂位
- 妙觀察智加持衆生證如蓮清淨法
- 成所作智加持衆生滅藏識雜染種

五種法身

- 法性生身　從法性生故名法身
- 功德
- 變化
- 虛空
- 實相

法身

- 由功德之所成故
- 依法性身之所變故
- 廣大清淨如虛空故
- 離虛妄相不生滅故

五分法身

- 戒　防非止惡
- 定　息慮靜緣
- 慧　破惑證眞
- 解脫　正習俱斷
- 解脫知見　了了覺照

從因顯德　就果彰能　盡智　無生智

五種佛聲

- 甚深如雷
- 清徹遠聞
- 聽者無厭
- 入心愛敬
- 諦了易解

五分戒律

- 一波羅夷法
- 二尼波羅夷法
- 三受戒衣藥食法等
- 四滅諍法等
- 五破僧法雜法等

五種梵音（長含）

正直　和雅　清徹　深滿　周徧　音

- 端正質直而不邪曲
- 柔和典雅而不粗獷
- 清淨明徹而不淤濁
- 幽深充滿而不淺陋
- 周遍遠聞而不迫窄

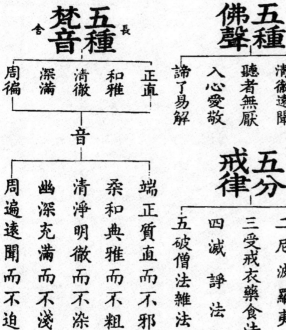

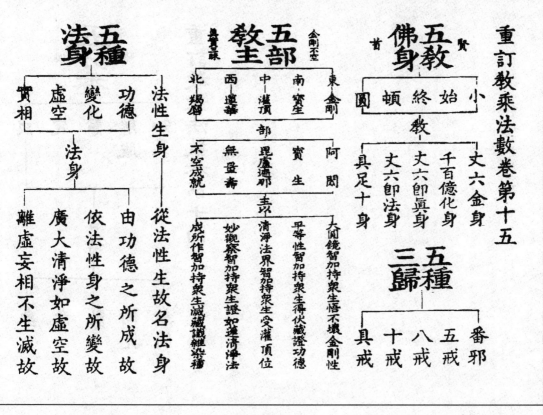

色蘊五相 顯揚

自　共　假　因　果　相

- 地堅水濕火熱風動等　所依
- 地水火風共相成身等　能依
- 大依種造能所假立等亦名　相
- 色身能作種種業行亦名因相
- 苦樂逆順受用等亦名果相

世間五陰

色　受　想　行　識　陰

陰者蓋覆義蓋覆眞如故

亦名

五蘊五衆

- 蘊者積聚義　積聚有爲故
- 衆者和合義　和合成身故

出世五蘊

戒　定　慧　解脫　解脫知見

爲

色　受　想　行　識

五性衆生 相宗

- 不定性　半成
- 聲聞性
- 緣覺性
- 闡提性
- 菩薩性　全成

聲聞性、緣覺性、闡提性　不成

佛

五種懺悔 普賢觀經

- 不必禮拜應常想念第一義空
- 孝養父母恭敬師長
- 正法治國不枉人民
- 於六齋日勅諸境內令行不殺
- 深信因果知佛不滅

經云若國王大臣欲懺悔者當修行五事即是懺悔

五種涅槃 大經

色　受　想　行　識

解脫

五處供養 彌沙

父　母　親教師　軌範師　病人

佛言比丘盡心盡壽供養父母又云我聽五處縱極破戒亦應供養

五方便門 天台

凝心　制心　體眞　方便　息二邊分别

禪

- 行者觀佛注心一境
- 制散還定諦觀金相
- 體觀本空無佛無念
- 從空入假萬法洞明
- 諦觀靜亂本無相貌

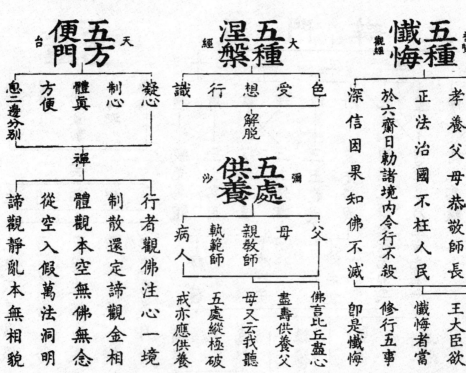

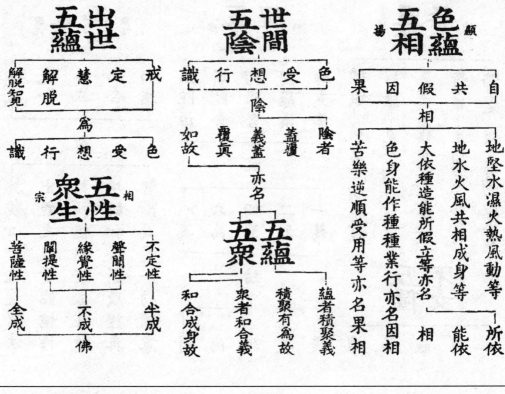

五後得智（攝大乘論）

- 通達
- 隨念
- 安立
- 和合
- 如意

智

- 於觀心中通達諸法
- 出觀之後皆能憶持
- 隨所憶持安立正教
- 境觀和合斷惑證真
- 智斷具足一切隨意

五人經劫（涅槃）

- 須陀洹
- 斯陀含
- 阿那含
- 阿羅漢
- 辟支佛

經

- 八萬
- 六萬
- 四萬
- 二萬
- 一萬

劫

得阿耨菩提

五位無心（唯識）

- 睡眠——第六識昏昧不能緣境
- 悶絕——見聞覺知一時頓息
- 無想定——修無想定念慮灰凝
- 無想報——生無想天心想不行
- 滅盡定——領受思想一時滅盡

五種不女

- 螺
- 筋
- 鼓
- 角
- 脉

五種不男

- 扇搋
- 留拏
- 尸利沙掌拏
- 半擇迦
- 博叉

此云

- 生——生來不具男根
- 劇——用刀去勢
- 妬——見淫生妬方現
- 變——男女互變
- 半——半月男半月女

五門辯土

- 一
  - 體——寂光爲體
  - 用——三土爲用
  - 釋籤
- 二
  - 事——三土是事
  - 理——寂光是理
  - 淨名疏
- 三
  - 能——三土能成
  - 所——寂光所成
  - 淨名記
- 四
  - 凡——同居有十乃至寂光唯一
  - 聖——同居六凡乃至寂光佛果
- 五
  - 淨——寂光是淨
  - 穢——諸土爲穢
  - 淨名疏

橫悞　竪悞　雜編　爲竪　爲橫

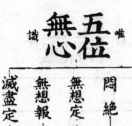

圓教五品（法華）

- 隨喜品—除於疑散
- 讀誦品—除於雜染
- 說法品—治彼法恚
- 兼行六度—治無明暗
- 正行六度—除於事相

擬藏教

- 數息
- 不淨
- 慈悲
- 因緣
- 念佛

停

- 散
- 貪
- 嗔
- 癡
- 障

五停心觀

五五百歲（大集）

初　二　三　四　五

五百歲

- 解脫
- 禪定
- 多聞
- 塔寺
- 鬭諍

堅固

五五百年者佛滅度後正法一千年像法一千年末法初五百年名五五百長水云堅固之言但就增勝而說非不相通也如佛滅二百年阿育王造八萬四千塔豈局第四餘亦例此

後五百歲（毘尼母論）

- 初一百歲
- 二一百歲
- 三一百歲
- 四一百歲
- 五一百歲

得堅固

- 解脫
- 定
- 持戒
- 多聞
- 布施

後五百歲即末法一萬年中初五百年

五惡業相（消災）

- 亡身失命
- 神氣窮困
- 親離幽厄
- 誣枉證謗
- 喪失財産

是

- 殺生
- 偷盜
- 淫慾
- 妄語
- 飲酒

業相

五種災難（消災）

- 五星陵逼
- 妖星災難
- 宿怨謀害
- 諸惡橫事
- 厭禱咒詛

五體投地

- 頭頂
- 左肘
- 右肘
- 左膝
- 右膝

投地

五體亦名五輪五處圓故

五欲過患

- 色
- 聲
- 香
- 味
- 觸

如

- 熱金丸執
- 塗毒鼓聞
- 憋龍氣嗅
- 沸蜜渴舐
- 臥獅子近

之則

- 燒
- 死
- 病
- 爛
- 噛

五種正食（四分）

- 麨
- 飯
- 乾飯
- 魚
- 肉

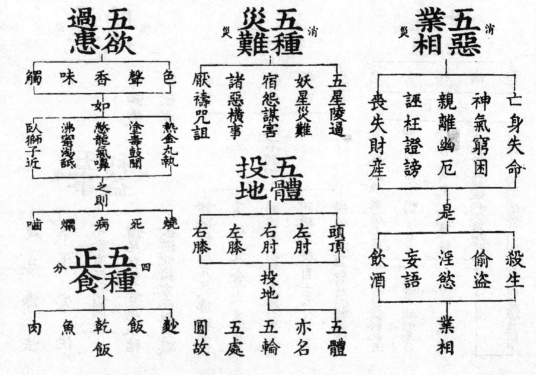

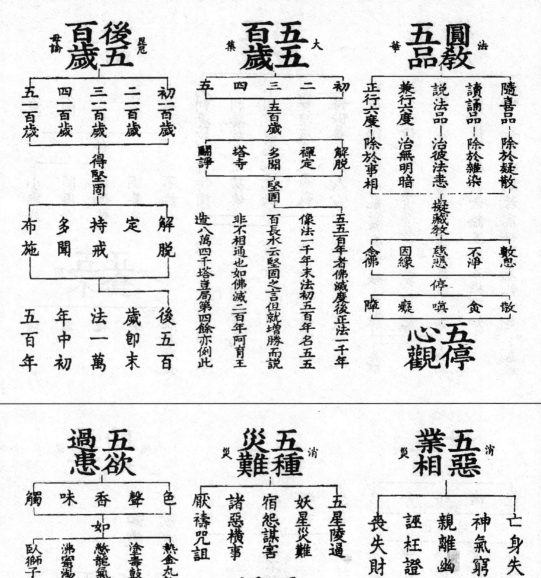

五種淨肉

- 不見
- 不聞
- 不爲我殺
- 自死
- 鳥殘

小乘或開得食楞伽梵網等皆不許食

五不正食 四分

- 枝
- 葉
- 花
- 果
- 細末磨食

五種邪命

- 爲利養故現奇特相
- 爲利養故自說功德
- 卜相吉凶爲人說法
- 高聲現威令人畏敬
- 說得供養以動人心

以此五種邪法用求利養而自活命故名邪命爲比丘者當依正命而深戒乎此

五義辯度

- 對治—慳惡嗔怠亂癡是所破之蔽
- 相生—捨家持戒遇辱須忍忍已精進進已調根等
- 果報—富具色力壽安辯又經云施報富等
- （善戒）
- 互攝—檀義攝於六餘五度互攝可知（彌勒）
- 譬喻—菩薩以般若爲母檀爲乳母等（華嚴）

五法助戒 涅槃

- 信
- 慚
- 愧
- 善知識
- 宗敬戒

五事利益 僧祇

- 建立佛法
- 令法久住
- 不欲有疑請問他人
- 僧尼犯罪者爲依怙
- 欲遊化諸方而無有礙

五種不翻

- 祕密
- 多含
- 此方無
- 順古
- 生善

故不翻如

- 諸陀羅尼咒是佛祕密
- 薄伽梵含六義等
- 閻浮提樹此方所無等
- 阿耨菩提自古存梵音
- 般若尊重智慧輕薄等

五種世法 涅槃

- 名
- 句
- 縛
- 法
- 執著

世法

- 男女瓶衣車乘屋舍等
- 四句一偈等
- 捲合結束合掌等
- 鳴椎集僧嚴鼓誡兵吹貝知時
- 如望遠人見染衣想是沙門縱橫身上想是婆羅門

是名世諦於此五法心不顛倒是名第一義諦

五種闍黎（四分）

- 出家——所依得出家
- 羯磨——授戒作羯磨
- 教授——教以威儀
- 受經——受經至四句等
- 依止——乃至依一宿等

師

五方大帝（消災）

- 東方青帝——靈威仰
- 南方赤帝——赤熛怒
- 中央黃帝——含樞紐
- 西方白帝——白招拒
- 北方黑帝——叶光紀

帝　神

經含五義

- 涌泉——義無窮盡猶如涌泉
- 出生——展轉出生勝上善法
- 繩墨——楷定邪正令知取捨
- 顯示——顯示事理無有隱覆
- 結鬘——貫穿諸法攝化衆生

義

五不應爲（塞戒）

- 羅網
- 賣毒藥
- 釀皮
- 摴蒱碁博
- 種種伎樂

五不應遊（塞戒）

- 官家
- 酒肆
- 屠兒家
- 婬女家
- 旃荼羅家

五住地惑

- 見爲一住——名見一切處住地——分別煩惱障
- 思惑分三——欲　色　無色——愛住地——俱生煩惱障
- 塵沙、無明——合爲一——名無明住地——根本所知障

亦名

五住無明

五種觀人

- 身善口意不善——但念其善不念其惡
- 口淨身意不淨——亦念淨不淨以規誡我三業
- 意淨身口不淨——淨以規我意不淨規我身口
- 三業皆不淨——常痛念之使治三業
- 三業皆淨——常念此人以訓自已

五不應施（法苑）

- 非理求財——物不淨
- 酒及毒藥——亂衆生
- 罝羅機網——惱衆生
- 刀杖弓箭——害衆生
- 音樂女色——壞淨心

不以施人……故

五種財施 法苑

至心　信心　隨時　自手　如法
施

五不應答 毗奈

欲試我解不解　無疑　不爲悔所犯　不受　詰難
問
非聽　惡心　請教　俱不　應答

五種聲聞 法華文句

決定　退大　應化　上慢　大乘
見四種聲　聞中　經云以佛　道聲令一　切聞是也

五離怖畏 華嚴

貪火不燒　嗔毒不中　惑刀不傷　有流不漂　諸覺觀烟
不　能　熏　被

五不還果

中　生　有行　無行　上流
般謂
阿那　含於　欲界　沒生　色界
時
中有身中即斷惑　一生色界即斷惑　更須加行方斷上惑　懈怠無行經久乃斷　更須流行餘天乃斷
證涅槃
俱舍　論著　般涅　槃名　之爲
五種那含

五淨居天

無煩　無熱　善見　善現　色究竟
天
苦樂兩滅心境不交　機括獨行研交無地　於十方界妙見圓澄　精見現前陶鑄無礙　究竟群幾窮色性性
三界所居　在色界第　四天中天　人聞名不　能見亦名
五那含天

佛有五姓

瞿曇　甘蔗　日種　舍夷　釋迦

此云純淑婆羅門姓也釋迦譜云昔懿摩王棄國從彼學仙因受其姓

本行經云王仙誤中猟箭血滴於地生二甘蔗日炙甘蔗一出童男一出童女男名善生爲王女名善賢爲王妃故以甘蔗日種爲姓

林名也阿含云甘蔗王聽次妃譖擯第四子於舍夷林住卽以林爲姓也

此云能仁阿含云王第四子自立城居以德歸人父王追悔歎曰我子釋迦故姓

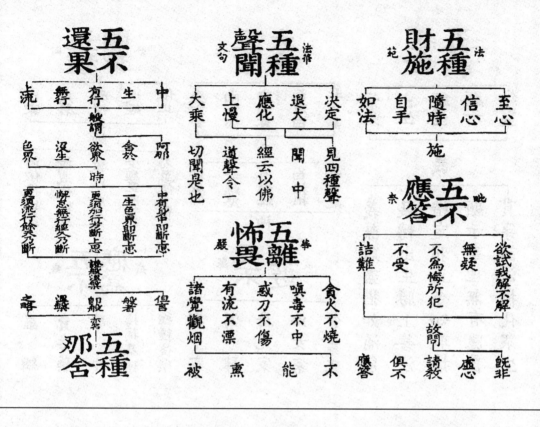

五種法師（法華）

- 受持—信力曰受、念力曰持
- 讀—對文曰讀
- 誦—不忘曰誦
- 解說
- 書寫經卷—宣傳曰解說

經前五事

- 如是—所聞法體
- 我聞—能持之人
- 一時—機應和合
- 佛住其處—從佛聞法之所
- 與大衆俱—聞持伴侶

五重玄義（法華天台）

法喻　實相　一乘因果　斷疑生信　無上醍醐

為

- 名—妙法蓮華是法喻
- 體—十界等法離虛妄相
- 宗—衆善為因自行為果
- 用—斷遠近疑生遠近信
- 教—此經純圓故喻醍醐

亦名

法華五章

- 此天台依法
- 華所立諸經
- 五章雖淺深
- 不同可以類
- 推故不俱載

出家五法（五德福田）

- 發心出家懷佩聖道
- 毀其形好應被法服
- 委棄身命尊崇法道
- 永割親愛無適無莫
- 志求大乘為度衆生

破戒五衰（中合）

- 求財不得
- 設得耗散
- 衆不愛敬
- 惡名流布
- 死入地獄

圓觀五略（大意）

- 發圓心—發大心
- 修圓行—修大行
- 感圓果—感大果
- 起八教—裂大網
- 歸三德—歸大處

靈鷲五山

- 天主穴
- 七葉穴
- 中鷲峰
- 蛇神穴
- 獨力山

佛居中峰　表正處中　道故天台　云居中山　住中道也

五種淨地（寄歸）

- 起心作—初造寺定基已一比丘應起心於此一寺或可一房為僧作淨厨
- 共印持—定寺基時一比丘告衆比丘言諸具壽用心印定於此一寺或可一房為僧作淨厨
- 如牛臥—其寺房舍猶如牛臥房門無有定所縱元不作法此處亦淨
- 故廢處—經久僧舍廢處如重來者至舊觸處便為淨也
- 秉法作—秉白二羯磨結界也如百一羯磨中說

五種是機（華嚴疏鈔）

正、兼、引、權、遠　為

- 正：唯是一乘圓機非餘境界所知
- 兼：雖不悟入而能信向成種
- 引：寄位顯勝借行布名熏習權人
- 權：諸菩薩權示聲聞彰絕分等
- 遠：凡夫外道今雖不信後必當入

五人非器（華嚴疏鈔）

- 無信——聞生誹謗墮惡道故
- 違眞——忘失菩提以經求利故
- 乖實——後不入心如言取文故
- 狹劣——二乘在座如聾如瘂故
- 守權——權教菩薩不信圓融故

起信五分

因緣、立義、解釋、修行信心、勸修利益　分

寄位五相（華嚴）

- 寄位修行——遇文殊等四十一人
- 會緣入實——遇摩耶已下十一人
- 攝德成因——遇彌勒一人
- 顯因廣大——遇普賢一人
- 智照無二——再遇文殊一人

大乘五義（淨名）

- 諸法畢竟不生不滅
- 五陰洞達空無所起
- 諸法究竟無所有
- 於我無我而不二
- 法本不生今則無滅

是

無常、苦、空、無我、寂滅　義

大乘五位（華嚴疏鈔）

資糧、加行、通達、修習、究竟　位

- 資糧：修大乘順解脫分
- 加行：修大乘順決擇分
- 通達：諸菩薩所住見道
- 修習：諸菩薩所住修道
- 究竟：住無上菩提

佛有五事

- 轉正法輪
- 為母說法
- 為父說法
- 常導衆生
- 授記菩薩

小乘五位

資粮、加行、見道、修道、無學　位

- 資粮：五停心別相總相
- 加行：煖頂忍世第一法
- 見道：初果斷八十八使見
- 修道：二三果斷八十品思
- 無學：進斷八十一思證四果

苾芻五德

- 體性柔軟
- 引蔓旁布
- 馨香遠聞
- 能療疼痛
- 不背日光

喻出家

- 能折伏身語粗獷
- 傳法度人連綿不絕
- 戒德芬馥爲衆所聞
- 能斷煩惱毒害
- 常向佛日

比丘五德

- 怖魔
- 乞士
- 淨戒
- 淨命
- 破惡

依人五德

- 求聞令聞
- 聞已令清淨
- 能爲決疑
- 能令通達
- 除邪見得正見

具此五德乃可終身依止

五種水羅 百一

- 方羅——用絹三尺或二尺隨時大小作
- 法瓶——陰陽瓶也
- 軍遲——以絹繫口繩懸水中待滿引出
- 酌水羅——但取密絹方一搭手或繫瓶口
- 衣角羅——或鉢中濾水

受食五觀

- 一計功多少量彼來處——一鉢之飯作夫汗流
- 二忖己德行全缺應供——缺則不宜全乃可受
- 三防心離過貪等爲宗——離三過貪嗔癡也
- 四正事良藥爲療形枯——飢渴病故須食爲藥
- 五爲成道業故應受此食——不食成病道業何從

入堂五法

- 修慈愍物
- 謙下自卑
- 善知坐起
- 說於法語
- 見過修默

謂

- 須慈敬尊重於人
- 應自卑下如拭塵巾
- 知坐起俯仰得時
- 在彼僧中不爲雜語
- 不可忍事應默然

亦名——入衆五法

持齋五福 雜譬

- 少病
- 身安
- 少淫
- 少睡
- 生天知宿命

佛言——一日持齋有六十萬歲糧復有五福

食五作淨

- 火淨
- 刀淨
- 爪淨
- 蔫乾
- 鳥啄

出世五食

- 禪悅食
- 法喜食
- 願食
- 念食
- 解脫食

跏趺五利（大論）

- 最安隱
- 心不散
- 魔王怖
- 異外道
- 心易止

睡眠五過（發軫引律）

- 惡夢
- 諸天不護
- 心不入法
- 不思明相
- 喜出精

多食五患

- 大便頻
- 小便數
- 多睡眠
- 身重妨修業
- 多患不消化

施離五法

- 不擇有德無德
- 不說善惡
- 不擇種姓
- 不輕求者
- 不惡口

頭陀五處（律鈔）

- 阿蘭若
- 塜間
- 樹下
- 露坐
- 隨坐威儀

調達五法（大論）

- 糞掃衣
- 常乞食
- 一坐養
- 常露坐
- 不受鹽

又（正理）

- 不受五味
- 斷肉
- 斷鹽
- 不受割截衣
- 不居聚落邊寺

提婆達多以此五法將五百新學比丘往伽耶山自共羯磨目連身子至彼爲說法要將五百新學比丘還至佛所調達遂生嗔恨起意害佛

掃地五德

- 自除心垢
- 亦除他垢
- 去自憍慢
- 調伏其心
- 長養功德

破戒五過（四分）

- 自害
- 智者所訶
- 惡名流布
- 臨終方悔
- 死墮惡道

女人五障（法華）

一二三四五者不得作

- 梵天王
- 帝釋
- 魔王
- 輪王
- 佛身

超日月經云

- 淨修四禪爲梵王姿婬無度受女身
- 勇猛少欲作帝釋嬌恣多態受女身
- 具十善法作魔王毀失正教受女身
- 慈愍衆生作輪王多瞋妬故受女身
- 具菩薩行能作佛不修淨行受女身

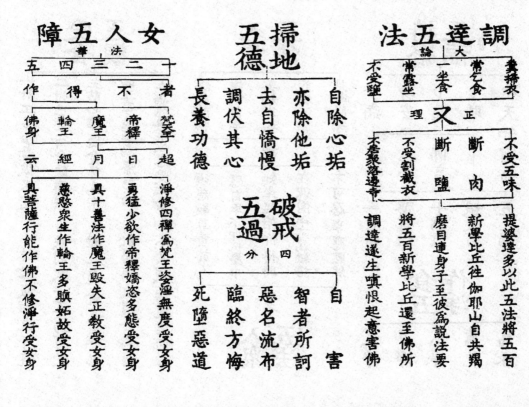

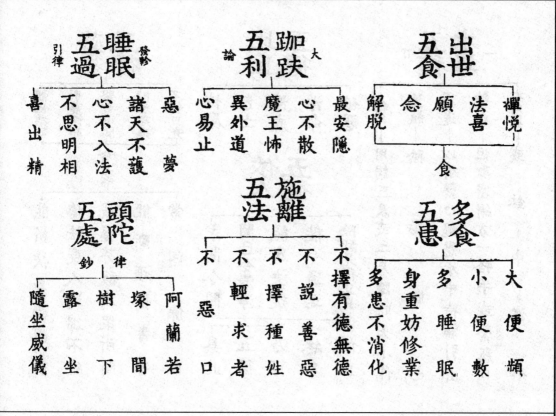

尼有五衣

許　歸

- 僧伽知—亦云僧伽黎
- 嗢怛羅僧伽—亦云鬱多羅僧
- 安怛逋娑—亦云安陀會
  - 義見三數
- 僧脚崎—亦云僧祇支—此云覆肱衣用覆肩肱
- 尼伐散那—訛云涅槃僧—此云裙襵片與大僧異
- 此四與大僧同

造論五義

一　二　三　四　五

如

- 金成器令信向故
- 花開敷開示彼故
- 食美饍得法味故
- 解文字令修習故
- 開寶篋實證得故

斷善五義

- 極惡意樂
- 惡友為緣
- 上慢邪見
- 不畏惡道
- 無悲愍心

淨名五意

- 褒圓—以一掌持化自他國土互融無礙智境
- 歎大—以一默無言容納古今諸聖詮說不二真法
- 病—為衆生病故我亦病此表大悲智同佛見為一經正目
- 彈偏—以大辯決破佛會大衆理事差互之途偏劣之見
- 斥小—受魔所供三天女教之得無盡燈法門悟入

識相五義

業　轉　現　智　相續

識

- 無明不覺故心動
- 以心動故能見
- 以能見故境界妄現
- 以境界故分別染淨
- 以分別故相應不斷

善人五禪

- 不味著
- 慈心俱
- 悲心俱
- 喜心俱
- 捨心俱

五種意識

- 定中獨頭—緣定中境有事有理事有極略極迥及定自在所生法處諸色
- 散位獨頭—緣受所引色及徧計所起諸法處色如緣空花鏡像所生者並法處攝
- 夢中獨頭—緣夢中境
- 明了意識—依五根門與前五識同緣五塵
- 亂意識—於五根中狂亂而起如患熱病見青為黃非是眼識是此緣故

百法五位（大乘）

- 心法
- 心所法
- 色法
- 不相應法
- 無爲法

謂

- 集起名心積集名心緣慮名心　一切最勝故居初
- 恒依心起與心相應繫屬於心　與心相應故居次
- 識之所依識之所緣有對無對　是所現影故居三
- 非能緣故無質礙故有生滅故　借三假立故居四
- 不生不滅非彼非此無去無來　是所顯示故居五

名數差別見後百法圖中

洗浴五利（十誦）

- 除垢膩—除去身垢
- 身清凉—皮膚一色
- 去寒熱—破時寒熱
- 除身風—下於風氣
- 得安隱—常少病痛

初禪五支

覺　觀　喜　樂　一心

支

- 初心覺悟
- 細心分別
- 慶悦心生
- 恬憺心生
- 寂然不散

三禪五支

捨　念　慧　樂　一心

支

- 證三禪樂捨二禪喜不生悔心
- 樂從內起應須愛念樂則增長
- 此樂微妙以善巧慧方便長養
- 善用前三將護此樂樂則徧身
- 受樂心息心與定一澄渟不動

看病五德

- 一知病人可食不可食
- 二不惡病人便利唾吐
- 三有慈愍心不爲衣食
- 四能經理湯藥等物
- 五扶持起卧務令痊瘥

財屬五家（寶積）

水　火　盜賊　縣官　惡子

頌曰

一切財寶總非眞
及早將來施與貧
水火盜官并逆子
五家有分盡來侵

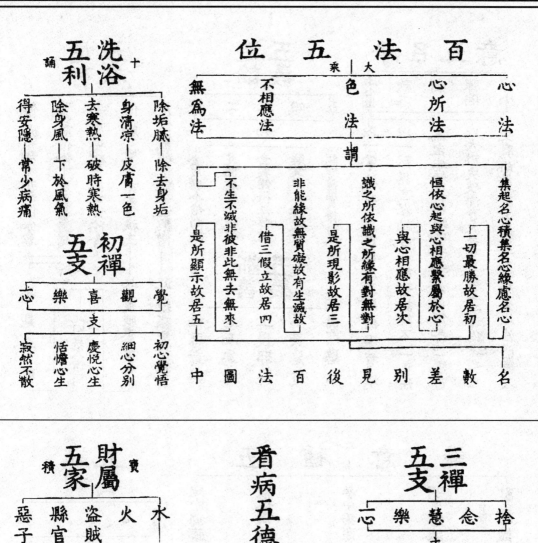

戒葷五章

統紀

- 一名體會異——葷而非辛如奧菜阿魏是也辛而非葷如薑芥是也是葷是辛即五辛是也
- 二大乘永制——楞伽云臭穢不淨能障聖道亦障人天淨處何況諸佛淨土梵網楞嚴涅槃等大乘經並皆不許
- 三小乘病開——報恩經云七衆不食肉葷辛有病開在伽藍外白衣家服滿四十九日香湯澡浴讀誦不犯罪
- 四方便救過——楞嚴云持此咒時衆破戒罪無問輕重一時消滅縱經飲酒食啖五辛佛菩薩天仙不將爲過
- 五教事證——天竺人食肉五辛者驅出城外誦黃庭忌五辛等曇猷禮天台石梁因毋懷姙葱地上行不可住寺

解脫五義

華嚴疏演

生死　境相　現惑　有　無明——不能縛

五道五苦

諸天壽盡　人中生老病死　畜生吞啖　餓鬼飢渴　地獄焦然——苦

五種生苦

涅槃

初受胎　二至終　三增長　四出胎　五種類

人中五苦

- 母人懷姙從死得生
- 老人顏色敗壞
- 病人困劣
- 死人風刀斷脉
- 犯罪人束縛送獄

欲天五淫

四王忉利　須焰摩　覩史陀　樂變化　他化自在——天

形交　抱持　執手　對笑　相視

頌曰

六欲形交抱　執手笑視淫　四王忉利交　餘四依次分

或云

四王忉利　夜摩　兜率　化樂　他化——天

抱持　執手　對笑　久視　暫視

頌曰

四王忉利共相抱　夜摩執手兜率笑　化樂久視他暫視　此是六天眞快樂

龍有五種（須彌藏經）

- 象龍
- 馬龍
- 魚龍
- 蝦蟇龍
- 蛇龍五龍之長

旁類　正類

又（廣雅）

- 有鱗曰蛟龍
- 有翼曰應龍
- 有角曰虬龍
- 無角曰螭龍
- 未升天曰蟠龍

龍有五苦（僧祇）

- 生
- 眠
- 淫
- 嗔
- 死

五時不免蛇形故名爲苦

鷄有五德

- 頭戴冠　文
- 足搏距　武
- 善敵鬬　勇
- 食相呼　義
- 鳴以時　信

日月五障

- 烟
- 塵
- 雲
- 霧
- 脩羅手

胎中五位

初　二　三　四　五

七日名

- 歌邏邏
- 頞部曇
- 蔽尸
- 羯南
- 鉢羅奢佉

此云

- 凝滑
- 疱
- 凝結
- 凝厚
- 形位

諸根形位四肢皆具足故

楊枝五利（毗奈）

- 口不臭
- 口不苦
- 能除風
- 亦除熱
- 除痰癊

又

- 口滋味
- 除熱
- 除風
- 消食
- 明目

不嚼五過（四分）

- 口氣臭
- 不別味
- 癊不消
- 不引食
- 眼不明

食辛五失

- 生過　熟食發淫生噉增恚
- 天遠　縱能說法諸天遠離
- 鬼近　鬼舐唇吻常與鬼住
- 福消　福德日消長無利益
- 魔集　魔來說法非毀禁戒

末法五亂（法苑珠林）

- 當來比丘從白衣說法
- 白衣居上座比丘處下
- 比丘說法不行聽受
- 魔說爲眞正說爲僞
- 末世比丘畜養妻子

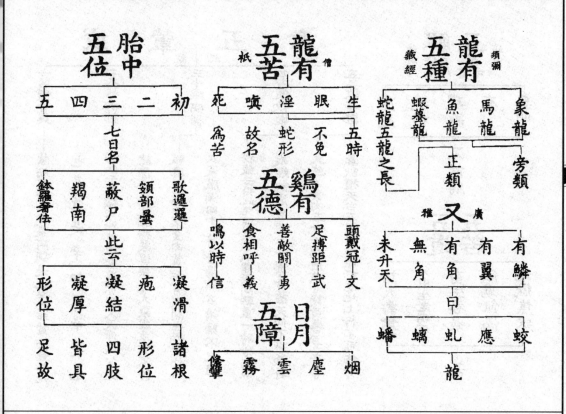

海有五德

- 澄淨不受屍
- 多出奇妙寶
- 受大雨不溢
- 風日不能竭
- 淵深難可測

才有五備

什答 遺書

- 福
- 戒
- 博問
- 辯才
- 深智

初度五人

- 父族三人
  - 陳如 — 亦名俱鄰 — 或名釋摩男
  - 頞鞞 — 亦名馬勝
  - 跋提 — 亦名摩男
- 母族二人
  - 十力迦葉
  - 摩男俱利 — 亦名俱利太子

釋 頞鞞跋提并俱利

籤 此三屬在父之親

頌 陳如十力母之親

曰 初轉法輪先度此

修行五門

起信

- 施
- 戒
- 忍
- 進
- 觀

門

- 財法二施
- 五戒十戒等
- 他人惱不懷報等
- 於諸善事心不懈退
- 止一切境界相分別因緣生滅相

亦名 起信五行

五不赴請

毘奈

爲

- 晏然而居
- 諸天說法
- 觀察病人
- 守護臥具
- 戒制學處

故

五種身病

- 因風 — 非分強作
- 因水
- 因熱 — 忘悞墮落
- 雜病 — 刀杖瓦石
- 客病 — 鬼魅所著

五陰妄想

楞嚴

- 色 — 堅固
- 受 — 虛明
- 想 — 融通
- 行 — 幽隱
- 識 — 虛無微細精想

妄想

五色華梵

- 尼羅 — 青
- 阿盧那 — 赤
- 犍陀羅 — 黄
- 叔離 — 白
- 藍昇瑟拏 — 黑

紫 色

五陰成濁

楞嚴

- 色
- 受
- 想
- 行
- 識

陰

- 見空徧界空見不分 相織妄成 — 劫
- 四性四大礙覺質遷 — 見
- 性發知見容現六塵 — 煩惱
- 知見欲留業運常遷 — 衆生
- 六性相知六用相背 — 命

卽 濁

五陰黏彼湛圓如沙土投於淨水故名爲濁若欲超越者如辯魔中色陰盡等

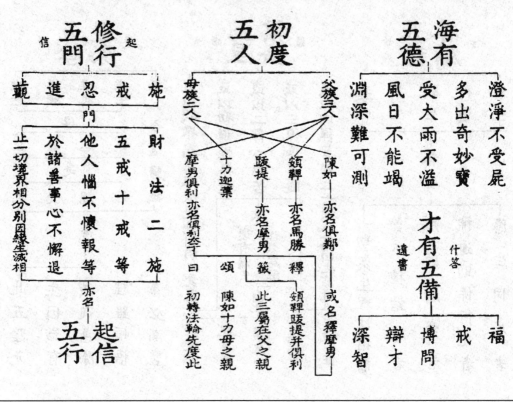

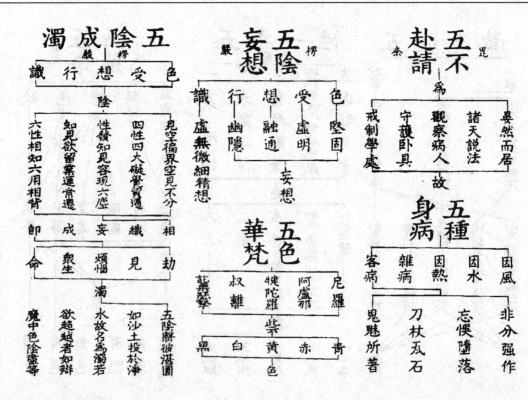

五陰邊際 楞嚴

唯色　唯觸　唯記　唯生

與

空　離　忘　滅

是

色　受　想　行　識

湛入合湛歸識

邊際

此五陰元　生因識有　滅從色除　理雖頓悟　事必漸盡

五涅槃論 楞嚴

或以欲界爲正轉依觀見圓明生愛慕

或以初禪性無憂

或以二禪心無苦

或以三禪極悅隨

或以四禪苦樂二亡不受輪迴生滅性

故　迷有漏天　作無爲解

由此　計度五現涅槃墮落外道惑菩提性

五種眷屬 妙宗

理性　業生　願生　神通　應生

眷屬

一切衆生理性相關

曾下種結緣者

志願所牽者

神通助佛行化者

應生同居者

五事攝界 金剛 附錄

欲　色　想　無想　非有想非無想

欲界　色界　空處　識處　無所有　非非想

無色

三界

四生　有色　無色　有想　無想　非有非無

五乘一性 圓覺

一未成佛

二未斷理障

三發願斷障

四根無大小皆成佛果

五遇邪見者

是

凡夫　二乘　成佛菩薩　如來佛性攝頓漸二不定　外道種

乘性

乘性雖五本唯一覺故名五乘一性也

五別三借

妙玄　簡名別義通

止觀

借別名名通三乘共位

以別名名通菩薩位

別爲菩薩立忍名十地

始終別位以對通位

單借別十地判通斷位

通以別名名通菩薩位

別爲上根菩薩立無生十地

五別　三借

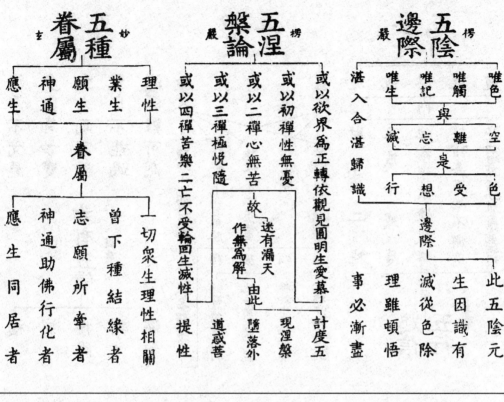

漸中五教 慧觀

- 有相教 阿含 初說有教
- 無相教 般若等 次說空教
- 抑揚教 淨名思益 抑小揚大
- 同歸教 法華 會三歸一
- 常住教 涅槃 佛性常住

又 劉虬

- 人天 提謂
- 有相
- 無相
- 同歸
- 常住

以上四 同上

土有五種 華嚴經疏

- 法性土 諸土從緣唯一法性
- 雙泯土 性相俱寂猶若虛空
- 俱性相土 隨衆生心性相俱存
- 融三世間土 情器正覺互融無礙
- 總攝土 隨舉一土則攝一切

又 華嚴經疏

- 法性土
- 自受用土
- 色相土
- 他受用土
- 變化土

擊鐘五事 三千威儀

- 一常會時 說四羯磨講法等集五十四下謂之一通
- 二旦食時 八下即小食時
- 三晝食時 同上一通即中食時
- 四暮投盤時 同上一通如今昏鐘投盤疑是梵語
- 五無常時 多少隨時謂人臨終聞鐘聲生善

五種土體 華嚴經疏

法性、自受用、色相、他受用、變化 土 以

- 清淨眞如
- 根本眞智
- 根本淨識
- 後得智所現四塵
- 成事智所現諸事

為體

問有五種

- 利樂有情問 方便問也
- 不解問、愚癡問 本分問也
- 試驗問、輕觸問 慢彼問也

重訂教乘法數卷第十五

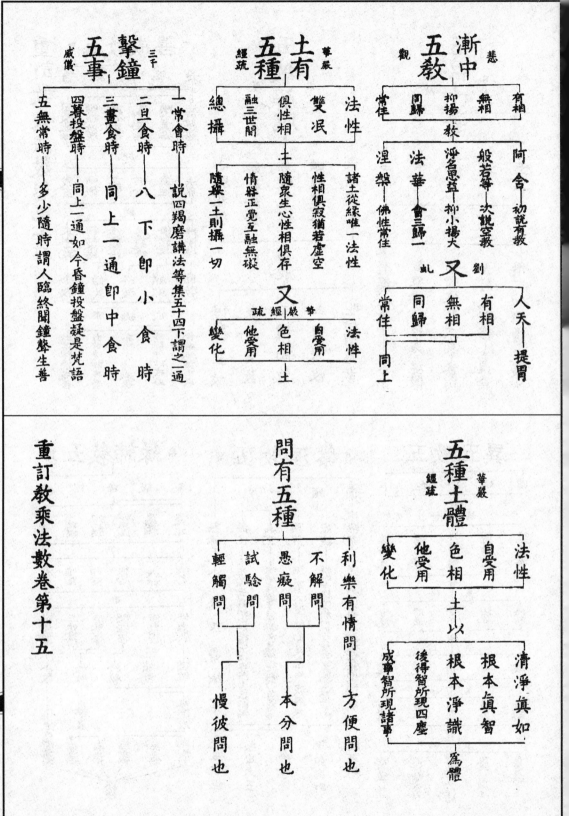

重訂教乘法數卷第十六

五教戒善（賢首宗）

若謂戒善是

因緣生法　唯識所現　真空無相　藏心本真　唯一真性　法界緣起

起

我空　唯識　真空　唯心　真性　法界

觀

求出三界—小教
經劫修行　修無相行—始教
從性起修—終教
修無修行—頓教
稱性圓修—圓教

來攝成

出世粗染戒善
出世淨妙戒善
亦粗亦妙戒善
非粗非妙戒善
普融無盡戒善

五教解脫（賢首宗）

小教粗染　始教淨妙　終教雙亦　頓教雙非　圓教無礙

解脫

但我空故
兼法空故
二種斷故
二習除故
現種習盡故

五品十善（華嚴二地）

下中　上下　上中　上上　上上中上

品

有漏心修—人天因
智慧修心狹劣—聲聞因
因緣修悲心不具—支佛因
大悲大願修—菩薩大行
悟一切種修—成就佛法

五教諦緣（賢首宗）

若謂諦緣是

因緣生　唯識現　如幻現　如來藏　真蘊　法界起

作

我空　唯識　即空　唯心　真如　法界

觀

欲速取滅—小教
三祇修行　速疾約修—始教
順法性修—終教
修圓頓行—頓教
修普賢行—圓教

小教—成生滅四諦十二緣
始教—來攝成—無生　無相
終教　頓教　圓教—來攝成—無量　無生　無作

諦緣

五教涅槃（賢首宗）

小—無餘—小乘灰身泯智
始—無住—唯識云真如出所知障不住生死不住涅槃等
　　真空—涅槃云涅者言不生槃者言不滅不生不滅之義乃名涅槃等
終—真常—涅槃云涅槃即是常樂我淨等
頓—寂滅—楞伽云捨離分別內證聖智我說此是寂滅涅槃等
圓—無礙—涅槃云無障礙義乃名涅槃此是諸佛金剛寶藏

此五教涅槃由上五教諦緣而證如次對配可知

五教五異

小　始　終　頓　圓

教

會異

提謂阿含等　深密般若等　妙智涅槃等　圓覺楞伽等　法華華嚴等

會

佛身異

劣應　勝應　受用　法性　無礙

身

土異

染化　淨化　受用　法性　無礙

土

時分異

隨近短　隨長　隨多少　隨處役　隨無劫

時分

法異

說戒善諦緣法　說法相真空法　說藏心緣起法　說真性寂滅法　說法界無盡法

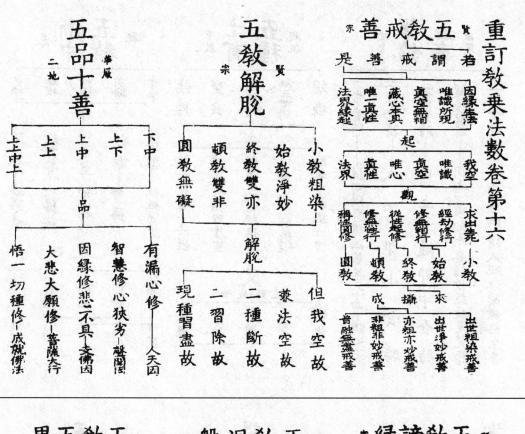

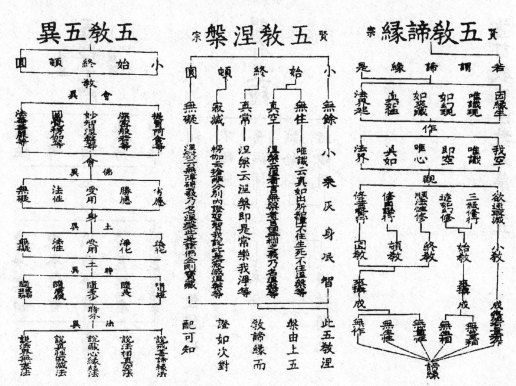

賢五教法相宗

若謂法相是

- 生滅法依六識有起偏真觀求孤調解脫—落小教—成無漏法相—斷煩惱障
- 唯識現依八識有作唯識觀三祇百劫修行—入分教—成唯識法相—斷所知障
- 一切空作無生觀不捨一切—始教空宗
- 藏心起修藏心觀深達實相—性宗實教
- 理實性起真性觀了法性寂—性宗頓教
- 普融無盡作圓融觀事事無礙—性宗圓教

求攝成

- 真空無相—斷所知障
- 真如實相—漸斷二種
- 常寂滅相—頓斷習氣
- 無盡法界相—三惑圓斷

賢五教真性宗

若謂真性是

偏真性　唯識性　真空性　緣生性　無生性　法界性

起

生空　唯識　無相　藏心　法性　十玄

觀

- 斷惑證真—落小教—入我空真如成小乘淨智
- 離計入圓—落分教
- 滅有入無—落始教
  - —入法空真如成大乘一切智
- 背塵合覺—落終教—入不空真如成大乘正徧智
- 離取住實—頓教—入離言真如成一乘不動智
- 妄盡還源—圓教該攝—入一法界大總相真如成智

一乘不思議智

賢五教真空宗

- 若知真空無我我所作苦空觀厭患無常—落小教—成無漏生空—滅分段死
- 若悟真空無諸法相起三空觀不住相離—始教—成俱空—滅變易死
- 若識真空唯遍境有起八識觀捨我執—分教
- 若達真空唯是一心作一心觀依性漸修—終教
- 若悟真空性本離言作法性觀依性頓修—頓教
- 若了真空理實法界作無礙觀稱性圓修—圓教

來攝成

- 二無我空—滅變易死
- 緣起性空—滅亦分亦變
- 無生性空—滅非分非變
- 第一義空—滅無盡死

賢五教心藏宗

若謂藏心是

一意識　阿賴耶　如幻夢　隨緣不變　性本寂滅　總該萬有

作

苦空　唯識　真空　唯心　一性　帝網

觀

- 永捨貪欲—落小教—入空藏成無我無形菩提
- 轉染依淨—落分教
- 滅諸識想—落始教
  - —入不空藏成無染無起菩提
- 體用常真—終實教—入雙亦藏成無常無斷菩提
- 泯絕無寄—頓教來攝—入俱非藏成無作聖行菩提
- 該徹因果—圓教來攝—入無諍藏成無盡法位菩提

賢五教法界宗

若謂法界是

出世法　百法門　十八空　二諦義　一心性　十玄門

起

諦緣　法相　破相　緣性　空性　主伴

觀

- 厭老病死苦諸苦際—落小教—證無爲法界[illegible]清淨無爲性
- 專心佛道修種種行—落相宗
- 心無所著求無上菩提—落空宗
  - —證有爲法界歸無邊不[illegible]性
- 了諸緣起求最上乘—落終教—證亦有亦無法界歸無始隨緣性
- 安住法性猶如虛空—落頓教—證非有非無法界歸[illegible]無斷性
- 盡我盡界說法利生—圓教—[illegible]法界歸無我莊嚴性

五教機轉

小　始　終　頓　圓

教

- 下下凡夫外道
- 二乘下根凡外
- 三乘中根凡外
- 漸乘上根凡外
- 偏教五乘上凡外

轉

凡　小　權　漸　偏

成

聖　大　實　頓　圓

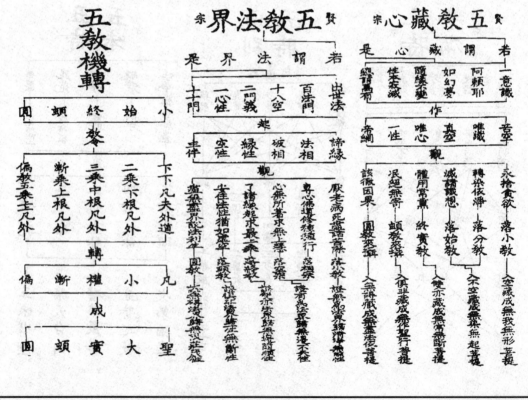

五教權實 賢首宗

小　始　終　頓　圓

教

- 隱實施權
- 權實雙明
- 廢權立實
- 斥權歎實
- 會權歸實

五教佛座 賢首宗

小　始　終　頓　圓

佛

- 生華座
- 天衣座
- 金剛座
- 虛空座
- 師子座

法界五入 賢首宗

- 入樓觀而還合身證
- 鑒無邊之理事智證
- 登同普賢而周徧身智俱存
- 身智相即而兩亡身智雙泯
- 異存亡而無礙身智圓融

入

- 法法界
- 人法界
- 相在法界
- 兩亡法界
- 無礙法界

五人說經 智論

- 佛說—四十九年三百餘會金口親宣者是
- 弟子說—承佛神力加被令說如般若轉教等
- 仙說—從佛入道誓弘佛化饒益有情
- 諸天說—如帝釋於善法堂常爲諸天說般若
- 化人說—如羅云化金輪而度城東老母等

五時五味 天台

- 華嚴—日出先照高山
- 鹿苑—日照幽谷
- 方等—食時
- 般若—禺中
- 法華涅槃—日輪當午

第

- 一時—乳
- 二時—酪
- 三時—生酥
- 四時—熟酥
- 五時—醍醐

五味出涅槃天台用譬華嚴等五時之教次第相生

通別五時

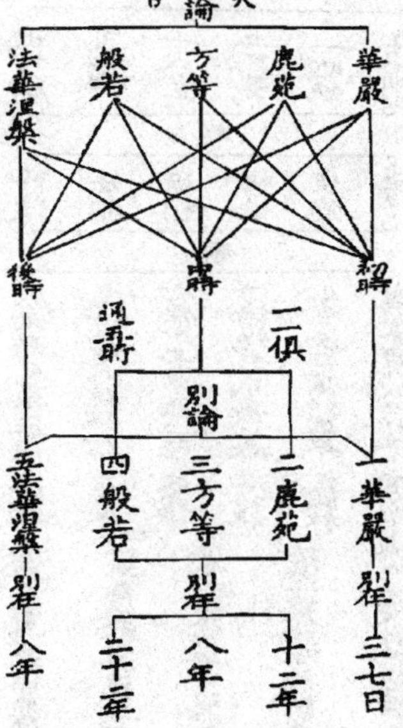

五時半滿

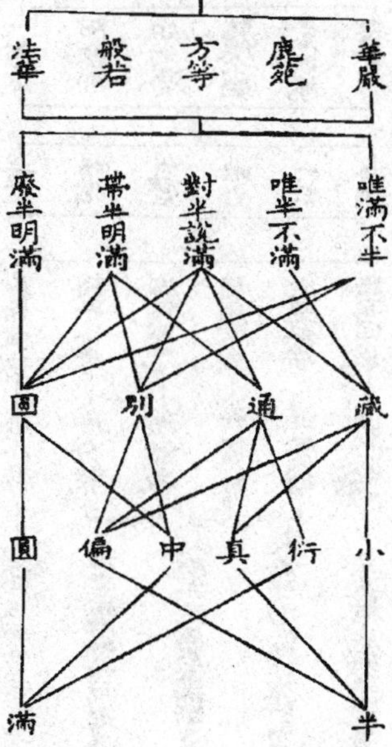

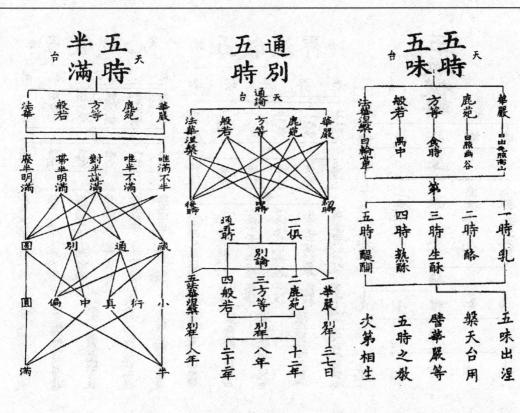

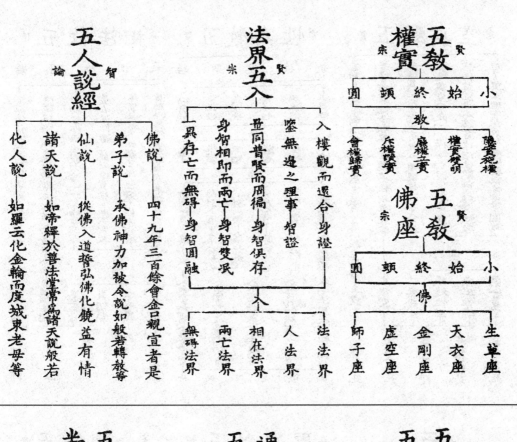

學法有五（賢　宗）

讀　誦　持　念　解

五教儀云　若不學法　不明觀　道亦不通

五法治染（華嚴經疏）

- 持戒治破戒染
- 入禪治貪欲染
- 神通治歸邪染
- 四無量心
- 四無色定

治妄　行功　德染　治邪　定染

五輪三昧

地輪　水輪　風輪　金沙輪　金剛輪

三昧

- 持心不動如地住持一切出生功德如地生長萬物
- 定水潤心增長善根如水潤漬折伏高慢如水柔輭
- 起方便智如風無礙擊發出世善根如風鼓動萬物
- 破見思顯真諦如金破塵沙顯俗諦如沙
- 破無明顯中道如金剛堅利能壞萬物萬物不能壞

此五三昧　俱能摧破　惑業運凡　入聖故通　以輪稱

五時麁妙（天台）

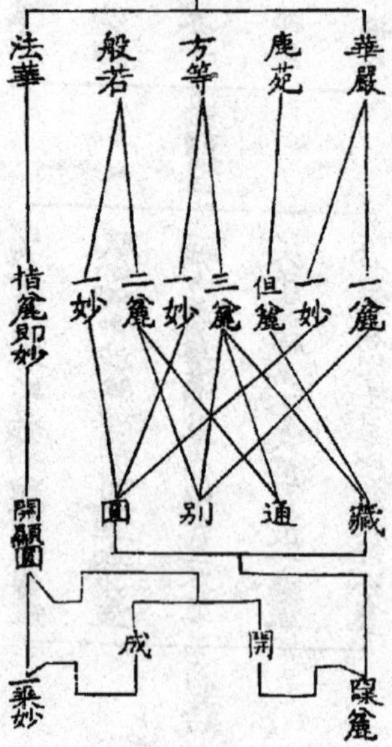

五時收經（天台）

- 華嚴　華嚴經梵網經
- 鹿苑　四阿含等諸小乘經
- 方等　除四時外通收諸大乘經
- 般若　諸部般若經
- 法華　無量義法華普賢觀經
- 涅槃　大涅槃經像法決疑經

五時結經（天台）

- 華嚴　梵網經
- 鹿苑　遺教經
- 方等　瓔珞經
- 般若　仁王經
- 法華　普賢觀經
- 涅槃　像法經

修忍五相（菩　戒）

觀察衆生　觀察法　觀察無常　觀察苦　觀察無我我所

相

- 觀彼歷劫互爲父母等
- 觀彼一切皆即真實等
- 觀能所辱皆悉無常等
- 觀衆生苦起大悲心等
- 觀我我所皆不可得等

由此　觀害　能滅　瞋以　成忍

通有五種（宗　鏡）

道　神　依　報　妖

通

- 入理聖人應緣無碍等
- 靜心照物宿命記持等
- 依憑法術任意無碍等
- 鬼神先知天龍變化等
- 狐狸老變木石精化等

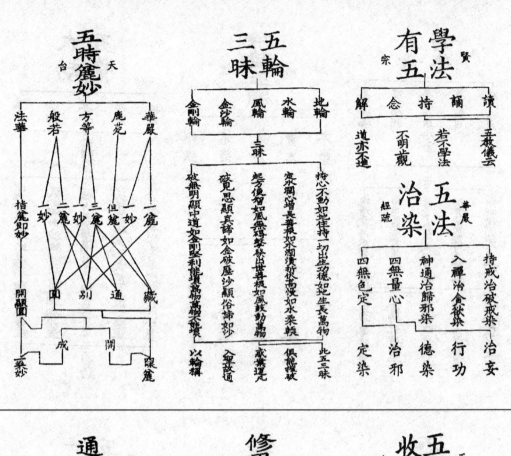

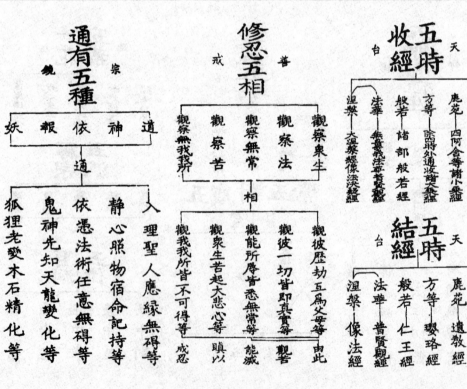

大劫五喻

草木　細沙　芥子　碎塵　拂石

喻謂有六

- 以大千草木寸斬爲籌人間百年取一籌盡
- 殑伽河中沙細如麵人間百年取一沙盡
- 一城方各百里堆滿芥子人間百年取一芥盡
- 以大千界碎爲微塵人間百年取一塵盡
- 一石廣一百里兜率天百年以六銖衣拂一次石盡

爲大劫

徐陵五願

統　紀

- 臨終正念
- 不墮三途
- 人中托生
- 童真出家
- 不墮流俗之僧

陳僕射徐陵聽天台講經立此五願後果爲六祖法華尊者

五奇特夢

因　果

- 夢入大海
- 夢枕須彌
- 夢海中衆生入身內
- 夢手執日
- 夢手執月

表

- 現居生死海未登涅槃岸
- 將出生死海當登涅槃岸
- 當於塵勞海爲衆生依處
- 用智慧光明導迷歸覺路
- 用施清涼法化衆離熱惱

經云世尊往昔普光佛時號善慧比丘居山修道得五種奇特夢以白普光普光如來爲解所夢之相

一花五葉

傳　燈

達磨傳法偈

我本來茲土
傳法救迷情
一花開五葉
結果自然成

禪宗五派

臨濟　曹洞　潙仰　法眼　雲門

派

曹洞五位

- 正中偏
- 偏中正
- 正中來
- 兼中至
- 兼中到

佛降生五瑞

- 放光普照大千
- 大地十八相動
- 魔宮隱蔽
- 日月無光
- 天宮殿皆悉震動

五戒對五常

輔五　行戒

- 不殺 — 仁
- 不盜 — 義
- 不邪淫 — 禮
- 不妄語 — 信
- 不飲酒 — 智

五常

五無間種性

楞　伽

聲聞　緣覺　如來　不定　各別

無間種性

各別即外道佛及衆生同一法性初無有間機緣有異故分爲五

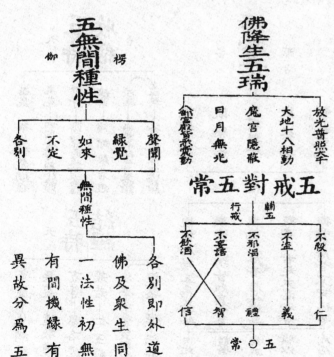

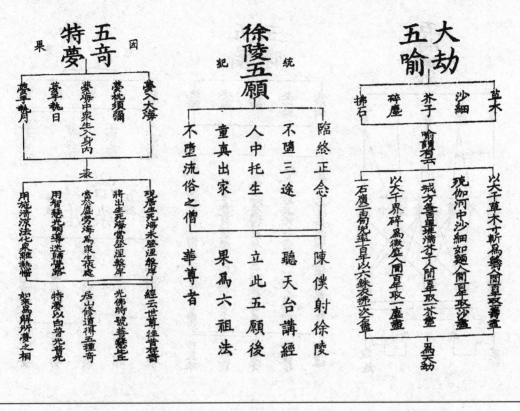

五印度論師（翻譯名義）

- 馬鳴造起信莊嚴等論
- 提婆造百論大丈夫等論
- 龍樹造中觀大智度等論
- 童受
- 室利邏多此云勝受

二師製作名義不出

五馬喻五悟（淨名什注）

- 見鞭影
- 得鞭乃
- 錐刺皮
- 錐穿肌
- 錐徹骨

調伏喻

- 但見他身無常
- 見知識
- 見兄弟親戚
- 見父母
- 見自身

其心便悟無常其心乃悟

旋繞有五事（三千威儀）

- 低頭視地
- 不得踏蟲
- 不左右視
- 不得唾地
- 不與人語

五種菩薩行

- 羊乘行
- 象乘行

不決定

- 日月神通
- 聲聞神通
- 如來神通

乘行決定不退

旋繞得五福（提謂）

- 得端好色
- 得好聲
- 得生天上
- 生王侯家
- 得泥洹道

不分教五意

- 理本一味殊途同歸
- 一音普應一雨普滋
- 原佛本意爲一事
- 隨一一文衆解不同
- 多種說法成枝流

故

修止觀五意（小止）

- 一對治初心麤散
- 二對治心沉浮病
- 三隨便宜
- 四對治定中細心
- 五爲均齊定慧

爲斯五意故修止觀

王臣居處五（消災經注）

- 天子君臨天下
- 諸侯五等分疆建國
- 卿大夫九卿有家
- 元士邑二十夫
- 庶人里大有采邑

五教詮三觀（賢宗）

- 小、始　詮顯真空
- 終、頓　詮顯理事
- 圓　詮顯周徧

觀中所具義理

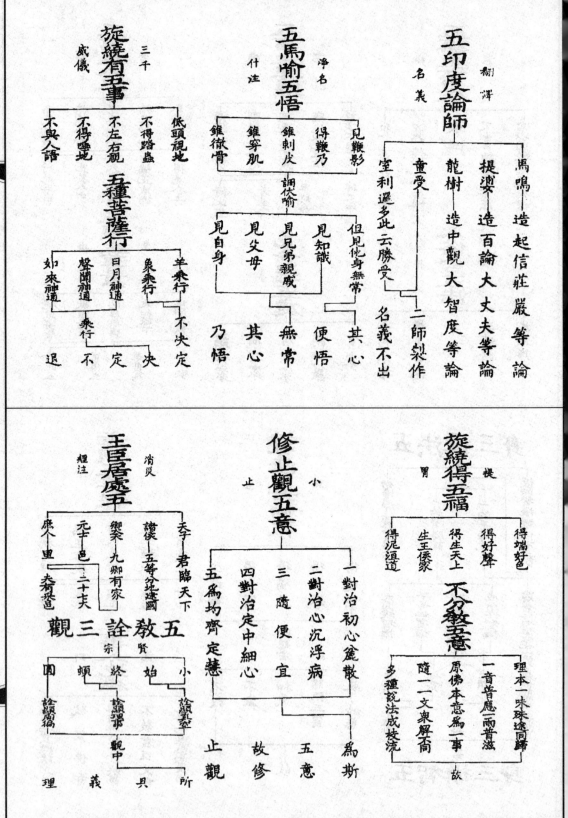

五事生人王（辨意）

- 布施貧窮
- 持戒不惡
- 忍辱不亂
- 精進勸化
- 奉孝盡忠

行此五事生於人中大富長壽端正威德得為人王

五事生尊貴（辨意）

- 施惠普廣
- 敬禮三寶
- 忍辱無瞋
- 柔和謙下
- 博聞經戒

行此五事得生尊貴為人所敬

五事入地獄（辨意）

- 不信三寶毀謗正道
- 破壞佛寺
- 轉相誹謗不計殃罪
- 不敬君臣父母
- 已得為道貢高慢師

五事生卑賤（辨意）

- 憍慢不敬二親
- 剛強無恭恪心
- 放逸不禮三寶
- 竊盜以為生活
- 負債不還

行此五者生卑賤奴婢之中

乞食遠五處

- 娼伶家
- 淫女家
- 沽酒家
- 旃陀羅
- 官家

孝順五善報

- 少病安隱
- 端正容貌
- 有大威勢
- 生上種族
- 多有資生

不孝返此招五惡報可知

說法五福報（五福）

- 生長壽
- 得大富
- 得端正
- 得名譽
- 得聰明

由聽者

- 不殺
- 不盜
- 和氣
- 歸依三寶
- 曉了妙慧

故

五事生畜生（辨意）

- 犯戒私竊
- 負債不還
- 殺生
- 不喜聽受經法
- 常以因緣艱阻齋會

入俗舍五法（律文）

- 入門小語
- 攝身口意
- 卑躬
- 善護諸根
- 威儀庠序

五法攝三身

- 初清淨法界攝自性身
- 後四智攝報化有二說
  - 一約增勝說
    - 大圓鏡智攝自受用報身
    - 平等性智攝他受用
    - 妙觀察智二身中說法
    - 成所作智攝三類化身
  - 二約平等說
    - 四智各能通攝報化以佛智自在俱能變現諸身影像故

變

五智攝三身

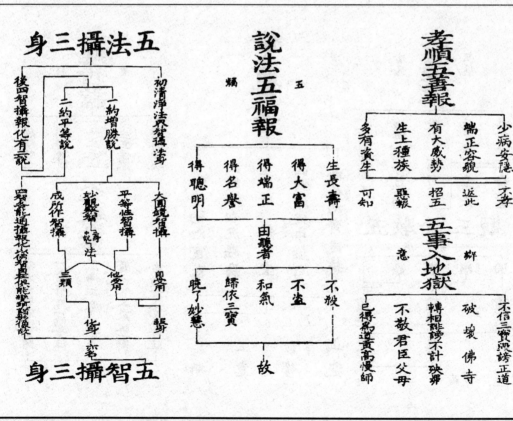

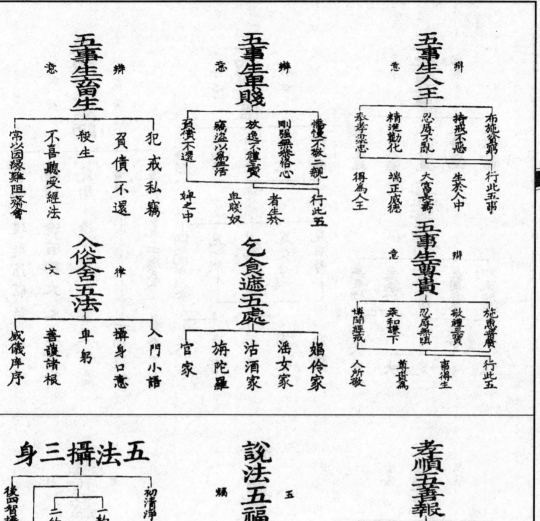

五陰對四德

色　受　想　行　識

常　樂　我　淨

諸天五死相　大論

- 華冠萎
- 腋下汗出
- 蠅來著身
- 更有天來坐已座
- 自不樂本座

諸天五衰相　涅槃

- 頭上花萎
- 腋下汗出
- 衣裳垢染
- 身體臭穢
- 不樂本座

此五必死名爲大五衰相

又　俱舍

- 衣服絕香
- 身光忽滅
- 浴滴沾身
- 本性囂馳
- 兩目眴動

此小五衰遇勝緣猶可轉

方色喻五道　圓覺經疏

- 西—白—天—純善白業所感
- 中—黃—人—不在樂不在苦
- 北—黑—地獄—由黑惡業所感
- 東—青—餓鬼—饑瘦面多青色
- 南—赤—畜生—血途之道赤故

身五種不淨　大論

- 生處
- 種子
- 自性
- 自相
- 究竟

不淨

- 不從蓮花生
- 父母邪想有
- 四大不淨聚
- 常流出不淨
- 終必歸死處

五道自爾法

- 地獄—色斷還續
- 畜生—能飛虛空
- 餓鬼—施摶食時能到人中
- 人中—三種
  - 有勇健者—不見果而廣修因
  - 具念力者—久遠所作而能憶
  - 修梵行者—得解脫道之證
- 天中—自然之樂所須即得

五戒善生六天　辨意

- 不殺物命
- 賢良不盜
- 貞潔不犯外色男女
- 誠信不欺譺口四過
- 不飲酒

即正法

- 不殺
- 不盜
- 不淫
- 不妄語
- 受世間戒奉佛戒

- 四王天
- 忉利天
- 夜摩天
- 兜率天
- 化樂他化

辨意名五事正法名五戒

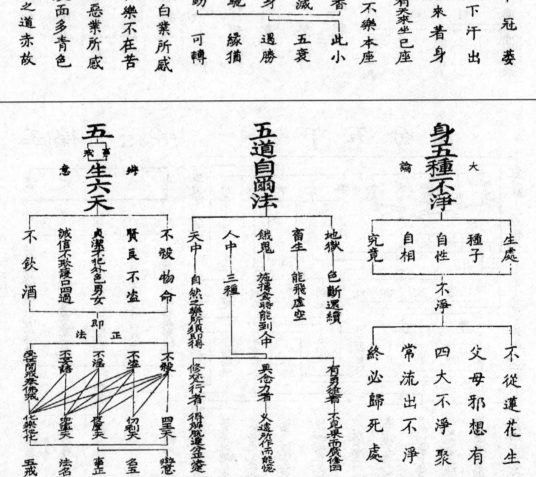

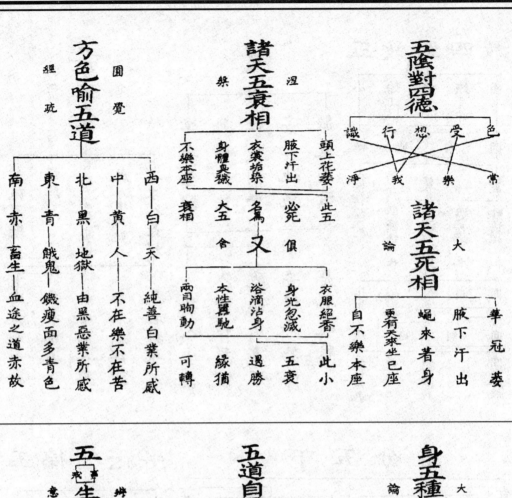

五事生人中

辯意

- 至誠不欺人
- 誦經
- 護口不謗聖道
- 教人遠惡就善
- 不求人長短

生於人中口氣香潔身心安樂爲人稱譽不爲誹謗是名好報

又

- 常無至誠
- 誹謗說法
- 輕試同學
- 妄作他過
- 鬪亂兩舌

生於人中被人謗憎形體醜惡心意不安懷於恐怖是名醜報

五教對四教

圭山

- 小 — 藏
- 始（空、相） — 通
- 終 — 別
- 頓 — 別
- 圓 — 圓

- 藏：相宗修行行布歷別故
- 終教：依藏性顯義、空寂歷別故
- 頓教：迥顯本寂、融性相攝故

又

長水

- 小 — 藏
- 始（空、相） — 通
- 終 — 別
- 頓 — 別
- 圓 — 圓

- 終對雙照義
- 頓對雙遮義
- 圓對同時義

五徧行心所

百法

- 作意
- 觸
- 受
- 想
- 思

謂

- 警覺應起心種爲性引心令趣自境
- 念心所觸境爲性受想思等所依
- 領納違順俱非境相爲性起欲
- 於境取相爲性施設種種名言
- 令心造作爲性於善品等役心

爲業

此五名徧行者謂作意等於三性八識九地一切時能徧得行故

上下五分結

- 下五分結（三見二思）：身見、戒取、疑、貪、瞋
  - 攝：能疑、所慢
  - 三界見：身見、邊見、戒取、見取、邪見（五利使）
  - 貪、瞋、癡、慢、疑（五鈍使）
  - 牽生四趣、牽生欲界、欲界思
- 上五分結（二思無見）：掉舉、慢、無明、色染、無色染
  - 貪、癡、慢
  - 上界思，牽生上二界
  - 舉：貪、瞋；攝：癡、慢

身攝邊見戒攝取

邪見元從疑惑生

四鈍皆由利使生

是故三結攝見盡

○此頌欲界見惑

癡起貪瞋三生慢

舉二攝二生欲思

○此頌欲界思惑

無明即癡染即貪

掉舉徧三俱定攝

○此頌上界思惑

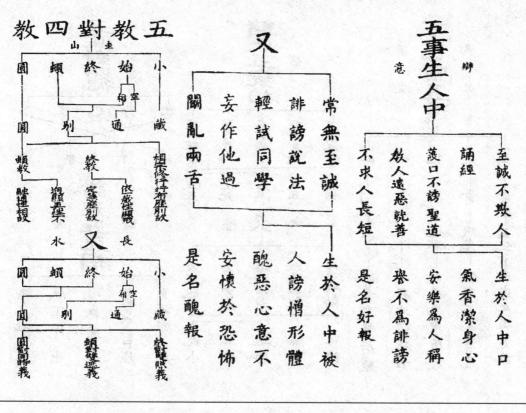

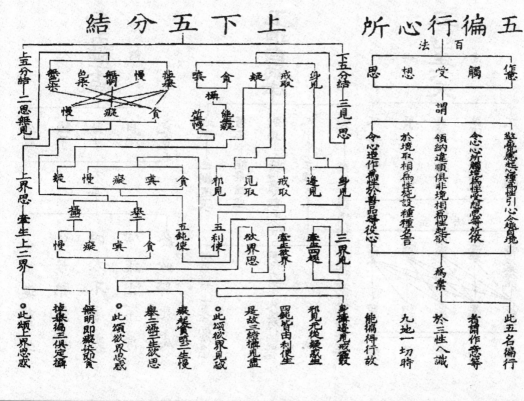

五别境心所 百法

欲　解　念　定　慧

謂

- 於所樂境希望爲性勤依
- 於決定境印持爲性不可引轉
- 於曾習境令心明記不忘爲性定依
- 於所觀境令心專注不散爲性智依
- 於所觀境揀擇爲性斷疑

爲業

此五名别境者謂欲等於所樂決定曾習所觀等境各緣不同故

修多羅譯五義

經　論　法本　線　善教

天台以經爲正如周孔之五經故以經翻修多羅餘爲旁義

大師五種功德 瑜伽

- 戒行無悞失
- 善建立法
- 善制所學
- 立制中能斷
- 教授出離

安居須離五過

- 太遠聚落求須難得
- 太近城市妨修道業
- 多蚊蝗嗜嚙踐傷彼命
- 無可依人 共人具五德乃可依之
- 無施主施飲食湯藥

持律得五功德 四分

- 戒品牢固
- 善勝諸怨
- 於衆中決斷無畏
- 疑悔者能開解
- 能令正法久住

引經獲五勝果 光明

- 壽—一期受報運持不斷
- 色—顏色鮮白
- 力—勇猛精進
- 辯—樂説無礙
- 安—六根調適

藏通三乘五同

聲聞　緣覺　菩薩

同

- 斷四住
- 出三界
- 證偏真
- 行三百由旬
- 入化城

入聖位離五怖 婆沙

謂既入聖位

- 尚不愛身何況財物
- 不求供養専施衆生
- 世無與等何況有勝
- 遠離我見無有我想
- 自知死已決不離佛

則能離

一不活　二惡名　三大衆　四死　五惡道

畏

五畏義見前

持呪須斷五事 尼集

不

- 食肉
- 飲酒
- 食五辛
- 行慾
- 於不淨家食

五難障修淨業 淨土十疑

- 外道相善亂菩薩法
- 無賴惡人破他勝德
- 顛倒善果能壞梵行
- 聲聞自利障於大慈
- 唯有自力無他力持

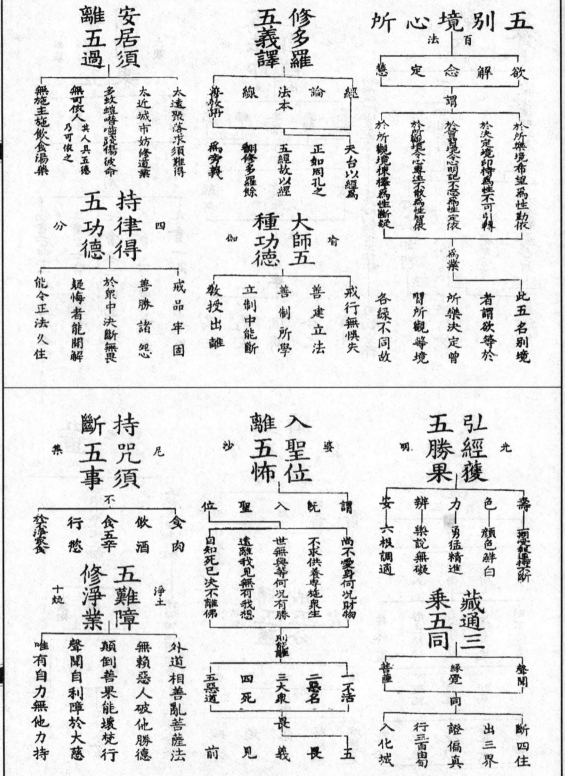

華嚴五周因果（華嚴大疏）

所信　差別　平等　成行　證入

因果周

初會六品十一卷

二會至七會二十九品三十七卷

七會末二品四卷

八會一品七卷

九會一品二十一卷

五法即三自性（楞伽）

五法：名　相　妄想　正智　如如

即

緣起　妄想　成

三性：自性

爲三爲五，但開合之異耳

華嚴教義分齊（依起）

初唯依一心爲本源　是心則攝世出世法　圓教分齊

二依一心開二門　心真如門　心生滅門　頓教分齊

三依生滅明二義　一覺義謂心體離念等　二不覺義謂不覺知真如等　終教分齊

五重（起信懸談判）

四依不覺生三細：業相　轉相　現相

破相　唯識　始分教分齊

五依現相生六粗　謂智相相續相等　小教分齊

五戒對攝十善（消災經注）

不殺　不盜　不淫　即身三善

不妄語　攝口四善

不飲酒　攝意三善

轉五蘊成五分（請觀音經疏）

轉：色　受　想　行　識

蘊成：戒分　定分　慧分　解脫分　解脫知見

食施五義五福

施五義：命　色　力　安　辨

謂人不得食則：壽終盡　形色憔悴　身羸力弱　心愁身危　困不能言

智者能施則爲：施命　施色　施力　施安　施辨

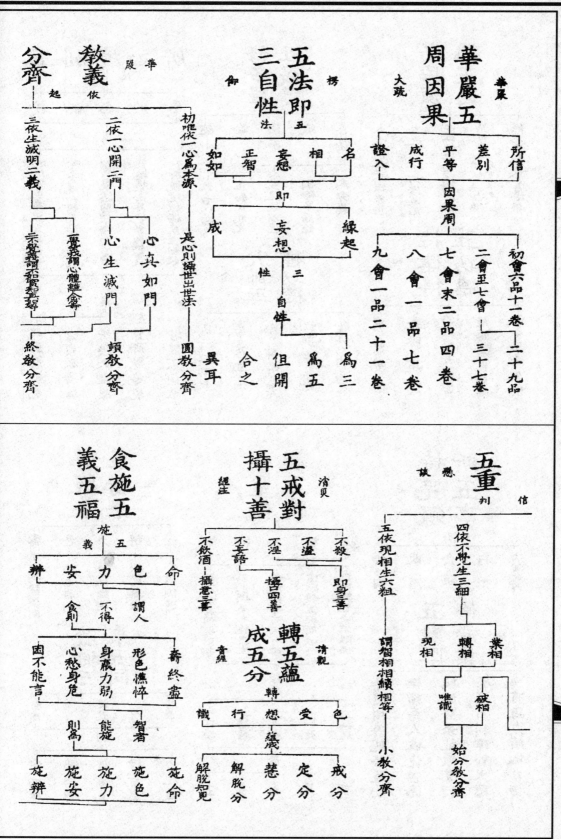

感五福
- 長壽財富
- 端正人見歡喜
- 多力終無耗減
- 安隱不遇災患
- 通達人採法言

又
- 開前富壽去後通達爲五
  - 富
  - 壽
  - 顔澤
  - 多力
  - 身安

五種隨順覺性

圓覺

- 凡夫—勞慮永斷淨解爲礙—即信位
- 菩薩未入地—雖斷解礙猶住見覺—即三賢
- 已登地—常覺不住照所照寂—即十地
- 如來—一切平等諸相如空—即佛果
- 忘心—忘心入覺成真隨順—徹因果

隨相—漸修

離相—頓修

就機深淺，恐存分別

如華嚴
- 先說差別 位地因果
- 後以平等 因果融之

布施五

要

- 勝劣
  - 田勝財劣—貧女一錢施大衆得福多
  - 財勝田劣—如以寶施畜
  - 田財俱勝—如以寶施佛
  - 田財俱劣—如以草施畜
- 輕重
  - 心重財輕—貧女一錢施大衆得福多
  - 財重心輕—王夫人慢心以寶施佛得福少
  - 心財俱重—准上
  - 心財俱輕—可知
- 染淨
  - 施者清淨受者不清淨—如須達拏
  - 施者不淨受者清淨—花奉上釋迦
  - 空心不空境
  - 空境不空心

種相對

集

- 施受
  - 施受俱淨—差佛前後
  - 施受俱不淨—三句可知
- 多少
  - 施少得少福—愚人祭祀施多福少
  - 施少得多福—慈心供道人施少福多
  - 施少得少福—惡意施邪命施少福少
  - 施多得福多—建塔奉佛施多福多
- 心境
  - 心境俱空—准上
  - 心境俱不空—可知
- 知其財
- 施得富
- 弘多樂
- 捨得福
- 雖學空
- 觀惜財
- 不施還
- 得貧報

日月五風所持

起世

- 持
- 住
- 隨順轉
- 波羅訶迦
- 將行

風
- 能令不墜
- 能令安住
- 能令順行
- 此云攝—能令攝令
- 能令得中

又
- 持
- 養
- 受
- 轉
- 調

風

五力唯識不判

- 定
- 通
- 大願
- 法威德
- 借識

力
- 如來大寂定力
- 神通自在之力
- 如來大願之力
- 佛法威德之力
- 如二禪無語言尋伺借初禪三識爲用

此五力者乃聖人不思議境界不與心識相應唯識所以不判

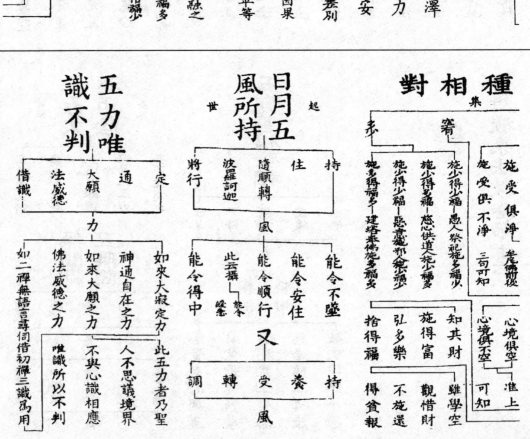

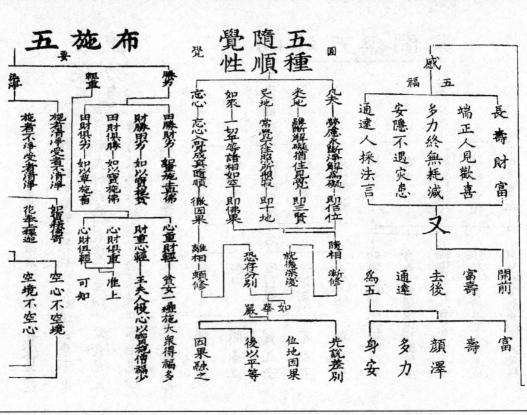

袈裟五種功德

- 入我法中犯重邪見等於一念中敬心尊重此袈裟故必於三乘受記
- 天龍鬼神若能敬此袈裟少分即得三乘不退
- 若有鬼神諸人得袈裟乃至四寸飲食充足
- 若有衆生共相違背念袈裟力尋生慈心
- 若持此少分恭敬尊重常得勝他乃至龍披一縷皆免金翅鳥難

内外五無間業

内五無間業

- 斷無明
- 斷貪愛
- 斷微細習使
- 破陰集
- 破七種識

名

- 殺父
- 殺母
- 害阿羅漢
- 破和合僧
- 出佛身血

謂證無間等眞實之法不入五無間獄

外五無間業

- 殺父
- 害母
- 殺羅漢
- 破和合僧
- 出佛身血

即墮五無間獄如調達出佛身血殺阿羅漢破羯磨轉法輪僧教闍王殺父害母五逆俱犯一日行至王舍城邊地自然裂火車來迎生入地獄

五力不遮中陰 諸經要集

五力同上謂業牽中陰受生迅速雖諸佛具此五力亦不能遮也

無間獄五無間

- 趣果
- 受苦
- 時
- 命
- 形

無間

- 捨身生報
- 中無樂
- 定一劫
- 中不絕
- 一人多人皆滿

故

五觀善根發相 小止

- 數息
- 不淨
- 慈心
- 因緣
- 念佛

觀善根發相

- 忽覺身心調適
- 自然厭患所愛
- 徧於衆生起慈
- 忽悟緣生之法
- 敬愛諸佛不捨

重訂教乘法數卷第十六

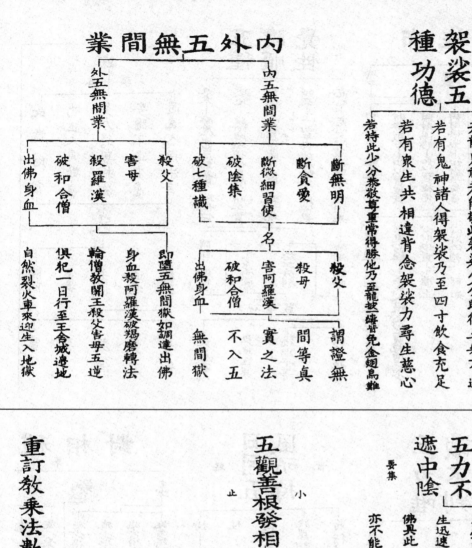

重訂教乘法數卷第十七

佛觀五事降生

- 一觀衆生根器熟與未熟
- 二觀時節至與不至
- 三觀國土何處居中
- 四觀種族何族最勝
- 五觀過去因緣誰應爲父母

菩薩五種自在 寶積

- 壽命延促自在
- 隨類受生自在
- 神通業用自在
- 覺觀自在
- 所須果報自在

菩薩生有五種 地持

- 息苦生　爲息衆生苦故隨於彼彼一切處受生
- 隨類生　願力自在力故隨於彼彼一切類受生
- 勝生　隨所受身壽命色力果報勝過一切
- 增上生　在所生處最爲增上如作閻浮提王等
- 最後生　萬行滿足生刹利婆羅門家即得成佛

五教經 五教

- 圓教　華嚴經
  - 法界觀　杜順作
  - 華嚴三昧觀
  - 華藏世界觀
  - 妄盡還源觀　賢首作
  - 泯相澄神觀
  - 起幻消塵觀
  - 絕待靈心觀
  - 二十五輪觀　圭峰作
- 頓教　圓覺經
- 終教　起信論
  - 三聖圓融觀　清涼作
  - 法相觀　廣
- 一切經論　皆有觀門　賢宗諸祖　亦皆教觀

論觀門 儀註

- 始教　唯識論
  - 遣虛存實觀
  - 捨濫留純觀
  - 攝末歸本觀
  - 遣相證性觀
  - 相宗
- 小教　阿含經　俱舍論
  - 大悲觀
  - 大願觀
  - 精進觀
  - 四諦觀
  - 緣生觀
  - 小乘宗
- 如　并行略舉
- 疏　如是爲遮
- 記　他宗有教　無觀之難

始生天有五相 正法

- 念無衣服　不知光明覆身自念裸形爲他所恥
- 欲見園林　見彼一切俱有獨無園林而徧觀看
- 見天女生慚　不知爲供娛樂心生羞慚未敢正視
- 見餘天生疑　不知是已流類心生疑慮不敢近前
- 升空生怖　欲升虛空心生怖畏設飛不敢高遠

國王五法可愛 王法正論

- 恩養蒼生
- 英勇具足
- 善權方便
- 正受境界
- 勤修善法

五法退失菩提 涅槃

- 樂在外道出家
- 不修大慈之心
- 好求法師罪過
- 常樂處於生死
- 不喜讀誦經典

衆生恃怙五事

- 恃怙年少血氣剛強恣意爲非——不顧——衰老
- 恃怙形貌端正於人取相生欲——不顧——老醜
- 恃怙力勢強勝於人任作威福——不顧——衰殘
- 恃怙才器妄自尊大輕藐於人——不顧——禍患
- 恃怙種族尊貴高顯侮慢於人——不顧——否敗

敬禮佛得五種功德

- 端正——見相好生尊上故
- 得好聲——歌詠佛等正覺故
- 多饒財——以香花爲供養故
- 生處高貴——以膝著地長跪禮故
- 生天上——以念佛功德法應爾故

聲聞乘與大乘五異

大莊嚴論

- 發心
- 教授
- 方便
- 住持
- 時節

異

- 聲聞
  - 發心、教授、方便——皆爲自得涅槃故
  - 住持亦少　福智聚小
  - 時節亦少　三生得解脫
- 菩薩
  - 發心、教授、方便——皆爲利他故
  - 住持亦多　福智聚大
  - 時節亦多　經三阿僧祇劫

人有五惑不求淨土

指歸

- 知出家美不願往生
- 願參知識不欲見佛
- 既親叢林不慕海衆
- 流轉促景迷彼長年
- 以已凡品擬大菩薩

受菩薩戒獲五種利

梵網

- 一者十方佛愍念常守護
- 二者命終時正見心歡喜
- 三者生生處爲諸菩薩友
- 四者功德聚戒度悉成就
- 五者今後世性戒福慧滿

阿羅漢遇五違緣退

- 長病
- 遠行
- 諫諍
- 營事
- 讀誦

又

大樂論

- 多事
- 說世事
- 睡眠
- 近在家
- 多遊行

五陰對三因成三德

色　受　想　行　識

正因　了因　緣因

轉成

法身　般若　解脫

聽法不作五種異想

不因法師壞戒作異想
不以法師族微作異想
不以法師色陋作異想
不以辭不文故作異想
不以言不美故作異想

初度五人者有五意

人先見諦
人是現見人爲證
佛所行事業與人同
諸天從人中得善利
人中有四衆
故

僧受食以五事呪願

色　力　命　安　辯

上座應頌云
施者受者
俱獲五常
色力命安
得無礙辯

犯五戒被五星陵逼

消災經注

昔犯

殺戒　盜戒　淫戒　妄語　飲酒

今被

木　金　火　土　水

星陵逼

夭傷身命
貧窮下賤
王法加刑
出語不信
愚癡聾瘂

午後不食得五種利

增一

少淫
少睡
得一心
無下風
身安無病

師長以五事視弟子

長含

順法調御
誨其未聞
隨問令解
示其善友
誨授不悋

又　莊嚴論

度令出家
與其受戒
禁斷諸惡
攝持以財
教授以法

弟子以五事事師長

尸迦越經

當敬畏之
當知其恩
所教隨之
愛念不厭
當後稱譽

又　長含

給視所須
禮敬供養
尊重戴仰
師教無違
聞法不忘

弟子五事師當教訶

毘柰

不信
懈怠
惡口
情無羞恥
近惡知識

五事有一皆須教訶

教訶之法亦有五種

不共語
不教授
不同受用
不與依止
不與同房

沙彌有五事不白師（寄歸）

- 嚼齒木
- 飲水
- 大便
- 小便
- 界內四十九尋內制底畔睇

除此五事不白，餘一一白乃行

大比丘五事故經營

- 報佛恩
- 長養佛法
- 滅凡劣衆自貢高
- 將來弟子折伏憍豪
- 發啟將來福業

故律中比丘自營精舍

大乘止觀五番建立

一 依止　二 境界　三 體狀　四 斷得　五 作用

明止觀

薄拘羅有五不死報（付法藏經）

- 母置熬盤
- 復置釜中
- 又推落水
- 被大魚吞
- 刀破魚腹

不死

薄拘羅此云善容，昔持不殺戒，今感一百六十歲無病不夭，有五不死。或云毗婆尸佛時，曾以訶梨勒果施辟支佛，自爾九十一劫無病無夭。

修忍辱行具五種力

- 具如響平等智力——被人捶打而不瞋恚
- 具鏡像平等智力——被人惱害而不加報
- 具如幻平等智力——被人瞋呵而能忍受
- 具世法清淨平等智力——世間八法所不能動
- 具清淨平等智力——一切煩惱皆不能染

菩薩聽法作五種想

- 一作寶想——希有難得故
- 二作眼想——除昏生智故
- 三作明想——如日等照故
- 四作大果勝功德想——能得轉依果勝功德故
- 五作無罪大適悅想——滅罪生福故

五篇罪配五刑五行（律文）

波羅夷	僧殘	波逸提	提舍尼	突吉羅
杖	笞	死	流	徒
土	水	金	火	木

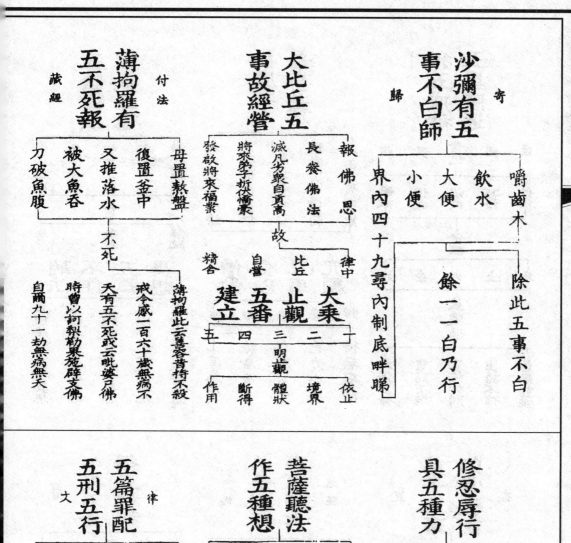

四分

五法不得作受戒師

無信
無慚
無愧
懶惰
具此四法自不能持
由此不得作受戒師與人受戒
多忘—忘失戒相不明開遮

修大涅槃能得五事

不聞得聞—始聞佛性故
聞已利益—不久證果故
能斷疑惑—聞名思義故
慧心正直—造理真實故
能知如來秘藏—即大涅槃

菩薩六度

檀那
尸羅
羼提
知實相
起慈悲—拔苦與樂
發願—得無上果
三輪體空—施
罪不可得—戒
心能安忍—辱

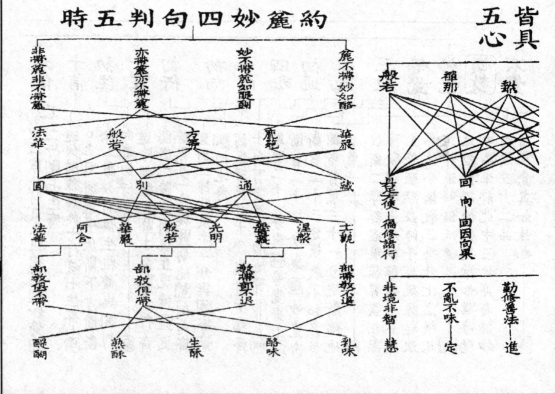

皆具五心

般若
禪那
毗梨
具足方便—徧修諸行
回向—回因向果
勤修善法—進
不亂不味—定
非境非智—慧

約麁妙四句判五時

麁不帶妙如酪
妙不帶麁如醍醐
亦帶麁亦不帶麁
非帶麁非不帶麁

華嚴
鹿苑
方等
般若
法華

藏
通
別
圓

大觀
涅槃
瓔珞
光明
般若
華嚴
阿含
法華

部帶教不帶
教帶部不帶
部教俱帶
部教俱不帶

乳味
酪味
生酥
熟酥
醍醐

賢首五教斷證之圖

本覺位五教俱不覺
圓覺位小則羅漢辟
支及佛後四俱妙覺
始覺位從發心及於
等覺此中復有三位
一名字覺位小發心
至停心始等俱十信
二相似覺位小別相
至世第一後四俱三
賢四加三隨分覺位
小初果至三果始等
俱十地等覺其間高
下階級不等亦隨當
教斷證以釋故此三
覺五位能判教相之
權實也

三五位別
一覺性同

別教一乘
無盡妙覺
根本佛性
但能悟知
頓圓妙覺

無障礙法界

本覺—住性佛性—離染法界位
始覺—引出佛性
圓覺—至得佛性—純淨法界位
三覺五位
出起信論
染淨法界
位
名字覺位
相似覺位
隨分覺位

圓教
此教斷證如拆錦花如鎔金獅初住至妙品數準終但此三地超頓妙覺便有六十二品
不覺
謂不覺法界性也 本
發心
發普賢廣大行願心也 名
初信
除煩惱分別俱生現與小初果始初地
七信
除所知分別俱生現與小四果始七地終七住頓初住齊

九信
伏二障分別俱生粗種與始妙覺終
十信
進伏細種與終十行頓十住齊 字
○上明圓伏中伏斷下方圓斷
初住
除二障分別俱生粗種與終初向頓初行齊 相
十住
進除細種與終十向頓十行齊
初行
圓斷二障分別俱生現種盡更斷習氣一分與終初地頓初向齊
初向
圓斷二障習氣十一分與終等覺頓初地齊
十向
圓斷習氣二十分與頓十地齊
四加
十向習盡進斷初地習 似
初地
斷習二十一分與頓等覺齊 隨
二地
斷習二十二分與頓妙覺齊
三地
斷習二十三分頓教不知名目
等覺
圓斷習氣三十一分進斷佛地習氣一分 分
妙覺
圓斷二障無盡現種習盡在無障礙法界土成無障礙法界佛坐普融無盡師子座說緣起法界法令偏教三乘并上上根凡夫外道轉偏成圓也 圓
頓教
此教斷證如狂迷歇如睡夢覺本品準前此中三地亦超終妙增成五十二品
不覺
謂不覺真如性也 本

- 發心——發內證聖智心也【名】
- 初信——伏二障分別俱生現與【小】加行
  - 【始】第一【終】十信齊
- 七信——除煩惱分別俱生現與【小】初果
  - 【始】初地【終】初住齊【字】
- 初住——○上皆頓伏下乃頓斷中伏斷
  - 除所知分別俱生現與【小】四果
- 七住——【始】七地【終】七住齊【相】
  - 伏二障分別俱生粗種與【始】妙
- 十住——覺【終】二行齊
  - 進伏細種與【終】十行齊
- 初行——除二障分別俱生粗種與【終】初向齊
- 十行——進除細種與【終】十向齊
- 初向——頓斷二障分別俱生現種盡更
  - 斷習氣一分與【終】初地齊
- 十向——頓斷二障習氣十分與【終】十地齊
  - 十向習盡進伏初地習【以】
- 四加——頓斷習氣十一分與【終】等
  - 覺齊【隨】
- 初地——頓斷習氣十二分與【終】妙覺齊
  - ○三地已去終教不知名目
- 二地——頓斷習氣二十一分進斷佛地
- 等覺——習氣一分【分】
  - 頓斷二障現種習盡在法性土
- 妙覺——成法性佛坐虛空座說一乘真
  - 性法令漸教三乘并上根凡夫
  - 外道轉漸成頓也【圓】

- 【終教】——此教斷證如器成金如氷即水
  - 初住至妙每有四十二品勝始
  - 教可知
- 不覺——謂不覺如來藏性也【本】
- 發心——發慈悲深直心也【名】
- 初信——畧伏二障
- 七信——伏二障分別俱生粗現與【小】總
  - 相【始】十向齊
- 十信——伏二障分別俱生細現與【小】加
  - 行【始】第一齊【字】
- 初住——除煩惱分別俱生現與【小】初果
  - 【始】初地齊【相】
- 七住——除所知分別俱生現與【小】四果
  - 【始】七地齊
- 二行——伏二障分別俱生粗種與【始】妙
  - 覺齊
  - ○三行已去始教不知名目
- 十行——伏二障分別俱生細種
- 初向——除二障分別俱生粗種
- 十向——除二障分別俱生細種
  - 伏二障習氣【似】
- 四加——○以上皆明具伏二障中伏斷
  - 向下乃具斷也
- 初地——斷二障分別俱生現種盡更斷
  - 習氣一分【隨】
- 十地——斷二障習氣十分
  - 斷二障習氣十一分進斷佛地

等覺——習氣一分（分）
　現種習盡現受用身土坐金剛
妙覺——座說藏心法令權教三乘并中根凡夫外道轉權成實也（圓）

始教
　此教斷證如鏡離垢如月出雲斷二障滅二死顯二空證二果初地至妙每有十二品
不覺——謂不覺二空法性也（本）
發心——發行度利生心也（名）
十信——初伏二障（字）
十住——雙伏二障中少伏煩惱分別現（相）
　少伏所知分別現
十行——伏除二障分別現相資糧空乾
　慧與小總相念齊
十向——除二障分別現伏分別種及俱
　生現相加行空性地與小世
四加——第一齊（似）
初地——始斷二障分別種進斷俱生種
　現一分相見道空八人見地與小初果齊（隨）
三地——斷二障俱生種現三分空薄欲地與小二果齊
五地——斷五分空離欲地與小三果齊
七地——斷七分空已辦地與小四果齊
八地——斷八分空辟支佛地與小支佛齊
九地——斷九分與小佛果齊
　○十地已上小教不知名目
　斷二障俱生種現十一分進斷
等覺——佛地一分空菩薩地相修習位（分）
　頓斷二障分別俱生種現盡空佛地相究竟
妙覺——位在淨化土成勝應佛天衣座上說空相決令小乘及下根凡外轉小成大（圓）

小教
　此教斷證如木作灰如色歸空斷煩惱障滅分段死顯生空理證偏真果
不覺——凡夫地位覺性本具無明迷障成不覺故此則不覺偏真性也（本）
發心——謂發出界取滅心也（名）　資糧位
五停心——多貪不淨觀多瞋慈悲觀多癡因緣觀多散數息觀多障念佛觀此一位破障（字）
別相念——觀身不淨觀受是苦
　觀心無常觀法無我（相）
總相念——觀身不淨受心法皆不淨乃至觀法無我身受心亦無我
煖位——初觀欲界四諦修十六行
　此上二位唯觀欲界苦諦伏煩惱惑
頂位——用觀同前轉更明朗
忍位——下忍過觀八諦修三十二行中忍漸減緣行乃至一行二刹那在上忍亦唯觀欲界苦於一行二刹那中前一刹那盡
世第一——一行二刹那中後一刹那盡（似）
　伏除分別煩惱　加行位
須陀洹——斷三界八十八使分別見煩惱（隨）　通達位
　斷欲界前六品俱生思
斯陀含——斷欲思後三品進斷上二界七十二品俱生思煩惱（分）　修習位
　斷我執分別俱生煩惱盡證生空

阿那含——理住有餘無餘涅槃　圓

阿羅漢——斷見思煩惱障與聲聞同更侵習氣故居其上餘理果亦同　圓

辟支

佛——從初發心發四弘願三祇百劫修行種相次入補處托胎出家安坐不動發真無漏頓斷見思習氣在染化土成劣應佛生草座上説諦緣法令下下凡夫外道轉凡成聖　圓

無學位

五教斷證總頌略釋

○不覺發心五教齊　隨宗立義不須疑

初二位未見功用故五教俱齊雖云不覺偏真及發取滅心等不過各隨當教宗趣立義不必以此疑其異也

小教資糧伏粗見

資糧者停心至總相初伏見惑粗分

細分伏除加行提

見惑細分於煖頂忍世第一中分伏分除當五位中加行位也

初果通達斷見盡

初果斷三界見惑盡當通達位

二三修習分斷思

二果斷欲思前六品三果後三品盡進斷上思七十一品此二當修習位

無學三位羅思盡　辟支侵習佛無餘

無學三位中羅漢斷盡七十二思辟支更侵習氣佛果斷習故無餘也

○始教十向與四加　伏除二障分別現

二障謂煩惱所知分別約粗分現謂現行十向位伏四加位除故約向加以明伏除謂此二位於二障中但能伏除分別現行障也

小教資加位正齊

小資糧齊始十向四加還齊四加

種子還餘地初斷

上位但除別現尚餘種子入地方斷

俱生種現斷一分

俱生約細分謂既斷分別現種復斷俱生種現一分初

初地與小初果同

地滿與小初果同

三五七八九地分

三地至九地斷俱生種現三分至九分

小教後五位齊平

小教後五謂二果三果四果辟支佛果與上三五七八九地相對故云齊平

自後小教便不知

至始十地小教則無名字故云不知

十一分至等覺離

離亦斷也謂俱生種現十一分必至等覺位中乃能盡斷

妙覺盡斷十二分　勝應空相轉小機

俱生種現十二分盡在淨化土成勝應佛説空相法令小乘等轉小成大也

○終七信與始十向　二位同伏二執障

分別俱生粗現行　伏此位齊小總相

分別俱生各有現行現行之中復分粗細終七信始十向於二障中初伏現行粗分與小教總相念齊

十信位中伏細現

至十信位進伏二障分別俱生細現

〇頓教初信還同貫
小始二教加行齊
後約三教明伏斷
〇圓初頓七信相同
終教初住堪齊功
煩惱現行從此斷
始小初地初果同
圓信七連頓住一
終住第七侵所知
現斷位當始七地
小教四果乃同級
二障粗種圓九信
頓終七住二行伏
始教妙覺方齊此
自後諸位始便無

言終教十信約頓教方當初信若約小始二教俱同加行故云同貫及云齊也終教十信止齊頓之初信不入圓位十信以前并亦不入頓位故自七信以來且約當教以頌消終初住至圓頓中俱有位次故後通約圓頓終三以明伏斷之差別也圓初等謂圓初信頓七信也終教初住同此故云齊功謂煩惱障分別俱生現行從此圓初信頓七信終初住中方斷也始教初地小教初果同此圓信七卽圓教七信頓住一卽頓教初住終住七卽終教七住此三俱能進侵所知障但約所斷唯齊分別俱生現行望始教位當七地望小教四果同級也上斷二障現行此伏二障種子粗分故云二障粗種圓九信能伏人也頓終向謂頓教七住終教二行此與圓教九信同伏二障粗種始教妙覺齊此自後諸位始教無名

細種猶待圓頓終
十信十住十行伏
各進一位粗種斷
漸進至十細亦無
圓頓終初行向地
斷現種盡及習一
十一分盡圓與頓
向地初平終等級
頓斷十二登離垢
終極妙覺後不知
二十分盡圓十向
許頓十地洞消息
圓教初地并二地
與頓等覺妙覺同
斷習二十一二分

圓頓終依次對下三位謂圓十信頓十住終十行此三同伏二障細種各進一位則圓當初住頓當初行終當初向此三同斷二障粗種漸進至十則圓當十住頓當十行終當十向此三同斷二障細種依次相對謂圓初行頓初向終初也謂上三教三人旣斷二障現行種子盡復斷習氣至一分也圓與頓向地初謂圓初向頓初地也終等謂終教等覺此三同斷十一分習故云平云等級也離垢二地也頓教斷習至十二分位登二地終教妙覺齊此頓教三地終則無名故後不知也斷習至二十分入圓教十向與頓教十地位同故云許頓等也圓教初地與頓等覺同圓教二地與頓妙覺同圓初地頓等覺斷習二十一分圓二地頓妙覺斷習二十二分故云斷習二十一二分也

自後頓教不知名
三地斷習二十三
等覺三十一分離
三十二分習氣盡
妙覺法界轉偏機

至圓三地頓教亦無故不知名　○此下俱約圓教故不更提圓字

此二句易明

斷三十二分習氣盡現無障礙法界身土說緣起法界法令偏教五乘并上上根凡外等轉偏成圓

五識隨根立名具五義（八識補註）

- 依根之識
- 根所發識
- 屬根之識
- 助根之識
- 如根之識

謂

- 依根處所得有識故
- 由根能發識方生故
- 由識種子隨逐根故
- 由識有無根損益故
- 俱有情數之所攝故

具斯五義故名眼識等也

末世五法令正法久住

- 尊重正教
- 止息瞋惡
- 敬事上座
- 愛樂正法
- 善誨初習

則

- 不惑偏邪
- 人天敬仰
- 取法先德
- 勤策己躬
- 紹隆不替

由斯五義故令正法久住

有五因緣令佛法速滅（四分）

若比丘不敬佛法僧戒定

以此正法不得久住故致佛法速滅

五戒優婆塞五種不應作（報恩）

一、二、三、四、五

不得

- 販賣畜生
- 販賣箭殺
- 沽酒
- 壓油
- 大色染業

天竺二法俱能傷蟲若不傷蟲處無過

念佛生淨土五因緣不退

- 彌陀願力攝持
- 佛之光明常照
- 水鳥樹林說法
- 諸上善人爲友
- 壽命永劫長遠

南洲五種勝三洲至他化

- 勇健
- 正念
- 佛生處
- 修業地
- 梵行處

五略九廣以配五章十妙

止觀

- 五略：發大心、修大行、感大果、裂大網、歸大處
- 九廣：一大意、二釋名、三體相、四攝法、五偏圓、六方便、七正修、八果報、九起教、十旨歸
- 五章：名、體、宗、用、教相
- 總三法妙；立妙；判前四
- 十妙：境妙、智妙、行妙、位妙、三法、感應、神通、說法、眷屬、利益
- 止觀十乘：自行因果
- 起教一章：化他能所

般若頌云　事法總聽　非直顯所　修乘境本　同倫兩　否是說　行止爲開　明托附人

舊約五義揀判

- 一約性共
  - 慧人修性念處
  - 俱人修共念處
  - 四教儀
- 二約正助
  - 慧人正道斷結
  - 俱人兼修助道
  - 光句
- 三約事理
  - 慧人直緣眞理
  - 止觀

慧俱羅漢

- 四約神變
  - 慧人十四變
  - 俱人十八變
  - 妙句
- 五約明解
  - 慧人但證無學
  - 俱具三明八解
  - 妙句
- 俱人帶事兼修

陶師五事喻二十五方便

止觀

- 先擇良處、息除外務、治身內疾、調於泥輪、作而不廢
- 喻
- 具五緣、訶五欲、棄五蓋、調五事、行五法

二十五方便義見廿八卷　得此喻意亦可略見一斑

行方時音色星常戒八五對配

五行	木	火	金	水	土
五方	東	南	西	北	中
五時	春	夏	秋	冬	季夏
五音	角	徵	商	羽	宮
五色	靑	赤	白	黑	黃
五星	歲星	熒惑	太白	辰星	鎮星
五常	仁	義	禮	智	信
五戒	不殺	不偷	不淫	不飲酒	不妄語

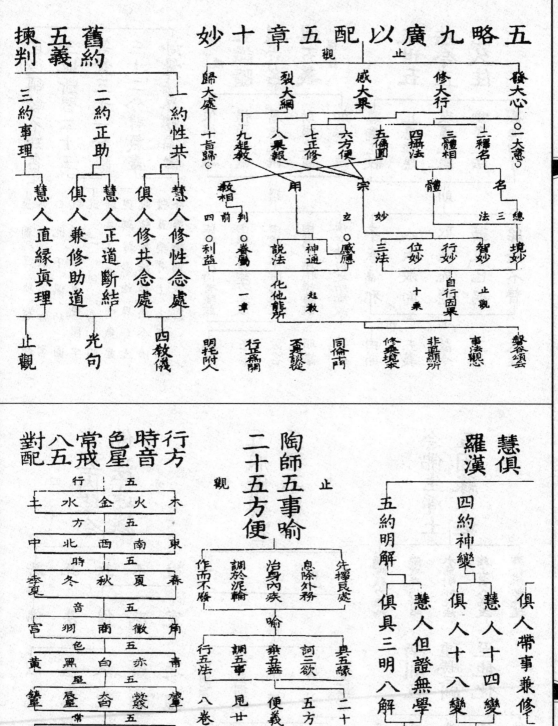

離五事障獲五功德證三不退

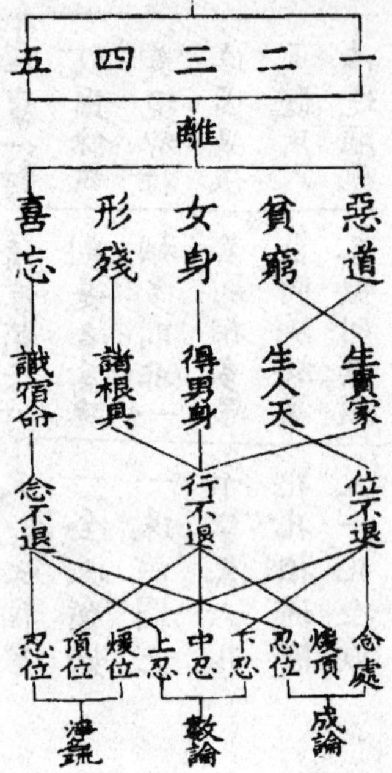

重訂教乘法數卷第十七

重訂教乘法數卷第十八

六相（華嚴）

總　別　同　異　成　壞

- 約理
  - 一即具多名理總
  - 多即非一名理別
  - 互不相違名理同
  - 彼此不濫名理異
  - 共相成就名理成
  - 各住本性名理壞
- 約事
  - 共爲一法名事總
  - 諸法宛然名事別
  - 多種不異名事同
  - 各不相同名事異
  - 諸緣辦就名事成
  - 不離自位名事壞

理事一對既爾餘教義境智行位因果依正體用人法逆順感應等九對乃至十法界具百具千等百萬六相例此可知

清涼頌云一則是多爲總相多則非一爲別相多類自同成於異各體別異顯於同一多緣起理妙成壞住自法恒不作唯知境界非事識以此方便會一乘

又此六相舉一全收猶如一珠四圍上下穿爲六孔孔孔相通隨入一孔全收珠盡法眼宗益禪師頌曰華嚴六相義同中還有異異若異於同全非諸佛意

六因（楞伽）

當有　相續　相　作　顯示　待　因

- 當有因：現在根塵相對所作之因能招當有之果
- 相續因：依現在果酬宿因時復造當因因因相續
- 相因：前念所作業相引生後念業相續而生
- 作因：作增上事如轉輪王於勝報上更作勝因
- 顯示因：由妄想生則有所作善惡業相如燈照色
- 待因：由妄想性滅則有不妄想性生待滅言生

六因（智論）

- 相應因：心所與心相應
- 共因：主所更相佐助
- 自種因：自種感自類果
- 徧因：十使徧於苦集
- 報因：果報異世而熟
- 所作因：根塵有力生識

又（俱舍）

- 相應因
- 俱有依因
- 同類習因
- 徧行因
- 異熟生因
- 能作因

六通

- 神境 亦名如意有三
  - 身能飛行如鳥無礙
  - 能到
    - 移遠令近不往而到
    - 此沒彼出彼沒此出
    - 一念能至十方界
  - 轉變
    - 大能作小
    - 小能作大
    - 一能變多
    - 多能變一
  - 聖如意 化現無方應變不測
- 天耳 聞聲無礙
- 他心 如他心事無礙
- 宿命 知過去世事無礙
- 天眼 觀色無礙
- 漏盡 自能漏盡復能徧知一切衆生漏盡不盡等

六漏 雜

- 漏自性
  - 根隨煩惱
  - 自性即漏
- 漏相屬
  - 同時王所
  - 與漏相應
- 漏所縛
  - 後世之生
  - 現漏所結

又漏

- 自性 義亦同上
- 相應 與上相屬義同
- 所依 第七四漏所依

集

- 漏所隨
  - 現世之生
  - 諸漏隨逐
- 漏隨順
  - 於諸漏中
  - 隨順正道
- 漏種類
  - 雖盡諸漏
  - 猶餘後身
- 所引
  - 三界業
  - 異熟果
- 所發 因中五識
- 所集
  - 前六三
  - 性王所

六喻 金剛

- 一夢
- 二幻
- 三泡
- 四影
- 五露
- 六電

喻

- 過去事
- 世界變成
- 受想行起
- 法塵緣慮
- 身是無常
- 現前事

頌曰世界變成如幻化受想行起似浮泡法塵緣慮同觀影身似露珠垂樹梢過去翻思事若夢現前如電耀荒郊須知畢竟常空寂自是無端與物交

六喻 淨名

- 幻
- 電
- 夢
- 燄
- 水月
- 鏡像

- 新新不停
- 喻諸法速滅
- 喻諸法不實
- 皆妄想生

六道

- 天 二十八天
- 人 貧富貴賤
- 修羅 鬼畜人天
- 地獄 八寒八熱等
- 餓鬼 九種十類
- 畜生 胎卵濕化

亦名六趣

六根

眼　耳　鼻　舌　身　意

如

蒲萄朵　新卷荷　雙垂爪　初偃月　腰鼓顙　幽室見

又如

秋泉池　捲華皮　盛針筒　偃月刀　主戰槊　遠花形

能受

色　聲　香　味　觸　法

塵

亦名六受　亦名六入

能入能入塵故　亦爲塵所入故

六塵

色　聲　香　味　觸　法

如

熱金丸執之則燒　明暗質礙等

塗毒鼓聞之必死　動靜美惡等

慭龍氣嗅之則病　通塞香臭等

塗蜜刀舐之則傷　鹹淡甘辛等

卧師子近之則嚙　離合冷煖等

入室賊不防則害　生滅善惡等

亦名六欲

皆可欲之境故

亦名六入

能入根　亦復受

六想

析玄

眼　耳　鼻　舌　身　意

識相應想

想屬徧行心所　且約六識言六

六河

涅槃

生死　涅槃　煩惱　佛性　善法　惡法

河

六識

眼　耳　鼻　舌　身　意

識分別

色　聲　香　味　觸　法

塵

亦名六情

謂對境生情故　又旣屬分別皆是虛妄之情故

毘

六觸

眼　耳　鼻　舌　身　意

觸

色　聲　香　味　觸　法

生愛

亦名六愛

曇

六大

行法

地　水　火　風　空　識

大

堅凝質礙　潤下滋愛　炎上生嗔　鼓籥慄動　不見邊表　萬法本源

亦名六界

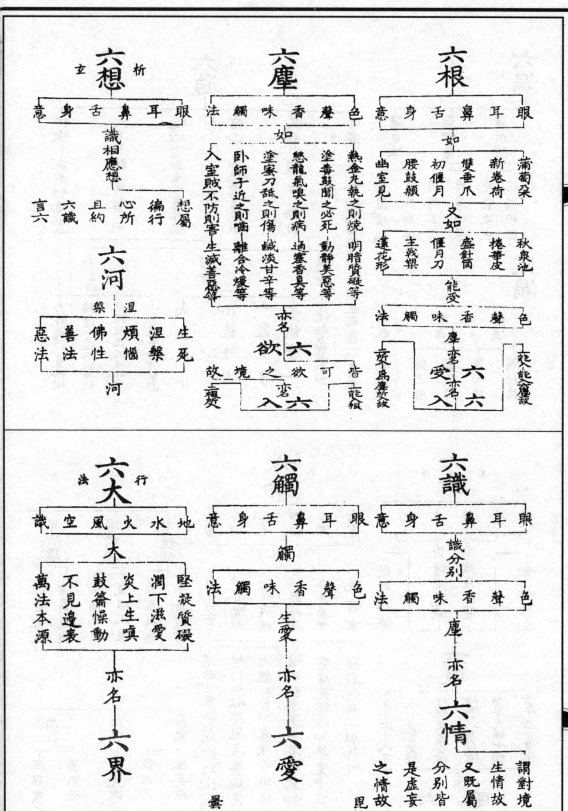

六賊

諸經疏中或以六根爲賊或以六塵爲賊或以六識爲賊

楞嚴云六爲賊媒自劫家寶蓋指六識爲媒六塵爲賊六根爲戶緣六識而引塵入根如賊媒而引賊入戶也

觀經疏云以能損慧命傷法身故名爲賊亦名六衰

六夢 華嚴經疏

正 噩 思 寤 喜 懼 夢

正夢 無所感動自形於夢

噩夢 有所驚愕而形於夢

思夢 有所思惟而形於夢

寤夢 寤有所見寐則成夢

喜夢 有所欣喜而形於夢

懼夢 有所怖懼而形於夢

六諦

一陀驃諦 二求那諦 三羯摩諦

主諦 謂地水火風空時方我意九法爲萬物所依故

依諦 謂色等五塵依故

作諦 謂動作俯仰屈伸出入去來等

四三摩若諦 五毘尸沙諦 六摩波夜諦

此云

總相諦 謂總相如外論云實德能同一有故

別相諦 謂別相如森羅萬像各各不同故

無礙諦 謂五塵成就不相妨礙等

此與二十五諦皆出助文

六時 域記

時極短者 一百二十刹那 六十怛刹那 三十臘縛 五牟呼栗多 六時

爲

刹那 一念中有九十刹那 此云極少時仁王云

一怛刹那 此云一瞬

臘縛 亦名羅婆 此云一息

牟呼栗多

一時 亦名摩睺羅 此云須臾

一日夜

頌曰

百二十刹那爲怛刹那爲臘縛此六十此三十須臾此五十一時六時分晨夜

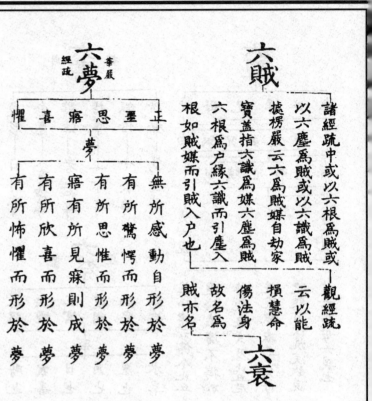

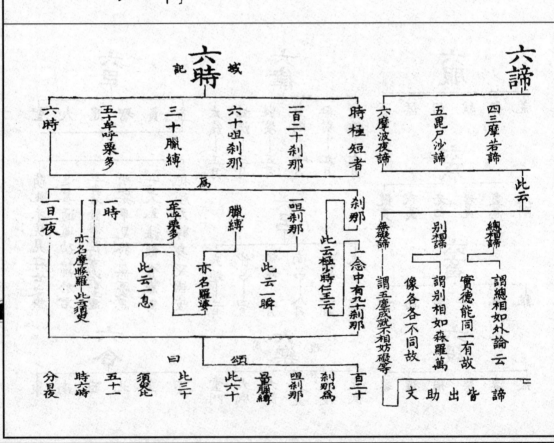

六難（涅槃）

佛世　正法　善心　中國　人身　六根

難

值　聞　發　生　得　具

六藝（周禮）

禮—五禮　樂—六樂　射—五射　御—五馭　書—六書　數—九數

六經（儒教）

詩　書　禮　樂　春秋　易

六書（周禮）

象形—日月等　會意—人言爲信等　轉注—考老等　指事—上下等　假借—令長等　諧聲—鴛鴦等

六祭（書經）

泰昭　坎壇　王宮　夜明　幽宗　雩宗

祭

時也　寒暑　日也　月也　星也　水旱

六親

父　母　兄　弟　姊　妹

伯　叔　兄　弟　兒　孫

舅　姨　兄　弟　兒　孫

父六親　母六親

婆沙律云佛令比丘避於譏嫌不得於非親之女及比丘尼洗浣故衣若父母之親可使洗浣故説父六親母六親也

六臣

聖　大　忠　智　貞　直

臣

萌兆未現見存亡之機　進善通道功歸於君　卑身進賢稱古行事以勵主意　明察卑見終無憂患　守文奉法飲食廉節　犯顏力諍身死國安

六合

東　南　西　北　上　下

六律

太簇—正月　姑洗—三月　蕤賓—五月　夷則—七月　無射—九月　黃鍾—十一月

六呂

夾鍾—二月　仲呂—四月　林鍾—六月　南呂—八月　應鍾—十月　大呂—十二月

六樂（周禮）

雲門　大咸　大部　大夏　大濩　大武

六服

王畿　侯　甸　綏　要　荒

六戎

饒夷　戎夷　老白　耆羌　鼻息　天剛

六畜

牛　馬　羊　犬　豕　雞

六穀

黍　稷　稻　粱　麥　苽

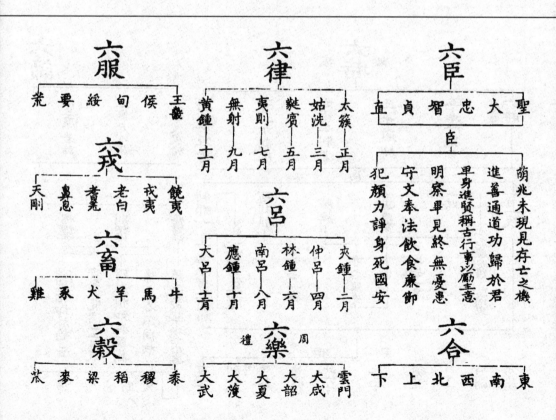

六即佛

- 理即佛
  - 一切衆生
  - 皆有佛性
  - 動靜理全是行藏事盡非
  - 冥冥隨物去杳杳不知歸
- 名字即佛
  - 知識經卷
  - 聞名知字
  - 方聽無生的始聞不死歌
  - 今知當體是番恨自蹉跎
- 觀行即佛
  - 依教修行
  - 即五品位
  - 念念照常理心心息幻塵
  - 徧觀諸法性無假亦無真
- 相似即佛
  - 相似解發
  - 即十信位
  - 四住雖先脫六塵未盡空
  - 眼中猶有翳空裏見花紅
- 分證即佛
  - 分破分證
  - 初住至等
  - 豁爾心開悟湛然一切通
  - 窮源猶未盡常見月朦朧
- 究竟即佛
  - 智斷圓滿
  - 即妙覺位
  - 從來真是妄今日妄皆真
  - 但復本時性更無一法新

無機子頌

此約圓教四教六即揀位見後

六念門（顯宗）

- 一數　從一生十為一念
- 二隨　繫心隨入出息
- 三止　安止其心觀息住身
- 四觀　具觀五蘊以為境界
- 五轉　緣息風覺妄宜後後勝善根中
- 六淨　升進入見道名轉盡智

即下六妙門也

六妙門（法界次第）

- 數　攝心在息從一至十
- 隨　細心隨息知出知入
- 止　息心靜慮名為止
- 觀　分別推析名為觀
- 還　轉心返照名為還
- 淨　心無所依妄波不生

較上六妙門義更為顯著對待觀之二俱可析

六種戒（瑜伽）

- 回向戒　以持戒善利回向衆生同成佛果
- 廣博戒　持一戒廣攝諸戒
- 無罪歡喜戒　喜無毀犯
- 恒常戒　盡形不捨
- 堅固戒　利養等不能動
- 尸羅莊嚴具相應戒　謂尸羅清淨

則能莊嚴一切善法具足一切諸相應戒

六種論（瑜伽）

- 言論　以諸言說決擇是非辯論得失
- 尚論　於諸事理隨所尊尚決擇辯論
- 諍論　或因諸欲或因異見互相諍論
- 毀謗論　心懷不平互相毀謗而起辯論
- 順正論　隨順正法決擇辯論令斷疑惑
- 教導論　決擇是非辯論得失教導於人

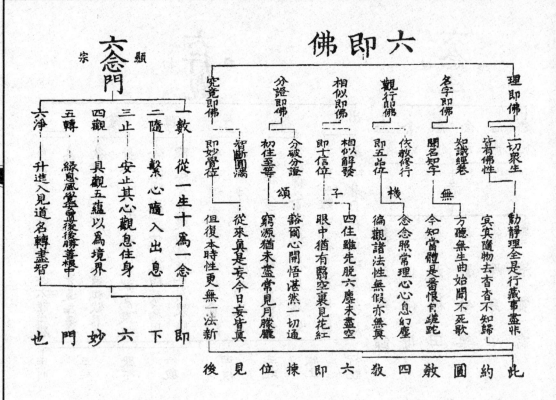

六行觀 初禪

苦：身中所起心數緣於貪欲不能出離爲因，苦欲界報身飢渴等逼爲果苦

麁：欲界五塵能起衆惡爲因粗，欲界之身三十六物等之所成就爲果粗

障：貪欲障覆眞性不能顯發爲因障，此身質礙不得自在爲果障

由前三起厭下行觀

淨：初禪禪定攝心不起貪欲爲因淨，得禪味樂爲果淨

妙：初禪禪定之境能生觀智爲因妙，受初禪之身如鏡中像爲果妙

出：初禪心離貪欲爲因出，獲五通身自在無礙爲果出

由後三起欣上行觀

六念法 涅槃

念佛 念法 念僧 念天 念戒 念施

者

慈悲導師 三世佛母 人天福田 長壽安樂 清淨身心 普濟貧窮

六著心 華嚴孔目

貪著 愛著 瞋著 癡著 欲著 慢著

心

順境貪取不捨 貪已愛戀不捨 違境瞋恚不捨 迷於事理不捨 欲境樂欲不捨 恃己凌他不捨

六染心 起信

執取 不斷 分別智 所現色 能見心 根本業

相應染：執取、計名字

相應染：相續、智

不相應染：現、轉、業

相

與心相應名相應染

不與心王心所相應名不相應染

六觀法 瓔珞

住 行 向 地 無相 一切種智

觀

別教

十住修空觀 十行修假觀 十向修中觀 十地生佛智 等覺了惑空 妙覺成種智

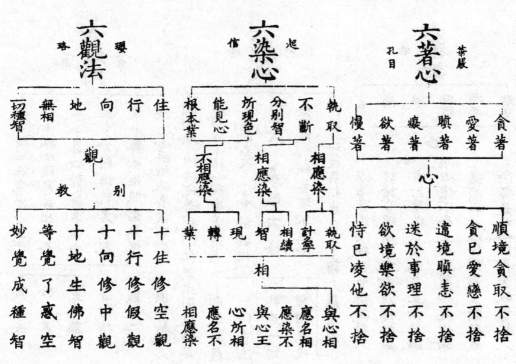

六堅法 瓔珞

信　法　修　德　頂　覺

堅

别教

- 十住信眞諦理無能毀壞
- 十行知俗諦法無能毀壞
- 十向進修中道無能毀壞
- 十地分顯三德無能毀壞
- 等覺破顯鄰極無能毀壞
- 妙覺覺一切法無能毀壞

六忍法 瓔珞

信　法　修　正　無垢　一切智

忍

别教

- 十住能於空法忍可忍證
- 十行能於假法忍可忍證
- 十向修習中道忍可忍證
- 十地分顯中道忍可忍證
- 等覺於清淨心忍可忍證
- 妙覺於妙覺智忍可忍證

六慧法 瓔珞

聞　思　修　無相　照寂　寂照

慧

别教

- 十住修空中道但聞
- 十行修假兼思中道
- 十向修中發中道智
- 十地證中漸了惑空
- 等覺鄰極攝用歸體
- 妙覺證極從體起用

六種力 阿含

小兒啼　女人嗔　國王憍　羅漢進　諸佛悲　比丘忍

爲力

六實相

- 三輪體空——施
- 罪不可得——戒
- 心能安忍——忍
- 勤修善法——進
- 不亂不味——禪
- 非境非智——慧

實相

六心量 楞伽

眞如　空　實際　涅槃　法界　意成身

偈云眞如空實際涅槃及法界種種意成身我說爲心量

六垢法 華嚴孔目

- 惱——無故侵撓衆生
- 害——無故傷害於物
- 恨——拂意怨恨於人
- 諂——巧言媚悅於人
- 誑——妄言誑惑於人
- 憍——恃己凌傲於人

六分麁相 起信

- 智相——依現相起分別
- 相續相——依智相念憶起
- 執取相——依相續起執取
- 計名字相——依執計名
- 起業相——依名起業
- 業繫苦相——由業生苦

六對法

- 自性——淨慧
- 隨行——眷屬
- 方便——有漏四慧
- 資糧——論教
- 境界——四諦
- 果——涅槃

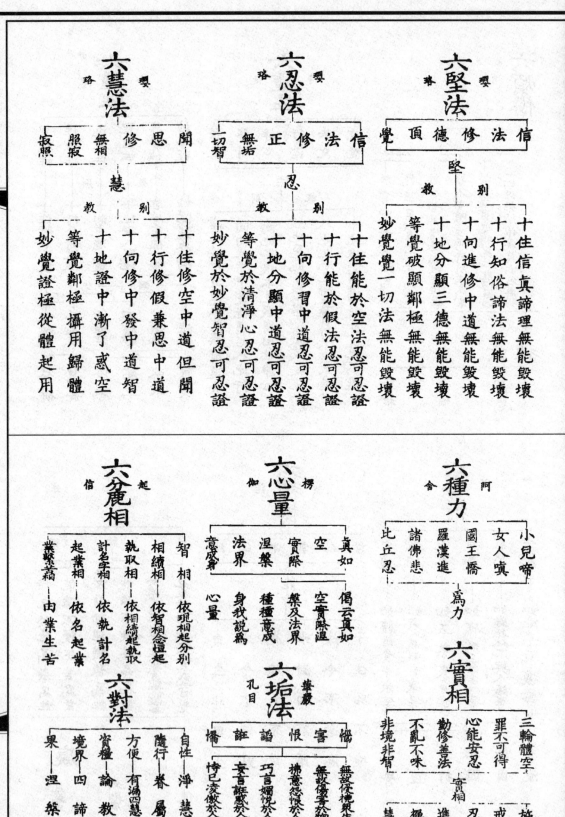

六種性 瓔珞

- 習種性　十住研習空觀
- 性種性　十行分別假性
- 道種性　十向中道能通
- 聖種性　十地證入聖地
- 等覺性　等覺去佛一等
- 妙覺性　妙覺妙極覺滿

別教

梵網

- 習種性
- 長養性
- 性種性
- 不可壞性
- 道種性
- 正法性

只是研習增長俗諦建立故不可壞

六種住 地持

種性　解行　淨心　行道迹　決定　究竟　住

別教

- 住行位中道種成就無有退失
- 回向位中中道能通起入地行
- 初地斷根本見惑得出世淨心
- 二地至七地斷根本思而有證入之迹
- 八地九地已得真實行不還不退
- 十地學行滿足究竟不退

六煩惱 相宗

- 貪　於有有具貪著爲性　能障無貪生苦爲業
- 瞋　於苦苦具憎恚爲性能障無瞋不安隱性惡行所依爲業
- 癡　於諸理事迷暗爲性能障無癡一切雜染所依爲業亦名無明
- 慢　恃己於他高舉爲性　能障不慢生苦爲業
- 疑　於諸諦理猶豫爲性　能障不疑善品爲業
- 惡見　於諸諦理顛倒推度染慧爲性能障善見生苦爲業亦不正見或云惡覺

亦名六種癡

此是根本煩惱若開惡見爲五利則成十使

六種持 涅槃

地　山　眼　雲　人　母　能持

- 地　衆生非衆生
- 山　地令不傾動
- 眼　光矚人不散
- 雲　水澍雨有限
- 人　法令不遺忘
- 母　子住胎不壞

六苦行 外道

- 自餓　如縛指食半米等
- 投淵　如寒入深淵自凍等
- 赴火　如五熱炙身等
- 自坐　如裸形露處等
- 寂默　如處屍林不與人語等
- 牛狗等戒　如齕草噉穢等

此皆無益苦行非因計因之流

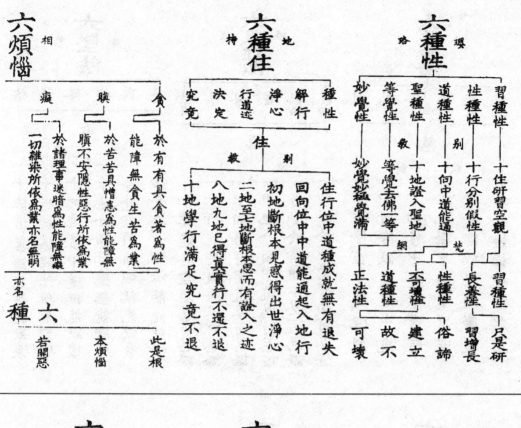

六齋日（四王）

- 初八日、十四日、十五日 — 白
- 二十三、二十九、三十日 — 黑

月
- 八日 — 四天王遣使者
- 十四日 — 四天王遣太子
- 十五日 — 四王親臨世間

按察衆生善惡具奏帝釋故是日當持齋修福

六交報（楞嚴）

一者見報招引惡果臨終見火神識乘烟入無間獄

二者聞報招引惡果臨終見波神識乘流入無間獄

注
- 聞則能爲責爲詰
- 見能爲雷吼爲惡氣
- 息能爲雨爲霧灑諸毒蟲
- 味能爲膿血雜穢
- 觸能爲鬼爲畜爲糞尿
- 意則能爲電爲雹

燒
- 聽能爲鑊湯洋銅
- 息能爲黑烟紫焰
- 味能爲焦丸鐵糜
- 觸能爲熱灰爐炭
- 心能生星火迸灑

三者齅報招引惡果臨終見氣神識地湧入無間獄

衝
- 息則能爲質爲履
- 見則能爲火爲炬
- 聽則能爲沒爲溺
- 味則能爲餒爲爽
- 觸則能爲綻爲爛
- 思則能爲灰爲瘴

四者味報招引惡果臨終見網神識透網倒懸入獄

歷
- 嘗則能爲承爲忍
- 見則能爲然金石
- 聽則能爲利兵刃
- 息能爲鐵籠覆國
- 觸則能爲弓爲箭
- 思能爲熱鐵雨空

五者觸報招引惡果臨終見山合神識被驅入城向獄

歷
- 觸能爲道觀廳榜
- 見則能爲燒爲熱
- 聽能爲撞擊剸射
- 息能爲括袋考縛
- 嘗能爲耕鉗斬截
- 思能爲墜飛煎炙

六者思報招引惡果臨終見風神識衆風入無間獄

結
- 思則能爲方爲所
- 見則能爲鑑爲證
- 聽能爲合石霜霧
- 息能爲火車船檻
- 嘗能爲叫喚悔泣
- 觸能爲大小僵仰

一根受報備歷六根根根皆爾故云交報良以造罪之時雖一根爲主而衆根隨和故一根招報時令五根互受若作時缺一亦免

一苦

六欲天

- 四王 — 持國、增長、廣目、多聞
- 忉利 — 三十三天
- 夜摩 — 時分
- 兜率 — 知足
- 化樂
- 他化

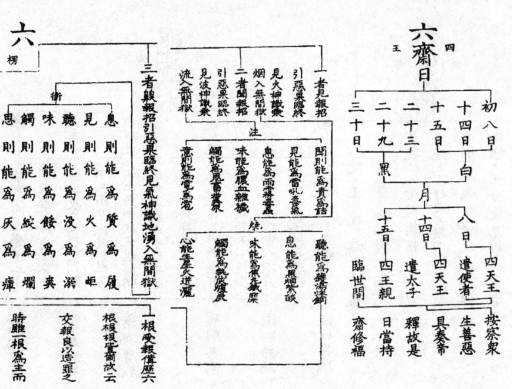

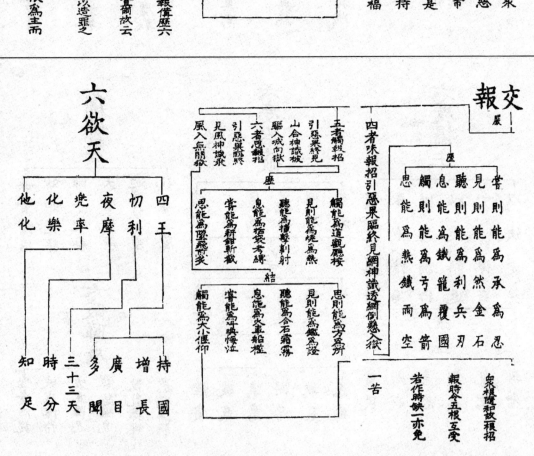

龜藏六（法句）

- 頭
- 前左足
- 前右足
- 後左足
- 後右足
- 尾

昔有人河邊學道二十年但念六塵心無寧息佛往度之化作沙門樹下共宿其夜月明龜從河出野干欲噉龜縮頭尾四足藏甲中野干不得便而去龜還入水道人見此語沙門曰龜有護命之鎧野干不能得便沙門對曰世人不若此龜放恣六情外魔得便復說偈曰

藏六如龜　防意如城
慧與魔戰　勝則無患
須知無爲　能殺其賊

六度滿相（教儀）

- 尸毗王代鴿——檀
- 普明王捨國——尸
- 羼提仙人被割無恨——忍
- 大施太子抒海幷讚佛——進
- 尚闍黎鵲巢頂上——禪
- 劬嬪大臣分地息諍——智

滿

六種佛聲（光明）

- 其音清徹
- 妙如梵聲
- 師子乳聲
- 大雷震聲
- 迦陵頻伽聲
- 孔雀之聲

六蔽障度（善戒）

- 慳貪障施
- 破戒障持
- 嗔恚障忍
- 懈怠障進
- 散亂障禪
- 愚癡障慧

六度治蔽

- 檀那
- 尸羅
- 羼提
- 毘梨耶
- 禪那
- 般若

此云

- 布施
- 持戒
- 忍辱
- 精進
- 靜慮
- 智慧

治

- 慳貪
- 破戒
- 嗔恚
- 懈怠
- 散亂
- 愚癡

六度攝生（淨名）

- 資生無量
- 奉戒清淨
- 以忍調行
- 以大精進
- 一心禪寂
- 以決定慧

攝諸

- 貧民
- 毀戒
- 恚怒
- 懈怠
- 亂意
- 無智

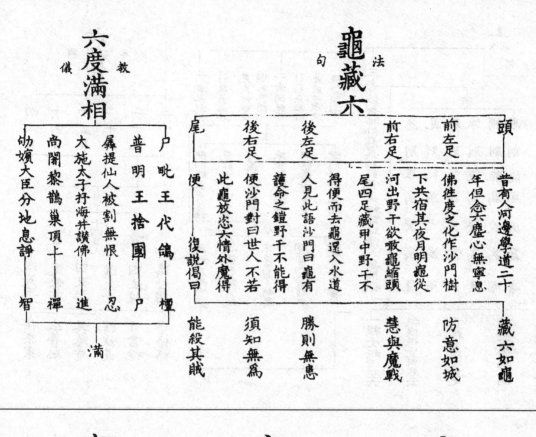

六度果報（善戒）

施　戒　忍　進　禪　智

報

- 富——富
- 具色——善道
- 力——端正
- 壽——神通
- 安——生天
- 辯——破煩惱

（諸經）

六度相生（善戒）

- 施爲度首
- 戒從施生
- 忍從戒生
- 進從忍生
- 禪從進生
- 慧從禪生

謂施故一切能捨，捨則無貪等諸惡；以戒故不惱他人；以忍故遇苦不怯；以進故能修禪定；因定故能發正慧。

六度譬喻（華嚴）

般若　檀　尸羅　忍　勤　禪

爲

- 母
- 乳母
- 養母
- 莊嚴具
- 養育者
- 浣濯人

經云：諸菩薩以般若爲母等。

檀攝六度

- 檀那——資生
- 尸羅、羼提——無畏
- 毗梨耶、禪那、般若——法

施檀度

彌勒偈云：檀義攝於六，資生無畏法，此中一二三，名爲修行住。

六根清淨（法華）

眼　耳　鼻　舌　身　意

- 八百
- 千二百

功德

亦名

六根優劣（楞嚴）

- 前明後暗，左右旁觀，三分之二，故唯八百。
- 周聽十方，動若邇遥，靜無邊際，故具千二。
- 有出有入，而闕中交，三分闕一，故亦八百。
- 宣世出世智，言有方分，理無窮盡，故亦千二。
- 識於違順，合時能覺，離中不知，故亦八百。
- 默容方世，唯聖與凡，無不包容，故亦千二。

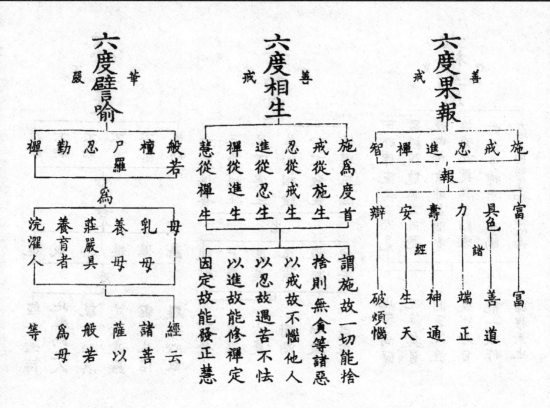

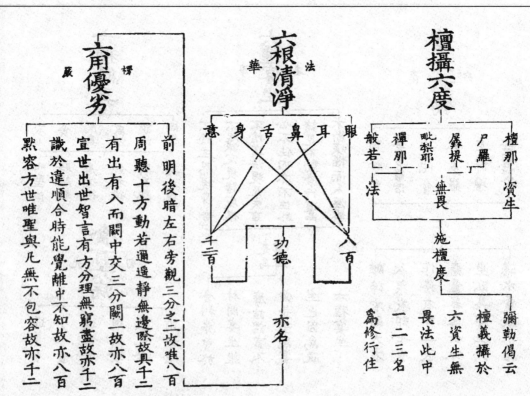

六心具度
不退

- 信解
- 不疑
- 不動
- 不退
- 不散亂
- 無分別

心具足

- 施
- 戒
- 忍
- 進
- 禪
- 慧

度

經云受持此經爲他人說當知具足六波羅密能生信解等心故

六事即度
莊嚴

- 香花供養
- 三業不惱生
- 忍不害生
- 善心相續
- 心不散亂
- 壇場正法

名

- 檀那
- 尸羅
- 羼提
- 毘梨耶
- 禪那
- 般若

一修道場六度圓滿即波羅密

六根互用
首楞

- 阿那律陁無目而見
- 跋難陀龍無耳而聽
- 殑伽神女非鼻聞香
- 憍梵波提異舌知味
- 舜若多神無身覺觸
- 大迦葉圓明了知不因心念

此等尚爾况獲眞實圓通旋流復性者自能一根作諸根用也

六種緣具

- 衣
- 食
- 床具
- 處所
- 說法
- 同學

七聖位時解脫是信行鈍根待時及緣具入道

食有六病
光句

- 過量食
- 少食
- 過飢食
- 逆時食
- 未飢食
- 有妨食

六種宴坐
淨名

- 不於三界現身意
- 不起滅定現諸威儀
- 不捨道法現凡夫事
- 心不住內亦不住外
- 諸見不動修行道品
- 不斷煩惱而入涅槃

是爲宴坐

舍利弗曾於林間宴坐維摩詰謂言不必是坐爲宴坐也因爲說六種宴坐

僧用六物
律宗

- 僧伽黎
- 鬱多羅僧
- 安陀會
- 鉢多羅
- 尼師壇
- 鉢里薩囉伐拏

此云

- 雜碎衣即大衣
- 入衆衣即七衣
- 作務衣即五衣
- 應量器畧云鉢
- 坐臥具即坐具
- 濾水囊或水羅

六聚華梵

- 波羅夷　此云棄　犯此者不得復名比丘 如人斷頭不可復活
- 僧伽婆尸沙　此云衆殘　犯此者理須早救如人 被他斫殘咽喉尚在
- 偷蘭遮　此云粗過　是衆罪方便能斷善根故 粗不依佛制而行云過
- 波逸提　此云墮　犯此者墮燒煮 覆障地獄故
- 波羅提提舍尼　此云向彼悔　犯此罪者宜向衆 中發露懺悔
- 突吉羅　此云惡作惡說　從身犯者名惡作從口 犯者名惡說即衆學法

判教六時　劉虬

圓頓　人天　有相　無相　同歸　常住　時

又　慧觀

圓頓　有相　無相　抑揚　同歸　常住　時

六種歷緣　止觀

行　住　坐　臥　作　言語

僧伽六和

戒　見　身　利　口　意　和

同修　同解　同住　同均　無諍　同悅

六種成就　通序

- 如是——信
- 我聞——聞
- 一時——時
- 佛——主
- 在某處——處
- 與某衆——衆

成就

六緣成就故乃得興

六亂妄想　楞嚴

因　動　聲　色　香　觸　味

有　聲　色　香　觸　味　法

重訂教乘法數卷第十八

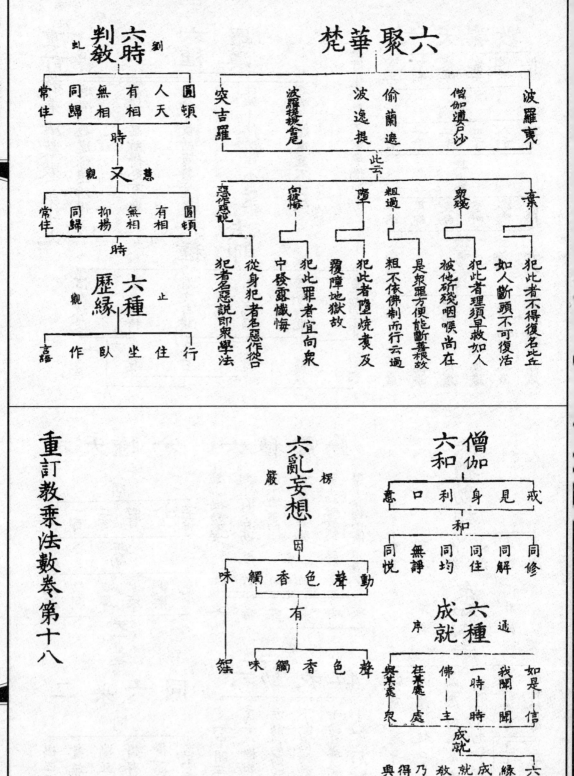

重訂教乘法數卷第十九

六種羅漢

玄　識

- 信行
  - 退法—遇違緣退所得
  - 思法—恐所得恐有退
  - 護法—愛所證善守護
  - 住法—住所證不退進
  - 進法—能進至不動故
- 法行
  - 不動—不被煩惱所動

六種法師

大　論

- 信力故受
- 念力故持
- 看文日讀
- 不忘爲誦
- 宣傳爲說
- 書寫佛法

三業：意（受、持）、口（讀、誦）、身（說、書寫）

難解須解釋

六天壽數

四王、忉利、夜摩、兜率、化樂、他化

天壽：五百、一千、二千、四千、八千、萬六千　歲

爲等活、黑繩、衆合、叫喚、大叫喚、炎熱　地獄一晝夜隨

壽數如次對於六天：

- 九百萬歲
- 三千六百萬歲
- 一億四千四百萬歲
- 五億七千六百萬歲
- 二十三億四百萬歲
- 九十二億一千六百萬歲

六天時分

人間：五十、一百、二百、四百、八百、一千六百　年爲

四王、忉利、夜摩、兜率、化樂、他化　天一晝夜

六種震動

法　華

- 動—搖動不安
- 起—自下昇高
- 涌—墈壠凹凸

（形）

- 震—隱隱有聲
- 吼—砰磕發響
- 擊—令物覺悟

（聲）

表：住、行、向、地、等、妙

六番破無明惑

亦名

六動表位

又一中開三共爲十八相如一方動爲動四天下動爲徧動大千動爲等徧動等見後十八數

六種動相

- 東涌西沒
- 南涌北沒
- 中涌邊沒

二乘六同

同

- 出三界
- 盡無生
- 斷正使
- 得有餘
- 得一切智
- 名小乘

衆和六法

淨名　什注

- 以慈心起身業
- 以慈心起口業
- 以慈心起意業
- 若得食先分供
- 持戒清淨
- 漏盡智慧

一上座　二下座

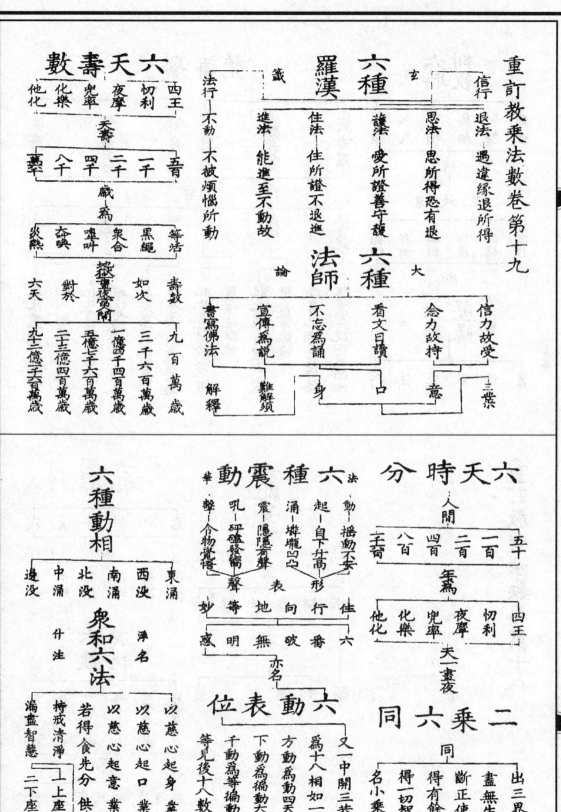

欲有六種（大論）

- 色——青黃赤白男女艷麗等
- 形貌——長短方圓男女眉目等
- 威儀姿態——行住坐臥折旋俯仰等
- 言語音聲——巧音美語歌詠讚歎等
- 細滑——柔膩軟肌冬溫夏涼等
- 人相——人相具足儀容端正等

以此六種能生欲故故以欲名亦名

貪欲六種

謂於此六境起貪欲故或但名六欲義亦同此

六氣治病（小止）

- 噓　呵　呬　吹　配　春　夏　秋　冬　屬　木　火　金　水　專治　肝家之疾　心家之疾　肺家之疾　腎家之疾
- 呼——不拘時候土旺四季總治脾家之疾
- 嘻——治三焦之疾

或云

- 散痰　去煩　補勞　去冷　去熱　去痛
- 此六種息發於唇口之由想心方便轉側而作綿密而用

偈曰心配屬呵腎屬吹脾呼肺呬聖皆知肝臟熱來噓字至三焦壅處但言嘻

六種治病（觀）

- 小乘
  - 一對治——一藥對一病如不淨治貪慈悲治瞋等
  - 二轉治——病不轉藥轉如不淨治貪不息轉修慈心等
  - 三不轉治——病轉藥不轉如不淨治貪已餘有瞋癡等仍用不淨觀治
- 止
- 大乘
  - 四兼治——病兼藥亦兼如人貪欲兼瞋即用不淨兼慈悲以治之
  - 五具治——具用上法亦對亦轉亦不轉亦兼治
  - 六第一義治——非對非轉亦非不轉等如阿伽陀藥徧治眾病

身風六種（顯宗）

- 入息風——處胎之時先於臍中有業風起穿身成穴次有外風自口鼻相續而入
- 出息風——入息風適至身內復有內風相續從口鼻而出
- 發語風——風從臍中生流轉衝喉鼓動唇舌由此勢力而能發聲
- 除棄風——謂有別風觸內穢物心生苦受欲除棄之以風引出因此風力令身安穩
- 隨轉風——謂有別風徧隨身支諸毛孔轉
- 動身風——謂身動轉皆屬於風亦由風力之所迴轉

心法六義（百法）

- 集起名心：唯屬第八集諸種子起現行故
- 積集名心：屬前七轉現行共集熏起種故；屬前七轉能熏積集諸法種故；或屬第八含藏積集諸法種故
- 緣慮名心：俱能緣慮；自分境故
- 或名爲識：了別義故
- 或名爲意：等無間故
- 或第八名心：第七名意；前六名識
- 以藏識名心，思量名意，了諸相名識（入楞伽）

種子六義

刹那滅　果俱有　恒隨轉　性決定　待衆緣　引自果

謂：
- 體纔生無間必滅有勝力用
- 與所生現行果法俱現和合
- 要長時一類相續至究竟位
- 隨因力生善惡等功能決定
- 此要待自衆緣合功能殊勝
- 於別別色心等果各各引生

遮：
- 常法常無轉變不可說有能生用故
- 前後及定相離等
- 轉識轉易間斷與種子法不相應等
- 餘部執異性因生異性果等
- 外道執自然不待衆緣恒頓生果等
- 外執一因生一切果等

六種金剛（諦譯）

青　黃　赤　白　空　碧

色

能消災厄　隨人所須　對日出火　能清濁水　令空中行坐　能消諸毒

喻十八住中佛地般若

能除業障　無漏功德　出無生智火　能清疑濁　破法執　除三毒

六欲輕重（俱舍）

名義見前欲天五淫中，此姑存名以備檢討

五欲六喻

無益　增爭　燒人　害人　無實　不久

如

狗齧骨　鳥競肉　逆風執炬　踐惡蛇　夢所得　假借須臾

六境界風（楞伽）

色　聲　香　味　觸　法

境界風起

眼　耳　鼻　舌　身　意

識浪

偈曰：
藏識海常住
境界風所動
種種諸識浪
騰躍而轉生

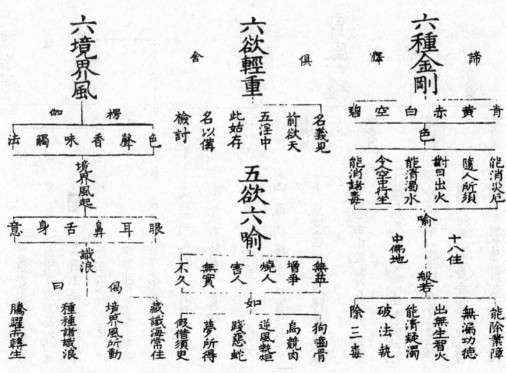

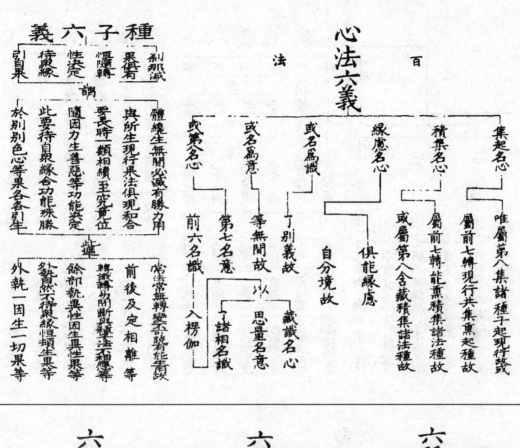

六羣比丘

難陀
跋難陀
此云
歡喜
善歡喜
迦留陀夷
闡陀
亦名
三文達多
摩醯沙達多
此云
黑光
納經
馬師
亦云馬勝
滿宿

善解陰陽算
數說法論義
而性多欲
善解毘曇
深通射道
而性多癡
善於音樂戲
笑論說法義
而性多瞋

文殊六名

妙德　大經云了了見佛性猶如妙德等
妙首　無行經名滿殊尸師利此云妙首
普首　出觀察三昧并大淨法門經
濡首　出阿目佉并普超經
敬首　出無量門微密經
妙吉祥　曼殊室利此云妙吉祥

僧具六寶

講
禪
高
文章
書畫
眞常
僧
具戒定慧有大辯才
頓悟自心超凡入聖
行解雙運不入世流
見聞深實舉古驗今
知因識果慈威並行
精勤功業長養聖胎

佛有六姓

瞿曇
甘蔗
日種
釋迦
舍夷
剎利
見
前
五
數
中
主種也此云
田主劫初人
食地味人情
漸偏各有封
植乃立有德
者主之故姓
俱
舍

捨心由六

愛心
勢力
作業
事物
壽命
善根
斷壞捨

佛教六宗

賢　宗　教　儀
小乘
大乘
隨相涅槃
唯識法相
眞空無相
藏心緣起
眞性寂滅
法界圓融
宗
即小乘諸師依阿含緣生等經造婆沙俱舍諸部論等
即無著天親依方廣深密等經造瑜伽唯識論等
即提婆清辯依般若妙智等經造百論掌珍論等
即堅慧馬鳴依勝鬘涅槃等經造寶性起信論等
即馬鳴龍樹依楞伽般若等經造真如三昧智度論等
即龍樹天親依華嚴等經造不思議十地論等

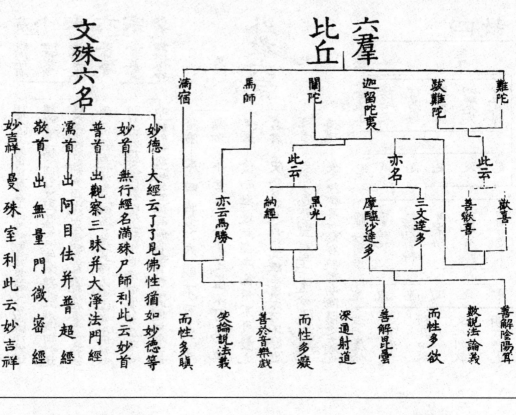

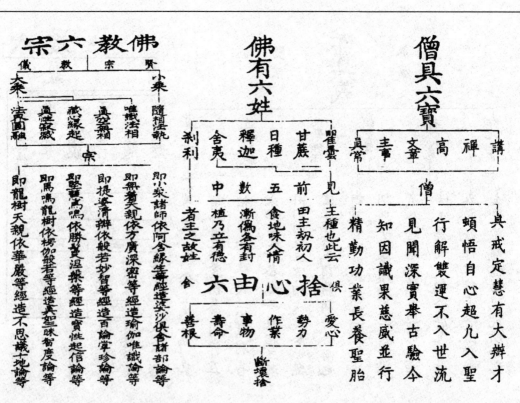

小乘六宗 賢首宗 教儀

- 我法俱有　謂犢子法上賢胄正量密林山部等所計雖殊皆立我故呼為附佛法外道
- 法有我無　謂薩婆多雪山多聞部等計一切法皆悉實有並不立我異前外道
- 法無去來　謂大眾雞胤制多西山北山法藏飲光部等唯說現在有為無為諸法　以過未法體用俱無故
- 現通假實　謂說假部所說出世法皆通假名及真實故
- 俗妄真實　即說出世部謂世俗法皆假以虛妄故出世法皆實非虛妄故
- 諸法但名　即一說部等說一切我法但有假名無實體故此通初教之始

外教六宗 史記

- 陰陽　序四時之大順不可失也
- 儒者　序君臣父子之禮不可易也
- 墨者　儉而難遵然強本節用不可廢也
- 名者　使人儉而失真然其正名實不可不察也
- 法者　嚴而少恩然而正君臣上下之分不可改也
- 道德　使人精神專一動合無形明陰陽之大順也

四教 大

- 藏教
  - 捨依正　防七支　打罵不報　為事始終　四禪八定　分地息諍
  - 名　施　戒　忍　進　定　慧
- 通教
  - 施受及物三事皆空　不見持犯　能忍忍處不可得　身心不動　不亂不味　非智非愚
  - 名　施　戒　忍　進　定　慧

若六度修之皆有十利具如疏文此別教明六度也

六度 論

- 別教
  - 以第一義熏修若行若捨攀緣　捨攀緣不犯　於境界不著不染　不捨離著之行　於事中不放逸　於諸法體性無生
- 圓教
  - 是　施　戒　忍　進　禪　慧
  - 又云　於陰捨　不計念陰　於陰無我想　於陰無起想　於陰不熾然　於陰無異業
  - 又云　於界捨　於界不攀緣　於界捨因緣　於界數數捨　於界不起發　於界如幻想

作緣六義 賢宗 教儀

- 具五法門　謂欲進念定慧也
- 近善知識　謂外護經營供養同行互相勸發教授示教利喜
- 求學佛法　求佛有七一恭敬二無相三起用四內觀五實相六大悲七無盡學法有五謂讀誦持念解也
- 調和身息　謂調食不飢飽調睡不節恣調身不急緩調息不澀滑
- 攝伏心意　不令心意馳散若馳散者攝住正念又須調令浮沉得所
- 作此作　五門既作此作亦立其猶鏡去影藏鏡懸影現能所全彰

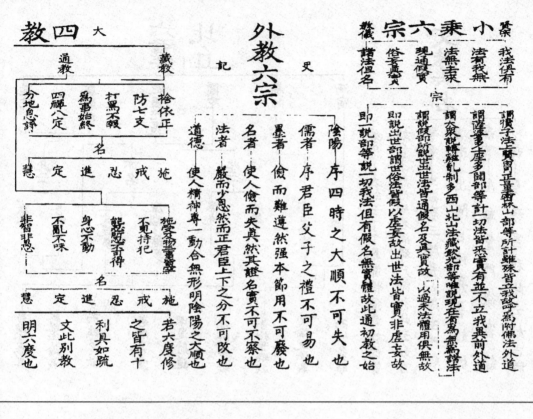

述作六意
不二

- 一為結成妙解 — 結此十妙歸乎十門
- 二顯教行一轍 — 一期縱橫不出一念三千
- 三以行成解 — 以十乘行成乎十妙
- 四以解成行 — 以十妙解成其妙行
- 五彰一念具法 — 一念徧見巳他生佛
- 六指心為觀境 — 心色法法相攝成觀境故

讚頌六意
寄歸

- 一能知佛德之深遠
- 二體制文之次第
- 三令舌根清淨
- 四得胸臟開通
- 五則處衆不惶
- 六乃長命無病

六離合釋
釋

- 依主 — 能所依彰
- 持業 — 體持業用
- 相違 — 兩別雙舉
- 有財 — 將他顯巳
- 鄰近 — 居近鄰強
- 帶數 — 體挾數彰

外道

- 富蘭那迦葉 — 富蘭那翻滿名也迦葉翻龜氏姓也其人起邪見謂諸法無所有蓋空見外道
- 末伽梨俱舍梨 — 末伽梨翻不見道名也俱舍梨翻牛舍生處也其人謂苦樂不因行得蓋自然外道
- 删闍耶毘羅胝 — 删闍耶翻圓勝名也毘羅胝翻空城生處也其人計修苦行以酬往因蓋有因苦行

六師

- 阿耆多翅舍欽婆羅 — 阿耆多翻無勝名也翅舍等翻粗弊衣其人著粗弊衣拔髮熏鼻等蓋無因苦行
- 迦羅鳩䭾迦旃延 — 此云牛領剪髮上名下姓其人計苦樂罪福皆自在天作蓋邪因外道也
- 尼犍陀若提子等 — 尼乾陀翻離繫裸形故若提翻親友母名也依母受稱名子其人計道不須求八萬劫滿自得蓋無因外道也

歲分六時

漸熱　盛熱　雨　茂　漸寒　盛寒 — 時

正月　三月　五月　七月　九月　十一月

十六至

三月　五月　七月　九月　十一月　正月

十五

六種散亂
雜集

自性　外　內　相　粗重　作意 — 散亂

- 前五識自性馳逐五塵
- 身口掉舉等
- 意業掉舉等
- 假莊禪相反乖正定
- 執我我所等求不清淨
- 作意修習不能證悟遂起亂想

六種意樂（攝大乘論）

意樂謂
- 廣大　廣修諸行心無厭足
- 長時　長修諸行心無間息
- 歡喜　饒益有情心生歡喜
- 荷恩　饒益有情不見於彼有恩
- 大志　所有功德回施有情
- 純善　唯求佛果心無間雜

治魔六門（賢宗 教儀）

- 覺悟無惑　謂知彼是魔不被其所惑也
- 善識呵責　謂以法辨識其類斥名陰呵也
- 止觀破除　二法不破進修止觀魔自滅也
- 經呪加持　止觀不破益以經呪魔便隱去
- 求固正念　雖益經呪魔猶不謝更固正念
- 增進功行　多時正念魔境猶現加功自謝

捨緣（賢宗）

- 捨惡業　外訶五欲內棄五蓋
- 捨親友　親戚朋友門徒知識皆不追尋往還斷絕眷屬尚爾何況惡律邪見人等
- 捨名利　息學問事業生活緣屏技術務即名爲捨名利事也

六義（教儀）

- 捨身命　身爲苦本且是不淨故當忘身求道不可爲身結業
- 捨心念　以念遣念念不可得以心除心心亦不生名捨心念
- 捨此捨　五緣既捨此捨亦捨其猶病起藥與病差藥除能所無寄

六祖問答（禪宗）

- 達摩—隻履　九年冷坐無人識　五葉花開遍界香
- 二祖—隻臂　看看三尺雪　令人毛骨寒
- 三祖—罪身　覓之不可得　本自無瑕纇
- 四祖—隻虎　威雄振十方　聲光動寰宇
- 五祖—株松　木圖標境智　且要壯家風
- 六祖—張碓　踏著關捩子　方知有與無

六種解脫（賢宗）

解脫
- 人天教　界內粗染
- 小教　界外粗染
- 始教　界外淨妙
- 終教　即粗即妙
- 頓教　非粗非妙
- 圓教　無障無礙

禪宗六祖

初祖 達摩圓覺禪師
二祖 慧可大祖禪師
三祖 僧璨鏡智禪師
四祖 道信大醫禪師
五祖 弘忍大滿禪師
六祖 慧能大鑑禪師

古有六卿

天官冢宰
地官司徒
春官宗伯
夏官司馬
秋官司寇
冬官司空

即今吏、户、禮、兵、刑、工部

詩經六義

風、雅、頌（三經）
賦、比、興（三緯）

六度對三學

布施、持戒、忍辱、精進 —— 增上戒學
精進、禪定 —— 增上心學
精進、智慧 —— 增上慧學

式叉六法

一染心相觸
二盜人四錢
三斷畜生命
四小妄語
五非時食
六飲酒

不得犯

三寶六相似

寶性

一者難得　謂無善根者不能值故
二者無垢　謂能離一切有漏法故
三者威德　謂威德自在不思議故
四者莊嚴　謂能莊嚴出世間法故
五者勝妙　謂能超出諸世間法故
六者不改　謂世間八法不能動故

與世寶相似

希有、明淨、勢力、嚴世、最上、不變

彼論偈云：眞實世希有，明淨及勢力，能莊嚴世間，最上不變等

六事知經意

五苦

正道　謂無爲無作無行無得，否則非正
善權　謂隨順機宜，善權變化，令生悟解
至教　謂罪福因果，至爲易曉
誘導　謂獎引愚蒙，令生正信
福德　謂說六度，令衆修習，得世出世樂
禁戒　謂制諸禁戒，令斷三業，超三惡趣

經云：佛有三達之智，來今往古，靡不通焉。佛經衆多，以虛空爲量；佛智弘深，以無造爲原。經中所演，不可思議，或有反覆難明，粗以六事可知其意。

涅槃無有六種義

畢竟無故
有時無故
少故
無數故
受惡法故
不對故

名無

如一切法無我無我所
如世人言河池無水無有魚等
如食中少鹹名爲無鹽等
如旃陀羅不受淨法名無淨行
如人受惡法名無沙門等
如無白名黑無明名無明等

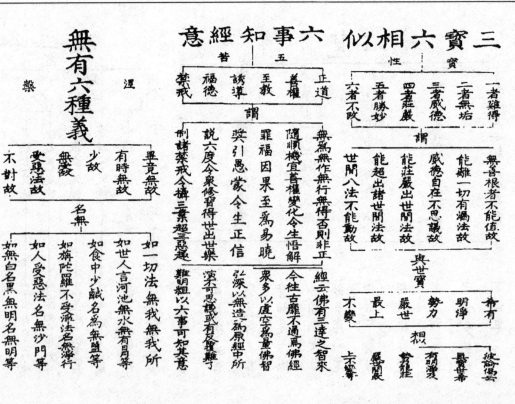

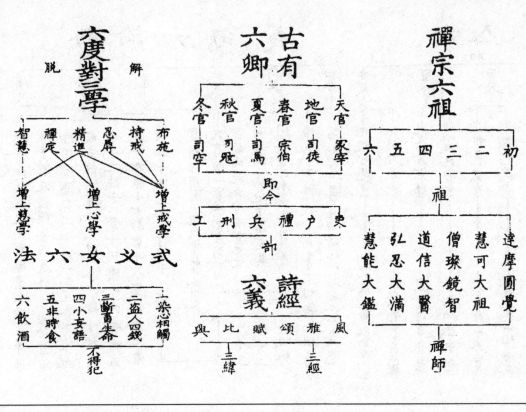

勝論六句義（唯識）

- 實——德業所依名之爲實德業不依有等性故實有九種謂五大及時方我意也
- 德——德謂道德有二十四一色二香三味四觸五數六量七別性八合九離十彼性十一此性十二覺十三樂十四苦十五欲十六瞋十七勤勇十八重性十九液性二十潤二十一行二十二法二十三非法二十四聲
- 業——業謂作用有五謂取捨屈申行也
- 大有——大有唯一實德業三同一有故由此大有有實等故
- 同異——同異亦一如地望地有其同義望於水等即有異義
- 和合——唯識云能令實等不相離而相屬名和合義謂諸法和聚一處也

六入（初）

- 色入
  - 正報可見色——衆生身色青黃色等
  - 依報可見色——外無知青黃赤白色等
- 聲入
  - 從正報色出聲——衆生語言音聲
  - 從依報色出聲——外無知色中聲
- 香入
  - 正報色處香——衆生身中香臭
  - 依報色處香——外無知色中所有香臭

各二種（門）

- 味入
  - 正報色處味——衆生身中六味
  - 依報色處味——外無知色中六味
- 觸入
  - 正報色處觸——衆生心中冷煖等十六觸
  - 依報色處觸——外無知十六觸
- 法入
  - 心法——是中除心王但取相應諸心數法
  - 非心法——即過去未來色香及心不相應行三無爲

薄伽梵六義（名義）

- 自在——永不繫屬諸煩惱
- 熾盛——猛焰智火所燒煉
- 端嚴——三十二相所嚴飾
- 名稱——功德圓滿無不知
- 吉祥——親近供養咸稱歎
- 尊貴——具一切德利樂有情

故

頌曰自在熾盛與端嚴名稱吉祥及尊貴如是六德義圓滿是故彰名薄伽梵由有六義故經教俱存梵名五種不翻中含多義故不翻也

起塔有六意

華嚴經疏

- 爲表如來三界至尊勝無比故
- 爲令衆生瞻仰頂禮生正信故
- 爲令衆生戀慕於佛知有在故
- 爲令衆生恭敬供養生福利故
- 爲令衆生瞻仰頂禮滅一切罪故
- 爲以建塔荅報四恩畢無邊行故

六輪對位配觀

瓔珞

鐵　銅　銀　金　琉璃　摩尼

輪對

十信　十住　十行　十向　十地　等妙

習種性　性種性　道種性　聖種性　等覺性　妙覺性

大品

習種性　道種性　性種性　聖種性　等覺性　妙覺性

從假入空　從空入假　修中道　證中道

空　假　中

大品觀

八識六處捨報

頂上　眼中　肉心　腹中　膝蓋　足下

捨

從下　從下　從下　從上　從上　從上

冷至

頂　眼　心　腰　膝　足

唯

頂上　眼處　心窩　腰間　膝蓋　足下

煖

人死六驗知生

驗知

成聖　生天　生人　生餓鬼　生畜生　生地獄

頌曰頂聖眼生天人心餓鬼腹旁生膝蓋離地獄足底出

亦名

依正無礙六句

華嚴經疏

依　正　正　依　依　正

中現

依　正　依　正　依正　依正

經示

- 一塵中有難思刹隨衆生心普現前　塵中現刹
- 於一微細毛端處有不可說諸普賢　毛中現身
- 於一微細毛孔中不可說刹次第入　毛中現刹
- 一切刹土微塵數常現身雲悉充滿　刹中現身
- 一塵中無量身復現種種莊嚴刹　塵現身刹
- 一切刹土入我身所住諸佛亦復然　身現刹身

東林影堂六事

- 隨修靖異教者與語乃過溪
  - 不以人而棄其言也
- 陶淵明湎於酒而招之入社
  - 蓋簡小節而取其達也
- 跋陀高僧異說被擯而反延譽之
  - 蓋重有道而矯嫉賢也
- 謝靈運以心雜不取而果歿於刑
  - 蓋識其器而知其終也
- 盧循欲叛而執手求舊
  - 蓋自信於義也
- 桓玄振威而抗對不屈
  - 蓋自固於節也

妄盡還源

賢

- 顯一體
  - 即自性清淨圓明之體
- 起二用
  - 海印常住用
  - 法界自在用
- 示三徧
  - 一塵普周法界徧
  - 一塵出生無盡徧
  - 一塵含容空有徧
- 隨緣妙用無方德
- 威儀住持有則德
- 柔和質直攝生德
- 普代衆生受苦德
- 照法清淨離緣止

此乃賢首國師以華嚴文富義豐尋覽莫窮由是總

觀六門

首

- 行四德
- 入五止
  - 觀人寂泊絕欲止
  - 性起繁興法爾止
  - 定光顯現無念止
  - 理事玄通非相止
- 起六觀
  - 攝境歸心真空觀
  - 從心現境妙有觀
  - 心境祕密圓融觀
  - 智身影現衆緣觀
  - 多身入一鏡像觀
  - 主伴互現帝網觀

括大宗述此六門令後學修習盡諸妄還真源也

六種不可思議

月　燈

- 諸行道識
- 有爲道識
- 無爲道識
- 有住道識
- 無住道識
- 皆空

不可思議

六種超越三昧

法界　次第

- 順入超
- 逆入超
- 順逆入超
  - 超入三昧
- 順超出
- 逆超出
- 順逆超出
  - 超出三昧

畧爲二種
義見二數

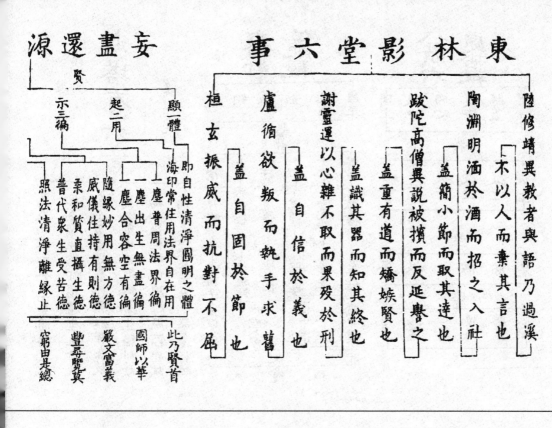

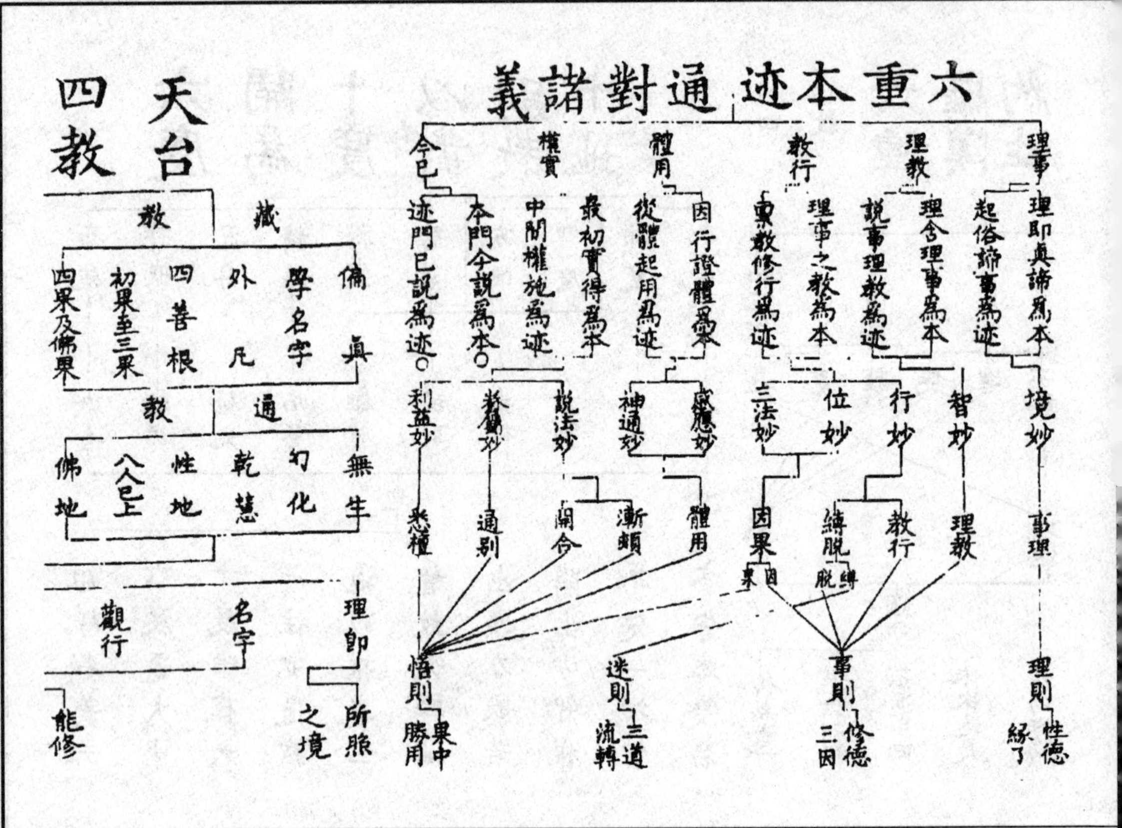
六重本迹通對諸義
理事
理即眞諦爲本
起俗諦事爲迹
理教
理含理事爲本
說事理教爲迹
教行
理事之教爲本
稟教修行爲迹
體用
因行證體爲本
從體起用爲迹
權實
最初實得爲本
中間權施爲迹
今巳
本門今說爲本◯
迹門已說爲迹◯
境妙
事理
理則
性德
緣了
智妙
理教
行妙
教行
位妙
縛脫
脫縛
三法妙
因果
果因
事則
修德
三因
感應妙
體用
神通妙
漸頓
說法妙
開合
眷屬妙
通別
利益妙
悲權
悟則
果中
勝用
迷則
三道
流轉
天台四教
藏教
偏眞
學名字
外凡
四善根
初果至三果
四果及佛果
通教
無生
幻化
乾慧
性地
八人已上
佛地
理即
名字
觀行
所賴之境
能修

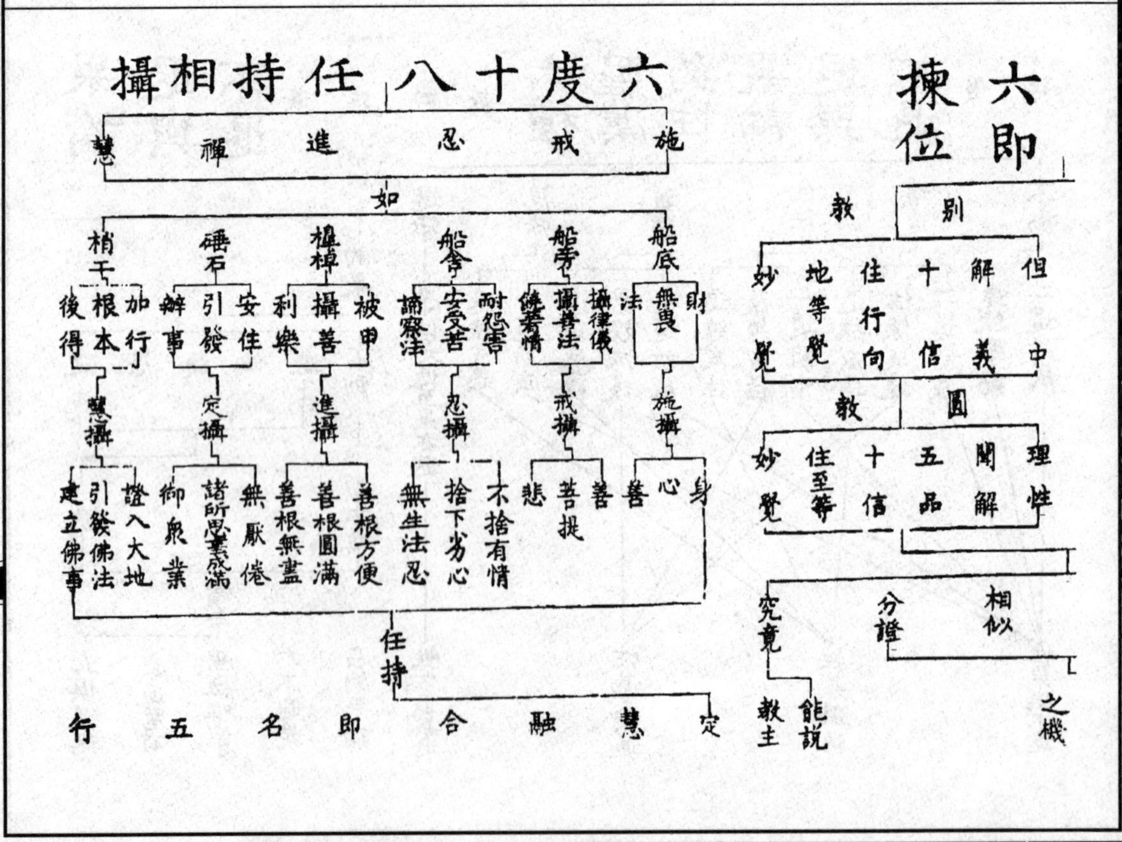
六即揀位
別教
但中
解義
十信
住行向
地等覺
妙覺
圓教
理性
聞解
五品
十信
住至等
妙覺
相似
分證
究竟
能說
教主
之機
六度十八任持相攝
施
戒
忍
進
禪
慧
如
船底
財
無畏
法
施攝
身
心
善
船帶
攝律儀
攝善法
饒益有情
戒攝
善
菩提
悲
船舍
耐怨害
安受苦
諦察法
忍攝
不捨有情
捨下劣心
無生法忍
檣棹
被甲
攝善
利樂
進攝
善根方便
善根圓滿
善根無盡
碇石
安住
引發
辦事
定攝
無厭倦
諸所思業成滿
御衆業
梢工
加行
根本
後得
慧攝
證入大地
引發佛法
建立佛事
任持
定慧融合即名五行

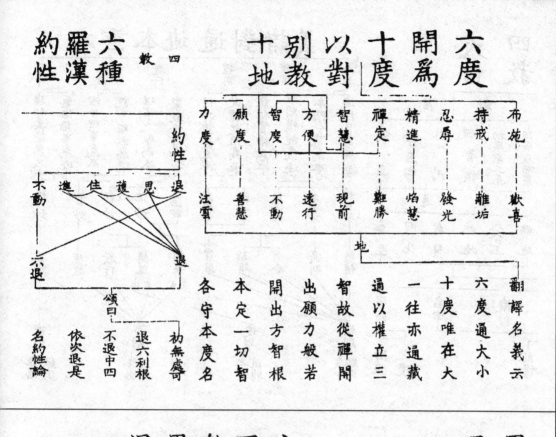

六度開爲十度以對別教十地

布施　歡喜
持戒　離垢
忍辱　發光
精進　焰慧
禪定　難勝
智慧　現前
方便　遠行
智度　不動
願度　善慧
力度　法雲

地

翻譯名義云
六度通大小
十度唯在大
一往亦通藏
通以權立三
智故從禪開
出願力般若
開出方智根
本定一切智
各守本度名

四教 六種羅漢約性

約性

退　思　護　住　進　不動

退

六退

頌曰

初無處
退六利根
不退中四
依次退是
名約性論

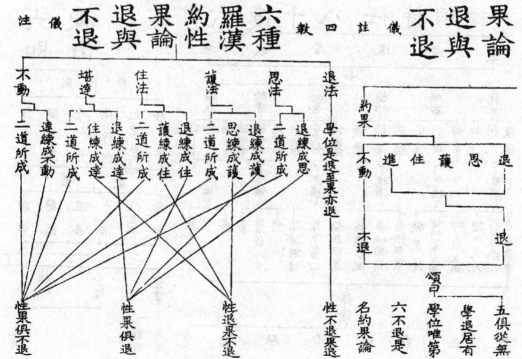

儀註 果論退與不退

約果

退　思　護　住　進　不動

退

不退

頌曰

五俱從無
學退居有
學位唯第
六不退是
名約果論

四教 六種羅漢約性果論退與不退 儀注

退法
學位是退至果亦退
性不退果退

思法
退練成思
二道所成

護法
退練成護
思練成護
二道所成

住法
退練成住
護練成住
二道所成

堪達
退練成達
住練成達
二道所成

不動
達練成不動
二道所成

性果俱不退

性果俱退

性退果不退

從一味藥流出六味用譬五教

涅槃

雪山有一味藥其味極甜（山譬法身　藥譬別圓）過去輪王造桶接藥（譬宿根大機　王譬受圓滿教）既沒已是藥或

醋　鹹　甜　苦　辛　淡

譬

相宗　終教　同圓　空宗　頓教　小教

賢宗　四教

六種羅漢約性果辯非先

約

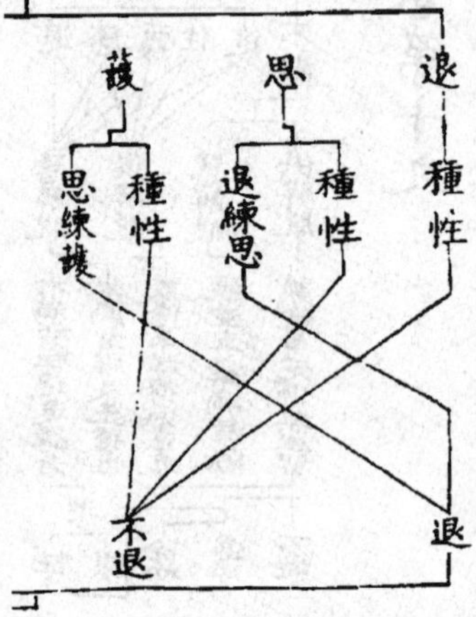

論退不退

儀註

性

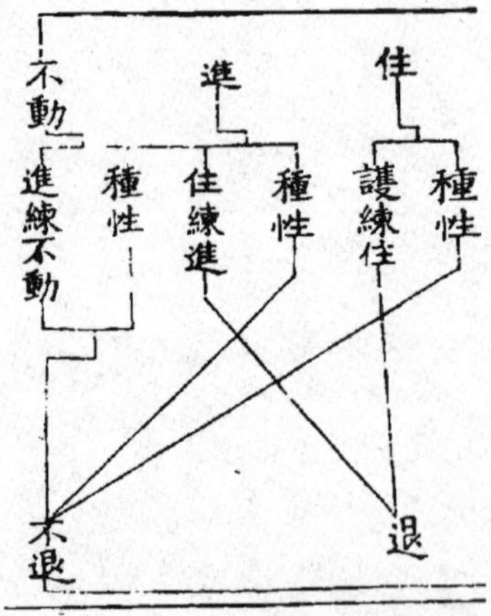

約果

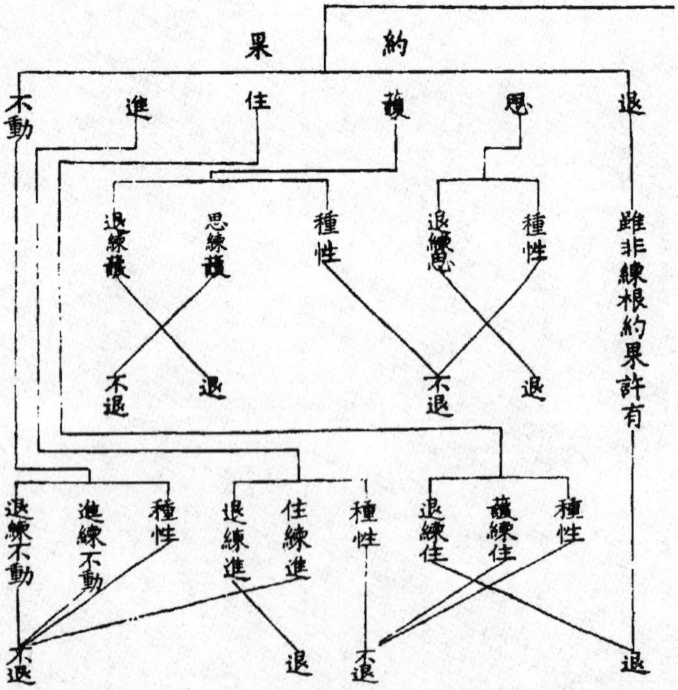

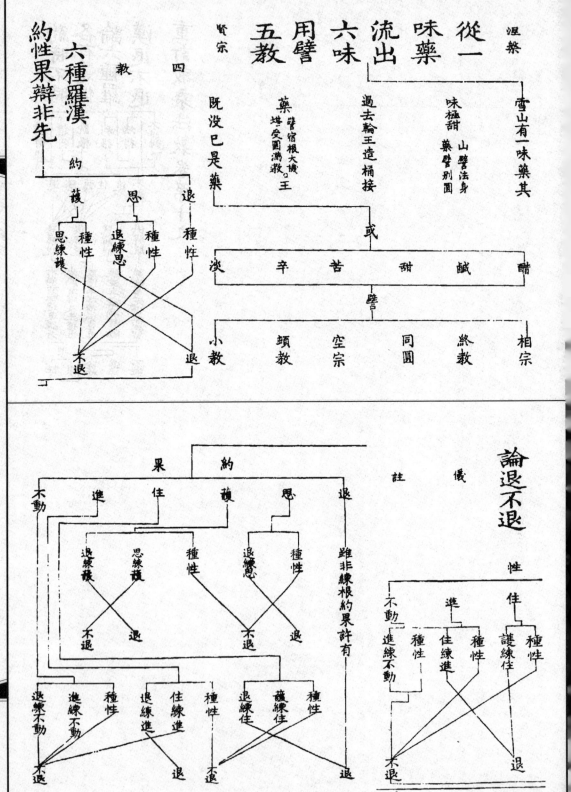

約時不時各有慧俱論六種羅漢退不退

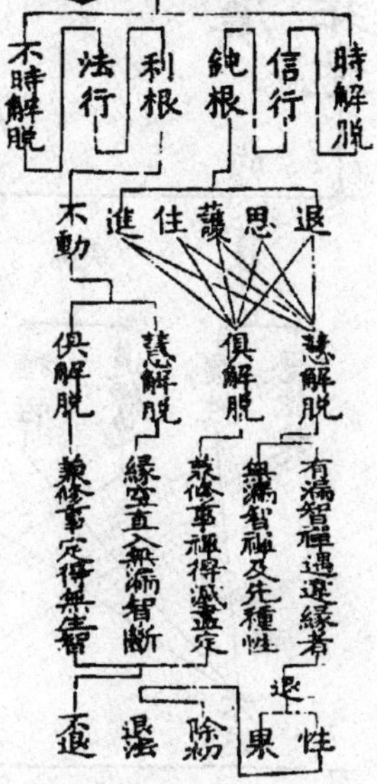

重訂教乘法數卷第十九

重訂教乘法數卷第二十

七佛

毘婆尸　此云勝觀　釋迦於此佛法中初種相好故爲七佛之首梵語毘婆尸
尸棄　此云持髻　莊嚴劫末一佛
毘舍浮　此云徧一切自在
拘留孫　此云所應斷　賢劫第一佛
俱那含牟尼　此云金色仙　賢劫第二佛
迦葉　此云飲光　賢劫第三佛
釋迦牟尼　此云能仁寂默　賢劫第四佛

七咒

說
除一切煩惱蒸熱惱
金鼓
金剛幢
名聲振十方
拯濟羣生
金光照耀

七宗

賢首宗　教儀

隨相法執宗　阿含緣生經即小乘諸師等
唯識法相宗　方廣深密經即此方慈恩教等
真空無相宗　般若妙智經如此方肇論師等
藏心緣起宗　勝鬘瓔珞經如此方南北諸師等
真性寂滅宗　楞伽圓覺經如此方禪宗
會歸圓融宗　法華涅槃經即此方天台教等
普融無盡宗　華嚴經如此方光統教等

七宗

肇　涉

本無宗
本無玄妙宗
即色宗
義合宗亦云識含宗
幻化宗亦云如幻宗
心無宗
緣會宗亦云體會宗

此七宗雖有淺深皆真空無相宗攝

七聚

即前六聚於突吉羅中開惡作惡說爲二故成七聚

七垢

瑜伽

欲　見　疑　慢　憍　隨眠　慳

垢但有
希求　分別　疑惑　傲心　高心　惑習　悋心
即是

七大

楞嚴

地　水　火　風　空　見　識

據經中一一皆周徧法界故名爲大

七見

邪見　謗正法撥因果
我見　執我執我所等
常見　妄計諸法是常
斷見　妄計諸法斷滅
盜見　非因竊計爲因
盜見　非果竊計爲果
疑見　於法猶豫不決

七有

婆沙

地獄有
畜生有
餓鬼有
人有
天有
業有
中有

中有即是中陰餘六可知是等皆因果不亡故名爲有

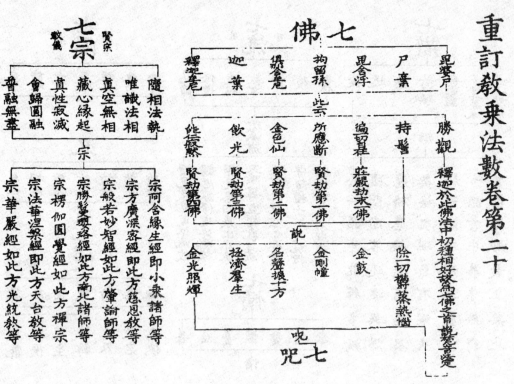

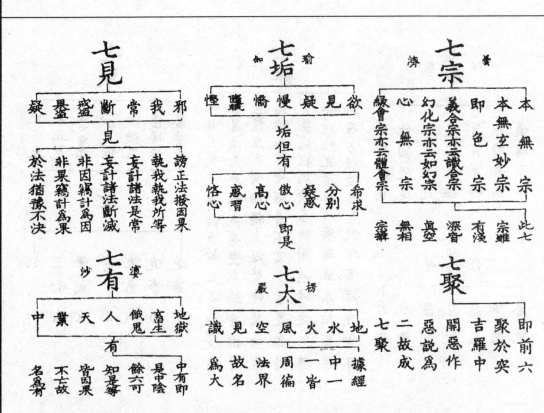

七漏（李論）

見　犢　忘　惡　覩　愛　念

漏

又

自性　相應　所依　所引　所發　所集　所障

漏

七使

欲　恚　愛　慢　癡　見　疑

由能驅役衆生流轉三界故名爲使

七流（孔目）

見諦　修道　遠離　數事　捨　護　制伏

所滅流

謂見惑見道位滅故

謂思惑修道位滅故

謂見思四果出界滅

五陰等空諸惑自滅

於前能空空心亦捨

守護種子不起現行

制伏習氣不成種子

七情

喜　怒　憂　懼　愛　憎　欲

情

七辯

捷　迅　應　無疎謬　無斷盡　多豐義味　最上妙辯

辯

於一語中能釋多疑

隨問隨答迅速無滯

應時應機無有差異

契機契理無有漏失

於一法中演無盡法

一語言中義味無窮

其辯微妙最上無比

七衆

比丘　比丘尼　式叉摩那　沙彌　沙彌尼　優婆塞　優婆夷

此云

乞士　乞士女　學戒女　息慈　息慈女　近事男　近事女

七難（仁王）

一日月失度薄蝕重輪光色改變等

二星辰失度彗星等變或時晝出等

三龍鬼人樹四種火起焚燒萬物等

四時節改變寒暑不常冬雷夏霜等

五暴風數起發屋折樹飛砂走石等

六天地亢陽池河竭涸草木枯死等

七四方賊侵兵戈競起百姓喪亡等

七難（藥師）

人衆疾疫

他國侵逼

自界叛逆

星宿變怪

日月薄蝕

非時風雨

過時不雨

又（普門）

火焚

水漂

羅刹

刀杖

惡鬼

枷鎖

怨賊

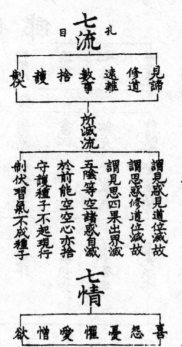

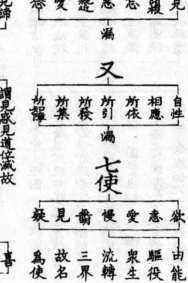

七趣

- 純想即飛必生天上——天趣
- 情少想多輕舉非遠即爲飛仙等——仙趣
- 情想均等不升不墜生於人間——人趣
- 情多想少流入橫生重爲毛羣輕爲羽族——畜生
- 七情三想沉下水輪身爲餓鬼——餓鬼
- 九情一想下洞火輪輕生有間重生無間——地獄
- 純情即沉入阿鼻獄——地獄
- ○修羅
  - 有四種一化生修羅天趣所攝二胎生修羅人趣所攝三濕生修羅畜生所攝四卵生修羅餓鬼所攝既爲四類所攝其情想多少亦隨四類可知
  - 經云精研七趣皆是昏沉諸有爲相

七錄

- 經典
- 傳說
- 子兵書
- 文集
- 術伎
- 佛法
- 仙道

經典、傳說、子兵書、文集、術伎——內篇——內
佛法、仙道——外篇——外
謂遊方之內外

約域以世間爲內出世爲外約教以治心爲內治身爲外此約域以分內外也

七寶

- 蘇伐羅
- 阿路巴
- 吠琉璃
- 頗胝迦即頗黎
- 牟娑洛揭拉婆
- 摩羅伽隸
- 鉢摩羅伽

此云

- 金
- 銀
- 青色寶
- 水玉
- 硨磲
- 碼碯
- 赤真珠

七寶

- 鉢攞娑
- 阿濕摩揭婆
- 摩尼
- 甄叔迦
- 釋迦毘楞伽
- 摩羅伽陀
- 跋折羅

此云

- 珊瑚
- 琥珀
- 離塵
- 赤色寶
- 能勝
- 綠色珠
- 金剛寶

此二圖出名義集諸經七寶雖出沒不同皆不出乎此

七畧（前漢 劉歆）

- 輯畧——諸書之總要也
- 六藝畧○
- 諸子畧○
- 詩賦畧○
- 兵書畧○
- 術數畧——占卜之書
- 方技畧——醫藥之書

七政（書經）

- 日
- 月
- 金
- 木
- 水
- 火
- 土

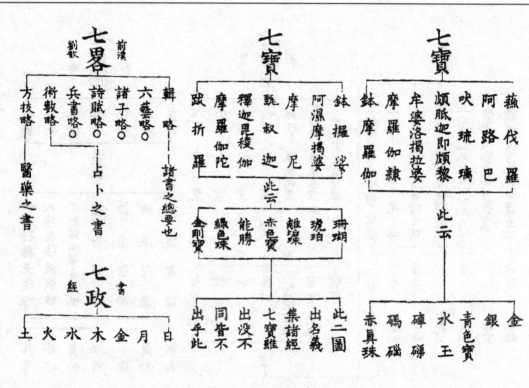

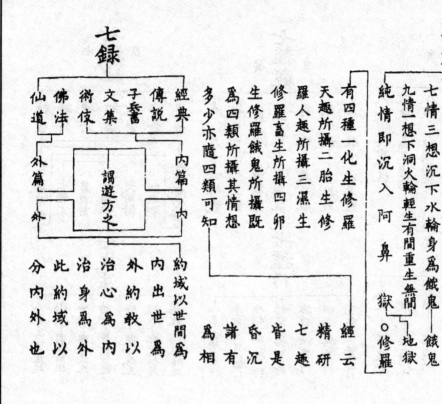

七種地 地持

- 種性
- 解行
- 淨心
- 行迹
- 決定
- 決定行
- 畢竟

六皆菩薩地（種性至決定行）

畢竟—菩薩佛共地

七種名義與前六種住大同對觀自知

七生法 賢宗

- 人天—三界生起
- 小乘—因緣所生
- 分相—唯從識生
- 始空—皆眞空起
- 終教—藏心緣生
- 頓教—唯眞性起
- 圓教—法界緣起

七種觀 賢宗

- 人天—六行觀
- 小乘—生空觀
- 分教相宗—唯識觀
- 始教空宗—眞空觀
- 終教—藏心觀
- 頓教—眞性觀
- 圓教—法界觀

七種行 賢宗

- 人天—世間因果行
- 小乘—出世涅槃行
- 分相—法相行
- 始空—無相行
- 終教—法性行
- 頓教—無性行
- 圓教—圓融無盡行

七種性 賢宗

- 人天—六識心性
- 小乘—偏眞法性
- 分相—唯識實性
- 始空—眞空無性
- 終教—緣生藏性
- 頓教—無生法性
- 圓教—無盡法界性

七種相 賢宗

- 人天—因果相
- 小乘—無漏相
- 分相—唯識相
- 始空—眞空相
- 終教—實相
- 頓教—寂滅相
- 圓教—法界相

七眞如 瑜伽

- 流轉
- 實相
- 唯識
- 安立
- 邪行
- 清淨
- 正行

眞如論云

- 一切行無先後性
- 人無我法無我性
- 了別諸行唯是識性
- 諸苦聖諦
- 諸集聖諦
- 諸滅聖諦
- 諸道聖諦

此等皆依眞如而有不離眞如故名

七種空 賢宗

- 人天—事空
- 小乘—人空
- 分相—法空
- 始空—俱空
- 終教—緣生性空
- 頓教—無生性空
- 圓教—法界無盡空

又 楞伽

- 相
- 性自性
- 行
- 無行
- 一切法離言說
- 第一義聖智大
- 彼彼

—空

經云

- 二乘
  - 一切法自相共相皆空故
  - 一切法自性不生故
- 菩薩
  - 於五陰離我我所及依我所作業故
  - 了行無行不須更離體自空故
- 佛
  - 一切諸法本自離言由此名空
  - 智本不空以能空見過習氣說名爲空
- 外道
  - 謂於彼處原有彼物因驅無彼物名空也

彼彼空者是空最粗汝當遠離

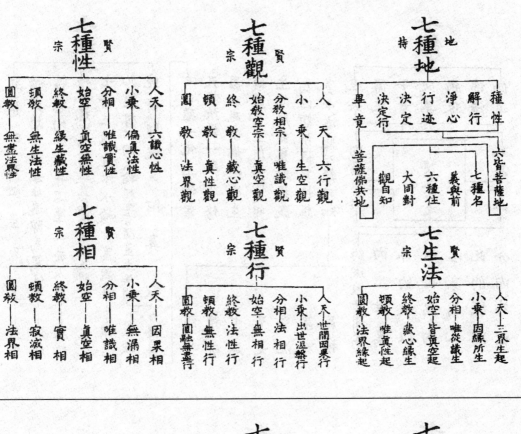

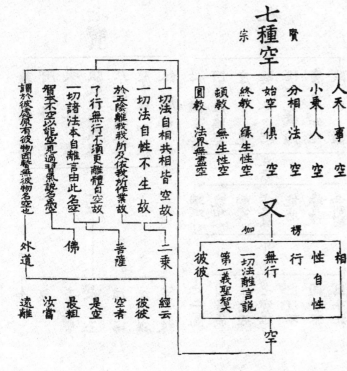

七金山（法集）

- 持雙：二山相倚故
- 持軸：形如車軸故
- 擔木：形如擔木故
- 善見：見者稱善故
- 馬耳：狀如馬耳故
- 象鼻：形如象鼻故
- 魚觜：形如魚觜故

或云障礙山神名也，或云地持持地持邊等以山地互持及持六山邊故。

七山圍繞須彌，皆有金色光明，故名。

七無上（地持）

- 身：如來相好莊嚴無比
- 道：所修諸道無比
- 覺：具足行命戒見
- 智：智慧超勝絕倫
- 神力：神力不可思議
- 斷障：能斷一切煩惱
- 住：安住大寂滅定

即

七最勝（寶戒）

身、行處、具足、智、不思議、解脫、法住　最勝

七最勝

安住、依止、意樂、事業、巧便、回向、清淨　最勝

七支懺

- 身三：殺、盜、淫
- 口四：妄言、綺語、兩舌、惡口

各加不字，則名七支戒。

七種禮（勒那三藏）

- 一我慢：依位次無恭敬心
- 二唱和：高聲喧雜詞句混亂
- 三恭敬：五輪著地捧足殷勤
- 四無相：深入法性離名字相
- 五起用：雖無能所普運身心如影普徧禮不可禮
- 六內觀：但禮身內法身真佛不向外求
- 七實相：若內若外同一實相

空、假、中觀　三諦一境

七水海（法集）

海其水：

- 鹹水：味鹹
- 乳：如乳
- 酪：如酪
- 酥：如酥
- 蜜：如蜜
- 吉祥草：如吉祥草
- 酒：如酒

七善法（涅槃）

知

- 法：知十二部經能詮之法
- 義：知文字等所詮之義
- 時：知修行時節
- 足：於四事等知足
- 自：知自有信戒等
- 眾：知眾行住坐起等
- 尊卑：知信者為尊不信為卑等

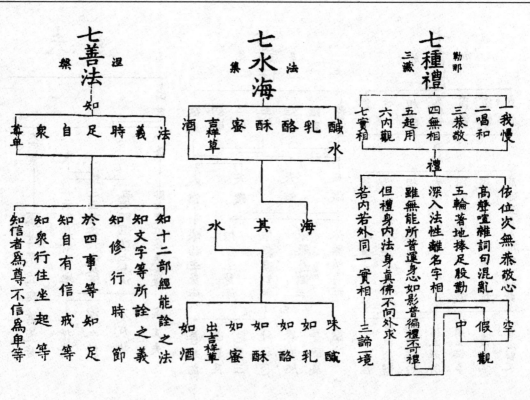

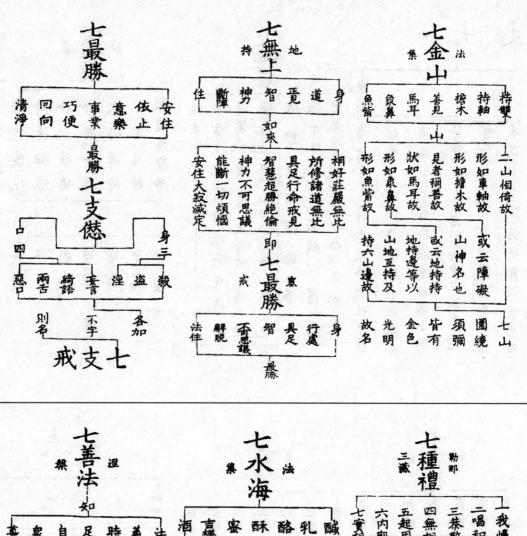

七種慢 婆沙

- 恃已陵他 — 我慢
- 同德相傲 — 慢
- 於同爭勝 — 過慢
- 於勝爭勝 — 慢過慢
- 未得謂得 — 增上慢
- 以劣自矜 — 卑劣慢
- 不禮塔廟等 — 邪慢

（名）

七逆罪 窣

七遮罪

- 殺父
- 殺母
- 殺和尚
- 殺阿闍黎 — 阿闍黎此云規範師
- 破羯磨轉法輪僧 — 羯磨此云作法 調和合辦事也
- 殺十地聖人或云弑阿羅漢
- 出佛身血如調達以惡心傷佛足

七丈夫 瑜伽

- 世間
  - 長壽 — 壽命延長久住世間
  - 妙色 — 形儀英偉色相端嚴
  - 無病 — 宿福深厚無病少惱
  - 非半擇迦 — 半擇迦此云變五不男之一
  - 智慧 — 有大智慧信受正法
  - 威肅 — 威儀整肅人所尊服
- 大宗葉 — 家世宗支奕葉流芳
- 出世
  - 大乘
    - 一云即是瑜伽七地
    - 二云瓔珞六位及信
    - 三云即涅槃七善法
  - 小乘 — 即七聖位名義見後

大抵皆以人所不及故名丈夫

七識住 毘曇

- 欲界人 — 人識 — 依胎生身住
- 初禪天 — 天識 — 依化生身住
- 二禪、三禪 — 天識 — 依無邊空住
- 空處、識處 — 天識 — 依無邊識住
- 無所有處 — 依無所有住

偈曰：善趣在欲界及色界三地無色界亦然是說爲識住

七自性 楞伽

- 集性 — 集即五蘊謂積聚性故
- 性 — 性通根識照境性了境性故
- 相性 — 相即六塵所照性所了性故
- 大種性 — 大即四大堅潤燥動性故
- 因性 — 因即十因能生性故
- 緣性 — 緣即四緣助發性故
- 成性 — 成即五果生成助成性故

（自性）

此中上性字俱約體性自性乃指本源所謂自性第一義心也智者詳之

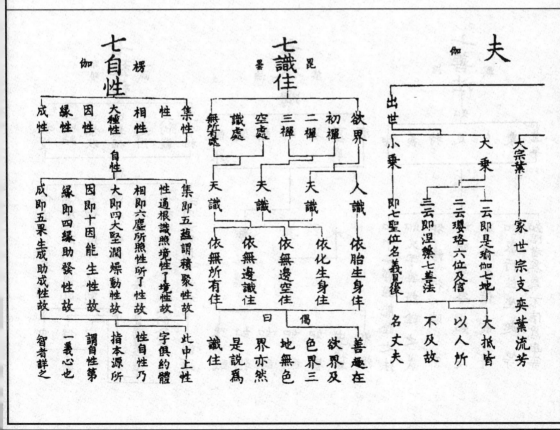

七淨華（淨名）

- 戒淨——身口意始終淨——正語正業正命
- 心淨——三乘制煩惱斷結漏盡——正精進正念正定
- 見淨——見法眞性不起妄想——正見正思惟
- 度疑——見染疑斷——見
- 分別道——是道宜行非道宜捨
- 行斷知見——所行所斷通達分明——修
- 涅槃——四果所證——無學

八正淨能致果故名爲華

三道

七德財（未曾有經）

- 信——信
- 進○
- 戒——戒
- 慚愧（淨名）——慚、愧
- 聞——聞
- 捨——捨
- 定慧——慧

亦名 七法財 七聖財 財寶

七隨眠（俱舍）

即前七使就未起現行時種子潛伏藏識能生一切煩惱結業故爲隨眠

七覺支

- 念覺支——心沉時念用擇進喜以起之心浮時念用輕安定捨以攝之覺令定慧均等
- 擇覺支——觀諸法時善能覺了揀別眞僞不謬取於虛僞法故
- 進覺支——修道法時善能覺了正不正行不謬行於無益苦行故
- 喜覺支——心得法喜時善能覺了不隨顛倒之法而生喜故
- 輕安覺支——斷除身口粗重故亦爲滅除諸見煩惱故亦名爲猗柔順而無强暴故
- 定覺支——發諸三昧時善能覺了諸禪虛假不生見愛故
- 捨覺支——捨所緣境界時善能覺了取捨虛僞不生追憶故

亦名 七覺分

大乘七大（地持）

- 法大——十二部經
- 心大——求於菩提
- 解大——解菩薩藏
- 淨大——見道淨心
- 莊嚴大——福德智慧
- 時大——三祇行
- 具足大——相好具足得菩提示名得大

亦名衆具大或名資糧大

因大　果大

舊本三圖今合爲一

亦名 七種大性 七名大乘

小乘七賢（小教）

- 五停心
- 別相念
- 總相念
- 煖
- 頂
- 忍
- 世第一

亦名 七方便位

停心等義於五教斷證中明天台藏教與此名義亦同

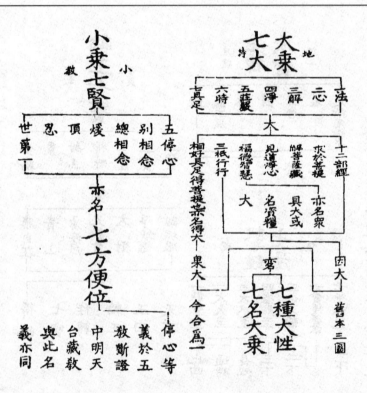

小乘七聖（天台教儀）

- 隨信行—鈍根之人憑他生解依信而行
- 隨法行—利根之人自以智力依法而行
- 信解—信行轉入修道仍憑信力發解
- 見得—法行轉入修道仍即見法得理
- 身證—受想心滅現身即證涅槃寂定
- 時解脫—信行鈍根必待時節緣具入道
- 不時解脫—法行利根不待時節緣具入道

初：向（行中）—見道；果（住果）
二：向（勝進）；果（住果）
三：向（勝進）；果（住果）
（初果、二向二果、三向三果、四向）—修道
四：向（勝進）；果（住果）—無學

七寶對位（瓔珞）

鐵　銅　銀　金　琉璃　摩尼　水晶
—寶—
十信　十住　十行　十向　十地　等覺　妙覺

七方便人

人　天　聲聞　緣覺　藏　通　別接前

聲聞、緣覺—二乘

藏、通、別接前—菩薩

七常住果（楞嚴）

- 菩提—諸佛所得
- 涅槃—寂靜常樂
- 真如—不妄不變
- 佛性—離過絕非
- 菴摩羅識—分別一切而無染著
- 空如來藏—一法不立煩惱蕩盡
- 大圓鏡智—洞照萬法而無分別

輪王七寶（晋本華嚴）

金輪　象　紺馬　神珠　主藏臣　玉女　主兵臣
—寶—
勝自在　青山　勇疾風　光藏雲　大財　淨妙德　離垢眼

得此七寶作轉輪王王四天下

七種次寶（尼犍輪王）

劒　龍王皮　林　園　屋舍　衣　足所用寶

此七寶次於上也

擊鐘七法（威儀）

- 一縣官事
- 二大火至
- 三大水至
- 四盜賊至
- 五會沙彌
- 六會優婆塞
- 七呼私見

此四通時長短（一至四）
五會沙彌—三下
六會優婆塞—二下
七呼私見—一下

七第一義（楞伽）

心　慧　智　見　超二地　超十地　如來自到

謂

- 中道之理諸佛菩薩心之所造
- 心既能造即發通明慧性照了
- 既發慧明則成智用知一切法
- 智用既成則發正見離邪妄境
- 正見現前則能超過斷常二見
- 超二見故證第一義心則超十地
- 以第一義心成就世出世上上之法

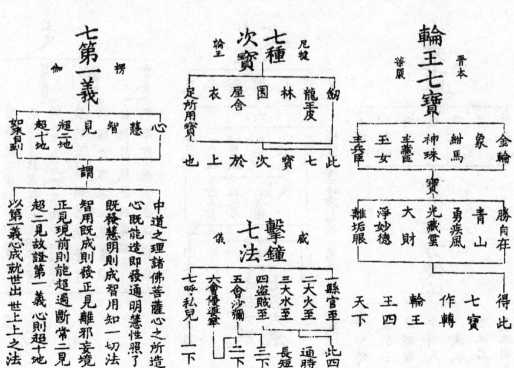

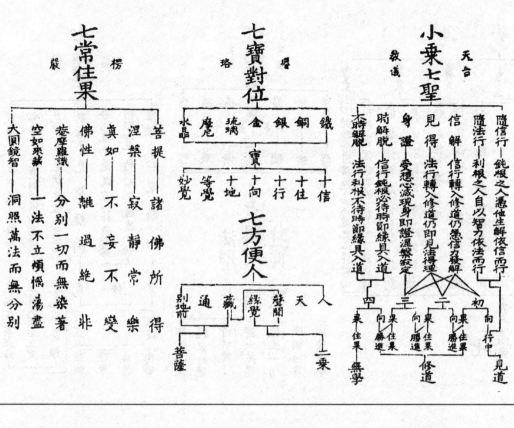

七種定名（名義）

- 三摩呬多
- 三摩地
- 三摩鉢底
- 馱那演那
- 質多醫迦阿羯羅多
- 奢摩他
- 現法樂住

此云：等引、等持、等至、靜慮、心一境性、止

謂：
- 遠離沉掉引發勝妙功德故
- 等徧攝持一切諸法令不散
- 定慧均等至勝定到勝位故
- 靜而能慮不沉不浮也
- 攝心境專勵並勤而修習也
- 止息惡不善法能離一切散亂也
- 身心寂靜現受法樂安住不動

七時判教（曉公）

華嚴、梵網、阿含、方廣、般若、法華、涅槃（時）

又（波頗）

華嚴、阿含、大集、深密、妙智、法華、涅槃（時）

七種義句（無著論判）

- 種性不斷——護念付囑
- 發起行相——申請讚許
- 行所住處十八住。
- 對治邪行正行。
- 不失——不失中道。
- 地——成賢聖地——信行地、淨心地、如來地
- 立名——由前六種智慧堅利故名金剛

七種廣施（福田）

- 興立佛圖僧房堂閣
- 園果浴池樹木清涼
- 常施醫藥療救衆病
- 作堅牢船濟渡人民
- 安設橋梁過度羸弱
- 近道作井渴乏得飲
- 造作圊廁施便利處

行七施福生天受樂

七不淨觀

種子、受生、住處、食噉、初生、舉體、究竟——不淨

- 觀此身從貪愛煩惱生
- 父母赤白二滴和合托識其中
- 處母胎生臟之下熟臟之上
- 胎中唯食母血
- 產時與血俱出臭穢狼籍
- 薄皮之內膿血徧一切處
- 死後胮脹爛壞骨肉縱橫

七處徵心（楞嚴）

身內、身外、潛伏根裏、開合明暗、隨合處有、中間、一切無著

佛問阿難汝心何在，荅在身內，如是七問七荅佛皆破，其妄所正，脉疏謂之

七番破處（交光）

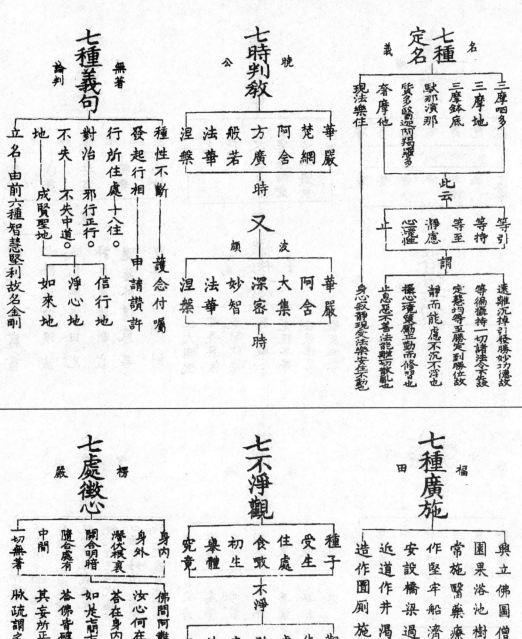

七斷滅論（楞嚴）

- 人 — 身
- 天、初禪 — 欲盡
- 二禪 — 苦盡
- 三禪、四禪 — 極樂
- 四空 — 極捨

滅

如是循環窮盡七際現前泯滅滅已無復由此計度死後斷滅墮落外道惑菩提性名心顛倒

七攝受事

- 父母
- 妻子
- 奴婢僕使
- 朋友兄弟眷屬
- 田宅店肆物業
- 福業及方便作業
- 塵藏

事

懺悔七心（阿毘達磨）

- 生大慚愧
- 深畏果報
- 厭離欲染
- 發菩提心
- 寃親平等
- 念報佛恩
- 觀罪性空

七種爲食（增一）

- 眼 — 眠
- 耳 — 聲
- 鼻 — 香
- 舌 — 味
- 身 — 細滑
- 意 — 法
- 涅槃 — 不放逸

以……爲食

浴僧七物（溫室）

- 然火
- 淨水
- 澡豆
- 蘇膏
- 淳灰
- 楊枝
- 內衣

浴僧七福（溫室）

- 四大無病所生常安
- 所生清淨面目端嚴
- 身體常香衣服淨潔
- 肌體濡澤威德光大
- 饒人侍從拂拭塵垢
- 口齒香好所說肅用
- 所生之處自然衣服

浴除七病（溫室）

- 四大輕安
- 除風
- 除濕痺
- 除寒冰
- 除熱氣
- 除垢穢
- 身體輕眼目清

佛母七子（般若）

- 佛
- 菩薩
- 支佛
- 四果
- 三果
- 二果
- 初果

般若爲佛母能生佛菩薩等故名

集僧七法（律部）

- 量影
- 破竹作聲
- 作烟
- 吹貝
- 打鼓
- 打犍椎
- 唱諸大德布薩時到

七滅諍法（四分）

應與

- 現前毘尼
- 憶念毘尼
- 不癡毘尼
- 自言治
- 多覓罪相
- 覓罪相
- 如草覆地

當與

- 現前毘尼
- 憶念毘尼
- 不癡毘尼
- 自言治
- 多覓罪相
- 覓罪相
- 如草覆地

若比丘有諍事起應用七法滅除

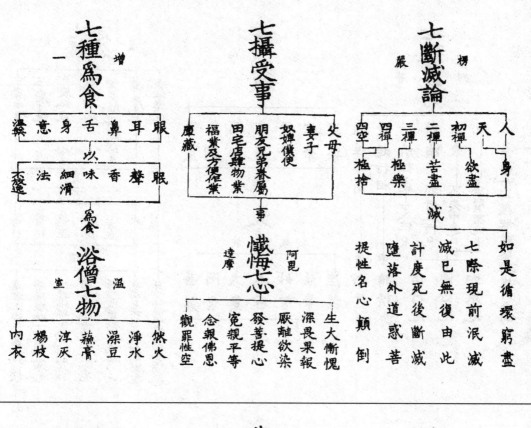

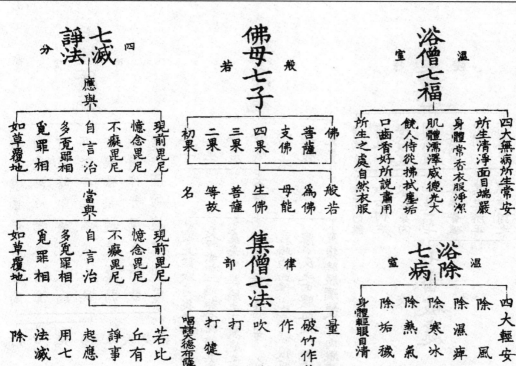

二處七喻

光明文句

- 二醉象 — 喻 — 生死
- 緣藤 — 喻 — 命根
- 入井 — 喻 — 無常
- 二鼠 — 喻 — 日月
- 四蛇 — 喻 — 四大
- 三龍 — 喻 — 三毒
- 蜂蜜 — 喻 — 五欲

經云昔有一人避二醉象緣藤入井有黑白二鼠嚙藤將斷旁有四蛇欲螫下有三龍吐火張爪拒之其人仰望二象已臨井上憂懼無托忽有蜂過遺蜜滴入口是人唼蜜全忘危懼本出大集天台引用

淨名什法

- 邱井 — 喻 — 生死
- 醉象 — 喻 — 無常
- 毒龍 — 喻 — 惡道
- 五蛇 — 喻 — 五陰
- 腐草 — 喻 — 命根
- 二鼠 — 喻 — 日月
- 蜜滴 — 喻 — 五欲

昔有人得罪於王怖罪逃走王令醉象逐之其人急投枯井半井得一腐草以手執之下有惡龍吐火向之旁有五毒蛇復欲加害二鼠嚙草甚急蜂過蜜滴口中著味而忘怖喻諸衆生著五欲而忘苦逼也

七種二諦

四正

- 藏教
  - 實有　為俗
  - 實有滅
- 通教
  - 幻有
  - 即幻有空
- 別教
  - 幻有幻有即空皆名
  - 不有不空
  - 幻有幻有即空皆名
- 圓教
  - 一切法趣有趣空趣不有不空

三接

- 別接通
  - 幻有
  - 即幻有空不空共
- 圓接通
  - 幻有
  - 幻有即空不空一切法趣空不空
- 圓接別
  - 幻有幻有即空皆名
  - 不有不空一切法趣不有不空　為真

以釋諦是一初七總別教是

涅槃八種二諦章安作七種二

七種立題

- 單三
  - 人 — 佛說阿彌陀經
  - 法 — 涅槃
  - 譬 — 梵網
- 複三（如）
  - 人法 — 文殊問般若經
  - 法譬 — 妙法蓮華
  - 人譬 — 如來師子吼
- 具足一
  - 人法譬 — 大方廣佛華嚴

醫喻七種（涅槃）

- 病人 — 喻 — 諸菩薩
- 醫者 — 喻 — 善知識
- 醫方 — 喻 — 方等經
- 受教 — 喻 — 善思惟
- 合藥 — 喻 — 修道品
- 病差 — 喻 — 滅煩惱
- 安樂 — 喻 — 得涅槃

七種樹寶

大彌陀經

一　二　三　四　五　六　七

寶爲一樹者

- 根莖枝葉花果皆以一寶
- 根莖枝葉花果間以二寶
- 根莖枝葉花果間以三寶
- 根莖枝葉各以一寶花果同根莖
- 根莖枝葉花各以一寶果同於根
- 根莖枝葉花果各以一寶
- 亦復如是唯加其節並用一寶

道品七類

楞伽寶卷

- 四念處——對治顛倒
- 四正勤——斷諸懈怠
- 四神足——引發神通
- 五根——現觀方便
- 五力——親近現觀
- 七覺分——現觀自體
- 八正道——現觀後起

如

種子　種植　抽芽　生根　莖葉　開花　結果

法性如地

七周

集

- 一周：上樂　中樂　下樂
- 二周：上樂　中樂　下樂
- 三周：上樂　中樂　下樂
- 四周：上樂　中樂

上親　中親　下親　中人

父母　師長　兄弟　姊妹　朋友　知識　非親

七境

三樂名義見前行慈與三樂中

四教儀註云析玄準俱舍明七周行慈三藏法數云周者徧也

佛爲多瞋衆生令修衆生緣慈之觀而對治之不出七境先親

行慈

析玄

析

- 五周：上樂　中樂　下樂
- 六周：上樂　中樂　下樂
- 七周：上樂　中樂　下樂
- 下樂

下冤　中冤　上冤

非冤　害下　親者　害中　親者　害上　親者

而後冤者從易而至難也若以平等之心觀之何冤何親於此七境境境悉以三樂與之使冤親無間故先假作此觀以破瞋障而於衆生實未得其樂也

地動七因

思惟梵天

- 警覺諸魔生怖畏
- 令散亂者生敬慎
- 令放逸者生覺行
- 示諸法相皆無常
- 令觀說處普融通
- 覺悟根熟得解脫
- 令亂語者順正問

故

七大供養

名數

禮拜　供養　懺悔　隨喜　勸請　發願　回向

七種生死

攝論

- 分段——壽有分限身有形段即三界果報
- 流來——衆生有識之初迷眞逐妄流入生死
- 反出——若能修行背妄歸眞謂之反出生死
- 方便——即變易生死謂三乘因移果易
- 因緣——初地以上爲變生因緣示現生死
- 有後——法雲地尚餘一品無明一番變易
- 無後——等覺破最後一品無明即入妙覺

七事受胎 （善見）

- 相觸：男女身分相觸起染着心雖無欲事而能成胎
- 取衣：優陀夷共婦出家欲不止精汙衣婦得衣舐精成胎
- 下精：往昔有一道士小便與精俱下鹿母飲之後產鹿子道士
- 手摩：睒菩薩父母俱盲出家爲道不合陰陽但以手摩臍下成胎
- 見色：有一女人不得男子相合欲情盛故視男子起染心因而有胎
- 聞聲：白鷺鳥悉雌無雄春至聞雷聲有胎
- 嗅香：犢母牛但嗅犢氣即便懷胎

胎中七位

初七、二七、三七、四七、五七、六七、七七日

- 歌羅邏（此云凝滑）
- 頞部曇（此云皰）
- 蔽尸（此云軟肉）
- 健男（此云硬肉）
- 鉢羅奢佉（此云形位）
- 髮毛爪齒
- 具根位：五根圓滿

七不可避 （譬喻）

生　老　病　死　罪　福　因緣

琉璃王伐釋種目連以方便救不可得免佛因爲目連說七不可避云

慳法七報

- 生盲
- 愚癡
- 生惡家
- 胎夭
- 物恐
- 善人遠離
- 無惡不作

七種無常 （楞伽）

謂外道計

- 作已而捨：四大造作諸法後見四大相異故云
- 形處壞：色體不變但觀形狀長短變壞故云
- 即色：形色即是無常不待變壞時乃知
- 色轉變中間：色轉變時中間生住異滅是爲無常
- 性：性自性不壞能壞諸法自性是爲無常
- 性無性：四大之性皆無自性能造所造皆歸無常
- 不生：一切法不生故云一切法不生

圓法七釋

- 圓伏五住
- 圓常正信
- 圓斷五住
- 圓行：一行一切行
- 圓位：位位相攝
- 圓自在莊嚴：妙用莊嚴故云自在
- 圓建立衆生：四悉普益故云建立

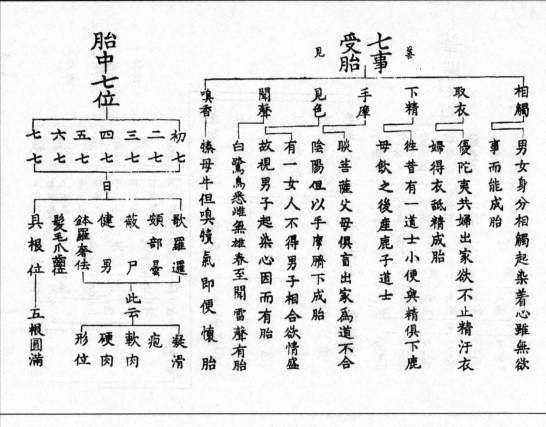

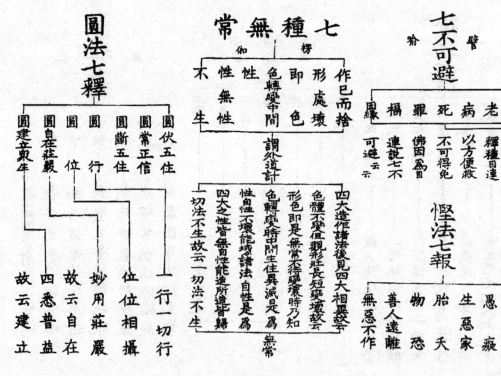

惑潤七生

台賢教儀

欲界思有九品

- 上上品——獨潤二生——一
- 上中品、上下品——共潤二生——二
- 中上品——獨潤一生——三
- 中中品、中下品——共潤一生——四
- 下上品——獨潤半生——五
- 下中品、下下品——共潤半生——六
- 七——二果滿　三果初

此明二果三果於欲界中以惑潤生經生損惑之數故古德撮其要云

獨也一　共也一　獨也二　共也二　獨也半　共也半

又有頌云

初品潤二　生二三四　各一五六　共潤六第　七斷三品

華嚴七祖

即馬鳴龍樹及賢宗五祖皆以華嚴為宗名華嚴七祖

五祖名號見前性相二宗諸祖圖中

求佛有七

賢宗教儀

- 恭敬——三業虔懇
- 無相——離能所
- 起用——身心徧求
- 內觀——內求自佛
- 實相——內外相
- 大悲——普徧塵
- 無盡——稱周量

蓮社七祖

統紀

- 始祖——廬山辨覺正覺圓悟法師慧遠
- 二祖——長安光明法師善導
- 三祖——南岳般舟法師承遠
- 四祖——長安五會法師法照
- 五祖——新定臺巖法師少康
- 六祖——永明智覺法師延壽
- 七祖——招慶圓淨法師省常

七種身土

賢宗教儀

- 三惡道——惡染業變化
- 三善道——善染業變化
- 二乘——淨業變化
- 始教——劣受用
- 終教——勝受用
- 頓教——法性
- 圓教——法界

身土

藏教七階

- 發四弘誓——觀四諦境故發四誓
- 三祇修度——三僧祇劫以行填願
- 百劫種相——用百種福種一種相
- 六度相滿——尸毘代鴿普明捨國等
- 兜率降生——從兜率天降生人間
- 厭苦修道——厭生老病死入山修道
- 樹下成道——菩提樹下成菩提道

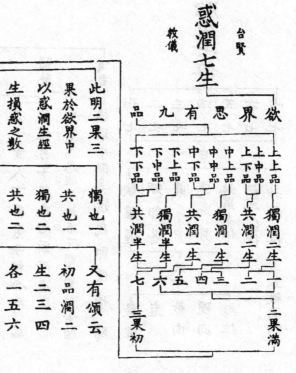

世間七婦（玉耶）

- 如子
- 如妹
- 如善知識
- 婦
- 婢
- 怨家
- 奪命

婦

- 愛夫如母
- 敬夫如兄
- 訶夫過教夫善
- 誠事夫和爲貴
- 婦節不如如事大家
- 見夫不歡常如寄客
- 毒心相向毒藥害之

- 五善：現有顯名，後得生天
- 二惡：現有惡名，後墮三塗

如來七種語（涅槃）

- 因語
- 果語
- 因果語
- 喻語
- 不應語
- 流布語
- 如意語

如云

- 殺生邪見當受地獄等
- 貌陋由昔破戒瞋妬等
- 因業致果依果起業等
- 佛身如師子王等
- 河不入海等不應理故
- 世間男女大小車乘等
- 凡所教誡悉如其意等

婆伽婆七義（涅槃）

- 能破煩惱
- 成就善法
- 善解法義
- 有大功德
- 有大名聞
- 能大惠施
- 久吐女根

神智佳靈山六年退院唯七事隨身

七事發人心（淨名什注）

- 施
- 戒
- 生天果報
- 說味
- 果報過患
- 欲厭離世間
- 歎涅槃功德

七事隨身（神智）

- 三衣
- 鉢
- 香盒
- 拂子
- 坐具
- 紙被
- 澡罐

末劫七日出（法苑）

- 一
- 二
- 三
- 四
- 五
- 六
- 七

日出時

- 草木凋落
- 大海水涸
- 海水消盡
- 海水乾竭
- 海水竭盡
- 大地烟出
- 山地洞然

- 末劫人民
- 皆造惡業
- 遂使天火
- 不雨乃至
- 七日漸出
- 直至初禪
- 悉皆燒盡

法華七喻權實

- 火宅
- 窮子
- 藥草
- 化城
- 繫珠
- 髻珠
- 醫子

喻

- 設三種車
- 傭作已前
- 三草二木
- 爲疲設化
- 得少爲足
- 隨功賞賜
- 父去留藥

施權

- 等賜大車
- 體信已後
- 一地一雨
- 引至寶所
- 指示衣珠
- 解髻與珠
- 其父還來

顯實

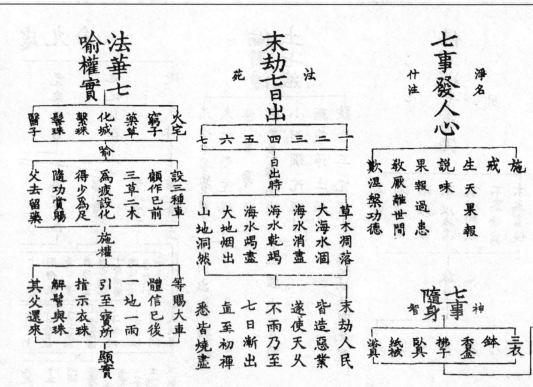

華嚴題七字釋

清凉

大以擴兼無際
方以正法自持
廣則稱體而周
佛謂覺斯圓妙
華喻衆德萬行
嚴爲飾法成人
經乃注無竭之涌泉

貫玄微之奥義
攝無邊之願海
作終古之常規

此釋言簡義豐宜深玩之

華嚴七

宝菩提場——第一會六品：世主妙嚴、如來現相、普賢三昧、世界成就、華藏世界、毗盧遮那

普光明殿——第二會六品：如來名號、四聖諦、光明覺、菩薩問明、淨行、賢首

忉利天宮——第三會六品：昇須彌頂、須彌頂偈讚、十住、梵行、初發心、明說法

夜摩天宮——第四會四品：昇夜摩天、夜摩偈讚

第五會三品

十定、十通

菩提場初

處九會

兜率天宮
他化自在
逝多林

第六會一品
第七會十一品
第八會一品
第九會一品

十忍、阿僧祇、壽量、菩薩住處、佛不思議法、十身相海、隨好光明、普賢行、如來出現

十行、十無盡藏、昇兜率天、兜率偈讚、十回向、十地、離世間、入法界

回　頌

九遊　多主　四刹　忉夜摩　普光　明殿三　七八兜　率他化　五六遍

偏讚淨土七經

清淨平等覺經
大阿彌陀經
無量壽經
——同出寶積部

觀無量壽佛經

小阿彌陀經
稱讚淨土經
——二經文旨同

鼓音王咒經
——彌陀佛土說此咒

佛不以七事笑

心明

不以欲
不以嗔
不以癡
不以放逸
不以利欲
不爲榮貴
不爲富饒

故笑接三乘記莂乃笑

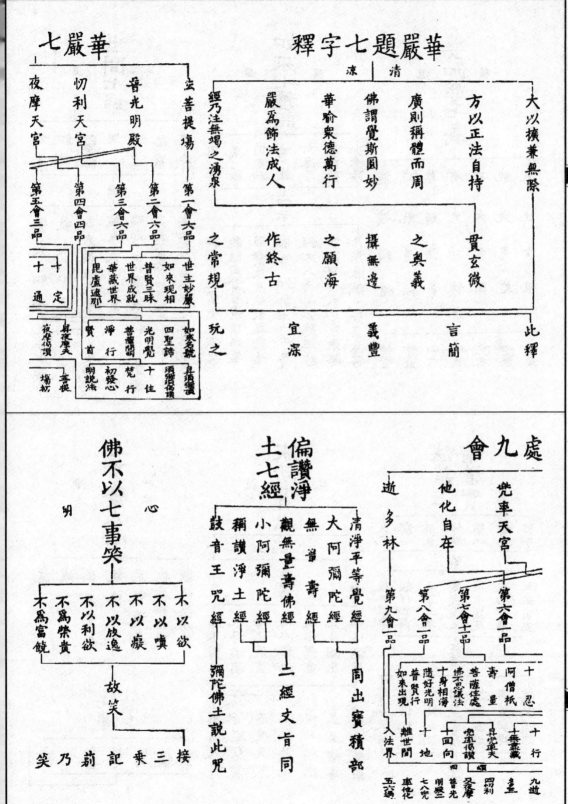

風觸七處語生

頂 斷 齒 唇 舌 喉 胸

頌曰

風名優陀那
觸臍而上去
是風觸七處
頂及斷齒唇
舌喉及以胸
是中語言生

天台禪門云優陀那此云丹田去臍下二寸半

念佛有七事勝

一詞少易行
二緣念佛境
三離難獲安
四稱名滅罪
五持念獲福
六果感見佛
七親迎往生

勝

一句彌陀諸人可念
一心念佛專緣淨境
佛聖護念無難安慶
一聲滅八十億劫罪
一聲勝以寶供佛僧
衆生念佛必定見佛
化佛菩薩放光接引

持律獲七功德

能持佛內藏
能善斷諍
持戒
外道頂住以律故
不咨他於衆說戒無畏故
能斷有疑故
能令正法久住故

七種布施得大果報

尊那

一布施園林池沼充四方僧經行遊止
二於中建立精舍令衆僧安止
三於精舍內布施牀椅坐具受用之物
四復施財穀等物供養衆僧
五復於往來衆僧施所須之物
六復於病苦者能布施及看病者亦行布施
七雨雪寒冷施飲食湯藥衣被鞋履供給衆僧

是名七種無盡功德獲大果報不虛

三界七種般那舍圖

俱舍論 四教儀

欲界
現般 不經上界即於現前入般涅槃

色界
中般 將生色界中有身中便般涅槃
生般 始生色界不待時分便般涅槃
有行般 生色界已加功用行乃般涅槃
無行般 不復加功經多時分乃般涅槃
上流般 久流上界次第受生乃般涅槃

無色
無色般 從欲界沒徑生無色而般涅槃

生般 有行 無行 上流

雜修　不雜修

禪

慧：全超、半超、徧没

全超：謂在欲界於四禪中已徧雜修遇緣退失從梵衆没生色究竟中間盡越

半超：梵衆没已中間漸受十四天處或超一二乃至十三後乃方生色究竟天

徧没：謂全不能超即大梵是天主我慢無想是外道所居聖者不生此二天也

定：全超、半超、徧没

此與雜修大同小異全超半超徧没故大同不生五淨居故小異雖徃非想只是色般根性

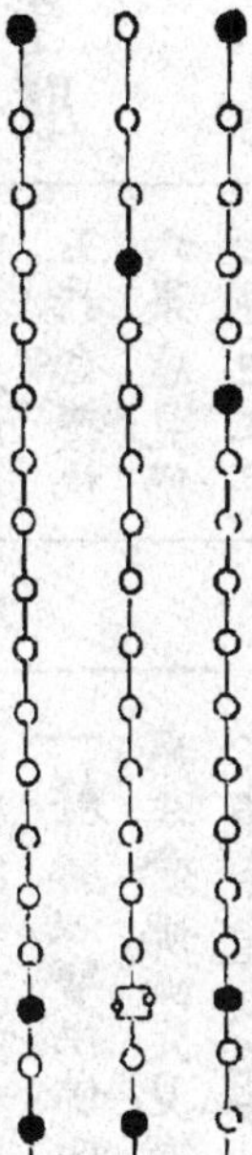

色究竟　善現天　善見天　無熱天　無煩天　無想天　廣果天　福生天　無雲天　徧淨天　無量淨　少淨天　光音天　無量光　少光天　大梵天　梵輔天　梵衆天

佛初生時周行七步

涅槃

南行　西行　北行　東行　四維　上行　下行

七步示現

爲衆作上福田

生盡永斷老死

已度諸有生死

爲衆生作導首

斷滅種種煩惱

不爲不淨物染

法雨滅地獄火

故

法欲没時七種穢行

出曜

百歲持戒一旦爲惡人破

久行慈心一旦爲嗔心壞

僧多薄賤不隨師長教訓

正教不行彼此互諍勝負

人多構造是非不知弘敎

出家不知弘法唯貪利養

凡僧聖僧皆被世人輕賤

人生世間七事不齊

中含

短壽——無慈殺生

長壽——慈心不殺

多病——觸嬈衆生

少病——不嬈衆生

不端正——多惱嗔恚

端正——性坦無嗔

無威德——他物生妒

有威德——不懷嫉妒

卑賤——憍慠大慢

尊貴——性不憍慢

無財物——慳恪不施

有財物——布施給使

惡智——不親有智

善智——親近有智

故

欲知過去因今生受者是

欲知來世果今生作者是

重訂教乘法數卷第二十

重訂教乘法數卷第二十一

八藏　處胎

- 胎化藏　如菩薩處胎經等
- 中陰藏　如佛說中陰等經
- 摩訶衍藏　如法華涅槃等經
- 戒律藏　如梵網四分等經
- 菩薩藏　如十住斷結等經
- 雜藏　如大小并談諸經
- 金剛藏　說等覺金剛心法
- 佛藏　說諸佛神變等事

又

- 聲聞四藏：經　律　論　咒
- 菩薩四藏：經　律　論　咒

合為八藏

圓覺

- 我法俱有宗　犢子部等立五法藏謂三世無為及我餘部呼為附佛法外道
- 無我因緣宗　說一切有大衆說假出世部等謂一切法不離色心生滅從緣本無有我
- 因緣但名宗　說部等立一切我法但有假名由從緣故無定實體
- 唯識法相宗　唯遮境有識揀心空一切諸法唯識所變故

此五

又慈恩百法數約一代聖教淺

八宗　疏鈔

- 真空無相宗　真遮妄相空揀有性一切諸法性相俱空故
- 藏心緣起宗　即如來藏心隨染淨緣起成諸法也
- 真性寂滅宗　謂真如法性常自寂滅無有起止染淨相故
- 圓融無盡宗　謂重重法界普融無盡也

宗經論部師俱見六數六宗圖中不煩錄

深為次分為八宗見後十二字之例

八教　天台

- 化儀四教：頓　漸　祕密　不定
- 化法四教：藏　通　別　圓

義見四數

八定

- 四禪天定：離生喜樂　定生喜樂　離喜妙樂　捨念清淨
- 四空處定：空無邊處　識無邊處　無所有處　非非想處

義見四數

八智　涅槃

疾　上　利　深　解脫　不共　廣普　畢竟　智

八念　初門

- 佛——神德無量恐難即除
- 法——能到善處通達無礙
- 僧——應受供禮無上福田
- 戒——能遮諸惡安隱住處
- 捨——生善滅惡得大菩提
- 天——果報清淨利安一切
- 入出息——能除心亂入於正道
- 死——常隨此身無可避處

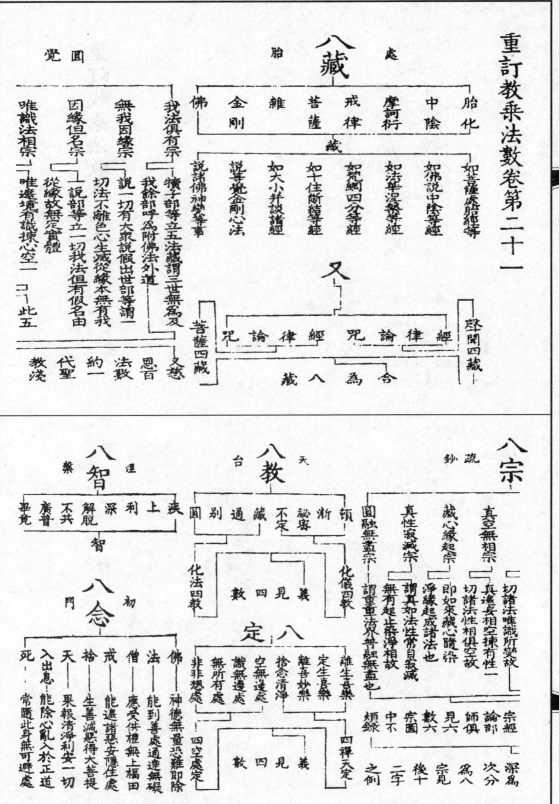

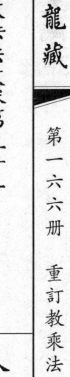

八喻 涅槃

一篋——四蛇
五旃陀羅
詐親
空聚
六賊
一河
草木筏

喻

身——四大
五陰
貪愛
六入
六塵
煩惱
道品

德王品云譬如有王以四毒蛇盛之一篋令人贍養若令一蛇生瞋恚者我當準法戮之都市其人怖逃王時復遣五旃陀羅拔刀隨逐一人藏刀詐爲親善其人不信投一空聚而乃坐地聞空中聲云今夜當有六大賊來其人恐怖復捨而去路值一河其水漂急即取草木爲筏截流而去菩薩亦爾觀身如篋乃至筏即道品云云

八喻

幻士
陽焰
夢境
影像
光影
谷響
水月
變化

八記 瓔珞

已知他不知
衆知已不知
已衆俱知
已衆俱不知
近覺遠不覺
遠覺近不覺
遠近俱覺
遠近俱不覺

八味

甘
辛
鹹
苦
酸
淡
澀
不了

八慢

一慢——同德相傲
二慢慢——於同爭勝
三不如慢——於勝爭勝
四增上慢——未得謂得
五我慢……恃己陵他
六邪慢……不禮塔寺
七憍慢——以劣自矜
八大慢……執理生傲

涅槃七慢章安云成論大慢足前成八慢

八法

能造四大
所造四微

俱兒前四數中

八識

眼
耳
鼻
舌
身
意——此前六識
末那——此云染污，意謂與我癡見慢愛四惑俱故
賴耶——此云藏識，以能含藏諸種子故

分別
善惡

八誡

傳遠疏遍
篤信守一
勇猛剛毅
仁愛溫良
廣心活大
沉靜安舒
刻削隘急
多人長辭

誡

太察
壅蔽
暴亂
不斷
狐疑
後時
慓疾
無實

八依

施設——五取蘊
攝受——七事攝受
住持——四食
流轉——十二因緣
障礙——天魔
苦惱——欲界
適悅——靜慮樂
後邊——羅漢身

依

八魔

五陰
煩惱
死
天
無常
苦空
無我
不淨

八風 史記律書

方：東北　東　東南　南　西南　西　西北　北

風：條　明庶　清明　景　涼　閶闔　不周　廣莫

至：立春　春分　立夏　夏至　立秋　秋分　立冬　冬至

八風各四十五日共成三百六十日合爲一歲

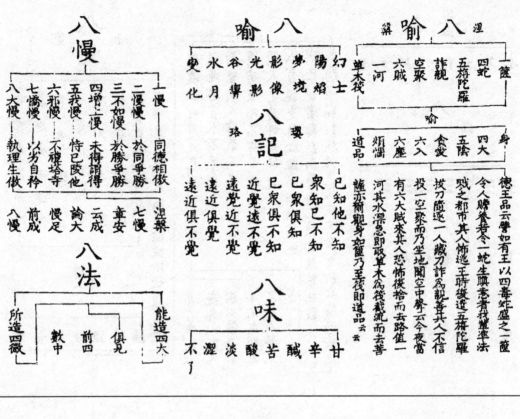

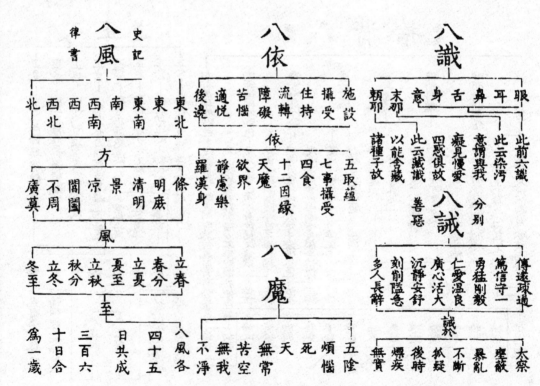

八疵（管子）

非其事而事之
莫之顧而進之
希意導言
不擇是非而言
好人之惡
析交離親
稱譽詐僞以敗惡人
謂之

總　佞　諂　諛　讒　賊　慝
不擇善否兩容顏適偷拔所欲謂之險

總者濫也非是己事强知叨濫
强進忠言人不采顧
希望前人意氣而導達其言
謂苟順物不擇是非
聞人之過好揚顯之
人有親交輒欲離析斯助害也
與己親者雖惡而譽與己疎者雖善而毁
善惡兩容和顏悦色偷拔其意之所欲隨而佞之

亦名漁人八疵外以亂人內以傷身君子不友明君不臣人其戒之

八音

金　石　絲　竹　匏　土　革　木

八卦（易經）

☰ 乾 天
☷ 坤 地
☲ 離 火
☵ 坎 水
☳ 震 雷
☶ 艮 山
☱ 兌 澤
☴ 巽 風

八正道

正見——明見四諦無有錯謬故
正思惟——以正思惟發動四諦觀故
正語——以無漏智常攝口業住於善語故
正業——以無漏智除身邪業住於清淨正身業故
正精進——勤修正諦趣涅槃故
正定——正住於理決定不移故
正念——念正助道心不動失故
正命——以無漏智通除三業中五種邪命
常知止足住於清淨正命故

無漏　聖墨　著　登正　通量　濕槃　著　爲道

亦名
八正輪——見思道念如輪定如輪輞餘三如輪轂故
八正筏——以能從生死際渡煩惱河至涅槃岸故

八背捨（禪波羅蜜）

內有色相外觀色——先觀自身不淨皮肉脫落但見白骨有八色光明又以欲界貪欲難斷復以不淨觀觀於他色等——位在初禪
內無色相外觀色——爲入二禪已滅內身色相又爲欲界貪欲難斷猶觀外色不淨之相——位在二禪
淨背捨身作證——已棄外色不淨但於定中練習八色光明淨如寶色與漸增長徧身怡悦——位在三禪
虛空處——盡滅一切色想一心緣空與空相應——位在四禪
識無邊處——捨虛空處一心緣識與識相應
無所有處——捨無邊識一心緣無所有與無所有處相應
非有想非無想——捨無所有一心緣非有想非無想與非有想非無想處相應
——位在四空
滅受想——受想即上能緣之心謂行人厭患此心散亂入定休息盡滅受想諸心——位過三界

修此背捨觀時發無漏智斷三界見思惑盡證羅漢果時則轉成

八解脫

八勝處 禪波羅蜜

- 內有色相外觀色
  - 少：初修此觀時若觀多色恐難攝持故觀
  - 多：少色既道增進雖觀多色亦無妨礙
  - 若好若醜不起貪瞋故名為勝
- 內無色相外觀色
  - 多　少：多少之義例上可知故名為勝
- 內無色相外觀色：青　黃
- 內無色相外觀色：赤　白
  - 謂定中觀：青　黃　赤　白
  - 色皆轉勝於背捨八色中：青　黃　赤　白
  - 色：雖觀勝色不起法愛故名為勝

八犍度 八犍度論

- 雜
- 纏
- 智
- 行
- 四大
- 根
- 定
- 見

犍度名說：
- 四善根四聖果有餘無餘涅槃等法不一
- 三結十使乃至百八煩惱等
- 初三四果等修道斷障所發無漏智慧
- 身口意三業所起善惡諸行
- 三世地水火風所造善色惡色等
- 五根六根等約四果及三世而論
- 諸天禪定及三乘禪定等種種差別
- 凡夫外道斷常見乃至六十二見等

八聚法

梵語犍度此云法聚謂佛弟子迦旃延以諸法門各從其類分為八聚亦名

八變化 初禪門

- 作小——化自身令小亦化他身令小等
- 作大——化自身令大亦化他身令大等
- 作輕——化自身令輕亦化他身令輕等
- 作自在——大小長短等種種互變無礙
- 能有主——能化大人而作主宰降伏衆生
- 能遠到——或飛行或出沒或縮延或一念能到
- 能動地——能令大地六種震動
- 隨所欲盡得——種種變化隨意皆得

八妄想

- 自性
- 差別
- 攝受
- 我
- 我所
- 念
- 不念
- 念不念

妄想：
- 妄執根塵等法各有自性
- 妄執色等有可見有對等
- 妄計五蘊之法攝持積聚
- 於五蘊中妄計有我
- 於五蘊法妄計為我所
- 妄分別可愛境起念不斷
- 妄分別可憎境不起緣念
- 於念不念境違理分別

亦名

八種垢

八惡覺

- 欲
- 瞋
- 惱
- 親里
- 國土
- 不死
- 族姓
- 輕侮

覺：
- 貪欲
- 瞋恚
- 憎嫉
- 鄉關
- 治亂
- 貪生
- 矜誕
- 自恃

心起念：
- 可意之事
- 忿恨於他
- 惱害於他
- 親戚鄰里
- 國土安危
- 住世不死
- 族姓高下
- 輕侮他人

八福田

- 廣路義井
- 建造橋梁
- 治平險隘
- 孝養父母
- 恭敬三寶
- 給事病人
- 救濟貧窮
- 設無遮會

又

- 佛
- 聖人
- 僧
- 和尚
- 闍黎
- 父
- 母
- 病

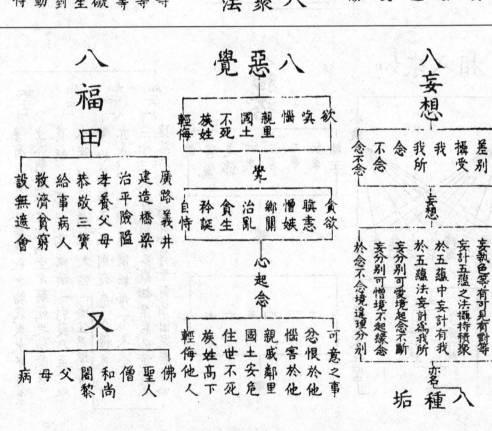

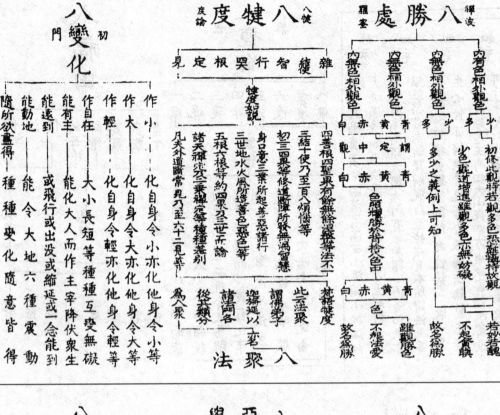

八福田

- 佛、法、僧 —— 敬田
- 父母、師僧 —— 恩田
- 貧窮、疾病、畜生 —— 悲田

皆種福之處故名田

八種喻 涅槃

一順　二逆　三現　四非　五先　六後　七先後　八徧

喻謂

- 隨順世諦大小次第而說
- 逆於世諦大小次第而說
- 約現前之事而說令人易解
- 假設其辭而非實有之事
- 先說譬喻後以法合
- 先說法義後以喻顯
- 先說喻次法合後還說喻
- 始終皆喻明

如云　夫降大雨溝瀆皆滿溝瀆滿故小坑滿小坑滿故大坑滿等如來法雨亦爾戒滿故乃至解脫滿等

如云　大海有本所謂大河大河有本所謂小河等如來亦爾涅槃有本所謂解脫乃至持戒有本所謂法雨等

如云　衆生心性猶如獮猴獮猴之性捨一取一衆生心性亦爾取著色聲香味觸法無暫住時

如云　佛告波斯匿王有四大山從四方來欲害於人當設何計等大山即是生老病死常來逼人乃非喻爲喻

如云　譬有人貪著妙華採取之時爲大水所漂衆生亦然貪著五欲爲生老病死之所漂沒

如云　莫輕小惡以爲無殃水滴雖微漸盈大器

剃髮乃至受樂喻住涅槃等

如云　譬如芭蕉生果則死愚人得養亦復如是如騾懷妊命不久全

如云　三十三天有波利質多羅樹葉熟必黃黃必墮落乃至受樂其下等葉黃喻出家葉落喻

八種塔

佛　菩薩　支佛　四果　三果　二果　初果　輪王

塔　重　八　七　六　五　四　三　二　一

如來八相

小乘：降兜率　托胎　住胎　出胎　出家　降魔　成道　轉法輪　入涅槃

大乘：托胎　住胎　出胎　出家　降魔　成道　轉法輪　入涅槃

小無住胎合托胎中

大無降魔了魔即佛

文　小乘始終　大乘相相　八相

佛有八音（法界次第）

極好 柔軟 和適 尊慧 不女 不誤 深遠 不竭

音

超出餘音好中最勝
善順物情而不剛暴
和雅調適而不粗乖
尊重可欽能生慧解
具四無畏不近妖艷
諦審真實無有差悞
甚深幽遠凡小莫測
辯若懸河無盡無竭

陳那八論

觀三世 觀總相 觀境 因門 似因門 理門 取事施設 集量

論

無著八支

一十唯識 三十唯識 攝大乘 對法 辯中邊 緣起 大莊嚴 成業

論

八時判教

圓頓 人天 有相 無相 抑揚 同歸 常住 不定

教時

江南莊嚴笑師宗愛等師河北羅什流支等諸師皆同此判

八自在我（涅槃）

能示一身以為多身
以一塵身滿大千界
能示大身輕舉遠到
現無量類常居一土
諸根互用
得一切法如無法想
說一偈義經無量劫
身徧諸剎猶如虛空

涅槃八味（泥洹）

常住 寂滅 不老 不死 清淨 虛通 不動 快樂

味

謂涅槃之理

三際常存十方恒在
寂絕無為大患永滅
不遷不變無增無減
從本不生今亦無滅
安住清淨諸障悉盡
虛徹靈通圓融無礙
寂然不動妙絕無為
無生死苦有真常樂

八大人覺（遺教經論）

少欲 知足 寂靜 精進 正念 正定 正慧 無戲論

覺

覺謂覺悟覺知謂此八法乃三乘賢聖等過量大人之所悟知

亦云

大人八念（中含）

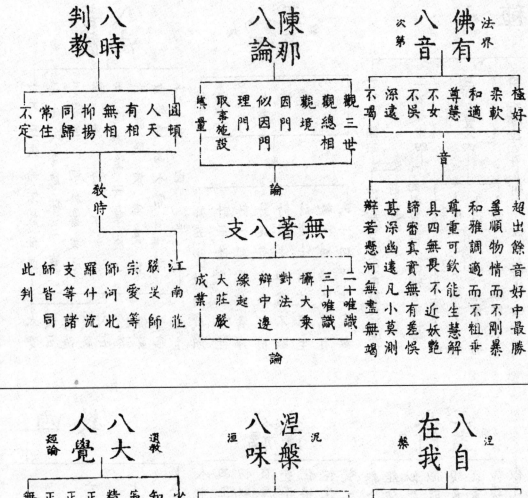

菩薩八法

一乃至失命不說他過
二化人令歸依三寶
三安置一切於菩提心
四梵行不染
五造佛像安華座上
六能除衆生憂惱
七於貢高人常自謙下
八不惱他人

大寶積云菩薩成就八法於諸佛前蓮華化生

八不正見 大集

見：
我 於五陰計我我所
衆生 計五陰衆共而生
壽者 計一期果報壽命
士夫 計我有士夫之用
常 計諸法相續不斷
斷 計諸法斷滅不生
有 執一切諸法爲有
無 執一切諸法爲無

八種

一漸中開四　法華是漸圓不同華嚴是頓圓故
二方等中四　餘三教可知　四教並談曰方四機普被曰等
三別教豎入四　十信 十住 十行 十向　修　生滅—藏　無生—通　無量—別　無作—圓
四十行橫學四　別教十行化他心切

四教

五涅槃追泯四
　生生不可說—藏
　生不生不可說—通
　不生生不可說—別
　不生不生亦不可說—圓
六涅槃追說四　有因緣故亦可得說四句如前但義同施權却更分別前四教也
七法華施出四　無量義從一法生　從法華實理施四時三教權理明
八法華開顯四　開四時三教之權顯今法華之實

八福生處

人中富貴
天：四王 忉利 夜摩 兜率 化樂 他化—欲界
梵王天—色界

八端檢束

身 心 耳 目 鼻 口 手 足
謂諸修行人於此八端當時時檢點約束不可有一時之或放

八門二益 因明

悟他：
能立—三支無過
能破—正顯其非
似能立—三十三過隨之
似能破—不定不成等斥謬
自悟：
現量—離名言所有分別
比量—借衆相而觀於義
似現量—於義異轉
似比量—不能正解

本論頌云能立與能破及似唯悟他現量與比量及似唯自悟

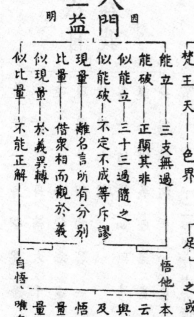

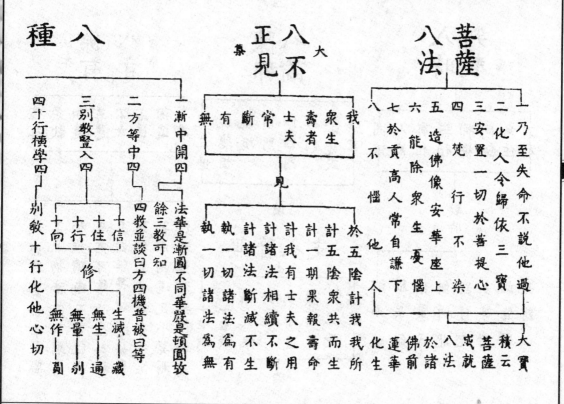

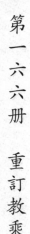

八成立因（因明）

- 立宗：如成立聲是無常
- 立因：因中便云所作性故
- 立喻：喻中便云如瓶等
- 合：合謂以因合成宗體
- 結：結謂引喻結顯無違
- 現量、比量：此二見上
- 聖言量：引聖人言教以爲證量

八義名人（毘曇）

聰明、勝餘道、意微細、正覺、智慧增上、能別虛實、聖道正器、聰明業所生

故爲人（名譯集引）

八相遷物（指要）

大、小

四相：生、住、異、滅；生、住、異、滅

本四相、亦名、隨四相

相爲能遷，物爲所遷，若相在物，前物在相，前則不被，遷今相物，不分前後，故被遷也

八不淨物

置買田宅、種植根栽、貯聚穀粟、畜養奴僕、畜養羣畜、藏積金寶、藏積珍玩、蓄釜自爨

八色流光

謂於八背捨前三之中見白骨八色光明

謂見：地、水、火、風、青、黃、赤、白

色如：黃白淨潔之地、深淵澄清之水、無烟清淨之火、無塵迥淨之風、金精山、瞻蔔花、春朝霞、珂貝雪

雖見色分明而無形質礙故云八色流光

八盆美珍（盂蘭盆儀）

米、麪：食
鹽、醋：味
李、柰：果
芥、薑：菜

八鳥喻憍（法華文句）

鴟、梟、鵰、鷲、烏、鵲、鳩、鴿

喻：壯盛、性、富、自在、壽命、聰明、行善、色

憍

八功德水

輕、清、冷、軟、美、香、飲無厭、飲無患

色、香、味、觸、法

塵

又

澄淨、清冷、甘美、輕軟、潤澤、安和、除患、增益

八種災患

憂、苦、喜、樂、尋、伺、出息、入息

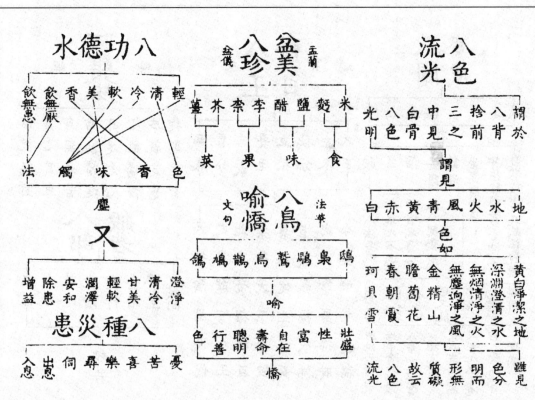

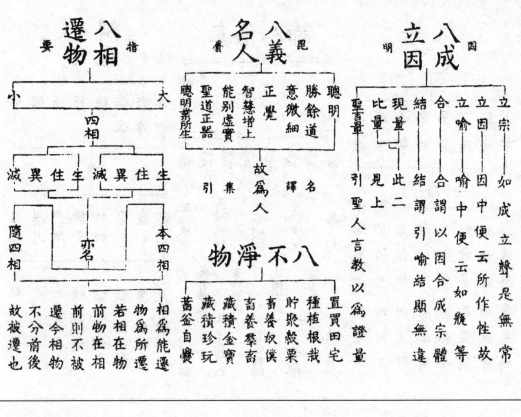

八還辯見（楞嚴）

明 暗 通 壅 緣 頑虛 鬱孛 清明

還

日輪 黑月 戶牖 牆宇 分別 空 塵 霽

佛謂阿難是八種相各有所還汝見八種見精明元當欲誰還蓋欲阿難以有還八相驗知見性無還也

真俗八諦

世俗四諦：世間 道理 證得 勝義

勝義四諦：世間 道理 證得 勝義

軍林瓶盆 蘊等三科 苦等四諦 二空理智 真法界

假實體異 事理義殊 淺深不同 詮旨各別

初一唯俗 中間三類 前後對待 互通真俗 後一唯真

語有八支（顯揚）

美妙 顯了 易解 樂聞 無依 不逆 無邊 上首

語

謂事美說理妙 事顯然理明了 事顯然則易解 理明了則樂聞 淨心說無依著 知分量不逆彼 稱性說則無邊 以涅槃為宗極

阿難八法（涅槃）

信根堅固 其心質直 身無病苦 常勤精進 具足念心 心無憍慢 成就定意 從聞生智

八部般若

大品 小品 放光 光讚 道行 金剛 勝天王 文殊問

般若

八王齋日（提謂）

立春 春分 立夏 夏至 立秋 秋分 立冬 冬至

天地陰陽交代之日故言八王此日帝釋輔臣案行天下比較善惡定生注死增減罪福故佛勸人修齋持戒令其避禍獲福

八關齋戒（阿含）

一 二 三 四 五 六 七 八

不

殺 盜 婬 妄語 飲酒 坐高廣大床 著花鬘瓔珞及香油塗身 自歌舞唱伎及故往觀聽

此八法名戒更加第九不過中食為齋合名八關齋戒

關者禁閉八罪不合犯毀又能關閉一切諸惡趣門

婆沙云齋以不過中食為體以八事助成齋體共相支持故又名八支齋法而不言九也此通俗人受以一日一夜為期

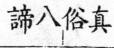

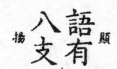

藏教八法

教　理　智　斷　行　位　因　果

聲聞

稟四諦
理在正使外
用總相智
斷正使惑
自修戒定慧
住學無學位
帶果行因
斷正如燒木成炭

支佛

稟十二因緣
理在習氣外
用別相智
更侵習氣
爲自修樂獨善寂
住無學位
望果行因
斷習如燒木爲灰

菩薩

稟六度
理在正習外
用總別相智
斷正習
爲他修六度
三僧祇登道場
伏惑行因
正習盡如燒無炭

翻譯八備　琮師

誠心受法志在益人
將踐勝場先牢戒足
文詮三藏義貫五乘
旁涉文史工綴典詞不過魯拙
襟抱平恕器量虛容不好專執
沉於道術淡於名利不欲高衒
要識梵言不墜彼學
傳閱蒼雅粗諳篆隸不昧此文

八苦名義

生　老　病　死　怨憎會　愛別離　求不得　五陰熾盛

苦

衆苦依止
能令變壞
能逼身因
能滅諸根
非愛共會
可愛相違
希望不遂
衆苦集聚

別　總

無常八喻　宗鏡

東逝長波
西垂殘照
擊石火星
驟隙迅駒
風裏微燈
草頭朝露
臨崖朽樹
爍目電光

地動八緣　增含

地依水風空因風
比丘神足力
諸天威神力
菩薩處母胎
菩薩出母胎
菩薩成道降魔
佛入涅槃
三災將起

故動

無色八苦

無常　苦　空　無我　如瘡　如癰　如病　如箭入體

空無邊　識無邊　無所有　非非想

處

凡小八倒　涅槃

凡夫四倒
二乘四倒

名義俱見四數

畜生八壽　甘露味論

彈指頃
半日
一日
一月
一歲
十歲
百千萬億歲
乃至一劫

胎中八位

一七羯邏藍
二七遏部曇
三七閉尸
四七鍵男
五七鉢羅奢佉
六七髮毛爪齒
七七根
八七形位

位

此七位華梵名義俱見七數中

形相具足

三教八法

教　理　智　斷　行　位　因　果

通教

三乘同稟無生四諦
因緣即空是曰空理
諸法不生般若不生
三乘斷異如三獸渡河
一切法皆摩訶衍行
同行十地
同學般若
同到薩婆若

別教

獨被菩薩
三諦隔歷
三智次第
三惑前後
五行差殊
位不相攝
一因迴出
一果不融

圓教

言教不偏
中道即一切法
三智一心
二惑圓斷
一行一切行
一位攝諸位
圓修三觀
圓顯三德

滿　足　頓　妙　一　切　圓　融

界內八難（淨名經疏）

地獄
畜生
餓鬼（三途）
盲聾瘖瘂
世智辯聰
佛前佛後
北俱盧洲
無想天—或云長壽天
（人道）

即凡夫住事八難以衆生受此果報不得見佛聞法故

界外八難（淨名經疏）

有餘中三十心爲三惡道
住無我法名爲北洲
地前法愛如長壽天
未有初地十種六相名盲聾等
地前智淺如世智辯聰
不窮中理如佛前佛後

即二乘住理八難

無作八法

作俱
形俱
事在
從用
異緣
助緣
要期
隨心

無（作）

如作善惡與作方便濟生
如善惡律儀形滅戒失
如施僧坊塔像橋井等物功德常住
如著施衣入定施者得福惡緣幻力倒此可知
如身造口業發口無作口造身業發身無作
如教人盜隨命斷處教者得罪
亦名願無作如人發願作會作衣尋施等
有定慧心無作常生亦名心俱

八部梵華

提婆
那伽
夜叉
乾闥婆
阿修羅
迦樓羅
緊那羅
摩睺羅伽

此云

天—天然自然樂勝身勝即三界二十八天
龍—守天宮殿持地注雨等龍
勇健—謂飛空飛行守天城池門閣等。—亦名暴惡
香陰—不啖酒肉唯香資身是天主緣幢倒擲樂神
無端正。又云非天有天福無天位因中行施生瞋感此報也
金翅—兩翅相去三百三十六萬里項有如意珠以龍爲食
疑人—什曰非人似人而頭有角亦天之伎神也
大腹行—肇曰大蟒神腹行者也

八部鬼衆

- 乾闥婆—同上
- 毗舍闍—此云噉精氣鬼—東方天王所領
- 鳩槃茶—此云甕形鬼
- 薜荔多—此云餓鬼—南方天王所領
- 諸龍衆—同上
- 富單那—此云臭餓鬼—西方天王所領
- 夜叉—同上
- 羅刹—此云可畏鬼—北方天王所領

八種粥施 十誦

酥　油　胡麻　乳　小豆　摩豆　麻子　清粥

粥—昔佛在迦尸國竹園安居諸居士以八粥施。摩沙豆即大豆

重頌八意

- 少字攝多義故
- 讚歎多以偈頌
- 爲鈍根故重說
- 爲後來之人故
- 爲隨喜樂故
- 爲易受持故
- 增明前說故
- 長行未說故

八波羅夷 尼戒

- 殺
- 盜
- 淫
- 大妄語

與比丘四棄同

- 與男身觸
- 於染心男 捉手提衣 入屏處屏 處共立共 語共行身 相倚相期
- 說戒覆他罪不對衆舉
- 於大僧中未作共住法隨彼共住

波羅夷此云棄謂犯此戒者永棄佛法外邊如大海不受死屍

尼行八敬 本起

- 不得罵謗比丘
- 不得舉比丘過比丘得說尼失
- 應從大僧受具戒
- 犯僧殘半月在二部僧中行摩那埵
- 應半月於大僧中求教授人
- 不應在無比丘處夏安居
- 夏訖當詣於大僧中求自恣
- 百歲尼應禮初夏比丘足

聲有八轉

補沙　補盧衫　補盧山思鞞　補盧沙耶　補盧沙須　補盧殺娑　補盧鍛　婆補盧沙

此云

- 體聲　是直指陳聲如人斫樹指說其人即體聲
- 業聲　是所作業聲如所斫樹故云業也
- 具聲　是能斫具如由斧斫故云具也
- 爲聲　是所爲聲如爲人斫故云爲也
- 從聲　如因人造舍等從即因也
- 屬聲　是所屬聲如奴屬主故云屬也
- 於聲　是所於聲如客依主於即依義
- 呼聲　是呼召之聲

時有八類

長　短　染　淨　廣　狹　多　少

時

- 淨染變化土中之時
- 染淨變化土中之時
- 染化土內時也
- 淨化土內時也
- 法界土中之時
- 法性土中之時
- 勝受用土時也
- 劣受用土時也

人天乘見　小教二乘人見　分教相宗人見　始教空宗人見　終教大乘人見　頓教一乘人見　圓教一乘人見

世界八類

穢　淨　小　大　粗　妙　狹　廣

世界

- 人天乘感　變化土
- 二乘人感
- 始教地前人感　劣受用
- 始教登地人感
- 終教地前人感　勝受用
- 終教登地人感
- 頓教人感　法性土
- 圓教人感　法界土

八想治貪

顯宗

- 青瘀　黑赤　治顯色
- 被食　分離　治形色
- 破壞　骸骨　治妙觸
- 胮脹　膿爛　治供養

貪

四貪名義見四數中

法滅時八相

摩耶

- 一好樂衣服
- 二縱逸嬉戲
- 三奴爲比尼
- 四婢爲比丘尼
- 五不樂不淨觀
- 六毀謗毘尼　不受
- 七袈裟變白　染色
- 八貪用三寶物等

法師八種言

瑜伽

- 可喜樂
- 善開發
- 善釋難
- 善分析
- 善順入
- 引餘證
- 勝辯才
- 隨宗趣

言

- 文句清雅言詞顯了令諸聽者欣喜好樂
- 開發深隱令其淺顯開發粗淺令解深妙
- 若有疑難諮問須善解釋令其開解
- 能以善巧言詞於一法中分析無量義理
- 隨順佛經顯了解釋令諸聽者信順得入
- 義未通暢當引餘義證已所說令人信受
- 以勝妙辯才分別一切義理無有疑難
- 隨順所宗義趣如理解釋令衆生悟明法要

四陰八無相

楞嚴

色　受　想　行

滅

- 形無所因
- 無復連綴
- 心無所繫
- 生理亦滅

現在因亡未來果滅因果合論故成八相

是則名爲第七外道立五陰中死後無相

此與下圖皆行陰文

四陰八非相

楞嚴

色　受　想　行

- 觀有非有　三陰無亦如行陰有
- 觀無不無　行陰有亦如三陰無

四陰各二故名八非相

是則名爲第八外道立五陰中死後俱非

優婆塞具八支

阿含

信　戒　施　聽法　受持　解義　如說　修行

八法信重袈裟

想起

- 塔
- 寂滅
- 慈
- 悲
- 如佛
- 慚
- 愧
- 令我來世具沙門
- 離三毒

想

經云袈裟聖人表式隨順寂滅行慈悲心未得沙門行此八法

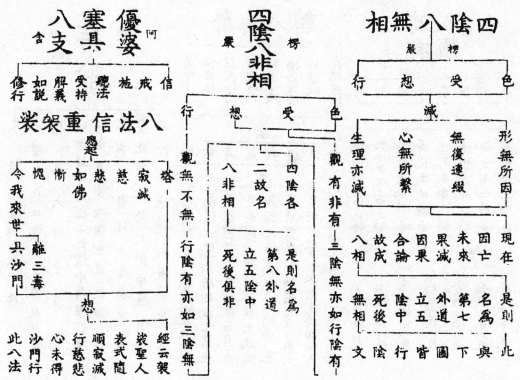

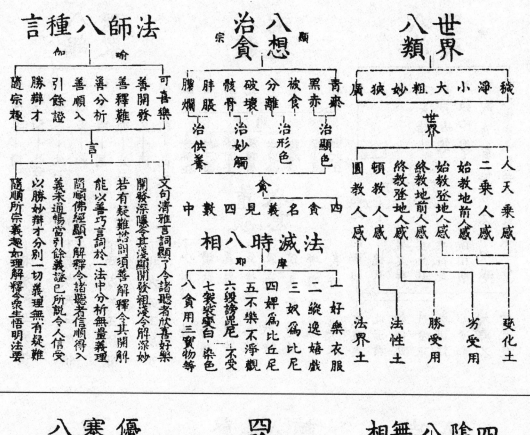

八忍八智斷見

欲界
苦法忍　苦法智　苦類忍　苦類智　集法忍　集法智　集類忍　集類智　滅法忍　滅法智　滅類忍　滅類智　道法忍　道法智　道類忍　道類智
上二界
八忍　八智

法約現在謂現在欲界實有四諦真如可觀不須比類推察也忍乃因中入心謂無間道正斷惑時智乃果中住心謂解脫道斷惑了時類比例也謂在欲界徧觀上諦以欲界現前比類上二界之不現前而觀彼四諦真如也忍智同上此中八忍八智合十六心至十五道類忍時名初果向十六道類智時名證初果入於見道斷盡分別粗惑故名八忍八智斷見

八義證有本識（瑜伽）

- 依止執持
- 最初生起
- 有明了性
- 業用差別
- 有種子性
- 身受差別
- 命終時分
- 處無心定

謂第八識
- 能執持諸法種子與現行法爲所依止故
- 於最初一念受生有執取結生相續義故
- 能變起明了轉識於諸境能明了故
- 爲境風所擊起諸識浪現前作用轉故
- 自證分能集起雜染清淨諸法種子故
- 能執持根身令生覺受同安危故
- 於臨終六識俱不行時唯此王最後故
- 於無心定諸識不行唯此任持根身不壞爛故

本識即第八以能生諸識爲諸識之本故

八識緣境廣狹（相宗）

- 前五識　唯緣性境
- 第六識　通緣三境
- 第七識　緣帶質境
- 第八識　緣三類性境

三境
- 性
- 帶質境
- 獨影

八觸發根本禪（南嶽）

重　輕　冷　熱　澀　滑　軟　粗
觸

八種炎火地獄

- 炭坑
- 沸屎
- 燒林
- 劍林
- 刀道
- 鐵刺林
- 鹹河
- 銅橛

八種異熟因果（華嚴）

- 慈愍不殺因得長壽果
- 施燈燭等因得好色相
- 忍辱柔和等得上族果
- 隨所須施因得自在果
- 真實和軟語得信言果
- 孝親敬三寶得大勢果
- 厭女敬聖賢得丈夫果
- 施食施力因得勇力果

見思惑八異名

- 見思——分別曰見，貪愛曰思，從解得名
- 見修——初果斷見名見道，二三果斷思名修道
- 四住——見爲一住，思牽生三界分爲三住
- 染汙無知——染汙生死，無所覺知
- 取相惑——取生死相，障涅槃空
- 枝末無明——對根本無明，故云枝末
- 通惑——通三乘人斷故
- 界內惑——在三界內斷故

世間順逆八風

佛地

- 利——得可意事
- 衰——失可意事
- 毀——不現誹撥
- 譽——不現讚美
- 稱——現前讚美
- 譏——現前誹撥
- 苦——逼惱身心
- 樂——適悅身心

四順　四逆

亦名世間八法

八寒八

四教

- 八寒
  - 頞部陀——此云皰——從寒逼身皰
  - 尼剌部陀——此云皰裂——皰裂立名
  - 頞哳吒、嚯嚯婆、虎虎婆——此三皆聲，也從寒苦發聲立名
  - 嗢鉢羅、鉢特摩、摩訶鉢特摩——此云青蓮、紅蓮、大紅蓮花——寒逼身色如之

熱地獄

儀註

- 八熱
  - 等活——斬刺磨擣吹活等前
  - 黑繩——以黑繩絣量後方斬鋸
  - 衆合——苦具衆至合黨相殘
  - 嘷叫——衆苦所逼悲嘷發聲
  - 大叫——極苦所逼大叫稱怨
  - 炎熱——炎逼身轉極苦難堪
  - 極熱——内外自他身出猛火互相燒害
  - 阿鼻——趣果受苦時命及形五皆無間

此八寒八熱爲根本獄，各有無數小獄以爲眷屬。如八熱每獄各有四門，門門各四獄，謂熔煨屍糞鋒刃烈河，增數共成一百二十八獄，皆名遊增，以有情遊此，其苦增故。準妙玄八寒亦爾，而正理論但云眷屬，故俱舍圖熱竪寒横，八寒不列遊增。偈曰：

頞部陀尼剌部陀寒逼身皰及皰裂，頞折吒并嚯嚯婆虎虎婆，三皆痛聲，六嗢鉢羅鉢特摩第八摩訶鉢特摩，青蓮紅蓮大紅蓮，如次對三種身色，等活黑繩三衆合嘷叫大叫六炎熱七極熱，下八阿鼻，此八寒熱根本獄。

阿難八不思議

涅槃

- 不受別請
- 不受故衣
- 見不非時
- 不生欲心
- 法不再問
- 知佛入定
- 知衆得益
- 知佛說法

謂

- 動必隨衆，不受別衆之請
- 雖佛所遺故衣，亦不敢受
- 雖爲侍者，見佛必以其時
- 雖見天女龍女，亦無欲心
- 聞法即能憶持，不俟再問
- 如來所入諸定，知其因緣
- 隨衆得益淺深，悉皆能知
- 雖佛密意說法，亦能了知

諸宗八（賢宗）

- 我法有無
- 真俗法義
- 心性二名
- 真智真知
- 佛德空有
  - 別
    - 空有我妄無我真性無我妄 ─ 有我真
    - 空真爲義俗爲法
    - 空宗名性性宗名心 ─ 性真爲法俗爲義
    - 空智深知淺性知通智局
    - 空以空爲德性以有爲德

- 三乘一乘別 ─ 空相三乘性一乘
- 五性一性別 ─ 空相五性性一性
- 生佛不增不減別 ─ 空相各異不增減 ／ 性宗平等不增減
- 成佛不成別 ─ 空相有不成性俱成
- 同位不同別 ─ 空相二乘同位性不同

- 遮揀表顯
- 詮理多少
- 真妄空有
- 三性空有
- 心境存泯
  - 別
    - 相表空遮性具二
    - 相八諦空二諦 ─ 性三諦或一諦
    - 相真有妄空空真空妄有性俱空 ─ 或無礙
    - 相有空無性無礙 ─ 性存泯無礙
    - 相泯境存心空心境俱泯

- 性宗與相宗
  - 唯識半分真分別 ─ 相半分性具分
  - 真如凝然隨緣別 ─ 相凝然性隨緣
- 空宗與性宗
  - 觀斷即離別 ─ 相宗離性宗即
  - 理智即離別 ─ 相宗離性宗即
- 空相與性宗
  - 轉智不轉別 ─ 相轉智性不轉
- 相宗與空性
  - 立相顯性別 ─ 相立相二顯性
  - 唯心真妄別 ─ 相宗妄二宗真

重揀濫（敎儀）

- 相空性三宗
  - 二諦即離別 ─ 相相離二相即
  - 四相同異別 ─ 相前後二一時
  - 佛身有爲無爲別 ─ 相有爲二無爲
- 空始與性頓
- 性實與同圓
- 同圓與別圓
  - 開顯直顯別 ─ 同開顯別直顯
  - 會歸流出別 ─ 同會歸別流出
  - 廢立普容別 ─ 同廢立別普容
  - 圓融無盡別 ─ 同圓融別無盡
  - 性具性起別 ─ 同性具別性起

- 直表曲揀別
  - 空始曲揀
  - 性頓直表 ─ 如云 ─ 不生滅等 ／ 自心即性
- 談空顯性別
  - 空始不說法相唯談空理
  - 性頓不說空相唯辨真性
- 遺顯存泯別
  - 空始遺相明空空存相泯
  - 性頓遺迹顯性空相俱泯
- 性體本無別
  - 空始以無性爲諸法體
  - 性頓以本性爲諸法體
- 認名認體別
  - 空始認無住相爲心性名也
  - 性頓認真知見爲心性體也

- 但即不但即
- 普融不普融
- 真中非真中
- 漸歷非漸歷
- 攝末非攝末
  - 別
    - 實相即頓相泯同即泯全具無礙
    - 實相即融頓雙泯融同無礙融
    - 實雙存中頓雙絕中同同時中
    - 實漸歷同圓超
    - 實爲同末不攝他同爲實本能攝他

八識心王諸門料揀（八識規矩）

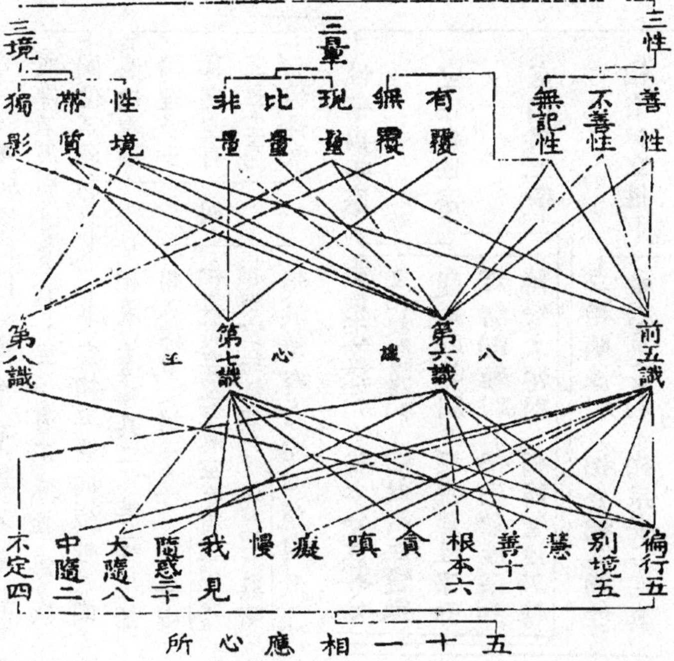

興道下八祖

興道道邃法師
至行廣修法師
正定物外法師
妙說元琇法師
高論清竦法師
螺溪義寂法師
寶雲義通法師
法智知禮法師

頌曰：興道傳修，修授外，外傳琇，竦盡煙微，螺溪寶雲纔續熖，中興教觀四明師。

轉八識成四智爲三身

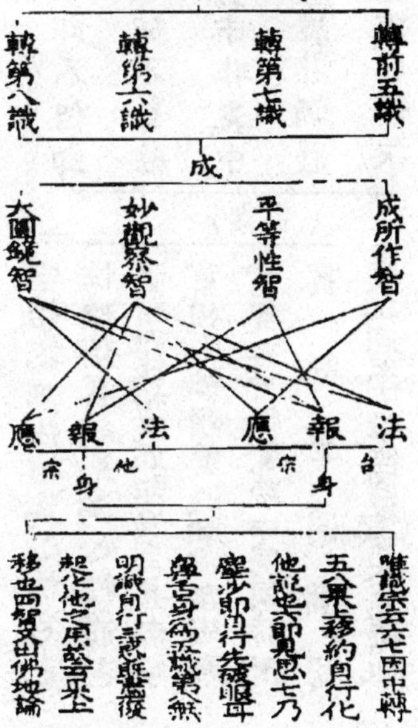

大海八不思議喻涅槃

漸漸轉深
深難得底
同一鹹味
潮不過限
有衆寶藏
大身衆生居住
不宿死屍
萬流大雨不增不減

喻涅槃之法

隨順衆生根性利鈍次第修證而至究竟
理智圓妙一切二乘菩薩皆莫測其所至
雖攝諸教諸味同一圓教醍醐味
扶律談常制諸禁戒令諸弟子不得越踰
具衆法財修習者免苦得樂
甚深無量諸佛菩薩莫不依之而住
扶律談常不令衆生起斷滅見及邪惡非法等
一切衆生悉平等故一切佛性同一性故

海有八德以喻佛教八法（五分）

- 大海漸深 — 潮不過限 — 不宿死屍 — 百川會失本名 — 萬流歸無增減 — 出珍珠等寶 — 大身衆生所住 — 同一鹹味

喻佛教

- 漸制漸教漸學
- 弟子不敢越戒
- 有犯黜不容宿
- 雜出家捨本姓稱釋子
- 出家得涅槃無增減
- 四念處至八聖道法寶
- 大人四果衆住正法中
- 若有入者同一解脫味

此與上圖雖大同小異而出載不同且用各有異故並存之

聞說經法能獲八種功德（大莊嚴經）

- 端正好色
- 力勢强盛
- 心悟通達
- 勝妙辯才
- 一切禪定
- 智慧明了
- 出家殊勝
- 眷屬强盛

如來滅度舍利分爲八分（涅槃後分）

- 拘尸那城諸力士得一分即於國中起塔供養
- 波肩羅婆國諸力士
- 師伽那婆國拘樓羅衆
- 阿勒遮國諸刹帝利
- 毘耨國諸婆羅門
- 毘黎國諸黎車
- 遮羅迦羅國諸釋子
- 摩伽陀國阿闍世王

各得一分歸國起塔供養

一代聖教淺深爲次分爲八宗（慈恩）

- 我法俱有
- 有法無我
- 法無去來
- 現通假實
- 俗妄眞實
- 諸法但名
- 勝義俱空
- 應理圓實

宗

- 攝二十部中五部之義謂犢子法上賢胄正量密林山部及經部根本一分
- 攝三部謂一切有部雪山部多聞部更兼化地部末計分
- 攝七部謂大衆雞胤制多山西山住北山住法藏飲光部兼化地部根本分
- 攝說假部及末經部一分之義
- 即說出世部
- 即一說部
- 八部般若說空
- 深密顯中道理

- 四阿含言有 — 唯是小乘
- 通六小乘
- 唯屬大乘

雖云六代　據義侵　漸教三時

八種攝住處以十住對諸位（金剛　無著）

- 攝住處 — 一 發心住
- 波羅蜜淨住處 — 二 波羅蜜相應行住
- 欲住處 — 三 欲得色身住；四 欲得法身住；五 於修道得勝中無慢住；六 不離佛世時住；七 願淨佛土住；八 成熟衆生住
- 離障礙住處 — 九 遠離隨順外論散亂住；十 色及衆生身搏取中觀破相應行住
- 淨心住處 — 十一 供養給施如來住；十二 遠離利養及疲乏懈怠煩惱住；十三 忍苦住；十四 離寂靜味住
- 究竟住處 — 十五 證道時遠離喜動住；十六 求佛教授住；十七 證道住
- 廣大　甚深　總攝 — 十八 上求佛地住

- 一住 — 一行至六行
- 七行
- 八九十行
- 如來所尚
- 煖頂
- 忍世第一
- 初地
- 二地至佛地

維摩成就八法行無瘡疣能生淨土

一饒益衆生而不望報
二代一切衆生受諸苦惱所作功德盡以施之
三等心衆生謙下無碍於諸菩薩視之如佛
四所未聞經聞之
五不與聲聞而相違背
六不嫉彼供不高已利而於其中調伏其心
七常省已過不訟彼短
八恒以一心求諸功德

衆香世界菩薩問曰菩薩成就幾法於此世界行無瘡疣生於淨土維摩以成就八法等答之

重訂教乘法數卷第二十一

重訂教乘法數卷第二十二

九宗 賢首宗教儀

我法俱有
法有我無
法無去來
現通假實
俗妄真實
諸法但名
宗
真空無相宗
唯識法相宗
法性真實宗

小教 始空 分相 終教 頓教 圓教

信 精進 念 定

信行 法行 信解 見得 至無

又 賢首宗教儀

小教 分相 始空 終教 頓教 漸圓 頓圓

我法俱有
無我因緣
因緣但名
唯識法相
真空無相
藏心緣起
真性寂滅
會歸圓融
法界無盡
宗

眼 耳 鼻 舌 識

此名前六識
此云意亦云相續識亦云思量識
恒審思量第八見分爲自內

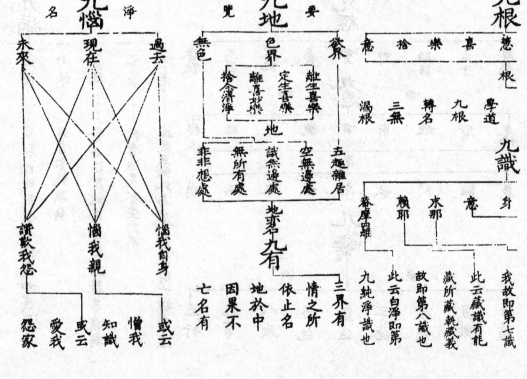

九根

慧 喜 樂 捨 意
根
學道九根轉名三無漏根

九識

身 意 末那 賴耶 菴摩羅

我故即第七識
此云藏識有能藏所藏執藏義故即第八識也
此云白淨即第九純淨識也

九地 要覽

欲界 色界 無色

五趣雜居
離生喜樂
定生喜樂
離喜妙樂
捨念清淨
地

空無邊處
識無邊處
無所有處
非非想處
地

地者九有

三界有情之所依止名地於中因果不七名有

九惱 淨名

過去 現在 未來

惱我自身
惱我親
讚歎我怨

或云憎我知識
或云愛我怨家

九結

愛　恚　慢　無明　見　取　疑　嫉　慳

結

結者繫縛義謂一切衆生因此妄惑造作諸業而爲衆苦繫縛流轉三界不能出離故云結也

九喻

魏譯　金剛

星　翳　燈　幻　露　泡　夢　電　雲

喻

見　相　識　處　身　受　過去　現在　未來

長

寒　熱：溫涼得宜則身體安和或爲寒熱所逼便能成病

飢　渴：飲食以時則身體充潤或飢時不得飲食便能成病

九病

含

大便　小便：便利以時則飲食消道如或强忍過當亦能致病

愛欲：貪淫過度能成癆怯虛弱等諸病

饕餮：飲食過度亦生諸病

年老：血氣衰微外易感而內不消一切病生

九經

春秋　周禮　禮記　易　書　詩　論語　孟子　孝經

九思

論語

視　聽　色　貌　言　事　疑　忿　見得

思

明　聰　溫　恭　忠　敬　問　難　義

九疇

洪範

五行　五事　八政　五紀　皇極　三德　稽疑　庶徵　五福

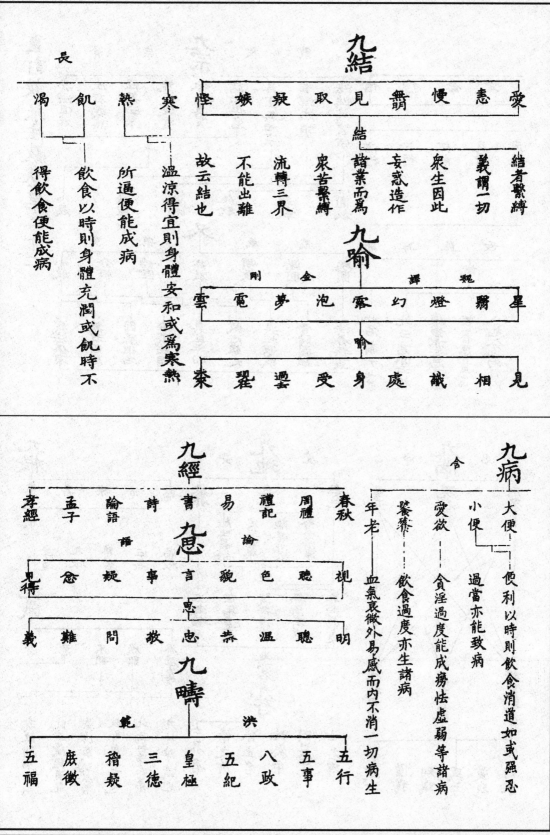

九流

班固　漢書

- 儒流：順陰陽陳教化述唐虞之政宗仲尼之道焉
- 道流：守弱自卑陳堯舜揖讓之德叅周易之謙恭也
- 陰陽流：順天曆象敬受民時耳
- 法流：明賞勑法以順禮制耳
- 名流：正名列位言順事成矣
- 墨流：清廟宗祀養老施惠也
- 縱橫流：受名賜專對權事也
- 雜流：兼儒墨之銓含名法之訓知國大體事無不貫矣
- 農流：勸勵農桑備陳食貨耳

九服

成周

- 侯服　甸服　男服　采服
- 衛服　蠻服　戎服　鎮服　荒服

九數

周禮

- 方田　粟米　差分　少廣
- 商功　均輸　方程　贏不足　旁要

九功

書經

- 六府：水　火　金　木　土　穀
- 三事：正德　利用　厚生

九德

尚書

寬而栗　柔而立　愿而恭　亂而敬　擾而毅　直而溫　簡而廉　剛而塞　彊而義

九州

禹貢

- 冀州　兗州　青州　徐州
- 揚州　荊州　豫州　梁州　雍州

九夷

畎夷　于夷　方夷　黃夷　白夷　赤夷　玄夷　風夷　陽夷

論語云子欲居九夷即此夷

九穀

周禮

黍　稷　秫　稻　麻　大豆　小豆　大麥　小麥

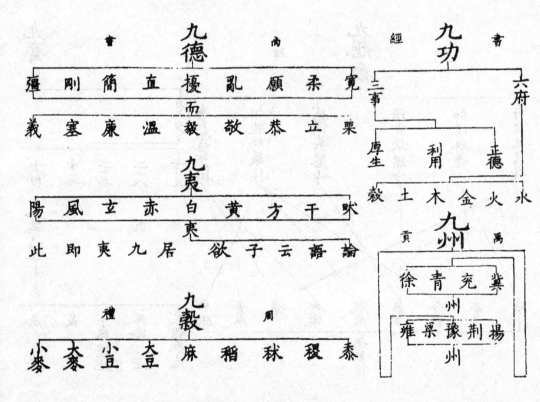

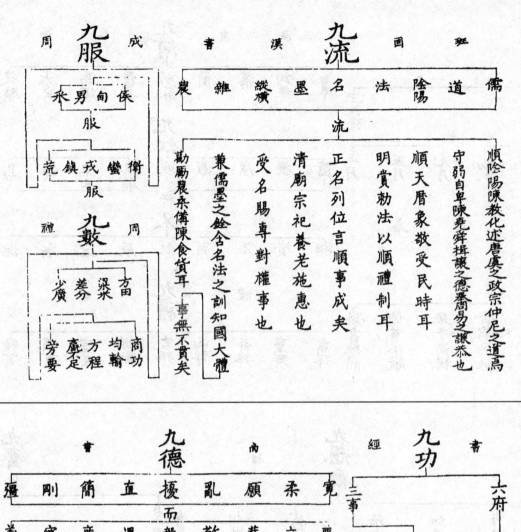

九河（書 禹貢 傳）

- 徒駭
- 太史
- 馬頰
- 覆釜
- 胡蘇
- 簡
- 絜
- 鉤盤
- 鬲津

九江

- 烏
- 蜯
- 烏白
- 嘉靡
- 畎
- 源
- 廩
- 提
- 箘

江

九又

- 沅
- 漸
- 元
- 辰
- 敘
- 酉
- 澧
- 資
- 湘

九禮（周禮）

- 稽首
- 頓首
- 空首
- 振動
- 吉拜
- 凶拜
- 奇拜
- 褒拜
- 肅拜

三長齋

- 正月
- 五月
- 九月

初八

（唐 西）

- 發言慰問
- 俯首示敬
- 舉手高揖
- 合掌平拱

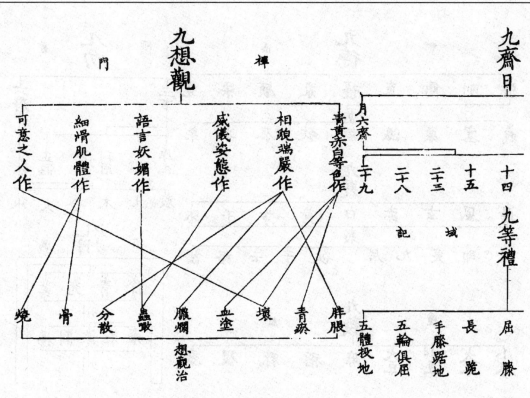

九齋日

- 十四
- 十五
- 二十三
- 二十八
- 二十九

月六齋

九等禮（西域記）

- 屈膝
- 長跪
- 手膝踞地
- 五輪俱屈
- 五體投地

九想觀（禪門）

- 青黃赤白等色作
- 相貌端嚴作
- 威儀姿態作
- 語言妖媚作
- 細滑肌體作
- 可意之人作

- 胖脹
- 青瘀
- 壞
- 血塗
- 膿爛
- 蟲噉
- 分散
- 骨
- 燒

想觀治

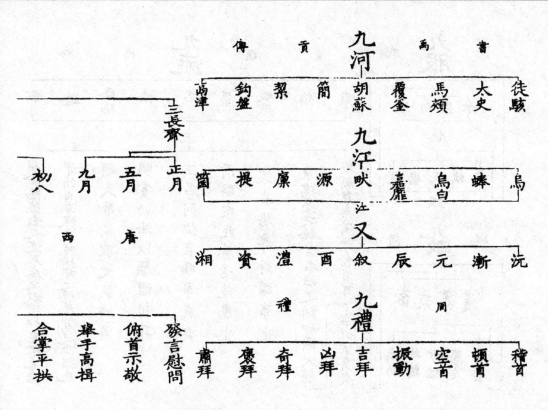

九種食

- 世間四食
  - 段、觸、思、識
- 出世五食
  - 禪悅、願、念、解脫、法喜

食見四數中

以義頌曰
禪悅及願
力念力解
脫法能資
益法身亦
如世間食

九類生

金剛

- 胎生、卵生、濕生、化生、有色、無色、有想、無想、非有想非無想

九淨肉

- 不為己殺、不見殺、不聞殺、不疑為己殺
- 自死、鳥殘、生乾、不期遇、前已殺

小乘經律開此九種淨肉得食大乘經論不許

九類慢

- 我
  - 勝（中）
  - 等（上、中）
  - 劣（上）
  - 勝（上）
  - 慢
- 有
  - 等（上、中）
  - 劣（中）
- 無
  - 勝（上、中）
  - 等（中）
  - 劣（上）
- 過慢
- 卑慢

佛有九惱

智論

- 六年苦行鵲巢頂蘆穿膝等
- 孫陀利殺女謗佛
- 乞食羅閱城忽有木槍迸前佛知定業展足受刺
- 毗蘭邑安居三月食馬麥
- 琉璃伐釋種佛頭背痛
- 娑利那村乞食空鉢而回
- 旃茶女懷盂粧孕謗佛與通
- 調達推山迸石傷足指
- 佛在阿羅婆伽林八夜寒風破竹

此等各有本因俱屬定業雖佛莫逃故為惱也

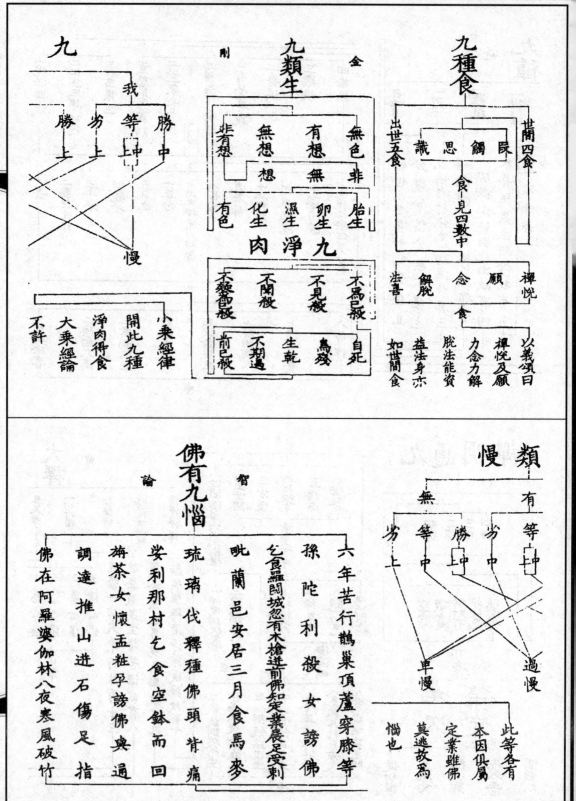

一現法樂住
二出生三昧功德
三利益衆生
一哀愍衆生欲成熟
二出二乘之上
三得無上菩提
一禪
一有覺有觀
二喜俱
三樂俱
四捨俱

一善
二無記化化
三正分
四觀分
五自他
六正念
七出生神通力功德
八名緣
九義緣
十止相緣
十一舉相緣
十二捨相緣
十三現法樂住第一義
禪

一呪術除毒
二除四大病
三雲雨消旱
四等度
五飲食饒益
六財物調伏
七迷者開覺
八等作
禪

九種　地

自性禪　行世出世善一心安住止分觀分俱分無不攝也
一切禪　能攝自行化他一切法故有三
難禪　謂此禪不易修故亦三
一切門禪　一切禪定皆由此出故有四
大善根衆生所修故有五
一不味著

大禪　持

善人禪
二慈心俱
三悲心俱
四喜心俱
五捨心俱
禪

一切行禪　能攝一切大乘行故有十三
除惱禪　能除滅衆生諸苦惱故有八
此世他世樂禪　能令衆生得現未樂故有九
清淨淨禪　斷煩惱得清淨淨復淨故有十

一世間清淨不味不染禪
二出世間
三方便
四得根本
五勝進
六住起力
清淨淨禪

七捨復入力
八神力作
九離一切見
十煩惱智障斷
清淨淨禪

一神變調伏衆生
二隨說調伏衆生
禪

三教誡調伏衆生
四爲惡衆生示惡趣
五以辯饒益衆生
六以念饒益衆生
七令正法久住世
八書數算計首差方便
九以智照惡趣放光明
禪

九通明禪　切　門

初禪
二禪
三禪
四禪
空處
識處
無所有
非非想
滅受想

亦名

九次第定

從初禪至滅受想次第而入無間雜故

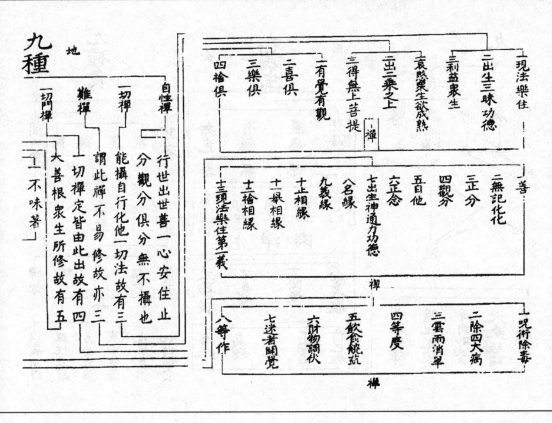

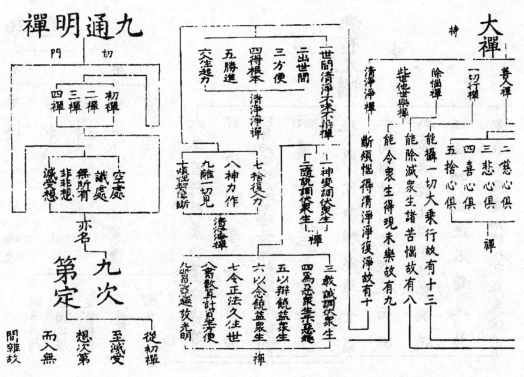

大乘九部（智論）

修多羅　祇夜　伽陀　伊帝目多　闍多伽　阿浮達摩　優陀那　毗佛略　和伽羅

此云

契經　應頌　孤起頌　本事　本生　未曾有　自說　方廣　授記

小乘九部（法華）

修多羅　祇夜　伽陀　伊帝目多　闍多伽　阿浮達摩　尼陀羅　婆多　優婆提舍

華梵　同上　可知　此云　因緣　此云　譬喻　此云　論議

大乘多直顯　故無因緣譬　喻論議之三　小乘設遮狹　墮不求成佛　請問方說故　無方廣授記　自說之三合　會而俱通

華嚴九會（遺疏　演義鈔嚴）

第一　第二　第三　第四　第五　第六　第七　第八　第九

第一：如來依報因果法門

十信等法門　十住等法門　十行等法門

十大三昧等及

品數說處見

第五至第九會說：

十向等法門　等覺法門

十地法門

阿僧祇數量法門　亦說

離世間法門

入法界法門

前七處九會

習禪九心（經論）

安住　攝住　解住　轉住　伏住心　息住　滅住　性住　持住

心

繫緣一境安住不散

一念稍動即便攝住

解知覺觀收斂安住

覺觀既息轉樂安住

靜久生厭

折伏令住

心

既折伏已息心住定

息久滅除安住不起

心性明靜任運安住

持善不失持惡不起

四禪九天

- 福生、福愛、廣果 —— 凡夫居
- 無想 —— 外道居
- 無煩、無熱、善見、善現、色究竟 —— 三果居

九種羅漢 福田經 釋籤引

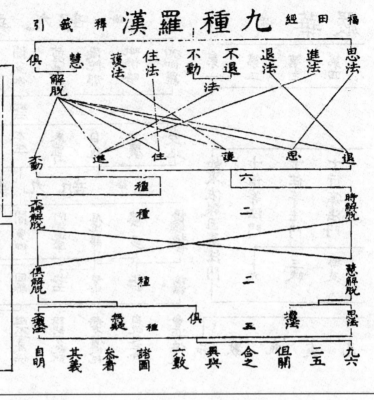

思法、進法、退法、不退法、不動法、住法、護法、慧解脫、俱解脫

- 退、思、護、住、進、不動 —— 六種
- 時解脫、不時解脫 —— 二種
- 慧解脫、俱解脫 —— 二種
- 思法、護法、俱、住法、不動法 —— 五種

九六二五但開合之異與六數諸圖參者其義自明

愛結九喻

一 二 三 四 五 六 七 八 九

如

債有餘、羅剎女婦、花莖毒蛇、不便食強食、淫女、摩羅迦子、瘡中瘜肉、暴風、彗星

凡夫有苦無諦故爲所經

九執大天 消災

日、月、熒惑、辰星 即 太陽星、太陰星、火星、水星

歲、杳、鎮、羅睺、彗 星即 木、金、土、羅睺、計都 星也

九曜星君

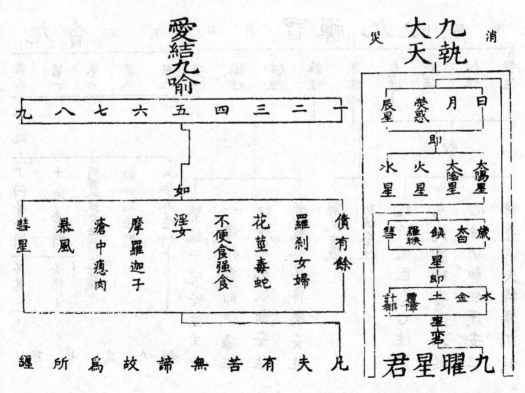

九緣生識（唯識）

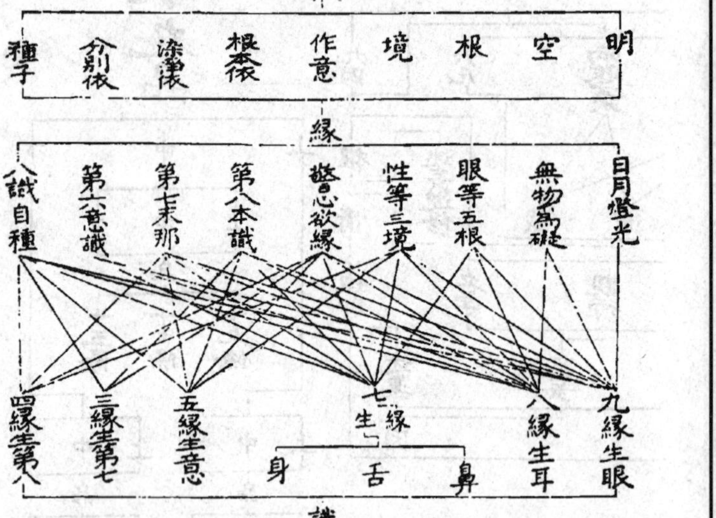

頌曰：眼識九緣生，耳識唯從八，鼻舌身三七，後三五三四，若加等無間，從前各增一。

九心（宗）

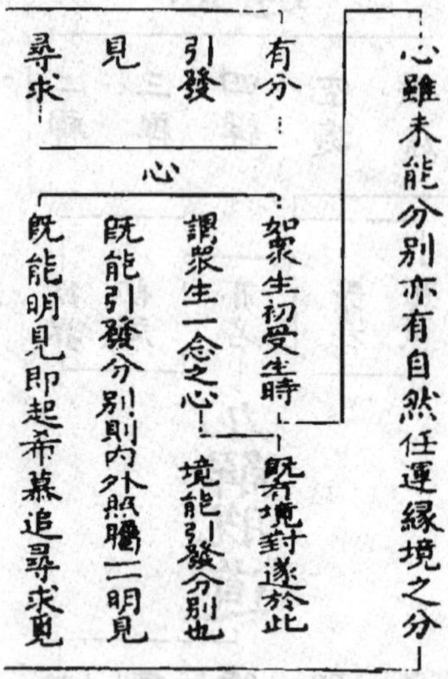

一念緣境即具九相次第

成輪（統）

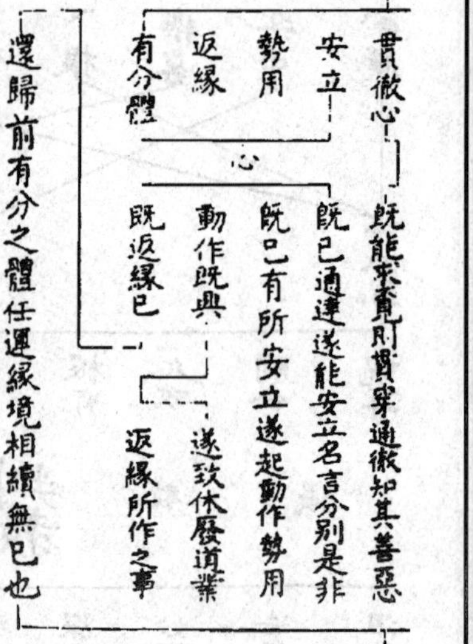

相生周而復始如輪旋轉

九周行慈（輔行）

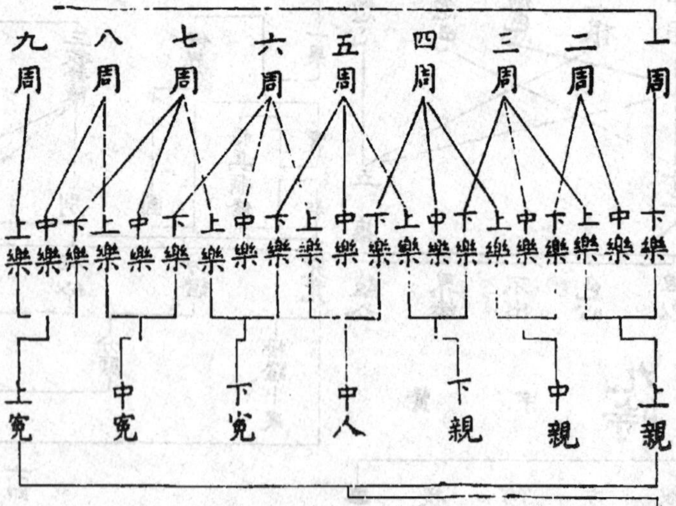

義見七數七周行慈圖中

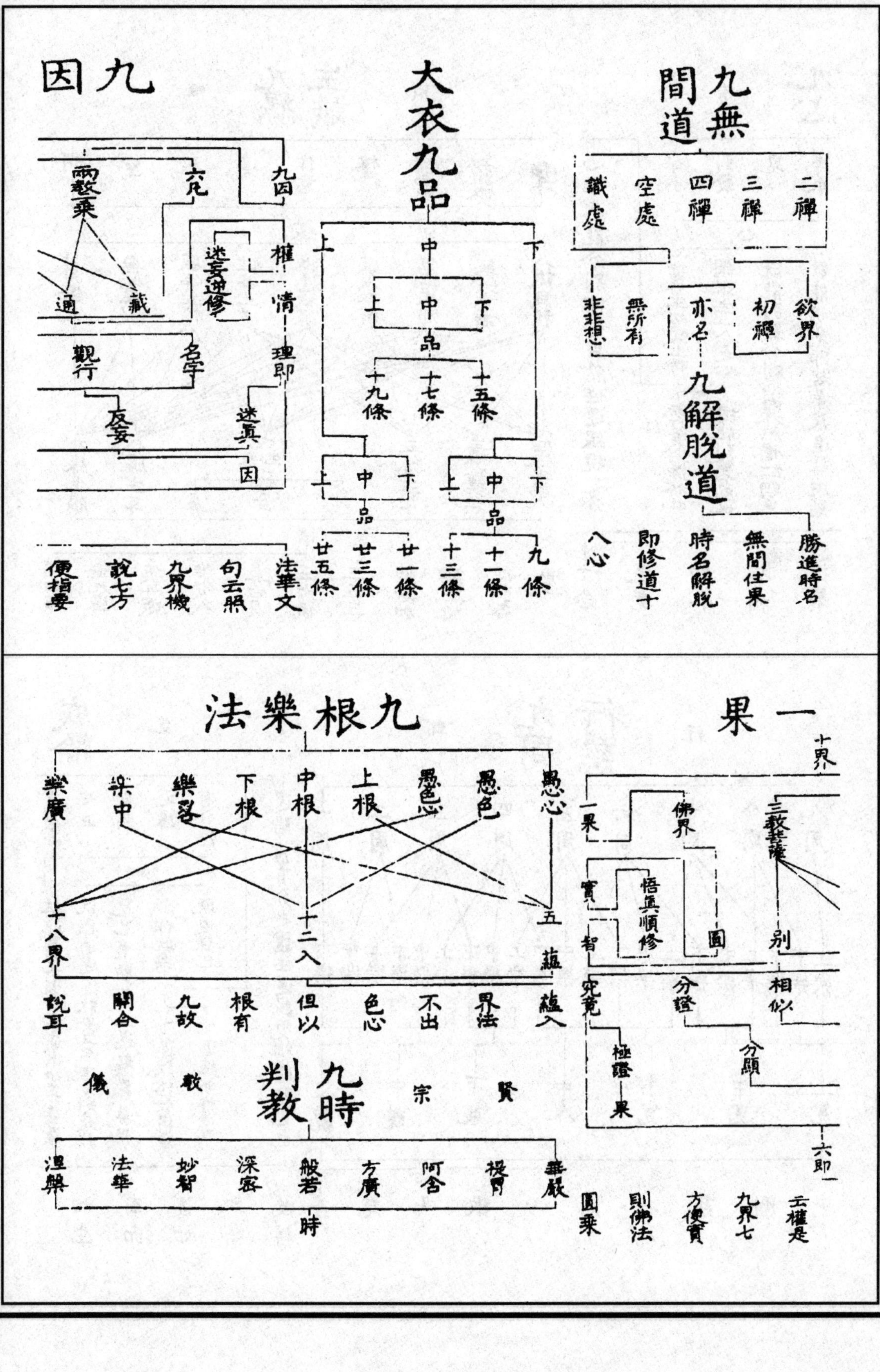
九因
九因
六凡
兩教乘
通
藏
權
情
迷妄逆修
理即
名字
觀行
迷真
反妄
因
法華文句云照九界機說七方便指要
大衣九品
上
中
下
上
中
下
品
十九條
十七條
十五條
上
中
下
品
廿五條
廿三條
廿一條
上
中
下
品
十三條
十一條
九條
九無間道
二禪
三禪
四禪
空處
識處
欲界
初禪
亦名
無所有
非非想
九解脫道
勝進時名無間住果時名解脫即修道十八心
九根樂法
悲心
悲色
愚色
上根
中根
下根
樂略
樂中
樂廣
五蘊
十二入
十八界
蘊入界法不出色心但以根有九故開合說耳
一果
十界
三教菩薩
佛界
一果
實
智
究竟
悟真順修
圓
別
相似
分證
分顯
極證
果
六即
云權是九界七方便實則佛法圓乘
九時判教
賢
宗
教
儀
華嚴
阿含
方廣
般若
深密
妙智
法華
涅槃
時

浮山九帶
禪宗

- 佛正法眼藏
- 佛法藏
- 理貫
- 事貫
- 理事縱橫
- 屈曲垂
- 妙叶兼
- 金針雙鎖
- 平懷常實

帶

次第九山

- 須彌
- 持雙
- 持軸
- 檐木
- 善見
- 馬耳
- 障礙
- 持地
- 小鐵圍

七金山

須彌居中七金圍繞須彌與七重香水海相間而住鐵圍居外包大鹹水海四洲依海而住須彌高八萬四千由旬七金等次第減半入水皆八萬四千由旬

九種
懺

- 聞法兩舌亂他聽受墮耽耳狗中
- 聞說法語心不飡乘墮長耳驢中
- 慳貪獨食墮餓鬼中出生爲人
- 惡食飼人墮於猪㹠蜣螂之中

貧窮下賤 食噉其肉 拔舌犂耕 爲人頑愚

惡報
法

- 劫奪人物墮於羊中被人生剝其皮
- 喜盜人物墮牛馬中後得出生爲人下使
- 喜作妄語傳宣人惡墮烊銅獄
- 喜飲酒醉墮沸屎泥犁出爲猩猩
- 爲上鞭下致彼無所告訴墮地獄中出爲水牛

貫鼻 撻撲 負重 償殃

天子九寺

太常 光祿 大理 宗正 寺司

音樂 膳羞 刑名 屬族

太府 司農 鴻臚 太僕 衛尉 寺司

庫藏 種植 蕃使 馬[illegible] 儀仗

九種橫死
藥師

- 得病無醫
- 王法誅戮
- 非人奪精氣
- 火焚
- 水溺
- 惡獸噉
- 墮山崖
- 毒藥呪詛
- 飢渴所困

如來藏九喻

寶　積

九喻

一法—如來藏—經云一切衆生諸煩惱中有佛智眼有如來身加趺不動

喻

- 萎花—譬如萎變花（貪煩惱）其花未開數天眼者觀見如來身無染（法身體也）（業彼不染）
- 巖蜜—譬如巖樹蜜（說一味法）無量蜂圍繞（爲成蜜故喩心惱人）善方便者取先除彼衆蜂
- 糠糧—譬如彼糠糧（說種種法）糠糩未除蕩（癡心不實）貧者猶賤之謂爲可棄物
- 金隱—如金在不淨（眞如不變）隱沒莫能見（身口意業增上三毒）天眼者乃見即以告衆人
- 貧人—譬如貧人家（無明住地）內有珍寶藏（法身寶德所依）主既不知見寶亦不能言
- 果種—譬如菴羅果（見惑）內實不毀壞（報化佛性）種之於大地必成大樹王
- 金像—譬如持金像（出纏法身）行詣於他方裹以穢弊物（思惑）棄之於曠野
- 貧女—譬如貧女人色貌甚醜陋（入不淨地垢）而懷相子當爲轉輪王（成報身）
- 鑄像—譬如大冶鑄無量眞金像（成化身）愚者自外觀但見焦黑土（入九十淨地諸垢）

九橫死

九

- 不應飯而飯—食不可意滿腹不調更食
- 不量食—貪食不知節量
- 不習食—至他處不知食性便强食
- 不出食—食未消復食
- 止熱—强制大小便

又喻

- 食過度量
- 食於不宜
- 不消復食
- 生而不吐
- 熱而持之

亦名

九緣非時死

因緣

橫

- 不持戒—犯五戒成疾及遭官法等
- 近惡知識—心懷不善近之時遭危害
- 入里不時—入城市及人家太早或太黑等
- 可避不避—犇牛逸馬駝車醉人惡犬等

伽

- 不近醫藥
- 不知將色（若損若益）
- 非時非量
- 行非梵行

菩薩九種善行

莊嚴經論

巻行

- 生死出沒無妨
- 衆生悲救無疲
- 欲塵而不染著
- 三業悉令清淨
- 不惱常起憐愍
- 自心破除煩惱
- 修習勇勤無間
- 三昧不亂不昏
- 般若照了諸法

九品往生妙觀（觀經）

- 上輩三品 上品
  - 上生 發三種心願生彼國
  - 中生 深信因果不謗大乘
  - 下生 亦信不謗發心求生
- 中輩三品 中品
  - 上生 受持齋戒無諸過患
  - 中生 一日一夜齋戒威儀不缺
  - 下生 孝養父母行世仁慈
- 下輩三品 下品
  - 上生 作惡謗經臨終稱佛
  - 中生 犯戒偷盜終聞佛法
  - 下生 五逆十惡臨終十念

大本三輩　九品

天台疏曰此經九品爲令識位上中下即大本三輩

九人生方便土（四教）

- 藏：聲聞　緣覺
- 通：十住
- 別：十住　十行　十向
- 圓：十信
- 聲聞　緣覺　菩薩

鬼分三財九品（阿毘達磨）

- 無財
  - 炬口 火炬炎炎常從口出
  - 針咽 腹大如山咽如針孔
  - 臭口 口中腐臭自惡受殃
- 少財
  - 針毛 毛利如針行便自刺
  - 臭毛 其毛既利而復臭氣
  - 大癭 咽垂大癭自抉啖膿
- 多財
  - 希祀 常伺祭祀所有食故
  - 希棄 常得巷酒所棄食故
  - 勢力 夜叉羅剎富類人天

意生身開五七九種

- 七種
- 五種
- 九種

十信　十向　十行　十住　菩薩　支佛　合　聲聞　支佛　合　聲聞

圓　別　通　藏　教

經但三種天台開五七九人須知以觀從人則五七九別以人從觀則不出三種三種意生身見三數中

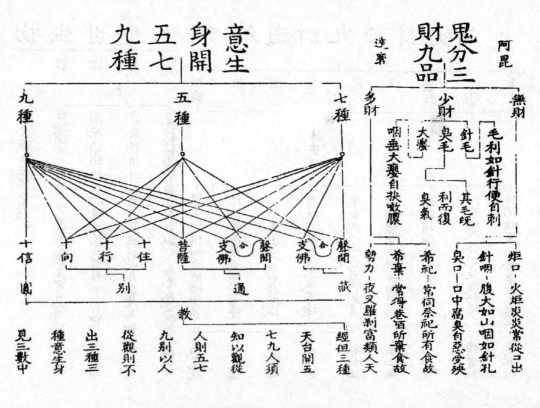

色界九種般那含圖（釋義）

- 中般
  - 速般
  - 非速
  - 經久
- 生般
  - 速般
  - 非速
  - 經久
- 上流
  - 速般
  - 非速
  - 經久

順現　順生　順後 —— 業

下品　中品　上品 —— 惑

上　中　下 —— 根

即於色般合五爲三有行無行皆生般攝即開三爲九中般等見七數

外道計九（楞）

- 時
- 方
- 空
- 微塵

即

時散外道彼謂世間萬物隨時榮枯遂計時有作用一切萬物皆從時生

方論師彼謂盡虛空界無非方所遂計一切人物或生或死不離方所

口力論師彼謂從空生風從風生火從火生煖等遂計虛空爲萬物因

路伽耶論師彼謂世間粗物無常極微之因不壞遂計微塵爲萬物因

- 大種

即

順世外道彼計世間萬物從

四大生滅後還歸四大云云

物生世間（伽）

- 神我
- 勝妙
- 自在天
- 大梵天

即

計我論師彼計有薩埵命者乃至數取趣者常住實有具諸功能生一切法

圍陀論師彼計那羅延天最勝最妙是萬物及涅槃因

塗灰外道幷諸婆羅門共計大自在是萬物及涅槃因

安荼論師計世間最初有安荼出分爲兩段上爲天下爲地中生梵天作萬物因

外道計九種轉變論（楞伽）

- 形處
- 相
- 因
- 成
- 見
- 性
- 緣明
- 所作明
- 事

轉變謂

外道見

衆生諸根形處隨時變易

諸法生住異滅四相不停

一切生因至果起時便滅

因所成果勢亦不久便壞

衆生於一法上前後見異

諸法體性無常迭相變異

諸法諸緣分明各各別異

一切所作分明是速朽法

世間諸事悉皆遷改無常

由見此故遂謂實有轉變以不知諸法唯心無性無受轉者故爲邪計

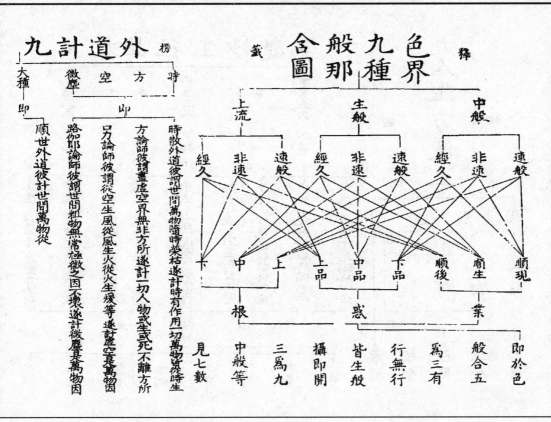

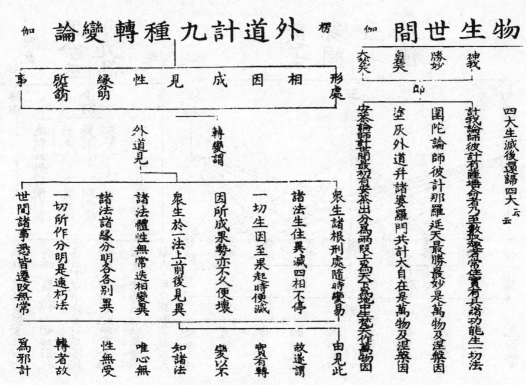

舍衛九億家 以緣有淺深障有厚薄故有三億見佛三億聞而不見三億不聞不見
見佛不見佛

重訂教乘法數卷第二十二

重訂教乘法數卷第二十三

十通　華嚴

通
- 他心：世出世法若種若類及他人心念皆能知　若淨若染一一
- 天眼智：於所見境而得自在無邊世界差別之相　種類悉能明見
- 宿住智：宿即過去住即現在謂於過去之事隨念而知知見現在等無有異
- 知劫：能知世界無央數劫非有際限若現在因緣若當來果報種類皆知
- 天耳智：十方三世所有音聲一時領覽悉徹其源無有障礙
- 無作智：謂以無體性無作功用不動本處而隨所詣廣利群生
- 言音：謂於一切言詞音聲若美不美若近若遠悉能明了
- 色身智：知色即空空即色故於無色中能現種種色身
- 一切法智：法即理事等法謂即事常理即理常事理事無礙一切悉知
- 滅定智：定散無礙體用雙彰不起寂滅定而現諸威儀

華
- 普光明：身土重重相入周徧廣大無盡限故
- 妙光明：明自他境界身心無礙
- 次第徧往佛國神通：以如幻智應物動寂依根本智恒無往來
- 清淨身心行：過阿僧祇世界諸佛所花香供養勤求妙法
- 知過去莊嚴藏：知過去諸佛出現劫剎度生壽命次第

十定　嚴

三昧
- 智光明藏：未來劫中諸佛已未說法皆悉能知
- 了知一切世界佛莊嚴：能徧入十方世界見一切佛教化莊嚴
- 一切衆生差別身：人身入夜叉身出乃至剎那入三世起等
- 法界自在：自身毛孔入此三昧而作佛事得法界自在
- 無礙輪：住無礙三業佛土成衆生智轉淨法輪紹諸佛種

十想　十疑

想觀
- 無常
- 苦
- 無我
- 食不淨
- 世間不可樂
- 死
- 不淨
- 斷
- 離
- 盡

十忍　仁王經疏

忍
- 戒：觀色不犯禁制
- 定：觀想不起亂思
- 慧：觀受無苦樂相
- 解脫：觀行無造作相
- 知見：觀識了邪正見

忍
- 空：觀諸苦果無實
- 無願：觀諸苦因亦空
- 無相：觀諸因果俱空
- 無常：觀俗諦是生滅
- 無生：觀真諦不生滅

十忍（華嚴）

- 音聲忍：聞佛深教曉了忍可而不驚怖
- 順忍：於理於事隨順忍可而無違逆
- 無生忍：了法無生諦審忍可不起妄念
- 如幻忍：知法如幻諦審忍可而無執著
- 如焰忍：諦審忍可境界不實猶如陽燄
- 如夢忍：諦審忍可妄心行處猶如夢歷
- 如響忍：了言無實猶如谷響忍可不著
- 如影忍：色身無實猶如影像忍可不取
- 如化忍：諦審諸法無而忽有忍可不執
- 如空忍：知法無體猶如虛空忍可不住

十智（華嚴）

- 三世智：三世之法皆悉通達
- 佛法智：覺法自性現儀度生
- 法界無礙智：知本法界事理融通
- 法界無邊智：知一切法卽是法界
- 充滿一切世界智：廣大妙用滿十方界
- 普照一切世界智：智慧光明普能照了
- 住持一切世界智：有大神力住持攝化
- 知一切衆生智：知所化生善惡因緣
- 知一切法智：知能化權實頓漸
- 知無邊諸佛智：知三世佛說法儀式

十智（仁王）

- 世俗智：有漏之智不能出離生死
- 法智：欲界四諦下苦法等智
- 類智：上二界四諦下苦類等智
- 苦智：觀苦
- 集智：觀集
- 滅智：觀滅
- 道智：觀道
  - （觀苦、觀集、觀滅、觀道）諦得無漏智
- 他心智：知有漏無漏心心所法
- 盡智：謂見苦乃至修道已所得
- 無生智：謂旣見苦已不復更見等

十因 唯識

- 隨說因：隨見聞等說諸義故即能說爲所說因
- 觀待因：觀待者對藉義謂能所相對藉以立因
- 牽引因：謂内外種未被潤前能牽引遠自果故
- 生起因：謂内外種曾被潤已能生起近自果故
- 攝受因：除親因緣外餘疎因緣與果相關涉故
- 引發因：即初種所生起果望後種所牽引果
- 定異因：定者因果自相稱故異者不共他故
- 同事因：謂觀待乃至定異六因共成一事業故
- 相違因：如明能障暗等即明爲因暗立爲果
- 不相違因：謂於生住成得事中不障礙故

依十五依處立

- 依 語 依處立
- 依 領受 依處立
- 依 習氣 依處立
- 依 有潤種 依處立
- 依 無間滅 依處立
- 依 境界 依處立
- 依 根 依處立
- 依 作用 依處立
- 依 士用 依處立
- 依 眞實見 依處立
- 依 隨順 依處立
- 依 差別 依處立
- 依 和合 依處立
- 依 障礙 依處立
- 依 不障礙 依處立

十持 華嚴

- 持所集一切福德善根
- 持一切如來所說法
- 持一切譬喻
- 持一切法理趣門
- 持一切出生陀羅尼門
- 持一切除疑惑法
- 持成就一切菩薩法
- 持一切如來所說平等三昧門
- 持一切法照明門
- 持一切諸佛遊戲神通力

若諸菩薩安住此法則得如來無上大智住持力

十惡

- 身三：殺生、偷盜、邪婬
- 口四：妄言、綺語、兩舌、惡口
- 意三：貪欲、嗔恚、愚癡

業

十善

- 不殺—放生
- 不盜—施食（業）
- 不婬—梵行
- 不妄語—誠實
- 不綺語—質直
- 不兩舌—和諍
- 不惡罵—常軟（語）
- 不貪—不淨
- 不嗔—慈悲（觀）
- 不邪見—因緣

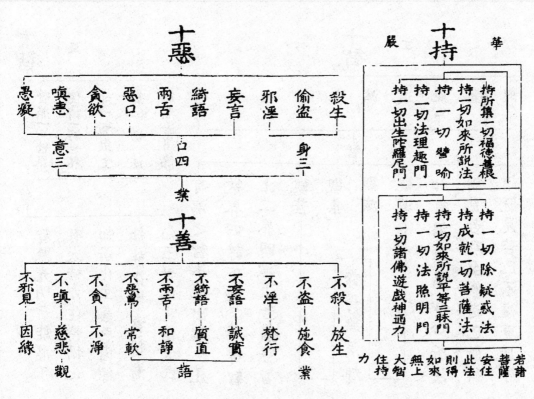

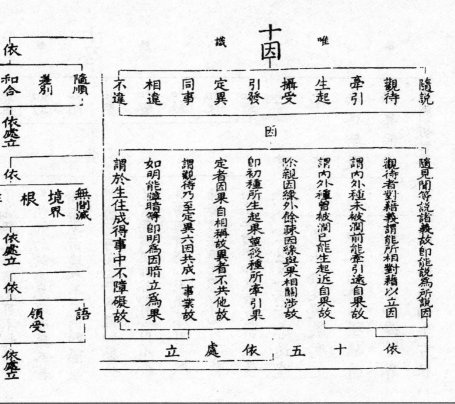

十苦

菩薩藏經

- 生
- 老
- 病
- 死
- 愁
- 怨
- 苦受
- 憂
- 痛惱
- 生死流轉

苦

十使

- 五利使
  - 身見
  - 邊見
  - 見取
  - 戒取
  - 邪見
- 五鈍使
  - 貪
  - 嗔
  - 癡
  - 慢
  - 疑

十見

瑜伽論

論

- 忿恚
- 隱覆自罪
- 意識昏迷
- 五情瞶冥
- 嬉游

- 嗔　覆　睡　眠　戲
- 嗔　覆　睡　掉　眠

婆

兩處戲

俱舍

纏八無慚愧嫉慳并

十纏

裕

- 三業躁動
- 屏處起罪不自羞
- 露處起罪不羞他
- 財法不能惠施
- 他榮心生熱惱

曰

- 掉　無慚　無愧　慳　嫉
- 悔　嫉　慳　無慚　無愧

沙

悔互出

頌曰

悔恥及掉　舉昏沉或　十加忿覆

十時

賢宗教儀

- 華嚴
- 梵網
- 提胃
- 阿含
- 大集
- 淨名
- 深密
- 妙智
- 法華
- 涅槃

時

又

五教儀註

- 華嚴
- 阿含
- 大品
- 深密
- 瓔珞
- 楞伽
- 思益
- 法華
- 光明
- 涅槃

時

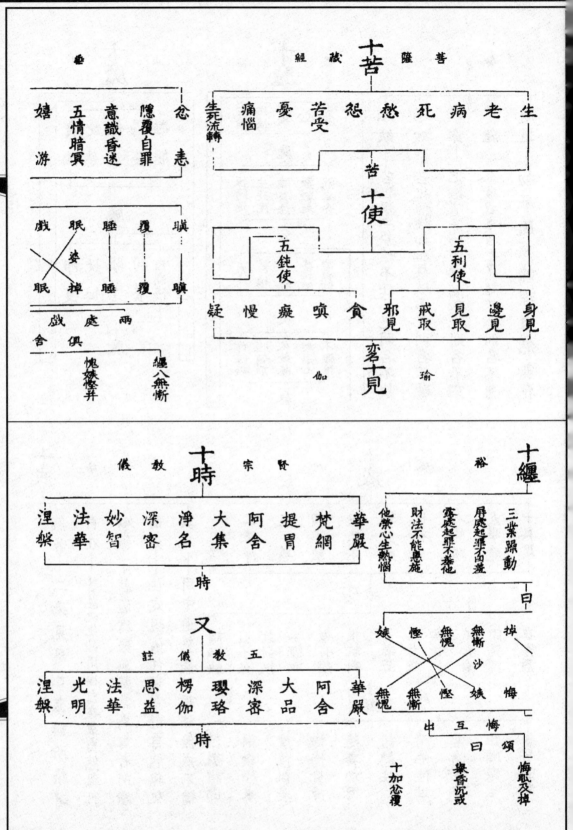

十魔（小止）

貪欲、憂愁、飢渴、渴愛、睡眠——魔

怖畏、疑悔、瞋恚、利養、自高慢——魔

十魔（華嚴）

五陰、煩惱、業、心、死——魔——恒隨逐、生死用、障善法、數數起、能奪命——故

天、善根、三昧、善知識、菩提智——魔——作障礙、恒執取、久躭味、起著心、不願捨——故

（智）

不缺——若犯根本缺壞不任不犯則名不缺

不破——若犯僧殘如器殘破不犯則名不破

不穿——犯捨墮等如器穿漏不犯則名不穿

不雜——念破戒事名之爲雜不念則名不雜

隨道——初果隨順諦理自然無犯

十戒（論）

無著——二乘見思已盡無所染著

自在——菩薩化他妙用得自在故自然無犯

智所讚……菩薩篤聚無虧常爲智者所讚

隨定——住定現儀任運常靜自然無犯

具足——用中道慧徧入諸法無戒不備

十戒（涅槃）

一禁、二清淨、三善、四不缺、五不析、六大乘、七不退、八隨順、九畢竟、十具足——戒

論取缺壞不任故對根本經取微有缺損故對不雜五支十戒與論十戒和會同異具在釋籤

十願（行願）

禮敬諸佛

稱讚如來

廣修供養

懺悔業障

隨喜功德

請轉法輪

請佛住世

常隨佛學

恒順衆生

普皆回向

十願

- 無限善根
- 愛法增上
- 親近增上
- 護法神通
- 自證正智
- 令他解了
- 攝受正法
- 廣利羣生
- 荷負衆生正法
- 如說修行

願

十禪

- 出家清淨
- 近善知識清淨
- 阿蘭若處
- 離戲論憒閙
- 身心柔軟
- 智慧寂靜一切音聲
- 七覺八道
- 離味著諸煩惱
- 通明清淨
- 內智方便遊戲神通

禪

賢宗

- 過去說
  - 過去
  - 現在
  - 未來
- 未來說
  - 過去
  - 現在

十玄門中十世隔法異成門云三世各有過現未來名爲九世然此九世迭相即入攝爲一

十世

教儀

- 現在說
  - 無盡
  - 過去
  - 未來
  - 平等
- 三世說一念

念前九爲別一念爲總總別合論故云十世十世區分名爲隔法而互相在則是異成也

十宗

教章

- 我法俱有
- 無我因緣
- 因緣但名
- 唯識法相
- 眞空無相
- 藏心緣起
- 一切皆空
- 眞德不空
- 相想俱絕
- 圓明具德

宗

十數

算經

- 億　兆　京
- 秭　垓　壤　溝
- 澗　正　載

謂千生萬萬生億億生兆乃至正生載載地莫載矣

十念
諸經要集

- 念佛——爲衆生導師
- 念法——爲修行軌則
- 念僧——爲世間福田
- 念戒——能止息諸惡
- 念施——能破諸慳貪
- 念天——爲善業成就
- 念休息——靜處可修道
- 念安般——數息可除散
- 念身——是假合無實
- 念死——不久當散壞

繫心十境　妄念不生　而佛　道可　期矣

華嚴

- 一小乘有教——諸小乘經
- 二破有明空——般若經
- 三和會空有——解深密經
- 四明假即真——楞伽經
- 五即俗恒真——維摩經

如聲聞在華嚴座　如聾瘂

十教
合論

- 六引權歸實——法華經
- 七捨權向實——涅槃經
- 八圓融教——華嚴經
- 九共不共教——大乘經
- 十不共共教——如華嚴諸來菩薩雖異

共會說法

十宗
清涼

- 我法俱有宗——謂諸外道所計雖殊皆立我故
- 法有我無宗——此計諸法實有但不立我
- 法無去來宗——說有現在其過未法體用俱無
- 現通假實宗——就現在法在蘊爲實界處爲假
- 俗妄真實宗——計世俗假以虛妄故出世反此
- 諸法但名宗——謂一切我法但有假名無實體故
- 三性空有宗——謂徧計是空依圓有故
- 真空絕相宗——心境兩亡直顯體故
- 空有無礙宗——互融雙絕而不礙兩存故
- 圓融具德宗——事事無礙主伴具足無盡自在故

小乘　通大小　唯大乘　法相宗　無相宗　法性宗

十儀

賢宗教儀

- 本末差別
- 依本起末
- 攝末歸本
- 本末無礙
- 隨機不定
- 顯密同時
- 一時頓演
- 寂寞無言
- 該通三際
- 重重無盡

門

- 本末同時始終一類各無異說
- 先大後小
- 先小後大
- 本末交映與奪相資
- 謂入位不定及解法不定故
- 同聽異聞互知不知亦無前後
- 謂上來諸門一時頓演
- 謂從初得道乃至涅槃不說一句
- 謂此上諸門盡皆該通三際
- 前之九門隨時隨處重重無盡

教有化儀化法化法五教見前此約化儀開十門也

十信

- 一信
- 二念
- 三精進
- 四慧
- 五定

心

- 六不退心
- 七回向心
- 八護法心
- 九戒心
- 十願心

亦名十心

十住

- 一發心
- 二治地
- 三修行
- 四生貴
- 五具足方便

住

- 六正心
- 七不退
- 八童真
- 九法王子
- 十灌頂

住

十行

- 一歡喜
- 二饒益
- 三無違逆
- 四無屈撓
- 五無癡亂

行

- 六善現
- 七無著
- 八難得
- 九善法
- 十真實

行

十向

- 一救護衆生離衆生相
- 二不壞
- 三等一切諸佛
- 四至一切處
- 五無盡功德藏
- 六入一切平等善根
- 七等隨順一切衆生
- 八真如相
- 九無縛無著解脫
- 十入法界無盡

回向

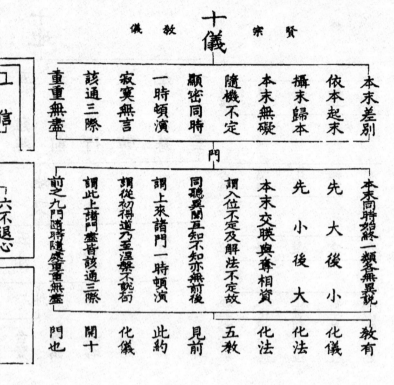

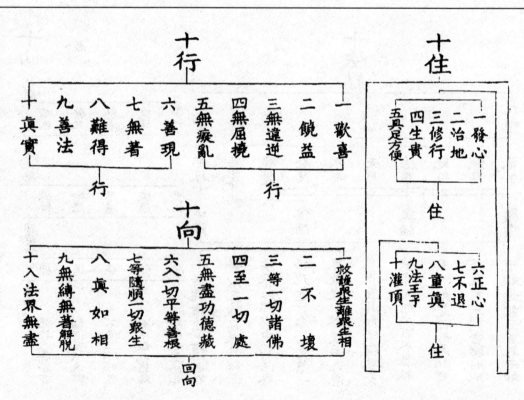

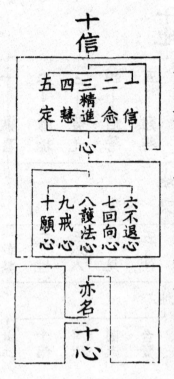

十地

一歡喜
二離垢
三發光
四焰慧
五難勝
六現前
七遠行
八不動
九善慧
十法雲

地

又大品地

一乾慧
二性
三八人
四見
五薄
六離欲
七已辦
八支佛
九菩薩
十佛

地

此上十信等六圖天台賢首諸教各別姑存其名耳

楞

服餌　草木　金石　動止　津液

食道　藥道　化道　精氣　潤德

地　飛　遊　空　天

經云是等皆於人中煉心不修正覺別得生理壽千萬歲休止深山或大海島

十仙

嚴

堅固

精色　禁咒　思念　交遘　變化

而不休息

吸粹　術法　思憶　感應　覺悟

圓成名

通　道　照　精　絶

行仙

絶於人境斯亦輪迴妄想流轉不修三昧報盡還來散入諸趣所以非真修也

十法界

一實
佛界
中諦

九權
菩薩　緣覺　聲聞　人界　天界　修羅　地獄　餓鬼　畜生

俗諦
真諦
因緣生

十者統諸法之謂也界者以三諦爲界分故云法界如佛以中爲法界等凡起一念心必落一界此之一界復具九界界界互具如帝網珠交映互入則成百界界界具十如是謂如是相性乃至本末究竟等則成千如是故云百界千如

華嚴十大數

一阿僧祇
二無量
三無邊
四無等
五不可數
六不可稱
七不可思
八不可量
九不可說
十不可說不可說

佛十惱
即前佛有九惱後加雙樹臂痛為十叅看九數自知

法華十如是

相—據外覽而可別名相
性—據內自分不改名性
體—主宰名體
力—功能為力
作—構造為作
因—習因為因
緣—助因為緣
果—習果為果
報—報果為報
本末究竟等—初相為本，後報為末，所歸趣為究竟

天台大師作三轉讀文謂是相如如是相相如是等

華嚴十玄門

同時具足相應
廣狹自在無礙
一多相容不同
諸法相即自在
祕密隱顯俱成
微細相容安立
因陀羅網境界
托事顯法生解
十世隔法異成
主伴圓明具德

門如

海之一滴具百川味
一尺之鏡見千里影
一室千燈光光涉入
金與金色不相捨離
秋空片月晦明相並
琉璃之瓶盛多芥子
兩鏡互照傳曜相寫
挙拳豎臂觸目皆道
一夕之夢翱翔百年
北辰所居衆星皆拱

衍論十種識

眼
耳
鼻
舌
身
意
末那
阿賴耶
菴摩羅
一切一心

識前九識見九數第十可知

十寶山

須彌　此云妙高
雪山
目真鄰陀　此云石山
摩訶目真鄰陀　此云大石山
香山
寶山
金山
黑山
鐵圍
大鐵圍

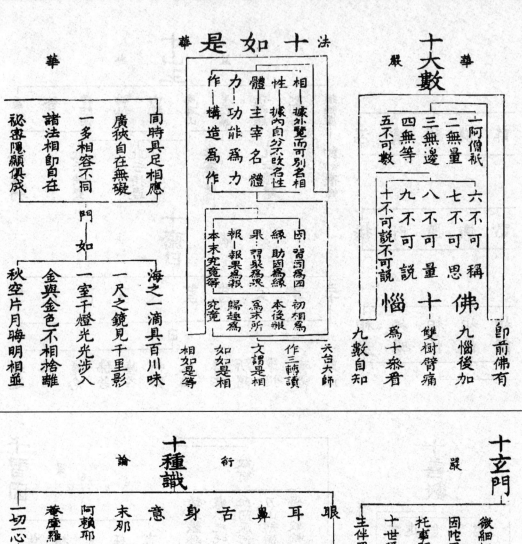

十山王
華嚴

雪山 此云種種持

香山

鞞陀利 此云持雙

神仙山

由乾陀 此云持邊

馬耳山

尼民陀羅 此云金剛輪圍

斫迦羅

計都末帝 此云幢慧

須彌盧 卽妙高峰

十齋日
法苑

初一 初八 十四 十五 十八 廿三 廿四 廿八 廿九 三十

日

若逢此日應念佛菩薩名持齋求福尋常所謂準提齋者卽此

楞

淫 貪 慢 嗔 詐

接 計 陵 衝 誘

相磨 相吸 相恃 相忤 相調

十習因
嚴

誑 怨 見 枉 訟

習交

欺 嫌 明 加 諠

發於

相罔 啣恨 邪業 誣謗 藏覆

故有

猛火鐵牀銅柱 寒冰吒吒波波 血河灰河銅灌 刀山劍樹斧鉞 繩木絞校杻械

諸事

故有

塵穢沒溺諸事 擒捉擊射諸事 王吏推鞫諸事 合山耕磨諸事 業鏡對驗諸事

經云一切衆生自業所感造十習因受六交報六交報見六數

十善數

信 進 念 定 慧

喜 猗 捨 覺 戒

十惡數

恚 恨 讒 誑 憍

忿 怒 慳 癡 妬

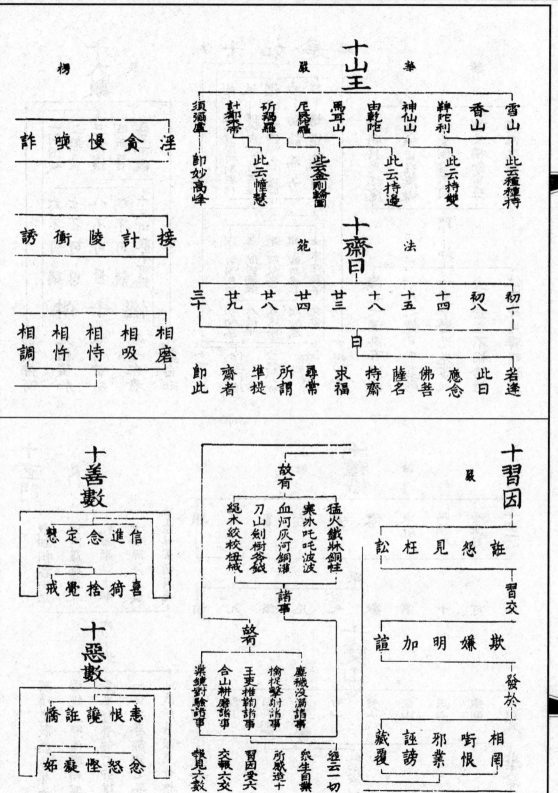

十煩惱（百法）

忿　惱　恨　覆　諂　誑　憍　害　嫉　慳

此名小隨煩惱各別起故

又（百法）

無慚　無愧　不信　懈怠　昏沉　掉舉　放逸　失念　散亂　不正知

無慚、無愧：此二名中隨徧不善故

不信、懈怠、昏沉、掉舉、放逸、失念、散亂、不正知：此八名大隨徧染心故

又

貪等十使亦名十煩惱見前

（華）

不斷如來種性
充徧一切世界
度一切衆生
知世界成壞
知衆生垢淨

十發心（華嚴）

爲
知三有清淨
知衆生心樂煩惱習氣
知衆生死此生彼
知衆生諸根心行
知衆生三世智
故發心

十淨願（華嚴）

度生　行善　事佛　護法　入土　同體　了法　生信　住世　具行

謂
成熟衆生無有疲倦
具行衆善淨諸世界
承事如來
護持正法
以智方便入諸佛土
與諸菩薩同一體性
入如來門了一切法
見者生信無不獲益
神力住世盡未來劫
具普賢行淨治一切

初門十種色

四微：色　香　味　觸
四大：地　水　火　風
根微：細　麤
眼　耳　鼻　舌

十無盡（華嚴）

- 饒益一切衆生故
- 以本願善回向故
- 一切劫無斷絶故
- 盡虚空界悟心無限故
- 回向有爲而不著故
- 一念境界一切法無盡故
- 大願心無變異故
- 善攝取諸陀羅尼故
- 一切諸佛所護念故
- 了一切法皆如幻故

是十無盡能令一切世間所作悉得究竟無盡大藏

十翼書（周易）

上彖　下彖　上象　下象　上繫　下繫　文言　說卦　序卦　雜卦

如來十恩（華嚴演義）

- 一發心普被
- 二難行苦行
- 三一向爲他
- 四垂形六道
- 五隨逐衆生

恩

- 六大悲深重
- 七隱勝彰劣
- 八隱實施權
- 九示滅令慕
- 十悲念無盡

恩

十地寄報（華嚴）

初　二　三　四　五　地作　閻浮　轉輪　忉利　夜摩　兜率　主

六　七　八　九　十　地作　化樂　他化　二禪　三禪　四禪　主

十地寄乘（華嚴經疏）

初地　二地　三地　四地　五地　六地　七地　八地　九地　十地

寄

人乘　欲天　上天　初果　四果　緣覺　菩薩　一乘　一乘　一乘

三乘　人天　佛乘

謂十地菩薩寄於諸乘修因顯果也

十普賢心（華嚴）

發

大慈　大悲　一施　智首　莊嚴　金剛　如海　山王　安隱　般若

心

- 救護衆生故
- 代衆生苦故
- 捨所有故
- 樂佛法故
- 學菩薩行故
- 不忘失故
- 淨法皆入故
- 惡言皆忍故
- 施衆無畏故
- 觀法無所有故

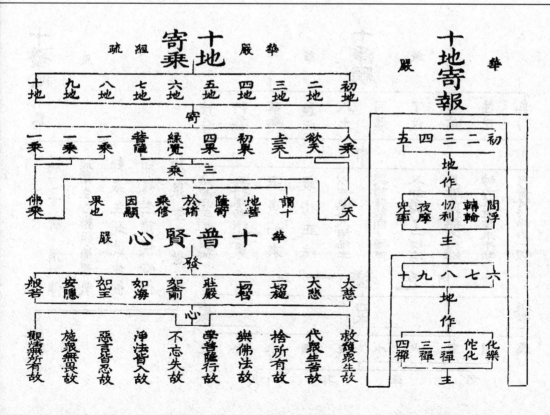

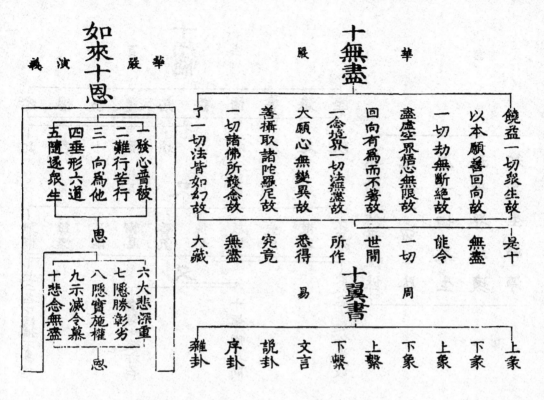

十無邊心（華嚴）

- 度一切衆生
- 事一切諸佛
- 供一切佛
- 見一切佛
- 持一切佛法
- 現無量神變
- 不捨菩提行
- 說一切佛法
- 入佛不思議境界
- 入一切道場衆會

菩薩發此十心名無邊心

十金剛心（華嚴）

- 覺了諸法
- 化度衆生
- 莊嚴世界
- 善根回向
- 奉事大師
- 實證諸法
- 廣行忍辱
- 長時修行
- 自行滿足
- 令他願滿

修此十行其心堅固不動猶如金剛故云十金剛心

重訂教乘法數卷第二十三

重訂教乘法數卷第二十四

十種通號 成論

多陀阿伽陀
阿羅訶
三藐三佛陀
鞞侈遮羅那三般那
修伽陀
路伽憊
阿耨多羅
富樓沙曇藐婆羅提
舍多提婆摩㝹舍喃
佛陀耶
路伽那陀

此云

如來—倣同先德
應供—堪爲福田
正徧知—徧知法界
明行足—果顯因德
善逝—妙往菩提
世間解—達僞通眞
無上士、調御丈夫—攝化從道
天人師—應機授法
覺者—覺悟歸眞
世尊—三界獨尊

號

又大論開無上士調御丈夫爲二至佛爲十若世尊者乃爲總號以具上十號爲世出世間之所獨尊故

如來 華嚴

菩提 願 化 力持 莊嚴

身

菩提樹下降魔成道
本願度生酬因降迹
普應羣機隨類現化
神力任持全身碎身不壞
微塵相好莊嚴實報

十身 指掌

威勢 意生 福德 法 智

威德廣大魔外歸服
意有所往身即隨到
福德具足如海徧圓
法性清淨周徧法界
妙智圓明通達無礙

菩薩十身 華嚴經疏

聲聞 緣覺 菩薩 如來 法 智

業報 衆生 國土 虛空

智正覺 情 器

世間

此菩薩知諸衆生心之所樂融三世間以爲自身也

十種自在 華嚴

命 心 財 業 生

自在

住壽 入三昧 資生 現業 受生

無礙

願 解 神力 智 法

自在

欲樂 勝解 如意 智慧 說法

無礙

謂菩薩得此十種法敎化調伏諸衆生等得自在也

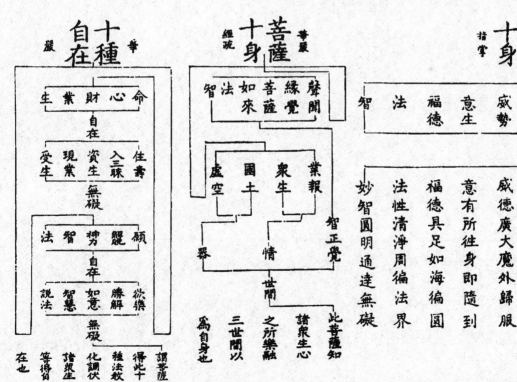

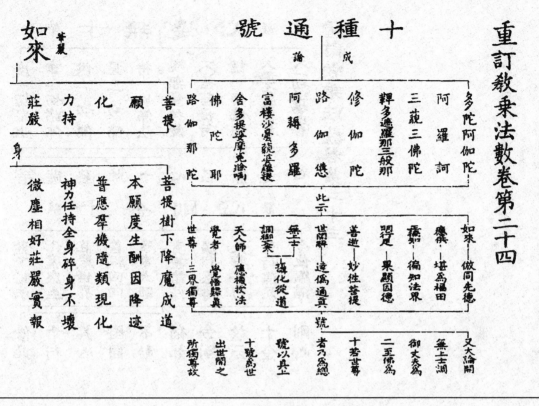

佛果十力 智論

- 是處非處
- 業
- 定
- 根
- 欲
- 界
- 至處
- 宿命
- 天眼
- 漏盡

智力

- 知一切衆生因緣果報　如作善業能得樂報名爲是處若以惡業望於樂報則名非處
- 知一切衆生三世所有諸業
- 知一切諸禪三昧
- 知諸衆生諸根上下
- 知他衆生種種欲樂
- 知世間衆生種種界分
- 知一切道至處相
- 知一世乃至百千萬世　姓名苦樂壽夭等
- 見衆生生時死時善道惡道等
- 自知我生已盡不受後有

菩薩 大

- 發一切智心堅固
- 不捨衆生大慈
- 具足大悲
- 信一切佛法精進
- 思行禪定

力

又

- 解脫
- 誓
- 觀
- 忍
- 智

力

菩薩 華

- 知諸安立
- 知諸語言
- 知諸談議
- 知諸軌則
- 知諸稱謂

十力 論

- 除二邊智慧
- 成熟衆生
- 觀法實相
- 入三解脫門
- 無礙智
- 斷
- 聞
- 願
- 圓滿
- 愛

十知 嚴

- 知諸制令
- 知其假名
- 知其無盡
- 知其寂滅
- 知一切空

華 十波羅蜜 嚴

- 檀那
- 尸羅
- 羼提
- 毘黎耶
- 禪那

波羅蜜

- 般若
- 方便
- 願
- 力
- 智

波羅蜜

經云菩薩

- 爲令衆生心滿足故內外悉捨等
- 具持衆戒而無所著等
- 悉能忍受一切諸惡無動搖等
- 普發衆業常修靡懈等
- 於欲無貪諸次第定悉能成就等
- 善觀諸法得實相印普入智門等
- 敎化衆生隨其心樂現身說法等
- 成就一切衆生供養一切諸佛等
- 具深心力無有雜染等
- 知一切法眞實知一切如來力等

菩薩十度

波羅蜜此云到彼岸謂菩薩修行十法化度衆生超生死苦海到涅槃彼岸也

亦名菩薩十度

此中後四即從前六開出謂禪定開願力般若開方智所謂從六開四也○又此中方便能施戒忍願助精進力助禪定智助慧所謂以四助六也

前六度華言見六數

大乘十喻 法界次第

- 喻：幻人　陽燄　水月　空花　谷響
- 喻：乾城　夢　影　像　化

又楞嚴云如幻觀察十種深喻古德指此

律師十法 寳雲

- 善解
  - 毘尼所起
  - 毘尼甚深處
  - 毘尼微細事
  - 毘尼此事得
  - 毘尼彼事不得
  - 毘尼性重戒
  - 毘尼制起因緣
  - 聲聞　文佛　菩薩　毘尼

法師十德 華嚴

- 善知法義—善知一切諸法句義
- 能廣宣說—廣爲衆生宣揚妙法
- 處衆無畏—隨衆問難悉能酬答
- 無斷辯才—說一切法相續不斷
- 巧方便說—隨順機宜說大說小
- 法隨法行—以法隨機令如法行
- 威儀具足—行住坐臥威儀無缺
- 勇健精進—發勇猛心精修善法
- 身心無倦—攝化衆生無有懈倦
- 成就忍力—修忍辱行成無生力

此第九善慧地修習一切行願作大法師具此十德

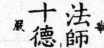

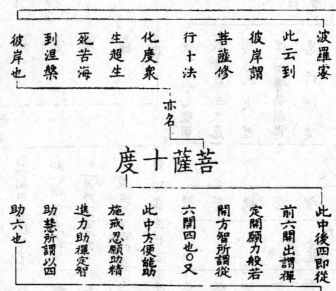

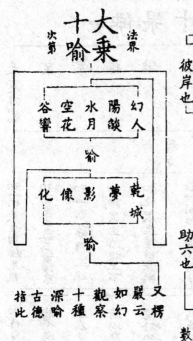

十種智明（華嚴）

謂菩薩以十種善巧之智明了通達一切衆生境界

智明
- 知一切衆生業報
- 知一切境界寂滅
- 知一切所緣唯是一相
- 能以妙音普聞十方
- 普壞染著心
- 能以方便受生
- 捨離一切想受境界
- 知一切法無相無性
- 知衆生緣起本無有生
- 以無著心濟度衆生

十大弟子

- 舍利弗
- 目犍連
- 大迦葉
- 阿那律
- 須菩提
- 富樓那
- 迦旃延
- 優波離
- 羅睺羅
- 阿難陀

此云

- 鶖子—智慧
- 采菽氏—神通
- 大龜氏—頭陀
- 無貧—天眼
- 善現—解空
- 滿慈—說法
- 文飾—論義
- 上首—持律
- 覆障—密行
- 慶喜—多聞

第一

頌曰舍智連通說富那須空旃論迦頭陀那律天眼波離戒慶喜多聞密行羅

十門釋經（清涼）

- 教起因緣—聖人言不虛發動必有由非大因緣莫宣斯典故
- 藏教所攝—佛教雖廣不出三藏十二分教次示之以何藏何教攝故
- 義理分齊—藏教皆通權實揀權取實次示之以義理深淺寬狹故
- 教所被機—既知圓義包博沖深次示之以沖深之教何機堪被故
- 教體淺深—既知深義正被圓機次示之以能詮之教何為體性故
- 宗趣通局—能所文義已知該羅次示之以所宗尊崇何義故
- 部類品會—既知宗趣沖深次示之以同部同類品會有幾故
- 傳譯感通—既知部類品會次示之以宗承有緒勝益可歸故
- 總釋經題—大旨既陳隨文解釋先明總目包盡難思故
- 別解文義—總意雖知在文難曉使沉隱之義彰乎翰墨故

十無盡藏（華嚴）

信、戒、慚、愧、聞、施、慧、念、持、辯——藏

此功德林菩薩爲諸菩薩說欲令普入一切佛法之門以其各能含攝無盡法海故皆名爲無盡藏也

此十門者清涼依華嚴經立凡賢宗一家釋經皆遵襲之其淺深開合雖各隨經宗少異而大體無殊也

教起因十（清涼）

法應爾、酬宿因、順機感、爲教本、顯果德——故

彰地位、說勝行、示真法、開因性、利今後——故

教起

- 時——通該十時別在三七等
- 處——通徧十處別在寂場等
- 主——三身十身相即無礙故
- 三昧——定起發言受者心篤故
- 現相——放光動地華雨香雲等

清涼疏華嚴於教起因緣門中開此十因十緣若諸教之中因緣不同雖註疏家各依經宗

十緣

- 說者——畧則三五廣通無量
- 聽者——除當機衆餘九類皆緣
- 德本——謂由智慧及行願力故
- 請者——上智發起有言請念請
- 加者——除佛餘皆俟加被方說

立義大抵皆以是爲式此別論也若總論因緣者諸佛世尊唯爲一大事因緣故出現於世

十徧處定（法界次第）

一青、二黃、三赤、四白、五地、六水、七火、八風、九空、十識——徧處定

智論云八背捨爲初門八勝處爲中行徧處爲成就三觀具足禪體始得圓滿此定謂之徧處者以所觀十境徧一切處爲名也

無礙十義 華嚴經疏

- 用周：遮那現法界身雲業用周徧
- 相徧：於上差別用中各攝一切業用
- 寂用：常在三昧無方利物即寂即用
- 依起：無心頓現海印力故
- 眞應：應即同法一味平等故
- （以上）無礙
- 分圓：一一身分即具全身故
- 因果：一一毛孔等現自他修因事故
- 依正：於身雲中作一切器世間等
- 潛入：佛智潛入衆生心衆生心中有佛等
- 圓通：融大法界而爲其身即一切不待故
- （以上）無礙

疏云先明十身後彰無礙於無礙中復闢如是十義

十種 華嚴

- 音聲語言：攝假從實故以聲爲實名等皆假
- 名句文身：以體從用故以名等能詮法自性差別所依故
- 通取四法：由前二說皆有理教爲定量故
- 通攝所詮：文隨於義義隨於文相資爲體故
- 諸法顯義：但能顯義理一切諸法皆爲教體

體

教體 經疏

- 攝境唯心：總收前五並不離識故
- 會緣入實：前來六門同入一實故
- 理事無礙：由如無礙佛之音聲亦順如無礙故
- 事事無礙：文義皆圓故
- 海印炳現：無盡教法皆是海印三昧同時炳現故

無礙十因 華嚴經疏

- 唯心所現
- 法無定性
- 緣起相由
- 法性融通
- 如幻夢
- 如影像
- 因無限
- 佛證窮
- 深定用
- 神通解脫

由此十因故得十玄六相法界重重乃至混融無礙

緣起十義 華嚴經疏

- 諸緣各異
- 互徧相資
- 俱存無礙
- 異體相入
- 異體相即
- 體用雙融
- 同體相入
- 同體相即
- 俱融無礙
- 同異圓滿

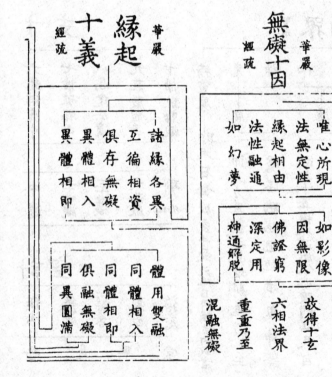

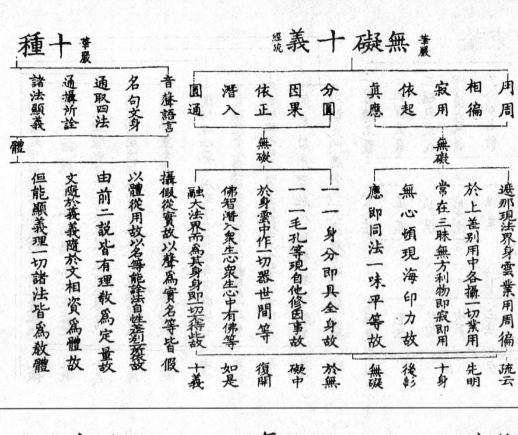

謂大緣起中諸緣相望要須體用各別方成緣起　此依
謂此諸緣要互相徧應方成緣起　無礙
凡是一緣要具前二方成緣起　各有全有力全無　十義
謂諸門力用遞相依持互形奪故　力故緣起方成　中緣
諸緣相望全體形奪有有體無體義緣起方成　起相
謂諸緣法要力用交涉全體融合方成緣起　由略
謂緣所有多與彼一緣體無別故名爲同體由此一緣應　舉如
多緣故有此多一所應多緣既相即入令此多一亦有即入也　是十
同前體用雙融但同體與前別耳　義以
以前九門總合爲一大緣起不偏一門故云圓滿　釋之

論束

一畧陳名數　百法
二粗釋體義　五蘊
三總包衆義　顯揚
四總攝大乘義　攝大乘
五分別名數　雜集

支　論

十邪 金

無色
色法
住處
次第
三法

從因緣生

十支

六離僻處中　中邊
七摧破邪山　二十唯識
八高建法幢　三十唯識
九莊嚴體義　大莊嚴
十攝散歸觀　瑜伽

計空 鈔

作法
無礙處
與諸善
如幻空
指之處

皆是無常

賢首 界内十魔 教儀

精靈魔　即木石禽獸多年受天地日月精氣所成者
鬼神魔　即大力鬼蠱毒鬼堆剔鬼乃至魔勝魑魅魍魎諸鬼神等
仙天魔　即九十五種外道所依婆羅門仙及自在天摩醯首羅吒枳迦羅諸天仙等
陰死魔　恐陰則戀理身家而不種植善根　怕死則安樂養生而不尅意修行　又此二是生死果故
業惱魔　即好淫好盜好殺好妄諸惡業也　即多貪多瞋多癡多散諸惑惱也　此二能障禪是生死因故
心魔　隨一念起即一魔生是生死因果本也

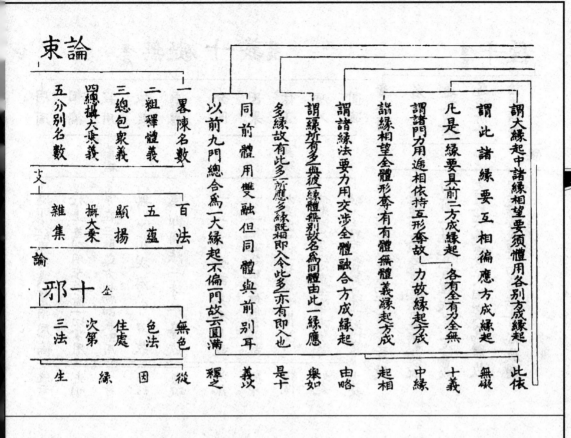

界外十魔（賢宗教儀）

- 三昧
- 智慧
- 師友
- 化導
- 修諦
- 觀緣
- 行度
- 報身
- 依土
- 果位

此十本非魔境著貪愛不捨功行不進善根不增法性不願以是故名爲魔事

惑有十（止觀）

- 欲界
- 色界
- 無色

貪　癡　慢
惑

貪　瞋　癡　慢　貪　癡　慢
惑

本有十二以上二界不行瞋故故唯十也

十種供養（法華）

- 華
- 香
- 瓔珞
- 抹香
- 塗香
- 燒香
- 幡蓋
- 衣服
- 伎樂
- 合掌等

十科行軌（諸懺）

- 一嚴淨道場
- 二行者淨身
- 三三業供養
- 四奉請三寶
- 五讚佛陳意
- 六禮佛
- 七懺悔
- 八旋繞
- 九誦經
- 十坐禪

治病十法（小止）

- 信——信此法必能治病
- 用——隨時常用
- 勤——勤用不息取差爲度
- 常住緣中——細心念念依法而不異緣
- 別病因起——分別是病從何因起
- 方便——吐納氣中運心緣想不失其宜
- 久行——用之未即有益常習不廢
- 知取捨——知益即勤有損即捨
- 持護——善識異緣不令觸犯
- 識遮障——得益不向外說失損不生疑謗

賢宗教儀呼爲助治十法

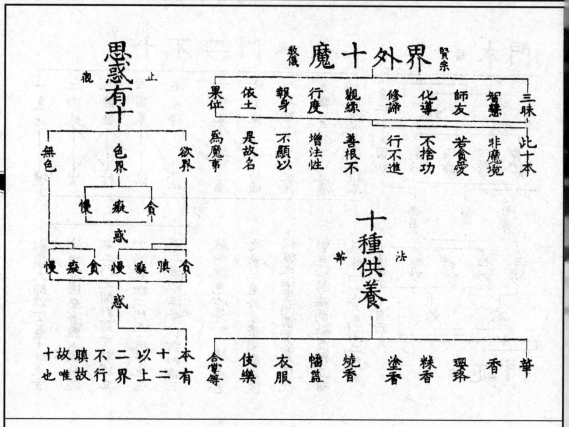

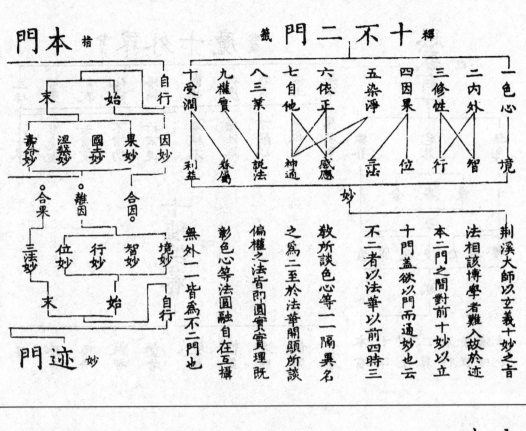

釋十不二門義

一色心——境
二內外——智
三修性——行
四因果——位
五染淨——三法
六依正——感應
七自他——神通
八三業——說法
九權實——眷屬
十受潤——利益

妙

荆溪大師以玄義十妙之旨法相該博學者難入故於迹本二門之間對前十妙以立十門蓋欲以門而通妙也云不二者以法華以前四時三教所談色心等一一隔異名之爲二至於法華開顯所談偏權之法皆即圓實實理既彰色心等法圓融自在互攝無外一一皆爲不二門也

指本門

自行　始　末
因妙　果妙　國土妙　涅槃妙　壽命妙
合因。　離因。　合果。
境妙　智妙　行妙　位妙　三法妙
自行　始　末

妙迹門

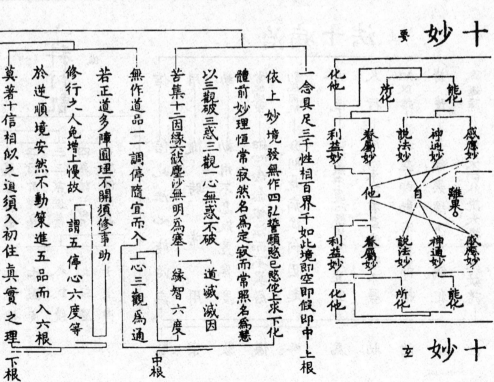

十妙要

化他　能化　所化
感應妙　神通妙　說法妙　眷屬妙　利益妙
自　他　離果。
感應妙　神通妙　說法妙　眷屬妙　利益妙
化他　能化　所化

一念具足三千性相百界千如此境即空即假即中——上根
依上妙境發無作四弘誓願慈已慈他上求下化
體前妙理恒常寂然名爲定寂而常照名爲慧
以三觀破三惑三觀一心無惑不破——道滅滅因
苦集十二因緣六蔽塵沙無明爲塞——緣智六度
無作道品一一調停隨宜而入——心三觀爲通
——中根
若正道多障圓理不開須修事助
修行之人免增上慢故——謂五停心六度等
於逆順境安然不動策進五品而入六根
眞著十信相似之道須入初住眞實之理——下根

十妙玄

十乘觀法（止觀）

- 一觀不思議境
- 二眞正發菩提心
- 三善巧安心止觀
- 四破法徧
- 五識通塞
- 六道品調適
- 七對治助開
- 八知位次
- 九能安忍
- 十無法愛

十佛見（華嚴）

- 佛：正覺、願、業報、住持、涅槃
- 見：無著、出生、深信、隨順、深入
- 佛：法界、心、三昧、本性、隨樂
- 見：普智、安住、無量無依、明了、普授

十類（華嚴）

- 畧本——三十九品八十卷現傳世者是
- 下本——十萬偈四十八品
- 中本——四十九萬八千八百偈一千二百品
- 上本——十大千界微塵偈一四天下微塵品
- 普眼——此經普眼法門一法中見無量法

華嚴（經疏）

- 同說——約百億同類世界主伴同說
- 異說——佛於異類生中說法施設亦異
- 主伴——毘盧遮那與十方佛互爲主伴而說
- 眷屬——隨宜所說之教皆爲此經眷屬
- 圓滿——融上九經爲一圓滿無盡修多羅

十無盡句（華嚴）

- 衆生界
- 世界
- 虛空界
- 法界
- 涅槃界
- 佛出現界
- 如來智界
- 心所緣
- 佛智所入境界
- 世間轉法轉智轉

無盡

十地品中初歡喜地發廣大如法界之願以十無盡而得成就謂此十無盡菩薩大願亦無盡

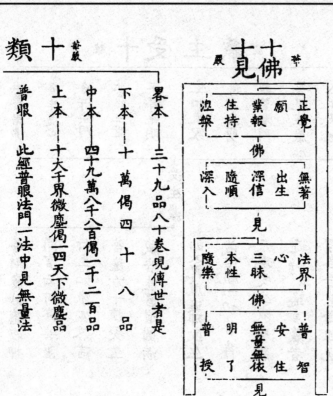

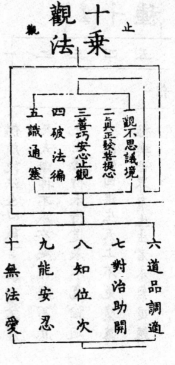

十受生藏 華嚴

- 一 供養諸佛
- 發菩提心
- 修行法門
- 普照三世
- 平等光明
- 生如來家
- 佛力光明
- 觀普智門
- 普現莊嚴
- 入如來地

受生藏 善財參妙德夜神問言云何修菩薩行生如來家答言菩薩有十種受生藏若能修習圓滿即入毘盧遮那受生藏海願一切菩薩示現受生我皆親近云云 通言藏者謂各含修證理也

十種淨土信

- 一 佛所說法金口誠言真實不虛
- 二 凡夫識神不滅六趣循環不息
- 三 此土修行未得道果不免輪迴
- 四 未出輪回雖生天上不免墮落
- 五 極樂世界衆生生者永無退轉

信心 指歸

- 六 衆生發願願生淨土決定往生
- 七 一稱佛名能滅八十億劫生死重罪
- 八 念佛之人彌陀神通光明攝取不捨
- 九 念佛之人十方諸佛同以神力護念
- 十 淨土壽命無量一生當得無上菩提

不修十失 淨土指歸

- 不信佛言
- 不遵聖教
- 不信因果
- 不重己靈
- 不求勝進
- 不求善友
- 不求解脫
- 甘受輪回
- 不畏惡道
- 甘同魔事

返而求之則得十種勝利

十種喻身名 淨名

是身如

- 聚沫—不可撮摩
- 泡—不得久立
- 燄—從渴愛生
- 芭蕉—中無有堅
- 幻—從顛倒起
- 夢—爲虛妄見
- 影—從業緣現
- 響—屬諸因緣
- 浮雲—須臾變滅
- 電—念念不住

十種無礙 淨土指歸

- 心境一如——心外無法法外無心
- 修性不二——全性成修全修在性
- 因果理同——心佛衆生三無差別
- 真俗雙泯——空則心佛俱泯假故心佛宛然
- 依正互融——依正莊嚴唯心發現
- 勝劣同體——應機大小法體不動
- 一多相即——見一佛即見十方佛
- 廣狹自在——塵同法界剎不離塵
- 古今無間——觀彼久遠猶若今日
- 寂用無礙——不起滅定現諸威儀

十法 淨名 是身

- 不實——四大爲家
- 爲空——離我我所
- 無知——如草木瓦礫
- 無作——風力所轉
- 不淨——穢惡充滿

此十種法并上十喻四喻皆可厭患當樂佛身

觀身 淨名

- 虛僞——必歸磨滅
- 爲災——百一病惱
- 如丘井——爲老所逼
- 無定——爲要當死
- 如毒蛇怨賊空聚——陰界諸入所共合成

四喻見前一卷一我四名圖中

十百明門 瑜伽論

- 一於一剎那頃證百三摩地
- 二以淨天眼見百佛國
- 三以神通功能動百佛世界
- 四能往百佛世界敎化衆生
- 五能以一身化百類身形令有情見
- 六能成就百類所化有情
- 七若爲利益能留身住世百劫
- 八能知前後際百劫事
- 九能以智慧入百法明門洞達曉了
- 十能以身觀百類眷屬

此當初地後去地地倍勝

十處結集（逸堂）

- 一畢鉢羅窟——最初迦葉集三藏通大小乘
- 二窟內——迦葉與五百羅漢集僧祇座部小乘
- 三窟外——百千人別集為五藏名大衆部此亦小乘
- 四阿育王——如阿育王經具出結集之義
- 五香山——如妙玄引大論云
- 六祇園戒壇——南山戒壇經引迦葉阿難問答云
- 七王舍城、八鐵圍山——大小乘有共三乘不共三乘說故兩處不同
- 九毘舍離——佛滅後百年有跋闍子比丘說十事
  - 往王城更集三藏
  - 七百羅漢羯磨
- 十重集王城——四百年後迦膩吒王請僧論道不同

納衣十利（十誦）

- 一在麄衣數
- 二少所求索
- 三隨意可坐
- 四隨意可卧
- 五浣濯易
- 六少蟲壞
- 七易染
- 八難壞
- 九更不餘衣
- 十不失求道

乞食十法（寶雨）

- 一為攝受諸有情
- 二為次第
- 三為不疲厭
- 四知足
- 五為分布
- 六為不耽著
- 七為知量
- 八為善品現前
- 九為善根圓滿
- 十為離我執

十種治病（涅槃經疏）

- 一病增無損或時致死
- 二不增不損
- 三損而無增即世醫所治差已還發
- 四能令差已不發所治不徧
- 五雖能兼徧而無巧術
- 六以妙術治令無痛惱而不能治必死之人
- 七雖治難愈之病不能一時治一切病
- 八能一時治一切病不能令復本
- 九能一時治一切病亦令復本而不能令過本
- 十能一時治一切病即能平復又使過本

喻
- 空見外道恣行惡法善法亡慧命喪
- 常見外道投巖赴火不生定不斷結
- 斷結外道
  - 或謂此三即舊醫但用乳藥也
- 二乘但治有緣一二不能徧治一切
- 六度菩薩慈悲廣治
- 通菩薩能治有反復凡夫不能治焦種二乘
- 別教菩薩歷別不圓
- 圓教十信圓而未極
  - 或謂此六即客醫無術者但用無常苦空等法藥也
- 圓教中心唯體圓極
- 圓教後心體用俱圓極即是如來
  - 今之明醫通八種術

食肉
- 一切衆生無始已來皆是已親
- 食肉人衆生見即生驚怖
- 壞他信心
- 慈心少行人不應
- 過去曾有惡羅剎習氣

飲酒 智
- 顏色惡
- 下劣
- 目視不明
- 現嗔恚相
- 壞田業資生

十過
- 習學呪術不成
- 衆生身命與已無別
- 諸天賢聖遠離惡神恐怖
- 不淨所出
- 死墮惡道

十過 論
- 致疾病
- 益鬬訟
- 惡名流布
- 智慧減少
- 死墮惡道

十不可食
- 人
- 蛇
- 象
- 馬
- 驢
- 狗
- 獅子
- 狐
- 猪
- 獼猴

肉　縱不見不聞等亦不可食

粥有十利 僧祇
- 資色
- 資力
- 益壽
- 安樂
- 詞清
- 辯利
- 宿食消
- 風除
- 消飢
- 消渴

十事生病 醫經
- 久坐
- 不臥
- 食無度
- 憂
- 愁
- 疲極
- 淫佚
- 嗔恚
- 忍大小便
- 制上下風

畜生十因（業報）

一身　二口　三意　惡

四從貪　五瞋　六癡　起惡

七毀罵衆生

八惱害衆生

九施不淨物

十邪淫

乞食十利

一自用活食不屬他

二施我者令住三寶

三長生悲心

四隨順佛教

五易滿易養

六破憍慢法

七無見頂善根

八見我乞食餘者效我

九不與男女大小有諸緣故

十次第乞生平等心

十界（萬善）

瞋恚邪淫

慳貪不施

愚癡暗蔽

我慢貢高

堅持五戒

即

地獄

餓鬼

畜生

修羅

人道

業

業因（同歸）

精修十善　天道

證悟人空　聲聞

知緣性離　緣覺

度行齊修　菩薩

眞慈平等　佛

持地十法（寶雲）

一廣大

二衆生依

三無好惡

四受大雨

五生草木

六種子所依

七生衆寶

八生衆藥

九風不動

十師子吼不驚

經云菩薩有十法名持地三昧如世間地云云

遠離十法（法華安樂）

遠

豪勢

邪法

凶戲

旃陀羅

二乘衆

欲想

不男

危害

譏嫌

畜養

變

十種不近

以能惱亂正修故不近也

重訂教乘法數卷第二十四

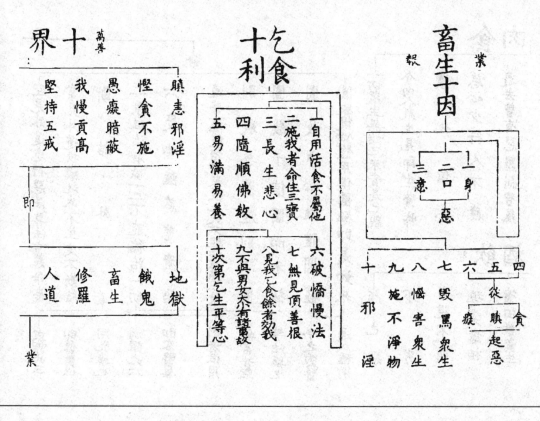

重訂教乘法數卷第二十五

二乘十别 妙句

- 行因久近别—聲聞六十劫支佛百劫
- 根利根鈍别—支佛利聲聞鈍
- 從師獨悟别—聲聞從師支佛俱通
- 無悲鹿羊别—聲聞如羊支佛如鹿
- 有相無相别—支佛有相聲聞無相
- 能說法令得四果不能說法不能令得煖法别 恥五—支佛能聲聞不能
- 觀法廣略别—支佛因緣聲聞四諦
- 在佛世不在佛世别—聲聞在支佛俱通
- 頓證漸證别—支佛頓聲聞漸
- 多現通少說法不定别—支佛多現少說聲聞不定

坐禪 千三

- 一當隨時—四時也
- 二得安牀—禪牀也
- 三軟座—毛座也
- 四閒處—山間林下
- 五得善知識—好伴也

宴坐 月

- 其心不濁
- 住不放逸
- 諸佛愛念
- 信正覺行
- 於佛智不疑

十事 戒儀

- 六善檀越—不外求也
- 七善意—能觀也
- 八善藥—伏意也
- 九能服藥—不念方物也
- 十得善助—畜禪帶也

十益 燈

- 知恩
- 不謗
- 善防禁
- 到調伏地
- 證無礙智

靜慮十義

統權敝依之則
- 一如
- 二相
- 三脱
- 四神

行檢聚流階肆之則
- 五印
- 六念
- 七善
- 八解
- 九次
- 十徧

禪定十益 月燈三昧

- 安住儀式—不勉而中
- 行慈境界—無傷殺念
- 無煩惱—貪等不生
- 守護諸根—不著五塵

故

- 發食喜樂—禪悅資神
- 遠離愛欲—心不馳散
- 修禪不空—不隨斷滅
- 解脫魔羂—遠離三界
- 安住佛境—證入涅槃
- 解脫成熟—生死不繫

故

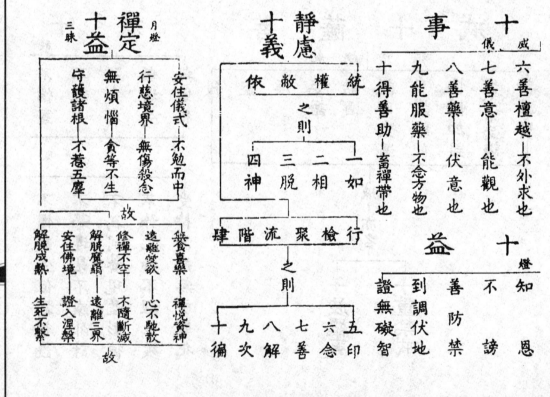

沙彌十戒

翻譯名義

不

- 殺生——有命之物不得故殺
- 偷盜——一針一草不與不取
- 淫——清淨自守不犯色欲
- 妄語——以不妄言該綺語等
- 飲酒——乃至一滴不令沾唇
- 坐卧高廣大牀
- 著華鬘瓔珞及香油塗身
- 作倡伎樂及故往觀聽
- 畜金銀錢寶及捉持生像
- 非時食——謂不食過中食也

菩薩十戒

華嚴

- 不惱害——不惱衆生但爲救護
- 不雜——不著邊見不惑外計
- 不貪求——不爲利養現益彰德
- 無過失——不矜已持不輕他破
- 無毀犯——受持淨戒無所毀犯
- 普饒益——受持淨戒廣爲利生
- 不受——持佛淨戒不受外戒
- 不住——不求三界受生而住
- 無悔恨——安住正戒心不悔恨
- 無違諍——無所違犯亦不鬬諍

戒

菩薩十戒

梵網　僧祇

- 殺
- 盜
- 淫
- 妄語
- 酤酒
- 說四衆過
- 自讚毀他
- 慳惜加毀
- 嗔心不受悔
- 謗三寶

戒亦名

- 十波羅夷
- 十重禁戒

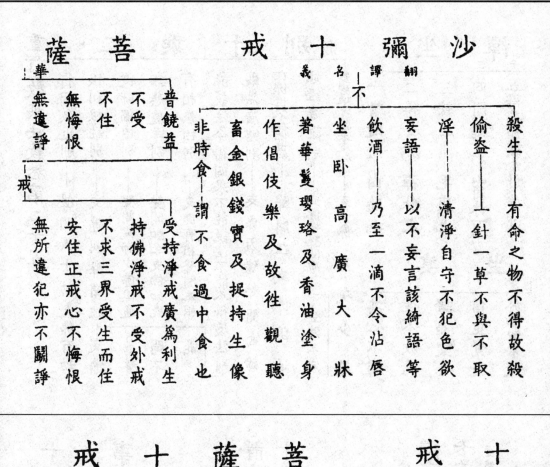

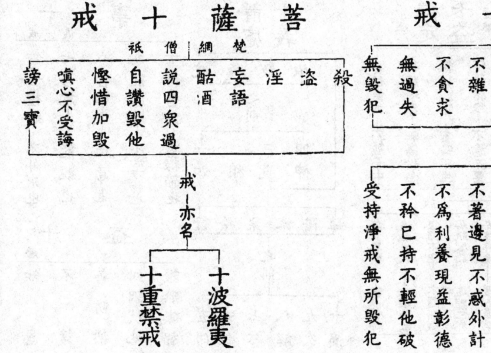

制戒十益（僧祇）

一攝僧
二極攝僧
三令僧安樂
四折伏無羞人
五有慚愧者得安隱住持
六不信者令得信
七正信者增益
八於現法中得漏盡
九未生諸漏令不生
十正法久住為諸天人開甘露門

故

持戒十益（月燈三昧）

滿足智願
如佛所學
智者不毀
不退誓願
安住正行
棄捨生死
慕樂涅槃
得無纏心
得勝三昧
不乏信財

精進十事（彌勒問經）

所有珍寶
國土妻妾
子息血肉
手足頭目
髓腦身命

無所愛惜　佛語阿難

我大精進
以此十事
超越九劫
在彌勒前
得無上正
真道

精進十益（月燈三昧）

他不折伏
得佛所攝
為非人護
聞法不忘
未聞能聞
增長辯才
得三昧性
少病少惱
得食能消
如優曇花

十種施藏（華嚴）

分減
竭盡
內
外
內外
一切
過去
未來
現在
究竟

施

若得美食要與衆生然後方食餘物亦然
隨其所有一切皆施饒益於彼盡命無悋
身命手足頭目布施以救病人
王位乃至種種外財悉施與人
身及王位悉是無常求者與之
國土髓腦妻子會當離別以此皆施
過去諸法十方推求都不可得畢竟皆捨
成熟佛法非有無處所非內外遠近不可不捨
觀諸行如夢不實無有貪著
此身危脆不堅應以施彼充滿其願

布施十益

月燈三昧

- 降伏慳悋 — 既能行施慳悋不生
- 捨心相續 — 財雖匱乏施心不斷
- 同其資產 — 與諸衆生同共受用
- 生豪富家 — 因中施捨果中塡還
- 生處施心現前 — 世異報遷施習猶在
- 四衆愛樂 — 惠施於彼自相親近
- 入衆不怯 — 衆無恨怨入之何怯
- 勝名流布 — 受其惠者展轉傳聞
- 手足柔軟 — 隨徃惠施感手足相
- 不離知識 — 爲行施故恒常隨侍

慈忍

月燈

- 火不能燒
- 刀不能割
- 毒不能中
- 水不能漂
- 爲非人護

般若

月燈

- 於一切捨不取施想
- 持戒無缺而不依戒
- 住於忍力而不住衆生想
- 行於精進而離身心
- 修習禪定而無所住

十益

三昧

- 感相好身
- 閉惡趣門
- 得生梵天
- 晝夜安隱
- 不離喜樂

十益

三昧

- 天魔外道所不能擾
- 於他言論其心不動
- 徹生死源不受輪轉
- 起增上悲拔衆生苦
- 不樂二乘知非究竟

多聞十益

月燈三昧

- 知煩惱助 — 知煩惱惑能資業因
- 知淸淨助 — 知淸淨行能資菩提
- 遠離疑惑 — 由於多聞無法不通
- 作正直見 — 能爲邪見格彼非心
- 遠離非道 — 能辨邪染不惑非道
- 安住正路 — 能識正路安住不退
- 開甘露門 — 說法潤生令增善根
- 近佛菩提 — 心常在道去佛不遠
- 爲長夜光 — 以智慧光照生死夜
- 不畏惡道 — 能識正行不畏墮彼

故

聞經十益 華嚴經疏

- 見聞益：見聞大經入佛境界
- 發心益：聞佛行願發心学佛
- 造修益：發起慧業如法進修
- 頓得益：理合衆德聞即開悟
- 滅障益：信樂修行滅除惱障
- 攝位益：聞說圓住明心證入
- 起行益：起深信解發意修行
- 稱性益：聞稱性說稱性起修
- 輔利益：聞此法已展轉傳說
- 速證益：速出生死頓證菩提

安養十勝 慈恩彌陀通贊

- 化生所居勝
- 所化命長勝
- 國非界繫勝
- 淨方無欲勝
- 女人不居勝
- 修行不退勝
- 淨方非穢勝
- 國土莊嚴勝
- 念佛攝情勝
- 十念往生勝

天宮十種皆劣

淨土十易 慈

- 常得見佛
- 常聞法音
- 聖賢會集
- 遠離魔事
- 不受輪回

娑婆 慈

- 不常值佛
- 不聞說法
- 惡友牽纏
- 群魔惱亂
- 輪回不息

雲

- 永離惡道
- 勝緣助道
- 壽命無量
- 入正定聚
- 一生行滿

十難 雲

- 難逃惡趣
- 塵緣障道
- 壽命短促
- 修行退失
- 塵劫難成

淨土十疑 天台

- 無大慈悲
- 諸法無生
- 佛土平等
- 偏念西方
- 具縛厚重
- 即得不退
- 不求兜率
- 十念往生
- 劣弱人生
- 作何行業

疑具如論釋

智度十知 華嚴

- 知貪欲行
- 知嗔恚行
- 知愚癡行
- 知等分行
- 知修學地
- 知無邊衆生
- 知無邊衆生心
- 知一切法眞實
- 知一切如來力
- 普悟法界門

力度十力（華嚴）

- 深心
- 深信
- 大悲
- 大慈
- 總持
- 辯才
- 波羅密
- 大願
- 神通
- 加持

力

- 無有雜染
- 無能摧伏
- 不生疲厭
- 所行平等
- 持一切義
- 衆生歡喜
- 莊嚴大乘
- 永不斷絶
- 出生無量
- 信解領受

十事攝生（淨名）

- 布施
- 持戒
- 忍辱
- 精進
- 禪定

攝

- 貧窮
- 毀禁
- 瞋恚
- 懈怠
- 亂意

智慧—愚癡

說除難法、以大乘法　度　八難者、樂小乘

以諸善根濟無德者

常以四攝成就衆生

修觀十科（小止）

- 具緣
- 訶欲
- 棄蓋
- 調和
- 方便
- 正修
- 善發
- 覺魔
- 治病
- 證果

又（賢宗教儀）

- 具足外緣
- 懺除內障
- 發大心願
- 受持佛戒
- 造修勝行
- 詳明心境
- 揀別觀智
- 辨析止觀
- 識治病魔
- 顯示果相

十香塗壇（楞嚴）

- 栴檀
- 沉水
- 蘇合
- 薰陸
- 鬱金
- 白膠
- 青木
- 零陵
- 甘松
- 雞舌

以此十種細羅爲粉合土成泥以塗場地方圓丈六爲八角壇此十種皆表福慧搗爲粉一一混融表百福之嚴也

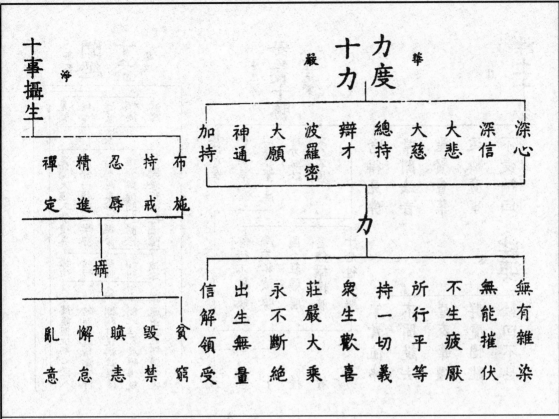

僧有十科（僧傳）

- 譯經
- 解義
- 習禪
- 明律
- 護法
- 感通
- 遺身
- 讀誦
- 興福
- 聲德

爲僧不預十科事佛徒勞百歲

懺具十法（小止）

- 明信因果
- 生重怖畏
- 深起慚愧
- 求滅罪法
- 發露先罪
- 斷相續心
- 起護法心
- 發願度生
- 常念諸佛
- 觀罪性空

逆順十心（懺文）

逆
- 無始愛見
- 內計我人
- 外加惡友
- 不隨喜他一毫之善
- 唯徧三業廣作衆罪
- 惡心徧布相續無間
- 覆諱過失不欲人知
- 不畏惡道
- 無慚無愧
- 撥無因果

迷眞造惡逆涅槃流順生死海

順
- 生重慚愧
- 深信因果
- 生大怖畏
- 發露懺悔
- 斷相續心
- 發菩提心斷惡修善
- 勤策三業翻昔重過
- 隨喜凡聖一毫之善
- 念十方佛
- 知本性空寂

改往修來逆生死流順涅槃道

權實十義（妙樂）

法華、諸教、釋義、衆生、發心、權謀、迷悟、果德、一化、五時之

- 理本
- 端首
- 關鍵
- 依止
- 凭仗
- 用體
- 根源
- 理本
- 周窮
- 終卒

教開十例（華嚴指歸）

- 音聲
- 妙色
- 奇香
- 上味
- 妙觸
- 法境
- 六根
- 四儀
- 師弟人物
- 一切所作

皆堪攝物俱可以爲教體

聲教十例 華嚴指歸

- 如來語業圓音自說
- 如來毛孔出聲說法
- 如來光明舒音演說
- 令菩薩口業說法
- 令菩薩毛孔出音
- 令菩薩光明出音
- 令剎海出聲說法
- 令一切衆生說法
- 徧三世音聲說法
- 一切法中出聲說法

音聲既爾餘色香等皆各具十是則名爲百門說法

十如來種 淨名

- 一有身
- 二無明有愛
- 三貪恚癡
- 四顛倒
- 五蓋
- 六入
- 七識處
- 八邪法
- 九惱處
- 十不善道

爲種

維摩詰問文殊師利言何等爲如來種文殊以十種荅之末復結云以要言之六十二見及一切煩惱皆是佛種以若見無爲法入正位者終不復生於佛法煩惱中乃能起佛法耳

理是真如其體本淨常不變易名實事是心意識等起淨不淨業改動不定名權

總前理事皆名爲理諸佛體之成聖名實欲以已法下被衆生因理設教名權

依教求理則生正行行有進趣淺深之殊名權教無進趣淺深之異名實

爲行運理則縛縛是虛妄名權爲行順理生解解宜於理爲實

前方便爲因進趣暫用名權正觀入住爲果剋終永證名實

十雙權實 法華文句

- 一事理
- 二理教
- 三教行
- 四縛脫
- 五因果
- 六體用
- 七漸頓
- 八開合
- 九通別
- 十悉檀

翻譯十條 琮師

- 句韻
- 問答
- 名義
- 經論
- 歌頌
- 咒功
- 品題
- 專業
- 字部
- 字聲

體卽實相無有分別名實用卽立一切法差降不同名權
修因證果從體起用俱有漸頓今明起用用漸爲權用頓爲實
從頓開漸漸自不合亦不合頓故名爲權漸令究竟還合於頓故名爲實
通則半字無常之益名權別卽滿字常住之益名實
世界爲人生善三悉檀是世間故名爲權第一義悉檀是出世故名爲實

女身十惡

玉　耶

- 初生父母不喜
- 舉養視無滋味
- 心常畏人
- 父母憂嫁
- 父母生離
- 畏夫喜怒
- 懷產甚難
- 小爲父母檢録
- 中年爲夫制禁
- 老爲兒孫所拘

十斷

唯

- 異生性障
- 邪行
- 暗鈍
- 微細煩惱現行
- 下乘般涅槃

謂二障中分別起者

- 依彼種立異生性故—初
- 及彼所起誤犯三業—二
- 令所聞思修法忘失—三
- 第六識俱身見等攝—四
- 令厭生死樂趣涅槃—五

地斷

重障

識

- 麤相現行障
- 細相現行
- 無相中作加行
- 利他中不欲行
- 於諸法中未得自在

謂所知障中俱生一分

- 執有染淨麤相現行—六
- 執有生滅細相現行—七
- 令無相觀不任運起—八
- 令於利樂有情事中不欲勤行—九
- 令於諸法不得自在—十

海有十德

華　嚴

- 次第漸深
- 不受死屍
- 餘水入中皆失本名
- 普同一味
- 無量珍寶
- 無能至底
- 廣大無量
- 大身所居
- 潮不過限
- 普受大雨無有盈溢

受生十時（瑜伽）

- 胎中五時
  - 膜
  - 泡
  - 皰
  - 肉團
  - 五支
- 出胎五時
  - 嬰孩
  - 童子
  - 少年
  - 盛壯
  - 衰老

十種法師（中邊）

- 書寫
- 供養
- 施他
- 披讀
- 受持
- 聽聞
- 諷誦
- 思惟
- 開演
- 修習

六識十名（宗）

- 名
  - 從根得名
  - 能籌量是非
  - 能應涉塵境
  - 徧緣五塵
  - 念念流散
- 識
  - 六
  - 意
  - 攀緣
  - 巡舊
  - 波浪

鏡

- 能辨前境
- 所在壞他
- 愛業牽生
- 令正解不生
- 感報終盡心境兩別名分段死識
- 分別事
- 人我
- 四住
- 煩惱障

七識十名（宗鏡）

- 名
  - 六後得名
  - 根塵不會
  - 不覺習氣忽然念起
  - 無間生滅
  - 障理不明
  - 反迷從正能斷四住煩惱
  - 與涉玄途順理生善
  - 三界生死盡是我心更無外法
  - 照了分明如鏡顯像
  - 法既妄起恃智爲懷令眞性不顯名智障識
- 識
  - 七
  - 轉
  - 妄想
  - 相續
  - 無明
  - 解
  - 行
  - 無畏
  - 現

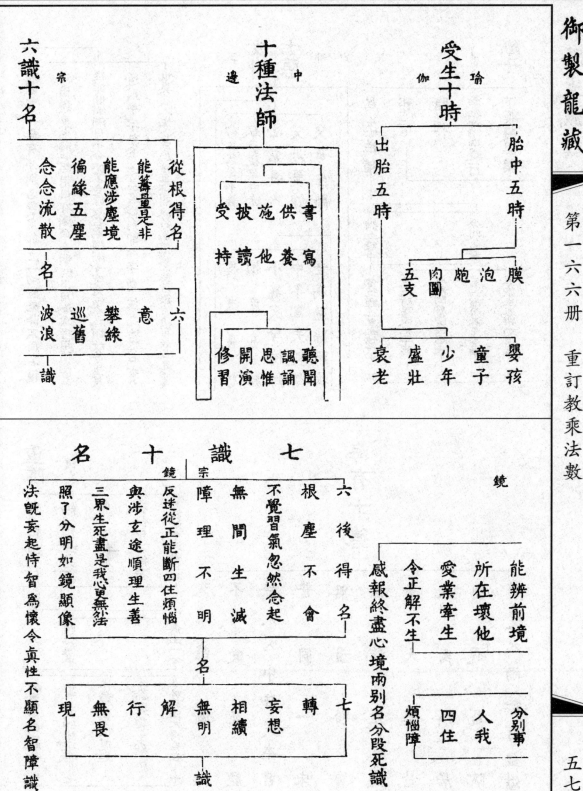

八識十名（宗鏡）

七後得名
眞僞雜用
蘊積諸法
住持起發
凡成聖
藏體無斷
體非寂亂
中實非假
藏體非迷
功德圓滿

名

八
和合
藏
熏變
出生
金剛智
寂滅
體
本覺
一切種智

識

九識十名（宗）

自體非僞
體非有無
軌用不改
眞覺（常存體 非隱顯）
性絶虛假

名

眞
無相
法性
佛性眞
實際

識

（鏡）

大用無方
隨流不染
此翻無垢
體非一異
勝妙絶待

法身
自性清淨
阿摩羅
眞如
不可名目

十行觀法（華嚴）

觀法

空
無我
無作
無味
不如名
無處所

無常
苦
離分別
無堅固

十證眞如（唯識）

徧行
最勝
勝流
無攝受
類無別
無染淨
法無別
不增減
智自在所依
業自在等所依

眞如

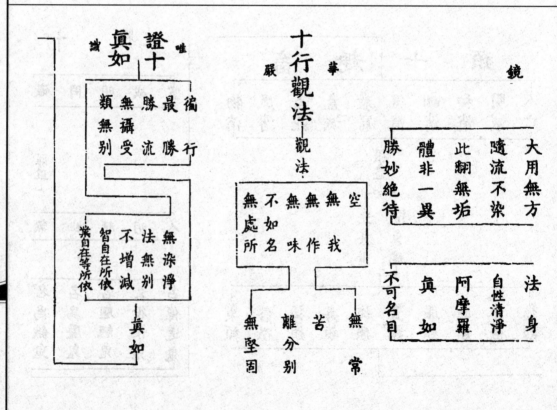

謂
- 此眞如二空所顯無有一法而不在故—初
- 此眞如具無邊德於一切法最爲勝故—二
- 此眞如所流教法於餘教法極爲勝故—三
- 此眞如無所繫屬非我執等所依取故—四
- 此眞如類無差別非如眼等類有異故—五
- 此眞如本性無染亦不可說後方淨故—六
- 此眞如雖名教法種種安立而無異故—七
- 此眞如離增減執不隨淨染有增減故—八
- 若證得此眞如已於無礙解得自在故—九
- 若證得普於一切神通作業皆自在故—十

地證

雖眞如性實無差別而隨勝德假立十種雖初地中已達一切而能證行猶未圓滿爲令圓滿後後建立

鬼趣十類（楞嚴）

貪（物、色、惑、恨、憶）爲罪，是人遇（物、風、畜、蠱、衰）成形：
- 貪物—遇物—名爲怪鬼
- 貪色—遇風—名爲魃鬼
- 貪惑—遇畜—名爲魅鬼
- 貪恨—遇蠱—名爲蠱毒鬼
- 貪憶—遇衰—名爲癘鬼
- 貪傲—遇氣—名爲餓鬼
- 貪罔—遇幽—名爲魘鬼
- 貪明—遇精—名爲魍魎鬼
- 貪成—遇明—名爲役使鬼
- 貪黨—遇人—名爲傳送鬼

罪畢

畜趣十類

（物消、風消、畜死、蠱滅、衰窮、氣消、幽消、和消、明滅、人亡）報盡，生於世間多爲：
- 物消—梟類
- 風消—咎徵
- 畜死—狐類
- 蠱滅—毒類
- 衰窮—蛔類
- 氣消—食類
- 幽消—服類
- 和消—應類
- 明滅—休徵
- 人亡—循類

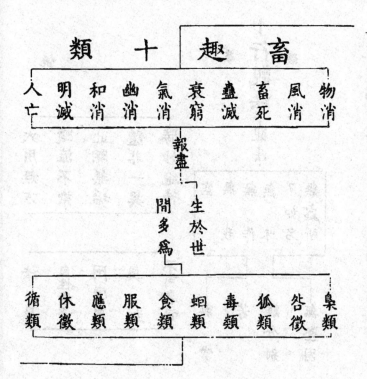

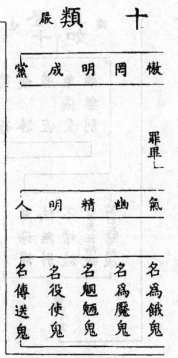

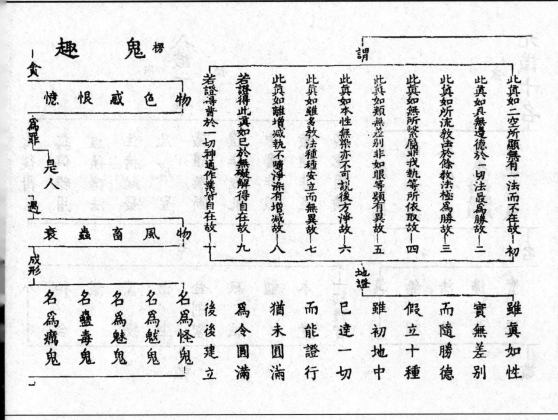

人趣十類

酬足爲人參合

頑　異　庸　狠　微　柔　勞　文　明　達

類

初以純情墮落業火燒乾上出爲鬼鬼業既盡元負相值爲畜酬債宿債酬畢復形人道如是故有三趣十類若悟菩提則鬼不至畜畜不至人皆本無所有

眞空觀十門

賢宗教儀

色非斷空
色非眞空
色空非空
色卽是空
空非幻色
空非實色
空非空色
空卽是色
空色無礙
泯絶無寄

門

義於四教眞空觀四句中詳釋

理事觀十門

賢宗教儀

理徧於事
事徧於理
依理成事
事能顯理
以理奪事
事能隱理
眞理卽事
事法卽理
眞理非事
事法非理

門

謂

無分限之理全徧有分事中
有分限之事全同無分之理
事無別體要因理成
由事攬理成故事虛理實由事虛故能顯實理
事既全攬理成則理現事盡以離眞理外無片事可得故
眞理隨緣成事遂令事顯理不顯也
眞理必非事外以是法無我理不異色故
緣起事法必無自性無自性故舉體卽眞
卽事之理非事以眞異妄所依非能實非虛故
全理之事非理以相異性能依非所虛非實故

周徧觀十門

賢宗　教儀

- 理如事法
- 事如眞理
- 事含理事
- 通局無礙
- 廣狹無礙
- 徧容無礙
- 攝入無礙
- 交涉無礙
- 相在無礙
- 普融無礙

門

- 理爲事本理如事現
- 事依理起事如理徧
- 存本一事而能廣容
- 卽遠卽近卽徧卽住
- 卽廣卽狹卽大卽小
- 以一望多亦徧亦容
- 以多望一卽入卽攝
- 一多俱爲能入能攝
- 多一俱爲所攝所入
- 一多相卽能所雙融

通三時

賢宗

- 唯約一念
- 盡該一化
- 徧周三際
- 攝同類劫
- 收異類劫

時

- 一刹那中卽徧法界頓說諸法
- 一化之中常徧法界說無盡經
- 盡前後際各無邊劫恒徧演說
- 於長短等各攝同類劫中恒說教門
- 於長短等各攝異類劫內常說諸法

十門

教儀

- 以念攝劫
- 劫念重收
- 異類界劫
- 彼此攝入
- 以本收末

- 一念中卽攝同異類劫於彼說無盡教
- 念攝劫劫攝念念復攝劫於彼恒說
- 並盡一切樹形江河形等界劫常說諸法
- 以同收異以異收同於彼恒說諸門
- 時無別體依法上立法融時亦融故

性虛空十義

宗鏡

- 無障礙
- 周徧
- 平等
- 廣大
- 無相
- 清淨
- 不動
- 有空
- 空空
- 無得

義

- 容諸法故
- 徧一切故
- 無揀擇故
- 無邊際故
- 無差別故
- 不染汙故
- 不可遷故
- 體非有故
- 空亦空故
- 俱叵得故

虛空約喻言謂眞如性體廣博無量猶若虛空具斯十義

法身無十相

無色相
無聲相
無香相
無味相
無觸相
無生相
無異相
無滅相
無男相
無女相

十不增長業　瑜伽

夢作業
無故起業
悔所損
對治所損
不離不數作
無知作
狂亂作
失念作
非樂作
自性無記

十神力無礙用　華嚴

多世界置一塵中
一塵中現多佛剎
衆海水置一毛孔往返十方不娆衆生
多世界內自身中示現一切神通
一毛繫多金剛山持行十方令衆不怖
多劫作一劫一劫作多劫示現成壞差別
多世界現四大變壞不惱衆生
多世界三災壞時不損衆生
一手持多世界擲如是界外不驚衆生
說一切剎同虛空令衆生悟解

大乘十種殊勝

所知依
所知相
入所知相
彼入自果
彼因果修別
增上戒
增上心
增上慧
彼果斷
彼果智

十具法名上座　十誦

有住處道及果空
無畏三摩地能令身心不動故
無煩惱
有知識
多聞
辯言具足
義趣明了聞者信受
善能安詳入他家
能為白衣說法令捨惡從善
自具四諦法樂無有所乏

重訂教乘法數卷第二十五

重訂教乘法數卷第二十六

善知識十功德（瑜伽）

- 調伏　戒相應由根調
- 寂靜　定相應由內攝
- 惑除　慧相應煩惱斷
- 德增　戒定慧具不缺
- 有勇　利益他時不倦
- 經富　多聞
- 覺眞　了實義
- 善說　不顛倒
- 悲深　絕希望
- 離退　於一切時恭敬

故

華嚴說徧十處（清涼）

- 閻浮提
- 百億同類界
- 異類界
- 剎種
- 華藏
- 餘剎海
- 前剎塵
- 盡虛空
- 猶帝網
- 餘佛同

修十善成（瑜伽）

- 少分　論　於一切衆生得無所畏　經明
- 多分　云月　於衆生得大慈心　十善
- 全分　十不　斷惡習業　各十
- 少時　善殺　少病　功德
- 多時　各得　長命　今舉

百福（伽）

- 盡形　十　十　非人所護　其初
- 自作　個　功　無惡夢　耳不
- 教他　十　德　無怨　盜等
- 讚歎　成　藏　不畏惡道　九如
- 慶快　百　命終生善道　本經

十方稱讚淨土（大彌陀經）

- 東方
- 南方
- 西方
- 北方
- 東南
- 西南
- 西北
- 東北
- 下方
- 上方

此十方各有恒河沙數世界諸佛出廣長舌放光稱讚阿彌陀功德不可思議小本唯有六方

出世長者十德（妙句）

- 姓則佛從三世眞如實際中生
- 位乃功成道著十號無極
- 富而法財萬德悉皆具滿
- 威則十力雄猛降魔制外
- 智即一心三智無不通達
- 年則早成正覺久遠若斯
- 行乃三業隨智運動無失
- 禮則具佛威儀心大如海
- 上爲十方種覺所共稱譽
- 下而七種方便而來依止

妙

世間長者十德

句

一貴姓　三皇五帝之裔左貂右插之家
二位高　輔弼丞相鹽梅阿衡
三大富　銅陵金谷豐饒侈靡
四威猛　嚴霜隆重不肅而威
五智深　胸如武庫權奇超拔
六年耆　蒼蒼稜稜物儀所伏
七行淨　白珪無玷所行如言
八禮備　節度庠序世所式瞻
九上歎　一人所敬
十下歸　四海所歸

受戒發

能常念佛親善知識　如是
能捨一切惡知識　十願
乃至失命因緣不犯戒　授戒
能讀誦大乘典問甚深義　師一
能於無上菩提生信心　一問

十大願

若見衆生受苦惱時能救護　言能
能隨力供養三寶　否受
能孝順父母敬事善知識　戒者
能捨諸懈怠勤求佛道　俱答
於五塵上煩惱生時能制伏心　云能

念佛十種勝利

一晝夜常得一切諸天大力神將隱形守護　慈雲曰
二常得如觀音等二十五大菩薩而爲守護　三界大
三常爲諸佛晝夜護念彌陀常放光接引此人　師歸者
四一切惡鬼夜叉羅刹皆不能害毒蛇毒藥悉不能中　罪滅敬
五水火怨賊刀箭杻械牢獄橫死悉皆不受　者福生
六先所作罪悉皆消滅所殺怨命皆蒙解脫更無執對　諸經具
七夜夢吉祥見彌陀佛勝妙色像　說若能
八心常歡喜顏色光澤氣力充盛所作吉利　受持一
九常爲一切世間人民恭敬禮拜猶如敬佛　佛名現
十命終心無怖畏正念現前三聖金臺接生淨土受勝妙樂　獲此報

十度各具三法

- 施：財、法、無畏 —— 施
- 戒：受法、自性、利生 —— 戒
- 忍：苦行、外惡、第一義 —— 忍
- 進：起大誓心、方便進趣、勸化衆生 —— 進
- 禪：亂想不起、生諸功德、利益衆生 —— 禪
- 慧：照有、照無、照中 —— 慧
- 方便：進趣果向、巧會有無、不捨不受 —— 便
- 願：自利、利化、外化 —— 願
- 力：報得、修得、變化 —— 力
- 智：無相、一切種、變化空 —— 智

十信五品開合

合五品：隨喜、讀誦、說法、兼行六度、正行六度

開十信：一信、二信、三信、四信、五信、六信、七信、八信、九信、十信

十種補特伽羅（地藏十輪）

不動善根、未修福業、雜染相續、隨惡友行、不畏苦果、猛利貪欲、猛利瞋恚、猛利愚癡、其心迷亂、守惡邪見

補特伽羅此云有情亦云數取趣謂此十類不免輪回數取諸趣名有情也

大地法有十種（婆沙）

一受、二想、三思、四觸、五欲、六作、七勝解、八念、九定、十慧

是大地法非大煩惱地法名十體亦十

是大煩惱地法非大地法

通大地及大煩惱地

名雖有十體唯是五

十大煩惱地法

不信、懈怠、放逸、掉舉、無明、忘念、不正知、心亂、非理作意、邪勝解

大地法者通染污不染污一切心中可得故大煩惱地法者唯染污心中可得

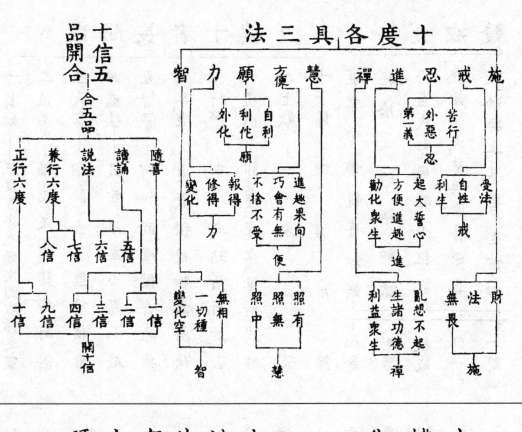

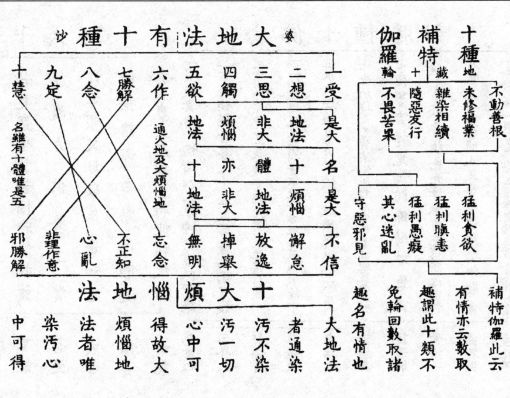

十境三障四魔

- 報障
- 煩惱
- 業障

陰入境　煩惱境　病患境　業相境　魔事境　禪定境　諸見境　上慢境　二乘境　菩薩境

陰魔　惱魔　死魔　天魔

咒心十（楞）

- 成佛
- 降魔
- 應刹
- 轉法輪
- 授記

五教（賢宗）

- 心識
- 種性
- 行位
- 時分
- 依身

小	六識	佛有餘無	忍位不退	三生三祇	分段					
始教	八識	三有闍無	性地不退	定滿三祇	分段	二空二障	定性不回 不定性回	三身通二	報土首羅	三四佛身
終教	藏心	佛性皆有	初住不退	不定三祇	地前分段 地上變易	二障習盡	一切皆回	亦常無常	恒沙爲界	三四五身
頓教	真如	非性名性	非退不退	無念劫說	非分非變	執障本空	非回不回	法身離念	依真非土	一本性身
圓教	法界	與法界等	初心不退	念劫圓融	分段	一斷一切斷	悉皆回覺	相徧法界	十塵剎海	十無盡身

知此則五敎差別歷然矣

種力用（嚴）

- 拔苦
- 嗣法
- 攝諸乘
- 入涅槃
- 傳持

力用

法相十門（教儀）

- 斷惑
- 回心
- 果相
- 化境
- 佛身

教

- 我空煩惱
- 趣寂不回
- 相好無常
- 娑婆閻浮
- 生化二身

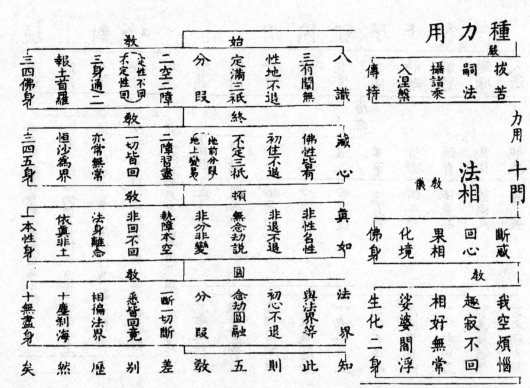

眞空觀境十非 賢宗 教儀

非心非境
非色非空
非時非處
非身非方
無自無他
無一無多
無大無小
無染無淨
離修離證
絕教絕理

由此斷煩惱滅生死悟入理性無礙法界眞空觀成

理事觀境十卽

卽眞卽俗
卽性卽相
卽心卽色
卽一卽異
亦常亦變
亦滅亦生
亦空亦有
亦智亦境
是實是權
而體而用

由此起萬行度衆生悟入理事無礙法界理事觀成

修觀事 賢宗

教義
理事
境智
行位
因果

謂

無盡言教及所詮法義
緣起事相及所依眞理
所觀眞俗妙境及能觀普賢大智
普賢行海及辨菩薩五位相收
辨諸菩薩生了等因及現如來智斷等果
亦是普賢因
及舍那滿果
及現佛菩薩法
界身雲無礙依

境十對 教儀

依正　蓮華藏界并樹形等無邊異類界海…持
體用　凡舉一法必内同眞性外應羣機體用是
人法　佛菩薩師弟等人顯說法界諸法門海
逆順　現五熱衆鞞一王刑虐及現施戒順理正修
感應　衆生根欲器感多端聖應示現亦復無邊

周徧觀境十容

教義
智斷
行位
因果
依正
方隅
時劫
感應
逆順
人法

徧容

由此圓融斷普徧修悟入事事無礙法界周徧觀成

此上三觀各十猶是初心證境若至後心實能證二轉依果而號兩足尊矣

此華嚴指歸依華嚴圓教義釋若教章云教義則攝一乘三乘五乘乃至逆順感應等各攝一切此通五教義也據儀文各通十界

海印三昧十義 宗鏡

謂如來三昧

- 無心能現：法性平等雖諸名相不加功用而能顯現一切諸相
- 現無所現：隨衆生心現種種相如光如影了不可得
- 能現所現非一：能現之智與所現之境一念圓融十方普應不同
- 能現所現非異：能現之智與所現之境雖十方普應不同其本乎一念
- 無去無來：萬法現於自心彼亦不來自相徧於法界我亦不去
- 廣大：普徧包容無法不備衆生世界不離一心
- 普現：一切世界於一心中不簡巨細皆悉能現
- 頓現：一切世界當念卽現無前無後色相宛然
- 常現：於諸法相無有不現之時非如鏡像對時方能顯現
- 非現現：寂然不動爲衆生故於非應中隨感而應

水喻眞 宗

- 水體澄清：眞如之心自性清淨本來無染
- 得泥成濁：眞心雖淨爲無明染覺成不覺
- 雖濁不失淨性：眞心雖爲無明所染本性不失
- 泥澄淨現：無明惑盡本淨之性自現
- 遇冷成冰而有硬用：眞心與無明合起諸染用

心十義 鏡

喻

- 雖成硬用不失濡性：眞心雖起染用淨用不失
- 煖融成濡：染用滅時淨用自現
- 隨風波動不改靜性：眞心隨緣成妄而本不生滅
- 高下流注不動自性：隨緣流注而性常湛然
- 隨器方圓不失自性：普徧諸法而自性不失

慧度能攝十度 資糧

施　戒　忍　精　定　慧　方　願　力　智

慧

頌曰

施戒忍精定　及此五之餘　方願力智度　皆由慧度故

汾陽十智同眞 禪宗

- 同一質
- 同大事
- 總同參
- 同眞智
- 同徧普
- 同具足
- 同得失
- 同生殺
- 同音吼
- 同得入

華嚴經疏　古德分教十義

- 理雖一味詮有淺深故須分之使知權實故
- 約佛雖則一音一雨就機差而教有別故
- 本意未申隨他意語而有異故
- 言有通別就顯說故如說人空卽小乘不得名大等
- 由辯權實不住枝流善會佛意有開顯故
- 王之密語所爲別故如先陀婆一名具四實義　恥六八
- 不識權實以深爲淺失於大利以淺爲深虛其功故
- 莊嚴聖教令深廣故謂分析權實等方知佛法深廣
- 諸聖教中自有分故如深密立三時光明立三輪等
- 諸大菩薩亦開教故如無著之扶五性及三時龍樹之判四門共不共等

疏云以斯多義開則得多而失少合則得少而失多但能虛已求

禪　南堂辯

一　信有教外別傳
二　知有教外別傳
三　會無情說法與有情說法無二
四　見性如觀掌上
五　具擇法眼

驗十門　宗

須
六　行鳥道玄路
七　文武兼濟
八　權邪顯正
九　大機大用
十　向異類中行

了了
分明
田地
穩密

宗不可分而分之亦何爽於大旨更有不分教五義見前五數中

宗鏡十問破執　永明

一問　還得了了見性如晝觀色似文殊等否
二問　還逢緣對境見色聞聲舉足下足開眼合眼悉得明宗與道相應否
三問　還覽一代時教及從上祖師言句聞深不怖皆得諦了無疑否
四問　還因差別問難種種徵詰能具四辯盡決他疑否
五問　還於一切時一切處智照無滯念念圓通不見一法能爲障礙未曾一剎那中暫令間斷否
六問
七問
八問
九問
十問

- 還
  - 於一切逆順好惡境界現前之時不爲間隔盡識得破否
- 還
  - 於百法明門心境之內一一見得微細體性根源起處不爲生死根塵之所惑亂否
- 還
  - 向四威儀中欽承祇對著衣喫飯執作施爲之時一一辨得眞實否
- 還
  - 聞說有佛無佛有衆生無衆生或讚或毀或是或非得一心不動否
- 還
  - 聞差別之智皆能明達性相俱通理事無滯無有一法不鑑其原乃至千聖出世得不疑否

永明智覺禪師製宗鏡錄有云設有堅執已解不信佛言起自障心絕他學路今有十問以定絕綱云云

佛十種化不失時

華嚴

- 成等正覺
- 成熟有緣
- 授菩薩記
- 示現威神
- 示現佛身
- 住於大捨
- 入諸聚落
- 攝諸淨信
- 調惡衆生
- 現佛神通

化不失時

謂

- 成佛道已隨機應感
- 知有宿緣隨時成熟
- 知彼行成即與授記
- 隨其所宜示威神力
- 隨其所宜現相好身
- 修無著行隨緣導利
- 隨時順緣普作饒益
- 具淨信者攝令不失
- 暴惡衆生調令還善
- 以不思議神力攝化

菩薩修十種念處

除蓋障所問經

- 身
- 受
- 心
- 法
- 境界
- 阿蘭若
- 都邑聚落
- 名聞利養
- 如來學門
- 斷諸煩惱

念處

- 念不淨故
- 念是苦故
- 念無常故
- 念無我故
- 念虛假故
- 念正修故
- 念善入故
- 念不著故
- 念隨學故
- 念無餘故

文殊生時十事吉祥

- 光明滿室
- 甘露盈庭
- 地涌七珍
- 神開伏藏
- 雞生鳳子
- 猪娩龍豚
- 馬產麒麟
- 牛生白澤
- 倉變金粟
- 象具六牙

十義喻如來藏滿足

- 石中玉
- 木中火
- 地中水
- 乳中酪
- 麻中油
- 子中禾
- 藏中金
- 模中像
- 孕中胎
- 雲中日

依煩惱身觀如來身煩惱藏中佛性滿足

十種珍寶以爲脚足

光句

施、戒、忍、進、禪、慧、方、願、力、智

爲

初地、二地、三地、四地、五地、六地、七地、八地、九地、十地

脚足

慧俱羅漢

假

- 初性共
- 二正助
- 三想背
- 四壞不壞
- 五滅不滅

一性共

二正助

古

十種五義

名

十種

- 六電禪
- 七大小
- 八事理
- 九盡無
- 十變通

三事理

四禪變

○五三明八解

五義

雲

十種障難不得念佛

羣

疑

- 不遇善友無勸念理
- 業苦纏身不遑念佛
- 偏風失語不能稱佛
- 狂亂失心注想難成
- 或遭水火不暇至誠
- 遭遇豺狼無復善友
- 臨終惡念壞彼信心
- 飽食過度昏迷致死
- 軍陣鬬戰奄忽而亡
- 勿遇高岩傷壞性命

此十種人臨終斷然不得念佛應須預修令淨業成就縱有難緣必蒙救護而接引也

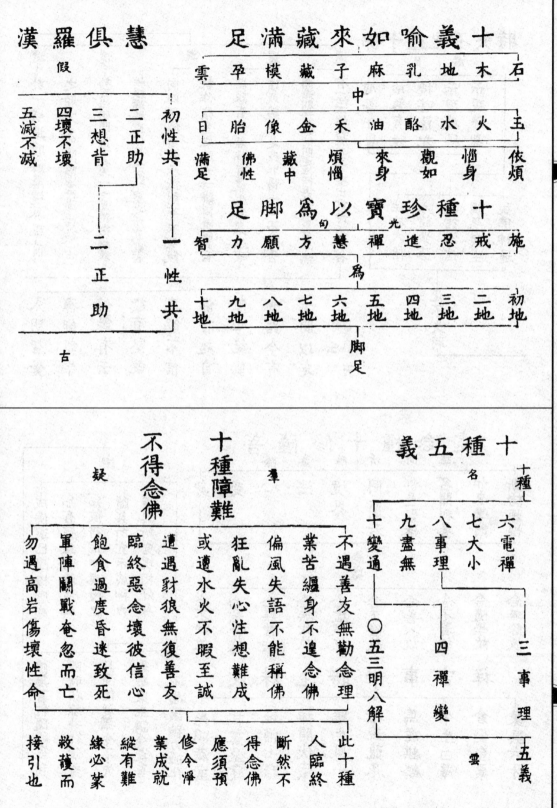

禮佛獲得十種功德

- 得妙色身
- 出言人信
- 處衆無畏
- 佛所護念
- 具大威儀
- 衆人親附
- 諸天愛敬
- 具大福德
- 命終往生
- 速證涅槃

業報差別經云禮佛一拜從膝下至金剛輪際一塵一轉輪王位

得人不可愛有十法

僧祇

- 不相習近
- 輕數習近
- 爲利習近
- 佗愛者不愛
- 佗不愛者愛
- 諦言不受
- 好預佗事
- 實無德而欲凌人
- 好與人屏處私語
- 多所求欲

十心向佛

寶積

- 於衆生起大慈無損害
- 於衆生起大悲無逼惱
- 於佛法不惜身命樂守護
- 於一切法發生勝忍無執著
- 不貪利養敬重淨意樂

心

命盡往生

寶積

- 求佛種智於一切時無忘失
- 於衆生尊重恭敬無下劣
- 不著世論於菩提分生決定
- 種諸善根無有雜染清淨之
- 於諸佛捨離諸相起隨念

四教約十義定教旨

	藏教	通教	別教	圓教
觀	析空	體空	假觀	中道
惑	見思	見思	塵沙	無明
理	真諦	含真中	但中	圓中
人	三乘	三乘	菩薩	菩薩
機	九界	九界	十界	十界
造	六界	六界	十界	十界
法	生滅	無生	無量	無作
佛	劣應	帶劣	報身	法身
成	菩提	寶樹	究竟天	寂場
座	生草	天衣	花臺	虛空

四教十義揀之歷然心目

十乘立意義略有十條例

須知

一　乘體無發無到
二　乘體通因通果
三　圓乘具於十法
四　大車唯喻十法
五　諸法皆具十乘
六　諸教門門具十
七　開顯唯妙十法
八　簡體與具度別
九　觀心立十法義
十　白牛異黑牛故

十善各具止行二善

身三
- 不殺生
- 不偷盜
- 不淫欲

口四
- 不妄語
- 不綺語
- 不兩舌
- 不惡口

意三
- 不貪欲
- 不瞋恚
- 不愚癡

名止

- 放生
- 布施
- 梵行
- 誠實語
- 質直語
- 和諍語
- 常軟語
- 不淨觀
- 慈悲觀
- 因緣觀

名行

轉大法輪有十種事（華嚴）

- 具足清淨四無畏
- 出生四辯隨順音聲
- 善解開闡
- 隨順諸佛無礙解脫
- 能令衆生心皆淨信
- 所有言說皆不唐捐
- 大悲願力之所加持
- 隨出音聲徧滿十方
- 於阿僧祇劫說法不斷
- 隨所說法悉皆生起道品等

然此十三展轉相對其義不殊義雖不殊生起次第不無前後無始流轉不出三道流轉由識識內具性照性由智智滿成道道由乘至至故身顯顯必涅槃涅槃故稱爲三寶寶必具德是故始終具列此十法○輔行記須曰道識性般若菩提大乘身涅槃三寶德一一皆三法

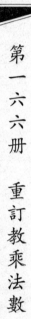

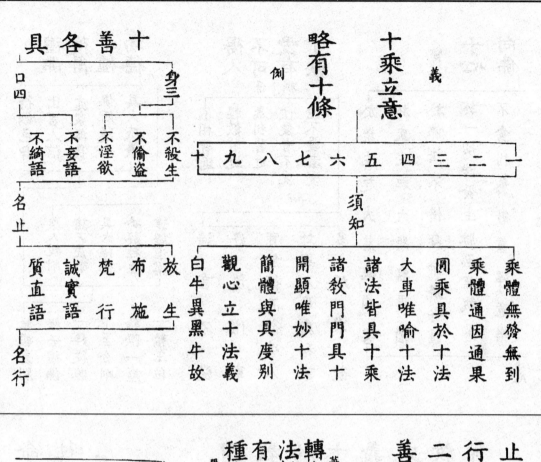

十種三法對六即位

- 三道：實相
- 三識：觀照
- 三佛性：文字
- 三般若：真性
- 三菩提：實智、方便
- 三大乘：理乘、隨乘、得乘
- 三身：法身、報身、應身
- 三涅槃：性淨、圓淨、方便
- 三寶
- 三德

苦道、煩惱、業道

菴摩羅、阿梨耶、阿陀那

正因、了因、緣因

佛寶、法寶、僧寶

法身、般若、解脫

理、名字、觀行、相似、分證、究竟——即

十重四罪

實

- 殺——殺緣覺父
- 盜——盜三寶物
- 淫——淫無學母
- 妄言——謗毀如來
- 綺語——間賢聖僧

四義

心——大乘
境——小乘
理——四義
教——俱重

心——大乘
境——俱重

義分輕重

梁

十重

- 兩舌——罵辱聖人
- 惡口——壞亂於人
- 貪——五逆初業
- 嗔——奪持戒人物
- 癡——邊見

四義

理、教——小乘則輕

四義

心、境——大小俱重
理、教——大小俱輕

發菩提心十種因緣

華嚴

教化、滅苦、與樂、斷癡、與智、供佛、隨教、見佛、入智、現力

故謂爲

- 欲教化調伏一切衆生
- 除滅一切衆生苦聚
- 與一切衆生安樂
- 斷衆生愚癡
- 與衆生佛智
- 供養諸佛
- 隨如來教
- 見佛相好
- 入佛廣大智慧
- 顯現諸佛力無所畏

菩薩以十因緣發菩提心

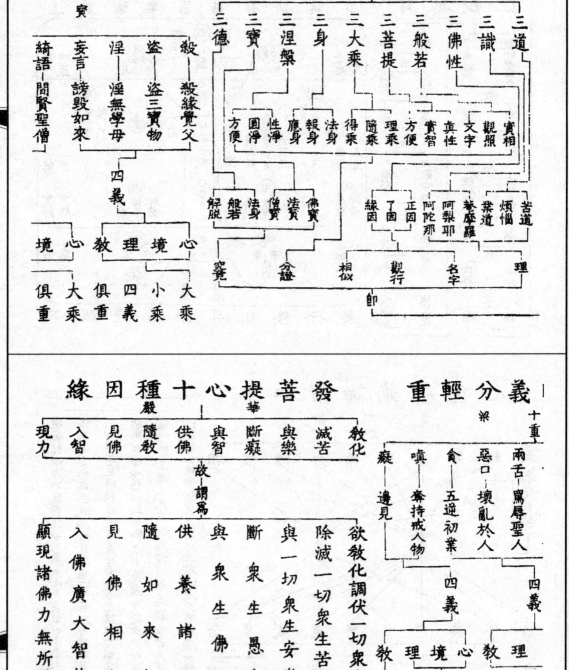

總會楞嚴十義之圖

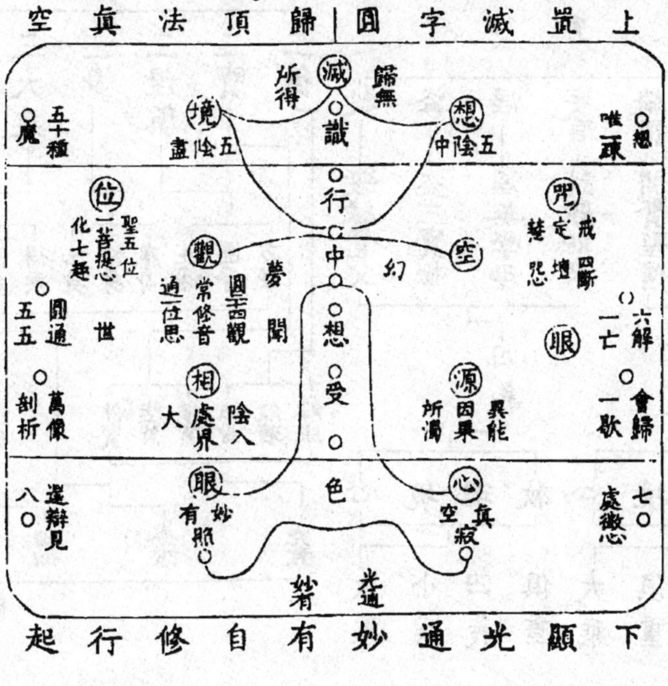

總會楞嚴十義圖註

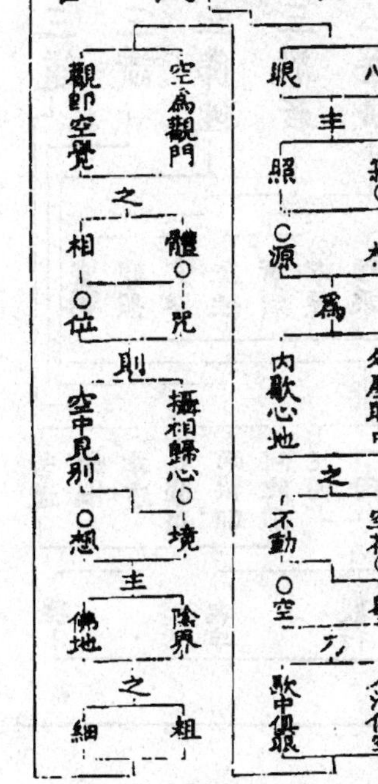

十如諸諦兼屬色心

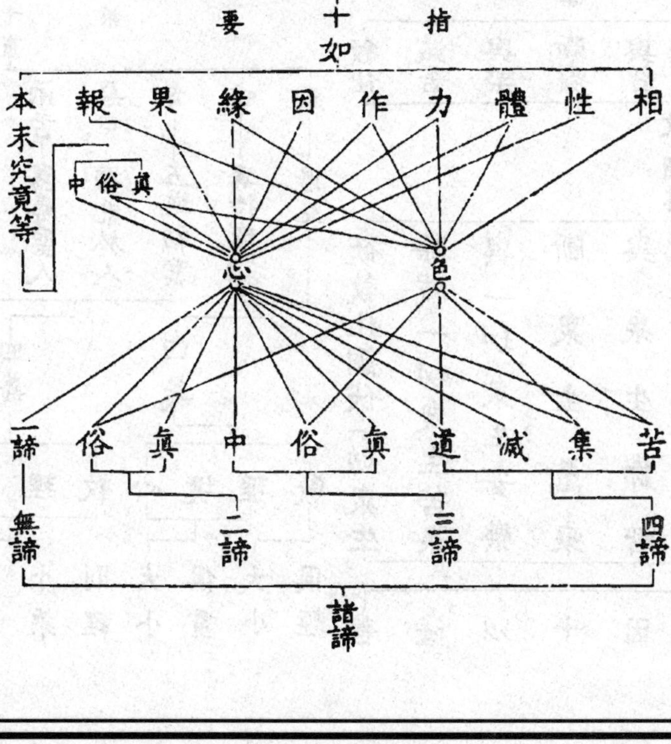

境魔能辯方乃眼圓想細入眞大心乃密故此十義之分不能離心眼二法心爲眞空眼爲妙有寂照二門皆須中道和會故以五陰會之心眼主色源相主受色有空對受有歇障惟空觀主想歇中有眼眼想如夢心想如幻止觀之中是爲中道次咒位主行流注歸陰境想主識入大寂滅其寂照中道觀成者乃有光明照於十方猶如化佛說咒之時頂上放光是乃首楞嚴三昧頂法成就也

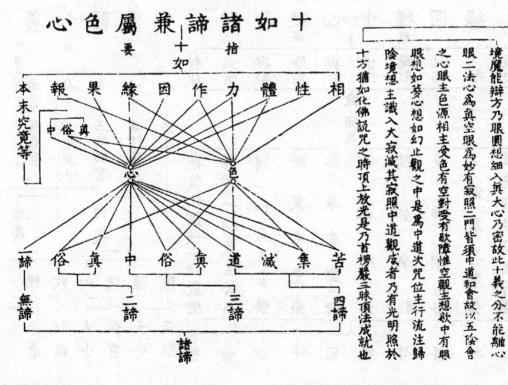

師子奮迅三昧十種利益
- 分別他根熟不熟清淨不清淨
- 以佛法輪教未度者悉入法律
- 弘誓滿十方音聲亦爾
- 轉無上輪教化衆生
- 能示出家剃髮持戒
- 性行合空
- 放光示滅示隱相好
- 降伏四魔
- 令他得入至要
- 增長如來見者卽佛眼照也

依二諦釋五教（賢宗）
- 小教染化
  - 依眞
  - 依俗
- 始教淨化
  - 無相
  - 有相
- 終教受用
  - 眞性
- 身土

高聲念佛誦經（業報）
- 能排睡眠
- 天魔驚怖
- 聲徧十方
- 三途息苦
- 外聲不入

身土成十（教儀）
- 頓教法性
  - 眞空
  - 妙嚴
- 圓教法界
  - 性無礙
  - 相無盡
- 法樂

獲得十種利益（差別）
- 勇猛精進
- 諸佛歡喜
- 念心不散
- 三昧現前
- 往生淨土

十惡地獄苦畢爲人各招二報（華嚴）
- 殺 — 短命 — 多病
- 盜 — 貧窮 — 共財不自在
- 淫 — 妻不貞良 — 得不隨意眷屬
- 妄言 — 多被誹謗 — 爲佗所誑
- 綺語 — 言無人受 — 語不明了
- 兩舌 — 眷屬乖離 — 親族弊惡
- 惡口 — 常聞惡聲 — 言多諍訟
- 貪 — 心不知足 — 多欲無厭
- 瞋 — 人求長短 — 佗所惱害
- 邪見 — 生邪見家 — 其心諂曲

重訂教乘法數卷第二十六

重訂教乘法數卷第二十七

十一空 涅槃

- 內
- 外
- 內外
- 有爲
- 無爲
- 無始
- 性
- 無所有
- 第一義
- 空
- 大

空

與後十八空名義大同經云若菩薩得此即住空平等地

又十一空 大品

- 法界
- 法
- 不虛妄
- 不變異
- 平等
- 離生
- 法定
- 法住
- 實際
- 虛空界
- 不思議界

性空

十一宗 賢宗

- 我法俱有宗
- 法有我無宗
- 法無去來宗
- 現通假實宗
- 俗妄真實宗
- 諸法但名宗

小教 始教 終教

教儀

- 唯識法相宗
- 真空無相宗
- 藏心緣起宗
- 真性寂滅宗
- 法界圓融宗

頓教 圓教

十一智 大品

- 世俗智　謂世間有漏之智不能出離生死亦云名字智謂但有其名而無其理也
- 法智　謂欲界四諦下苦法等無漏之智能斷欲界見惑故名法智
- 類智　以欲界四諦比類而觀上二界四諦發苦類等無漏之智進斷上二界見惑時
- 他心智　知欲界色界現在心心所法及知無漏心心所法等
- 苦智　謂以無常苦空無我觀五陰等法得無漏智
- 集智　謂觀見思煩惱之因能招集生死苦果發無漏智
- 滅智　以觀滅諦故能滅諸苦得無漏智
- 道智　由觀道諦能通至涅槃得無漏智
- 盡智　謂我見苦已斷集已證滅已修道已如是念時發無漏智
- 無生智　謂我見苦已不復更見我斷集已不復更斷等如是念時發無漏智
- 如實智　於一切法如實正知無有罣礙是佛之智故名如實智

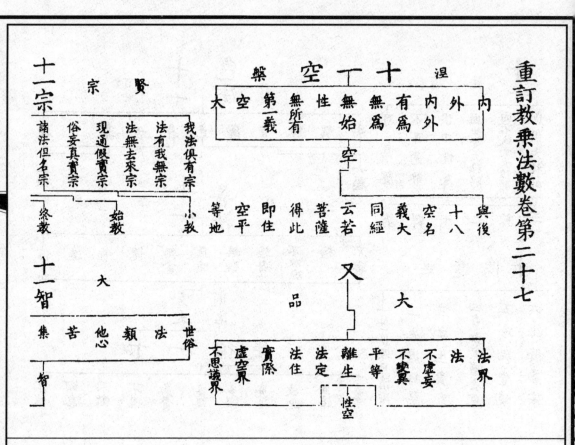

十一色法 百法

- 五根：眼　耳　鼻　舌　身
- 六塵：色　聲　香　味　觸　法

十一種聲 百法論釋

- 可意聲
- 不可意聲
- 俱相違聲
- 因執受大種聲
- 因不執受大種聲
- 因俱大種聲
- 世所共成聲
- 成所引聲
- 徧計所執聲
- 聖言量所攝聲
- 非聖言量聲

義詳十二數五因十二聲中

十一善法 百法

信　進　慚　愧　無貪　無嗔　無癡　輕安　不放逸　捨　不害

反是則名

十一徧使

不信　懈怠　不慚　不愧　多貪　多嗔　多癡　惛沉　放逸　慳悋　毒害

造像十一功德 造像

- 一世世眼目清潔
- 二生處無惡
- 三常生貴家
- 四身如紫磨金色
- 五珍玩豐饒
- 六生賢善家
- 七生得爲王
- 八作金輪王
- 九生梵天壽一劫
- 十不墮惡道
- 十一後生還敬三寶

放牛十一事 大論

- 解色與相應
- 摩刷覆瘡痍
- 放煙并茂草
- 安隱及度處
- 時宜留取餘
- 將護於大牛

比丘亦如是

- 知四大造色　善別愚智相　色相二事
- 摩刷六情根　善覆十善相　摩覆二事
- 傳所誦爲煙　四意并茂草　煙草二事
- 十二部安處　八聖道度處　安度二事
- 莫受輕賤請名曰知時宜　知足爲留餘　時餘二事
- 敬護是將護　護爲一事

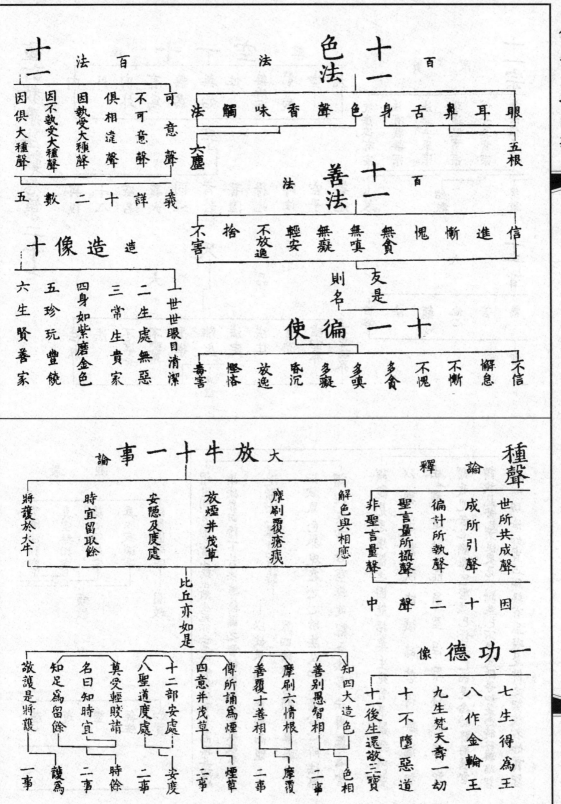

師子吼十一事喻佛（涅槃）

- 破壞詐師子
- 試自身力
- 令住處淨
- 令諸子知處所
- 令羣輩無怖
- 眠者得覺悟
- 令諸獸不放逸
- 令諸獸依附
- 調大香象
- 教告子息
- 莊嚴眷屬

喻佛說法無畏

- 摧破魔外之說
- 以示如實智用
- 顯示佛境清淨
- 令衆生知歸依
- 令離生死怖畏
- 令覺無明睡眠
- 令衆守護三業
- 令衆不惑邪外
- 能伏憍慢外道
- 令小乘恥小慕大
- 令菩薩發廣大心

月有十一事喻如來

月能

- 破暗
- 令見道非道
- 令見道邪正
- 除熱得清涼
- 破螢火高心
- 息盜賊想
- 除畏惡獸心
- 開敷優鉢華
- 合蓮華
- 發行人進路心
- 令衆生歡賞

喻佛出世

- 能破無明闇
- 令衆知行止
- 示生死涅槃
- 令離苦得樂
- 破外道邪見
- 令煩惱不生
- 令蓋障除滅
- 開衆生心華
- 令息諸妄念
- 令進趨涅槃
- 令受諸法樂

九十五種外道合十一宗（華嚴演義）

- 數論師
- 衛世師
- 塗灰師
- 圍陀師
- 安荼論師
- 時散外道
- 方論師
- 路伽耶
- 口力論師
- 宿作論師
- 無因論師

計諸法從

- 冥初
- 六句和合
- 自在天
- 那羅延天
- 本際
- 時
- 方
- 極微
- 虛空
- 本業
- 自然

生

西域外道雖有九十五種總論所計不出此十一宗也

六義對四教爲十一義

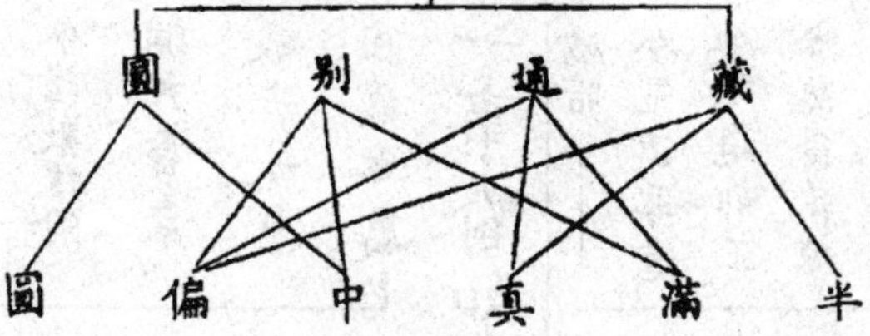

十二宗 賢宗教儀

即前十宗後加會歸圓融重重無盡二宗名爲十二

十二喻 楞伽

- 渴鹿趣陽餤—喻愚夫三毒燒心樂色境界等
- 乾城起城想—喻外道依一異等見不了自心現量等
- 憶夢境不捨—喻外道不達諸法如夢計爲實有
- 畫像高下想—喻外道依於一異等見於正法起是非想
- 翳目見垂髮—喻外道依於一異等見誹謗正法
- 火輪作輪想—喻外道邪心取境無而爲有起種種見
- 水泡摩尼想—喻外道以無爲有以有爲無起顛倒見

至偈云明鏡水淨眼摩尼妙寶珠等乃喻圓成之性隨緣不變不同愚夫外道妄見也

- 水中樹影現
- 明鏡現色像
- 風水和合聲
- 空野鹹浪湧
- 咒術木人動

宗泐如玘註云此五喻詞異義同皆喻外道無始妄習不知諸法唯心起一異等見說喻之意要令離見顯性故總結勸云欲得自覺聖智事當離生住滅一異等惡見云云

十二息 小止

息	息治
上	沉重
下	虛懸
滿	枯瘠
焦	腫滿
增長	羸損
滅壞	增盛
煖	冷
冷	熱
衝	壅塞不通
持	戰動
和	四大不和
補息	資補四大衰損

十二州

冀　兗　青　徐　荆　揚　豫　梁　雍　幽　并　營　州

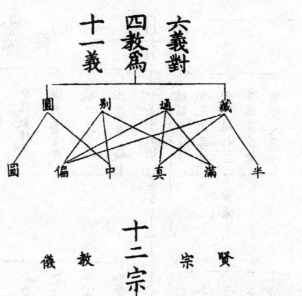

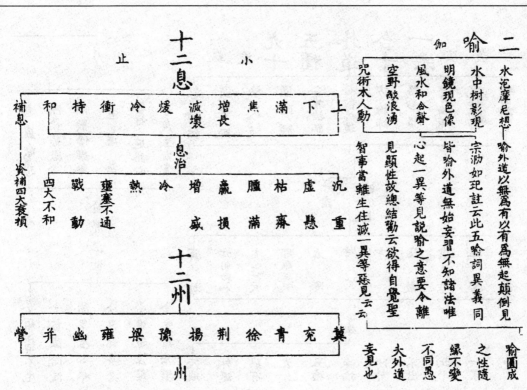

十二入

- 內六根入：眼　耳　鼻　舌　身　意
- 外六塵入：色　聲　香　味　觸　法

通名爲入者，以內根外塵互相涉入故也。

亦名十二處

十二門禪

初門

- 四無量心：慈　悲　喜　捨
- 色界四禪：初禪　二禪　三禪　四禪
- 無色四定：空處　識處　無所有　非非想

大

- 真如
- 法界
- 法性
- 不虛妄性
- 不變異性
- 平等性

初一爲總，當體得名，後十一爲

孤山頌曰：長行重頌并授記，孤起無問而自說，因緣譬喻及本

亦

十二

十二真如

品

- 離生性
- 法定
- 法住
- 實際
- 虛空界
- 不思議界

別皆真如異名，蓋理一義殊耳。

事本生方廣未曾有論議俱成十二名廣如大論三十三

十二部經

十二分教

- 修多羅
- 祇夜
- 和伽羅那
- 伽陀
- 優陀那
- 尼陀那
- 阿波陀那
- 伊帝目多伽
- 闍陀伽
- 毗佛略
- 阿浮陀達磨
- 優波提舍

此云：

- 法本
- 重頌
- 授記
- 孤起
- 無問自說
- 因緣
- 譬喻
- 本事
- 本生
- 方廣
- 未曾有
- 論議

字句爲名　從事立稱　名從所表

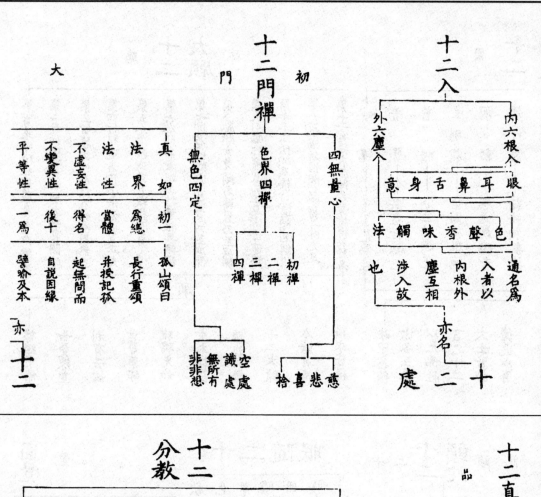

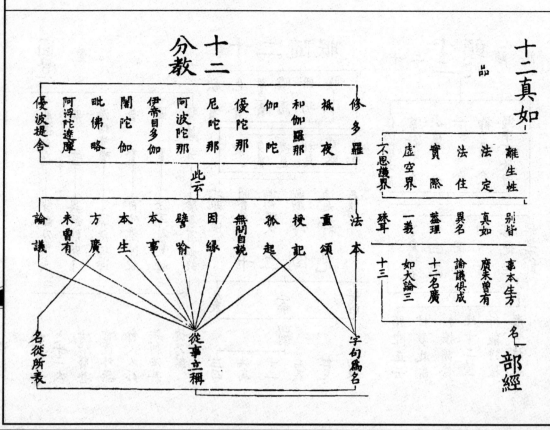

藥師十二大願

- 第一身光照耀相好嚴身令衆無異
- 第二身如琉璃光明廣大幽冥開曉
- 第三智慧方便令諸有情受用無乏
- 第四行邪道者行小乘者安立正大
- 第五令衆具戒設有毀犯聞名還淨
- 第六令聞名者端正黠慧根具無疾
- 第七聞名病除家資豐足乃至成佛
- 第八厭離女身聞名轉男乃至成佛
- 第九引攝邪魔置於正見漸修速證
- 第十王法所加及餘煎逼聞名解脫
- 第十一飢渴所惱聞名受持上味充足
- 第十二貧無衣服聞名受持得衣嚴具

願——據經中佛告曼殊室利有云彼世尊藥師琉璃光如來本行菩薩道時發十二大願令諸有情所求皆得

圓覺十二

- 妙德——了了見佛性
- 普賢——無盡行願王
- 普眼——明三法無差
- 金剛藏——堅固於衆德
- 彌勒——慈德最勝者
- 清淨慧——諸法相無染
- 威德自在——智斷力用成
- 辯音——異解能辨了
- 淨諸業障——了障無垢淨
- 普覺——自他悉開曉
- 圓覺——法不外覺性
- 賢善首——賢善有始終

此中名德亦各互攝以見佛性言之十二大士皆妙德也以有始有卒言之十二大士皆賢善首德外無餘人人外無剩法其德乃彰

十二隨眠

- 欲貪
- 色貪
- 無色貪
- 瞋恚
- 無明
- 慢
- 疑
- 身見
- 邊見
- 邪見
- 見取
- 戒取

此即十使開貪爲三但約眠伏藏識之時未起現行名隨眠耳

十二倒見

- 凡夫
- 二乘
- 菩薩

四倒——三四共爲十二名義詳見四數

十二頭陀

- 住阿蘭若處
- 常行乞食
- 次第乞食
- 一食
- 節量食
- 過中不飲漿
- 著糞掃衣
- 但三衣
- 塚間坐
- 樹下宿
- 露地坐
- 但坐不卧

頭陀正云杜多此翻抖擻謂修此十二種行能抖擻塵勞故也

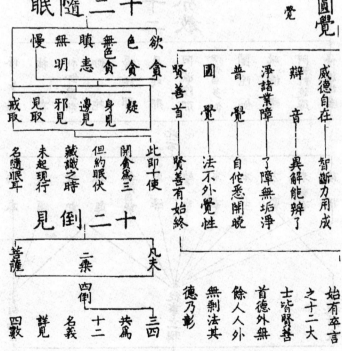

十二妄想 楞伽

言說 所說事 相 利 自性 因 見 成 生 不生 相續 縛不縛

妄想謂：
- 計著種種音聲詞句
- 依所說事而生妄想
- 計著四大堅煖等相
- 貪樂種種金銀珍寶
- 執法自性決定如是
- 有無分別因相而生
- 計著有無一異等見
- 計我我所成決定論
- 計著諸法從緣而生
- 計著諸法不從緣生
- 計此與彼遞相繫屬
- 於無縛解中計著縛解

經云：於此妄想自性分別通相，一切愚夫計著有無。

十二 楞

由因：虛妄 雜染 執著 變易 留礙 消散

動 欲 趣 假 障 惑

顛倒：氣 滋 煖 觸 著 暗

成八：飛沉 橫豎 翻覆 新故 精耀 陰隱

顛倒 嚴

世界：因象 愚鈍 相待 相引 合妄 怨害

輪回：影 癡 偽 性 罔 殺

故和合：憶 頑 染 咒 異 怪

萬四千：潛結 枯槁 因依 呼召 回互 食父母

亂想

故有：
- 卵生—魚鳥龜蛇
- 胎生—人畜龍仙
- 濕生—含蠢蠕動
- 化生—轉蛻飛行
- 有色—休咎精明
- 無色—空散消沉
- 有想—神鬼精靈
- 無想—精化木石
- 非有色—諸水母等
- 非無色—咒詛厭生
- 非有想—彼蒲盧等
- 非無想—土梟破鏡

皆名

十二類生

十二宮神 消災

- 天秤—辰
- 金牛—酉
- 人馬—寅
- 雙魚—亥
- 陰陽—申
- 雙女—巳
- 天蝎—卯
- 白羊—戌
- 魔竭—丑
- 寶瓶—子
- 巨蟹—未
- 獅子—午

宮

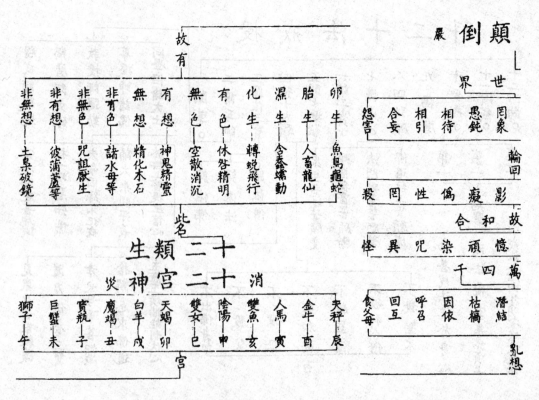

十二生辰屬相

- 子鼠
- 丑牛
- 寅虎
- 卯兔
- 辰龍
- 巳蛇
- 午馬
- 未羊
- 申猴
- 酉雞
- 戌狗
- 亥猪

十二惡律儀

瑜伽

- 屠兒
- 魁膾
- 養猪
- 捕魚
- 獵師
- 網鳥
- 捕蛇
- 養雞
- 咒龍
- 作賊
- 捕賊
- 獄吏

又

- 屠羊
- 販雞
- 捕鳥
- 罝兎
- 盜賊
- 魁膾
- 守獄
- 讒刺
- 斷獄
- 縛象
- 咒龍
- 販猪

亦名

十二不律儀

沙彌十二無犯

寄歸

- 一不分別衣
- 二離衣宿
- 三觸火
- 四足食
- 五害生種
- 六青上棄不淨
- 七輙上高樹
- 八觸寶
- 九食殘宿食
- 十壞地
- 十一不受食
- 十二損生苗

- 鄭　越　野　金
- 燕　衛　野　木
- 晉　楚　野　水
- 宋　魯　野　火
- 吳　齊　野　土
- 秦　周　野　太陰水　太陽火

授戒法二十科

- 一開導。
- 二請五師
  - 得戒師釋迦
  - 羯磨師文殊
  - 教授師彌勒
  - 尊證師諸佛
  - 同學侶諸大士
- 三歸依三寶
  - 歸依佛
  - 歸依法
  - 歸依僧
- 四發十大願
  - 常念佛親善知識
  - 捨一切惡知識
  - 失命因緣不犯戒
  - 誦大乘問深義
  - 於無上菩提生信心
  - 見衆生苦能救護
  - 隨力供養三寶
  - 孝父母事善知識
  - 捨懈怠求佛道
  - 五塵上煩惱能制伏心
- 五問七遮難
  - 不出佛身血
  - 不殺父
  - 不殺母
  - 不殺和尚否
  - 不殺羅漢
  - 不破和合僧
  - 不殺聖人
- 六請三寶。
- 七懺悔。
- 八四弘願
  - 衆生無邊誓願度
  - 煩惱無盡誓願斷
  - 法門無量誓願學
  - 佛道無上誓願成
- 九羯磨
  - 第一　第二　第三
  - 羯磨
    - 妙善戒法注於身心
    - 戒法徧空集於頂上
    - 戒法入心内外明潔堪受戒法
- 十受戒。
- 十一讚戒。
- 十二回向。

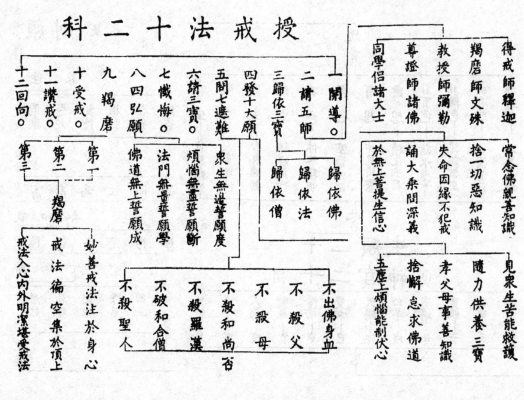

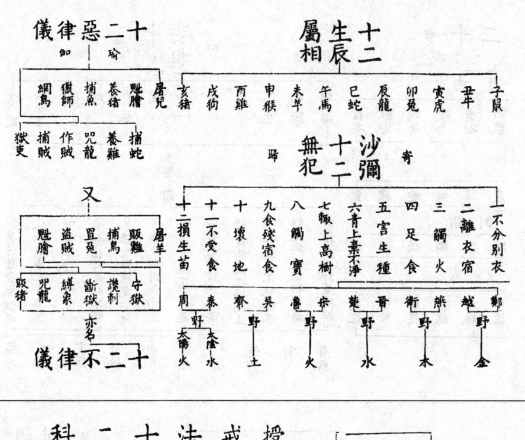

一念十二因緣　大集

一無明——一念生愛
二行——爲愛造業
三識——至心專念
四名色——識共色行
五六入——六處隨識
六觸——一時觸對
七受——三受俱起
八愛——纏綿不捨
九取——求是等法
十有——有如是法
十一生——次第不斷
十二老死——次第斷故

四教儀集註云此約現在一念心起即具十二因緣。補行云一念者非謂極促一剎那時謂善惡業成名爲一念非三世二世連縛相故

二世十二因緣　大集

現在十支
無明——投胎時於父母邊生愛憎想
行——父母遺體謂是已有
識——謂已有故識托其中
名色——身識和合名色具足
六入——五陰既備六入隨生
觸——由六入故觸對前境
受——由觸對故便有領納
愛——由領納故心生愛染
取——由愛染故周徧追求
有——由追求故成三有因

未來二支
生——隨因感果有後世生
老死——生變壞故而有老死

三世因緣中唯初二支約過去無明行業餘皆同此

三世十二因緣　大集

過去二支因——無明　行
現在五支果——識　名色　六入　觸　受
現在三支因——愛　取　有
未來二支果——生　老死

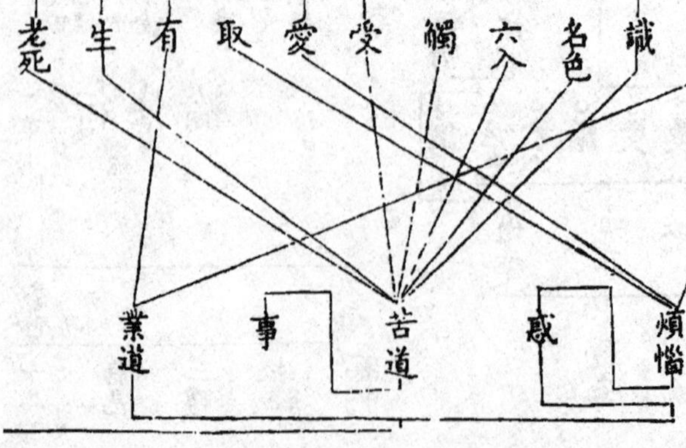

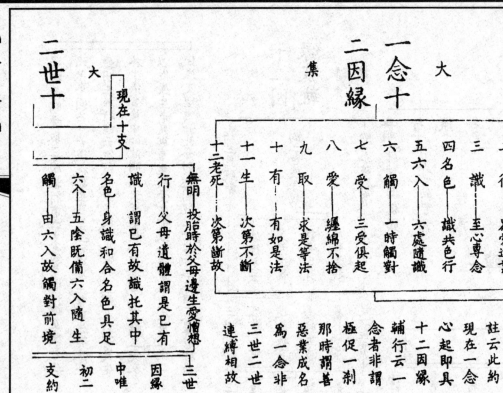

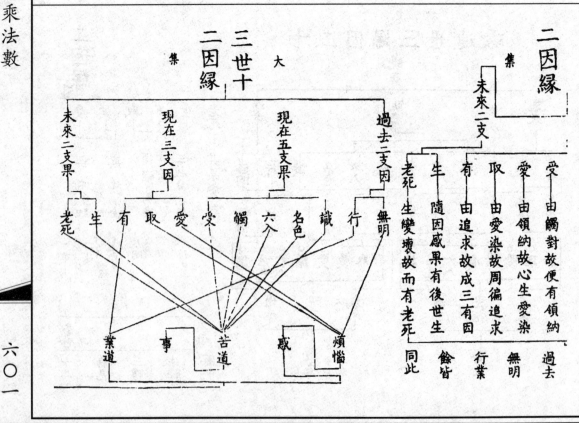

偈曰無明愛取三煩惱行有二支屬業道從識至受幷生死七事同名一苦道從惑生惑愛生取從惑生業取生有及以無明生於行故云從惑生惑業從業生事行生識及以有支生於生俱舍論中如此明故云從業生於事從事生事識至受及以從生生老死從事生惑受生愛故云從事事惑生有此十二因緣支理唯如此分別之圖觀三世非古今月墮秋潭影移移

十二因緣破執

四教集註

- 約三世破斷常
  - 三世相續破斷三世迭謝破常
- 約二世破著我
  - 如行支云父母遺體謂是已身足破著我
- 約一念破性實
  - 念性生滅屬於無常足破性實

三種因緣如上

界外十二因緣

- 無明　顛倒獨頭
- 行　無漏智業
- 識、名色、六入、觸　三種意生身
- 受　無明細
- 愛　惑戲論
- 取、有　煩惱業染
- 生　三種意因移
- 老死　其果變易

三轉十二行法輪

法華

- 十二相
  - 三轉各有四行故名
- 勸修
- 作證

十二三轉法輪詳見圖中

十二因緣三世連環

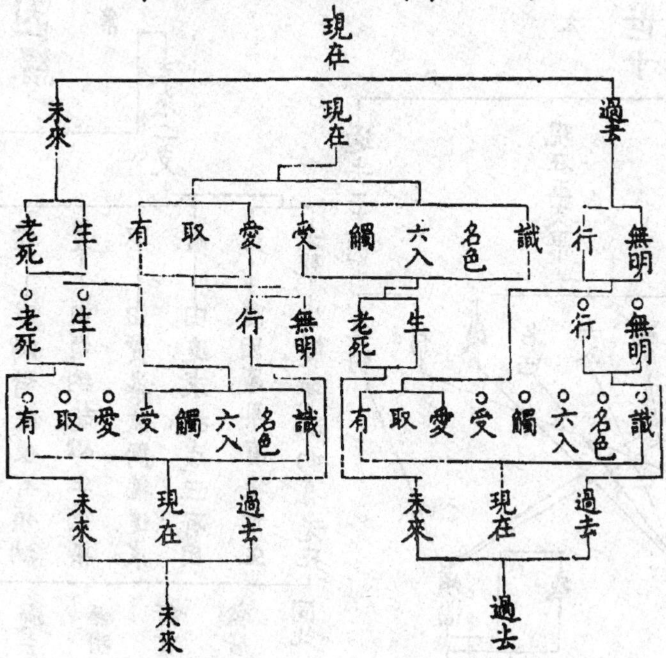

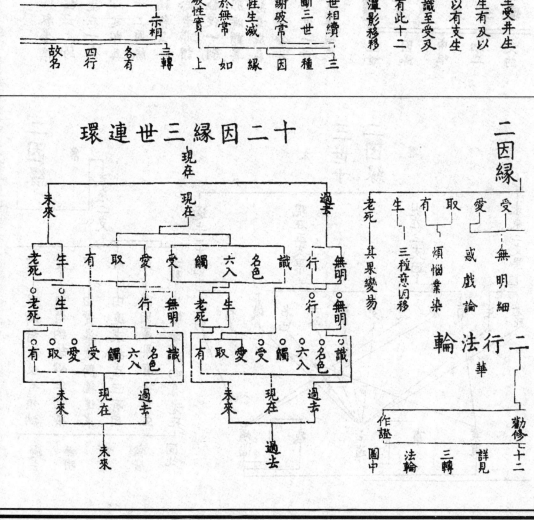

四教四種十二因緣

- 藏 — 思議生滅
- 通 — 思議不生滅
- 別 — 不思議生滅
- 圓 — 不思議不生滅

無明　行　識　名色　六入　觸　受　愛　取　有　生　老死

總有五因（百法）

- 相故
  - 耳根所取聲—此一爲總
- 損益故
  - 可意聲—是益
  - 不可意聲—是損
  - 俱相違聲—通損益
- 因執受大種聲—有情聲
- 因不執受大種聲—無情聲

謂諸有情　皆第八識　執受大種　所造根身　作則言作

或　去　前　總　相　於

攝十二聲（論釋）

- 因差別故
  - 因俱大種聲—手鼓等
- 說差別故
  - 世所共成聲—世俗語
  - 成所引聲—聖所說
  - 徧計所執聲—外道說
- 言差別故
  - 聖言量聲—見則言見　聞則言聞
  - 非聖言量聲—反上八種謂見言不見等

知則言知　乃至第八　不知則言　不知

後　加　響　成　十　一

舌所取味亦有十二

苦　酸　甘　辛　鹹　淡—味

可意　不可意　俱相違　俱生　和合　變易—味

十二住對治十二障

五　六　七　八　九　十—住治

慢障　少聞　攀緣　捨衆生　散亂　無巧便

十一　十二　十三　十四　十五　十六—住治

福資糧不具　樂味懈怠利養　不能忍苦　智資糧不具　不自攝　無教授

見金　剛無　著論　十八　住中

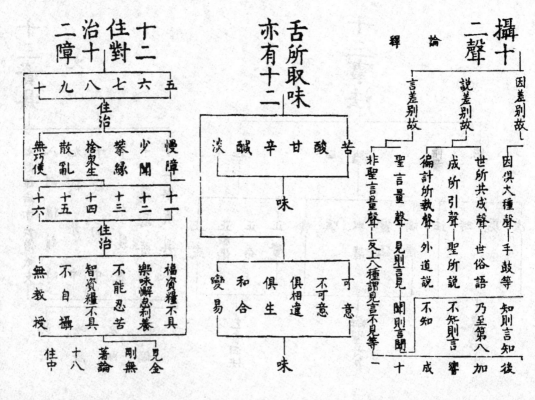

十二大士所證各有一妙

圓覺

- 文殊眼空
- 普賢心離
- 普眼法界
- 金剛藏起息
- 彌勒身智
- 清淨慧說法
- 威德三觀
- 辯音輪觀
- 淨業除我
- 普覺擇法
- 圓覺赴期
- 善首兼攝

爲

夢　幻　觀　化　願　種　｜　妙　用　主　伴　證　教

實門　寄　不離　大光　明藏　權門　寄

眼　意　耳　鼻　身　舌　｜　色　聲　香　味　觸　法

根表門　中　果　｜　塵表門　中　因

捨　戒　忍　進　定　慧　度　｜　捨　戒　忍　進　禪　慧　度

律

- 一僧伽胝亦云僧伽梨　即大衣
- 二嗢呾囉僧伽亦云鬱多羅僧　即七衣
- 三安呾婆娑亦云安陀會　即五衣
- 四尼師但那亦云尼師壇　即坐具
- 五尼縛些那亦云尼伐散尼
- 六副尼縛些那　此云裙

十三資具

文

- 七僧却崎亦云僧祇支
- 八副僧却崎
- 九拭身巾
- 十拭面巾
- 十一剃髮衣
- 十二覆瘡疥衣
- 十三藥資具衣

此云掩腋衣即今偏衫

十三事法

- 住：正戒　正威儀　正命　正覺　——乞食四法
- 離：貪　嗔　取著　麁猛　憍慢　——離惱五分
- 依：法　時　處　次　——威儀四法

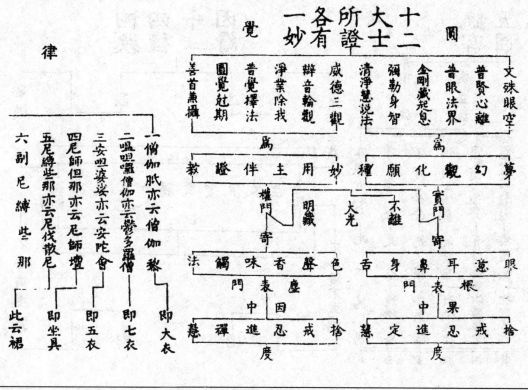

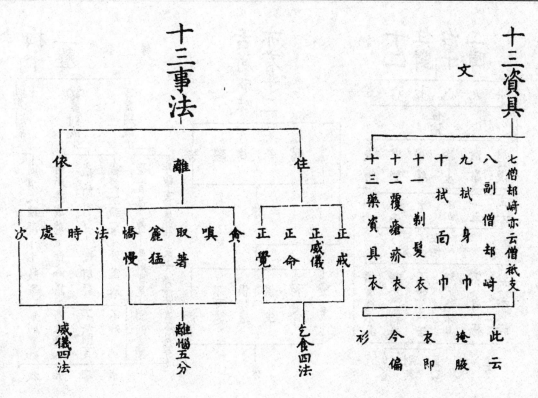

日冷十三因緣

（阿含）

- 須彌山—佉陀羅山
- 佉陀羅山—伊沙陀羅山
- 伊沙陀羅山—樹提陀羅山
- 樹提陀羅山—善見山
- 善見山—馬祀山
- 馬祀山—彌陀羅山
- 彌陀羅山—調伏山
- 調伏山—金剛輪山
- 金剛輪山—閻浮提地

二山中間皆有大水日光照處映之生冷

- 閻浮提河—拘耶尼河
- 拘耶尼河—弗於逮河
- 弗於逮河—鬱單越河

其水映日爲之生冷

- 日光宮殿—照大海水

十三種生如來身

（淨名）

- 從
  - 無量功德智慧
  - 戒定等五分
  - 慈悲喜捨
  - 施戒忍進禪慧
  - 方便
  - 六通
  - 三明
  - 生
- 從
  - 三十七道品生
  - 止觀生
  - 力無畏不共法生
  - 斷不善集善法生
  - 真實生
  - 不放逸生

維摩居士爲問疾者說是身可厭當樂佛身以佛身從清淨法生故

阿彌陀佛十三名號

（大彌陀經）

- 無量壽
- 無量光
- 無邊光
- 無礙光
- 無對光
- 光炎王光

佛

- 清淨光
- 歡喜光
- 智慧光
- 不斷光
- 難思光
- 無稱光
- 超日月光

佛

楞嚴壇十三事表法

（楞嚴）

- 雪山白牛糞 和合旃檀 以泥其地—表以戒入定以嚴寂滅場地也
- 平原穿地五尺以下—表徧透五陰濁蘊
- 十種香羅爲粉—表十度羅萬行也
- 方圓丈六 爲八角壇—表八識染淨二分轉染成淨爲四智八用也
- 壇心 金銀銅木蓮華—表四智開敷之華
- 花中安鉢—鉢翻應器表四智隨方應用也
- 鉢盛八月露水安花葉—表利澤陰覆衆生也
- 八鏡圍繞花鉢交映重重—表智周無盡也
- 鏡外建立十六蓮爐—表智外方便邪正俱攝
- 沙糖乃至純蜜奉佛菩薩—表法味資因果也
- 空懸八鏡與壇鏡相涉—表以空攝有也

結壇表法古德各有不同唯溫陵尤善但不能具載今依舊本略加去取非敢云善姑爲存此式耳

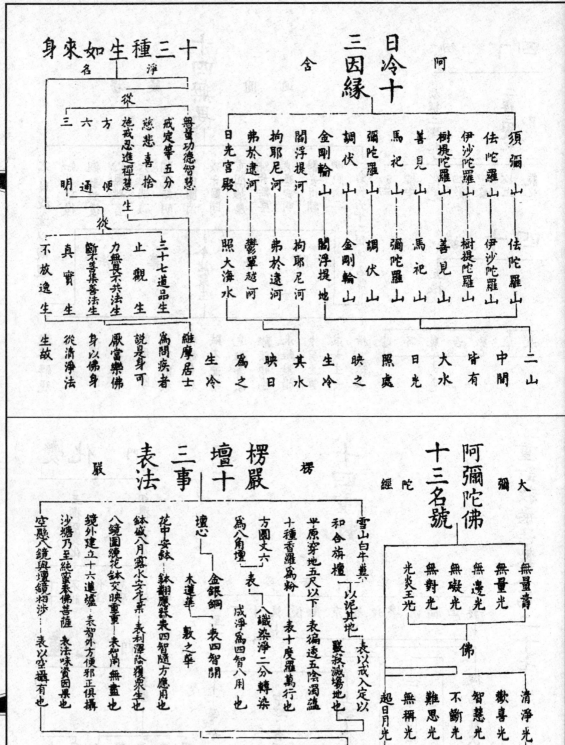

十四無畏 楞嚴圓通

- 不自觀音以觀觀者
- 知見旋復
- 觀聽旋復
- 心無殺害
- 六根消復
- 聞熏精明
- 音性圓消
- 滅音圓聞
- 熏聞離塵
- 純音無塵
- 消塵旋明
- 融音復聞
- 明照無二
- 一名與六十二恒沙名等

法華普門　令諸衆生

- 觀聲解脫
- 入火不燒
- 水漂不溺
- 鬼不能害
- 臨刑刀斷
- 鬼不能視
- 枷鎖自脫
- 賊不能劫
- 遠離貪欲
- 離諸瞋恚
- 永離癡暗
- 求男生男
- 求女生女
- 持名福等

十四變化門

- 初禪二變化
- 二禪三變化
- 三禪四變化
- 四禪五變化

即四禪變化見四數中盛以上能化下下不能化上故變化轉上轉增也

十四種色門

- 五根：眼　耳　鼻　舌　身（內色）
- 四大：地　水　火　風（通內外）
- 五塵：色　聲　香　味　觸（外色）

十四重數 黃帝算經

一至十。百。千。萬　億　兆　京　秭　垓　壤　溝　澗　正　載

- 下等十十變之
- 中等百百變之
- 上等倍倍變之
- 三等倍法
- 從萬至載次第相生

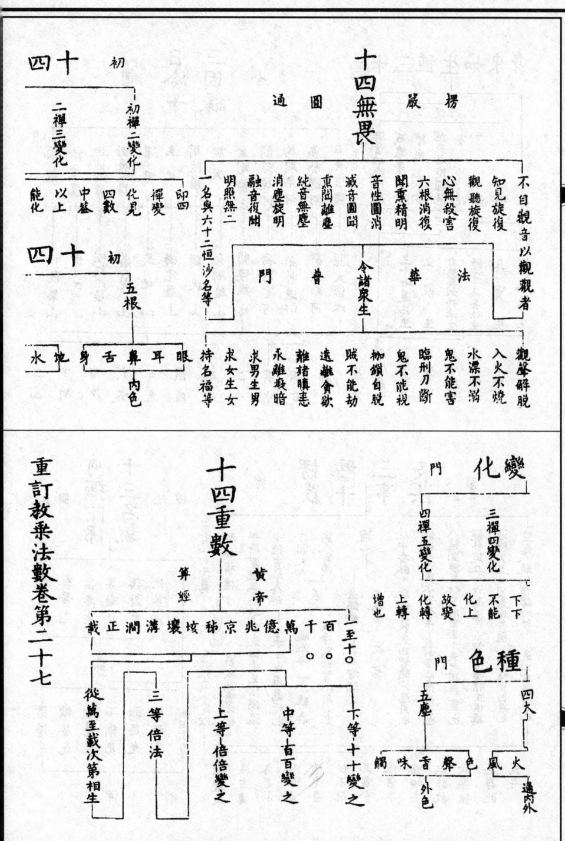

重訂教乘法數卷第二十八

十五無明 毗婆沙論

根本、枝葉、共、不共、相應、不相應、迷理（無明）

迷事無明

獨頭、俱行、覆業、發業、種子睡、行纏睡、別惑（無明）

念誦忌十五處 一字佛頂

龍神所護、藥叉羅剎、屍陀林、無佛法、虎狼、多蚊蟲、無雨、饒風、賊住、屠殺住、酤酒住、賣經像、賣山具、賣女人、衆難（地）

經云如來告金剛密迹主菩薩若諸有情爲調怨惡乃至當擇幽閑勝處結壇誦咒不可於神龍所護等處恐鬼神等得便而來擾惱令所作法不得成就也

造佛像塔 浴

清淨念心、得順法心、得慚愧心、得見如來、發淨信心、能持正法、如說修行

十六 廣顯

志、意、行、慚、強、持、慧、德

佛赴阿耨達龍王請爲說無欲法令諸菩

得十五種功德 像

得親諸佛、佛國受用、大姓人敬、得念佛心、魔不能亂、能護正法、諸佛稱護、成就法身

大力 定意

辦、色、身、財、心、神、弘法、伏魔

薩得此十六大力調攝身心而化衆生也

十六羅漢 出法住記

第一西瞿耶尼洲賓度羅跋囉墮闍
二迦葉彌羅國迦諾迦伐蹉
三東勝身洲迦諾迦跋釐墮闍
四北俱盧洲蘇頻陀
五南贍部洲諾矩那
六耽沒羅洲跋陀羅
七僧伽茶洲迦力迦
八鉢剌那洲伐闍羅佛陀羅
（尊者）

第九香醉山中戍博迦
十三十三天中半托迦
十一畢利颺瞿洲羅怙羅
十二半度波山中那伽犀那
十三廣脇山中因竭陀
十四可住山中伐那婆斯
十五鷲峰山中阿氏多
十六持軸山中住荼半托迦
（尊者）

十六妙觀 觀無量壽

- 依報
  - 初日觀
  - 二水觀
  - 三地觀
  - 四樹觀
  - 五池觀
  - 六總觀
- 正報
  - 七華座
  - 八像觀
  - 九佛身
  - 十觀音
  - 十一勢至
  - 十二普觀
  - 十三雜觀
- 九品
  - 十四上品三
  - 十五中品三
  - 十六下品三

十六特勝

- 念處
  - 身
    - 知息入
    - 知息出
    - 知息長短
    - 知識徧身
    - 除諸身行
  - 受
    - 受喜
    - 受樂
    - 受諸行心
  - 心
    - 心作喜
    - 心作攝
    - 心作解脫
  - 法
    - 觀無常
    - 觀出散
    - 觀離欲
    - 觀滅
    - 觀棄捨

十六法華三昧 法華

- 妙幢相
- 法華
- 淨德
- 宿王戲
- 無緣
- 智印
- 解一切衆生語言
- 集一切功德
- 清淨
- 神通遊戲
- 慧炬
- 莊嚴王
- 淨光明
- 淨藏
- 不共
- 日旋

（三昧）

十六知見 智論

- 我——於五陰計我我所
- 衆生——計陰等衆共而生
- 壽者——計一期果報長短
- 命者——計命根連持色心
- 生者——計我能生衆事
- 養育——計我能養育他人
- 衆數——計陰等諸法有數
- 人——計我爲人異餘道
- 作者——計身力等能有所作
- 使作者——計我能役使他作
- 起者——計我能起造罪福
- 使起者——計我能令他起造
- 受者——計我當受罪福
- 使受者——計我能令他受
- 知者——計我五根能知
- 見者——計我眼根能見

十六行觀

- 苦
  - 苦、空、無常、無我（行觀）
    - 五陰爲無常所逼
    - 五受陰一異相無
    - 五陰緣生念念生滅
    - 五受中我我所叵得
- 集
  - 集、因、緣、生（行觀）
    - 有漏和合能招苦果
    - 於六因能生苦果
    - 於四緣能生苦果
    - 於身後還生後有
- 滅
  - 盡、滅、妙、離（行觀）
    - 涅槃能盡諸苦
    - 涅槃能滅煩惱
    - 涅槃爲一切第一
    - 涅槃能離世間生死
- 道
  - 道、正、迹、乘（行觀）
    - 三十七品能至涅槃
    - 三十七品非顛倒法
    - 道品是聖人去處
    - 道品能運行人至三解脫

故

四加行中煖位創觀四諦修十六行故名十六行觀或時從理得名即名十六諦也.

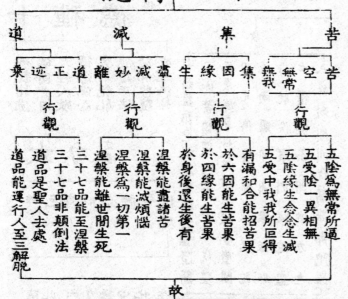

四陰十六相（楞嚴）

- 色
  - 或自固身
  - 或見我圓含徧國土
  - 或彼前緣隨我回復
  - 或復我依行中相續
- 受
  - 云色是我
  - 云我有色
  - 云色屬我
  - 云我在色
- 想
- 行

色陰既爾受等亦然共成十六是則名為第六外道立五陰中死後有相

十六心見諦

即八忍八智名義詳見八數

十六種惡事（涅槃）

- 一為利餧養羔羊肥已轉賣
- 二為利買已屠殺
- 三為利餧養猪豚肥已轉賣
- 四為利買已屠殺
- 五為利餧養牛犢肥已轉賣
- 六為利買已屠殺
- 七為利養雞令肥肥已轉賣
- 八為利買已屠殺
- 九釣魚
- 十獵師
- 十一劫奪
- 十二魁膾
- 十三網捕飛鳥
- 十四兩舌
- 十五獄卒
- 十六呪龍

十六惡律儀

- 屠兒
- 魁膾
- 養猪羊
- 捕魚
- 獵師
- 網鳥
- 捕蛇
- 養雞狗
- 呪龍
- 作賊
- 捕賊
- 獄吏
- 淫女家
- 酤酒家
- 洗染家
- 壓油家

大通智勝十六王子成佛（法華）

- 東方
  - 阿閦
  - 須彌頂
- 東南
  - 師子音
  - 師子相
- 南方
  - 虛空住
  - 常滅
- 西南
  - 帝相
  - 梵相
- 西方
  - 阿彌陀
  - 度一切世間苦惱
- 西北
  - 多摩羅跋旃檀香神通
  - 須彌相
- 北方
  - 雲自在
  - 雲自在王
- 東北
  - 壞一切世間怖畏
- 娑婆
  - 釋迦牟尼

佛

經云乃往過去無量無邊不可思議阿僧祇劫有佛名大通智勝其佛未出家時有十六子聞父出家成道皆以童子出家而為沙彌於彼法中覆講法華各各教化六百萬億那由陀恒河沙等衆生是十六沙彌今皆成佛於十方國土現在說法云云

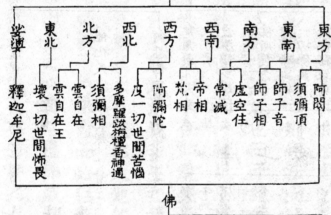

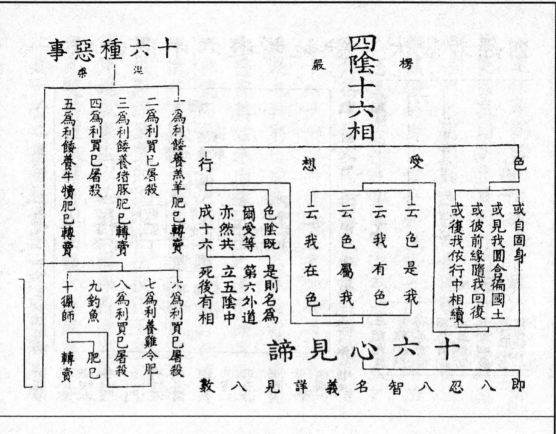

一獄四門十六遊增地獄

八熱

一等活　二黑繩　三合會　四叫喚　五大叫　六熱　七大熱　八阿鼻

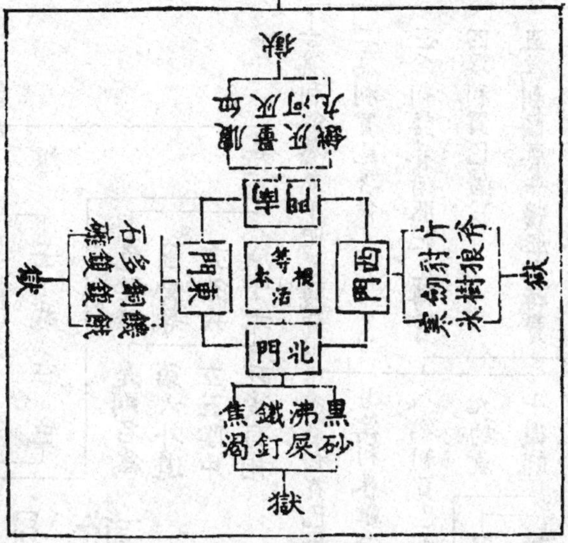

新婆沙云八熱獄根本各四門一一門有四遊增有情遊此其苦增故正法念云阿鼻苦千倍過前七獄云云

大般若經四

鷲峰山七會

山中四會

山頂三會

給孤

十　瑜

五識相應

意識相應

有尋有伺

無尋有伺

無尋無伺

三摩呬多

非三摩呬多

有心

處十六會說

舍衛國

獨園七會

他化天摩尼寶殿一會

竹林園白鷺池側一會

七地　伽

無心地

聞所成

思所成

修所成

聲聞

緣覺

菩薩

有餘依

無餘依

法華　法華七十名　經論

無量義

大方廣

最勝修多羅

教菩薩法

佛所護念

諸佛祕密法

一切佛藏

諸佛秘密處

能生一切諸佛

一切諸佛道場

諸佛所轉法輪

諸佛堅固舍利

諸佛大巧方便

說一乘

第一義住

妙法蓮華

最上法門

法華文句云論列十七種者皆法華之異名

楞　十七緣不應食肉　伽

展轉嘗爲六親

牛馬人畜屠殺雜賣

不淨氣分所生長

如旃陀羅狗見憎惡驚吠

令修行者慈心不生

凡愚所嗜無善名稱

令呪術不成就

以殺者見形起識味著

彼食肉者諸天所棄

令口氣臭

多惡夢

虎狼聞香

令飲食無節

令修行不生厭離

作食子肉想服藥想

師子虎食肉以至食人致叛

殺者以利網捕衆生殺害

故

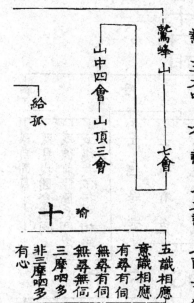

十八變（瑜伽）

- 一震動 — 普動一切世界
- 二熾然 — 身上出火身下出水
- 三流布 — 流光徧照
- 四示現 — 隨所欲示佛土惡趣
- 五轉變 — 於地起氷解令成水等
- 六往來 — 山石中往來無礙
- 七卷、八舒 — 能卷、能舒 — 雪山王等
- 九衆像入身 — 以現前大衆大地納已身中
- 十同類往趣 — 能往彼同其色類
- 十一隱、十二顯 — 或隱、或顯 — 不可得
- 十三所作自在 — 往來去住無礙
- 十四制他神通 — 他現通悉能制伏
- 十五能施辯才 — 能與一切有情辯才
- 十六能施憶念 — 有情於法失念者能與之
- 十七能施安樂 — 令聽法人身心安樂
- 十八放光 — 身放光明作諸佛事

十（涅）

- 內
- 外
- 內外
- 空
- 大
- 勝義
- 有爲
- 無爲
- 畢竟

名義見下

十

內六界：
- 眼　耳　鼻　舌　身　意（根）
- 色　聲　香

八空（槃）

- 無際
- 散
- 一切法
- 本性
- 自相
- 共相
- 無性
- 自性
- 無性自性

（空）二十空中

八界

- 外六界：味　觸　法（塵）
- 中六界：眼　耳　鼻　舌　身　意（識）

十八住（金剛　無著）

- 一發心
- 二波羅蜜相應行（住）
- 三欲得色身
- 四欲得法身住有三
- 五於修道得勝中無慢
- 六不離佛出時
- 七願淨佛土
- 八成熟衆生
- 九遠離隨順外論散亂
- 十色及衆生身摶取中觀破相應行
- 十一供養給侍如來
- 十二遠離利養及疲乏熱惱
- 十三忍苦
- 十四離寂靜味
- 十五於證道時遠離喜動
- 十六求佛教授
- 十七證道
- 十八上求佛道住有六具足（住）

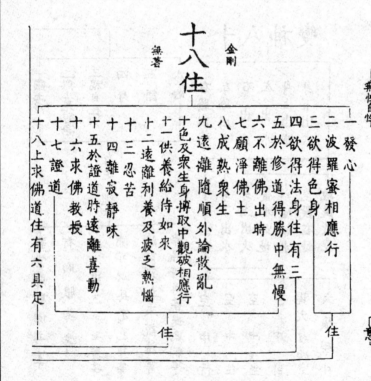

- 經云
  - 須陀洹能作是念等
  - 昔在然燈佛等
  - 菩薩莊嚴佛土否等
  - 人身如須彌等
  - 如恒河中所有沙等
  - 三千世界所有微塵等
  - 可以—三十二相
    - 見如來等
  - 恒河沙身命布施等
  - 忍辱波羅蜜割截身等
  - 當來之世若有人能於此經受持讀誦等
  - 云何住降等
  - 於然燈佛所有法得菩提否等
  - 人身長大等
- 經云
  - 應如是降伏其心所有一切衆生等
  - 不住色布施等
  - 可以身相等
- 一言說
- 二智相
- 三福相
  - 法身—經云
    - 頗有衆生等
    - 如來得阿耨等
    - 若人滿三千等

- 一國土淨
- 二無上見智淨
- 三福自在
- 四身
- 五語
- 六心
  - 具足—經云
    - 我當莊嚴佛土等
    - 有肉眼否等
    - 若人滿三千七寶等
    - 佛可以具足色身等
    - 汝勿謂如來說法等
    - 佛得阿耨菩提爲無等

十八神變

- 右脇出水
- 左脇出火
- 右出火
- 左出水
- 身上出水
- 身下出火
- 身下出水
- 身上出火
- 履水如地
- 入地如水
- 空沒在地
- 地沒升空
- 空中行
- 空中住
- 空中坐
- 空中臥
- 現大身滿空
- 大復現小

十八梵天

- 初禪三天
  - 梵衆
  - 梵輔
  - 大梵
- 二禪三天
  - 少光
  - 無量光
  - 光音
- 三禪三天
  - 少淨
  - 無量淨
  - 徧淨
- 四禪九天
  - 凡夫三
    - 無雲
    - 福生
    - 廣果
  - 外道一
    - 無想
  - 那含五
    - 無煩
    - 無熱
    - 善見
    - 善現
    - 色究竟

十八學人

初果向　初果　二果向　二果　三果向　三果　四果向　隨甚行　法行　信解　見得　家家　無間　中般　生般　有行般　無行般　上流般

十八禪支

初禪五支　二禪四支　三禪五支　四禪四支

名義　見前　四數　四禪　天支　林功　德圖　中

十八

身　口　意（無失）　無不定　無異想　無不知捨（心）　欲　念　精進

不共法者唯佛能有不

隨身十（梵）

楊枝　澡豆　三衣　瓶　鉢　坐具　錫杖　香爐奩　漉水囊

不共法

智慧　解脱　解脱知見（無滅）　身業　口業　意業（隨智慧行）　知過去　知現在　知未來（世無礙）

與凡夫二乘菩薩共故

八種物（綱）

手巾　刀子　火燧　鑷子　繩床　經　律　佛像　菩薩像

蓮社十八高賢

社主東林辯覺大師慧遠　雁門法師慧持　西林覺寂大師慧永　天竺佛䭾跋陀羅覺賢　罽賓佛䭾耶舍覺明　東林普濟大師道生　曇恒法師　僧叡法師　曇順法師　道昺法師　曇詵法師　道敬法師　南陽張銓秀碩　雁門周續之道但　彭城劉逸民仲思　豫章雷次宗仲倫　南陽張野萊民　南陽宗炳少文

十八護伽藍神（出七佛經）

一美音　二梵音　三天鼓　四歎妙　五歎美　六摩妙　七雷音　八師子　九妙歎　十梵響　十一人音　十二佛妙　十三歎德　十四廣目　十五妙眼　十六徹聽　十七徹視　十八徧視

觀音十九說法（法華普門）

應以
- 佛
- 辟支佛
- 聲聞
- 梵王
- 帝釋
- 自在天
- 大自在天
- 天大將軍
- 毘沙門
- 小王
- 長者
- 居士
- 宰官
- 婆羅門
- 比丘等四衆
- 婦女
- 童男童女
- 天龍八部
- 執金剛神

身得度者即現
- 佛
- 辟支佛
- 聲聞
- 梵王
- 帝釋
- 自在天
- 大自在天
- 天大將軍
- 毘沙門
- 小王
- 長者
- 居士
- 宰官
- 婆羅門
- 比丘等
- 婦女
- 童男童女
- 天龍等
- 執金剛神

身而為說法

地動十八種相

- 動三相：動、徧動、等徧動
- 起三相：起、徧起、等徧起
- 踊三相：踊、徧踊、等徧踊
- 震三相：震、徧震、等徧震
- 吼三相：吼、徧吼、等徧吼
- 擊三相：擊、徧擊、等徧擊

一方名動四天下名徧動大千界名等徧動起等準知

二十難（四十二章）

- 貧窮布施
- 富貴學道
- 判命必死
- 得覩佛經
- 生值佛世
- 忍色忍欲

難

- 見好不求
- 被辱不瞋
- 有勢不臨
- 觸事無心
- 廣學博記
- 除人滅我

難

- 不輕未學
- 心行平等
- 不說是非
- 會善知識
- 見性學道
- 覩境不動
- 善行方便
- 隨化度人

難

二十空（大品）

- 內空：即內六入謂眼空無我無我所等故
- 外空：即外六入謂色空無我無我所等故
- 內外空：合內外入謂十二入中無我我所等故
- 空空：以空破前三空謂三空亦空也
- 大空：即十方空不可思量故一切處有故
- 勝義空：亦名第一義空不可得無受無著故
- 有為空：因緣和合生無自性故
- 無為空：若離有為無為不可得故
- 畢竟空：破一切法令無遺餘亦無虛實相待故
- 無際空：亦名無始空一切諸法無初際故
- 散空：如五陰離散人不可得故
- 無變異空：謂一切法如如不變了不可得故
- 本性空：謂一切法本性清淨離性離相故
- 自相空：謂一切法虛幻不實了無自相故
- 共相空：謂一切諸法彼此之相本來空寂故
- 一切法空：一切法皆由心生無自體故
- 不可得空：一切法乃至無餘涅槃皆不可得故
- 無性空：亦名無法空謂法既滅已是滅無故
- 自性空：亦名有法空謂諸法因緣故有實性無故
- 無性自性空：亦名無法有法空合無法有法皆不可得故

二十諸天 天傳

娑婆界主號令獨尊六梵天王
地居世主忉利稱王帝釋尊天
北方護世大藥叉主多聞天王
東方護世乾闥婆主持國天王
南方護世鳩槃茶主增長天王
西方護世大龍王主廣目天王
親伏怨魔誓爲力士金剛密跡
特尊之主居色頂天摩醯首羅
二十八部統領鬼神散脂大將
能與總持大智慧聚大辯才天
隨其所求令得成就大功德天
殷憂四部外護三洲韋馱天神
增長出生證明功德堅牢地神
覺場垂蔭因果互嚴菩提樹神
生諸鬼王保護男女鬼子母神
行日月前救兵戈難摩利支天
百明利生千光破暗日宮天子
星主宿王清涼照夜月宮天子
祕藏法寶王執群龍娑竭羅王
掌幽冥權爲地獄主閻摩羅王

自古列十六天像各有所主後增後四位列次當以日月在四王之後金剛之前龍王閻王在摩利之後光明道場若佛左安功德右安大辯梵王等依次列

欲界不修禪定以散亂故
上二界修習禪定以耽樂故
三界中各於自分境上起貪等故
或下界欣上界生或上界造下界業不求出離
衆生常被欲界煩惱損害
上二界雖不被欲界煩惱損害然非永斷
三界衆生於自住境而起煩惱隨時增長
上二界住禪定中不隨他境增長煩惱然因未斷故
諸衆生於一切境具起貪愛等惑無有缺減
初果等已斷見惑但於思惑未得全斷

由此諸惑種子眠伏藏

識隨逐不捨故名隨眠

謂
諸菩薩爲利他故留惑潤生
上二界惑不生欲界衆苦惟以欣上厭下故
欲界煩惱能生種種諸苦
一切煩惱與業果俱而不覺知
雖能覺知一切煩惱與業果俱而不能斷
修行之人於五欲等境貪愛微薄然未能俱離
貪等諸惑平等共起
貪等諸惑隨境互爲增上
凡夫之人不知煩惱之賊爲可損害不修道品
聲聞之人知煩惱賊是可損修道斷集然習氣未斷

二十煩惱隨眠

不定地
定地
隨自境
隨他境
被損
不被損
隨增
不隨增
具分
不具分
不生苦
生少苦
生多苦
無覺
有覺
微薄
平等
增上
不可害
可害

隨眠

二十現行煩惱 相宗

隨所欲纏
不隨所欲纏
無所了知
有所了知
粗煩惱
平等煩惱
微細煩惱
內門煩惱
外門煩惱
失念煩惱

現行

猛利煩惱
分別纏
俱生纏
尋伺煩惱
不自在煩惱
自在煩惱
取相煩惱
不取相煩惱
可救煩惱
不可救煩惱

現行

謂

在家之人未離諸欲起諸纏縛之業
出家之人雖不隨欲猶時起諸纏縛
於善惡法無所了知一味癡惑相續
了善當向知惡當捨由此分別相續
貪嗔癡等於逆順等境各有增上粗重
貪嗔癡等諸煩惱惑等分而起
修行之人雖未證果煩惱亦自微細
離欲之人雖不著外塵內心恒起
未離欲之人隨緣外塵起諸煩惱
見道得果之人忽遇違緣退失正念

謂

未得道果之人起不正作意發勇猛心
對境橫生一切分別煩惱
與生俱生任運而起貪等
於禪定之中起諸覺觀尋伺即覺觀也
夢中獨頭及散意識緣境而起
醒寤所起惡慧之覺徧緣諸境而起
於一切境不知好惡取相執著
修行之人斷諸煩惱尚餘能斷之心
知生死病而可救療起欣厭煩惱
不知生死之病不知修行救療恣意造惡

相 二十種

忿恨惱覆誑諂憍害嫉慳

小隨煩惱 各別起故 中隨煩惱

華 世界形

須彌山 江河 迴轉 旋流 輪輞 壇墠 樹林 樓閣 山幢 普方

華藏世界品云彼一切世界種或作須彌山形乃至

隨煩惱 宗

無慚 無愧 不信 懈怠 放逸 惛沉 掉舉 失念 不正知 散亂

徧不善故 大隨煩惱 徧染心故

相二十種 嚴

或作

胎藏 蓮華 佉勒迦 衆生身 雲 諸佛相好 圓滿光明 種種珠網 一切門闥 諸莊嚴具

形

或作諸莊嚴具形如是若廣說者有世界海微塵數

華 二十重華藏世界 嚴

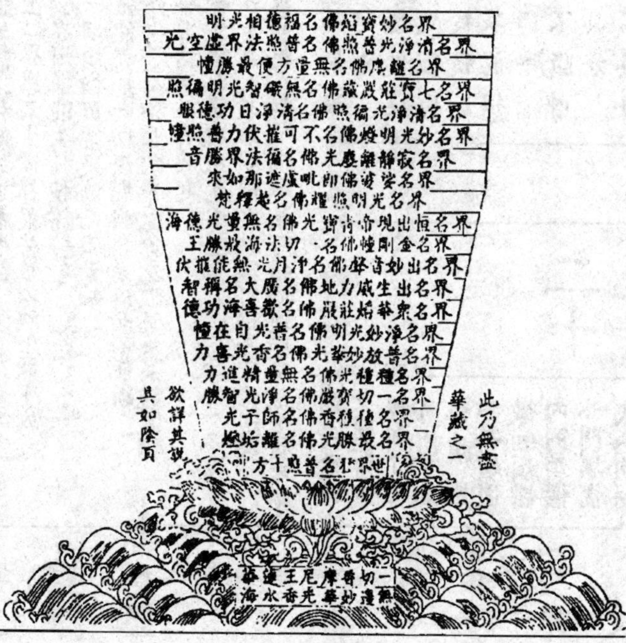

二十重華藏圖說

據華嚴經此世界海有須彌山微塵數風輪所持此微塵數風輪最在上者名殊勝威光藏能持普光摩尼莊嚴香水海（此是總香水海）此香水海中出大蓮華名種種光明蘂香幢（此是總大蓮華）此世界海住在其中（此是總世界海）此世界海金剛輪山內所有大地中有十不可說佛刹微塵數香水海（此是別香水海）此香水海中各有大蓮華（此是別大蓮華）一一蓮華各有世界種於中安住（此是別世界種）一一世界種各有二十重華藏世界次第布列今所圖者乃十不可說佛刹微塵數香水海中最中央香水海名無邊妙華光出大蓮華名一切香摩尼王莊嚴有世界種名普照十方熾然寶光明於中復有二十重華藏其最下重名最勝光徧照次上名種種香蓮華妙莊嚴乃至第十三名娑婆第十四名寂靜離塵光第十五名衆妙光明燈至第二十名妙寶焰華藏世界餘及佛號具如圖列

菩薩二 華

- 般若
- 方便
- 檀
- 尸羅
- 忍
- 勤
- 禪
- 善知識
- 一切菩薩
- 一切善法

- 母
- 父
- 乳母
- 養母
- 莊嚴具
- 養育者
- 浣濯人
- 教授師
- 伴侶
- 眷屬

外道二

- 小乘論師
- 方論師
- 風仙論師
- 圍陀論師
- 伊賖那眷屬
- 裸形外道
- 毘世論師
- 苦行外道
- 女人眷屬
- 淨眼論師

十種法喻 嚴

- 一切菩薩
- 菩提心
- 如理修行
- 諸地
- 諸忍
- 大願
- 滿足諸行
- 勸發大乘
- 一生所繫菩薩
- 成就菩提

爲

- 兄弟
- 家法
- 家處
- 家族
- 家教
- 順家法
- 紹家業
- 王太子
- 能淨家族

十種涅槃

- 摩陀羅
- 尼犍子
- 僧佉論師
- 摩醯首羅論師
- 無因論師
- 時論師
- 服水外道
- 行苦行論師
- 口力論師
- 安荼論師

此即附佛法外道說諸受陰盡如燈火滅（種壞風止名爲涅槃）

- 計方爲涅槃
- 計風爲涅槃
- 計生梵天名爲涅槃
- 計其師伊賖那無形相能生一切名爲涅槃
- 此外道說分別見諸種種異相名爲涅槃
- 計一切物和合而有若離散者名爲涅槃
- 計修苦行以酬往因因盡苦盡名爲涅槃
- 計摩醯首羅作女人生諸一切如是知者名涅槃
- 此外道說煩惱盡故依智名涅槃

- 計那羅延能生一切名爲涅槃
- 計劫初生一男一女能生有命無命之物名爲涅槃
- 計寔性爲涅槃
- 計一切從自在天生滅即自在天爲涅槃
- 計一切法皆自然生不從因生即自然爲涅槃
- 計一切物時生時熟時滅時即涅槃
- 計水主萬物水壞萬物水即涅槃
- 計修苦行倂受苦盡自然得樂名爲涅槃
- 計虛空是萬物因是爲涅槃
- 計劫初本際唯有大水時有一安荼生（展轉能生一切名）爲涅槃

戒體相應二十二法

- 徧行五
  - 觸
  - 作意
  - 受
  - 想
  - 思
- 別境五
  - 欲
  - 勝解
  - 念
  - 定
  - 慧
- 善十一
  - 信
  - 精進
  - 慚
  - 愧
  - 無貪
  - 無瞋
  - 無癡
  - 輕安
  - 不放逸
  - 行捨
  - 不害
- 意識一——間時心王

皆有發善防惡功能故與戒相應

二十四不相應行法

言不相應行者，行蘊有二，一相應行即諸心所，二不相應行即此得等，謂非能緣，不與心相應，無質礙故，不與色相應，有生滅故，不與無爲相應，但依心王心所及色分位差別，假立其名耳

- 得——謂於諸法成就不失故
- 命根——第八識種連持色心故
- 衆同分——如人與人其類相似等
- 異生性——未得聖性趣類差別故
- 無想定——唯滅第六不恒行心及所
- 滅盡定——兼滅染汚恒行心及所
- 老——住別前後又衰變名老
- 無常——今有後無即死之異名
- 流轉——因果不斷相續前後
- 定異——善惡因果互相差別
- 相應——因果事業和合而起
- 無想報——欲界修彼定感彼天果
- 名身——名詮自性名身詮別名
- 句身——句詮差別句身詮別句
- 文身——文即是字爲上二所依
- 生——先無今有
- 住——有位暫停
- 勢速——遊飛運奔等皆此所攝
- 次第——尊卑上下等皆此所攝
- 時——過現未來年月日時等
- 方——十方上下六合四極等
- 數——一十百千至不可轉等
- 和合性——謂於諸法不相乖反
- 不和合性——謂於諸法相乖反故

二十五有

- 四大洲
  - 南贍部洲
  - 東勝神洲
  - 西牛貨洲
  - 北俱盧洲
- 四惡趣
  - 地獄
  - 畜生
  - 餓鬼
  - 修羅
- 六欲天
  - 四王天
  - 忉利天
  - 夜摩天
  - 兜率天
  - 化樂天
  - 他化天
- 梵王天——即大梵天
- 四禪天
  - 初禪天
  - 二禪天
  - 三禪天
  - 四禪天
- 四空天
  - 空無邊處
  - 識無邊處
  - 無所有處
  - 非非想處
- 無想天（外道居）
- 那含天——三果住處

人道　地獄　畜生　餓鬼　修羅　天道

頌

四洲四惡趣　六欲并梵天　四禪四空處　無想五那含

釋曰四洲四趣成八，六欲天并梵王天成十五，四禪四空處成二十三，無想天及那含天成二十五，別則二十五有，總則六道生死，此是藏教實有苦諦

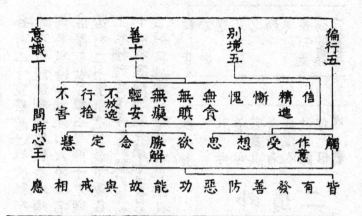

二十五圓通

楞嚴

- 憍陳那五比丘——聲
- 優波尼沙陀——色
- 香嚴童子——香
- 藥王藥上并五百梵天——味
- 跋陀婆羅同十六開士——觸
- 迦葉與紫金光尼——法

（塵）

- 阿那律陀——眼
- 觀世音——耳
- 周利槃特——鼻
- 憍梵鉢提——舌
- 畢陵伽婆蹉——身
- 須菩提——意

（根）

圓通

- 舍利弗——眼
- 普賢——耳
- 孫陀羅難陀——鼻
- 富樓那——舌
- 優波離——身
- 目連——意

識圓通

- 烏芻瑟摩——火
- 持地——地
- 月光童子——水
- 琉璃光法王子——風
- 虛空藏——空
- 勢至——見
- 彌勒——識

大圓通

二十五聖各陳圓通佛勅文殊揀選獨取耳根以具三真實且對時機故

二十五冥諦

賢宗　教儀

- 冥性——未生大等名自性已生名勝性有勝用故謂外道通力至八萬劫八萬劫外冥然不知遂計爲冥性
- 大——謂從冥生大大者增長之義亦名爲覺
- 我心——從大生我心觀察我知我須境故亦名我執我慢
- 五微塵——從我心生五微謂由我心執我聲我色我香等也
- 五大——從五微生五大對上色等體用微細故名大也
- 十一根——從五大生十一根
- 神我——亦名我知以思爲性受用大等二十三法○自大等至此皆從冥性轉生故總云冥諦

十一根：

- 謂先生五知根
  - 眼　耳　鼻　舌　身
  - 從
  - 火生　空生　地生　水生　風生
  - 能知
  - 色　聲　香　味　觸
- 次生五作業根
  - 手　足　口　小遺　大遺
  - 能
  - 執捉　行步　語言　戲樂　除穢
- 後生心平等根——遍緣諸境故

總用五大成

- 即
  - 地　水　火　風　空
  - 從七分十
  - 香生　味生　色生　觸生　聲生
  - 即
  - 色　聲　香　味　觸
- 亦名五唯量唯者定義定唯用此生五大故量者各能生緣量故

二十五方便法

止　觀

- 具五緣
  - 持戒清淨　衣食具足　閑居淨處　息諸緣務　近善知識
- ○訶五欲
  - 訶
  - 色如熱金丸　聲如塗毒鼓　香如憋龍氣　味如沸蜜湯　觸如卧師子

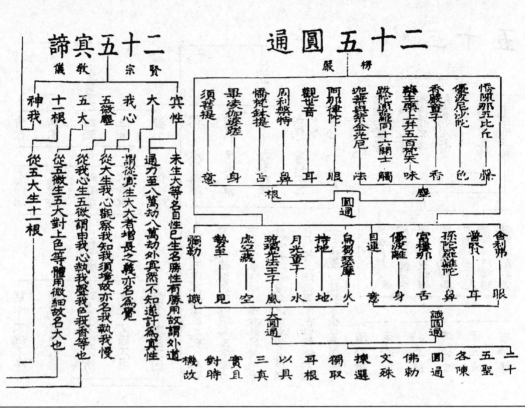

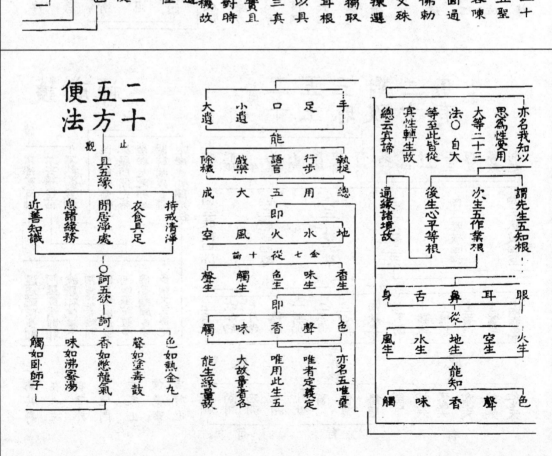

棄五蓋：貪欲、嗔恚、睡眠、掉悔、疑

用：不淨觀治、慈悲觀治、精進治、數息觀治、信心治

調五事：調心—不沉不浮；調身—不緩不急；調息—不澀不滑；調眠—不節不恣；調食—不饑不飽

行五法：欲—欣習無厭；精進—曉夜匪懈；念—念念相續；巧慧—善得其意；一心—一心無異

止觀云夫道不孤運弘之在人人弘勝法假緣進道所以須具五緣緣力既具當劉諸嗜欲嗜欲外屏當内淨其心其心若寂當調試五事五事調已行於五法必至所在四教儀云此廿五法爲四教前方便故應須具足

五十二法

不殺戒五神：蔡芻毘愈陀泥、輸陀利輸陀尼、毘樓遮那世波、阿陀龍摩坻、婆羅桓尼和婆

不盜戒五神：坻摩阿毘婆馱、阿須輸婆羅尼、婆羅摩亶雄雌、婆羅門地鞞多、那摩呼多耶舍、佛陀仙陀樓哆、鞞闍耶藪多婆

灌頂經云若能持五戒者有二十五位善神護

護戒神花

不婬戒五神：阿摩羅斯兜嘻、那羅門闍兜帝、薩鞞尼乾那波、闍鞞闍毘舍羅、迦摩毘那闍尼佉

不妄語戒五神、不飲酒戒五神：涅坻醯陀多耶、阿羅多頻都耶、波羅那佛曇、阿提梵者珊耶、因臺羅因臺羅、阿伽風陀羅多、佛曇彌摩多哆、多頻又三蜜陀

衛其身在人左右守於宫宅門户之上使萬事吉祥也

二十五三昧對二十五有法華

此中能破所破次第不同所破依諸有次第能破中以一二三四五等數別之

四三昧破四洲：一日光、六如幻、七月光、八熱焰
三昧破：東洲、南洲、西洲、北洲　有

四三昧破四趣、六三昧破六欲：一無垢、二不退、三心樂、四歡喜
三昧破：地獄、畜生、餓鬼、修羅　有

三三昧破三天、四三昧破四禪、四三昧破四空：九不動、十難伏、十一悅意、十二青色、十三黃色、十四赤色
三昧破：四天王、忉利天、夜摩天、兜率天、化樂天、他化天　有

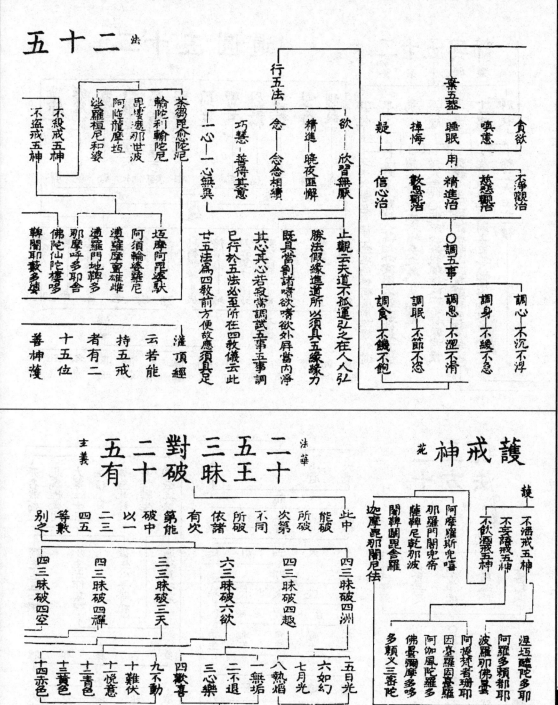

十五白色　十七雙色　十八齊音　十九注雨
三昧破
初禪天　二禪天　三禪天　四禪天
有
十六種種　二十如虛空　廿一照鏡
三昧破
大梵　無想　那含
有
廿二無礙三昧破空處
廿三常三昧破識處
廿四樂三昧破無所有處
廿五我三昧破非非想處
有

二十六種觸塵
百法論釋

地　水　火　風　輕　重
澀　滑　緩　急　冷
煖　硬　軟　飢　渴
飽　力　劣　悶　癢
粘　老　病　死　瘦

此中前四乃實，輕重等皆依四大假立

金剛經斷
大

一斷求佛行施住相
二斷因果俱深無信
三斷無相云何得說
四斷聲聞得果是取
五斷釋迦然燈取說
六斷嚴土違於不取
七斷受得報身有取

可以身相等
頗有衆生等
如來得阿等
須陀洹能等
如來昔在等
菩薩莊嚴等
身如須彌等

二十七疑
觀

八斷持說未脫苦果
九斷能證無體非因
十斷如徧有得無得
十一斷住修降伏是我
十二斷佛因是有菩薩
十三斷無因則無佛法
十四斷無人度生嚴土

疑　經云

忍辱波羅等
是真語者等
若菩薩心等
云何應住等
如來於然等
如來者即諸等
菩薩亦如是等

十五斷諸佛不見諸法
十六斷福德例心顛倒
十七斷無爲何有相好
十八斷無身何以說法
十九斷無法如何修證
二十斷所說無記非因
廿一斷平等云何度生
廿二斷以相比知真佛
廿三斷佛果非關福相
廿四斷化身出現受福
廿五斷法身化身有異
廿六斷化身說法無福
廿七斷入寂如何說法

疑　經云

如來有肉眼等
若人滿三十等
佛可以具足等
汝勿謂如來等
世尊得阿耨等
若三千大千等
汝等勿謂如來等
可以三十二相等
汝若作是念等
如來若來若去等
世界碎爲微塵等
若人滿無量等
一切有爲法等

重訂教乘法數卷第二十八

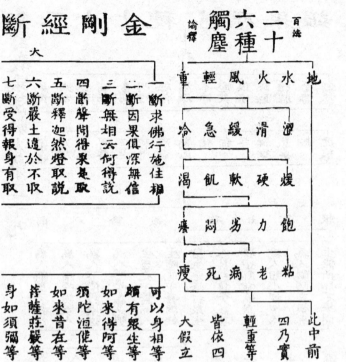

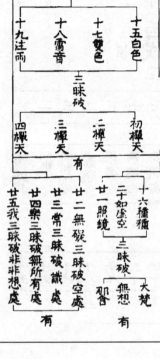

重訂教乘法數卷第二十九

二十七種善惡果報

懺法

為人：豪貴、大富、長壽、端正、勤修、明達、聲清、潔淨、不淨、慳貪、佷戾、輕躁、臊腥、含毒、無慈

從：禮敬、布施、持戒、忍辱、精進、智慧、讚歎、慈心

從：猪、狗、羊、獼猴、魚鱉、蛇、虎狼

中來

前八善報　後七惡報

為人頑愚不教他
為人瘖啞謗毀人
為人下使負債不還
為人醜黑遮佛光明
生麞鹿中驚怖人
生墮龍中喜調戲
身生惡瘡打眾生
人見歡喜見人歡喜
喜遭縣官籠眾生
為人短小輕慢人
為人醜陋喜瞋恚
生無所知不學問

故

第八是善　餘皆是惡

空門十二

見前空有二門

西域二

指

一　二　三　四　五　六　七

摩訶迦葉　阿難　商那和修　優波鞠多　提多迦　彌遮迦　婆須蜜

十五　十六　十七　十八　十九　二十　廿一

祖

七賢聖位

見聖位次圖中

十八祖

月

八　九　十　十一　十二　十三　十四

祖

佛陀難提　伏馱蜜多　脇　富那夜奢　馬鳴　迦毗摩羅　龍樹

尊者

迦那提婆　羅睺羅多　僧伽難提　伽耶舍多　鳩摩羅多　闍耶多　婆修盤頭

尊者

摩拏羅　鶴勒那　師子　婆舍斯多　不如蜜多　般若多羅　菩提達摩

尊者

梁普通七年達南海武帝詔見不契遂歸嵩山少室面壁九年後得慧可東土禪宗始振故今皆以初祖稱之

廿二　廿三　廿四　廿五　廿六　廿七　廿八

祖

二十八部二說

光　句

一云：一方有四部六方二十四　四維各一部合為二十八　二說皆二十八部皆散脂所管巡行世間

一云：一方有五部地水火風空　四方則二十四王所領

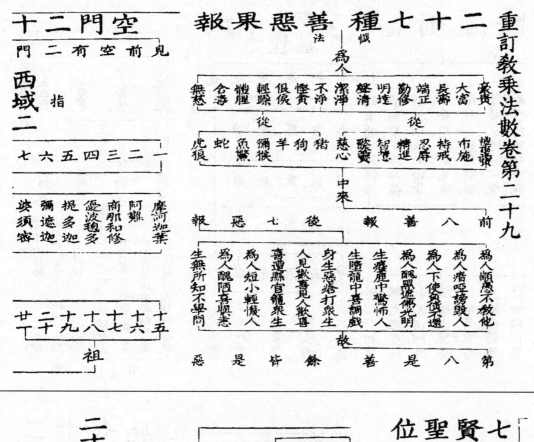

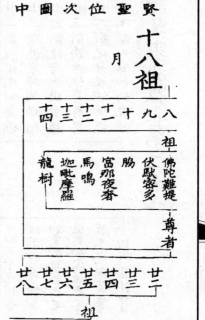

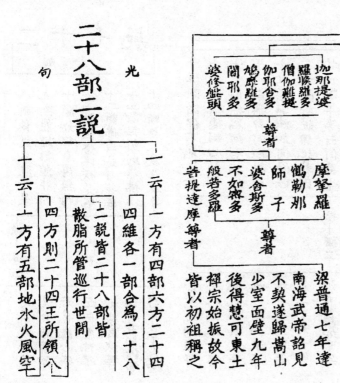

二十八宿所主（月藏）

- 東
  - 角亢氐房心尾箕
    - 主：衆鳥　出家求道　水生衆生　行車求利　女人　洲渚衆生　陶師
- 南
  - 井鬼柳星張翼軫
    - 主：金師　一切王臣　雪山龍　巨富者　盜賊　貴人　須羅吒國
- 西
  - 奎婁胃昴畢觜參
    - 主：行船人　商賈　婆樓迦國　水牛　一切衆生　輸摩提婆國　刹利
- 北
  - 斗牛女虛危室壁
    - 主：澆部沙國　刹利及安多鉢竭那國　憍伽摩伽陀羅國　般遮羅國　著花冠者　龍蛇腹行者　乾闥婆善音樂者

準消災經斗牛女虛等七星在西，奎婁胃昴等七星在北，俟考

三界二十天（阿）

- 於三界中除魔王天
- 無色界
  - 非非想處壽八萬四千劫
  - 無所有處壽四萬二千劫
  - 識無邊處壽二萬一千劫
  - 空無邊處壽一萬劫
- 色究竟壽五千劫
- 善現壽四千劫
- 善見壽三千劫

此等諸天身衣隨意無男

八天身衣壽量（合）

- 身衣不載唯二十八
  - 色界
    - 無熱壽二千劫
    - 無煩壽一千劫
    - 無想壽五百劫
    - 廣果等壽四劫
    - 徧淨三天壽三劫　風災至此
    - 光音三天壽二劫　水災至此
    - 大梵三天壽一劫　火災至此
  - 女淫欲以禪定法喜爲食
  - 欲界
    - 魔王天壽三萬二千歲身衣不載
    - 他化：身長十六由旬衣半銖壽一萬六千歲以人間一千六百歲爲一日暫視成陰陽
    - 化樂：身長八由旬衣一銖壽八千歲以人間八百歲爲一日熟視爲陰陽
    - 兜率：身長四由旬衣二銖壽四千歲以人間四百歲爲一日執手成陰陽
    - 夜摩：身長二由旬衣三銖壽二千歲以人間二百歲爲一日相近成陰陽
    - 忉利：身長一由旬衣六銖壽一千歲以人間百歲爲一日抱成陰陽修羅身衣同此
    - 四王：身長半由旬衣半兩壽五百歲以人間五十年爲一日交成陰陽
  - 此等諸天皆有嫁娶之法如人間無異

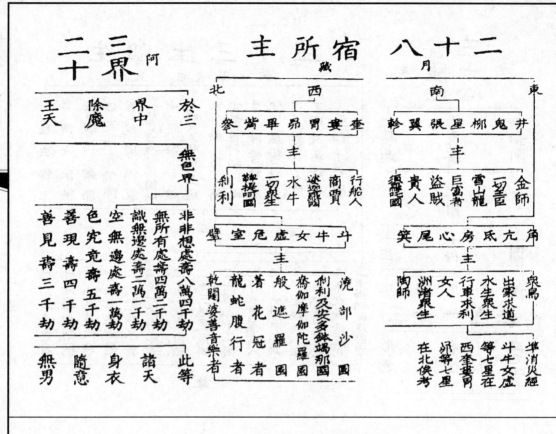

生淨土三十益
天台羣疑

一往生佛土
二得大法樂
三親近諸佛
四遊十方供佛
五親聞佛說
六福慧資糧速得圓滿
七速證菩提
八諸天人等同會一處
九無退轉
十無量行願增進
十一珍禽說法
十二風樹樂音
十三水演苦空
十四樂奏妙音
十五四十八願
益

十六真金色身
十七形無醜陋
十八具足六通
十九常住定聚
二十無諸不善
二十一壽命長遠
二十二衣食自然
二十三唯受衆樂
二十四三十二相
二十五實無女人
二十六無有小乘
二十七離於八難
二十八得三法忍
二十九身常有光
三十得那羅延身力
益

菩薩位三十心
梵網

十發趣
十長養
十金剛

心即

十住
十行
十迴向

三十一色法
位名見十數

形色十
長短方圓粗細高下正歪

表色八
取捨屈伸行住坐臥

顯色十三
雲烟塵霧空
青黃赤白光影明暗

觀音三十二應
楞嚴

佛
獨覺
緣覺
聲聞
梵王
帝釋
自在天
大自在天
天大將軍
四天王
四王太子
人王
長者
居士
宰官
婆羅門

比丘
比丘尼
優婆塞
優婆夷
女主
童男
童女
諸天
龍
藥叉
乾闥婆
阿修羅
緊那羅
摩睺羅伽
人身
非人

與佛如來同慈力故身成三十二應入諸國土

三十二天

無色四天　見四數中
色界十八天
四禪九天
三禪三天
二禪三天
初禪三天
欲界六天
空居天
地居三天　見六數中

日
月
星
宿
爲天

常憍天
持鬘天
堅首天
自須彌山根上去一萬由旬堅首尊次第居之

成造佛像故得脊如鉤鎖相○據經中總標三十二相而別釋中乃有三十三相或其中有開一爲二者亦未可定姑俟高明者辯之且諸經相好互有出沒尤宜對較

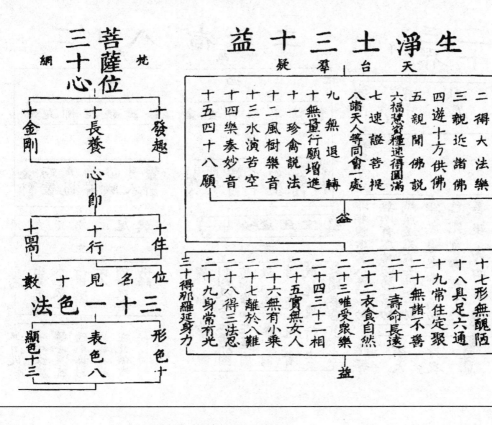

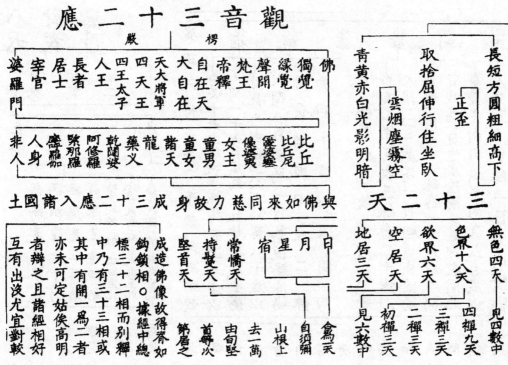

八諦三

定
- 苦：苦行、空行、無常、無我
- 集：集行、因行、緣行、生行

散
即前十六行觀上界

三十　潛頂
- 近際、普觀、快見、無結愛、色究竟、淨光、普等、愛勝
- 水應梵、水無量梵、水微梵、水行梵、摩訶梵、梵輔祿、梵衆妙、化自在

宿因成就三十二相

寶　女

勤助不退、修施業、說法護生、不壞他眷、妙服奉施、淨飲食施、承受經典、遠離色欲、廣修淨行、斷除惡行、救護怖畏、見衆樂助、常修十善、常施病藥、植衆德本、志性等仁

故得

足下平滿、千輻輪、指纖長、網縵、手足軟、七處滿、鹿王腨、陰馬藏、師子頰車、胸前卍字、支體具足、手摩膝、清淨身、腦戶充滿、師子步、四十齒白

相。

和合諍訟、施可意物、善護三業、所言至誠、覆衆生願、常軟語、慈眼視生、心性和順、讚佗功德、[illegible]、合集法藏、施衣服臥具、離集會[illegible]、受師友教、不害衆生、安住禪定

故得

齒齊密、頷牙相、[illegible]、廣長舌、[illegible]、梵音、紺色目、眼如初月、眉間白毫、頂肉髻、身軟柔、紫磨金色、孔生一毛、毛右旋、髮紺青色、平正方圓

相。

十二行

上二界
地
- 滅：滅行、盡行、妙行、離行
- 道：道行、正行、迹行、乘行

欲界
地

下界合論成三十二

三天　咒經

福愛、極妙、廣妙、微妙、守妙、淨明、徧淨、約淨

化應聲、不憍樂、兜率陀、鹽摩羅、忉利、毘沙門、惟啖闍、毘婁勒、提頭賴吒

三十三身

法華文為八番

- 一聖身：佛身、辟支、聲聞
- 二天身：梵王、帝釋、自在、大自在、天大將軍、毗沙門
- 三人身：小王、長者、居士、宰官、婆羅門
- 四四衆身：比丘、比丘尼、優婆塞、優婆夷
- 五婦女身：長者、居士、宰官、婆羅門　婦女
- 六童男女身：童男、童女
- 七八部身：天、龍、夜叉、乾闥婆、阿修羅、迦樓羅、緊那羅、摩睺羅伽
- 八金剛身

菩薩普門之力應以何身得度即現何身說法

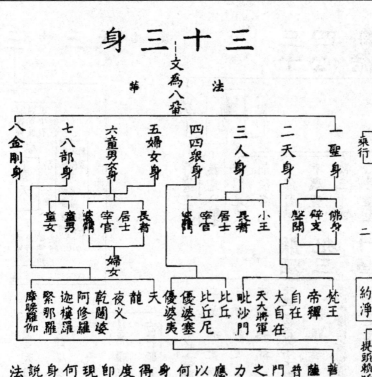

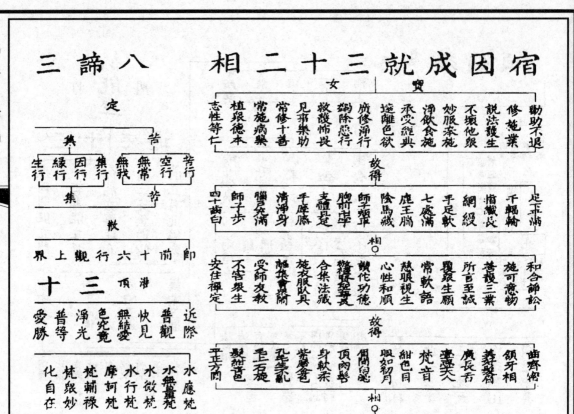

似能立三十三過 因明

據因明能立門中有真能立有似能立真能立者三支無過似能立有此等失

- 宗中九過
  - 現量相違
  - 比量相違
  - 自教相違
  - 世間相違
  - 自語相違
  - 能別不極成
  - 所別不極成
  - 俱不極成
  - 相符極成
- 因中十四過
  - 不成四過
    - 兩俱不成
    - 隨一不成
    - 猶豫不成
    - 所依不成
  - 不定六過
    - 共
    - 不共
    - 同品一分轉異品遍轉
    - 異品一分轉同品遍轉
    - 俱品一分轉
    - 相違決定
  - 決定相違四過（相違因）
    - 法自相
    - 法差別
    - 有法自相
    - 有法差別
- 同喻五過
  - 能立法不成
  - 所立法不成
  - 俱不成
  - 無合
  - 倒合
- 異喻五過
  - 所立不遣
  - 能立不遣
  - 俱不遣
  - 不離
  - 倒離

須彌頂 正法

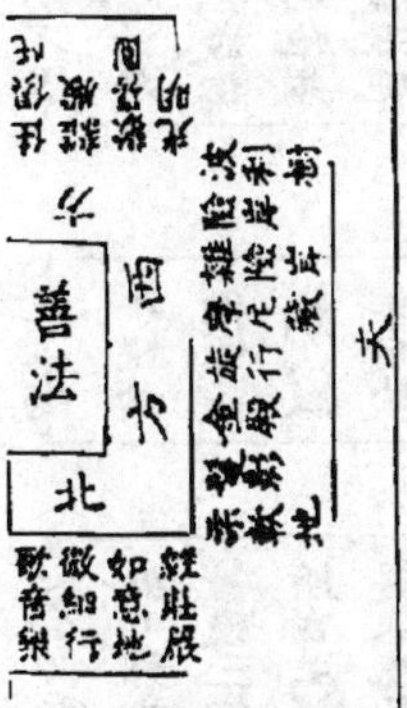

梵語忉利此云三十三天此天在須彌山頂正中善法

三十三天 忉處

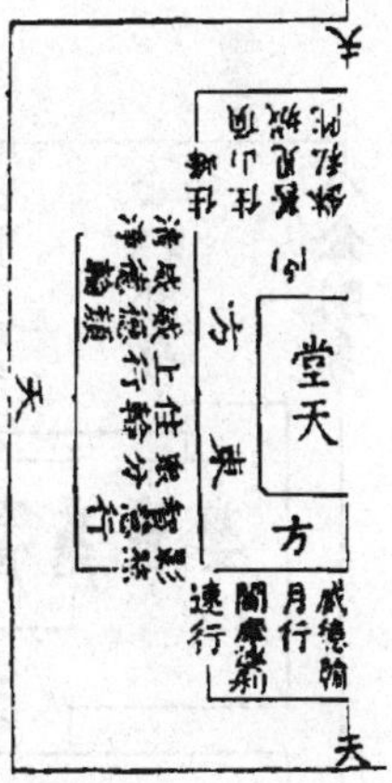

法堂天四方四峰各有八天中居帝釋四方皆輔佐

三十四心斷結成佛

- 斷見
  - 八忍
  - 八智
  - 名見道十六心（義見八數）
- 斷思
  - 九無間
  - 九解脫
  - 名修道十八心（義見九數）

聲聞見思前後各斷支佛習猶未盡皆不論三十四心菩薩至樹王下正習俱盡方得論也

飲酒犯三十五種失 智論

- 一現世財物虛竭
- 二衆病之門
- 三鬬諍之本
- 四裸露無恥
- 五醜名惡露人所不敬
- 六無復智慧
- 七所應得物不得已得物復散
- 八伏匿之事盡向人說
- 九種種事業廢不成辦
- 十醉爲愁本以多失故
- 十一身力轉少
- 十二色身敗壞
- 十三不知敬父

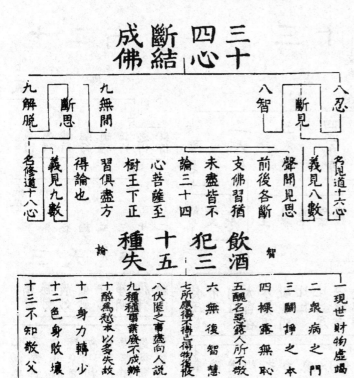

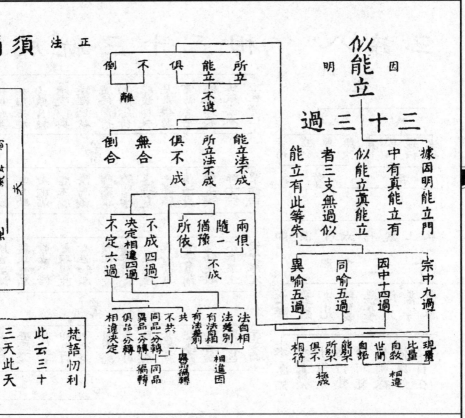

- 十四不知敬母
- 十五不敬師長
- 十六不敬婆羅門
- 十七不敬伯叔尊長
- 十八不尊敬佛
- 十九不敬法
- 二十不敬僧
- 廿一結黨惡人
- 廿二疎遠賢人
- 廿三作破戒人
- 廿四恒無慚愧
- 廿五不守六情
- 廿六縱色放逸
- 廿七人所憎惡不喜見之
- 廿八貴重親識共所擯棄
- 廿九行不善法
- 三十棄捨善法
- 三十一明人智士所不信用
- 三十二遠離涅槃
- 三十三狂癡因緣
- 三十四身壞命終墮三惡道
- 三十五若得為人所生之處常愚癡暗昧

飲酒犯三 四

- 不孝父母
- 輕慢長友
- 不敬三寶
- 不信經法
- 誹謗沙門
- 訐露人罪

- 惡名流布
- 人所憎嫌
- 排斥聖賢
- 廢忘事業
- 破散家財
- 恒無慚愧

- 狎近惡友
- 怨黷天地
- 常懷恚怒
- 日夜憂愁
- 牽東引西
- 持南著北

十六種失 分

- 恒說妄語
- 誣人惡事
- 傳言兩舌
- 惡口傷人
- 生病之根
- 鬪諍之本

- 不知羞恥
- 無故捶打奴僕
- 橫殺衆生
- 奸淫他妻
- 偷人財物
- 疎遠善人

- 倒溝臥路
- 墮車墜馬
- 逢河落水
- 持燈失火
- 暑月熱亡
- 寒天凍死

三十六種不淨之物

- 髮 毛 爪 齒 眵 淚
- 涕 唾 屎 尿 垢 汗
- 皮 膚 血 肉 筋 脈
- 骨 髓 肪 膏 腦 膜
- 肝 膽 腸 胃 脾 腎
- 心 肺 生臟 熟臟 赤痰 白痰

三十七品對位

- 四念處—四念位
- 四正勤—煖位
- 四如意—頂位
- 五根—忍位
- 五力—世第一
- 七覺支—修道
- 八聖道—初果

四種三十七品

- 一相生—次第不亂
- 二對位—如上所對
- ○三當分—品品得道
- ○四相攝—一能攝餘

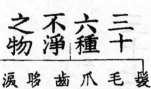

三十七助道品

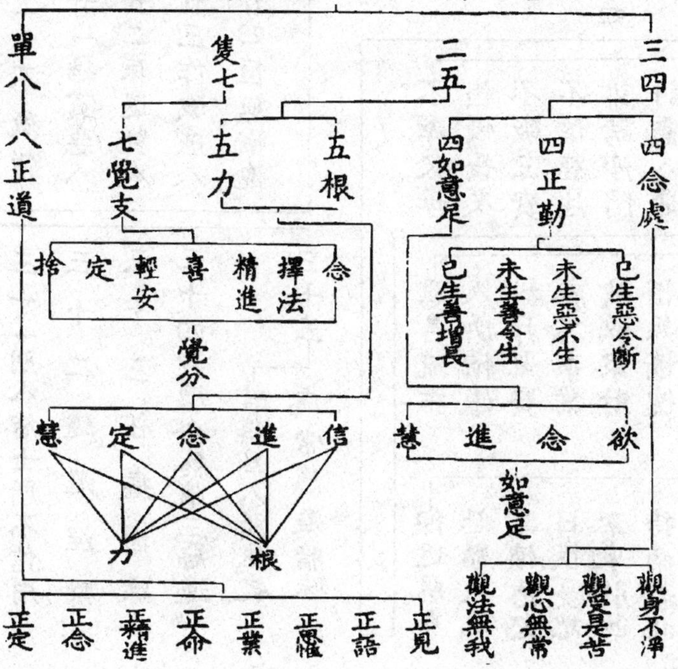

六度攝三

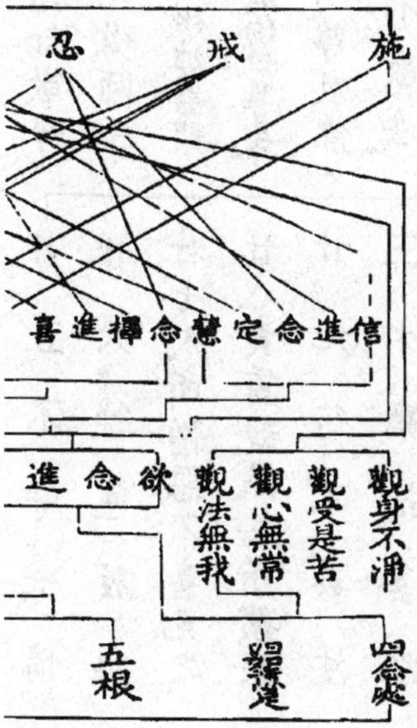

十七道品

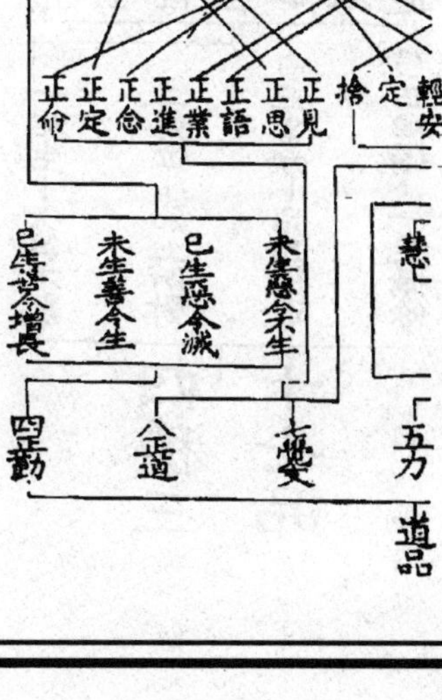

三十七道品漏無漏

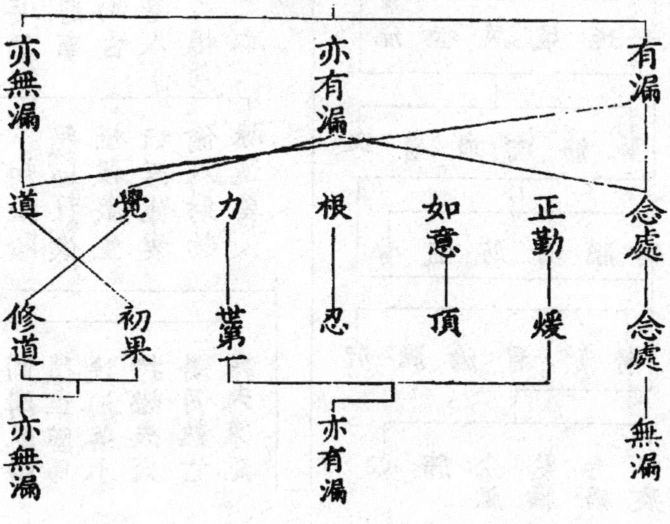

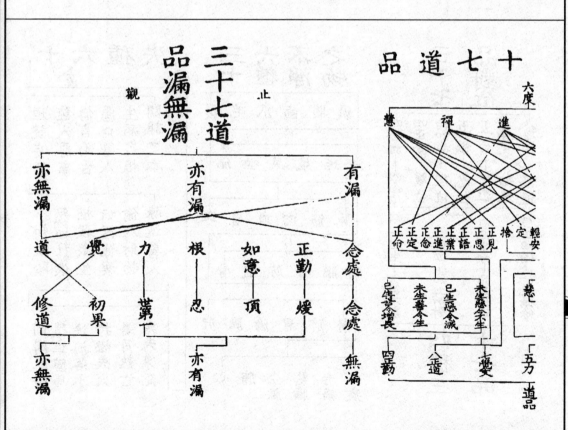

三十七品三學廣略

- 四念處
  - 觀身不淨
  - 觀受是苦
  - 觀心無常
  - 觀法無我
- 四正勤
  - 未生惡令不生
  - 已生惡令滅
  - 未生善令生
  - 已生善令增長
- 四如意足
  - 欲如意足
  - 念如意足
  - 進如意足
  - 慧如意足
- 五根
  - 信根信力
  - 進根進力
  - 念根念力
- 五力
  - 定根定力
  - 慧根慧力

戒　定　慧

- 七覺支：念　擇　進　喜　輕安　定　捨
- 八正道：正見　正思　正語　正業　正精進　正定　正念　正命

法華妙音現三十八身

- 三十四凡身
  - 梵王
  - 帝釋
  - 自在天
  - 大自在天
  - 天大將軍
  - 毘沙門天王
  - 轉輪聖王
  - 諸小王
  - 長者
  - 居士
  - 宰官
  - 婆羅門
  - 比丘
  - 比丘尼
  - 優婆塞
  - 優婆夷
  - 長者居士婦女
  - 宰官婦女
  - 婆羅門婦女
  - 童男
  - 童女
  - 天
  - 龍
  - 夜叉
  - 乾闥婆
  - 阿修羅
  - 迦樓羅
  - 緊那羅
  - 摩睺羅伽
  - 人非人等
  - 地獄
  - 餓鬼
  - 畜生
  - 後宮變女身
- 四聖身
  - 聲聞
  - 辟支佛
  - 菩薩
  - 佛

由妙音菩薩得普現色身三昧故能如是在所變現

作無作三十九法

論文

- 一剎那得
  - 本法　善惡諸業
  - 大得　得前善法
  - 小得　得於大得
  - 作六無作三通有九法并初念
  - 三法現在成
- 二剎那得
  - 六法過去成
  - 三大得　得初三法
  - 三小得　得三大得
  - 同時起一無作法及大小得
  - 三成十二法
  - 三法現在成
- 三剎那得
  - 作法十八
  - 無作六
  - 共二十四
  - 十二大得　大小各九得前作法
  - 十二小得　大小各三得前無作
  - 作法通有二十
  - 七無作通前十
  - 二共成三十九
  - 過去成
  - 同時亦起一無作法及大小得
  - 三法現在成

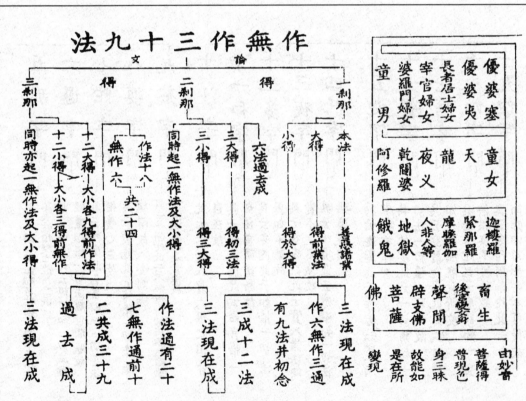

四菩薩宣說四十位（華嚴）

法慧說十住
功德林說十行
金剛幢說十向
金剛藏說十地

四菩薩說此位時並云佛力故說名遣

四十一位（梵網）

十住——十發趣
十行——十長養
十向——十金剛
十地——十地
等覺——等覺

四十二字頌（補註）

阿囉波遮那邏陀
演荼沙和多夜吒
迦娑磨伽佗闍歟
馱奢呿叉哆若柂
婆車摩火嗟伽佗
拏頗歌醝遮吒荼

大品云一字皆入四十二字四十二字亦入一字南岳大師用表四十二位初阿字門表初住後荼字門表妙覺故曰過荼無可說字爲世執謂之法衆聖所由謂之門

四十二字華梵（大品）

初阿字門——具云阿提阿耨波陀此云初不生謂一切法從初不生故
二囉字門——具云羅闍此云垢是清淨無染離塵垢義
三波字門——具云波羅末陀此云第一義自覺聖智所得非言說妄想覺境界
四遮字門——具云遮梨夜此云行不出罪福道三若聞此皆知不可得
五那字門——此云不謂知諸法離名性相不得不失不來不去性相雙亡能所全泯
六邏字門——具云邏求此云輕謂知一切法離輕重相悟一切法離世間惑故
七陀字門——具云陀摩此云善以知一切善法相善心生故
八演字門——具云演陁此云縛悟一切法離縛解故入金剛場
九荼字門——具云荼闍佗此云不熱悟一切法離熱惱穢得清涼故此是普摧義
十沙字門——此云六知人身六根之相皆自在故
十一和字門——具云和波陀此云語言悟一切法言語道斷故
十二多字門——具云多陀此云如悟一切法眞如不動故
十三夜字門——具云夜多跋此云實入諸法如實不生不滅故
十四吒字門——具云吒婆此云障礙知一切法無障礙相故
十五迦字門——具云迦邏此云作者知諸法中無有作者
十六娑字門——具云娑婆此云一切謂知一切法一切種不可得故
十七磨字門——具云磨磨迦羅此云我所謂知一切法離我所故
十八伽字門——具云伽陀此云底謂知一切法根底不可得故
十九佗字門——具云多佗阿伽陀此云如去卽知四句如去不可得故

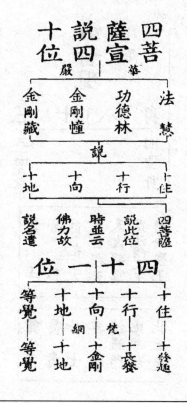

二十闍字門　具云闍提闍羅此云生謂知諸法生老不可得閟
二十一𥎞字門　入諸法𥎞字不可得故華嚴名銷字經云唱此字時入波羅密門
二十二馱字門　具云馱摩此云法性謂知一切法中法性不可得
二十三賒字門　具云賒多此云寂滅謂知諸法從本來常自寂滅相故
二十四呿字門　或作佉此云虛空謂知諸法猶如虛空不可得故華嚴疏云名念一切佛

莊嚴　疏云　即安　隱性　即如　虛空　性

二十五义字門　具云义耶此云盡謂入諸法盡性不可得故
二十六哆字門　具云迦哆度求那此云是事邊得何利謂知諸法邊得何等利故華嚴作娑哆
二十七若字門　具云若那此云智謂知一切法無智相如四智三智等華嚴作壤字
二十八拖字門　具云阿拖此云義謂知一切法義不可得故華嚴作曷攞多
二十九婆字門　具云婆伽此云破謂知一切法不可得破壞相故
三十車字門　具云伽車提此云去謂知一切法無所去故
三十一麽字門　具云阿濕麽此云石謂知一切法堅牢如金剛石故華嚴作娑麽
三十二火字門　具云火夜此云喚來謂觀察一切無緣衆生方便攝受令出生無礙力故華嚴作訶婆
三十三嗟字門　具云末嗟羅此云慳謂知一切法無慳無施相故華嚴作縒字
三十四伽字門　具云伽那此云厚謂知諸法不厚不薄
三十五侘字門　具云侘那此云處謂知諸法無住處故華嚴作吒字
三十六拏字門　此云不謂入諸法不來不去不立不坐不臥即生法二空
三十七頗字門　具云頗羅此云果謂知一切法因果空故華嚴作娑頗
三十八歌字門　具云歌大此云衆謂知一切五衆是積聚義性不可得故華嚴作娑迦
三十九醝字門　華嚴名也娑經云唱也娑字時入波羅密門名宣說一切佛法境界
四十遮字門　具云遮羅地此云動謂知一切法不動相故華嚴作室者
四十一咤字門　具云多羅此云岸謂知一切法此彼岸不可得故華嚴作侘字
四十二荼字門　具云彼荼此云必謂知一切法必不可得故過荼無字可說也華嚴作陀字

華嚴經四十二字母

阿多波左那邏柂
婆柰沙嚩哆也瑟吒
迦娑麽伽他社鎖
馱奢佉叉娑多壤曷攞多
婆車娑麽訶婆縒伽吒
拏娑頗娑迦也娑室者侘陀

此與大品間有異同附錄備考

四十八願 大彌陀經 法藏比丘

願
- 一 剎中無三惡道以至蜎蝡
- 二 剎中無女人皆蓮花化生
- 三 剎土中人飲食自然化現
- 四 剎土中人衣服隨念即至
- 五 自地至空皆有宅宇等
- 六 剎土中人皆共相愛敬
- 七 剎土中人無淫怒瞋癡等心
- 八 剎土中人同一善心欲言互知
- 九 剎土中人不聞不善之名
- 十 剎土中人知身如幻無貪著
- 十一 剎中天及人皆一類金色
- 十二 計我年壽無有能知者
- 十三 剎中人數無有能知者
- 十四 剎中人壽命無有能知者
- 十五 剎土中人快樂如漏盡
- 十六 剎中人正信離倒乃至泥洹
- 十七 說經行道十倍諸佛
- 十八 剎土中人盡通宿命
- 十九 剎土中人盡得天眼
- 二十 剎土中人盡得天耳
- 二十一 剎土中人盡得他心智
- 二十二 剎土中人盡得神足
- 二十三 名聞十方聞者皆生我國
- 二十四 項光妙勝明踰日月
- 二十五 光明徧照見者皆生我國
- 二十六 蒙光觸身身心慈和
- 二十七 欲生我國臨終接引
- 二十八 聞名供養繫念必生我國
- 二十九 志心信樂十念來生
- 三十 聞名懺罪所欲如意
- 三十一 聞名禮信修菩薩行
- 三十二 聞名禮信不墮女身
- 三十三 生我國者一生補佛處
- 三十四 剎中人欲生他方皆如其願
- 三十五 菩薩欲往他方供佛食頃徧至
- 三十六 菩薩欲供諸佛供具皆現前
- 三十七 剎中菩薩皆得辯才智慧
- 三十八 剎中菩薩能演說一切法
- 三十九 剎中菩薩身相等皆同佛
- 四十 依報清淨皆照見十方世界
- 四十一 剎中菩薩皆能見道樹
- 四十二 依正殊妙天眼莫辯名數
- 四十三 剎中人欲聞法皆自然得聞
- 四十四 菩薩聲聞威神等皆同佛
- 四十五 他方菩薩聞名皆得清淨解脫三昧
- 四十六 他方菩薩聞名皆得普等三昧
- 四十七 他方菩薩聞名皆得不退地
- 四十八 他方菩薩聞名皆得三忍

四十八輕戒 梵網

- 一不敬師友
- 二飲酒
- 三食肉
- 四食五辛
- 五不教悔罪
- 六不供給請法
- 七懈怠不請法
- 八背大向小
- 九不看病
- 十畜殺生具
- 十一國使
- 十二販賣
- 十三謗毀
- 十四放火焚燒
- 十五僻教
- 十六為利倒說
- 十七恃勢乞求
- 十八無解作師
- 十九兩舌
- 二十不行放救
- 二十一瞋打報仇
- 二十二憍慢不請法
- 二十三憍慢僻說
- 二十四不習學佛
- 二十五不善知眾
- 二十六獨受利養
- 二十七受別請
- 二十八別請僧
- 二十九邪命自活
- 三十不敬好時
- 三十一不行救贖
- 三十二損害眾生
- 三十三邪業覺觀
- 三十四暫念小乘
- 三十五不發願
- 三十六不發誓
- 三十七冒難遊行
- 三十八乖尊卑次序
- 三十九不修福慧
- 四十揀擇受戒
- 四十一為利作師
- 四十二為惡人說戒
- 四十三無慚受施
- 四十四不供養經典
- 四十五不化眾生
- 四十六說法不如法
- 四十七非法制限
- 四十八破法

五十種陰魔（楞嚴）

- 色陰十種
  - 身能出礙
  - 拾出蟯蛔
  - 空中聞法
  - 心光見佛
  - 空成寶色
  - 暗見如晝
  - 燒斫不覺
  - 佛國無礙
  - 遥見遠語
  - 形體遷改
- 受陰十種
  - 悲心過分
  - 勇功陵率
  - 枯渴沉憶
  - 慧力過定
  - 憂心求害
  - 喜悅不止
  - 大我慢起
  - 隨順輕安
  - 撥無因果
  - 愛極縱欲
- 想陰十種
  - 銳思貪巧
  - 遊蕩思歷
  - 綿脗求合
  - 物化求元
  - 懸應求感
  - 樂寂求靜
  - 愛研宿命
  - 貪取神通
  - 愛滅求空
  - 貪求長壽
- 行陰十種
  - 二無因
  - 四徧常
  - 四顛倒
  - 四有邊
  - 四不死
  - 死後有相
  - 死後無相
  - 死後俱非
  - 七斷滅
  - 五涅槃
- 識陰十種
  - 因所因
  - 能非能
  - 常非常
  - 知無知
  - 生無生
  - 執生
  - 歸無歸
  - 貪非貪
  - 真無真
  - 定性聲聞生纏空種
  - 定性辟支不回心者迷正智覺
- 外道
  - 大慢
  - 倒圓
  - 倒知
  - 顛化
  - 種
- 論
  - 斷滅
  - 妄延
  - 天魔

五十年說法

- 三七日　華嚴
- 十二年　阿含
- 八年　方等
- 二十二年　般若
- 八年　法華
- 說
- 一日一夜　涅槃

古德頌云：阿含十二方等八，二十二年般若談，華嚴最初三七日，法華涅槃共八年。

五十一種心數法（百法明門）

- 徧行五
- 別境五
- 善十一
- 根本煩惱六
- 隨煩惱二十
- 不定四

各見本數并後百法圖中

五十二數（俱舍）

- 始爲一
- 一十爲十
- 十十爲百
- 十百爲千
- 十千爲萬
- 十萬爲洛乂
- 十洛乂爲度洛乂
- 十度洛乂爲俱胝
- 十俱胝爲末陀
- 十末陀爲阿庾多

乃至十大跋羅摭爲阿僧祇阿僧祇卽當最後五十二數

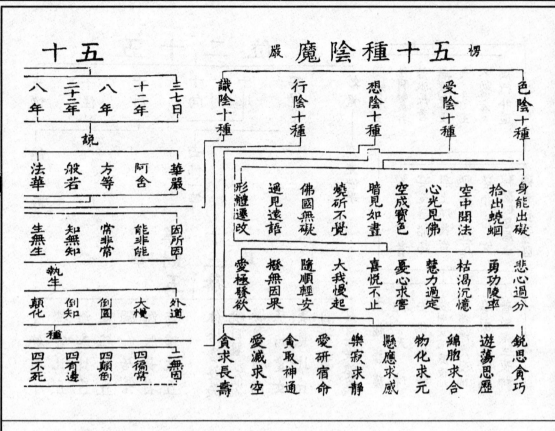

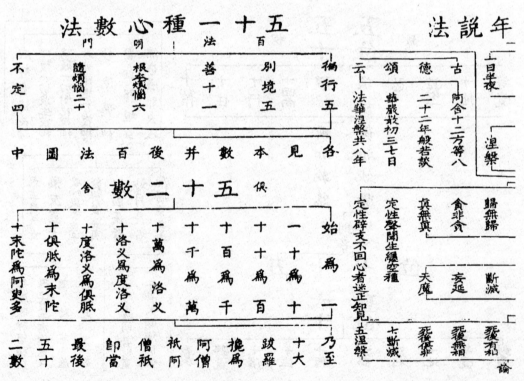

五十二位

十信　十住　十行（俱見十數）
十向　十地　等覺（去佛一等）
妙覺（究竟佛果）

善財五十三參（華嚴）

文殊童子
德雲比丘
海雲比丘
善住比丘
彌伽居士
解脫長者
海幢比丘
休捨優婆夷
毗目瞿沙仙人
勝熱婆羅門
慈行童女
善見比丘
自在童子
具足優婆夷
明智居士
法寶髻長者
普眼長者
無厭足王
大光王
不動優婆夷
徧行外道
鬻香長者
婆施羅船師
無上勝長者
師子頻申比丘尼
婆須蜜女
鞞瑟胝羅居士
觀自在菩薩
正趣菩薩
大天神
安住地神
婆珊婆演底夜神
普德淨光夜神
喜目觀察衆生夜神
普救衆生夜神
寂靜音海夜神
守護一切衆生夜神
開敷一切樹花夜神
大願精進力夜神
妙德夜神
瞿波釋種女
佛母摩耶夫人
天主光天女
徧友童子
善知衆藝童子
賢勝優婆夷
堅固長者
妙月長者
無勝軍長者
最勝寂靜婆羅門
德生童子有德童女
彌勒菩薩
再見文殊
○此後經明善財童子普賢願滿同佛

五十五位（楞嚴）

十信　十住　十行　十回向　煖　頂　忍　世第一　十地　等覺

前加乾慧，後加妙覺，則名

五十七位

六十聖位

三漸次　乾慧地　十信　十住　十行　十向　四加行　十地　等覺　妙覺

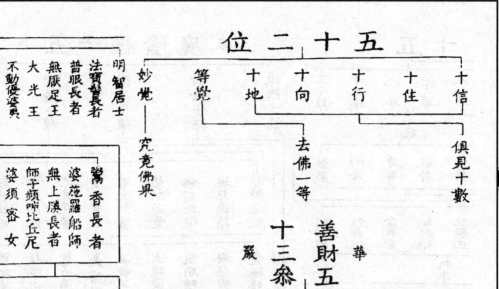

六十二見兩種不同

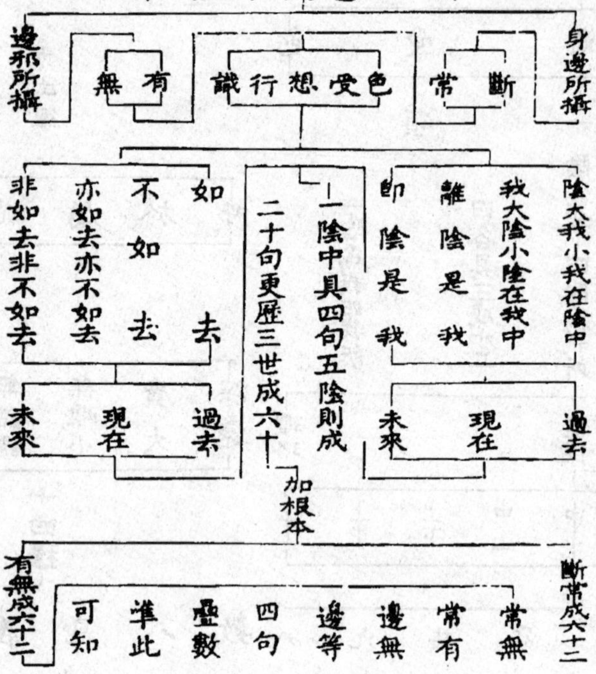

重訂教乘法數卷第二十九

重訂教乘法數卷第三十

六十四種梵音

出密跡力士經

佛聲有八轉

體　業　具　爲　從　屬　於　呼

各具八德

調和　柔軟　諦了　易解　無錯謬　無雌小　廣大　深遠

共成六十四種

聲有八轉義見八數

六十

色　受　想

頌

一陰爲我四我所

四各具三成十二

一陰爲我　四陰爲我所

瓔珞

僮僕

上上　上中　上下　中上　中中

品

八　九　共　爲

五見

行　識

曰

我我所合十三法

五陰互論六十五

毫

中下　下上　下中　下下

七十二品

上界七十二品思惑

色界

離生喜樂　定生喜樂　離喜妙樂　捨念清淨

無色界

空無邊處　識無邊處　無所有處　非非想處

地地各有九品

俱舍小乘七十五法

頌曰色法十一
心法一四十六
種心所法一十
四種不相應三
種無爲七十五

色法十一　心法一　心所法四十六　不相應十四　無爲法三

五根　前五根

五塵　前五塵

法塵　無表色

意識

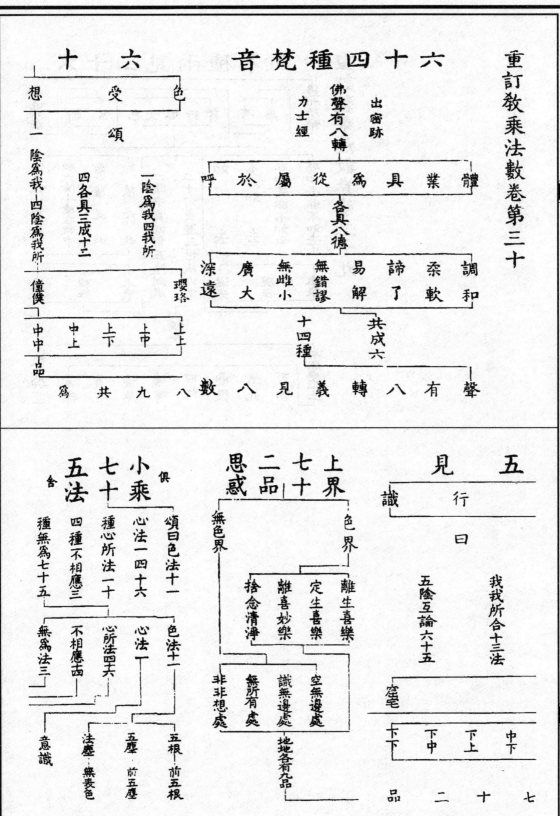

- 徧大地十：欲 解 念 定 慧 作意 受 想 思 觸
- 大善地十：信 勤 行捨 慚 愧 無貪 無瞋 不害 輕安 不放逸
- 大煩惱六：癡 放逸 懈怠 不信 昏沉 掉舉
- 大不善二：無慚 無愧
- 小煩惱十：忿 覆 慳 嫉 惱 害 恨 諂 誑 憍
- 不定八：悔 眠 尋 伺 貪 瞋 疑 慢

得 非得 衆同分 無想報 無想定 滅盡定 命根 生 住 異 滅 名 句 文

擇滅 非擇滅 虛空

八十隨形好

- 無見頂相
- 鼻高孔不現
- 眉如初月
- 耳輪輻相埵成
- 身堅實如那羅延
- 骨際如鉤鎖
- 身一時迴如象王
- 指長纖圓
- 指文藏覆
- 脉深不現
- 踝不現
- 身潤澤
- 身自持不逶迤
- 行時足去地四寸印文現
- 爪如赤銅色
- 膝骨堅著圓好
- 身清潔
- 身柔軟
- 身不曲
- 身滿足
- 容儀備足
- 容儀滿足
- 住處安無能動者
- 威振一切
- 一切樂觀
- 面不長大
- 正容白不撓色
- 面具滿足
- 脣如頻婆果
- 言音深遠
- 臍深圓好
- 毛右旋
- 手足滿
- 手足如意
- 手文明直
- 手文長
- 手文不斷
- 一切惡心衆生見者和悅
- 面廣姝好
- 面淨如滿月
- 隨衆生意和悅與語
- 毛孔出香氣
- 口出無上香
- 威儀如師子
- 進止如象王
- 行法如鵝王
- 頭如摩陀那果
- 一切聲分具足
- 四牙白利
- 舌色赤
- 舌薄廣
- 毛紅色

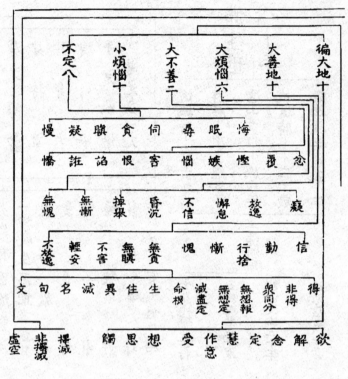

毛軟淨
廣長眼
孔門相具
手足赤白如蓮華色
臍不出
腹不現
細腹
身不傾動
身持重
其身大
身長
手足軟滑
四邊光各一丈
光照身而行
等視衆生
不輕衆生
隨衆生音聲不增不減
說法不著
隨衆生語言說法
發音報衆聲
次第有因緣說法
一切衆生不能盡觀相
觀無厭足
髮長好
髮不亂
髮旋好
髮色青珠
手足有德相

佛住世八十年

踰城時十九歲
遊歷經五年
雪山苦行經六年
成道時三十歲
說法度生經五十年

古德頌曰

十九踰城六苦行
五歲遊歷三十成
說法度生五十年
是則共當八十壽

般若八十一科一覽

五蘊
六根
六塵
六識
六觸
六緣所生
四緣
六大
十二因緣
六度
我者
生者
壽者
命者
有情者
養育者
衆數者
作者
使作者
起者
使起者
受者
使受者
見者
知者
二十空
四諦
眞如
法界
法性
不虛妄性
不變易性
平等性
離生性
法定
法住
實際
虛空界
不思議界
四靜慮
四無量
四無色定
八解脫
八勝處
九次第定
四念
四正勤
十徧處
四神通
五根
五力
七覺支
八聖道支
空解脫門

無相解脱門
無願解脱門
菩薩十地
五眼
六通
十力
四無畏
四無礙
大慈
大悲
大喜
大捨
十八不共法

無忘失法
恒住捨性
一切智
道相智
一切相智
一切陀羅尼門
一切三摩地門
預流果
一來果
不還果
阿羅漢果
獨覺菩提
一切菩薩摩訶薩行
諸佛無上正等菩提

三界九地

欲界—五趣雜居地

上上品 獨潤二生
上中品 上下品 各潤一生
中上品 中中品 共潤一生至此便證二果

大乘空宗始

大品

色 心 五陰 十二入 十八界

此呈 陰蓋二 負見 本數

繫 十要 纓 息 燮 器

八十一品思惑

色界
無色界

中下品 共潤一
下上品 生至此
下中品 證三果
下下品 自後不生欲界

四禪四空八地共七十二思斷盡乃證四果見前七十二數

教八十一法

殺 若

四諦 十二因緣 十八空 六度 四智

道智 道種智 一切智 一切種智

華字 二緣 十八 実 慶西 賀 十一

見惑八十八使

無色界 色界

共五十六

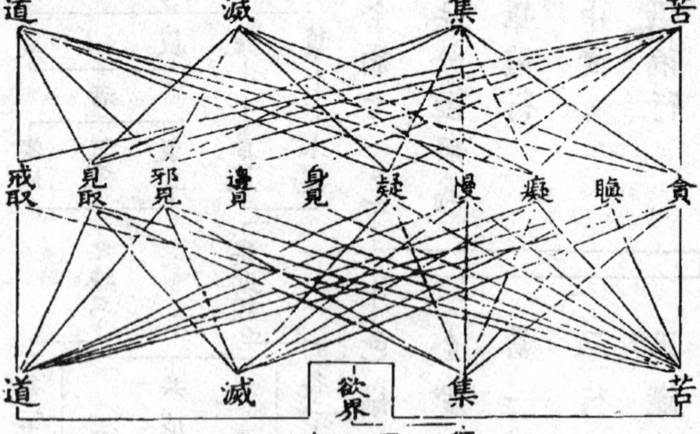

獨三十二

斷三界見惑盡得證初果三界四諦具使總百苦下具一切集滅各除三道諦除二見上二不行瞋

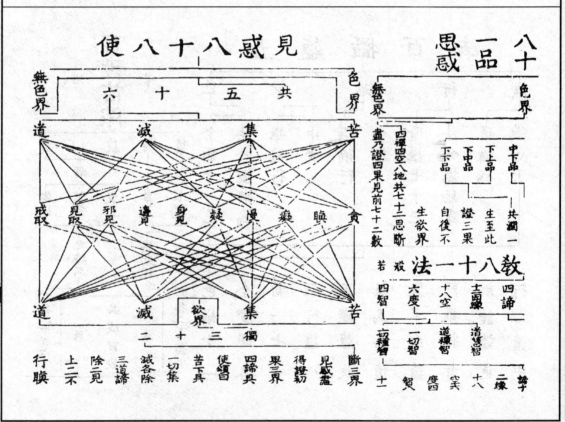

四諦八十八使親疏

- 苦
  - 親七：身。邊。戒。見 邪 癡 疑
  - 疏三：貪 瞋 慢
- 集
  - 親四
  - 疏三
- 滅
  - 親三：邪 癡 疑
  - 疏四：戒。見 貪 瞋 慢
- 道
  - 親三
  - 疏五

苦集為有漏因果道滅為無漏因果八十八使見惑也頌曰見諦欲界三十二色無色各二十八三界共成八十八俱舍廣明如此義

九十八使

- 見惑八十八使如上
- 思惑十使
  - 欲界：貪 瞋 癡 慢
  - 色界：貪 癡 慢
  - 無色界：貪 癡 慢

法華註云取五穀生百穀喻五乘能生百善若從因乃百善生五乘十善互嚴乃成萬善也

百穀苗稼

法華 爾雅

- 粱 稻 菽 者
  - 黍稷 溉種 衆豆 之總名
  - 三各二十成六十
- 蔬 菓
  - 草菜 木實 為助穀
  - 二各二十成四十

共成百穀

五蘊攝百法

- 色
  - 全攝十一色
  - 法分攝無為
- 受
  - 攝徧行
  - 中受
- 想
  - 攝徧行
  - 中想
- 行
  - 通攝七十三
  - 法分攝無為
- 識
  - 通攝八
  - 識心王

色攝十一全受想各當一七十三行蘊八王識蘊收無為無積聚不向蘊門攝將旨就詮論色行二蘊中

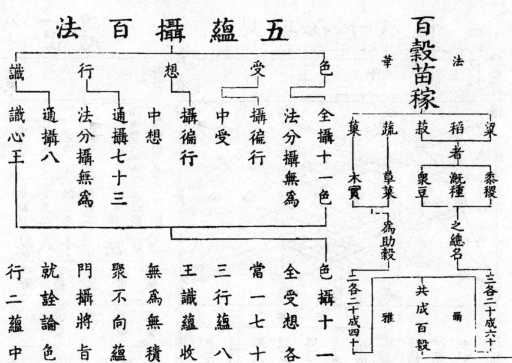

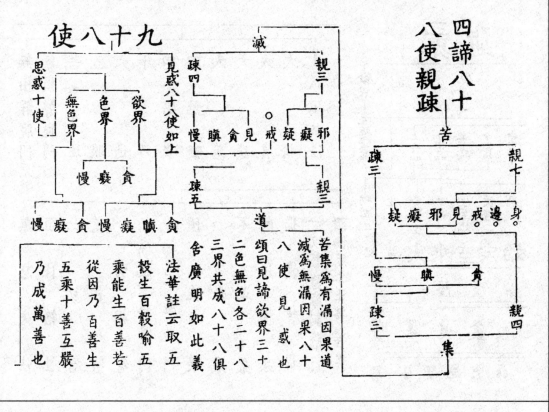

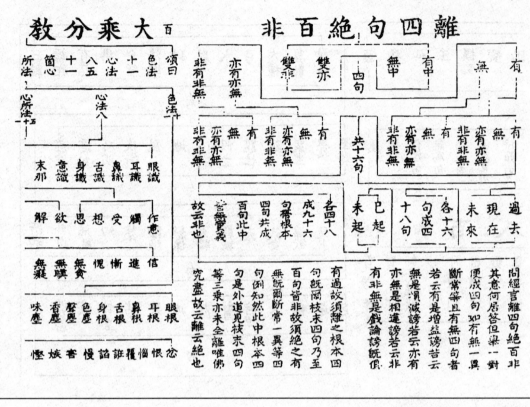

離四句絕百非

有　無

有中　無中

四句

雙亦　雙非

亦有亦無　非有非無

有　無　亦有亦無　非有非無

有　無　亦有亦無　非有非無

有　無　亦有亦無　非有非無

有　無　亦有亦無　非有非無

共十六句

過去　現在　未來

各十六句成四十八句

已起　未起

各四十八成九十六句帶根本四句共成百句此中皆無實義故云非也

問經言離四句絕百非其意何居答但約一對便成四句如有無一異斷常等且有無四句者若云有是增益謗若云無是損減謗若云亦有亦無是相違謗若云非有非無是戲論謗既俱有過故須離之根本四句既爾枝末四句乃至百句皆非故須絕之有無既爾斷常一異等四句例知然此中根本四句是外道見枝末四句等三乘亦未全離唯佛究盡故云離云絕也

百　大乘分教

頌曰色法十一心法八五十一箇心所法

色法十一

心法八

心所法五十一

眼識　耳識　鼻識　舌識　身識　意識　末那

作意　觸　受　想　思　欲　解

信　進　慚　愧　無貪　無瞋　無癡

眼根　耳根　鼻根　舌根　身根　色塵　聲塵　香塵　味塵

忿　恨　惱　覆　誑　諂　慢　害　嫉　慳

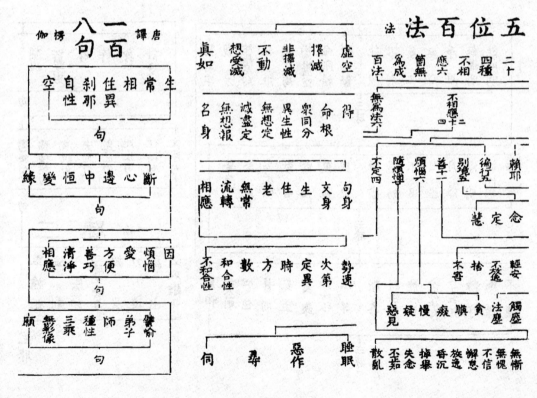

五位百法　法

二十四種不相應六箇無爲成百法

無爲法六

虛空　擇滅　非擇滅　不動　想受滅　真如

不相應二十四

得　命根　衆同分　異生性　無想定　滅盡定　無想報　名身

句身　文身　生　住　老　無常　流轉　相應

勢速　次第　定異　時　方　數　和合性　不和合性

睡眠　惡作　尋　伺

賴耶　徧行五　別境五　善十一　煩惱六　隨煩惱　不定四

念　定　慧

輕安　不放逸　捨　不害

觸塵　法塵

貪　瞋　癡　慢　疑　惡見

無慚　無愧　不信　懈怠　放逸　昏沉　掉舉　失念　不正知　散亂

唐譯楞伽　一百八句

生　常　相　住異　剎那　自性　空

句

斷　心　邊　中　恒　變　緣

句

因　煩惱　愛　方便　善巧　清淨　相應

句

譬喻　弟子　師　種性　三乘　無影像　願

句

三輪句：標相　有品　俱　聖智　法樂　剎　塵　水　弓　大種　算數　神通
句：虛空　雲句　巧明　技術　風　地　心　假立　體性　蘊　衆生　覺　涅槃
所知句：外道　荒亂　幻　夢　陽焰　影像　火輪　乾城　天　飲食　淫欲　見
句：波羅蜜　戒　日月星　諦　果　滅　起　醫　法相　支分　禪　迷　見
句

護　種族　仙　王　攝受　寶　記

動　根句　有爲句　無爲句　因果句　色究竟句　時節句

闍提　女男　味　作　身　計度
句

樹藤句　種種雜句　演說句　決定句　毘尼句　比丘句　住持句　文字句
句

智　百八三昧　論

首楞嚴　寶印　師子遊戲　妙月　月幢相　出諸法　觀頂　畢法性

畢幢相　金剛　入法印　三昧王安立　放光　力進　高出　必入辯才
三昧

釋名字　觀方　陀羅尼印　無誑　攝諸法海　徧覆虛空　金剛輪　寶斷　能照　不求　無住　無心　淨燈　無邊明　能照明
三昧

普照明　堅淨　無垢明　歡喜　電光　無盡　威德　離盡　不動　不退　日燈　月淨　淨明　能作明　作行
三昧

知相　如金剛　心住　普明　安立　寶聚　妙法印　法等　斷喜　到法頂　能散　分別法句　字等相　離字　斷緣　不壞
三昧

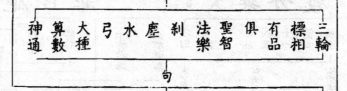

無種相
無處行
離矇昧
無去
不變易
度緣
集諸功德
住無心
淨妙華
覺意
無量辯
無等等
度諸法
分別諸法
散疑
三昧

無住處
一莊嚴
生行
一行
不一行
妙行
諸有底散
入名語
離音聲語
然炬
淨相
破相
一切妙足
不喜苦樂
無盡相
三昧

陀羅尼
攝諸邪正相
滅憎愛
逆順
淨光
堅固
滿月淨光
大莊嚴
能照世間
三昧等
攝諍無諍
不樂住
如住定
壞身衰
壞語如虛空
離著虛空不染
三昧

一百八見

五十較計

眼—色
耳—聲
鼻—香
舌—味
身—觸
意—法

好 惡 平

陰 集

過去 現在 未來

剎那

六根對塵各有好惡平三成十八見約陰集成三十六通三世則成一百八見

一百八見

大論輔行

眼 耳 鼻 舌 身 意

色 聲 香 味 觸 法

樂受 苦受 中庸受 好塵 惡塵 平等塵

未來 現在 過去

因果

六根六塵各有三種合爲三十六約三世論之共爲一百八見

八百煩惱

九十八使更加十纏成一百八又云百八見即百八煩惱

百八法明門

本行集經

通稱法明門者以其能破愚闇故也據經中乃護明菩薩欲下生時爲諸天說

正信
淨心
歡喜
愛樂
身行正行
口行淨行
意行淨行
念佛
念法
念僧
念施
念戒
念天

大慈　大悲　大喜　大捨　無常觀　苦觀　無我觀　寂定觀　慚愧　羞恥　實恥　眞　法行　三歸　知恩

報恩　不自欺　爲衆生　爲法　知時　攝我慢　不生惡心　無障礙　信解　不淨觀　不諍鬭　不癡　樂法義　愛法明　求多聞

正方便　知明色　除因見　無怨觀心　除方便　諸大平等　諸入　無生忍　身念處　受念處　心念處　法念處　四正勤　四如意足　信根

精進根　念根　定根　慧根　信力　精進力　念力　定力　慧力　念覺分　擇法覺分　精進覺分　喜覺分　除覺分　定覺分

捨覺分　正見　正分別　正語　正業　正命

正信勝法　增進　檀度　戒度　忍度

攝受正法　福聚　修禪　寂定　慧見　入無礙辯　入一切行

廣智增數論一

正行　正念　正定　菩提心　依倚

精進度　禪度　智慧度　方便　四攝法　教依衆生

成就陀羅尼　得無礙辯　順忍　得無生忍　不退轉地　從地至地智

百二十重遣非

名——總體宗用三各有九法成二十七法

體　宗　用——三法各有九法　成二十七法

教相——判體宗用三各有九法成二十七法

五章合論之共有八十一法各遣兩重非

更加共遣——釋名九法　體宗用九　教相九法——成二十七法

共各論一百八加根本九法於九法中加體宗用三總成一百二十重也

約本迹展轉論一百二十重妙

本門十妙　迹門十妙

心　佛　生

相待　絕待

頌曰

本迹二門各十妙心佛衆生成六十相待絕待又加之是乃成乎百二十

四

比丘戒二百五十條　分

- 四波羅夷法——棄罪
- 十三僧伽婆尸沙法——僧殘
- 二不定法——輕重不定
- 三十尼薩耆波逸提法——捨墮
- 九十波逸提法——墮
- 四波羅提提舍尼法——悔過
- 一百衆學法——應當學
- 七滅諍法——爲息諍事

比丘尼三百五十戒

- 八波羅夷法
- 十七僧伽婆尸沙法
- 二不定
- 二百八尼薩耆波逸提
- 八提舍尼
- 一百衆學法
- 七滅諍法

諸部俱無二不定惟三百四十八戒

僧祇比丘尼二百七十七戒

- 八波羅夷
- 十九僧伽婆尸沙
- 三十尼薩耆
- 百四十一波逸提
- 八波羅提提舍尼
- 六十四衆學法
- 七止諍法

四百四病

- 地
- 水
- 火
- 風

各有百一　謂水風起故冷病有二百零二　地火起故熱病有二百零二

千二百

- 陳如
- 頞鞞
- 跋提
- 十力迦葉
- 摩男俱利

五人

- 優樓頻螺迦葉
- 并弟子五百人
- 并弟子三百人

共有一千二百五十五人經舉大數

五十人

- 那提迦葉——并弟子二百人
- 伽耶迦葉
- 舍利弗
- 目犍連——并弟子共二百人
- 耶舍長者子等——五十人

故略五人此如來常隨衆也

三千世界

- 小千——二禪
- 中千——三禪
- 大千——四禪

覆

- 一千初禪——一千
  - 四大洲
  - 日月
  - 須彌山
  - 六欲天
  - 梵天
- 一千二禪——百萬
  - 四大洲
  - 日月
  - 須彌山
  - 六欲天
  - 初禪天
- 一千三禪——萬億
  - 四大洲
  - 日月
  - 須彌山
  - 六欲天
  - 初禪天

三界體狀引俱舍抄云釋迦所化之境小數論之則有百億日月乃至百億初禪天若據大數有萬億日月乃至萬億初禪天也

三千

地獄
餓鬼
畜生
修羅
人道

地獄
餓鬼
畜生
修羅
人道

則成百界皆

性　相　體　力　作

三千威儀

繁要

四重
十三僧殘
二不定
三十尼薩耆
九十波逸提
四提舍尼
一百衆學
七滅諍

將此三千分配身口七支為二萬一千復約對治三毒及等分共為八萬四千

過去　現在　未來
通三世為三千

行　住　坐　卧
合為一千

二百五十戒各有四威儀

妙境

一心具十法界
天道　聲聞　緣覺　菩薩　佛界

十界各具
天道　聲聞　緣覺　菩薩　佛界

界中各各具十如是
因　緣　果　報　本末究竟
成千如是

五陰一千
衆生一千
國土一千
共成三千世間

故云百界千如三千世間此妙境也

三千實相

法華云諸法實相即性相等十如是之法也謂十法界中一界具十界界界互具則成百界一界具十如是則成千如是故云百界千如五陰一千正報一千依報一千則成三千世間此三千法不離現前一念妄心即此為能觀即此為所觀寂而常照照而常寂境觀俱妙斯為實相

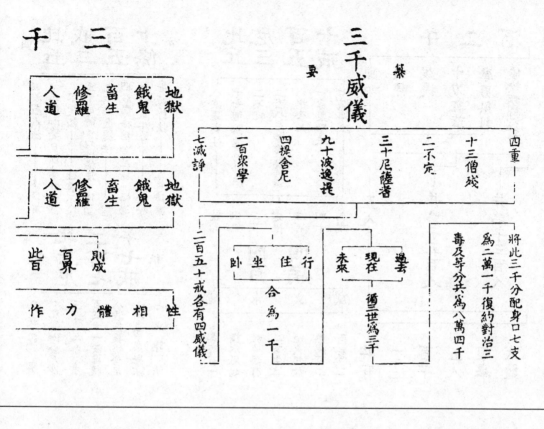

上根
- 共成二百
- 上上品　上中品　上下品　中上品
- 共成二千五
- 中般　生般
- 共成一萬二千

阿毘曇

一萬二千九百六十種般那含

釋籤引

- 梵衆　梵輔　大梵。
- 少光　無量光　光音
- 少淨　無量淨　徧淨
- 無雲　福生　廣果　無想。　無煩　無熱　善見　善現　色究竟

除大梵天主我慢及無想外道所居成十六人

- 退　思　護　住　進　不動

共成九十六人

中根
- 下根
- 八十八人
- 中中品　中下品　下上品　下中品　下下品
- 百九十二人
- 有行　無行　上流

九百六十種般那含

八萬細行

- 行　住　坐　臥
- 各二百五十戒成一千
- 攝有情　攝善法　攝律儀
- 三聚各一千成三千

- 婬　殺　盜　妄言　綺語　惡口　兩舌
- 七支各有三千則成二萬一千
- 貪　瞋　癡　等分
- 四煩惱各具二萬一千成八萬四千楞嚴云八萬細行者舉大數耳亦名

八萬四千律儀

八萬四千塵勞

貪　瞋　癡　慢　疑　身見　邊見　邪見　見取　戒見

十各互具

貪　瞋　癡　慢　疑　身見　邊見　邪見　見取　戒見

則成百

地獄　餓鬼　畜生　修羅　人　天　聲聞　緣覺　菩薩　佛

於十界邊各起一百則成一千

殺　盜　淫　妄言　綺語　惡口　兩舌

對七支則成七千

過去　現在　未來

三世成二萬一千

多貪　多瞋　多癡　等分

四心各具二萬一千則成八萬四千頌曰

十使互具成一百　歷十法界成一千

身口七支爲七千　三世共成二萬一

四心各具二萬一　共成八萬四千數

八萬四千法門

翻八萬四千塵勞則成八萬四千法門又依普曜經云如來成正覺有二百五十度功德從初光耀無極度乃至分布舍利度以六波羅密乘之成二千一百度又以四大六衰乘之成二萬一千若依攝論四諦下十使乘之亦得以貪瞋癡等分四法乘之成八萬四千大數門如此於中法行根欲性病等准此而知

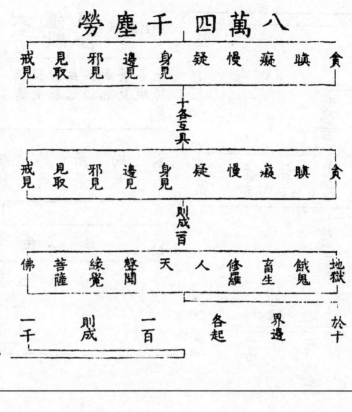

重訂教乘法數卷第三十